《原野》

研究资料

黄晓华　张义明　编

曹禺研究资料长编

长江出版社
上海科学技术文献出版社

图书在版编目（CIP）数据

《原野》研究资料 / 黄晓华，张义明编 .
—武汉：长江出版社，2020.6（2023.1 重印）
（曹禺研究资料长编）
ISBN 978-7-5492-7006-4

Ⅰ. ①原… Ⅱ. ①黄…②张… Ⅲ. ①曹禺（1910-1996）—话剧—戏剧文学评论 Ⅳ. ① I207.34

中国版本图书馆 CIP 数据核字（2020）第 110182 号

项目统筹：张 树
责任编辑：商厚荣 王 珺
封面设计：汪 雪 彭 微

《原野》研究资料
黄晓华 张义明 编
出版发行：上海科学技术文献出版社
地 址：上海市长乐路 746 号 200040
出版发行：长江出版社
地 址：武汉市解放大道 1863 号 430010
经 销：各地新华书店
印 刷：武汉市金港彩印有限公司
规 格：787mm×1092mm 1/16
印 张：24.25
字 数：550 千字
版 次：2020 年 6 月第 1 版 2023 年 1 月第 2 次印刷
书 号：ISBN 978-7-5492-7006-4
定 价：150.00 元

编委会

丛书总序

史料与现实的关系

以刘川鄂为带头人的湖北大学中国现当代文学学科不仅注重作家作品、文学社团、文学现象和文学思潮的研究，同时也把大量的精力投入到中国现当代文学历史资料的发掘和整理中，从对湖北作家的相关史料发掘整理和研究出发，逐渐拓展到对文学史上重要作家作品的史料整理和研究。显然，这样的学科发展战略目标，是循序渐进、良性循环的学术策略。正是在这样的学术背景下，由刘川鄂、刘继林两位教授担任主编，湖北大学中国现当代文学学科团队精心编选的《曹禺研究资料长编》（共十一卷），旨在将业已僵化的著名大作家研究导向一种新的研究范式之中，让围绕曹禺的学术研究重新焕发出活气来。

一切学术研究的基础首先就是史料的梳理，离开了史料的依托，研究就如悬在空中的楼阁，看许多现实问题也就囿于平面化。正如编选者在其中的《曹禺综合研究资料》卷“导言”所言：“研究文学史上名有定论的作家本来就有一定难度，加上随着时间的推移，史料和研究视角越来越难发掘，未来的曹禺研究工作会越来越难超出前人的成果，越来越难找出有新意有理据的命题。”显而易见，史料的重新发掘和编选，直指的是学术研究的拓展。编选者在研究资料的选取上，充分注意到一些重要的历史节点。比如将1949年作为研究资料编选的历史切分点，并不完全是由于学科的界限，我以为更是一种对学术态度的历史检验，其中的奥妙就在于作为当时的剧评家和研究者采取的是什么样的学术价值观——是凭着自己的学术良知和艺术审美对作家作品进行判断，还是跟着时代的潮流风向标走，这才是艺术评论生与死的考验。

曹禺是中国现当代文学史上的一个具有特别意义的作家，属于那种“井喷”以后就戛然而止的剧作家。“曹禺现象”恰恰是中国现当代作家在文学史变迁中最具代表性的范例，他才是与我们文学思潮史上最贴切，也是最契合文学史解剖的研究对象。如果我们意识不到这样一个“曹禺现象”在文学史上的独特意义，即便是再多的文学史资料的呈现，在许多研究者的视野中，恐怕也是一个盲点。所以，我们只有重新解读曹禺作品，重新梳理各个不同时代的曹禺研究资料，或许才能真正获取解剖“曹禺现象”的密码。只有回到历史的原点和原典之中，站在一个新的历史制高点上，我们才能看清曹禺作品的思想内容和艺术内涵，才能廓清许许多多迷失在历史河流中的“飞鱼”和“蜉蝣”行状。

毋庸置疑，自《雷雨》开始的曹禺戏剧创作，是中国戏剧史上历经八十七年的奇迹，也是中国现当代文学史上“最雷雨”的戏剧发生的时段，它见证的是中国文学在启蒙主义进入一个复杂的现代语境窗口时的深刻内涵，同时也是中国戏剧文学在艺术方法和艺术技巧上借鉴西方戏剧第一次“吃螃蟹”的历程。如何看待这一现象，应该是值得研究者注意的问题。

之所以说《雷雨》在启蒙主义的窗口上，强化了对封建的专制主义的批判，用“最雷雨”的批判现实主义方法抨击了家长制戕害人性的本质，是因为尽管窗外雷电交加，但是，那个“铁屋子”里仍然在演绎着一幕幕人间的悲剧，也只有悲剧才最能引起人们心灵的震撼。从某种意义上来说，它引起的不仅仅是亚里士多德古典悲剧的“同情和怜悯”，从悲剧的本质意义上来说，“最雷雨的”《雷雨》才是见证历史的活剧。这样一出活剧贯穿于中国文学的过去、现在和未来，这才是《雷雨》的意义所在。因此，也只有翻开这八十七年对《雷雨》以及曹禺几个代表作的批评研究、传播接受的历史，我们方才可以看出这套丛书的重大意义所在。

之所以说《雷雨》是中国戏剧汲取西方戏剧艺术方法与技巧精华的真正开端，为中国戏剧走向现代奠定了坚实的基础，并在一定程度上影响了整个文学领域对外开放的格局，让人们知晓中国文学正因为有了世界文学艺术方法和技巧的参照，才成为独特的艺术，只有“拿来”，方才可以攻玉，才能走向新生；亦只有熟悉了自《雷雨》开始的两种艺术观的争论，在史料的长廊中寻觅到艺术的真谛，我们的文学艺术才能得到长足的发展。

我充分理解湖北大学文学院编辑这套研究资料的良苦用心，囿于曹禺研究的停滞不前、文学史研究的基本定型，没有史料的重现，就不足以唤醒人们的价值理念，就不能触发研究者的研究冲动，也就不能让这个领域的研究走向深入。编选者认为四十余年来“海内外、多视角全面推进”的曹禺研究格局成就很大，似乎过于乐观了一点。尽管涌现出的著述颇丰，但多为重复叠加的著述，难免捉襟见肘，鲜有能够警醒世人、真正拓展研究深度和广度的扛鼎之作。而这套即将面世的丛书，将极大催生新见解、新角度的曹禺研究著述的问世。在某种程度上，它应该是曹禺研究的“助产士”。

道路是曲折的，也是十分艰难的，今后也许会更加艰难，但是我们仍然要前行，谁让你是一个只能尊重历史的研究者呢？！

中国现代文学研究会会长
南京大学文学院教授　　丁帆

2020年10月1日草于南大和园

目录

《〈原野〉研究资料》导读

黄晓华　张义明[①]

《原野》1937年4月在广州出版的《文丛》第1卷第2期开始连载，至8月第1卷第5期续完。同年8月，由上海文化生活出版社出版单行本，收入巴金主编《文学丛刊》第五集，《曹禺戏剧集》第三种。时年，曹禺28岁。

自问世以来，《原野》的接受与评价几经沉浮。《原野》发表后不久，华夏大地便陷入了旷日持久的战争。此时的批评界，对《原野》的评价虽不如《雷雨》和《日出》，但在批评中仍不乏赞许之声，尤其曹禺自己对其表现出高度肯定，他说他偏爱《原野》胜过了《雷雨》和《日出》——因为他爱人类的愤恨，人类的矛盾的心理。[②] 新中国成立后，随着政治氛围的变化，《原野》逐步淡出舞台与批评家的视野。"文化大革命"期间，曹禺被打成"资产阶级反动作家"，《原野》更是无人提及，可谓"销声匿迹""不见天日"，足见其影响、传播之凋敝。进入新时期以来，《原野》又重新回到了舞台和研究批评者的视野。随着改革开放后文化语境的变化，《原野》作为作者曹禺最喜爱的作品之一，也被"经典化"，在话剧舞台上大放异彩，成为中国现代话剧作品演出长盛不衰之作。《原野》剧本也成为曹禺研究的热点之一，对《原野》的批评研究日趋理性客观，呈现出多元化的特点，涌现出一大批优秀的研究成果。

一

1937年《原野》问世以后，与批评界对《雷雨》等作品一边倒式的赞赏不同，虽然也有批评家认为，《原野》"是作者写的剧本里顶好一个"[③]，但更多的批评家对其持批评意见，尤其是其中对西方戏剧技巧的借鉴与吸收方面，成为批评界的焦点之一。

1938年，南卓便在文章中指出："作者有一个癖好，就是模仿前人的成作。《原野》很明显的同欧尼尔的《琼斯皇》(The Emperor Jones)非常相像，都是写的一个同自然奋斗的人怎样还是被一座原始的森林——命运的化身——给拿住了。"的确，曹禺在之前的戏剧创作中，已有许多向前人（如易卜生、莎士比亚）戏剧借鉴的成分，而《原野》就更集中体现了

① 黄晓华(1973—)，湖北大学文学院教授，博士生导师，主要从事叙事理论与中国现当代文学研究。张义明(1995—)，湖北大学2017级文艺学硕士研究生，福建师范大学2020级文艺学博士研究生。

② 回春：《电影与戏剧：银幕与舞台上的〈原野〉》，《工商生活》1942年第1卷第7期。

③ 阿茨：《〈原野〉的故事和人物》，《辅仁文苑》1940年第3期。

曹禺向前人成作的模仿。在1937年《原野》的最初版本中，第三幕丛林中剧情与《琼斯皇》的剧情如出一辙。南卓将这种模仿看作是一种脱节的，“不必要的”，“为了制造空气，作者把原始的森林，黑人的鼓声，固有的阎罗，判官，牛头，马面等等，放在一起。由于根源背景的不同，这实在是不调和的”[1]。在南卓眼中，不仅《原野》模仿外国人不甚成功，其模仿中国传统作品同样不成功，“还有仇虎用故事的形式将他同焦大星的关系讲清，这是模仿《八大锤》的《断臂说书》。也同前面说过模仿欧美的作品一样，这也是不必要的”[2]。南卓可被视为对《原野》技巧，尤其是表现主义技巧进行阐释批评的先驱。

与南卓相似，大星友对《原野》的批评也主要集中在其与《琼斯皇》的关系上，“显然地，曹禺先生是受了欧尼尔的影响，他无意中借用了欧尼尔在琼斯皇一剧中所用的回音”[3]。大星友的“无意”二字似乎与前文中南卓的“模仿”有着不同的感情倾向和态度，对于曹禺是否拿捏好“借鉴”的度有着自己不同的阐释。这种比较文学的视野给《原野》的研究提供了一条重要思路。

对《原野》技巧的批评热点，一方面集中在对其舞台技巧借鉴的评价，另一方面则集中在其对电影艺术借鉴的评价。1937年《原野》问世之初，报刊对《原野》的报道批评认为，其最后一幕“将以电影化的手法演剧，实为近年来中国舞台剧新发现”[4]，还是明显表现出肯定；而到了1940年代的批评者眼中，这种“电影化”却成为一种弊病，“宜于做电影，在简单之舞台上，殊不易作，另有几幕原本均须出现幻象，此次演出，酌有删改，实属不得已”[5]。

这一时期研究者关注《原野》的另一个焦点就是对其主题的评价。在司徒珂看来，“在《原野》依然存在着很浓厚的反封建意识”[6]，阿茨则更进一步肯定，相对于《雷雨》与《日出》，“《原野》是更进步的”[7]。但对于《原野》潜含的复仇精神，其评价则出现了分化，“有人说仇虎的复仇与目前中国抗战精神相结合，所以在这时上演《原野》是有意义的，但又有人认为私人仇怨的报复没有什么价值，不值得提倡”[8]。这种内容的讨论往往与中国所处的政治、文化环境密切相关。

这时也有一些批评者注意到曹禺所想要表现的对人性、命运的思考，有的只是一笔带过，并不深入，如司徒珂所言“可以发现一个理想和一种精神”[9]；有的则针对作家的剧本做了大胆的猜想，如竺磊便撰文指出：“《原野》，正如这名字所示，是充分地表现出来人类的‘原始的野性’。心理学家解释人类的一切行为完全出于性的驱使。《原野》里的一切人物

① 南卓：《评曹禺的〈原野〉》，《文艺阵地》1938年第1卷第5期。
② 南卓：《评曹禺的〈原野〉》，《文艺阵地》1938年第1卷第5期。
③ 大星友：《〈原野〉观后感》，《三六九画报》1941年第11卷第2期。
④ 结核新闻：《〈原野〉导演电影化》，《星华》1937年革新第10期。
⑤ ——：《〈原野〉在津首次上演》，《新天津画报》1941年第6卷第27期。
⑥ 司徒珂：《评〈原野〉》，《中国文艺》（北京）1939年第1卷3号。
⑦ 阿茨：《〈原野〉的故事和人物》，《辅仁文苑》1940年第3期。
⑧ 冠英：《谈〈原野〉》，《今日评论》1939年第2卷第13期。
⑨ 司徒珂：《评〈原野〉》，《中国文艺》（北京）1939年第1卷3号。

便是这样。”[①]虽然这一解释略显偏颇，但与此时期的批评者多关注剧情本身以及人物塑造相比，能触及曹禺对人性的思考已实属不易。

此外，关于《原野》的现实性与群众性、人物形象的真实性等问题，批评家们也进行了多重批评探讨，但这并不妨碍《原野》被搬上舞台，成为广受欢迎的作品。如唐弢在1947年所作的简洁动人的描述：“大江南北，多少剧团演过《原野》，多少人读过《原野》，《原野》是百看不厌的剧本。”[②]

二

1949年新中国成立以来，由于政治意识形态色彩在文学批评与研究中的强化，针对《原野》的批评几近销匿。1951年夏，《曹禺选集》被列入中央人民政府文化部、开明出版社出版的“新文学选集”丛书中，曹禺对《雷雨》《日出》《北京人》三部作品做了大量修改[③]，但《原野》未收入其中。1952年曹禺就任北京人民艺术剧院院长一职后，重印出版了《雷雨》《日出》等剧作，但《原野》亦不见重版。1957年，曹禺应人民文学出版社之约，对《原野》《蜕变》和《家》进行修改，拟将这三剧收入《曹禺剧本选》第二集，但终未能出。[④]

比较几种不同版本的现代文学史，似乎能从中寻得研究者们对《原野》的态度。1950年代初期的几本重要的文学史著作，虽部分肯定《原野》的成就，但着力点仍在批判其缺陷。杨晦先生说：作者本来“由《雷雨》的神秘象征的氛围里，已经摆脱出来，写出《日出》那样现实的社会剧了，却马上转回神秘的旧路”[⑤]；王瑶先生说：“作者注视到农村也表示他视野的扩大，但他处理题材时，却渗入了过多的神秘象征色彩。”[⑥]刘绶松先生也认为：“《原野》同《雷雨》一样，过于浓厚的神秘色彩遮没了它的社会意义。”[⑦]

“文化大革命”爆发后，曹禺被视为“反动作家”。此时对其的丑化与批判主要集中在《雷雨》《蜕变》和新中国成立后所写的《明朗的天》《胆剑篇》等。在《文艺革命》1968年第5期《曹禺反革命罪恶史》一文中，只蜻蜓点水地批评《原野》是一部“美化地主阶级、丑化农民”的“反动剧本”。[⑧] 足见，在这一时期曹禺《原野》彻底从大众的视野中淡化消失了。

而在这一时期，港台对《原野》的批评与研究出现了刘绍铭等代表人物。1969年，刘绍铭在《纯文学》发表了《〈原野〉所倡导的原始精神——兼论其舞台技巧》一文，更深入地从曹禺向西方的借鉴入手，分析了《原野》中所蕴含的“精神”。这是这一时期难能可贵的《原野》研究论文。

① 竺磊：《谈曹禺的戏剧》，《燕京文学》1940年12月20日。
② 唐弢：《〈原野〉重演》，《大公报》1947年8月29日。
③ 田本相：《曹禺年谱长编》天津：南开大学出版社1985年版，第83页。
④ 夏华：《阳光照耀着〈日出〉诞生的地方》，《新晚报》1957年1月23日。
⑤ 杨晦：《杨晦文学论集》，北京：北京大学出版社1985年版，第105页。
⑥ 王瑶：《中国新文学史稿》上册，上海：新文艺出版社1953年版，第274页。
⑦ 刘绶松：《中国新文学史初稿》上册，北京：作家出版社1956年版，第397页。
⑧ 人艺齐学江：《曹禺反革命罪恶史》，《文艺革命》1968年第5期。

刘绍铭继续沿着前人对“表现主义”的道路作了更进一步的探讨。他在文章中指出：“《原野》在技巧上……沾染了若干表现主义的色彩。但曹禺在此剧中糅合了若干中国传统舞台艺术，使新学来的西方技巧，更是相得益彰。这一点，可说是曹禺青出于蓝也实在是他第一次摸索到自己的路子了。”①刘绍铭从配乐、舞台效果等角度，指出曹禺在布场时打造的表现主义“气氛”，巧妙地和中国传统民俗符号搭配起来。这是对于《原野》的表现主义为数不多的赞许之声。在分析《原野》的人物形象塑造时，刘绍铭对仇虎和焦大星这两个角色进行了细致入微的分析。“从《雷雨》和《日出》两剧我们看到，曹禺描绘人物的基本手法就是倒装手法。……从曹禺惯用的字眼中，亦可看出他对某些人或事的好恶。‘原始’两字，在曹禺的词汇中，是美好的字眼。”曹禺认为仇虎拥有着“原始”的野性，不同于所谓的伪君子式的“好人”。这种人物的形象塑造最终落脚点则是作者向“原始”精神的回归，仇虎在这里更是一个象征式的符号，体现着作者对国家民族精神“一厢情愿”的思考。刘绍铭在其研究论文中明确地告知读者，“单就技巧来说，《原野》是曹禺所有剧本中最适合比较文学研究范围的了”②，将《原野》和《琼斯皇》明确纳入比较文学的范畴中来。刘绍铭指出：“可说是曹禺青出于蓝也实在是他第一次摸索到自己的路子了。”③通过分析曹禺剧本中恐怖效果的营造、音乐等环境因素的使用，以及角色动作神态的“气象”，刘绍铭较为细致地论述了《原野》是如何“青出于蓝”的。

更可贵的是，刘绍铭也从人物的形象中触摸到了曹禺想要在《原野》中表现的“原野的野性”和人性观点。曹禺所勾勒出的“原始人”有着“雄健的体格和丰盛的性功能”，刘绍铭因此谈道：“除郁达夫和丁玲两个较显著的例子外，中国五四时代文学用性爱眼光来探讨人类行为的，实不多见。《原野》可说是大胆的尝试了。”④

三

“文化大革命”结束后，得益于拨乱反正、思想解放，文学研究日趋兴盛繁荣。20 世纪 70 年代末，曹禺对《原野》又进行了适当的修改和增删。自 1950 年文化生活出版社最后一次再版本后数十年间，《原野》几近销声匿迹，“作者始终不置一词，原作也未做过文字的改动”⑤。1983 年，曹禺重新修改润饰这部作品。这一次修改除了删除枝蔓、改造人物形象和设定以外，也对一些场景布置进行了“生活化”的处理，尤其是对第三幕中不符合中国传统文化的、来源于《琼斯皇》的符号进行本土化的处理：“将剧本第三幕中的小土庙一律改为土庵，鼓与鼓声一律改为木鱼、磬与木鱼磬声。因为这样符合生活的真实，道姑子住持处称庵而非庙；庵里做法事是敲木鱼、击磬，而非打鼓。同时，这样的修改也更具有传统的

① 刘绍铭：《〈原野〉所倡导的原始精神——兼论其舞台技巧》，《纯文学》1969 年第 5 卷第 6 期。
② 刘绍铭：《〈原野〉所倡导的原始精神——兼论其舞台技巧》，《纯文学》1969 年第 5 卷第 6 期。
③ 刘绍铭：《〈原野〉所倡导的原始精神——兼论其舞台技巧》，《纯文学》1969 年第 5 卷第 6 期。
④ 刘绍铭：《〈原野〉所倡导的原始精神——兼论其舞台技巧》，《纯文学》1969 年第 5 卷第 6 期。
⑤ 秦川：《谈曹禺对〈原野〉的修改》，《四川大学学报》（哲学社会科学版）1983 年第 2 期。

民族的特色。”[①]这样的修改更符合中国观众的文化背景与生活习惯，从而减少了观众观剧时的疑惑，也一定程度上弥补了舞台表演的某些缺陷。

此外，修改后《原野》在语言文字上加工锤炼，对话更自然、更精炼，剧本结构更完善。在描写人物的形象特征时，用语更明确、恰当，克服了以往不合理的成分，在服装衣饰方面的陈述更为直白、准确，打造出了更真切的人物形象。比如对焦大星人物形象的描写，修改了原版中“短打扮”这种不尽详细的表述，并将其身材写得不那么健硕，“中等个”“脸色不好”，更符合焦大星人物的性格特征；而在仇虎的部分，重点改造有悖于真实、令人难以置信之处，如“丑陋的人形”被彻底改造为“充满强烈的生命力的汉子”等。部分研究者对仇虎和焦大星角色形象的修改赞誉有加：“这两个人物的修改，反映了作者在艺术上不同的追求，是一次成功的修改。它既没有离开原剧的基本精神，两个人物形象都是原有的，但却又使之经过琢磨而更加合理、突出，更富有光彩。”[②]

1979 年唐弢、严家炎主编的《中国现代文学史》对《原野》的评价相较“文革”时期具有拨乱反正意义，比新中国成立前的评价也更趋于全面，有一定提升。唐弢是文学史家，也是自 1940 年代以来便热情关注《原野》的研究者。在 1940 年代的《〈原野〉重演》和 1980 年代的《我爱〈原野〉》两篇文章中，唐弢表现出了他对《原野》一以贯之的热爱，这在一定程度上使得他能突破前人对《原野》的评价。在《中国现代文学史》中，唐弢、严家炎认为“《原野》的前部分写得比较成功”，肯定曹禺将视野拓展“到了农村阶级斗争方面”，同样也指出了《原野》的不足：“由于对所描写的生活不熟悉，剧本在农民形象的塑造上却不成功”，“把许多神经质的、知识分子的东西加在仇虎身上，损害了这一形象的真实性”。[③] 这一时期之初，批评家的批评风格仍带有“十七年文学”和十年动乱时期的余波，仍带有阶级斗争的色彩，因此对《原野》评价并不高。

进入 20 世纪 80 年代，文学研究者对《原野》的关注热度逐渐上升。田本相是曹禺话剧研究中的重要代表人物，他于 1981 年所作的《〈原野〉论》一文，成为新时期《原野》专题研究的先声。在该文中，他指出：“就《原野》的创作意图来看，他本在积极探求农民的悲剧命运，在艺术上追求创新，但结果却落进了表现主义文艺思潮的圈子，这确是一个深刻的教训。”[④]田本相对表现主义所赋予的神秘感与原野背景的不相符作出了批评，并站在中国的“现实主义立场”上，批评“《原野》对于《雷雨》《日出》的现实主义来说是一个明显的倒退。这是作家始料不及的。但这恰好说明了，现实主义创作有它自身的规律，它不管作家的主观愿望如何，谁要违反了它都会导致挫折”，“表现主义或者称作象征主义都是资本主义进入帝国主义阶段后产生的文艺思潮……《原野》不过是作家现实主义创作道路上的一个小

① 秦川：《谈曹禺对〈原野〉的修改》，四川大学学报（哲学社会科学版）1983 年第 2 期。

② 秦川：《谈曹禺对〈原野〉的修改》，四川大学学报（哲学社会科学版）1983 年第 2 期。

③ 唐弢：《中国现代文学史》第二卷，北京：人民文学出版社 1979 年版，第 189 页.

④ 田本相：《〈原野〉论》，《中国现代文学研究丛刊》1981 年第 4 期。

小的插曲”。① 田本相此时的批评虽然还带有一定的意识形态色彩，但已经开始剥离将表现主义与资本主义等同的错误思想。

1982 年胡润森所撰《〈原野〉简论》扭转了以往对表现主义的认识。文中着力批判了将表现主义划归为“腐朽的资本主义”的一部分的错误思想，并摘掉了前人“扣上‘反动的’、‘腐朽的’、‘颓废的’等帽子”。② 胡润森进一步指出，在人物形象塑造方面，表现主义特色不仅增添了仇虎的性格的色彩，而且也加强了它的真实性和现实性。这一文章的出现，不仅打破了以往对表现主义的偏颇认知，更影响了后来的研究者在表现主义的视域内洞察《原野》的倾向。后续的一些研究者认为，曹禺《原野》中的缺陷并非来自表现主义本身，而是来自“较多地运用表现主义的象征手法，刻意讲求奇幻的舞台景象所产生的艺术效果”③，对象征手法和戏剧技巧的过度使用，导致故事现实意义的萎靡。而《原野》不仅借鉴了《琼斯皇》，更超越了《琼斯皇》，“《原野》所追求、所探索的远远比《琼斯皇》深广得多”④。此外，研究者还认为，对《琼斯皇》表现主义的批评不能直接套用于曹禺的《原野》，这两者之间有着根本的区别。不可把曹禺和奥尼尔的哲学观点、文艺思想混为一谈，也不可把作品中人物的思想和心理活动和作家本人的思想和心理刻板地等同起来。此后，朱栋霖在指出《原野》存在缺陷的同时，充分肯定《原野》运用表现主义是“成功地进行了一次艺术尝试”⑤。

这一时期，研究者普遍走出阶级分析的桎梏，不再将“表现主义”视为“资产阶级反动文艺”的组成部分，而更能从文学技巧本身分析得失。除了艺术技巧，这时的研究者对《原野》的研究范围日益扩大，对《原野》中内容的关注度也大幅提升。围绕《原野》的内容，研究者们延续着民国时期的研究主题，继续深入发掘其人物形象塑造和农村图景塑造的亮点与缺陷。新时期之初，一些研究者强化了仇虎的“农民”定位。部分研究者将仇虎的复仇与农民的革命联系起来，“仇虎的悲剧……深刻地证实了，农民如果不克服个人复仇的狭隘观念和某些落后的弱点，不组织起来追求集体斗争的道路，那么他们的反抗最多只是演出一场仇虎式的英雄末路的悲剧”⑥。但作者同时认为，“通过农民向恶霸地主复仇的故事，表现‘受尽封建压迫的农民的一生和逐渐觉醒’”⑦。对于仇虎的农民身份，吴建华提出了反对意见，从仇虎本身的人物设定、花金子的人物设定两个方面，一正一侧详细论证了仇虎并非农民形象。⑧ 但这种观点在学界并未成为主流。更多的人可能还是认为，“仇虎也不是觉悟了的农民起义的代表者，而是被黑暗社会扭曲了的‘仇虎式’的人物”，他的复

① 田本相：《〈原野〉论》，《中国现代文学研究丛刊》1981 年第 4 期。
② 胡润森：《〈原野〉简论》，《四川大学学报（哲学社会科学版）》1982 年第 2 期。
③ 华忱之：《重评曹禺的〈原野〉》，《江西师院学报（哲学社会科学版）》1983 年第 2 期。
④ 华忱之：《重评曹禺的〈原野〉》，《江西师院学报（哲学社会科学版）》1983 年第 2 期。
⑤ 朱栋霖：《论〈原野〉》，《文学评论丛刊》1985 年第 23 期。
⑥ 胡润森：《〈原野〉简论》，《四川大学学报（哲学社会科学版）》1982 年第 2 期。
⑦ 华忱之：《重评曹禺的〈原野〉》，《江西师院学报（哲学社会科学版）》1983 年第 2 期。
⑧ 吴建华：《〈原野〉中的仇虎并非农民形象》，《湖南师院学报（哲学社会科学版）》1983 年第 4 期。

仇过程并非阶级斗争，而是个人报复。因此，他“背离了农民的本质”①。

批评者对《原野》脱离大众和现实的质疑，逐渐被新时期的“缺陷”论调所取代。剧作家曹禺“熟悉的是城市中封建性旧家庭和知识分子生活，他能够得心应手，深刻细致地描写他们的生活风貌，但在自己不熟悉的农村生活面前，他一贯的准确把握事物的能力就失去了平衡”②。在主观设想和客观事实之间，曹禺更多地借助艺术技巧进行主观创造，一定程度上黯淡了它的现实主义与时代色彩，但这并不能说明《原野》是一部脱离大众和脱离现实的作品。

此外，不少论文从宗教精神、剧本结构、悲剧性、文化研究等多元视角切入《原野》研究，极大地丰富与拓展了《原野》的阐释空间。

黄健、张耀杰等人撰文谈及《原野》的宗教内涵。黄健指出，青年曹禺受基督教善恶观的影响很深，“在《原野》这部剧作中，作为创作方法的象征主义和表现主义与作为思想内核的基督教的善恶观念及作家对宗教的反叛这三者构成了三位一体的关系”。③ 李树凯则从剧本结构的角度，指出《原野》是一部“佳构剧”。文中指出，“《原野》既是佳构剧这种戏剧艺术对曹禺的长期吸引与影响的结果，也是他戏剧创作中这一特殊现象的结束。”④张福贵从《原野》悲剧性的角度切入，旨在说明《原野》是一部生命悲剧和文化悲剧，其旨在“展示灵魂深处的冲突。”⑤李扬的论文则从对“对中国文化传统的反思与批判”这一曹禺前期创作的整体语境入手，探讨《原野》的“潜在世界”，论文指出，“生命类型与沉郁的蕴藏着生命野力的大地融为一体，构成了《原野》中富有诗意的象征结构。”⑥诸如此类的许多论文，或不同角度切入，或有新颖的观点，是《原野》新时期以来研究的重要成果。

最后，值得指出的是，进入 21 世纪以来，作为话剧的《原野》依托其他剧种的改编，将自己的生命进一步延展。《原野》的同名歌剧受到文艺界的广泛关注，而带有中国地方特色的川剧《金子》也独树一帜。这些艺术形式都是《原野》历久弥新的体现。对于这类衍生剧作，批评者们也根据其艺术样式的不同做了不同层次的批评与分析，别开生面。

四

《原野》研究八十年来，对其成就的评价虽然经历了几番起伏，但毋庸置疑的是，曹禺不仅深刻地刻画了“原野”上人与人的矛盾、人内心的矛盾，更通过剧作展现了他对人性的思考，对命运的思考。通过对“原野”的塑造和对仇虎等人形象的塑造，《原野》展现了一幅

① 文豹：《仇虎式的农民和仇虎式的复仇》，《艺谭》1983 年第 9 期。

② 朱栋霖：《论〈原野〉》，《文学评论丛刊》1985 年第 23 期。

③ 黄健：《基督教、象征主义、表现主义的三位一体——〈原野〉创作论》，《徐州师范学院学报》1988 年第 3 期。

④ 李树凯：《〈原野〉是一部佳构剧》，《西北师大学报(社会科学版)》1993 年第 2 期。

⑤ 张福贵：《展示灵魂深处的冲突：生命的悲剧与文化的悲剧》，《戏剧文学》2000 年第 4 期。

⑥ 李扬：《文化与心理：〈原野〉的潜在世界》，《文艺理论研究》2001 年第 3 期。

深邃广袤的农村人生图景。仇虎这一形象不仅是辛亥革命后农村反封建精神的延续，亦是普罗大众崇尚自由、崇尚解放的写照，具有超越时空的典型性和社会意义。曹禺借助表现主义手法，表现人物内心的挣扎，展现人物的内心世界，这种手法最终回归到了曹禺对人物内心世界的探索上来，并未喧宾夺主。这种对心灵的探索也值得观众深思、体悟。

《原野》是一部既具有深刻的社会意义和鲜明的艺术特色，同时也存在着明显缺陷的作品。但瑕不掩瑜，它的成就是主要的。正如评论家唐弢大声疾呼的“我爱《原野》”，这部剧作历久弥新，仍旧受到广大观众的赞扬与喜爱。

《原野》附记

曹　禺

又是非常仓促地把这个戏写完，内中错误失漏随意看来便发现不少。希望日后能随时更正过来。好在这只是个未定的草稿，还容我有一点一点修改的可能。写第三幕比较麻烦，其中有两个手法，一个是鼓声，一个是有两景用放枪的尾，我采用了欧尼尔氏在《琼斯皇帝》所用的，原来我不觉得，写完了，读两遍，我忽然发现无意中受了他的影响。这两个手法确实是欧尼尔的，我应该在此地声明，如若用得适当，这是欧尼尔的天才，不是我的创造。至于那些人形，我再三申诉，并不是鬼。为着表明这是仇虎的幻相，我利用了第二个人。焦花氏在他的身旁。除了她在森林里的恐惧，她是一点也未觉出那些幻相的存在的。这个戏的演出比较难，第一，角色便难找，仇虎、焦氏、金子、大星都极重，尤以焦氏不易，怎样把演员分配得均匀，各人在每个角色的心理上展开每人的长处，是很费思索的；第二，布景，灯光都相当地烦重，外景太多，而且又需要换得快，如第三幕那连续的五景，每景变换应以二十秒钟为准，不应再多，不然会丢了连续失去情调，并且每外景的范围也是极难处理，所以如果这幼稚的剧本能荣幸地为一些演出的朋友们喜欢，想把它搬到舞台，我很希望能多加考虑，无妨再三斟酌这剧本本身所有的舞台上的“失败性”，而后再决定演出与否，这样便可免去演后的懊悔与痛苦。

原载《文丛》1937 年第 1 卷第 5 期

关于《原野》

之　尔

在《雷雨》和《日出》之后，曹禺先生的《原野》无疑是值得我们注意的：关于每个戏，在舞台上总比在印在纸上更使人兴高去领受，因之，在《文丛》上接连读了《原野》的剧本以后，对于“业实”排练的《原野》，就更使人有了先睹为快的欲望。何况在读《原野》的剧本时，那紧凑的布局就使我不忍释手过。

关于“业实”排演的《原野》的演员的阵容，还是“业实”的事，局外人是无从插嘴，也不该插嘴的。再说，对于演员性格的了解，当事的导演者自然也比局外人清楚得多。不过，以一个观众的资格，并且是以爱护“业实”的心（这一点我希望不要被误会才好），来以一己的见解，说一说演员的阵容，作为一个备考的资料，认为对的不妨试试，不对的就根本不必理它，这总还可以吧。

“业实”的《原野》演员阵容，“据说”已支配定了，演仇虎的有赵明，沙蒙，吕班，魏鹤龄，吕复，陶金等六位，金子则由英茵和舒绣文担任，演焦大星的本来是预定严恭和魏鹤龄二君，因魏自己认为演仇虎更适合，故大概只有严恭一人，焦母则不是章曼苹便是王苹，狗蛋是钱千里，常五则定为顾而已，王为一，张客三人。

这“据说”不知确不确，但也没有关系，因为我只是想说我以为最确当的人选。

我以为演仇虎的脚色，最好的应该是魏鹤龄君，如果甲乙制，则陶金自然也是一个，新人中，赵明君我不知道适合与否，但自然也可同时排练，因为即使不上台也总多了番训练也。在《武则天》与《太平天国》中有很好成绩的吕复君，则恐怕会不够的，至于吕班君，则演白傻子（狗蛋）似更较演仇虎为适当。（狗蛋除钱千里君以外，再加一个原无妨。）至于金子，则以甲乙制度来说，舒绣文如加入“业实”阵容，则舒可担任甲，因为英茵在《武则天》中和《太平天国》中很辛劳，给她少演几场，于情理来讲，原也应该，而况舒绣文演金子，根本也不会弱也。至于焦大星，则除严恭以外，我以为还可由吕复君来演，其他，则以名次前后，定为甲乙，和我的见解相同。

上面说过，支配演员等人事，原是当事者的责任，第三者是不应该插嘴的，这里所云，那只是随便说说，希望当事者能够以他的自信，来决定人选。自然，我也希望当事者所定的人选能和这巧合，但也希望只限于“巧合”而已。

原载《中国电影（上海）》1937 年第 1 卷第 7 期

关于《原野》

——曹禺自己的意见

华

《原野》为曹禺先生继《雷雨》《日出》后之第三部，剧作现正由业实剧团在积极排演中，不久将可与观众相见。日前曹氏在京中剧学会讲述《原野》剧情主题，与故事，人物性格的分析，以及关于第三幕的演出各方面，极为详尽，摘要录下①：

《原野》这个戏和我以往所写的《雷雨》和《日出》等剧迥乎不同，这个戏的故事，描写是非写实的，因此在表演布景方面，俱不能用写实的方式来上演。而这个剧的中心主题是表现人类原始的情绪的。剧中人物如仇虎，花氏，最能代表原始人类的情感。从表面上看来，似乎这两个人物是很凶顽卑贱的，但是如果仔细的观察一下，就知道花氏和仇虎，是有良善的本性，果敢的精神，高贵的人格，绝非一般下等情绪的人，这样的故事当然发生在村野，若是把它移到都市里来那就不会有什么意味了。

剧中所描写的是复仇，一个受尽压迫者的反抗。原始的性爱初由于肉体的关系而升华到精神的结合。再有，就是母子之爱夫妻之爱的冲突，为了爱子爱夫之情切，而婆媳双方俱有一种强烈的占有欲。因之发生一切的纠纷，彼此积恨到了极点，是绝对不能相容的。

再次谈到人物的性格。仇虎，他是代表最受压迫的本性，由于受尽了摧残，被逼得起了复仇的念头。恨压在他的心头，把焦姓全家都当作了他的仇敌。对于花氏，在起初是一种复仇的手段污辱敌人的妻子用来消恨的。但是他和花氏发生关系之后，渐渐地升化到精神的结合。他时常也有矛盾的心情，对于杀害仇敌总觉不忍，由此可以见到仇虎的天性良善，不平凡，并且他是能做好人的。

白傻子是表现幸福问题的，对他的看法要深刻，不可把他当作滑稽好笑而已，无论受到怎样的压迫，在任何情形之下，他始终是快乐之人物。

焦大星这个人物的内容是很不容易看得出的，他对于母亲爱而又怕。处在一种最为难的地位上，既不忍违背母亲又不忍弃绝妻子，他知道花氏并不爱他了，但是还用强迫的手段要求她依从，大星之不如仇虎就是太没有决断，总是矛盾，因循，终以丧命。至于推测到他懦弱的原因，未尝不是母爱过深骄惯养成的，因而致死，焦母不能辞其咎。

焦花氏更为一种了不得的人物。她有强烈的情感，高贵的人格，她非常能诱惑男性，然而绝非淫荡的女人，她之爱仇虎是为了他那种强壮的体魄所吸引但她认为爱了一个人，

① “摘要”前脱漏二字。——编者注

就应该为他牺牲，这种精神始终不变。

焦母的个性最强，爱子之心亦切，她对于大星的希望能像她那样强性，然而大星处处不能使她认为满意，因此她只有尽力卫护大星，挺身御险，一切都拼着自己的力量来和敌人对抗。

常五是一个地痞之流的人物，虽然，他不能为善并不能为大恶的人，只是有贪吝的毛病，因而受到损伤，他知焦情不过是朋友的关系，而在全剧故事的发展上是最有关系的。

最终，对于角色的表演，化装等分别阐述。关于布景及灯光，亦有所指示。

原载《大公报》(上海版)1937年8月1日

评曹禺的《原野》

南　卓

自从作者的《雷雨》在《文学季刊》上发表以后，许多人都认为这是中国剧坛上的一颗新星，使我们的所谓“新剧”赶上了欧美的水平。一时差不多每一个剧团都在那里准备上演《雷雨》，造成空前的盛况。过了两年的样子，《日出》又问世了，所受的欢迎更甚于《雷雨》。当时的批评界则分成两起：有极端赞扬的，也有极端菲薄的，有的则希望作者“百尺竿头，更进一步”。

这在大家期望中的第三部，在去年的《文季月刊》上连载了。八月里刊行了单行本。作者从家庭走到社会，现在是由都市走到原野来了——不过这本剧没有她的姊妹篇那么惹起人的注意——大概是受了“抗战”的影响。

作者有一个一贯的优点，就是技巧的卓越。他的人物性格，对话，都同剧情一起一点一点的向前推移，进行，开展，直到它的大团圆。如在第一幕中，由白傻子同仇虎的对话把剧前的一些条件露出。由焦大星同金子的对话将婆媳间的矛盾用两个人都掉在河里的假设来表示这个斗争的尖锐，同时把焦大星的处境也很客观的显露出来，接着又是焦母出场，斗争更变成实际的了。底下大星去，仇虎上，同金子叙旧情，便将以后的一切铺排好了。其余如开场时主角仇虎先做了许多动作，才把他的怪脸翻向观众，突然给人一个很深的印象。又如后来仇虎拒捕，以常五作质，要大家放他一条活路，说数数，数到十，如仍不理就开枪打死常五……都很能增加效果。

但同时也就是因为作者太爱好技巧了，使得他的作品太像一篇戏剧。我们常说某人的动作像是在那里演剧，意思就是说，这不像真的，不是现实；也就是说，没有意义，没有什么深刻的内容。都市妇女最容易受到这一类的批评。我想这是好莱坞流动大学的影响。我们的都市青年常常照模照样的喜，怒，哀，乐，做着爱，一切都好像有了一定的格式；这不是别的，还是那个艺术的老对头——公式，在那里作祟。我们很难碰到一个有点创意的影片，因为多半都被过去的经验，技巧，压住了——然而一件艺术品却必须是通过作者的心眼看出一点与旁人所见不同的地方以后的成果。如果从成品出发，脱离现实，那便不成其为创作了。桑叶须经过与蚕自己的成分化合，变做他生命中的一部分，方能成丝。我们看过作者的三部曲的人，大概都有一个同感：不知道作者是个怎么样的人，他的思想，感情，与别人的有什么不同。一句话，我们体会不到作者的精神。我想原因就在技巧的畸重。底下所说的大概都由于这个总的原因发生的。

作者有一个癖好，就是模仿前人的成作。《原野》很明显的同欧尼尔的《琼斯皇》(The Emperor Jones)非常相像，都是写的一个同自然奋斗的人怎样还是被一座原始的森林——命运的化身——给拿住了。人有枪，枪是人同自然斗争的武器——在这里可只是做了换景的工具，人还是失败了。欧尼尔受过希腊古典剧很深的影响，他会将一篇旧剧新编，注入弗洛依特的观点。在《琼斯皇》的背后也藏有一个最重要然而不出场的主角。听说曹禺先生对希腊剧的功力也很深——虽然他并不见得真相信命运，我想这或者是由于一种爱好，对庄严的氛围的爱好——不过这一点在《琼斯皇》如果是成功了，在《原野》却是失败的。因为那位皇帝的出身是个黑人，苦力；在他的意识里，深深的埋藏着原始的迷信，当他从前犯那些罪恶的时候，心的深处其实是恐惧的，苦痛的，后来受了特别的激动，又走进恐怖的神秘气息很重的森林，这些潜伏的东西是会在半梦的状态中出现，使得他迷路。可是《原野》里的仇虎是完成了他十年的宿愿，理应觉到非常轻松，他似乎没有像琼斯一样迷路等死的必要。我们比黑人要老大的多，也比较的缺乏幻想。何况还有一个明眼的伴侣——金子。金子应该认得路。因为有小庙在这里，是屋面前的地方，而且她可以问仇虎他从前做下的标志都是些什么，她可以趁着月光，代他寻找。

作者很喜欢欧尼尔的作品，在《雷雨》中的二少爷像《天外》(Beyond the Horizon)中的兄弟一样的憧憬着"天外"。《原野》里的金子又重覆的表示对《天外》的希望，一心想坐着火车，到那黄金铺地的所在——具象的"天外"。

其余，仇虎去谋害焦大星一段，则脱胎自莎士比亚的《马克白》(Macbeth)中马克白夫妇暗杀邓肯王(Duncan)一场。《马克白》中的呓语是由内侍发出马克白转述的，这里却是死者自己说出的。马克白的手洗不干净，仇虎的手也洗不干净。后来还同样的表示他愿意死者复活——这种雷同是不合心理学的，因为马克白所杀的是他们的恩主——自己的国王，仇虎所杀的却是害了他全家的焦阎王的儿子——虽然这是他无辜的盟弟——但在一个中国农民的意识中，这种惩罚是完全合法的。

为了制造空气，作者把原始的森林，黑人的鼓声，固有的阎罗，判官，牛头，马面等等，放在一起。由于根源背景的不同，这实在是不调和的。我们有我们的土产"鬼打墙"——但听有这种经验的人说，在当时是迷迷糊糊的，并没有恐惧的心情；也有犯了罪的人自己跪在阎王面前受审的传说——但不会忽然这个阎王幻作那个阎王——这只有在我们这些爱看电影的都市人脑中才会发生。

还有仇虎用故事的形式将他同焦大星的关系讲清，这是模仿《八大锤》的《断臂说书》。也同前面说过模仿欧美的作品一样，这也是不必要的。因王佐如不用说书做劝诱的手段，一直便把实事托出，陆文龙同兀术情同父子，性又急躁，必然立即将他杀死，势必前功尽弃，白用了一番苦肉计。在《原野》中固然也可以解释做仇虎不忍直接说出真象，伤大星的心，那不说就完了，何必又绕这个不必要的湾子。他的仇敌——在活着的人中——主要的似乎是焦母 这由仇虎的话可以证明，"死了倒便宜了她，我要她活着，一个人活着"——虽然她到底后来做了活着受难的人没有我们不知道——可见仇虎杀大星与黑子不过为了叫她难过，叫死去的焦阎王绝种。

抄袭或模仿本不是绝对不允许的。歌德《浮士德》的轮廓取自《圣经》，《浮士德》的第一段独白则抄自玛尔罗（Cristophei Marlowe）同名的著作（Doctor Fanstus）——不过我们看到的是歌德的精神盖过了《圣经》，融化了玛尔罗。

《少年维特之烦恼》（The Sorrows of Young Werther）后面有一段是维特在夏绿蒂面前诵莪相的诗，莪相的东西在这里是直接搬过来的——可是一点牵强的痕迹没有，是一种类似物理学上共鸣的现象，是维特当时的心情的另一种表现。

《原野》共有六个真实的人物，可以说省到无法再省了，作者是用心在那里刻划的，特别是更重要的仇虎，金子及焦氏母子——但因为过分分析，完全是理智的活动，以致人物都有点机械，成了表解式的东西，没有活跃的个性。作者的意图自然看得十分明朗，人物却因而受了损害。这使得他们都还停留在平面的世界里，不怎么立体化。艺术的活动本非不允许理智参与其间——可是在艺术家动手创造形象的时候，却不能直接顾到自己的考案。一个雕塑家在未动手以前，自然可以打许多科学的算盘——可是在他一动起手来，就不允许再做那样的顾虑了；否则一定刀痕满面，同"浑然天成"正相对立。因为现实太复杂，同时分析，同时又创作，至少在现在还做不到——而且这将把作者的精神分散，不能专注。文艺的心理距离说就可以表明艺术活动是一种专注的现象，因为专注，方能不失去天真与灵动。

旧剧的人物性格就是表解式的。这有脸谱可以做很好的证据。结果是焦赞很像张飞，严嵩同曹操好像是一个人，黄天霸几乎就是白玉堂。这都是从一些粗疏的概念直接倒译转来的结果，这不止妨害了性格的深入——而且毁坏了形象的真实性。这样的作者所企图给人的印象，一篇分析的概略也同样可以传达出来——但是里面一定缺乏一样元素就是神话里面常常说起的，使死人复活的那口仙气。

白傻子似乎只是一架留声机——但有的时候又很有思路。例如，他自己在序幕向仇虎的自述，又如自己尝鼻涕，说滋味，都是丑角的故意做作，引不起人的实感。即使是一个白痴也应该还是一个人。《罗米欧与朱丽叶》（Romeo and Juliet）的开场，两家的仆人无事生非，在电影中便把那个发起向对方咬指头挑衅的当做一个傻子——可这个家伙很有风趣，他是请示了同伴然后做的，跟阿Q临刑唱戏一样，心里实在却是飘飘忽忽的——这在计划性格的当时就绝想不到，想到就已经成了形象了。

焦母太好自我表现，作者对她的分析几乎全由她自己口中说出来了。如"我没有眼睛，比有眼睛的还尖"，"儿子是我的家私，现在都归了你了"，"妈瞎了眼，总看得见自己的儿子"……她给人的印象只是狠毒，却看不出她自己特有的地方。

仇虎一开口便不自然，他问白傻子他长得丑不丑，后来见着金子又说，"我就这么抓紧了你，你一辈子也跑不了"——都是过分的意识着的口气。同样的花氏（金子）也出场不久，便问她的丈夫她长得"美不美"，"俊不俊"。完全不是一个农村少妇的口吻。后来她要仇虎给她拾花，不管这时候外边叫门的有没有她凶狠的婆母。他们是偷情，并不是正常夫妻在家里过日子，个性再强也没有急于在那一时表现的必要——可是她在敲门声加紧当中，还说了一段非常解放的关于性生活的表白。

焦大星同常五这两个人在这一群中比较的正常些。大星其实并不像他媳妇糟踏的那样是一块“窝囊废”，似乎也没有那么惹她嫌的理由。她那样同她的婆母争大星，也不像那么嫌他。大星改造一下，或可成一“英雄”（主角）。常五的性格比较的模糊，他被金子劝着吃酒那一段简直是一幕旧剧，并显不出什么特性——可是他最后同着拿捕仇虎的人在一起想跑在前面，差点被他们误伤，一交跌进屋去，反被仇虎抓住，这一段却一面显示了个性，一面帮助了剧情的开展，同时也很自然。

性格的不现实，同语言也有密切的关联。作者在这方面发挥了他的特长，可惜戏剧气味太重，抑扬顿挫，一连串一连串的，颇似欧美的习惯。这种地方在《原野》中非常之多。我们这个民族虽好闲说，清谈，却不大好用语言来表示自己心中所想的事情，一个乡下人更不会用大段的对话，或独白，有条有理的来表现他的情感；如仇虎对着焦阎王像片发泄的那段独白，焦母摸着木人说的那段行为的自白，又如，焦母同仇虎谈判的那一大段好像对口相声那么样流利，实在都只有剧中才会存在。

至于在《原野》中所见到的思想那可以说是不大清晰的——而且有点杂乱，原因是作者从技巧出发，模仿的作品太多，外来的成分占了上风，影响到思想表现的不一致。再就是作者自己的思想似乎也还不大固定。在前面已经说过，作者好像是相信命运，又好像是喜欢一种氛围（如“虎”字便提过多少次，这在观众早已见着本人的时候是不会产生什么效果的），于是出来许多形而上的东西，如像阎王的像片活了，焦母做过噩梦，梦见她丈夫穿了一身白，浑身上下都是血，进门抱住孙子就哭了，又，向仇虎说她瞧见仇虎“身边站着有两个屈死鬼，黑腾腾，满脸都是杀气”。这当然也可以当做是焦母故意恐吓，或“日有所思，夜有所梦”——但就后面的结果看来，这还是属于预言一类的东西。又如，小黑子几次突然的哭泣，以及大星对小黑子像貌的形容，说他仿佛死了似的，又说“我直望着孩子的眼，孩子仿佛看见了什么东西似的那么死命的干嚎”，都不是随便说说的话。仇虎曾说在狱里过了“快上十年”，“十年的地狱生活”使他心里只剩下“一个字”——“恨”——这似乎有点虚无主义的倾向；可他后来说，“我完了还有弟兄，弟兄完了还有弟兄”——又好像是集团的意识。到了最后，开场扔去的镣铐又再度发现，似乎又是象征命运束缚着人，努力也是枉然的。意识的不明朗可以间接使得形象晦黯，这是专站在艺术这面说的。

总起来看，《原野》是太接近欧美的作品了。曾有人夸奖一本著作，说，简直跟翻译的东西一样。不管怎样，这种情形在文艺上却是一个严重的失败。作者自己说过，不知为什么总是写不出一篇柴霍甫一流的作品（大意如此），由此可见作者是很有“自知之明”的。自“抗战”后，作者又沉默了。一个谨慎的作家是不肯轻易发表东西的。我相信他一定在埋头写作，希望他有新的更惊人的表现——但我们不希望他停留在移植技巧的阶段上。

原载《文艺阵地》（广州）第1卷第5期1938年4月14日

谈《原野》

冠　英

在昆明看到《原野》作者亲自导演的《原野》上了舞台，真是可喜的事。我对《原野》一向有偏爱。这回因为看戏随便和朋友们谈论起这剧本来，才发现和我口味相同的原来甚少。我以为曹禺君的三部名著中《雷雨》是最雅俗共赏的戏，《日出》稍不同，唯《原野》最为不俗。

《原野》最值得称赏处是人物的创造。本剧重要人物的性格都很强，以焦大妈为最，其次金子，其次仇虎。这三个人物在中国文学里都是崭新的。中国文人笔下虽也曾出现过狠毒的婆婆，养汉的媳妇，复仇的英雄（我现在就联想到《水浒传》《金瓶梅》里的人物），但刻画都不到这样深，所以面目大不同。

三人中仇虎给人的印象最新鲜，这是被仇恨的火所锻炼，被特殊社会所教育过的农民。但粗暴而机警；他是硬汉子而有软心肠。粗暴是农民本色，机警是由于“教育”；软是农民特性，硬是仇恨造成。他于报仇，多年蓄志，一旦成功，成功后反而似有悔意，这一点为多数观者所不了解。其实这表现一个矛盾，他做的事是硬的，他的心是软的。焦阎王一死，他复仇的对象已经失去，后来手刃大星在他本已万分勉强，小黑子之死简直就伤了他的神经。这并无丝毫牵强。不过说他因此而至于立即陷入疯狂，以至在林中见神见鬼，似又走过了一步。

仇虎之外焦大妈亦复虎虎有生气，不过这一角更不是写实的了，她有巫婆气，有女强盗劲儿，又有慈母的心肠。论阴毒，她要对木头人咒死媳妇；论凶悍，她要用铁拐打死仇人；论机敏，没眼睛也能见到人家脸上的杀气；论勇敢，她为了保护儿子焦大星不辞与仇虎短兵相接。农村里恐未必有此老太婆，不过天地间不妨有此道理罢了。

金子的性格有人以为不明显，我想有两个原因：一是金子的恋爱心理不易了解；一是表现金子性格处前后有矛盾。

金子憎厌大星，虽然他是处处陪小心的丈夫，因为他柔懦，像“一辈子不会长大”。她爱仇虎，因为他强悍有力，是一个真正的男人，虽然是“丑八怪”。这本是合于人性的，但和中国的传统相距稍远。在中国通俗文艺里典型的男性情人一向是白面孔，甚至还是书生。试想旧戏里的小生是什么形状？况大星与仇虎又远非武大与武二之比。难怪一般观者以为不近情了，其实仇虎满可以不写成“丑八怪”，爱“丑八怪”总不是常态。

金子憎厌大星是情理中事，但绝不至于愿意他被杀死。对大星的殷勤也不能毫无感激。所以她有时真心怜悯他，希望自己走后有个人来疼他。所以焦大妈求她救大星，她自己也愿意。她起初确是为此尽了力，但后来却糊糊涂涂地依从了仇虎，无意间做了帮凶。这是为何？她难道生性是这样柔顺的吗？她不是“说到哪儿就要做到哪儿”的女人吗？这是显然的矛盾，所以金子成为问题。

上述三个人物都是有几分理想化了的，惟焦大星是一个软弱忠顺的农民典型。这一角写得很真实，但为了与仇虎作对照，似不妨把他的庸懦无用再夸张一点。

至于剧情也有可讨论的地方。仇虎出场带着脚镣，说是刚从火车跳下，像是才由看守者手里逃脱的样子。然而他袋子里有金戒指，后来又有了手枪，才一个逃脱的犯人何以有此？这是不可解的。仇虎由一个寻常农民变为不寻常的仇虎，自然原为他在外面见过一番世面，加入过什么帮会，交结了不寻常的朋友，所以他有钱，有枪，有“接应”他的“弟兄们”。这一段生活可以在入狱之前，也可以在入狱之后，但放在越狱之后更为合理。剧中不表出这个便不可通。此外仇虎和金子的交情在过去程度如何，也应当让观者明了。

金子同意杀大星是不近情的，上文已论及。闻一多先生主张将剧情略为修改，为花焦两家造出一段仇隙来。使焦阎王爱上金子的母亲（互恋单恋均可）。使金子的父亲因此死于焦手。焦阎王必欲得金子为儿妇因此得一解释，焦大妈之痛恶金子也增加了理由。不过这件事金子丝毫不知，焦大妈知之而不详，但仇虎却尽知底细。仇虎告诉了金子（或再由常五证实一下）使金子对焦家也生了复仇之念，于是同意仇虎杀大星而不复顾惜。这样一改可解决许多问题，委实是可取的办法。

第三幕（即最后一幕）亦颇成问题。作者使仇虎的精神发生剧变，以至在林中屡见幻象，事前的准备不够。换句话说，仇虎这种变态没有充分理由可以解释。闻先生对此解决的办法是改小黑子为金子所生，而事实上是仇虎的种子，但只有金子明白。小黑子的死为仇虎一手所安排，金子不与闻。在孩子死后金子才伤心地说出真象，于是仇虎悔恨发狂。这样较为可通，不过仍欠深刻，且时间上亦难安排（倘剧情如此，仇虎与金子别离后的时间便该很短了），尚未为圆满的办法。

因为仇虎发狂的理由欠充分，整个第三幕便与前无自然的联系，成了两橛。所以有人猜想作者先有此神秘恐怖的林中一幕，后来才加上前面的一段戏。又有人以为作者为卖弄他的种种技巧硬加上了这一幕。

第三幕自然是极有趣味的，割爱甚难。但这一幕本身亦有可议，至少嫌拉得太长。中间有两场所表现的东西几乎全无改变，仇虎的精神病象亦无由浅入深的变化。在这一幕中出场的重要角色是仇虎与金子，而金子几乎无戏可做，仇虎的戏也很单调。国防剧社的介绍文章说《原野》有浓郁的诗情，所谓诗情如系指林中的神秘气分，那么这一幕“诗”未免太多而“戏”却太少了。

剧本的许多优点和缺点都因演出而更显著，例如对话之恰到好处（几乎不能增一字），利用声音等技巧之成功（林中的鼓和叫魂效果最佳），次要角色穿插之得宜（常五和白傻子全无闲言闲动）。又如作者给仇虎一条瘸腿，给焦大妈一双瞎眼，一根铁拐杖，一面可加深观者的印象，一面又有帮助显示人物特性之妙。在看演出时更易感到。仇虎的脚镣亦有加强观者印象的作用，但有不合理处（上文已论及）只能舍弃。

剧中用独白大约总不是好办法，在读剧本时不觉其不宜，在上演时便显出了。本剧如仇虎听说焦阎王已死时的自言自语和在焦家对阎王遗像说话，都觉有换一种方法来表现的必要。

第三幕将仇虎眼中的幻象一一在观众眼前显现，也不是好办法，这个演出，此等处效果颇不佳。原来在前几个场面渲染成的恐怖气分，演到牛首马面出现时便全部消失了。这有两个原因：第一，让牛头马面在台上出现太落旧剧的陈套；第二，这些东西使不迷信的人反生滑稽之感。

在仇虎见幻象而惊叫的时候，台下观众既同时见到其所见，偏金子硬说不见，实在不能使观众感到真实。且这些幻象论理该随着仇虎的视线而改移其地位（这在戏台上自然办不到），如仇虎掉头和金子说话时，那些鬼神便不该依旧排列在他的背后，至少也应该暂时隐去。此等处如灯光设备改进，效果自然可较好。然而不若由仇虎神气活现地自述其幻觉，由金子在旁作畏怖神气，或不时惊呼来帮助，使观众在自己的想象里去构造恐怖景象，反而更有力量。不过这样一来戏台上当更显寂寞。作者让鬼神来凑热闹怕是不得已罢。

此次演出以孙疏棠君之常五最为无懈可击，次为樊筠女士之焦大妈。金子一角以凤子女士之技术经验演来竟未厌人望（有人说她不肖村妇而带智识味）。饰仇虎的汪君也是老手，但在第三幕甚难令人满意。这都该归咎于剧本。

最后再谈谈《原野》的作意，有人说仇虎的复仇与目前中国抗战精神相合，所以在这时上演《原野》是有意义的，但又有人认为私人仇怨的报复没有什么价值，不值得提倡。我以为此种争论与《原野》并无关涉，因为《原野》并未提倡复仇精神。《原野》里的复仇者目的虽达而结果并不好。作者是否赞成复仇，从剧本是看不出来的。

《原野》的人物似全都直接或间接地犯了罪，但都相当地可原谅，似作者对每人都给了同情。有人认为这是《原野》可赞许之点，有人却以此为诟病，以为不当如此全无褒贬。我以为文章可以寓褒贬亦可以不，但须看问题的大小，如《原野》是表现一个社会问题，假定以焦家代表土劣阶级，以仇虎代表反抗的农民，则是非便不可不明。但作者意思似不然（如其然，这本戏便不能这样写法了）。作者似乎不过表现天地间有几个这样性格的人，在爱欲仇恨的激荡中可以有如此一段纠葛罢了。不过仇虎口中似乎曾有这个世界上没有公平，压迫者太多，打倒一个阎王还有无数个一类的话，可使人将这剧的意义扩大去看，在剧中诚为蛇足。

有人问开场时仇虎与金子会见的地点正是收场时仇虎与金子死别的地点，仇虎并在原地拾着自己丢弃的铁镣，他正像在如来掌内兜了一个圈子。这样安排是否表示运命的牵弄？至于金子所憧憬的那个黄金铺地的远方，有无像征意义？像征什么？这些地方未敢妄测，只能代质《原野》的著者①。

廿八，九，五

原载《今日评论》1939 年第 2 卷第 13 期

① 原文末有一“本期撰者”介绍，原文为：“冠英先生任教于西南联大中国文学系。”——编者注

曹禺的三部曲及其演出:《雷雨》《日出》《原野》

司徒珂

在十几年前万家宝(曹禺)先生的声名已经驰骋于华北剧坛上了,那时他领导北国唯一话剧团"南开剧团"演出了许多的名剧,社会上对于他的导演技巧,无不称赞。万先生不止擅长导演,笔者在二十五年秋曾亲睹他主演的《财狂》,便知道他演导俱精的天才,无怪一般评剧家说中国只有两个成功的演员"南袁(牧之)北万(家宝)"。

万先生更不只擅长演戏,及导演,而且他是近年来中国剧作界唯一功勋者,他的三部曲《雷雨》《日出》《原野》问世以后,使剧本饥荒的剧坛,获得珍贵的粮食,由于剧本本身的成功,及演出者的努力,使社会藉此三部曲而对话剧萌生良好的印象,对于这伟大的功绩,我们从事剧运者应抱十二分敬意而感激。

这三部曲都已在全国各地公演了(只《原野》尚未在北国演出),但剧本的伟大含意,往往被一般演出者和观众所曲解,甚至辱没了作者的原意,这的确是一件极值得重视的事。笔者愿在这里将所见到关于剧本及演出方面数点,与诸话剧同志作一商榷,希望今后演出者领略个中深意,而能表演生动,另一方面更希望一般观众对原剧作一番认识,不致曲解事实,不过笔者所见亦甚浮浅,尚希读者诸君有所指教。

《雷雨》是曹禺步进文坛的第一声响雷,正如剧本的名家一样,它是中国戏剧界久旱后的一场雷雨,《雷雨》的成功,一方面技巧上的成熟,一方面是意义的深远。一般人都以为《雷雨》是一部"家庭伦理剧",所表现的是"报应循环"的故事,再进一步说这是一幕大家庭的丑剧。我们认为这些说法都有商榷余地。

固然《雷雨》的故事是以周朴园的家庭作中心,仿佛所表现的是他们一家的丑事,而且在报应循环因果关系下进展着剧情,凡是这样看法的人,他们只看到舞台上表现的故事,没有去深思剧本的深刻含意。

一般富人的家庭中常常要演出"婚变"的故事,这不是受"欧风"的影响,更非像一般人所说的"人心不古"。婚变的发生是由是由于婚姻制度的不良,和社会伦理观念的丧失,愈是富人的家庭,由于他们金钱的作孽,愈容易形成不合理的婚姻,按周朴园一家来说,周朴园因为"另有新欢"而把侍萍遗弃,但他又不能给他第二个夫人蘩漪精神上的满足,当然这时年轻的主妇要把她的感情寄托在另一个人的身上,如果她没有受过教育也许会有更卑鄙的事件发生,我们当认为他钟情于大少爷　　萍,是必然的结果了。在大、二少爷来说呢,他们日常所接触的多是矫揉造作傲慢豪华的贵小姐,对于天真朴素温柔体贴的四凤当然要有好感的，这种三角恋爱该说是社会制度不良而造出的结果，而不应当斥为“乱伦”的勾当。

我们如去追寻此剧的深意，应注意到三十年前的故事，周朴园遗弃了侍萍那才是一个重大的伦理问题，如说《雷雨》是一部伦理剧的话，伦理应指周朴园遗弃侍萍的不道德，往往一般人把这一点给忽略了。

因为鲁大海代表工人向周朴园交涉，有人认为曹禺是同情劳动阶级者，其实艺术的价值本在表现真善美的理想，鲁大海是坦白的、热诚的，比起奸猾老狯的周朴园当然他是应享受社会的同情的，鲁大海可以说是作者借他来向黑暗社会作一个痛击，演出者和观众对这个角色都应特别注意一下。

一般的演出往往忽略了以上的几点，把一个社会问题剧当作家庭伦理剧，于对于往事的叙述和剧中的许多伏笔如四凤的起誓，鲁妈的入周宅，周朴园的忆往事都是剧中极精彩的地方，都不注意。却只注重鲁贵的滑稽表演，四凤与萍的恋爱，这未免是轻本重末，尤其对于鲁大海一角一般人认为他不过是一个粗鲁正直的硬性小生而已，其实不然，因为剧作者的许多心语都藉他来发挥，扮演此角色的演员要特别注意到这一点，如何表现他的坦白，热诚，勇敢，正大光明的性格，在自然中能激动观众的同情与敬佩，这部剧的成功便可以得到了一半。如果饰侍萍和朴园的两演员，能把三十年前的故事很清淅生动的介绍给观众，那么这样的演出才能达到全体的成功。

《日出》在这三部曲中，意义是最伟大的一部。曹禺先生把资本主义及封建势力支配下的都市社会的丑恶完全揭穿。在《日出》中活动的人物什九是在污浊中鬼混而没有灵魂的人，他们永过着黑夜一般的生活，“太阳出来了，黑暗留在后面，但是太阳不是他们的，他们要睡了”。在他们生活中，充满了儌倖心，欺骗，陷害，压榨，剥削，逢迎，出卖灵魂，种种的罪恶，这也正是近二十几年来中国都市病狂的表现吧！

作者是痛咀着这黑暗势力的，但他并不像一般剧作者一样把一个可咀咒的人物，用一个实体角色表现出来，他却用一种隐暗的方法，使这主要的角色，也可以说是社会黑暗的势力——金八——并不出场，在舞台上活动的却是受着金八支配愚弄的人物。而且他利用一个交际花陈白露的新生活作中心，把其他人物藉着他们和陈白露的联系而介绍出来，如有人认为《日出》是表演一个交际花堕落而自杀的故事，或认为是男女两主角——陈白露和方达生——的恋爱故事，那都是曲解了剧情。

在演出时极容易感觉到的困难，就是容易被人误会，这是在扮演淫秽的把戏！尤其是第三幕是全剧中最生动的一部分，那里有被牺牲者破嗓的哭嚎，更有作者同情的眼泪，但是观众却不去注意这些，如果观众程度浅薄的话，他们会把《日出》当作一部嫖娼介绍戏，甚至由于他们受了封建思想的薰染，竟丧失了同情心，怜恤心，而认为这是很平凡而且好玩的把戏，如果演出者得到这样印象的，那么整个的演出是毫无价值可言的。他们不只辱没了作者的伟大意念，而且对于剧运无疑是作着摧残的工作。

前年的春天，笔者在天津就看到某剧团这样荒谬的演出，所以才有如上的感想，同时更希望今后剧坛不致有类似的情形发生。

没有了解，没有同情的演出，便是最失败的演出。

《原野》是曹禺先生突变作风的第一个尝试，《雷雨》是以家庭为中心，《日出》是以社会为中心，而《原野》则是扩张到"原野"去了。这剧所表现的是复仇的故事，从第一个主要角色的名字也不难看出作者的心意，"仇虎"就暗示着"仇"意，仇虎和他父亲被他干爹陷害，他姘靠了他干兄弟的媳妇——金子，他想报杀身的私仇，他干妈为了杀他而误杀了自己的孩子(这里不见得是循环报应)，仇虎又杀了他的干兄弟，最后在官警的枪弹下拉着他的情妇逃入了原野的森林，在他临被逼而自杀的当儿，他嘱咐金子说："叫你肚子里的儿子，替他爸爸报仇。"这整个剧中充满"仇"的气味，也许是作者在向这黑暗社会咀咒吧，也许他认为世间的"仇"是不能解了的吧。那么人类的屠杀的悲剧也就扮演无穷了。

仿佛这剧本的含意就只这样单纯，作者特别注意到的是技巧上的问题。《原野》的技巧较前两部有极显著的进步。角色个性的奇特，对白的锋利，情节的变幻，尤其是利用天然的景物作背景，使话剧由舞台而迁移到广大的"原野"中去，这种大胆的尝试其更值得钦佩。

据在南国演剧的朋友来信说，南国的话剧已从舞台而搬入民间了，他们说过去在京津的话剧演出该算是最旧的形态呢。现在的演剧演员和观众已经打成一体了。

《原野》最主要的是灯光和布景两个问题，剧场最好是利用"原野"(如定县话剧演出的形式)。听说北京剧社已经排演这个剧本，希望他们能用最大的精力和最新的姿态，把曹禺先生的第三部成功作品介绍给我们。

原载《中国文艺》(北京)1939年10月1日第1卷第2号

评《原野》

司徒珂

曹禺的第三部曲是代表坦白，善良，真理而向黑暗，不公，罪恶来痛击的。

一

虽然“技巧”是文学作品的成功要素，但比较“技巧”更重要的另一个因素乃是作品中蕴含的思想。换言之，一个作家的成功并不是只凭技巧的炫耀，而需要用伟大的思想来作内容的中心，所以往往一个文学家就是一个大思想家；像易卜生在《娜拉》中表现着他启发妇女解放的思想，妥思陀夫斯基在《罪与罚》中表现着人类的良知，莎翁在《罗密欧和朱丽叶》一剧中描画着械斗的残忍，最后用一对爱人的牺牲交换得两大民族的握手，他们的成功都是由于他们思想的高超，中国文坛所以罕见伟大作品，就不外是因为中国文艺作者们尚缺乏伟大的思想反映在他们作品上。

然而近年来中国文坛上勃兴起两种思潮，很值得我们瞩目，一个是“反封建”的思想，一个是“民族解放”的思想，后者思想表现于“国防文艺”上面，但与本文无关，所以略去不谈，我们现在只来谈“反封建”意识对于中国文学影响的情形。

文学是反映现实的，进一步说它是显示现实的美，同时也曝露着现实的丑恶。如果是在太平岁月里文学也许是赞美着人生，然而在充满了黑暗的中国社会里，文学者的工作则在尽量揭露现实的黑暗，中国的黑暗社会是由于封建势力造成的，所以文学作者乃把反封建的意识反映于文艺作品中，同时带着政治色彩的普罗文学乘机也勃兴起来，他们把文学当作宣传工具来欺骗读者，如有人不甘心受骗谁便是“封建势力”。这种怪现象在前几年是很流行的，然而究竟真伪是终被分辨的，“他妈”文学终不能在中国文学史上占一席位置，在反封建思想影响下有成就的作家恐怕只有四个人就是：周树人，李芾甘，沈雁冰和万家宝了。

万（曹禺）先生因为有最丰富的人生经验，有最尖锐的眼光，更有最火烈的热情，最前进的思想，这一切都表现他的《日出》里，《日出》可以说是《子夜》的姊妹作，它们主要意义是揭露资本主义中国社会的黑暗，可以说是“反封建”意识作品的代表作，也可说是曹禺的代表作了。然而曹禺先生对于自己已经发展到最高峰的路线不再去追求，突然他转变了努力的方向，从最黑暗罪恶虚伪的都市，转向到不曾被人注意的而“值得人的高贵的同情的”“原野”来。这个转变不只曹禺先生作风的转变，可以说中国文艺风格新转变的一个契机。

二

在《原野》依然存在着很浓烈的反封建意识，但这并不是值得使我们注意的一点。也许是曹禺先生憎厌了都市里的黑暗人物——那些表面很高贵而实质上是最卑鄙的人们——他发现在不被人注意的一种社会里，却有许多真美的，值得人的高贵的同情的真人，更发现人生的“美”是在这些人的身上，然而他们却遭受着不公。所以他在《原野》剧本中写着：

“在黑的原野里我们寻不出他一丝的丑，反之，逐渐发现他是美的，值得人的高贵的同情的，他代表一种被重重压迫的真人，在林中重演着他所遭受的不公。”

曹禺在《原野》中就给与这“真人”以高贵的同情，主人公仇虎说过这样的话：

“老天爷会替有势力的打算，不会替我们想的。”

“天是没有眼睛的。”

“今天我们仇家人再得不到公道，那么世上就没有公理了。”

那么可见作者是在如何的咀咒着“不公”，甚至他有否认公理存在的意思。他的同情也流露在这里。

伟大的思想往往是建筑在伟大的同情之上的，对于《原野》中的人物一般人也许认为他们是卑贱的，庸俗的，狠毒的，然而一个伟大的文学家，他有智惠的眼睛，发现这群是原野里的真人，只有他们的生活值得我们赞美(《日出》中的人物却多是被我们咀咒的)，这种发现可以说是一个伟大的发现，今后的文艺作者很可以离开这虚伪的黑暗的社会到原野去寻找些真人的生活来作题材，因为只有最“真”的才是最“美”的。

然而我们只有尊重曹禺先生这种珍贵的动机，他企图借原野来写出一些“真人”的生活，这种动机固然很有价值，但是在表现真人的生活这一方面，作者并没有成功，虽然我们希望在《原野》中我们能仔细体验一下真人的生活，作者所给与我们却极微，所见到的只是一个被不合理的一切压迫的汉子，他只不过是“不孱头”“没说过一句求人可怜的话”。我们所希望见到的真人的生活不应仅是如此，他应当还有很美的生活，很美的思想，作者如果能够利用真的美的生活，来和丑的恶的生活作一个对比，一定《原野》会得到更大的成功。

三

写到这里，为了这篇文章写下去方便起见，先将《原野》的故事作一个简略的介绍：

故事的主人是叫仇虎。

在几年前仇虎的父亲是一个富户，曾遭受一个和土匪有连络的土豪焦阎王的陷害，仇虎的妹妹也被卖为娼，仇虎亦被诬为土匪压入囹圄。后来仇虎被解往他地，中途越车而逃至焦阎王的家乡，他本想找到焦阎王报仇，但阎王已经死了，他儿子星子娶了仇虎旧日的情妇金子，仇虎想把金子带走，他又想杀了星子再走，金子把他藏匿起来，金子的婆婆是一个最狠毒的瞎老婆，她知道仇虎回来暗地里报告了侦缉队，就在那天晚上仇虎刺死了星子报了父亲的仇，焦老婆为杀仇虎却误杀了自己的小孙子，最后仇虎带着金子从侦缉队的枪林弹雨中跑出来，逃进了一片古老森林——原野气味的地带去，在原野中他看见了许多幻影，几年前不公平的故事又在他眼前出现，他既忿恨着人间的不平，而在幻影中阴世也到处是同样的不公正，他看见他父亲的阴魂还受着阎王的鞭扑，他看见可怜的妹妹被逼自尽，而杀人的焦阎王却依旧被人当作了一个善良的人。这一切的不公平使他发狂地在原野中咆啸起来，他又看见焦老婆提着红灯笼，喊着她孙子小黑子的名字，在原野中去寻找那幼小的灵魂，这种可怜的景象，使仇虎受了莫大的感动，他跪在焦老婆的幻像面前乞求她的饶恕，他表明他自己没有杀小黑子的心，他只打算杀了星子也就够了。然而这一切幻像不肯饶恕他，始终在他面前阻扰，直缠得仇虎精疲力尽的时候，天也快亮了，仇虎知道他自己是终要被捕的，但他不愿死在官人的手里，所以他一面催着金子抛弃他，叫她自己逃出这座原野去找他的那群“好弟兄”。自己却在原野中自杀了。

故事的梗概是这样的，曹禺先生的思想完全表现在最末的一幕，曹禺先生痛恨着“恶势力”，他主张“别怕势力，别怕难，要拼得出去，有一个我们的子孙会起来的。”这种思想表现在仇虎嘱咐金子的那几段话中：

“不，不能完，我完了还有弟兄，弟兄完了，还有弟兄，我们不能子子孙孙生下来就受人欺负，你忘了我刚才跟你说的话……”

“他们都是我的好弟兄，干哪行的都有，告诉他们我仇虎不孱头，告诉他们我仇虎老到头，没说过一句求人可怜的话，告诉他们现在仇虎不相信天，不相信地，就相信弟兄们要一块儿跟他们拼，准能活，一个人拼就会死，叫他们别怕势力，别怕难，告诉他们我们现在要拼得出去，有一天我们的子孙会起来的。”

也许有人以为曹禺先生是同情阶级斗争的，《原野》的故事就是无产阶级的呐喊。或者更有敏感到曹禺先生是一位国防文学作家，《原野》中的仇虎就是中国民族的缩影。这两种批评在我们看来与其说他们精神过敏，还不如说他们故意来辱没作者的苦心，故意地给一个伟大的作品套上一个狭小的圈子。本来文学除了有它的永久性之外还应该有永久性的，一篇伟大作品所表现的往往是人类有普遍性的生活，并非是一个狭小地域中的故事。小仲马的《茶花女》故事的发生并不限于巴黎，易卜生的《娜拉》故事的发生更几乎普遍于全世界。他们的作品所以有价值不外是代表着光明，理性，善良，而向着黑暗，污秽，罪恶来搏斗。正因为他们是追求公理正义的人，所以受着万万人的赞美。曹禺先生的《原野》，也同样是代表着坦白，善良，真理而向黑暗，不公，罪恶来痛击，这里所表现的仇虎的故事，可说是寻求公理的人们在黑暗中挣扎的故事。

在《日出》里曹禺先生也曾向着这方面来努力，然而《日出》的缺陷是他只尽了“表现”的责任，《日出》的结尾虽然是乐观的，但却是一个廉价的乐观，他向着黑暗势力只叫出了“你们的末日到了！”然而对于象征光明的人们却还不过给与一个“日出东来，满天大红”象征意味的漠然的希望。在《原野》中曹禺先生用有更大的勇气，他喊出了“不能完，我完了，还有弟兄，弟兄完了，还有弟兄……”“弟兄们要一块儿跟他们拼准能活”。这种力量的伟大真可振撼山岳。这是他并不像《日出》结尾那样只是留下一个虚伪的影子。

四

如以《日出》来和《原野》比较的话，《原野》该是一部更完美的作品，作者在《原野》中还表现着一个美丽的 Idea，这种 Idea 颇值得深思回味，就是仇虎要金子跟他走的时候，他描述他要去的地方是：

“老远的地方，坐火车还得七天七夜，那边金子铺的地，房子都会飞，张口就有人往嘴里送东西，睁眼坐着，路会往后飞。那地方天天过年，吃好的，穿好的，唱好的……”

按文学与时代的关系来论，一般作者可以分作两类，一类是表现时代的作家，他们只是反映现实，暴露现实，或是批评现实。另一类是推动时代的作家，他们不只反映现实，并且用一种理想来引导现实，或是指示给人们一个生活的途径。曹禺先生可以说兼有两者之长，虽然他在《原野》也并没有发表什么改革社会的宏论，但在本文前面引用几段话中可以发现一个理想和一种精神。

周扬先生在一篇批评《日出》的文章中曾说：

“这两种隐在幕后的力量（指黑暗与光明），相互之间没有关系，金八还在幕后操纵剧中人物；至于那些小工们就和旅馆中人毫无关系。他们只被当一种陪衬，一种背景。在旅馆内是：互相倾扎，互相残杀，腐烂和死亡。外面是：‘大生命浩浩荡荡向前推进，洋洋溢溢地充塞了宇宙的’声音，两者中间没有机的关联，没有新陈代谢的辩证法。这可以在观众心中引起一种错误的幻想：腐烂的自会腐烂，光明自会到来，实际上，当作一个社会群的腐烂的人们，不管腐烂到怎样的程度，假如不遭到外力的打击，是永远不会自己死亡……同时，象征光明的人们，现在还在黑暗中，不经过对黑暗的艰难的斗争，光明便永远也不能实现。要正确地表现这‘损不足以奉有余’的社会形态，对于这社会中的两种主要力量的冲突之历史的解决，至少也要有一个不致使观众模糊的明确的暗示……”

曹禺先生在《日出》中只尽了“表现”的工作，对于“指示”的工作更没有注意，这是周扬先生策励他的一点。也许曹禺先生在《日出》根本不想表示什么意见，只是尽量表现现实的丑恶，这已经足够刺激读者的了。《日出》的主角并不是方达生，所以不必像周扬先生所建议的那种办法，故意使方达生和窗外的小工作一个有组织有计划的关联，也许作者根本不打算有什么“明确的暗示”。所以说《日出》是一个“表现剧”，不必用“指示剧”所需要的因素来责难它。

但在《原野》中，曹禺一改过去的态度——多方面的表现而不加以指示的态度。他用仇虎代表了一种理想，仇虎的理想就是一个“明确的指示”。他不但把这两种力量发生关联，更把他们最激烈的斗争表现在这《原野》里。那么以《原野》去和《日出》比较，无论是在技巧方面，内容方面，还是思想方面，《原野》都值得被誉为更伟大更有价值的作品了。

原载《中国文艺》（北京）1939 年 11 月 1 日第 1 卷 3 号

《原野》的故事和人物

阿　茨

一、一条路线的进展

很幸运的能读到曹禺所写的第三部作品《原野》，在我觉得实在是一件高兴的事。我想每一个注意到中国话剧的人，都很关心着新的而且有力的剧本产生。一九三五的《雷雨》，一九三六的《日出》都给剧坛上立下显烁的纪念碑。同样，在一九三七年里，《原野》也是很可注意的。

两年前，在我们读到了《雷雨》和《日出》的时候，我曾说过爱好后者是有过于前者的。因为这一部近似于《大饭店》的暴露作品，指出故事背后的两种力，显示了日出之前的黑暗和光明。在论到《原野》之前，我以为比较一下这三个剧本的大要，确是一件需要的事。

个个人的嗜好都不相同，由于他们本身所受时代的影响和人生的经验，对于社会宇宙取着千奇百怪的看法。临到一部伟大艺术品的面前，他们的观点和批评也就有一百种以上的差别。所以《日出》出版之后有许多人很推崇它，同时就有另一些人说它实在不如《雷雨》写得好。这意见不是一两句话就能断定的，犹之乎今日读到《原野》时我们很难说它比起那两部作品是好还是坏。不过，比较看来《原野》是更进步的，就像读了《日出》后以为比《雷雨》进步一样。其实进步这个字用得并不很恰当，我的意思只不过说《雷雨》《日出》和《原野》三个剧表现的方法不同，写的技术亦异，但就整个作者的企图看，却是一脉相通的，这“相通”表现在三个剧本中就显出作者急速的进步，这进步，是首先应该清楚认识的。

《雷雨》里的描写是属于旧时代的势力，是一个封建社会大家庭黑暗的悲剧，想起那时的情形，周家的主人是可以做出抛却前妻，从矿上大揩油水的。同样，生长在周家的儿子和丫头四凤恋爱也自然是一件不能容许的事，不管产生在爱情间的繁漪的嫉妒，周家本身已经给这讲爱情的年青人最大阻力了。所以在《雷雨》里过去大家庭黑暗的势力，终于战胜了青年人的热诚，这种战胜是不自然的，而终永要爆发出没落的结局。

到《日出》里的故事，已经是进了一步。它的时代已经不是那旧势力残存的日子；已经是都市非常繁荣，资本主义的力量侵入到国内。“爱情”已经是一件公开的事了。所以旅馆中也就有陈白露那一种人，也就有靠金融界的买卖赚钱的潘经理，也就有以写字养活一家的黄省三。一方面是官场商业银行的种种黑暗，一方面又是陈白露那一种人。作者在这里，但是特别注意在陈白露和方达生两个人物身上。这已经显示出作者不只是看到浮面的社会，且深刻的观察到时代中的青年人。他们是具有向往光明的热诚的。不过，事实上都落得失败的结局;方达生成为一个空想而不能实干的人物,而陈白露却终于跳不出她的小天地而自杀。但,构成这悲剧的时代,毕竟已和《雷雨》不同了。

这样我们再看《原野》,则对它的了解更应当清楚一些。《雷雨》里的周冲和四凤,《日出》里的陈白露和方达生,是不同时代的不同青年,到了《原野》里他们就是仇虎和金子了。比较这几个男女主人公,真可见出随了时代进步的新人物的产生。这个新时代的力量是在他们手中,仇虎以自己的决心报了焦家的仇,金子以自己的爱情,通过种种苦难而和仇虎在一起。他们自己已经是有为的人物,所以结局不能再像周冲、四凤、陈白露一些人那样的死亡了。仇虎虽死,而是以自己的牺牲来奠定未来的生存的,金子呢?却俨然是一个在将来有为的人物了。显然《原野》不同于那两个剧本的是这一点。它摆脱了悲剧的终局,而且展开了欢喜的前途。

这就是《原野》所以是作者写的剧本里顶好一个的理由。在没有读到他别的新作时,我是相信这个意见的。犹如相信《日出》比《雷雨》好,我更爱好着《原野》过于《日出》。

二、《原野》的故事

《原野》拣取的故事,是发生在原野铁道附近的焦家。作为主人翁的也正是焦家的人物和名叫仇虎的男子。整个故事是经历了两三世代的,而提缩到剧本中的只是十天的日子。

焦家的阎王,从前好像是一个乡间的土豪劣绅,又是一个勾结土匪的人。他由洪老的手中把仇虎的父亲仇荣撕了票,那个白发的农人因此被活埋。他的十五岁的姑娘,仇虎的妹妹,又被他们卖出去做妓女。后来活活叫人折磨死。仇虎在当时也被打瘸了腿诬为土匪,同时送到监狱里去。

仇家的人尽被焦阎王所害,剩下仇虎一个人抱伤入狱,他始终记念着这一家的仇恨,时时想要报复。他在狱中已经十年了,终于忍不住这难忘的仇恨,逃出了监狱来寻焦阎王报仇。这就是《原野》这本戏的开场。

他来到原野的铁路旁,铁路的远方就是焦阎王的家。但这时焦家已经不同于从前了。仇虎由于小时同伴白傻子的口中,知道焦阎王早就死去,他的儿子大星还活着。这是一个懦弱的人物,刚娶了个新媳妇,这新媳妇正是仇虎从前所爱的人,更带给了他的仇恨。这时焦家的家庭也很纷乱,大星的母亲是一个瞎子,时时恨着新娶的儿媳,所以争吵几乎没有一日停止。

仇虎来到这里,首先见到金子,告诉她旧日的爱情:金子原是许给他的,这次却成为大星的妻子;她觉出大星的怯弱,所以对于仇虎也表示着一种爱恋。且由仇虎的未来的生活,更使她觉得前途的光明了。但仇虎的来,不是为了爱,而是为了仇。他在千方百计的要杀死焦家的人。终于和焦母话不相投,他和金子的事又被大星怀恨着。结果爆发了他杀死大星,焦母被命运安排着又自己打死了她的孙儿小黑子,这焦家的最后一代也断了种。仇虎在侦缉队的包围里和金子一同逃出,在夜的原野中奔走和挣扎。到最后他自己实在无路可走只有自杀,而嘱咐金子去努力前程,原野已由黑夜转向黎明了。

这是《原野》里所写的故事的大概，这个体裁的意义怎样，主题如何，下面将做一点述说。

三、人性战争的描写

原野正像这两个字的本身一样，象征着大自然的坚实和粗旷，是一种巨大的力量。人生也应当倾于这种自然的天性。人类应当就像一片原野的坦白，没有仇恨，嫉妒，疑怨。所以在序幕里仇虎就首先出现在原野的铁路旁，正如同他的为人，具有这种原野的风味。第三幕仇虎和金子在黑林子里面奔走，也是通过了绵长夜中黑暗的树林，而到达明朗的原野，他们所向往的地方。原野带来了人间的平等和谐与美丽，只有通过黑夜的艰苦才能到达的，而且需要经历多少的艰难。仇虎他个人是死了，但是他是以个人的行为树立了将来的基础，他说“仇虎不相信天，不相信地……叫他们别怕势力，别怕难……”（页三二五）这里表示出仇虎的复仇乃是为了将来子孙的幸福，而且展示给我们说，这幸福的企望才真是他对于焦家复仇的原因，下代人如果不相爱，则还要继续两家的冤仇。金子是一个“未亡人”他应该负起这个责任。

这里显示出故事的主题，所以若说仇虎的死，他的对于焦家的报仇是一个悲剧，还不如说是喜剧好。这剧本身虽是可悲的壮烈，而瞻望于他们两家的未来，却实在是最大的幸福了。

所以这个主题是有积极性的，首先需要接受作者所告诉我们的这主要的课题：个人报仇的决心是在未来的世代中立下的一个纪念碑，一个人的死亡奠定了一个家族的生存和永续。这不是一代的力量，犹如仇荣对于焦阎王的仇，在次一代的仇虎手中才能够报复。

知道了这一点，我们再进而论到剧中所写，人性的斗争，心理的争战才觉得更有意思。在整个剧本里，作者尽力运用的是倾向在人性和心理的描写上。

在人性里存在着“爱”和“恨”，友谊和正义，而且它们是永久在那里斗争着的。在那里面“爱”和“友谊”的力量，是超过另外二者的，常常以爱征服他人更能持久，但是在爱情不能达到的时候，只有本之正义出于报复了。仇虎就是这样的，积下了两代的冤仇，是再不能以爱来克复，最后虽知道不宜再结仇恨，然而对于过去的冤仇是绝对要报复的。这并非是人性的残忍，而是只有在报仇里才能争取爱的幸福来。

所以通过仇虎全心的只有复仇一个意念。他自已说：“我起过誓，我对我爸爸起过誓，两代呀，两代的冤仇，我是不能饶他们的。”（页一九三）“唉！两代的冤仇在心里，劈天，天也得开。他要毁仇人一家子。”（页二〇六）“朋友？世界上什么东西叫朋友？接二连三遭遇了这样的事，在狱里活受快上十年，上十年的地狱呀！他什么心都死了。他回来心里就有一个字……恨！”（页二〇七）这种复仇的意念在他见到大星时——虽然是他从小的好朋友，从前看他像他的亲哥哥，可是现在，只因为他是阎王的儿子，为了报复前一代的仇，早就没有朋友的意念了，“朋友就是仇人”，终于把他杀死。为着正义，在这里失去了友谊。

仇虎对于焦母也是怀恨在心的。然而焦母总希望冤仇能解才好。“我不想我的儿孙再受阎王的累，我不愿小黑子再叫仇家下代人恨。仇易结不易解，我为什么要下辈人过不了太平日子?”(页一六五)然而这种意念也打不过仇虎的“没打算活的回去”的心愿,后来虽然没有亲手把焦母害死,但由设计使她自己打死了小黑子,已是她最难耐的悲痛了。

仇虎就是全身带来了仇恨和正义的。但是他见到金子时,却是爱情的力量胜过憎恨的力量了。可是爱情还终未妨害了他报仇的决心。他更进一步给了金子一种力量,使她和他一同为了爱情寻找一个永久的爱。

这一点爱的描写在全部书中有很大的意义。想多费几句话谈一下。

四、谈谈爱情

爱情若不是用庸俗的看法,它实在是很大的一种使人前进的力量,是一切事业的基础。就像在《原野》里写的仇虎和金子的爱,如果一般低能的作者,一定倾向在用爱情的力量克服了仇虎,使这两代冤仇因她一人而解,就像焦家的客人常五对金子所说的。然后他们再一同过美满的日子。但是《原野》的作者并不是这样安排故事:他的见解确是超于凡俗的。只有如此才能配合着故事的主题,而不是“英雄与美人”的公式化了。

但是,由这里想到《雷雨》和《日出》所写的爱情,若和《原野》比较起来看,很有意思的。

在《雷雨》里爱情的势力是潜伏着,终久被旧势力压缩回去,而得到死亡。但是作者已指示了我们爱情是什么一种东西,他为什么使少爷和丫头恋爱?这在平凡的人看来,以为是“乱伦”就如在电影广告上所说,其实这正是作者的伟大处。爱情是没有阶级的限制,只有同情。但周冲和四凤虽同有爱情与光明的憧憬,终于被恶势力打破了。

《日出》里的爱情,就以另一种形式出现了。陈白露自己虽有一点清醒的思想,但始终为金钱和环绕他的人所左右着,所以总是过着半堕落的生活。方达生也只有空想,而不能够把白露救出来。这倒是一个无可奈何的悲剧,是大都市中时常出现的悲剧。

《原野》就综合了上面两种情形,它一方面使爱情得到一个正确的估价,另一方面又使两个青年达到未来的明朗原野。所以这曲调是和《原野》的风味合调。而且证明了爱情的正当。于全剧是一个重要的力,并不是有意加入的是不自然的描写。

五、两幕值得注意的戏

在这个剧本里,序幕是在原野的铁路旁,第三幕是在黑林子里,走完黑林子就又到原野了。前后相呼应着是很有意义的。这已在前面说过了。此外当注意的是第二幕和第三幕的写法。

第二幕一开场就是焦母拍抚着小黑子,带给读者对于这个孩子的深刻印象,这孩子成为以后很重要的一个人物。同时也就表现出大的事变将要爆发前的恐怖。焦母知道了仇虎之来是没有安着好心的,但是大星则以为“我们跟人无仇无冤,疑心人家要害我们干什么?”甚至向自己身上找错。后来仇虎和金子出场时这幕戏便展开复杂的心理争战。

第一是金子和焦母。本来焦氏是怀恨金子的,说她是害人的狐狸精,但是发现了她和仇虎的事以后,她的心情却大不相同了。她是深恐大星知道了仇虎是想占有他妻子的人而去伤害他,结果反为他所害。所以她从前对她的憎恨,现在该以爱她说服她了,因为她真不忍见仇虎毁灭了焦家的人。这种人性使金子始终没有告诉大星她和仇虎间的关系。虽然由其它各方面看，焦氏是一个凶悍的女人，然而在临到大的苦难时，她不惜以爱来消除它，像希望于金子的出走就是这样。

第二是焦母和仇虎。这两个人好像是绝代的冤仇，其实仇虎并没有杀害了他。他们两人对话时焦氏费尽苦心想解除了这个冤仇，说："求你保下你们仇家后代根，千万不要任性发昏，害人害了自己。"可是最后没有效果，她才要举起铁杖打死他。仇虎的恨恶的心情，在这里还是抑制着。

但是仇虎和金子和大星这三个人间就有剧烈的内心的争战了。仇虎决心想杀害大星，又爱金子。金子呢？事实上现在又是大星的妻，不忍心教人杀害了虽然她不爱恋的丈夫，所以她委婉的向仇虎说"不过大星是个好人""大星待你不错……他是你从小的好朋友。""你不能这样对大星，他待我不错"（页一九二）。这种说话反被仇虎以为是为大星说情。他听了这些爱的话却终还是恨的。而大星这时"望着金子，是恨恶，是爱慕不得的痛苦，两种心情在他心里搅动着，使他举动神色都有些失常"（页一九六）这是一种最难以忍耐的。临到仇虎和大星谈话时就激起双方大的仇恨了。然而大星在自己的妻面前又是爱克服了恨，终不忍心杀害这失节的妻子。反而求她千万不要走，甚至说：

"那么，只要你在这儿，我可以叫他来，我情愿我不在家的时候，你……你……可以跟他——"（页二二〇）这种大星对金子的爱，在金子还是拒绝了，同时也就增加了他憎恨仇虎的心理。这点写爱和恨的斗争是最为深刻的，也就是构成全剧的顶点。所以《原野》的成功处大半是由于这个人性的描写，而人性描写是以第二幕中最好。

第三幕是最复杂的场面，在从午夜到黎明这一段落里，表示出多少的事情。仇虎和金子在黑林子里发生了许多幻想。这一幕剧有多少方面的意义。在写作技术上，作者正好用这些场面来回述十年前的故事。就象征方面说，给观众以更深刻的力量，让他们明白仇虎的报仇，不是一件人类残酷的本性。或者有人说这一幕太神秘化，我却以为这是杀过人以后逃奔到黑林子里的仇虎心理的必然变化。这些幻觉乃是自然产生的，因为既杀死大星又看见焦氏打死小黑子的刺激，于他太触目了；在黑夜里自然会觉得死去的父亲和妹妹出现在面前，又以为自己虽仇已报而仍是犯了罪，又想起从前狱中的同伴和生活。不过只是这种方法表现在舞台上还很少见罢了。这一幕很能够加重全剧的力量，结尾仇虎个人的失望也就是必然的。不过。仇虎虽自杀了，剩下金子还能很好的活下去。

所以这两幕戏是很重要的，而尤其应该注意的是第三幕。

六、六个人物

上面说过了许多关于故事意义的话，最后提一提《原野》里的人物。

全剧中实际上只有六个人物。仇虎和金子是主要的男女，焦母和大星是另一种典型的人物，白傻子和常五则是"帮闲"者流了。他们的思想行为也正好这样分成三组。

仇虎和金子是进步的人。仇虎他个人的脾性和故事在前面已经说了不少。他的决心终究是可佩服的，也就是靠着那点"决心"（不是残忍）能够报了两代的冤仇，能够给子孙找

到了活路。金子这一个人物是为焦母痛恨着的，一方面因为她的美丽，引动了许多男子，一方面她的行为又不很检点，所以说他是“满嘴瞎话的狐狸精”。其实这正是女子的天性，她绝不同于《日出》里白露的浪漫；她爱仇虎就决心爱他，对于大星虽少爱情，也不忍心陷害他。她至少是代表了朴质坦白天真的女性，这种生长在原野里的姑娘，一切皆是天真和进步的，自然在旧时代的人看来她是杀人的祸水了。何况焦母瞎了眼更对她发生怀疑呢？但她实在是一个有为的人物。最后抛却了爱，在仇虎死后她自己为怀着未生婴儿跑开，显得她是能认清现实的一个人物。

焦母在故事里纯是一个旧时代的女人，她有一双瞎眼，就更增加了苦闷和猜疑，这种心理表现在她儿媳金子身上的就是恶毒的怀恨。这种无理由的吹毛求疵，不过说明她是一个凶悍的婆娘而已。像诅咒特制的木人，仅表示她是一个无能的老女人，然而她知道爱自己的儿子和孙儿。爱好平和，迷信神鬼，正是乡村凶泼妇人的典型。

焦大星是一个柔顺无能的人物，他听从母亲的教训，又有点害怕自己的妻子。这种人是不能做事情的。虽然引起他的怀恨，他也没有最大的恨心。仇虎的事情若放在他身上，他决不会在十年以后找到焦家来报复。因为他是这样的人，才失去了金子的爱，又得罪了朋友。这个懦弱的性格，正是和仇虎的性格一个对比。

白傻子的行为是近于阿Q式的，对于威吓者非常恐惧，而自己又是丝毫无成见，随人乱跑的人。就如同一个小丑一样。仇虎对他利害，他就为他做事；金子以甜言蜜语对他，就使他莫知所措；甚至一切皆不明白，又为焦母跑腿。但说起常五来却比较白傻子高一等，至少他还有一点自己的主意，像是报告侦缉队来捉仇虎，帮助焦母探听金子的行动。但这种人只念念于替人家跑腿，临到为仇虎捉到手时就无话可说，只好讨求金子向仇虎说项，饶他的命了。

这六个不同的人物，除了做为主人公的男女以外，在我们看来都像是很亲切的。对于仇虎和金子好像倒有些隔离。的确也许作者这样的描写一般人还不能够接受，或没有认清故事的主题，自然对于主人公会多所疑问。这篇散漫的文字若能引起读者同情剧中主人公来，已经是最大的希冀了。

（二十八年九月）

原载《辅仁文苑》1940年第3期

谈曹禺的戏剧

竺　磊

也许有人以为在一个作家刚刚开始写作的时候，来综括地讨论他的作品，即使不是一件危险的事，也是一件不太合适的事。这种说法当然很有道理，不过对于今日的曹禺，则未必完全如此。因为我以为今日的时代，已与“七七”以前不同了；而文学是代表时代的。再说，今日国内戏剧运动的发展，实在可以说是几十年来所未有。一个剧作家，受了时代转变和他所从事的艺术的本身的发展的影响，在思想和技术方面，多少要有些改变。

很不幸，我们到现在还没有机会看到曹禺的近作《北京人》，不能知道他的写作新方向是什么。可是同时也算是幸运，因为我们可以趁此机会把他以前的作品检讨一下。《正在想》一戏，虽然是在最近出版的，可是我不把他放在本文的讨论范围内。我的理由是：第一，这是作者的第一篇短戏；第二，是根据别人作品改编的。

现在我们先把曹禺的前三篇作品，《雷雨》《日出》《原野》，分开讨论一下。然后再综合起来看他的思想，技术和其他的发展过程。

《雷雨》

有人说曹禺的前三部作品，还都没有脱离模仿时期。关于这点，作者自己已经有过很清楚的自白。他说：“我是我自己——一个渺小的自己：我不能窥探这些大师们的艰深，犹如黑夜的甲虫想象不来白昼的明朗。在过去的十几年，固然也读过几本戏，演过几次戏，但尽管我用了力量来思索，我追忆不出哪一点是在故意模拟谁。”话虽是这样说，可是接着他自己也得承认：“也许在所谓‘潜意识’的下层，我自己欺骗了自己：我是一个忘恩的仆隶一缕一缕地抽取了主人家的金线，织好了自己丑陋的衣服，而否认这些褪了色（因为到了我的手里）的金丝也还是主人家的。”（注一）[①]其实呢，批评他的人也未免太无聊。即使《雷雨》有的地方像易卜生的《鬼》，可是决不是《鬼》。这并不是因为曹禺在里面加了点东西，或是把它改头换面了；而是主旨的截然不同。《鬼》所要表现的，只是“父亲的罪孽在儿子身上又重现”；而《雷雨》呢，却是写一个很复杂的问题。《鬼》只是父亲在做孽；而《雷雨》则没有任何人在做什么，只是如作者自己所说的，都在受着“自己——情感的或者理解的——的捉弄，一种不可知的力量的——机遇的或者环境的——捉弄”。（注二）[②]

① 《雷雨》，页Ⅰ。
② 《雷雨》，页Ⅰ。

所以我们批评《雷雨》(其实不但是《雷雨》,批评什么都是一样),不能说因为他的情节的某一部分跟某人的作品相像,便一概抹杀了他的价值。而一篇文学作品的价值,最重要的不是情节如何,而是表现方法如何:是不是够真切,够合理,够有力?

在表现方法来看,《雷雨》可以说是较中国以前的剧作都进步多了。在《雷雨》里面,我们找不出太不合剧中脚色身分的对话,和完全无用的地方。作者把每个人物,都赋予了恰如其分的生命,所以我们看不出有牵强的地方。整个的剧情一直很自然的向前发展,决没有太突然的事件发生。

可是,也有人批评说:《雷雨》里面的大事太多了,或者就是说太凑巧,而把它弄成了一龣传奇剧。其实,这种看法虽有相当道理,但是对于一篇中国戏多少有些不合。因为在现在的中国,戏剧的发展还是在过渡时期;剧作者同观众,还都脱不了中国旧剧的影响。一龣戏,只要是"悲"的;虽然也许不合于欧美的悲剧的格式,其所造成的悲剧结果则无太大的差别。中国有一句成语说:"无巧不成书。"于此可见一般中国人对于故事的看法。再进一步,描写简单的事件固然可以,描写很"复杂",很"凑巧"的事件也并非不成。也许有的人在看过或读过这龣戏后,便说:"太离奇了,这不像是真事!"可是假若要他说出哪些地方不合理来,他却说不出!

剧前的序幕和剧后的尾声,作者以为有相当的功用。其实我看来,不但是画蛇添足,并且对全剧也只是有损无益。我们即使需要所谓"欣赏的距离",但这剧的序幕和尾声不能有如此的效用。加上去,反倒觉着有些渺茫。再说,只就鲁大海一个人物而论。这一头一尾实在把他弄得很窘。假若作者不把这事情推到十年前,别人倒不会有话说;加上了这十年的时间,人们反而要问:"鲁大海到底哪里去了?"

《日出》

在剧的前面(这是按《文学丛刊》的《日出》单行本说的),作者引了几段话。第一段是:

"天之道其犹张弓与!高者抑之,下者举之;有余者损之,不足者补之。天之道损有余而补不足;人之道则不然,损不足以奉有余。"

——老子《道德经》七十七章

最末一段是:

"我又看见了一片新天新地,因为先前的天地已经过去了!"

——《启示录》第二十一章

这两段话代表了全剧的主旨。前者是指"日出"之前(恕我这样杜撰地说);后者是暗示着"日出"之后。

可是我们看完这剧后,终觉得"日"还是没有"出"来。这里,便产生了这个悲剧。——虽说是天道如何,人道如何;而究其实则天道仍旧是天道,而人道也永远是人道。可是因了人们看出来人道的劣点,便企望着天道的来临。悲剧的作者便在把这种冲突的现象写了出来。

所以《日出》,并不是像一般人所想的,是攻击社会的弱点。因为曹禺决不会如此作。

《日出》，和《雷雨》一样，只是很客观地写实，而绝不是想替人类的社会想出多好的解决办法。这就是为什么作者把光明和希望放在幕后，而最终还让观众们带着悲伤的心情走出戏院，或者是使读者愤愤地搁下书本。

这种复杂的关系。可以从剧情里很明显地看出来。还是那句话，所以如此是谁也怪不得。如果我们真的要怪，只为怪天——或是照基督教的说法：上帝了。陈白露的堕落，是极端不得已的事。她并不想堕落，可是因为环境的逼迫，人性的诱惑；她就像是一只大海中的小板船，在时代的波涛中沉了下去。潘经理的失败，小书记的惨状，都不是单解决了某一件事，便能解决了的。所以我们看这戏时，不能说谁错了；因为根本不是任何某一个人的错。金八呢，好像是在操纵着这些傀儡；其实若仔细想来，也未尽然。假若我们的作者把他搬到台上来，也不过是另一个潘经理而已。他在这齣剧里，好像是胜利者；可是在整个的人生里，也只是被捉弄者之一。谁知道他不也会像潘经理一样地失败？或是换过来说：谁知道潘经理没有像金八那样地胜利过呢？

还有，剧中每个人都是的一点普遍性，便是自私。我们不必一一列举。最明显的例子是第四幕里的张乔治。在陈白露无路可走向他借钱时，他便以极幽默极滑头的手段回绝了她：

> 乔：得了，这我绝对不相信的。露露会要这么几个钱用，No，No，I can never believe it！这是我绝对不相信的。你这是故意跟我开玩笑了。（大笑）你真会开玩笑，露露会跟我借钱，而且跟我借这么一点点的钱。啊，小露露，你真聪明，真会说笑话，世界上没有再像你这么聪明的人。好了，再见了。（拿起帽子）
>
> 露：好，再见。（微笑）你倒是非常聪明的。（《日出》，页三二四。）

是的，陈白露很聪明，张乔治也很聪明。不但他俩，哪个人不聪明？世界上哪有傻子？也许有人说方达生很傻，其实他才不呢！不过是处在《日出》这样一个社会里，显着不合适。他一直希望陈白露会跟他走，可是在最后：

> 达：（敲门）你听！你听！（狂喜地）太阳就在外面，太阳就在他们身上。你跟我来我们要一齐做点事，跟金八拼一拼，我们还可以——（觉得里面不肯理他）竹均，你为什么不理我？（低低敲着门。）你为什么不说话？你——（他问转身，叹一口气）你太聪明，你不肯做我这样的傻事。（陡然振作起来。）好了我只好先走了，竹均，我们再见。（《日出》，页三三一。）

记着，他并不知道陈白露已经自杀。所以那一“转身，叹一口气”和那“陡然”地“振作”，证明了他已经了解了他自己，了解了一切，于是便“迎着阳光由中门昂着走出去”。

《日出》的第三幕，是好些人辩论的焦点。曹禺自己曾发表过文章，为他那可宝贵的第三幕辩护。若按作者所费的心血来说，固然它是很可宝贵的，不应该“刳腹剖心地”给随便删去。但是我以为一个作家不能过分地爱惜他的作品中的某一部分，因为他所费的心血很多，便一定要把它插进去。我这并不是说第三幕一定要删去，而是怀疑它是否需要修改。

我自己有一个感觉，便是第三幕所表现的，差不多全是天津的下等社会区中的事。尤其是里面的许多土语，如“格色”，“大仁果”等；和对人称呼出“爷”的字样。这对于整个这齣剧，多少有点不调协，不知别人以为然否？

《原野》

若以悲剧成分而论，《原野》要算是这三齣戏里最“悲”的一齣了。固然在《雷雨》和《日出》里，也有好些人死的死，亡的亡，破产的破产，发疯的发疯；可是我所着重的，不是人的死亡，而是作者的描写的方法，或是说所用的力量。在《原野》里，作者紧紧地把握住人性，而对之尽力发挥；使观众，或是读者不能松一口气地追随着故事的发展，眼睁睁地看着剧中人一个个地死去，而只好摇首长叹！

我总相信世界上永远都有悲剧。《原野》便是这句话的一个极好的证明。因为有人说：中国现在的社会，所以不能为从前那样的融泄，是因为人心不古。换句话说，就是说因为现代的中国，正在两种文化的过渡时期，而由于这两种迥然不同的文化所发生的冲突，便演出了多少悲剧。家庭方面，旧的道德观念与新的理想相冲突，所以才生出所谓“大家庭”的问题。社会方面，新的物质文明诱惑着多少人走向沦落。这种说法当然很对，不过即便没有这种文化的冲突，也照样会有好多不快意的事情发生。《原野》便是其例。

《原野》所表现的，是一个典型的，完全没有受过西洋文化的影响的中国社会，可是这里面也照样有冲突。这是为什么呢？最好的解释恐怕还是曹禺在《雷雨》的序所说的：“……我觉得宇宙里并没有一个智慧的上帝做主宰。”而这个世界呢，“确是太残忍的了”。①

《原野》，正如这名字所示，是充分的表现出来人类的“原始的野性”。心理学家解释人类的一切行为完全出于性的驱使。《原野》里的一切人物便是这样。焦大星热爱着花氏，所以不肯对她下毒手，而想忍尽委屈，只要能够同她在一起就成；焦氏因为她那个妖冶的媳妇夺去了她儿子对她的爱，所以想尽方法来除掉她；花氏因为爱的方面不能满足：不能独占大星的爱，便一心地要和仇虎走；而仇虎的爱演变成了恨，（这是因为他的环境使然）蓄意要报仇！

在这爱与爱的斗争下，大悲剧发生了。结果是“玉石俱焚，两败俱伤”。人也许会说这些人都不聪明，可是真正聪明的人又有几个？现时世界的纷乱，还不是跟这个一样吗？

方才我说曹禺在《原野》里所用的力量最大，所得到的也最多。这在第二幕里可以看出。例如仇虎把黑子给挪到屋里去，而使瞎老婆子在不知中亲手打死了他；焦氏命令大星打花氏，可是大星始终打不下手去等场，都可以证明作者的笔力。而第四幕的几景，更足使人惊心动魄。在最后，仇虎的尸身倒下，跟着幕落，观众一定会喘出一口憋了半天的气，说声：“好厉害！”

思想和技巧——结尾

曹禺在这三部戏里所表现的思想，几乎可以说是完全一致的。可是从这一致中，我们

① 《雷雨》，页XIV。

还可以寻出他的思想的发展过程来。

在《雷雨》里，他写出上帝（假若有这么一位上帝的话）的残酷；指示出人类不能拯救他们自己。在《日出》里，他写出社会的残酷；指示出在某种社会环境中，只有听其自然（这也许是不自觉的）的任其捉弄。到了《原野》，作者更进一步提出人类自己的残酷来。结果是：造成所有的悲剧的，还是人类自己。

一个最明显的例子，便是：

（一）在《雷雨》里

老仆：（安慰地）老太太，您别发呆！这不成，您得哭，您得好好的哭一场。

鲁：（无神地）我哭不出来。

老仆：这是天意：没有法子。——可是您自己得哭。

（《雷雨》，页三二零）

（二）在《日出》里

李：（爆发）你不要说了！你不要再说下去了！（沉痛地）你难道看不出我心里整天难过？你看不出我自己总觉得我是个穷汉子吗？我恨，我恨我自己为什么没有一个好父亲，生来就有钱，叫我少低头，少受气吗？我不比他们坏，这帮东西，你是知道的，并不比我好，没有脑筋，没有胆量，没有一点心肝，他们跟我不同的地方是他们生来有钱，有地位，我生来没钱没地位就是了。我告诉你，这个社会没有公理，没有平等。什么道德，服务，那是他们骗人。你按部就班地干，做到老也是穷死。只有大胆地破釜沉舟跟他们拼，还许有翻身那一天！

（《日出》，页一四七）

（三）在《原野》里

仇：（举着拳头，压下声音）偷偷地你就死了。（激昂起来）可我怎么能叫你死，叫你这么自在地死了。我告诉你，阎王，我回来了，我又回来了，阎王！杀了我们，你们就得偿命；伤了我们，我们一定还手。挖了我的眼睛，我也挖你的。你打瘸了我的腿，害苦了我们这一大堆人，你想，你在这儿挖个洞偷偷死了，哼，你想我们会让你在棺材里安得了身！哦，阎王，你想得太便宜了。

（《原野》，页二四—二五）

这三段话，表示作者对人生的三种不同看法。这三种看法，一步比一步深刻。什么事只说是天意，固然不对；若全归咎于社会制度，也不是办法。最健全的方法，还是仔细地审查审查自己。曹禺已经作到了这一点。至于如何办法呢，将来也许有法解决，也许根本就有如此；那就没人敢说一定了。

至于技术方面，我以为曹禺并不是很一致地进步。若以我个人的眼光，来排列这三部剧，我的程序是：《原野》第一，《雷雨》第二，《日出》第三。越往后的比前面的好，当然是很自然的。至于把《日出》列在第三，我的理由是：在写《日出》时，作者过分地想把太多的材料拉在一起，结果是不调协。

有人批评说：曹禺的剧本都太长。即如《雷雨》的第一幕中鲁贵和四凤的对话，大有删减的必要。也有人说剧中重复的地方太多，是冗长的主要原因。关于这些，我不愿说什么，只想给一个“如是我观”的解释。

在开头时，我说过现代的中国戏剧，是处在一个过渡的时期中。在许多地方，还不能完全脱开了旧东西的影响，所以不能完全做到非常精练的地步。其实，也许是因为习于四五个钟头的看戏时间的缘故，我们并不觉得它们太长。同时长而不觉松懈，更是难能可贵。

手法和音响的利用，曹禺更是非常巧妙，至少可以说是国内剧作家中最好的。这我不必一一举出，想看过或读过他的戏的人，都能够体会到的吧！在最后，我们希望他能更努力。以今日整个的戏剧运动来看，我们相信这不是奢望。

原载《燕京文学》1940 年 12 月 20 日 第 1 卷第 3 期

曹禺作品研究(之《原野》)

洗　群

分析《原野》,不像分析《雷雨》和《日出》那么容易,因为它所表现的,所要阐明的是一个非常抽象又复杂的观念。

《原野》这个剧本,拆开来可以分成三个部分——一个是封建的农村社会底家庭悲剧,一个是仇虎复仇的故事,一个是仇虎复仇后变态心理的描写。这三个部分是被结合在一个总的观念之下的。

为了分析方便,我们分开来讨论这三个部分:

(a)土豪焦阎王家里底悲剧是剧中底一个重要部份

这悲剧是怎么造成的?第一,由于焦大妈与金子底不可调和的性格造成的——焦大妈顽固狠毒自私,金子热情好胜强悍;一个要将儿子完全置于自己底控制之下,一个要求丈夫完全驯服在自己底怀里;各人都想完全占有,各自都走向极端。偏巧焦大星又是那么一个懦弱忠厚的"窝囊废",在老婆面前驯得像一匹小猫,爱她而又怕她;在母亲面前就变成一只猫爪下的小耗子,胆怯怯地眼望着如花似玉的老婆不敢接近。焦大星底性格是促使这个悲剧爆发的因素之一,正因为他两边都爱又两边都怕,使得婆媳二人底仇恨越结越深,越来越表面化;母亲恨儿子不争气,越是恨儿子,也就越是想置媳妇于死地;媳妇也恨丈夫不争气,越是恨丈夫,也就越发坚决地反抗婆婆。这悲剧就是由于这三个性格底矛盾、冲突造成的;其中最主要的当然是焦大妈与金子底各走极端的性格。第二,是由于封建的社会制度与反抗它的新生力量底不可能调和的斗争造成的——焦家这个家庭,是一个典型的土豪(地主)底家庭;作者是拿它来象征着,或者说代表着封建农村社会的。这家庭底主人——死去了的土豪焦阎王,象征着封建的社会制度,活着的焦大妈(阎王底老婆)代表着支撑和执行这制度的统治者。而热情年青强悍的金子却代表着这统治势力之下的不甘屈服的新生的反抗力量;由于统治者积极地,更重地压抑和摧残,使得她——这反抗力量,不断地,加速地发展、增强。这两种本质上不可能调和的力量底搏斗,产生了这必然得产生的悲剧。(这一原因,是悲剧造成的最主要的原因,也是最基本的原因)

这悲剧大体上是与奥斯特洛夫斯基(Ostrovsky)底《大雷雨》相像的——故事大体相像,剧中婆婆与丈夫底性格大体相像。它们之间底不同处,就在——奥斯特洛夫斯基只暴露了那制度底黑暗、不合理;只采取了消极地贬责态度;而曹禺则除了暴露之外,还表示了积极地反抗,暗示了一个新生的反抗力量的成长,以及它底可能胜利的前途。这基本的不相同处,可以从卡邱林娜和金子底不同的性格和不同的结局上看出来:卡邱林娜(《大雷雨》中底媳妇)是一个软弱的女人,是一个弱者,她不敢反抗传统的旧道德,她不敢反抗婆婆,她消极的退让躲避,结果逼得自己不能不走上自杀的末路——用自杀来了结自己;金子是一个强悍的家伙,她不惧怕,她不屈服,她有胆量,有勇气,她不顾一切地反抗统治者底压迫,追求新的环境,新的生活,她终于冲出了黑暗的罗网。从这一点上来比较,曹禺底《原野》是较之奥斯特洛夫斯基底《大雷雨》进步的,而且也较他自己底《雷雨》和《日出》进步。

(b)仇虎底复仇的故事,是构成这个剧本底三个重要部份中最主要的一个部份

仇虎这个人物,是一个具有伟大性格和最美丽灵魂的人物。他是这个剧本底灵魂;曹禺在这个剧本里所要阐明的一个主要的观念,是寄托在他身上,是藉他来表现,来阐明的。所以,研究复仇的故事,主要地应该研究——曹禺通过仇虎这个人物,以及他底行动所阐明的是个甚么观念?

我认为他所要阐明的是:人是具有复仇的本能的,所受的压抑和摧残越利害,他与对方的仇恨越深,复仇的意念也就越坚;假使对方将他逼迫得走入绝境,那么除非根本要了他底性命,不然只要给他争取到喘息一下的机会,他会不顾一切地,不择手段地,像挣断了锁链的野兽般地死咬住对方底要害,一直到对方完全毁灭了,自己埋藏在心中的仇恨完全发泄出来了才肯罢休。这种近似疯狂的,野兽般的举动,是纯受原始的情感所支配的,是残留在人体内的一种原始的蛮性。

曹禺底这一观念,我们可以从仇虎这人物底全部行动里体会出。焦阎王这土豪对于仇虎的压迫残害是到了极顶的——活埋了他底父亲,抢走他家底田地,将他底未婚妻强占为自己底儿媳,将他的妹妹强卖到外县流落为娼,仇虎自己被他诬告入狱,打瘸了一条腿,在狱里活活地受了十年罪。由于这十年来的血海深仇,使得仇虎“甚么心都死了”,他失去了理性,忘掉了甚么叫做友情,占有他底内心的只是一个“恨”字,这两代的冤仇——埋藏在心底十年的仇恨之火支使他不顾一切地逃出监狱,一经赶回自己底家乡去寻他底仇人。回到家乡以后,他打听得仇人已经死了,这不幸的消息,不但没有减轻他复仇的意念,反而更激怒了他,挑动了遗留在他身上的原始的蛮性,他像疯狂的野兽一样地闯进他仇人底家里,他为了要复仇,一进焦家底门就叫阎王(仇人)底媳妇在阎王底老脸上打了一巴掌;接着他亲手宰了他底朋友——阎王的儿子;他借焦大妈底手打死了焦家底最后的一条命根,他毁了仇人底家,绝了仇人底后,他残酷地留下一个孤老婆子。当他复了仇,泄了恨以后,他心中底仇恨的火才熄灭了。仇虎底勇气是怎么来的?仇虎底最残忍的举动是甚么东西驱使他干的?是原始的蛮性,是人底复仇的本能,而最根本的还是由于十年的血海般深的

两代的冤仇——焦阎王底极度地压迫和摧残。

(c)仇虎复仇后的变态心理的描写，是构成这个剧本底三个部份之中的一个部份

在这一部份中曹禺所要表现阐明的有两方面：一方面是表现仇虎底性格虽然强悍，然而本质却是纯良的；所以当他报了仇以后，他又恢复了常人底理性和感情，他被自己前一刹那的疯狂的原始的残忍的举动刺激得进入另一个半疯狂的变态状态中，他一方面觉得自己底行动是合理的，同时又感到有些后悔——特别是那无辜的小生命小黑子和他的青梅竹马的忠厚友人焦大星底死，使他后悔自己底举动过份。由于心中交织着这样的矛盾使得他在心理上产生出许多幻想来。这一部份的描写从表面上看(很多人这么看)似乎是多余的，然而实际上它是对于仇虎这人物的必不可少的补充，它是阐明前边那一观念的必不可少的补充，他是使得观众爱恋和同情仇虎这人物的主要因素之一。没有这补充，仇虎就变成了一匹真正的野兽，他就不会是一个可爱的，具有美丽的灵魂的人。

另一方面，曹禺在这一部份里，藉仇虎底死还阐明另一个观念——对于统治者和他所支撑的制度，不是用个人的报仇的方式可以获得澈底的胜利的。有组织地，有计划地以集体的力量来跟统治者和他所支撑的制度战斗，才可能得到澈底的胜利。仇虎之所以得到一个悲剧的结局，正因为他事前忽略了这一点；直到他临死，他才喊出“——告诉他们现在仇虎不相信天，不相信地，就相信兄弟们，要一块儿跟他们拼，准能活，一个人拼就会死。——”(见原剧——P325)。可惜他觉悟的晚一点，这美丽的强悍的灵魂，虽然挣断了枷锁，却牺牲了自己底性命。

我对于《原野》底理解，大体如上述。我认为这个剧本无论是在题材的处理上，在主题底正确性、积极性上，都较之《雷雨》和《日出》进步；曹禺正面地表示出积极地反抗态度，正确地暗示出革命力量底可能胜利的前途，深刻地暴露出旧社会之黑暗与罪恶，而且明显地指出它底无可避免的必然崩溃的命运的剧本，《原野》是第一部。

在技巧上，《原野》也超过了《雷雨》和《日出》的。《原野》不像《雷雨》那么繁琐纤巧，不像《日出》那么庞杂纷乱，它比《雷雨》和《日出》朴实，简练，深厚，有力。

还有特别值得提出的是——《原野》中底几个人物的塑造的深刻完整凸出，和人物心理描写的细腻深刻准确，以及全剧氛围创制的成功；这几个优点，是《雷雨》和《日出》所没有的。

原载《文化杂志》(桂林)1941 年第 1 卷第 2 期

《原野》出演的前奏曲

智　光

工商话剧社，是以学生为单位的话剧团体，经过多日的筹备，决定在本月的三十日早晚与下月一日的早晨，在中国剧院公演，公演的剧目是曹禺先生的成功作——《原野》。

《原野》近年来仅在上海上演了一次，成绩平平，原因不外是第三幕的幻影，不易搬上舞台。而且演员方面，每人无一时一刻，是紧张的。稍一疏忽，便不能讨好。

工商话剧团这次公演《原野》，不能不钦佩他们的胆大，可是他们的用心却也是相当精细，至于幻景的场面，曾经想用制影、埋伏人群、怪声、烟幕等方法，可是试验以后，都有相当困难，所以便毅然地把幻景删去，而添了一些对白，服饰方面为了符合中国农村的风俗人情，所以颜色方面也稍加更改。

演员的人选非常困难，金子的泼辣风骚，焦母的狠毒机灵，仇虎的凶狠强暴，大星的热挚忠诚，常五的卑鄙贪财，白傻子的乐天知命，各有各的繁难任务。

布景方面，也很费心思，如火车轨道，阴森的树林，很难做好，所以特请了工商美术科的教授魏君打稿，布幔的大小完全比着中国戏院的台面作的。

仇虎杀死大星，拐走金子，是为了复仇，为了爱，虽然行为残酷，可是也有使人同情的地方，在他们的生命，用血肉，和幸运斗争，各种的人型都借了演员的表情表现出来，《原野》在大众帮忙领导下演出了，不能不说是他们的幸运，所以希望他们负着这重大的使命，不负众望的为剧坛放一异彩。

原载《新天津画报》1941 年第 6 卷第 27 期

《原野》观后

顾　八

轰传了多少日子的《原野》终于在昨天(廿四日)由北京剧社在长安作首次的公演了。当然,在各方面来说《原野》的演出是不大令人满意的。可是,在这里,先用上了导演的几句话。"……新创的道路必须有人去走,才能够平坦,粗糙的璞玉,必须去琢磨,才能够光润。……"至少在他们的勇气方面,是值得我们佩服和赞扬的。

在以前曹禺的《雷雨》和《日出》——三部曲的头两部——都曾由北剧上演过,大致上总算不错,很引起许多人的好评,可是这一次是失败得厉害了。

首先是仇虎,一个逃犯,曾经被仇人诬害,坐了八年的监狱,是由郭秉君——见演员表——饰的。这齣戏里面就数他最努力。头一次演到这样算是不易。可是声音粗而不硬,有点拖泥带水的样子。

金子,无疑地这齣戏是被她一个人整个的破坏了。原来的金子是需要妖冶,泼野,魅惑和强悍。金子是一个毫不勉强说走就走说睡觉就睡觉的女子。活动是她的最大的因素。可是这位女士根本没有了解了金子的个性,以为她——金子——不过是一个碎嘴子爱打情骂俏的女人,使台下的观众也容易误会她不过是乡下小老妈一流人物而已。说话没有一点力量,始终在背着剧本,假如再有长一点的句子对白多一点的地方,则更显得不堪了。我曾记得蹦蹦戏喜彩莲的班里有一位坤角的道白和这位女士一样,假如不是面容不同,我真有点疑心是由那位坤角来临时客串了。

焦母也很努力,可是对白总嫌不够力量,就是不够狠辣,阴险的劲儿,有时更带着一点北京旗人老太太的慈祥味儿。

演焦大星的有时过瘟,有时过火。

饰白傻子和常五伯的两个人到很会演戏。白傻子念"漆叉卡叉,漆叉卡叉"的时候似乎有点干而且太快,没有火车的味儿,两手上下摇动的动作也不大对。而常五伯则又有点像演文明戏的样子。

最好的就是布景方面,是令人十二分的满意。我相信,为了逼真起见,社中对于布景的支出,一定为数很巨的。

至于音响的效果也很不错,就是一点,小孩的哭声在中间屋子里到小,而在旁边屋子里反而大,有点不合适。希望以后能够注意。

服装方面,我想焦母如若能穿一件黑色的长褂,或者加一件黑坎肩,一定能使观众对焦母多一种阴的印象。而且仇虎到了焦家以后穿的那件蓝大褂与原来的也不对，并且看上去有点像个厨子。在末一幕的几个景内，金子似乎不应当还是穿得那么完整。

最糟心的，还是台下的观众。大声叫好，鼓掌，说话的声音，小孩的哭声，瓜子声，混成一片比台上还大。并且我旁边有一位女太太开演以后好久才来，向这个点头，向那个问好，再坐下叫茶房拿说明，泡茶，那时序幕早已演完而第一幕也已经演了一大半了。她再问旁边的同伴先前演的是甚么，又埋怨头里没看着，坐在旁边的我，真是不胜其苦了。

总之，这次北剧的演出在人力方面，已经尽了最大的力量。所差的只是演员个人的天份，或者对于剧中人物个性的误解，再加以是初次公演；以后，我想，慢慢总可以改善的。

八月廿五日晨，逵

原载《三六九画报》1941 年第 10 卷第 18 期

看罢《原野》以后

吴　楼

编剧：曹禺

导演：陈绵

演员："北剧"社员

日期：八月二十四五日

地点：长安戏院

当《原野》，在《文丛》发表的时候，就有人说这个脚本太难上演，第一在演员的人材方面，这几个角色都不好找，因为农村人的性格不容易被都市人所充分理解和表现出来，第二，《原野》第三幕的几场幻景在导演上简直是非常麻烦的事。

上月天津工商学院剧团曾经上演了这个戏，最后的一场笔者适在天津，可是因为种种的原因，没有能够去看看，据看过的人说，虽然不是理想的那样好，然而在华北话剧低潮的现在，已经颇为不易了。而且据说在道具和舞台装置上，也颇费了不少的苦心，《原野》这个戏，因为有两幕是在野外，所以在舞台装置上也是颇为麻烦的。当时没有能够看见这个戏，总觉得有些遗憾，（工商剧团在中国大戏院演出），回到北京来，却听说北京剧社要演这个戏了，北剧没有演戏，已经有好久的时间，而且据说在两年以前就有要上演《原野》的企图，所以对于这次的演出，期待得了不得。

北剧上演的日期是八月二十四日及二十五日，地点在长安戏院。

听从了北剧社长魏石凡君的劝告，他说夜间的灯光要比日间好，便连看了两场——二十四日日场，二十五日夜场。

如果不用严格的标准来批评北剧的这次演出，则可以说是相当成功了的。在现阶段的话剧批评中，不能不考虑到脚本的缺乏，演员修养的不够，道具和舞台装置的困难，和观众理解力贫弱等等的问题。因之，批评的水准也就不应该提得太高，如果是那样的话，反将成为一种抹杀的毒论，不根据事实的评论，是有毒的评论。

然而我们也不应该不提出那一些幼稚，错误和忽略的地点，因为不然便没有了进步；虽然在演员中有几位倒是老朋友，然而正是因为是"朋友"，反可以不客气的提出来讨论，用不着脸红，最能帮助自己的不就是自我批判么！因之，我觉得北剧很该有一个自我批判会的举行。

在整个剧本中，我觉得花金子（钟萍饰）是个最难得演的角色，陈白露好演，四凤也好演，甚至翠喜更好演，因为她们都是“都市人素质的”；可是花金子却不是，她是个乡下人，而且是个十足的乡下人，然而却又不是白痴样的乡愚。她泼刺，勇敢，正视生活，有骨头，有理想，“说拥抱就拥抱”而不勉强，“说睡觉就睡觉”而不扭泥，“说走就走”而不迟疑的女人，这又不是一般乡下人所共有的特色，我总觉得她有些什么地方简直和翠喜很相像；不过她又不同于翠喜，像翠喜那样的人物，在“黄花苑”，“王寡妇斜街”，“落马湖”，“三角地”就有的是，可是像金子那样的人，却少见。从五四时代以来，我们的话剧演员就多是由都市里长大的，这些人的出身大多是学生，小职员，或从事文笔事业的人，换一句话说也就是小市民层中的中坚份子，由这些人来扮演一个农村的女人角色，由于其理解力的薄弱，自然不易有多大的企望。所以我们看起这次剧中的金子来，总觉得她是个都市里的女人，不是个农村里的女人：语调，动作，表情，连化妆，都使我们不容易想像到农民的身上去，有几个场面而且勉强得很，像金子把刀交给仇虎，让他去杀死那个善良的懦夫的时候；当焦大星被杀，“仇虎由左屋蹒跚走入，睁着大眼，人似中了魔”“举起一双颤抖的手，悔恨地”自白的时候；当在那个“黑林子”里走头无路，仇虎为疲乏和黑暗逼死了的时候，我们总觉得那个金子站在那里是，生硬的，死板的……当然，这和脚本也大有关系，然而这个时候却正是表现那农民性格的时候，我们应当想一想，一个乡村的女人她这时候要怎么作呢？她是弯着腰站在那里么？她是唉声叹气么？她是文雅地像一个“小姐”么？……我们的答案一定会说不，如果真是一个农村的女人站在那里，她一定会作另一种语调，动作和表情，关于这一点，我们的女主角，是非再去用心观察与理解不可的。——不过当第三次上演（二十五日夜戏）好像就自然多了，这是因为已经熟习了的原故。尤其是焦大星要用刀子杀掉金子的那一个场面，也比第一次二十四日日戏演来要进步得多，我们的女主角如果再肯用心一点，将来一定是大有成就的。

和常五的对话很成功，动作也都好。自然最精彩的，还是强迫仇虎把从“十五里地”找来的花给她插在头上的那一节，也许这样的场面都市人演来比较容易一些罢？

大概演戏要以“傻子”最难演了，因为他要蔽饰“人性”，又要表露出“人性”：人们往往是不许说实话的，倘说，就被指为“傻子”。人们心目中的聪明人是撒谎造谣的骗子手，豆腐里也可挤出金子来的刻薄鬼，如果不是呢，那就是傻子。常五是个聪明人，他居然用那种巧遇的机会可以拿到一笔意外的赏金，虽然没有能够拿到手，而且还吃了一点小苦头，然而白酒总算是喝上了，所以总还不能不算是聪明人，只有白傻子才是“傻子”，这本剧里没有他的什么，“这儿的人要我干活的时刻，才叫我白傻子，作完了活，总叫我傻王八旦……”别人的和他的关系，就是这样的一点而已。因为他和别人的利害关系太少（也就是太不明显），所以使这个角色更不容易演得成功了。有人说阿Q不好演，因为稍一不慎，便将扮成小丑，失却原来的含义，这白傻子也是。然而陆熙君演来，还恰到好处，虽然观众的哗笑有时还会让人想起二丑的打诨，然而有这样的成绩，已经就很不容易了罢！

二十四日日场刚一开场时白傻子是很勉强的，到二十五日夜场他的白褂子已经撕破了，这样更适合了他的身份，第二幕焦大星发觉了仇虎所讲的故事里那个小弟弟就是他自己的时候，白傻子的穿插，和末幕第五景的穿插，都是很自然的，倘不是有几年舞台经验的人，实在不容易作到这样的火候。

旧剧给于话剧的影响是不能忽视的，我们不能不承认历史的遗产，然而正因为是批判的接受那遗产，所以有些地方便不能不黑白分明，辨明是非，旧剧和话剧在表演和动作上都有各不相同的特点，旧戏的某一些特点，是不能为话剧所容的，倘不如此，那话剧便没有了意义。可是旧剧的影响对于我们是这样的利害，使我们一开幕便又想起了旧剧的一些人物。仇虎，常五，金子，正好是一个花脸，一个二丑，一个花旦。这当仇虎说话的时候，常五动作的时候，金子走路的时候，这样的想头就在脑子里特别深刻起来。当然，他们的优点尽可以抵过这些颇为微细的处所，而且旧剧动作的形式和话剧动作的形式究竟应该有怎样的分歧，这也是还应该有所讨论的，不过既然是新的演员，有新的理念，则自然应该有其新的形式，而且不能不提出的，这新的形式必定是与实生活相合的形式，由实生活的体验里产生的形式。只有建立起这种新形式新作风的动作，话剧才能代替旧剧健强起来，才能更有力的抓到拥护他的观众。

曹禺的三幕剧——《雷雨》《日出》《原野》都织布着一种迷信和封建的色彩，我不是说他在宣传迷信和封建，我是说他抓住了苦恼着中国社会的这两大魔王，它们相依为命毒害着中国社会，在各阶层的人们心中——尤其是乡下人和小市民——生长着一枝无法拔出的根干，曹禺抓住了这一点，所以表现出来的问题都是那样的有力和亲切，这情形在原野一剧里就更显着，一些“神”，“鬼”，“报应”，“宿命”，支配着剧中的所有人；虽然他所同情的两个角色——仇虎和金子——走向“光明”去了，可是在那途中仍然有“地狱”，“油锅”，“阎王”和“鬼魂”；这对于导演恐怕是个最麻烦的问题，第末幕的几个穿插，北剧的演法，不能不说是失败了的。因为我身旁的几个观众，便说他们看不懂，“怎么旧戏的龙套也跑出来了呢？”“这是真阎王爷么？”“……！”还有一个孩子问为什么那些人物花金子却瞧不见。

剧作者不能不给演出的方便上想一想，当然，用枪声来吓退了在心中的澎涨的黑暗势力，和传统的生在心里的一些挣扎上的阻碍，在观众感动的结果上，一定可以企望得到圆满结果的罢！然而这也要以可以看懂为限，如果把观众陷入于朦胧的网内，其结果却是可怕的事。我觉得至少在导演上还应该再研究再检讨，让人扮了鬼上台，以充作“幻想”，这终久不是妥当的事，说实话，如果不是事先看了脚本，我也会被这种场面弄得莫名其妙的。料想和我一样同感的人，想来也不会少罢！

有些地方被删了去，那是可惜的，当然，也许那些地方有些困难，可是删掉了一景便会失掉了全剧的完整，随意的删削，这于作者是不忠实的，第末幕有几景没有演出，便觉得第末幕模糊，不真切，不充分，无力量，倘是完全的演出，一定可以更加有力的。

因为舞台装置的关系，第末幕几景显得颇零散，有几景幕闭的时间太长，使观众的印象散漫了。——可是二十五日夜戏这样子的地方已经进步了不少。

比较的说起来，焦母的脚色最成功——李雷饰，一般人对焦大星的批评也不错——章蒂饰。自然，仇虎——郭秉饰——也是个极有希望的角色。

看完了《原野》，觉得在整个剧运之现阶段的发展上，有几点不能不注意的事：——

第一，话剧在现在还没有能够抓住整个的观众群，或者说是多数的观众群，这一点是比不上旧剧的。北剧在北京颇有相当的声誉，《原野》这脚本说起来也极能号召观众，有些人老早就期待着这个剧本的上演了，又是按照卖座的情形说起来似乎并不如想像的好，而且跟不上有些旧剧卖座卖的好，当时上坐的情形也不过是九成的样子，据说在北京这样就已经很不易。然而“红票”究竟卖出了多少呢？不买票看戏的“熟人”究竟有多少呢？实际卖出去的票一共有多少呢？如果想以票价来维持剧团的开支，完全走一种合理的正常的营业化的道路的话，这样的问题是不能不考虑的。据说最近天津有一个什么剧团，也在出演《原野》，竟印了“红票”，按户“劝销”，如果真为话剧的前途着想，这种办法是值得研究的，因为这会使一般社会对话剧生一个极坏的印象。

第二，倘要使话剧作一种正常的合理的发展，仅仅“玩票”是不够的；固然这种玩票的办法也有许多不可一笔抹杀的好处，然而为在管理，配备，纪律和合理上着想，是非组织职业剧团不可的。业余剧团既然不能每日上演，这在各方面的损失就颇大，第一不能给人一个一贯注意的焦点，第二不能引起一般神经迟钝的市民，而且旧营业成本上讲，职业剧团也比业余剧团便宜得多，因之除却管理和人选两方面的方便外，职业剧团可以订出较比低廉的票价，这在一般人生活困苦的今日，是话剧发展的一个极要条件。

第三，如果不自满，不把话剧估计得和旧剧一样，而是虚心的把话剧作为一种有意义的演出，则演员的再教育也是必要的。我们的演员必需有极高的艺术和智识的修养，最低要澈底了解脚本的意义和自身所饰角色之特有性格，只有如此我们才能在舞台上为戏剧开辟一条崭新的道路，所以成立一个新的戏曲学校是必需的，用科学的方法来训练演员，并从多数的天才里找出饰演所要上演之脚本的脚色。自然，在今日成立一个新式的戏曲学校也许不是一件容易的事，然而由一个剧团附设也许还比较可能一点，倘要使今日的话剧运动健壮起来，这一点是不能不考虑的。

有些小事也非当心不可，像说明书在正文中印着这样的启事：

敬告观众

亲爱的观众们：当《原野》的幕落了以后，您是在怎样的感觉着这一个剧中的人物？是不是觉得他们的神经方面都多少呈现着一点病态？这就是所谓神经不健全。轻微的患者，遇不见大刺激不会显然的发现，但重症患者，便失掉了终身的幸福。

为了保持终身的幸福，应该每天服用××，××是以燐，钙等质分强健脑神经。

…………

那么《原野》的演出是为××作宣传呢，还是北剧为演出《原野》才刊载××的广告呢？聪明的观众当然不会误会到前者，而且谅解北剧的困难，不得不找一笔广告收入，以平衡收支。不过一个有价值的剧团的说明书总应该维持其自己的尊严，在正文中加入了这样的附告，而破坏了一个东西的完整性，虽然是小事，终究也是遗憾的，而且最少也应该注明“广告”字样，以免使有些观众联想起天桥卖大力丸卖药以前的献艺来。

并且由于配置灯光的原故，使两边的观众看不见整个的舞台面，这是非想法克服不可的。

一般的说起来，北剧这一次上演《原野》相当的成功，如能克服一些因种种问题而引起的缺点，并以低廉票价作第二次的露演，一定能得到更大收获。

（八月末梢，北京——天津）

原载《国民杂志》1941 年第 10 期

《原野》观后感

大星友

演出:青艺剧社

地点:孤军营

悲剧是将有价值之主题,拆破给观众看,换句话说:悲剧是应该震撼观众的灵魂与心扉,于是,使观众溶化在作家的情感里。因此,它在演出上,却要较喜剧难演的多了。——记得去年,中旅曾几次上演曹禺先生底《原野》,但演出的成绩,并不见得怎样好!而这次青艺剧社在孤军营中已经是第七、八次的献演了。一般说来,每一次献演时,对于一切的舞台技术都有所改进的,可是这次青艺剧社演出,是意外地失败。不过却也是意料中的事,因为一个职业剧社既然不能演得满意,而何况业余的小剧社呢!——这意思,并不是说小剧社绝对地不应该演大戏,可是大都为了业余,时间和训练的不充分,演出的成绩常不见得好。

《原野》是曹禺先生底名著,无论在内容上,技术上,都较之曹禺先生的其它剧作要完美得多呢!它没有《雷雨》中过多的技术,没有《日出》中空洞的希望;所以这戏演出的难,也是当然的:第一,其中的角色难找,仇虎、大星、金子、焦氏都极重要,而尤以焦氏不易。第二,布景、灯光都相当烦重,外景甚多,而又需要换得快——此次,青艺剧社演出的失败也在于此。因为孤军营中没有良好的灯光的设备,所以那种迟钝和不调和的光线,杀死了整个剧作的效果。现在,撇开了这一点不说。

首先使我感觉到的是本剧的台词,大部分演员都不能背得流利,这也是青艺所以不能演好的一个先决条件;因为,一个演员在台词既未背熟,其它的动作和姿态,就难表演得恰到好处。尤以饰大星的蔡红生,他一方面既要听提示,而又要注意自己底动作和姿态,于是他底收获便变得微弱了;本来他是个很会演戏的人材,可是这次的演出中,除了台词不熟,动作呆滞外,他还没有把握住剧中人的个性,有许多地方,他是应当柔弱的,但他"第二自我"(演员自己)却时常显露出。同时,脸部的表情,也不够生动。这一方面固然是他本性刚强,而导演没有给他帮助,也是原因。

演得比较可看的是饰仇虎的一角,他本有一副剧本上所合格的脸,加以化装后,将演员自己的容颜改去了一半,可惜他脸上还缺少一条刀痕,这样,才可以和仇虎的个性配起来,成为一个乡村化的被压迫的农民的典型人物。他底缺点是在声音不能送得过远,音调多半是"mp",同时,音波也太平,如第一幕中,他是应当用"tt"。他以后的演戏,应该纠正这弱点。

白傻子演得不像电影上的小丑化。这是演员的独到处。

常五饰得还不够如乡村中一般游手好闲的寄生虫的典型化。妨碍他技术发挥的是上下场的台步。

金子本身并不是个淫妇，她有血、有肉、他讨厌丈夫，而她的所以跟着仇虎到铺满着黄金的天外去，也可说是因为封建的余孽——焦氏所迫的，因此，在序幕中，她是需要演得"苦闷"一点。第二幕要演的"刁滑"，第三幕中是开始使观众意识到她底真性，发出演出者与观者心扉中的共鸣和同情。

可是，饰金子的却演得太泼辣，没有一点使观众同情她是一个被压迫的时代的牺牲者。这也是饰焦氏的演得太柔弱，而使她底演技变更特出了。

至于饰焦氏的是全剧中演得最失败的一个。焦氏是一个封建的余孽，她虽然瞎了眼，可是她却比别人机警，别人一举一动，虽不能反映在她眼内，但她能够体味到，马上能想出一个应付的方法，不然，她怎末知道虎子回来了呢！怎末又叫仇虎带着金子逃呢，说是"仇宜释，不宜结"。然而，一面却又叫常五去报告侦察队呢。——但饰焦氏的非但在动作上不够细琐，语调不够阴沉；并且，还自己常常发笑。

最后，要说到这次演出最大的缺点是在导演，他对于此剧的气氛和高潮，也没有相当把握住。有许多演员的动作是粗劣的，而尤其是地位的调动上，混乱得使观众头痛，既没有一条清楚的线条，而又不知为如一会儿用平均的手法，忽而又变为均匀的手法。我更不懂为什么第二幕中，金子走到桌的右边去，而大星便会得情不自禁地也跟上去。同时，在同幕中，金子跪在地上发誓的时候，又和大星，焦氏隔开了一只桌子呢？因了这种种而使观众的视线都受了部份的障碍。演员们当然是更不能发挥他底"第一自我"了。说句老实语，导演对于这戏根本就连剧情都认不清。

但这次青艺因了时间的关系，而只演了序幕和第一幕，据其中社员之一告诉我，说是下星期日还要连下去演第二幕和第三幕。可是我总以为第三幕是更比第一，第二和序幕难演得多了，作者曾亲自说："……连续的五景。每一变换应以二十秒钟为准，不应该再多，不然，会丢了连续的情绪，并且每一个外景的范围也是极难处理的。……"

的确！尤以第三幕中的两个手法，一个是鼓声，一个是两景用放枪的尾声；显然地，曹禺先生是受了欧尼尔的影响，他无意中借用了欧尼尔在《琼斯皇帝》一剧中所用的回音，至于那些人形，作者曾再三说明并非是鬼，为了表明这，而利用了第二人花氏在身边。不过，这时的他俩，因变得恐惧和报仇的愉快，使观众心中对于仇虎在前二幕中的刁滑表情都忘了，相反地，逐渐发现他是美的，值得观众高贵的同情。他是重重压迫的真人。

由此，可知在第三幕的演仇虎和金子者，应当要改变前二幕的中态和动作了。

写到这里，确可结束了，顺便也在这儿祝他们能克服这些缺点，而且也永远不要再将演技停止在某一个时期。

原载《三六九画报》1941 年第 11 卷第 2 期

电影与戏剧:银幕与舞台上的《原野》

回 春

原作:曹禺

银幕:《森林恩仇记》

舞台:中旅,工商局社,北京剧社等。

《原野》是一个粗犷热烈的故事,在阴森的村野里,刮着飕飕的秋风,燃烧着人类的愤恨,流泄着生命的鲜血,一字字都是泪的交流,一行行都是恨的火花。这里虽然也掺入了爱情的描绘,然而这是原始人类的率真的大胆的爱情,而不是小儿女的装腔作态的爱情!

这里,有最旺盛的人类的情感,所以也有最旺盛的人类的仇恨!这仇恨便是生命的种子,使人类的生活有目的有意义,报复,仇杀,情感和理智的冲突,光明和黑暗的憧憬,怯懦和勇敢的对比,单调和刺激的不协调……于是乃织成了一幅人生的血泪的故事——这里没有轻松,没有嘲笑,没有悲哀,没有卑污,没有……只有最强的爱情所孕育的愤恨!求生的挣扎!青春的呐喊!人生的真义的探讨!

虽说《原野》在中国批评界似乎是不及《雷雨》和《日出》的,然而曹禺却说他偏爱《原野》胜过了《雷雨》和《日出》——因为他爱人类的愤恨,人类的矛盾的心理。

我因为爱《原野》的剧本,所以也关心《原野》的演出。

南国,从友人处听到了中旅演出的情形。

北国,参加了工商剧社的演出,也是到了大亚与新亚的演出,并且也听到了北京剧社演出的情况。

最近又和友人英灵看到了银幕的《原野》——《森林恩仇记》,觉得幻相一定处理得很成功吧?结果,却带了一颗失望的心回家。

显然地银幕上的《原野》并不比舞台上的成功,有地方似乎是很失败。

结 构

《森林恩仇记》将焦阎王活埋仇荣,抢走仇妹,陷仇虎于狱的事都在序幕前叙述了。第一幕《探妹》的曲子取消了,常五的《送情郎》也改了《孤王爷》,第二幕仇虎与大星的对话减了很多,焦大星跪劝金子勿走一节也删了,于是使金子与大星的个性都不能显著了。最失败的是第三幕的幻相竟也和舞台一样的贫弱——持伞拿红灯的幻相没上场,众囚犯没上场,阎王殿也没有;甚至森林中仇虎恍惚听到的大星的呓语也取消了。

中旅在第三幕的演出有持伞拿红灯的幻相。在北国，各剧团第三幕的上演，均按工商剧社的改编本分为二景，唯北京剧社多阎王殿一景。

布　景

《森林恩仇记》序幕还不错，第一、二幕的内景太新，于是令人有一种明快之感，剧中阴森的气息就减轻了。第三幕森林因照明失败的关系，也没有凄惨的景象。

据说中旅的布景相当不错，工商序幕的布景最美。大亚的序幕布景也不错，不过吊幕不能尽绿叶衬托之妙。

演　员

仇虎——《森林恩仇记》中由王引饰仇虎，化装太不丑了，并且多是上半身的镜头，所以由仇虎腿上反映出来的仇恨都抹消了，并且有些地方话语的轻重也分配得不适宜，比较在序幕以前尚好。

舞台上以周羽的仇虎为最成功，一切仇恨的象征都从他的腿上出发，声音表情均佳。

白傻子——《森林恩仇记》中由韩兰根饰，只扮演了一个小丑，而白傻子内心的泪却无从表现。

舞台上以石英的白傻子最成功，在北国的剧坛上留下了一个深刻的记痕。

金子——《森林恩仇记》中由袁美云饰，袁美云似乎不适宜演这样一个个性强的女性。金子应当有光明的憧憬，狂燃的热情，以一个小家碧玉的小东西来扮演实在是不易成功。

舞台上以中旅孙景璐为最成功，不仅是毒辣泼悍，并且也有着青春的生命，在北国金苓的金子也是相当成功。

焦大星——《森林恩仇记》中由王竹友饰，能表现大星个性。

舞台上似乎还找不到标准的焦大星。

焦母——《森林恩仇记》中由严斐饰，声调苍老，行路很好。

舞台上以李茂与楚飞较为成功。

常五——《森林恩仇记》中由？饰。奸猾之态不太足。

舞台上以肇江较为成功。

音　响

《森林恩仇记》中配音很失败，今举其所缺少之音响如下：蛙声，知了声，羊群声，风吹电线声，乌鸦声，风声，牧人赶羊声，布谷声，风吹树叶声，动物蹿奔声，啄木鸟“喙喙”声……很减轻剧中的气氛。

舞台上的音响较为成功的，在北国，是工商和北京剧社，其次是大亚剧团，再次是新亚剧团。

照　明

《森林恩仇记》中第三幕照明很失败，不像夜晚的情形，所以当焦母抱着小黑子叫魂的时候，景气并不森人。

舞台上照明较为成功的是中旅，尤其是持伞提红灯的幻相；在北国，北京剧社的照明变化虽多，并不成功，大亚和新亚都走的工商的路子。

化　装

《森林恩仇记》的化装并不成功，仇虎太不丑了，不配“丑八怪”，焦大星穿的太阔，焦母的化装很成功，白傻子的衣服也太新，一个没人照管的白痴是不应当穿洁净衣服的。

舞台上的化装，工商剧社仇虎、白傻子、焦大星、金子、常五都很好。大亚的焦母很好。

总之银幕上的《原野》并不比舞台上的成功，一个半钟头的影片要描述四个半钟头演出的舞台剧，自然也有他的困难。这算不上批评，只不过是一点感想吧了。

希望能再见到银幕上成功的演出！

原载《工商生活》1942 年第 1 卷第 7 期

短评:《原野》

王　违

曹禺的《原野》，无论在剧本或舞台上，似都不及它的前二部作品《日出》《雷雨》那样受了注意，一向被大家默认屈居第三位。但若从纯文学的观点上言，它实在有着最高的评价，并不比前二者逊色的，但因此不易为一般观众所接受也是事实。搬上舞台又有条件上的诸多困难，如第三幕中抢景的不易弄好与全剧中主要演员的费力——尤其是仇虎没有休息的机会——等。所以尽管各大小剧团一再上演《日出》等，而《原野》的演出，除了中旅外都不敢轻于尝试。

这次中旅的演出，在演员的支配上，除了饰常五的徐典外，还都是中旅的旧部，与去年中旅演此剧的阵容也不过饰焦大妈的张雪梅换了一个吴纯真而已。驾轻就熟，成绩的优良自在意料之中。先从演员上看，邵华的仇虎自是最成功的，他不仅描画了仇虎的外型并且刻划了他的内心，尤其在一、二两幕中那种愤恨、郁怒、玩强的神情与想杀焦大星时仇恨与友谊交战的表情都使舞台上保持不弛的空气。孙景璐的花金子恰合身份，历来她所演的戏，除了《日出》中的翠喜外，应推此为最好。吴纯真以一贯认真的态度演了焦大妈，但在音调上还嫌欠广阔，阴森狠毒的情况倒是完全做到了的。吴景平很可观，徐典也不弱。特别要提出一说的是汤琦的白傻子，这一角色我认为是相当难的，最容易演过火而成为流腔的低级趣味，但汤琦却能演得不温不火，恰到好处，尤其是在金子叫他不要向焦大妈说从窗口逃出的男人是谁，用娇惑的手段对付他时的一种怕羞作态的表情，最为传神。

导演特别注意几个紧凑的场面的：仇虎和大星俩对酒及焦大妈与仇虎针锋相对的问答等。可谓遗憾的是第三幕略去太多，五景减为三景，每景中又省去大段的对白；鼓声的利用也没有加强，失去了不少原著最精彩的“原野气息”。各种幻相根本没有出场，太有一些取巧了。

布景与灯光都不错，左壁大立柜的颜色欠深，不足增强屋内阴森的气息。丽华的台太低，演员膝部以下的动作很难看清，也是一缺点。

原载《话剧界》1942 年第 9 期

曹禺引得

——《雷雨》和《原野》注疏

黄华沛

最近,同时地,出现了两篇批评曹禺作品的文章。如要以客观的态度来说,给予这两位批评家的再批评的话,则我觉得杨晦倒是个批评家,吕荧仅仅是文艺欣赏家。批评家第一个条件是没有成见,他不能以自己的偏颇的嗜好去弹劾他人的嗜好——其实,所有私人的嗜好都是偏颇的,主观的:主观对主观,是欣赏的过程——吕荧是达到了,犹如我们赞叹李后主,屠格涅夫的作品,或者鄙弃张恨水的小说一样,都是达到了嗜好的某一部的满足,是偶感性的,性欲的变态的,托尔斯泰批评伦敦的肉食宴会是偏颇的嗜好,是的,伦敦的绅士们实在也没有通过营养价值的常识出来的,他们仅求一种满足吧了。

欣赏,是嗜好的满足;但通过欣赏,可能成为优越的批评。可你得晓得,还需要许多条件。其中之一就是,起码要扬弃读书的偏颇嗜好。要普遍,要客观,要从那里求出比较的统计的辩证的理论。把你钟爱的作家的作品读遍了,你诚然能作文赞叹,可不是"批评",因为你缺少了一件重要的东西,就是你并不曾了解所不钟爱的作家。吕荧,人家这样说,他鄙弃一些他不钟爱的作家——那些不曾通过马克斯主义出来的——达于极点,竟至于以手触到他们作品为羞耻。他,无疑是严肃的欣赏家,但是最坏的批评家。

让我为这类批评家写出一些他们不屑触到的东西吧——可是这些东西存在于马克斯不曾出生以前。关于曹禺,这是一个"引得":我们没有对曹禺不敬的意思,我却承认很多作家的最初阶段的写作,有来自于"模拟",他们为了某一类的见解或某一类历史的或社会的事件感动,共鸣,同情,而随即形于言;复而因为吸取写作手法与形式,他们会不自觉地走入人家的牢笼。即如史坦倍克是杰克·伦敦的变型,罗曼·罗兰是俄国自然主义者们的徒弟,甚如我们的诗人田间先生,也被称为马耶可夫斯基形式的模拟者了。等到他们炉火纯青的时候,才有他们自己的型式和内容啊。

曹禺的作品,一直到今,还不曾跳出人家的牢笼。可是在写作技巧上却已炉火纯青了,他已经把舞台上的应用技术使用自宜了。人们劝导曹禺先生多读社会科学的书,这是应该的,他缺少了一般的知识,他不曾触到现实人生的一面。他在古书堆中翻筋斗,因此会给"唯物批评家"者们责之为"人性论者""性欲变态论者""神道现代化论者"!我不相信曹禺会理解这些奇怪的名词,否则他会如我们的批评家所指引的"道路"走去了。我们得承认,《雷雨》,整本的甚或每一角色的安排,都有希腊悲剧的根据;《日出》则是法国自然主义的渣滓的接收;《原野》哲学地说,也是希腊悲剧型;《北京人》是《原野》的剩余尾音,从新发展，一如《金瓶梅》之于《水浒传》，乃是某一见解的拖长。其中最好的剧本应该是《原野》，最坏的剧本是《日出》和《北京人》。

《雷雨》，有人说是从法国剧本模仿出来的，其实已经后者的了。最早的型式，是攸里辟得斯(Euripides)作的《希波里特斯》(Hipolutus)一戏。《希波里特斯》的情节是这样——雅典国王薛萨斯(Thesces)劫掠亚马逊族妇人安提奥波(Antiope)为妻，生子希波里特斯。后来遗弃了安提奥波，另娶望族女儿法特拉(Phzcdia)生二子，法特拉居于薛萨斯老头子家里，为爱神阿佛罗狄提所捉弄，竟对于前妻所生的漂亮青年的儿子希波里特斯发生爱情。她渴望得希波里特斯之怜爱，带她离开王宫，到山林打猎，让她自由；她并且不顾羞耻地引诱希波里特斯来她房中，要和她同床。但是希波里特斯并不高兴她，由她的拥抱中逃跑。最后，她因爱而嫉而恨，她撕破自己的衣裳，佯作被希波里特斯调戏，哭诉薛萨斯。随即她自缢而死。薛萨斯乃深恨他的儿子，央求海神处死他，结果，希波里特斯坠马身死。等到尸体抬回家中，由乳母将此中秘密道出，希波里特斯乃在他的父亲忏悔中长眠于父亲的臂环了。

《雷雨》跟这剧本有什么关系呢？且看：

(一)周蘩漪型的构成：法特拉是被演变为周蘩漪了。法特拉害了沉重的对于前妻儿子的相思，她在剧本里的发展是“逐步憔悴”——由爱而嫉忌，最后是痛恨；她有强烈的恳求场面，她要爱情和自由，她要山林和新鲜空气；她也有最憎恨的场面，她想尽心思来争夺爱情，直至时失败自杀。我们发觉她跟周蘩漪并无丝毫两样。周蘩漪在剧本的情绪发展实在就是“法特拉原型”。

(二)“萍”及其母亲：薛萨斯的前妻是劫掠来的，生了儿子以后又被遗弃了，同周侍萍被诱及被弃在情调上是一样的；亚马逊女儿安提奥波的乳名是“希波里特”(Hippolite)，她生的儿子乃呼之为“希波里特斯”——子与母名相同。《雷雨》里的母子之名俱呼之“萍”，此点小技巧也来自于《希波里特斯》一剧。

(三)周朴园的烦恼：周朴园在剧本里始终为情爱所烦恼，他清楚他的儿子跟他的后妻恋爱，一如薛萨斯当他误解了希波里特斯时一样心绪。后来，希波里特斯给海神处死，做父亲反在忏悔中捱着更大的苦楚，周朴园也正正如此。

此外，四凤，应该是女猎神阿尔提米斯(Artemis)的化身，而给拖进中世纪的俄国农村社会里去，最终成为了一个俄国与法国合流的自然主义的女英雄了。鲁大海是曹禺对于资本主义粗浅认识的一个型。只有周冲，才真正是曹禺所创作的——所以，各次《雷雨》上演，舞台上的周冲都失败，只有曹禺亲自扮演的一次是成功的，其故在于理解周冲的程度上有差异。

《雷雨》的思想，生吞活剥地吸取希腊的“原始性爱”的见解，也就是佛罗德学说。兄妹之爱，母子之爱，所有同姓性爱及联婚，不仅是哲学上的问题，而且是原始社会的经济的伦理的思想所使然的：为的是财产势力与爱情的独占，人类就发挥了“兽性”。到抑压这种“兽性”时，就成为“情意癓”，然后从潜意识里暴然发泄，演成人生悲剧。依照戏剧的发展线条说，从自然主义以后，这类“性欲变态”的题材，早被扬弃。但曹禺都依恋不舍，实在令人有点迷惘。且看下列的希腊悲剧，它与曹禺的《雷雨》的"性欲变态"有何不同吧：

一、索缚克拉斯作的《奥狄浦基王》——儿子杀死父亲，娶了母亲为妻，并生二男二女。

二、埃斯库罗斯作的《乞求者》——五十个妹妹要跟五十个哥哥结婚。最后，长哥与长妹是真正联婚了。

三、索缚克拉斯作的《安提歌尼》——襟兄妹相爱。

四、攸里辟得斯作的《希波里特斯》——母子恋爱。（如上述）

五、攸里辟得斯作的《腓尼基人》——如《奥狄蒲斯王》一剧。

这些情节，就是佛罗德所说的"奥狄蒲斯情意癖"（Odipus Complex）发挥"兽性"，企求"性欲升华"以得"发散治疗"。但是另一种情意的发展，可成为"虐杀"与"报仇"，那就要说到《原野》了。

《原野》是埃斯库罗斯作的《阿格曼侬》（Agamennon）一剧的"反面情节"的应用，再加上《复仇女神们》（Eumeniles）的见解，慢慢引导仇虎于死亡之路。《阿格曼侬》一剧，正面情节是阿格曼侬从攻打特垒凯旋归来时，他的妻子与奸夫同谋把他杀死。反面呢，则是这奸夫，就是他的堂弟埃琪斯薛士（Aigisthus），为父报仇而来，先淫通阿格曼侬的妻子克丽特姆尼斯特拉（Clytaemmestra），然后待阿格曼侬归来时杀之。原先，阿格曼侬的父亲为了他的妻子跟他的弟弟私通，就把他弟弟生的三个儿子杀死烹熟，款待他的弟弟，直到吃得高兴时，才把这些儿子的四肢拿出来，并驱逐他的弟弟出国。他的弟弟在绝嗣的悲痛中，誓报此仇，乃与自己的女儿同床而生埃琪斯薛士。埃琪斯薛士长大，决心把阿格曼侬一家消灭。荷马也把这事纪载《奥德赛》里，直指埃琪斯薛士为真凶。

现在可以对照一下，这情节跟《原野》有何大差异呢？仇虎就是埃琪斯薛士，他在仇家绝嗣的悲痛中仅存一命。金子就是克丽特姆尼斯特拉，害死自己的丈夫。焦大星就是阿格曼侬的化身。不过，其间有差异的，自荷马以至攸里辟得斯都承认埃琪斯薛士及克丽特姆尼斯特拉二人是歹角，而《原野》却认之为戏剧的正角——在高尚的复仇的意义上应该是正角的，所以在虐杀与复仇的交织中，曹禺，他起码是通过这些悲剧出来：

一、埃斯库罗斯作的《奠酒人》——姊弟同谋复仇，杀死母亲。

二、埃斯库罗斯作的《复仇女神们》——（情节同前）。

三、索缚克拉斯作的《伊列特拉》——（情节同前）。

四、索缚克拉斯作的《特那基妇人》——妻子杀害丈夫。

五、攸里辟得斯作的《疯狂的赫拉克拉斯》——丈夫杀死妻子儿子。

六、攸里辟得斯作的《伊列特拉》——姊弟同谋复仇，杀死母亲。

七、攸里辟得斯作的《奥列斯提斯》——（情节同前）。

八、攸里辟得斯作的《黑古巴》——母亲为儿子复仇，杀死敌手后裔。

此外，金子所生之子的虐杀，也是从《米狄亚》和《巴该》二剧演化出来，《原野》受现代伦理的束缚乃转为假手于人吧了。至于仇虎杀人以后的神智的昏迷与措乱，及鬼怪的围绕，自然是伦理道德与"兽性"冲突的心理现象。这些场面，主要地是来自于埃斯库罗斯作的《复仇女神们》：当阿格曼侬的儿子奥列斯提为父报仇，杀死母亲及其母的奸夫以后，为复仇女神们追逐，神智昏迷而措乱，到处流离，到处躲避，但恐怖，悲痛，惨丧永远跟随他的——仇虎完全具有这种心理现象。此外，索缚克拉斯的《阿扎克斯》和攸里辟得斯的《癫狂的赫拉克拉斯》在虐杀以后，也是陷于昏迷与苦痛之中。

曹禺是接受了希腊悲剧的“虐杀”与“复分”的原始行为意识；在情绪上，即是亚理斯多德说“人类本能”——哀怜与恐怖的两种：在哲学上，即是承接希腊人的“正义感”，发展于佛罗得的兽性潜意识里去；而且还皈依于原始的宗教。他是“文明人的原始信仰”的典型，因此他在《北京人》里嚷“要爱就爱，要恨就恨”的明确的口号。

这些话，仅限于对《雷雨》和《原野》下个注脚（不是批评，仅是注脚而已）。至于《蜕变》《日出》《北京人》，另有取材的根据，如要说到它，那是另一个题目的专体了。

原载《新艺》1945 年第 1 卷第 5 期

读书笔记:《原野》

袁福洪

当仇虎从牢狱中逃出的时候,恰巧遇到白傻子,所以才能把足镣容易的除掉,而且探听出焦家的消息,之后见到金子便很顺利的隐伏在焦家了,但这点又不能不说是焦大妈和焦大星的影响了,假使焦大妈平时待金子很好,焦大星又是一条汉子,则金子决不会也决不敢和仇虎连成一气的,虽然也因为金子不忘旧日。

等到焦大星回家的当儿,焦大妈想尽法子去激动儿子,先下手仇虎,但是大星始终认为自己内心无愧于仇虎,同时更不明白当初的事,更加之他生性忠厚,所以仇虎便在这种优势下进行他报仇的工作,然而他因为焦阎王已死,这报仇的对象不得不转移到大星身上,可是这位忠厚老诚的好朋友(焦大星),也作实使仇虎感到为难了。

作者不但立意布局紧张,而且当仇虎手刺了大星,焦大妈误伤了小黑子,这两点使仇虎良心受很大的打击,报仇的结果却死了两条无辜的性命,所以在逃走的时候,在树林中绕了一夜还未能出去,可见当时金子和他的心神不安而觉出种种的幻想,以至于迷失路途,这一段的描写,人类心理变态时的行为表出,实在是画龙点睛了。再者金子因这次的逃走,更坚定了仇虎的心,由此可见患难时感情。

最后假使仇虎是逃走了,虽然他是为报仇而杀人,但对于两个无辜的灵魂太觉可怜了,所以以仇虎自杀来结束全篇最为妥当,一方面使人对于大星小黑子聊可安慰,一面可表示出仇虎十二分的沉痛,而使人感动。

《原野》却是一篇空前巨作,而他的伟大,精彩,也并非我一篇简单的读书报告所能表出的。

十二月七日于姑苏

原载《新学生》1945 年第 5 卷第 2 期

《原野》重演

唐　弢

有一回，一个朋友对我谈起新文艺作品的缺点，他说，《水浒》《红楼》，居常一读再读，百看不厌；至于新文艺作品，读了一遍之后，决没有再读的兴趣，虽名家巨著，也所不免。我当时劝他试读万家宝先生的剧本，并且希望他告诉我读后的感想，有没有再读的欲望。这个朋友后来成了"曹禺迷"，不但家宝的书必读，而且还进而为家宝的戏必看了。我曾为这个问题思索过一番，我认为这不是一个偶然的事情。万家宝先生的剧本各个有各个的特点，各个有各个的主题，安排，写法，剧情都不一样，而每一剧本都使人百读不厌，我想，这或者是因为家宝的戏还是性格戏，在不同的变化中存在着一个基本的共同点。

无论是《雷雨》也吧，《蜕变》也吧，《北京人》也吧，改编的《家》也吧，每次我读到这些剧本，看到它的演出，我终含蓄着眼泪，为剧中人而流，为剧作者而流，为台下的看客和读者而流。这个社会使我愤怒；而生活在这个社会里的人物呢，在作者带着鞭挞和同情的笔触下，使我不忍苛责。万家宝先生的灵魂是善良的，因此，天下的善良灵魂都不能不陪着他，和他一道欢喜，一道痛哭。

《原野》的题材在家宝的剧本中是一个例外，刻划着深沉的仇恨，强烈的报复。焦大妈阴鸷凶险的性格使人悸怖，使人厌恶，然而当你想到她是焦阎王的老婆，想到她在怎样一个社会中养育，怎样一个环境中陶冶时，观众先生，你将怎样想呢？

几年以来，大江南北，多少剧团演过《原野》，多少人读过《原野》。此次东南剧艺社又选中了它，正因为《原野》是百看不厌的剧本；要我凑热闹胡诌几句，也正因为《原野》里有汲不尽的材料。这个剧本里有"戏"，让人看起来过瘾，这个剧本里有生活，顾盼左右，仿佛就身边，让人看起来恐惧和欢喜！

八月廿五日

原载《大公报》(上海版)1947 年 8 月 29 日

略谈《原野》

林　燕

首先可以肯定的：曹禺的《原野》也和与它同时演出的，奥斯特洛夫斯基的《大雷雨》一样，是一部社会的悲剧，一部作为封建社会的牺牲者的悲剧。

这悲剧体现在主人公仇虎身上。

焦连长（阎王）是旧社会的一个阎王，我们不难想象出——不、就是现在，我们也仍旧能亲耳听见，甚至于亲眼看见——他是怎样狠毒地使用了他的权势，残酷地活埋掉他的朋友仇荣，霸占那善良的农民的土地，以满足他那贪婪无厌的自私心。而后，为了惧怕仇家后代子孙的强旺，竟然更形惨烈地串通当地的官家，栽诬仇虎是土匪，于是，仇虎在被打瘸了腿而成了终生的残废者之后，又遭关进了监狱。就连他的妹妹，一个十五岁的小姑娘，也没有逃过焦阎王的阴谋毒计：由他变卖县外，沦落为娼……

仇虎没有忘记焦阎王对他的"恩典"，（啊，天！他怎会忘记和怎敢忘记呢？）八年以后，他不顾死活地从监狱里逃了出来，回到家乡，要报他那海样的两代冤仇。

从他正式地出现在焦家那一天起，他同金子就早已有了爱情上的默契，这爱情支持了他的复仇的勇气，促使他结束了焦大星那孱弱的生命。

不幸的是，当仇虎和金子冲出了侦缉队的包围以后，并没有找到一条通往火车站的路，而竟迷失在神秘的黑林子里。

经过一夜的奔波，才回到他们最初见面的原野的铁道旁边。当侦缉队正追踪上来，仇虎的枪弹也已快完了的时候、向金子作了最后的嘱咐，仇虎就用匕首了结了自己的生命……

以两个家庭之间的纠葛为主干，曹禺创作了这部《原野》，然而在这之间所表示出来的，并不是两者之间私仇私恨，而是借两个家庭之间的纠葛，暴露出了封建社会的狰狞面目！这是曹禺用他的多彩的画笔，所描绘出来的斑驳绚烂的一幅巨型油画！

也许有人会遗憾地说，在《原野》里说的那黄金铺地的地方，那天天过年，"吃好的，穿好的，喝好的"的地方，是那么渺茫；而到那地方的路，作者曹禺也不曾给我们指明——那是曹禺他自己也不曾知道的么？

我们以为：作者曹禺原是有他自己的人生理想的，他之所以没有在《原野》里表明，主要的是由于剧中人物的社会性制约。

不用否认，而也不必否认，在曹禺的《原野》里，有许许多多地方确是值得商榷的。譬如说，仇虎在杀了焦大星之后说："我杀过人，多少人我杀过，可是这一次，手头一回这么抖……”试问：一个在监狱里生活了八年的农民，他从哪里去杀过人，而且杀过多少人呢？

是的，《原野》的作者曹禺，给我们多多少少地留下了一些遗憾，今天，尽管有许许多多的焦阎王，仍旧和“原野”时代的一样，但作为仇虎的，却是度过那时代，而向前跨进一步了。

基于以上的对于曹禺的《原野》的理解，我们以为，这部戏，主要的在于暴露封建社会的狰狞面目，而第三幕仇虎迷失在黑林子中，所见到的无数幻景，以及他下意识地对着幻景中的人物所做的独白，都无非是表现甚至于是解释：尽管仇虎杀过人，而他的灵魂总是善良的，借了金子的口，一再说明仇虎的杀人和他的出走，全都是阎王逼的，小黑子的死，更是焦氏亲手所加诸于他的。一幕中，三景虽然各各不同，而作用却是一样，导演似乎可以将它紧缩一下。

由于曹禺的原作所给予的限制，除了删去第三幕中林内一片水塘边的第三景以外，导演不曾把出现在舞台上的《原野》做过什么大的更动，既没有将主题做过什么突出的说明，也不曾对人物做过什么强调，但在适应曹禺的原作上，尤其是贯穿着全剧，紧张和恐怖气氛，却是有了相当表现的。

在效果方面，于好几处地方失却了真实感，比方，第一幕里，当金子逼着焦大星说“淹死她，淹死我妈”，而焦大妈突然出现在轨道上，金子为了掩盖他们的诅咒，说是风吹电线的声音的时候，我们非但没有看见横在空中的电线，就连电线杆子也没有看见一根。同幕里，在轨道后面，明明有个池塘，而当仇虎将脚镣投在其中的时候，竟连回声都没有。还有那萤火虫的过大，以及最后太阳升起的过高，露出红色的电灯来，都是不应该有的。这些虽是小毛病，但在艺术力的传达上，多多少少会有一些损伤的。遗憾的是，直到今天为止，导演还没有全部察觉而加以改正。

附带声明一句，笔者在这里所谈到的，只是有关主题及导演的部分，其他其如演员的演技等等，因有旁的人另文讨论，因此也就略而不谈了。

一九四七，一〇，二三，风雨夜，小桥

原载《国民公报·礼拜六》1947 年第 13 期

人类的民主：原《原野》

朋 其

对，“若药弗瞑眩，厥疾弗瘳。”

我们这一个身背了五千年历史的老大民族，世故如此之深，趋避如此之熟，还想做得了甚么？想作，的确有下重剂之必要了。

重剂何为？

强的意志。

近代思想家中有同感的甚多，谭嗣同的冲破藩篱，鲁迅的韧的战斗，比比皆是：而表彰于剧作者，曹禺尤为显明。

在这里，我想说的只是曹禺的《原野》。

剧本是早曾读过的，但，不甚记忆了。

此次幸运在抗建堂，看见公演。

刘琦饰金子，黄若海饰虎子，陈天国饰大星。盲母为谁记不清。

看了过后，一时有瞑眩之感。

金子铺地，房子走路，那是理想的境界：真、善、美。

没得理想的生活，是无意义的；不以全力奔赴的理想生活，是无生气的。

虎子虽然是个丑八怪，但，究竟是人，是活生生的人，是生龙活虎般的人，是有坚强如铁一般的意志的人，是能领人到金子铺地，房子走路的地方去的人……

大星么？一个光光生生的好人，蚂蚁也不敢践踏的好人。母亲的儿子，妻子的丈夫，他自己呢？找不到。为了孝，他顺从他的母亲；为了爱，他依从他的妻子；他觉得双方都对，不是的是他自己。母亲看去，他只是妻子的丈夫，妻子看去，她只是母亲的儿子。母亲要他常在她的怀抱里，妻子不要他在她的怀抱里——虽然他想——因为他没有骨头。

在金子眼里，虎子才是英雄，大星真是脓包。

你能不爱英雄，厌脓包吗？

爱到家简直可以杀掉自己的丈夫。

恨到家不妨杀掉幼小相亲相爱的朋友。

这两个富于原野性的强的意志者呀！

盲母使人意味旧伦理的代表者，她终朝编制着溺爱的外衣，来防护她的子女，宝贝，不让人接近他，虽然是他的妻子。

旧伦理与强的意志相遇，争斗成了必然性。盲目的旧伦理哟！你不自知的吃掉了好多子女的骨头，站立也成问题，还能想作什么？想作，的确有下重剂之必要了。

某等之倡强之意志，受影响于叔本华，尼采，叠经自白。曹禺自未明言，意恐难免，因为自五四以后，好多好多的青年是多么热诚欢迎这种学说呵，不是前不几年罗家伦也还大声疾呼，而费希特也成为一般青年口中常纪念的一辈古人吗？

对，强的意志是可以医我们背负五千年历史的老大民族的软骨病。

男（无性别）儿汉，大丈夫，应该敢作敢为，应该挺起胸膛，应该伸直脊骨，应该明是非，别黑白，应该恩爱分明，绝不含糊……爱就爱到底，恨就恨到家。

这些道理，叔本华，尼采，费希特这一群德国思想家已经阐发得够尽致，影响得够深广了。我想，还会不会是任性的生活？一任感情奔放的生活？理智让位的生活？是不是德国因此产生了希特勒？又是不是因了希特勒铁一般的意志而使德国灭亡？强的意志，其终结：是不是很容易走上独裁而违反民主？……

瞑眩之余，使我脑子里突然来了许多???……

答案是：一个人要不是多余的话，应该让他活得有意义，这有意义又应该是自发的，理智与情感绝不是两样东西，尤其不是冰与炭一样的两样东西，也就是说不会有绝对情感生活或理智的生活，因此，强的意志不会有大毛病。希特勒的失败，源于见解错误（民族优秀之一点是其致命伤），不缘于强的意志，罗斯福不是具有强的意志的人，但是他就不承认民族有优秀，美国人该生存，中国人，印度人，印第安人……都该生存，只有说他人不该生存的法西斯强盗才不该生存，该无条件投降，要这样才对于美国有利，对于人类有利，于是罗斯福以铁一般的意志，达到其目的，这不是独裁而是民主，而是人类的民主。

我再三深思，并就教于《原野》的著者，看客和读者。

原载《海滨杂志副刊》1948 年第 1 期

欢迎新的《原野》

李广田

曹禺先生是我们最优秀的剧作家，他的《原野》，和他的其他剧本一样，也是极成功的作品。对于曹禺先生在戏剧创作上的成就，我们一直怀着无限的敬意，并抱着更高的希望。然而，我们的历史发展得太急剧，对于戏剧艺术我们也不能不提出新的要求。为了满足现实的需要，清华剧艺社把曹禺先生的《原野》加以改造，试验一次新的演出，这实在是一件令人兴奋的，极有意义的事。

在原作第三幕的最后一场中，当金子问仇虎那帮朋友的是否可靠的时候，仇虎说："他们都是我的好弟兄，干那行都有，告诉他们我仇虎不孱头，告诉他们仇虎是走到头，没有说过一句可怜的话。告诉他们仇虎不相信天，不相信地，就相信弟兄们要一块儿跟他们拼得出去，有一天我们的子孙会起来。"

这些话，都说得很好，很确当，也很有力量；然而我们总观全剧，作为剧本主题的"复仇"，也还是一种相当的狭隘的复仇观念，因之，作为"仇复"化身的仇虎，也就只是"一个原始的生命"，或正如作者所说的，"他忽而也正如他的祖先——那原始的猿人"，或如某一法国人在一篇批评文章所说的，作者所表现给我们的是一种"自然的盲力和原始的本能"，"大自然在原始的蛮性里引诱着人们，人们也在这里应答着而且决定了自己的命运"。这样的批评虽然也许稍稍过分，然而作者于《原野》以后继之以《北京人》，在《北京人》中便出现了那个身体高大无比，而并无什么灵魂的北京人，于此，也就可以推察到作者的思想所达到的边际了。原始的力量也并不是绝无可以保存或发扬之处，然而这是不够的，尤其在今天，为了发挥出戏剧艺术的社会效能，增加其教育意义，我们就不能不要求更进一步的内容：较之原始的本能，我们更需要刚强的意志，较之鬼神的魔力，我们更需要明辨的思考，较之无可如何的命运，我们更需要历史本质的认识，而集体的组织或阶级的代表，也比较乌合之众或匹夫之勇更有意义，更有价值。清华戏艺社能在这些问题上用心，能在这些原则下把原剧本加以改造，有很好的导演和很好的演员，虽然环境和各种演出条件都不能令人十分满意，然而我们依然相信是可以成功的。我们谨以最大的愉快来欢迎这次新的《原野》的演出。

剧本的利用或改造都是不得已的办法，最要紧的当然还是自己创造。剧艺社并非职业剧团，我相信剧艺社的成员都以创造为事业的，而创造新社会，新文化，与创造新艺术都是一个精神，一个目的，但愿大家以此相勉，共同努力。

原载《清华旬刊》1948 年第 7 期

金子论

——《原野》中人物之二

潘　凝

在野性之力这一概念上，金子的性格和仇虎属于同一类型，甚至还比仇虎更确实些，因为她对于执行自己的愿望，助成自己的愿望，远比仇虎坚定顽强得多。然而她的性格内容，却比仇虎简单得多，她仅仅是具有野性之力或对恋爱有着强烈直觉，持着野性原始观感，不顾一切束缚的野性之化身，且只是一个这样的观念的化身，其性格的社会内容极其模糊稀薄。甚至她的家世如何，出身如何，连作者也没有交代清楚。当然，基于她不得不被焦阎王强娶为自己的儿媳这一点，我们可以断定她是一个比较贫苦的农民的女儿。

她是被作为一个野性的女性之一般标本来处理的，她有着健康的肉体，她有着自由而泼辣的生命，她对生活的观念是天真的、乐观的，她嗜于接受那种强暴的、粗犷的、凶横的、炽烈的、像山崩一样压倒下来的肉体的爱和欲，她不耐烦那种细致的、优雅的、温柔的、文弱的、像蔓条一样缠绕着的爱，以至性格，对于爱她有着不可稍稍移动的独占独享的要求，有着极其敏锐的感觉，为了实现她的理想的爱，她可以牺牲一切，受一切苦难，无视任何的情谊和物质的欢乐。她甚至还有关于遥远的，黄金铺地的地方的梦想和幻觉。然而所有这一切都缺少可以确切查按的社会内容，她从来没有思索过任何含有普遍社会意味的事件和生活。特别是她的主观上的要求，除了爱情而外，和仇虎的要求之客观的真实社会意义没有任何联系。

这不仅是奇怪的，而且是差不多不可能的。她岂不也如仇虎一样，是一个被焦阎王迫害着的人吗？即使她的亲族没有受过焦阎王的虐害，而焦阎王也没有侵占过她家的土地，仅仅把她强占为自己的儿媳这一点，不也是一种迫害吗？然而她却从来没有对这些冤债提出过足够郑重而强调的怨恨。她和仇虎是早就认识了的，同样，她和仇虎曾经有过一段青梅竹马、两小无猜的亲爱生活，也是可以想象的，然而她却从来没有提过这件事。实质上仇虎的仇恨就是她的仇恨，仇虎的要求也就是她的要求，他们的共通的仇恨和要求不仅决不妨碍她的由女性出发的野性愿望，而且适足助成之并给以现实的意味与条件。然而她的要求却一直漂浮在这一切之外，两不相干，只是孤立要求离开焦家而出走，把仇虎的复仇视为与自己无干单只因系情人的事而予以同情，只是为了厌恶焦大星的懦弱和焦大妈的侵占而投身于仇虎的怀抱之中。这都是不可能的，而其主要之点在于，由于这样，就从她身上删去了一切应有的社会内容，在这一点上，它所受的艺术歪曲比仇虎更加严重一些。如其不然，她将会如其实的是愿为一个同样受着军官军阀之迫害的农民的女儿，这不仅完全是合理而且是可能的，并且无论从任何侧面看，都只会加强艺术的性能。

反之，在一些表面的细节上，她的被处理又比仇虎事实化一些。无论从任何方面看，她都是一个正常的人，她的一切行动，都是按照实在的事态中所应有的写出来的，没有过分的夸张和神秘的渲染，特别是没有和仇虎之流氓化一同，也歪曲成不正经的荡妇。同时她是很清醒的，她自始至终清醒的活动着，一举一动都出于自身的考虑，有计划，有步骤，细致、机智，有手段，有决断，从没有迷过心窍，甚至她还一直作为仇虎的领导人而活动着。这后者当然是民间的精神力量之不自觉地表现，和那在实际生活上富有经验的村女之投影，可是，这是和一般人所怀着的野性之力的观念背道而驰的一些性质。无疑地，在这一点上，那种客观存在于农村民间的人民的强大精神力量，会强迫着作家在金子身上写了比她所设想的更多和更有价值的东西，会突破了“野性之力”这个荒诞的概念的外壳而呈现出她们自己，而这也就是为什么独独金子一个突出了重围的理由。她的得以突出重围，既不出于仇虎，也不出于她身上的非野性之力的强大，而只因为她身上的那些野性之力的性质。那些正常的，清醒的，有计划的精神力量。倘就野性之力而论，她应该不可避免地和仇虎同归于灭亡。可惜她的非野性的方面，没有有意识地强调出来，强调得足以充分成为必然能够突出重围的条件，以致就她那样看来，我们始终不能不怀疑她的突出重围是否合理，是否可能和究竟有什么深刻的内容。

原载《新新新闻晚报》1948 年 4 月 23 日

焦大星论

——《原野》中人物之三

潘　凝

焦大星是一个可怜虫，甚至是一个无辜的被牺牲者。他的为人是很好的，他忠厚、天真、老实，对于妻子的偷情行为非到简直无法否认，连当事者也供认不讳的时候，不肯相信，对于他的情敌野汉子仇虎，则虽在事迹充分可信之际，仍旧推心置腹，不可有所偏废。至于他一直动摇于孝母与爱妻之间，也是人情之常，人间就有数不清的这样儿子，用不着苛责。甚至他对于妻子的恩爱，也很热诚，他的温存、体贴、爱护、供应，可以说无微不至，极尽了人间做丈夫的义务。他对于妻子的一往情深的真挚的爱，是无条件的，可是他的性格是太懦弱了，这种懦弱，一般的不能满足具有英雄崇拜癖的女性，而又恰恰遇上了一位要求粗横强猛之爱的金子，便彻底地失败了。要之，他之所以受到金子的厌恶，并非因为他的人格之卑劣，和爱的不坚实，而只因为他的性格因而他的情爱作风恰恰不投合金子的口味。因此，他的恋爱失败的悲剧，必然性少而偶然性多，一般的含义少，而传奇的以为多。而若就他的一般为人而论，则他实在不应成为一个牺牲品。

然而，这是就他在剧本中被写出来的样子而论，在社会的一般的客观的真实情形上，却并不如此。横行乡里鱼肉良民的军官焦阎王的儿子，不应该是焦大星这样一个好人。他应该是焦阎王的“事业”的继承者，他也应该是一个凶横暴力阴险狠毒的家伙，一个吃人者，即使不一定有着强悍的躯体，却也应有这样一个灵魂或性格，而我们也就看到他被写出来的性格是和被写出来的躯体不相符合的。这是一个漏洞，这个漏洞说明，这一人物所从出的原始材料，焦大星原是和焦阎王属于同类型的人。只因为要在和金子仇虎等的关系上造成纠葛和性格上的对照，才弄成了这样一个焦大星，而他的魁梧的躯体，乃是具有强迫性的原始材料真象之遗痕。

但是我们这样说，并不是以为有其父必有其子，在遗传学上焦阎王的儿子一定照样也是一个焦阎王，正如我们并不反对仇虎的善良柔弱的父亲竟有象仇虎这样的一个儿子；同时，也不是以为焦大星这个人一定要按照他的原始材料那样一丝不移的写出，更不宜为了复仇适得其当而使焦大星自己也成为曾经作恶过的人。我们只是以为，焦大星这个人物，应该照社会的一般实际而创造之，他不是一个人，而是一个社会阶层的代表，他应是农村中横行霸道，鱼肉乡民的军官军阀之后继的一代。就一般事实而论，死了的军官军阀之儿子后代，就也往往是一个同样作恶的人，虽然或者稍许温良一点无能一点，但也可能更凶横一些，他们之和善良村民的关系本质上并无大异，就个别的事实而论，则焦大星在他的父亲的教导熏陶之中，也有较多的可能成为本质上和焦阎王相同的人，仅有很少的可能成为焦大星这样的人，因为焦阎王的死至少在八年以前，那时，焦大星的人格无疑地业已成型，只有照这样，他才对于仇虎的复仇有着充分的深刻的意义；而对于任何戏剧纠葛的造成则只有积极的作用，绝无消极的作用。

反之像现在这样一个焦大星，都有许多深重的遗憾，他抽空了戏剧纠葛的社会内容，使得成为一个纯系性格的冲突；它使焦阎王的罪恶成为一种偶然的事件，使仇虎的复仇成为纯个人的事件，它使人感觉到仇虎的报复不得其当而有点过火。其结果就使得全部艺术目的大半成为替焦阎王的罪恶做辩护去了。

原载《新新新闻晚报》1948年4月26日

《原野》观后

梅 阡

《原野》,在曹禺同志的作品中,也许是比较受到冷遇的一个。北京市实验话剧团这次的演出,是解放后初次上演这个剧本,值得重视。

"这本写的是民国初年,北洋军阀混战时期,在农村里发生的一件事情,当时,'五四'运动和新的潮流还没有开始,共产党还未建立。在农村里,谁有枪,谁就是霸王。农民处在一种万分黑暗、痛苦,想反抗,但又找不到出路的状况中。这大概就是《原野》中几个人物的时代背景"——这是作者最近谈到有关《原野》的几句话。这对于我们理解这个剧本所反映的特定的历史阶段,是非常重要的。

我们不应完全以今天的要求来评价仇虎这个人物的行动,而怀疑其真实性。他怀着两代的冤仇:父亲被焦阎王活埋,妹妹被贩卖为娼,土地被掠夺,他本人被诬陷入狱。当他越狱归来,又发现阎王的儿子霸占了自己的恋人金子。这般冤仇真是"劈天天也开"!他怀着强烈的反抗的意志,燃烧着复仇的火焰,茫茫中不得出路,于是采取了原始的斗争方式:"以眼还眼,以牙还牙!"但他那狠狠的一击,却没有触动这万恶制度的要害,自己也没有逃出别人的魔掌;小黑子无辜的惨死,更使这个善良的心灵陷入于悔恨与惶恐的迷乱之中,这就构成了仇虎的悲剧。在演出中,使我们时刻关心、同情仇虎的命运,而同时也产生由衷的惋惜,引起我们的深思。

北京市实验话剧团的演出是十分严肃的。演员们由于长期的舞台实践,演技上得到相当的锻炼,因而,这次在几个人物形象的塑造上,获得一定的成就。

李明扮演的焦大妈,是很出色的。满头苍苍的白发,一身素净的孝服,腰板挺直,腿脚硬朗,是个生命力强旺的人,成为仇虎的一个有力的敌手。演员首先正确地掌握了这个瞎老婆子的形体自我感觉。她表现得听觉异常灵敏,干硬有如鹰爪的双手,成为她探索周围事物的"触角"。演一个瞎子,最困难的恐怕是和对方的交流,因为不能运用眼睛而受到一定的限制,李明在演技上突破了这一点。她无时无刻不在辨识着周围的动静,谛听着对方的声音,揣摩着对方的意图。演员没有直接去体现她生理上的缺陷,而是掌握了她的警觉、猜测、探索、判断等不间断的心理活动,和她企图弥补自己视觉不足的内在愿望。这一点,贯穿在整个焦大妈的形象中。使我们从她的心理状态上,更相信她是个瞎子,这是演员经过了深刻的体验的结果。正如焦大妈所说:"我并不瞎!"十分合于人物的逻辑。其次,焦大妈是个心如蛇蝎、十分毒辣的女人。如果演员只是概念地去表现"狠毒",便易于陷入“表演形象”的泥沼。李明是掌握了这个人物行动的强烈的目的，狠毒暴戾是达到这个目的的手段。所以她不但刻划了人物狠毒的一面，也使人物生活在复杂的矛盾之中。她要保护她的儿子焦大星，要解脱这一场灾难。她要把儿子当作“家私”来占有，放在自己的翼卵之下，对他怜悯，对他疼爱，而又恨他是个“废物”！她看金子是个眼中钉，诅咒她死，对她猜疑、凌虐、妒忌，而又有所畏惧，有时不得不含笑地向她哀恳、乞求。但当她用针暗刺金子的木偶那一段戏时，她一面以由衷的虔诚在神像前膜拜默祷，用颤抖的声音呼唤着金子的名字，一面警惕着周围，一针一针狠狠地刺下去。从演员森厉可怖的神色中充分显露了她内心深刻的狠毒，是十分悸动人心的。在第二幕中，她企图说服仇虎，她能拉着仇虎的手，温和地嘘寒问暖，像一个真会体贴别人的“干妈”；但我们看到她在极力地掩饰着内心的仇恨的同时，表现了绝大的抑制与容忍。真是“笑里藏刀”！李明在刻画这个人物上是很有深度的。

刘璐的焦大星演得很朴实，能够给人以一个忠厚、老实、驯顺、懦弱的人物的印象。但演员并没有放松这个人物的另外一面，他是焦阎王的儿子。第二幕里，他酒醉归来，怀着匕首，要找仇人寻衅的一场戏，演的很真实而有光彩。他认真地把仇虎当作知己弟兄，嚅嚅地羞于向他透露金子的不贞，向他祈求援助。演员的信念与情感都非常真挚。他狠狠地把匕首插在桌上，从一个怯懦的性格中，借着酒意，迸发出刚愎的火花，把戏剧带入高潮。演员是充分地体验了这个人物的精神状态的。接着下来，他逐渐了然金子所爱的就是仇虎时，他痛苦地要刺杀金子，举起刀来，又下不去手，终于跪在地上，哀婉地乞求一点卑微的怜悯。这一段复杂的、波澜起伏的内心矛盾，他演得清晰而有分寸，十分动人。

陆丽珠的金子的形象，很富有魅力，表演上也很朴实。可惜在掌握人物的泼辣狂野的一面有些不足，在节骨眼上放不大开。我们看得出她心地里爱憎分明，对生活有着热烈的追求，如果在表现上能更豁亮些，动作的节奏再放快些，便会更增加这个人物的色彩了。辛静的仇虎，有着充沛的激情，但有时缺乏必要的控制。他在第二幕和焦大妈的一段戏，表面的镇定和内在的阴沉，有机地结合起来，潜台词是很丰富的，演得也含蓄而有力。白傻子的形象虽然很突出，但演员在创作上恐怕是走了简易的路。他应该是一个神经不健康的白痴；他作的和所想的应该常常不一致，行动迁迟，不大受意志力的支配，演员没有完全深入到这个人物的行为逻辑之中，虽然获得了一些喜剧的效果，在观众的印象中，不能引起对他的怜惜与同情。王刚的表演是不免有些聪明人演傻子之嫌的。在陆丽珠、辛静、王刚的表演上虽然都有些美中不足的地方，但较之他们过去的演出，显示了很大的进步，希望他们作更进一步的努力。

《原野》，不是一杯清汤淡茶，而是一杯浓醇的烈酒；不是一泓清缓的溪水，而是一股奔腾的激流。在曹禺的剧作中，具有其独特的风格；而这次的演出，整个说来，也很有色彩。

原载《北京日报》1957 年 5 月 5 日

《原野》所倡导的原始精神

——兼论其舞台技巧

刘绍铭

一

继《雷雨》和《日出》后，曹禺推出了第三个著名的剧本:《原野》(一九三七)。惯读曹禺剧本的人，大概很容易发觉到此剧有一个特别的地方，那就是少了一篇长长的序文或跋言之类的文字。这是很可惜的事，因为这类“言志”的文字常给我们研究他剧本的人许多珍贵的资料，诸如他写作的动机，材料的来源，甚至在写作时所遭遇到的特殊困难①等。就拿《雷雨》来说罢。从序文中，我们知道该剧本是作者“对宇宙间许多神秘的事物一种不可言喻的憧憬”;而“《雷雨》所显示的，并不是因果，并不是报应，而是我所觉得的天地间的‘残忍’”。虽然后来《雷雨》剧情的发展，并不完全与作者在序语言中透露出来的愿望相符，但他在文中所说的话，却给了我们不少参考资料。

《日出》的跋，也极宝贵，因为如果不是曹禺自己在这里供出“我记得几年前着了迷，沉醉于柴霍甫深邃艰深的艺术里”，我们做梦也很难想到《日出》会受到柴霍甫戏剧的影响。

但纵使《原野》没有序，没有跋，我们仍不难在此戏中看到若干熟悉的人物和道德境界来。这一点也用不着其奇怪，因为不管曹禺怎样要在《原野》中推陈出新，但实际上，此剧只不过是部份《雷雨》的重演而已。我们这样说，并无低估《原野》价值的意思，更非指责曹禺自己抄袭自己的文章。如果曹禺真的这样做，那么《原野》根本就不值得我们费心机去研究了。不错，曹禺在《雷雨》中所关心的问题——命运、“宇宙的残忍”、原始的情感、性枯竭和以周蘩漪为代表的“反抗的勇气”——在《原野》中所全表现无遗了。但《原野》不寻常的地方，就是因为能把旧酒装入新瓶，使已成滥调的几个概念以新巧而有力的方式表现出来。而且，曹禺在《原野》中学乖了。他不再像在《雷雨》那样，把几种复杂的问题揉在一起，成了一个尾大不掉的问题剧。在《原野》中，他把问题缩小，只循着一个焦点发展。

这焦点就是原始精神(primitivism)。

曹禺对原始精神发生兴趣，在我们看来，是顺理成章的事，因为他在《雷雨》中所采取

① 曹禺写作态度之认真，可从他在《日出》跋言一段话看出来:“情感上讲，第三幕确是最贴近我的心的，为着写这一段戏，我遭受了多少磨折，伤害，以至侮辱……我记得严冬的三九天，半夜里我在那一片荒凉的贫民区候着两个嗜吸毒品的龌龊乞丐，来教我唱数来宝。……我忍着刺骨的寒冷，瑟缩地踯躅到一种‘鸡毛店’的地方找他们，似乎因为我访问地太殷勤，被一个有八分酒意罪犯模样的落魄英雄误会了，他蓦地动开手，那一次，我险些瞎了一只眼睛。”

的立场，就是一个社会批评家的立场。而社会批评家的工作，与革命家有点相似，两者都得带有点浪漫精神，希望尽自己的能力来改造社会。因此我们可以说革命家和社会批评家同是乐观主义者。在表面看来，我们当然很难看到原始精神和社会进步有什么连带关系。但如果我们就《原野》的内容，将原始精神的意义定为粗犷的力量、简单的生活、性精力的充沛和体力的能耐等，则我们不难看到，在曹禺的眼中，改造中国唯一的办法就是改良中国的人种。

这就是他创造"高贵的蛮人"(Nobel Savage)仇虎的动机。在《原野》中，仇虎是"新原人"的象征，他身上包涵了一切足以使衰老了的中华民族返老还童的特质。这些特质，中国人本来也有，只可惜早为数千年积聚下来的繁文缛节所扼杀殆尽了。

不过，在曹禺的道德世界中，要想做"好人"，单具有原始气味是不够的。一个好人必须先受折磨。

因此开幕不久，我们就看到面目狰狞的仇虎，越狱成功，准备找仇家清偿他的满门血债。事缘仇虎少时，有父执焦阎王者，因觊觎仇家之地而诬告仇父，使其活埋而死。阎王又恐仇虎长大后会寻仇，故买通了官府，硬给他加了个偷窃罪名，关进牢子去。这样子阎王还恐不够，在狱中又借故把他的右腿打断了。他十五岁的妹妹也难逃厄运：阎王把她卖到妓院去。(后来她因受不了折磨，上吊自杀。)各事安排妥当后，他就迫着金子——仇虎的未婚妻——嫁给自己的儿子焦大星。

仇虎在狱中捱了八年才有机会逃了出来。但一抵达焦家后，即大失所望，因为他的仇人阎王已经逝世多年了。他现在面临一项非常尴尬而又痛苦的抉择。依照老规矩，仇人既然死了，就得找他子女算账。阎王的独子是焦大星。但问题是：大星不单是他的总角交，而且还是焦家在他进了牢子后唯一设法营救过他的人，因为他父母亲都没有把真相告诉他。

但父仇怎可不报？为了使自己容易下手些，他就故意与金子偷起欢来，希望大星会因此吃醋，再因吃醋进而与他动手，这样，仇虎就可藉自卫之名而结果他了。不过，这主意虽好，用在大星身上却行不通，因为大星是个最不善诈的人，对朋友从不怀疑。最滑稽的是，当仇虎等得不耐烦，促他"男子汉，要有种，该动手就动手"时，他竟误会了仇虎的意思，以为仇虎要帮他的忙捉奸。

这一切，焦母都看在眼里。她深知儿子不是仇虎的对手，故拉着仇虎讲条件，只要他肯放过大星，从此远走他乡，什么代价都肯付。最后她看到仇虎不为金钱所动，乃把价钱再提高：他可以把金子带走。仇虎还是没有答应。

谈判失败后，焦母乃遣邻居常五报警。但当她一听到消息说警方也在悬奖通缉仇虎，她乃决定自己动手。

这时候，仇虎亦获悉焦母的阴谋，更高兴知道大星也牵连在内。(其实大星并不知情。)

在动手杀大星前，仇虎恐小黑子(大星前妻的儿子)吵闹误事，乃命金子把他抱到自己的床上去睡觉。

仇虎手刃大星后，正想偕金子离开，忽见焦母走进自己的房间，手执铁杖。焦母双眼已盲，故看不到仇虎和金子在旁，自顾自的跑进仇虎的房间，举起铁拐杖在仇虎床上用劲一击再击，误杀了自己的孙子。

以上是《原野》从第一幕到第二幕的故事轮廓。第三幕分为五景，描述仇虎和金子谋杀大星后逃到森林后的经过，由于这五景在技巧上摹仿奥尼尔《钟斯皇帝》之处颇多，故留在本文的第二节讨论。但单就内容看，我们凭上面几段短短的介绍已可知《原野》的剧旨之一，是迫使我们对“父仇不共戴天”这一观念作重新估计。

我们可从下面金子和仇虎的对话看出作者的用心来：

花：(同情地)可怜，大星刚回来。

仇：(阴沉地)嗯，等的是今天，因为他刚回来。

花：(嗫嚅)可是，虎子，为——什么偏偏是大星呢？单是一个瞎子不就够了。

仇：不，不！死了倒便宜她(狠狠地)我要她活着，一个人活着！

花：(委婉地)不过大星是个好人。

仇：(点头)是的，他连一个蚂蚁都不肯踩。可——(内心争战着)可是，哼，他是阎王的儿子！

花：(再婉转些)大，大星待你不错，你在外边，他总是跟我提你，虎子，他是你从小的好朋友，虎子！

仇：(点头)是，他从前看我像他哥哥。(咬住咀唇，忽然迸出)可是现在，哼，他是阎王的儿子。①

仇虎一方面要报父仇，一方面又得忠于朋友，痛苦可想而知。因此，当他一听到大星也有份要把他出卖给警方，当时喜不自胜，否则他怎能忍心向多年老友下手？

除了提出两代恩仇的矛盾问题外，《原野》还涉及中国家庭婆媳争宠的问题。以下是另外一段大星和金子间的对白，虽显得有点孩子气，但却由此看出婆媳二人实已到水火不容的地步：

花：(忽然拉起男子的手)我问你，大星，你疼不疼我？

星：(仰着头)什么？

花：(坐在他身旁)你疼我不疼我？

星：(羞涩地)我——我自然疼你。

花：(贴近一些)那么，我问你一句话，我说完了你就得告诉我。别含糊！

星：可是你问——问什么话？

花：你先别管，你到底疼我不，你说不说？

星：(摇摇头)好，好，我说。

花：(指着男人的脸)一是一，二是二，我问出口，你就地就得说，别犹疑。

星：(急于知道)好，你快说罢。

花：要是我掉在河里——

① 《原野》，(文化生活版)，一三三至一三四页。

星：嗯。

花：你妈也掉在河里——

星：（渐明白）哦。

花：你在河边上，你先救哪一个？[1]

虽然金子最后也同意大星的说法，承认这种形势极少可能，但在原则上，她一点也不放松，迫着大星答应先救她。

如果我们就凭这点来评论金子，说她对婆婆缺乏孝思，那我们对她就有失公允了，因为她婆婆对付她的手段更阴险，更毒辣：

〔焦氏轻轻走到右门口，聆听一刻，听不到什么，废然地走到香桌前。她忽然回头，朝右门愣一愣，没有人进来，她解开香案上的红包袱，里面裹着一个木刻的女人形，大眼睛，梳着盘髻，脸上涂着红胭脂，刻工粗拙，但还看得出来是金子的模样。木人肚上贴着素黄纸的咒文，写有金子的生辰八字，心口有朱红的鬼符，上面已扎进七口钢针。她用手摸摸木人的面庞，咀里很神秘地不知数些什么。

焦：（她把木人高高托在手里，举了三举，头点三下，供在香案上……低声）金子，香是你自己点的，生辰八字是你自己说的。你金子要是一旦心痛归天，可不能怪我老婆子焦氏。（又深深一拜，立起，又敲一声磬，走到香案前，举起木人，从头上拔上一根钢针，对着心口，低声恶恨地呼唤）金子，金子。（第三声“哼”地一声将针扎进）哼，金子！[2]

介乎娇妻与慈母之间，焦大星的地位苦不堪言。在《原野》中，他的“娘娘腔”成了取笑对象。[3] 奇怪的是，尽管作为男人看他缺乏男子气概，但以文学作品的眼光目之，大星实在是剧中最引人入信(credible)而又最依据剧情条理发展的角色。如果曹禺不把他以丑角的笔法处理，而给他这样的人在这样环境中应有之同情，那么焦大星很可能与巴金小说《寒夜》中的汪文宣等量齐观，成为近代中国文学描写家庭悲剧作品中一个难忘的角色。

但目前曹禺作品所追求的，尚不是人物角色的可信。他现在所关心的，是怎样去通过仇虎来表达自己一种独特的理想。为此原因，大星不得不迫着扮演他“娘娘腔”的角色。曹禺要在《原野》强调的，是仇虎斩钉截铁的男子气概和猿人一样的强健体魄。没有大星的婆妈扮相做对比，怎能显出仇虎的雄迈粗犷？

以下是一段有关仇虎的描写：

仇虎由右面背着身走进来，左手托着枪，右手时而向后摸着那插在“腰里硬”的匕首，头不时向后瞥，仇虎到了林中，忽然显得异常和调，衣服背面有个裂口，露出黑色的肌肉。长袖撕成散条，破布束着受伤的腕。粗大的臂膊如同两条铁的柱，魁伟的背微微的伛偻。后脑勺突成直角像个猿人……在黑的原野里。我

① 《原野》，二三至二四页。

② 《原野》，七四至七五页。

③ 仇虎私下称他“奶孩子”；金子叫他“到妈怀里吃喳儿”。这还不算，曹禺还给这个三十岁上下的男人戴上一个耳环，间接的使我们对他起了成见，把他当半个小丑看待。

们寻不出他一丝的“丑”，反之，逐渐发现他是美的，值得人高贵的同情的，他代表一种被重重压迫的真人。[①]

从《雷雨》和《日出》两剧我们看到，曹禺描绘人物的基本手法就是倒装手法。换句话说，在曹禺戏剧中的正派人物，私底下常是作奸犯科、偷鸡摸狗之徒；而反派人物，却常是君子。我们试用仇虎和“真人”做前题，可给曹禺眼中的好人坏人作一个三段论式：“所有受迫害的人都是‘真人’，仇虎受迫害，所以仇虎是‘真人’。”从曹禺惯用的字眼中，亦可看出他对某些人或事的好恶。“原始”两字，在曹禺的字汇中，是美好的字眼。因此周蘩漪有“原始的一点野性”[②]；因此《日出》里的打椿工人用“一种原始的语言来唱出他们的忧郁”。[③]

除仇虎外，在《原野》内还有一个人带有原始精神。她就是“眉头藏着泼野，耳上的镀金环子铿铿地乱颤。……长得很妖冶，乌黑的头发，厚嘴唇，长长的眉毛，一对明亮亮的黑眼睛里面蓄满魅惑和强悍。……穿着大红的裤袄”[④]的金子。粗看去，她真像汤玛斯·哈代《还乡记》中怨女 Eustacia Vye 的孪生姐妹。但再往深一层看，则我们不难发觉，金子的前身，不是别人，正是有“原始野性”和革命精神的周蘩漪。因此，仇虎回来后的第一天，她毫不考虑就和他发生关系。从表面看，她是为黄金所动；但实际上，金子为仇虎所动的原因，却比黄金复杂得多——同时也简单得多：

花：（招手）你过来！

仇：（走近）干什么？

花：跟我插上。（仇虎替她插好，她忽然抱着仇虎怪异地）野鬼！我的丑八怪，这十天你可害苦了我，害苦了我了！疼死了我的活冤家，你这坏了心的种。（一面说一面昏迷似地亲仇虎的颈脖、面颊）到今天你说你怎么能不要我，不要我，现在我才知道，我是活着的，你怎么能不要我，我的活冤家，（长长地亲着仇虎，含糊地）嗯。[⑤]

金子这段自白，当然与性有关。她的前身蘩漪，因爱上了“阉鸡似的男子”而感到苦闷；到了金子这一代，在性生活来说，也是所遇非人，现在仇虎一来，“才知道我是活着的”。仇虎是周萍和焦大星（“奶孩子”）的反面——他代表者一切曹禺眼中认为原始人应有的优点：雄健的体格和丰盛的性机能。除郁达夫和丁玲两个较显著的例子外，中国五四时代文学用的性爱眼光来探讨人类行为的，实不多见。《原野》可说是大胆的尝试了。

但仇虎并不是为了满足金子个人的需要而创造的，仇虎是为中国而创的。曹禺在写《原野》时，中国的新文化运动，方兴未艾。就中西文化优劣这一问题上，曹禺这一代的中国知识分子发言的自由，比他们晚清前辈幸福些。他们最少可以直截了当的指出中国文化的落后而不虞抄砍之罪。而且，随着对西方知识的增加，他们渐渐了解到中西文明分异之处，并不是笼笼统统一两句话如“精神文化”和“物质文明”就可以解决得了的。

---

① 《原野》，一七五页。
② 《雷雨》，四六页。
③ 《日出》，八五页。
④ 《原野》，二一页。
⑤ 同上，五十页。

中西文明分异之处，正如 Benjamin Schwartz 的话所说的一样："并不是质的问题，而是活力的问题。"①中国传统的社会，既然以士大夫为中心，因此难怪读书人把他们大部份的时间和活力都放在心智活动方面。而西方人士，除致力心智的活动外，更注重体能方面的发展。这一心智体力均衡发展的结果，不但使西方人士发现了人类无穷无尽的本能，而且能使这种本能发挥出来，造福社会。再引 Benjamin Schwartz 的话总括的说一句：西方人士能以普罗米修斯的魄力去征服大自然，促成人类社会政治和社会力量的生长，完全是受其文明中浮士德精神的影响。② 反过来说，由于中国文明缺少浮士德精神，因而"国家积弱，民穷财乏。"③

我们当然不能把仇虎看作浮士德精神或普罗米修斯抗判精神的化身。因为不管他体格多好、潜力多厚，他所代表的一切，实不足以救积弱已久的中国，即如劳伦斯《查泰莱夫人的情人》中 Mellors 所代表的一切，不足以把他认为是"性冷感"的安格鲁撒克逊民族改造过来一样。但仇虎虽然在学术观点上站不住脚，若把他作为一个象征看，则他的健康、粗犷的仪表和野兽般的活力，刚好是中国人几种积弊的鲜明对比：颓废、委靡与未老先衰。我们当然不相信如果中国每个人的体格和个性长得像仇虎一样时，中国就有救。但我们明白作者用心之苦，因为曹禺一直为中国新生这个大问题所困扰着，而仇虎的出现，大概就是他个人对这个问题一厢情愿式想法的结果。

二

单就技巧来说，《原野》是曹禺所有剧本中最适合比较文学研究范围的了。因为凡读过奥尼尔《钟斯皇帝》的人，一眼就会看出这两个剧舞台技巧相似之处。两剧同以原始森林做背景；同以其戏剧化的手法将逃犯的内疚和恐惧心情表达出。但《原野》和《钟斯皇帝》有一点与两位作者以前的剧作截然不同的地方。那就是，此两剧之成败，完全依仗演员演技之优劣和舞台设计之匠心。这无非是由于此二剧末段的情节，都发生在演员的记忆中，从他的独白，他一举手，一投足表现出来。因此，除非导演肯化心思，演员肯用脑筋，灯光和声音效果配合得宜，否则观众所听到的，仅是一连串无意义的独白而已。在这方面，曹禺和奥尼尔所面临的技术课题亦是一样：怎样去处理主角脑中电光石火的片段回忆，使其形象化，使其成为有意义的独白。

据奥尼尔自己说，他写《钟斯皇帝》前，连什么叫做"表现主义"(expressionism)都未听过。④ 如果他说的是实话，《钟斯皇帝》真的是文学史上一种巧合：作者写了一本作品，其技巧、观点与艺术上某一流派的信条完全符合，但作者对这流派的名字，连听都未听过。因为《钟斯皇帝》不但在意识形态上有若干点与表现主义不谋而合——如"绥靖精神、人道主

① 见 Ben jamin Schwartz，In Search of Power and Wealth ：Yen Fu and the West，Cambridge Mass：Harvard Univ.Press 1964 P.238

② 同上，P.239

③ 同上，P.238

④ 见 Barrett H.Clark Eugene O'Neill：the Man and His Plays，New York：Dover.1947(rev.ed)P.83

义、社会主义”[1]，连特技之运用，也是亦步亦趋。譬如说，舞台上所用的稀奇古怪的形象，表面看来无大关连的情节，使人产生联想意义的象征摆设，用以增加紧张气氛的短句间的停顿，这些都是表现主义戏剧常见的几个特色。

既然《原野》在技巧上有许多地方借重了《钟斯皇帝》，因此也免不了沾染了若干表现主义的色彩。但曹禺在此剧中糅合了若干中国传统舞台艺术，使新学来的西方技巧，更是相得益彰。这一点，可说是曹禺青出于蓝，也实在是他第一次摸索到自己的路子了。

我们且看他怎样“青出于蓝”。

不错，曹禺从《钟斯皇帝》学来了利用“咚、咚”的鼓声和哑人像来控制气氛。但除此以外，他花了不少心血，想出了许多奇谋和伏线来增加恐怖效果。焦母之盲目就是一个极显著的例子。上面我们看过她使用的巫术来谋害金子。如果她不是瞎了双眼，断不会产生如此恐怖的气氛来。正因她瞎了眼。所以她才要伸出手指，慢慢的摸着木人的面孔，从头上拔下钢针，再摸索一番，摸到胸口准确的部位，然后狠狠的扎进去。

我们可以想到舞台上下的死寂和与脉搏跳动次数一样的音乐配音。

再说，如果她不是瞎子，也不会误杀小黑子，而仇虎也不会因此引疚于心。无内疚于心就不会在林中引起种种幻觉，弄到自己筋疲力尽而亡。而且，由于小黑子之死，整个仇杀故事的路线改变了：仇虎当初是冲着焦母及焦大星来的；现在轮到焦母赶着他去了。这一对仇家地位之突然转变，给《原野》的舞台效果一个最佳的发挥机会。

第二幕快终时，焦母发觉自己误杀小黑子后，即变成了表现主义舞台剧最恐怖的道具：

〔……焦氏由左门走出。她两手举起小黑子，上面盖上了一层黑布褂。她的脸像一个悲哀的面具，锁住痛苦的眉头，口角垂下来，成两道深沟。她不哭，也不喊，像一座可怖的煞神站在门前。仇与花不觉怵然退后，紧紧挤在一角。

焦：（石像人声）虎子！（停一下，不见人应）虎子！（仍无人应，森严地）我知道你在这儿，虎子，（忽然爆发地）你的心太狠了，天不容你呀！我们焦家是对不起你，可是你这一招可报得太损德了。（痛极欲狂）你猜对了，看！孩子我亲手打死的。可是这次我送到老神仙那里再救不活，虎子（酷恨地）我会跟着你的，你到哪儿，我会跟你到哪儿的。[2]

“你到哪儿，我会跟你到哪儿的”是给观众看第三幕时的心理准备。以常理说来，一个瞎子，即使有白傻子相扶，也不能真的跟上仇虎。但从舞台效果说来，正因焦母不能真的“跟着”他才能发挥最高的作用。

在《钟斯皇帝》中，我们是第一景快完结时才听到第一次鼓声的。以结构看，这第一次

---

① Walter H.Sokel,"Introduction",An Anthology of German Expressionist Drama:A Prelude to the Absurd,New York :Doubleday Anchor.1963,P.X.

② 《原野》，一六四页。

的“咚、咚”的鼓声与焦母在《原野》第二幕尾对仇虎所说的话意义一样：同是一种引到更紧张场面的序幕。正如仇虎和金子一听到焦母的话后“不觉怵然退后”一样，Brutus Jones 一听到黑人的鼓声后，心理即受到威胁：

(Jones 听了鼓声后，抖了抖。他一面倾听着，脸上不觉涌现一种奇异的恐惧神色。但他勉强保持镇静，问道。)他们打鼓干吗？

Smithers：(恶意的咧嘴而笑)为你打的。那就是说，他们劳什子的仪式已经开始了。我知道这是什么回事，我以前听过。

Jones：仪式？什么仪式？

Smithers：那些黑炭们凑在一起跳战舞，先替自己打打气，跟着就来捉你。[1]

自此以后，黑人那种循着脉搏跳动节拍而打的鼓声，就紧紧的钳制着 Jones 的神经，一分一秒也不放松地摧毁他的自信心和注意力。

在《原野》中，仇虎走到那里跟到那里的不是焦母，而是这种一分一秒也不肯放松人的“咚、咚”鼓声，《钟斯皇帝》里的鼓声是黑人的战鼓；《原野》里的鼓声是招魂鼓。焦母给钱庙里一位“老神仙”，请他作法念咒，给小黑子招魂。

就在这一幕里，曹禺所显出的功力，比诸奥尼尔有过之而无不及。

我们且看焦母重现时是什么一番气象。

〔狗蛋举着红灯笼领焦氏由右走出。焦氏头发散乱，衣服也被野生的荆棘刺破，她一手放在狗蛋的肩上，一手拖下来，两眼瞪视前面，泪水在眼下挂着，风过时，天光时而由树上漏下，照见一个瞎子和一个白痴并肩而行……

焦：(声音嘶哑，震颤出一种失望的鬼音)回来，黑子，我的心肝，你回来！回来！我的肉，你快回来！(一面走，一面喊)你回来，我的小孙孙！……不是奶奶害你的！回来，我的孙孙，是那么心毒的虎子，老天不容的鬼害你的。[2]

红灯笼的用意，大概有二，一是引路(最少是给狗蛋引路)，二是用来招引小黑子的亡魂。但在亡命中又有内疚的仇虎看来，这一点在原始黑森林中亮起的红光，真是鬼影幢幢。黑夜中吹来的阵阵阴风，传来了瞎子野鬼似的招魂声，使他骤感腹背受敌，草木皆兵，禁不住恐惧得叫了出来：“呵，这简直是到了地狱。”[3]

在这一幕中，曹禺控制舞台气氛另一个可圈可点的地方是音乐效果。第一幕一开始，我们就听懂仇虎哼的小调“正月里探妹正月正，我与那小妹妹去逛花灯。花灯是假的哟，妹子，我试试你的心哪，咦呀哈呼嘿！”以词度意，那是仇虎“轻薄”金子之时。这一首曲，虽吻合剧情，但全剧发展，无大作用。

但一到第二幕，从仇虎由幕后哼《妓女告状》第一句开始，这只曲即与第三幕的招魂鼓声占了等量齐观的份量。我们先看看这只曲的曲词：

① Eugene O'Neill, The Plays of Eugene O'Neill, 3vols. New York: Random House, 1954, P.187.
② 《原野》，一八六至一八七页。
③ 《原野》，一八六至一八七页。

初一十五庙门开，牛头马面哪两边排。殿前的判官呀掌着生死的簿，青脸的小鬼哟，手拿拘魂的牌。阎王老爷哟当中坐，一阵哪阴风呵，吹了个女鬼来……

仇虎是“学着女人的喉咙，忽而尖锐，忽而粗哑，惨厉地”唱的。而且，他总是断断续续的唱，从不一口气唱完，其作用与效果相当于音乐上的一个 motif：以后观众一听到《妓女告状》的音乐，就想到仇虎，也想到他此行的目的。

在焦母听来，这音乐更惊心夺魄。有一次，仇虎与她针锋相对的在聊天：

〔半晌，风吹电线呜呜的声音，像是妇人在哀怨地哭那样幽长。

〔一个老青蛙粗哑地叫了几声。

仇：〔仿佛无聊，逼尖了喉咙，声音幽涩，森森然地唱起)“初一十五庙门开，牛头马面哪两边排——”

焦：(怕听)别唱了，(立起)你也该睡了。

仇：(望望她，又继续唱)“……判官掌着哟生死的簿……”

焦：(有些惶惶然)不用唱了，虎子！

仇：(当着没听见)嗯，“……青面的小鬼哟，拿着拘魂的牌……”

焦：(四周静寂如死，忽然无名恐惧起来)虎子！(高声)虎子！你在哪儿？[①]

我们前面说过，曹禺在《原野》中对一切小节的处理，都费过心思。这一曲《妓女告状》，处理得更独具匠心，因为同一支曲，在两种不同的环境下，发挥了两种不同的效果。在第二幕中，仇虎是来“告状”的，因此他随便哼起曲中任何一句，焦母听了都会觉得心里起毛，但一到第三幕，形势大变。仇虎杀了大星，间接害死了小黑子，所以这回轮到焦母来“告状”了。不过在这幕中唱《妓女告状》的却不是焦母，而是白傻子(狗蛋)。他听仇虎唱这支歌听得多了，因此也学会了，故这时一首提着红灯笼，一首牵着焦母，口中就贪着玩的随意哼出一两句，断断续续的：

仇：(惊愕，低声)这——是——什——么？

花：(不明白)什么？

仇：(更低声)你没听见？

〔当中远处又唱：“殿前的判官哟，掌着生死的簿。”

仇：你听见了没有？

花：嗯，听见，这一定是狗蛋学你的。

〔紧接，四外阴沉沉地合唱“殿前的判官哟掌着生死的簿”。仇虎的眼里又在庙前边土台旁幻出一个披戴青纱，乌冠插着黑翅的判官，像个泥胎，悄悄地立在那里。

仇：(倒呼出一口气)怎——么——回——事？

花：虎子！

仇：妈呀！[②]

① 《原野》，一二四页。

② 《原野》，二一四至二一五页。

总括来说，若以表现主义戏剧的标准来论《原野》，我们不难以从以上例子看到，此剧是在比《钟斯皇帝》更能活用舞台技巧，想象力更丰富，也因此更能扣人心弦。但值得注意的是，尽管《原野》在舞台技巧上表现得有声有色，在内容上（尤其是第三幕），却无什么特别值得称道的地方。依我们看来，这大概与作者的兴趣重点有关。他既然挖空心思的要在舞台设计上创出新意，难怪在内容上顾此失彼了。在这方面 Barrett H.Clark 四十多年前论《钟斯皇帝》的话我们也可借来做文本的结论：“我说 The Emperor Jones 写得没有 Desire under the Elms 或 Mourning Becomes Electra 好，并没有低估此剧的意思。此剧不但写得美，而且也符合了奥尼尔创作的初衷。在我看来，此剧不能和作者后期的优秀作品相提并论的地方，说穿了，无非是因为作者用依旧直说的手法来处理这些层次分明的事情……多说几次，就难免令人感到单调了。”①

原载《纯文学》1969 年第 5 卷第 6 期

① Eugene O'Neill：The Man and His Plays P.72.

《原野》论

田本相

《原野》写于一九三六年，先是发表在巴金、靳以主编的《文季月刊》上，一九三七年八月由文化生活出版社出版单行本。这时，日本帝国主义的侵略铁蹄早已伸进华北。不久，抗日战争全面爆发，民族危机达到一个空前严重的阶段。因之，《原野》问世后既没有得到更多的演出机会，也没有引起广泛的讨论和重视。在屈指可数的几篇评论中，几乎都给予了严峻的否定批评。有人就说：《原野》"是曹禺最失败的一部作品"。在后来出版的几部现代文学史的专著中，也都指出它失败的情形。

我们重新探讨《原野》，并非为它的不足进行辩诬，乃是因为我们感到仅仅指出一部作品的失败情形，还不能算是尽了文艺批评的责任。如果是深入地研究曹禺的创作道路，探讨他成功的作品自属重要，而研究他不够成功的作品及造成这种情形的原因，在某种意义上说来，显得具有更加特殊的意义和价值。这里有一个始终引起我们关注的问题：为什么曹禺在写成《雷雨》《日出》这样杰出的现实主义剧作之后，又写出《原野》这样无论是在创作方法和艺术作风上都迥然不同的作品。对于这样一个现象应该怎样给予科学的说明，其中有哪些得失以及可值得汲取的经验教训。本文试图加以探讨，以期引起讨论。

一

正如任何客观事物的发展都会有着曲折、回旋、反复一样，一个作家的创作道路也不会沿着一条笔直的道路前进。

我们研究《原野》，不应当忘记这样一个特点：作家当时只不过是二十六岁的一位青年作家，他的思想和艺术都还处于一个不定型的活跃阶段。敬爱的周总理曾说："曹禺同志是有勇气的作家，是有自信心的作家。"在创作上，他从来不满足旧作而勇于探索大胆创新。但是，对于一个勇于独创的作家来说，总会担着风险，也不能永远保证成功。无论在思想和艺术上，《原野》都是作家积极探索的产儿。他扩大了他的生活视野，把目光投向了广大的农民，探索农民的生活地位和命运；可是他却探索了一个他全然不熟悉的生活和斗争的领域。他没有在农村生活过，不但不熟悉农村生活斗争的历史，更不熟悉农村现实的斗争环境以及现实的阶级关系。这样，积极探索的愿望、探索的热情同不能完美地实现对题材的掌握的客观条件之间，就必然形成难以克服的矛盾。而这些，对于一个现实主义作家说来，不管他是否意识到这一点，它本身就构成了创作的潜在危机。我们正是从作家所面临的这个基本矛盾上，来探讨作家的得失和教训。在很大程度上，曹禺是凭着他卓越的技巧，在一个贫瘠的生活土壤上建起了《原野》的戏剧大厦，尽管外部看来奇特诱人，却经不住现实逻辑的推敲和考验。他不是从现实生活中提炼出富于诗意的独特感受，而是运用着一些奇异的观念虚构着戏剧冲突，导演着人物的性格，布置着戏剧的气氛。

但是，我们并不认为《原野》是一部完全失败的作品。有人曾指出，《原野》是“一个纯观念的剧”，它只是“写人与命运的抗争”，“所要表现的是人类对于抽象的命运的抗争——一个非科学的纯观念的主题”。这些评价的提出者，不但没有看到作家积极的探索愿望，也没有看到《原野》所包含的某些真实性的内容。作家透过仇虎复仇的悲剧故事，仍然透露出豪绅统治下阶级压迫的消息和农民不可抑制的反抗复仇的情绪。同时，也表现出作家对豪绅统治的满腔愤激的反抗热情以及对农民悲惨命运的关切和同情。只要看看三十年代文学领域里日益增多的农村题材的作品，农民问题成为许多革命作家和进步作家关切的课题；那么，《原野》也正是在这种文学潮流里涌现出来的。

《原野》写的是农民仇虎复仇而终于自杀的悲剧。仇虎的父亲仇荣，被当过军阀连长的恶霸地主焦阎王活埋了。焦阎王不但抢占了仇虎家的土地，烧了他家的房屋，并且把他的妹妹送进妓院而悲惨死去。他也被焦阎王诬告为土匪送进了牢狱。他的未婚妻金子，被迫成了焦阎王的儿子焦大星的续弦。仇虎一家家破人亡的惨相，揭示出广大农民在封建制度下处于任人宰割的悲惨情景，和豪绅统治的专横残暴。序幕揭开，仇虎从监狱里逃出来，胸中燃烧着复仇的火焰，但是，杀人的祸首焦阎王已经死去，只剩下阎王的瞎老婆焦氏和儿子焦大星。仇虎并未因此而消除复仇的决心。他先是同分别八年的金子重结旧情，然后，杀死了大星，还假焦氏之手杀死了大星和前妻生的儿子黑子。当仇虎和金子准备逃走时，焦氏暗中报告了侦缉队。最后，金子逃出了，而仇虎却在追捕的枪声中不能脱身。但他宁肯死去，决不愿再戴上铁镣，临死前他对金子说：“告诉他们，现在仇虎不相信天，不相信地，就相信弟兄们要一块儿跟他们拼，准能活，一个人拼就会死。叫他们别怕势力，别怕难，告诉他们我们现在要拼，得出去，有一天我们的子孙会起来的。”从这样一个梗概中，我们看到作家在积极地探索着农民的出路问题。他发现农民身上蕴蓄着对于压迫者的强烈的反抗情绪；他否定了“一个人拼”的复仇道路，模糊地提出了“一块儿跟他们拼”的集体反抗的意识；并对未来寄予希望。如果把这样一个悲剧故事放到三十年代末期的历史条件下，中国农民正在党的领导下展开着伟大的翻身解放的运动，就显得《原野》的思想相当朦胧软弱而不具体。但是，对于曹禺说来，他从呼唤着“雷雨”，到对于“日出”的向往，再到热切盼望农民起来斗争，通过斗争来摆脱旧的统治秩序，找出一条“活路”；无疑，它表现了作家思想的前进的趋向。如果不看到《原野》这些积极的因素，采取全盘否定的态度，也不能认为是历史唯物主义的批评。

《原野》毕竟是一部比较复杂的作品，它的确有值得令人探讨深思的地方。许多评论都一致认为它表现了格外浓重的神秘象征的色彩。杨晦说：“由《雷雨》的神秘象征的氛围里，已经摆脱出来，写出《日出》那样现实的社会剧了，却马上转回神秘的旧路”（《曹禺论》，《文艺与社会》第一二六页）。王瑶也说：“作者注视到农村也表示他视野的扩大，但他处理题材时，却渗入了过多的神秘象征色彩”(《中国新文学史稿》上册第二七四页)。刘绶松也说：“同《雷雨》一样，过于浓厚的神秘色彩遮没了它的社会意义”(《中国新文学史》上册第三九七页)。为什么一部具有积极的探索倾向的剧作，反而出现这样浓厚的神秘色彩？对这样一个矛盾现象应该怎样理解和评价呢？

《原野》的神秘性要比《雷雨》浓重得多。它不但布满戏剧气氛之中，熔铸在戏剧冲突里，而且人物的性格也具有奇异的神秘气息。特别是环境氛围的描绘渗透着鬼气：沉郁的大地，黑森森的；莽苍苍的原野，充满着“原始的残酷”和“生命的恐惧”。而第三幕还出现了阎罗王、判官、牛首马面、青面小鬼以及死者的鬼魂，这是一个阴森恐怖的冥幽世界。对于这样过分玄秘的环境描写，我们认为不应该一律加以抹煞，应该采取分析的态度。因为其中仍然跃动着作家反抗热情以及对黑暗的憎恨，它有着积极的东西。鬼气森森的原野象征着现实的黑暗和残酷，冥幽的幻觉世界的恐怖情景也多少反映出现实世界的“重重压迫”。鲁迅在评论《何典》时说：“作者便在死的鬼画符和鬼打墙中，展示了活的人间相，或者也可以说是将活的人间相，都看作了死的鬼画符和鬼打墙。”(《〈何典〉题记》)可以说，《原野》中冥幽的幻觉世界也有某些“现世相的神髓”。仇虎对阎罗不公的控诉就是对现实世界不公的控诉，而他对阎罗世界法律的揭露也正是批判着现实世界的法律。作者采用这样的非现实的描写手法，是借以反映被压迫者痛苦万分的心声，使之发出悲痛欲绝的哀号，写出那现实压迫的残酷和横暴。同时，作家也意在塑造一个“不信天不信地”的不屈服的“反抗的灵魂”。曹禺说：《原野》“这个戏写的是民国初年北洋军阀混乱初期，在农村里发生的一件事情。当时，‘五四’运动和新的思潮还没有开始，共产党还没有建立。在农村里，谁有枪，谁就是霸王。农民处于一个万分黑暗、痛苦、想反抗，但又找不到出路的状况中”(张葆莘：《曹禺同志谈剧作》，《文艺报》一九五七年第二期)。作家为了突现仇虎“想反抗、但又找不到出路”的悲剧气氛，极力渲染了环境的残酷和恐怖，以象征黑暗势力的强大；这样，也就使仇虎的悲剧有一种不得冲出重围和不可摆脱的历史真实的意味。

但是，一个处于二十世纪三十年代的作家，还用幻觉的描写来反映现代阶级斗争的主题，以非现实的形象来描写现实的阶级关系，这确是一个不可理喻的矛盾现象，也毕竟是不可取的。问题是作家为什么会陷入了神秘。有人说，作家好象是“追求一种戏剧气氛”，也有人说是重蹈《雷雨》的复辙。这些说法，并没有触及问题的实质。

造成《原野》神秘象征色彩的原因是错综复杂的，但是主要原因还在于作家对现实的看法和对生活的态度。

从特定角度上说，戏剧是一种更集中更突出地反映和表现社会矛盾的艺术形式。剧作家一旦进入创作，必然面临他提出的矛盾并给予回答和解决。而在作家提出矛盾和解决矛盾的过程中，体现着作家对矛盾的立场、观点和方法。曹禺在《原野》中面临的是一个尖锐的社会矛盾，一个被压迫农民向着恶霸地主复仇的不可调和的冲突。作家意识到这场冲突的尖锐和迫切的性质，也意识到被压迫农民的痛苦和反抗的情绪，也觉得农民应该有一条好的出路。但是，好象作家啃不动这样一个题材，他不明确这个社会矛盾的全部性质，也不明确矛盾发展的趋势和前景，也不知道这个社会矛盾的解决的道路和方法。还由

于作家对这场冲突没有一个切身的感受；因此，他虽然提出一个现实性很强的课题却在许多方面落入唯心的解释，对一个可以深入开掘的冲突却又始终不得深入进去。在对待这个社会矛盾上，深刻地暴露出作家矛盾犹豫的态度和苦闷心理。他把自己反抗的热情和找不到出路的苦闷都一起注入《原野》之中了。

在对待仇虎复仇的问题上，作家就处于一个矛盾的心境里。在作家看来，一方面认为仇虎复仇是焦阎王的残酷迫害逼出来的；另一方面又把仇虎复仇杀人看作是违背农民本质的变态的行为。一方面看到仇虎怀着深仇大恨只有复仇这条路；另一方面又看到复仇并不能解决问题。作家把这样一个阶级斗争的行为搅得复杂起来。第二幕有金子和仇虎的一场争论很能说明问题。金子和仇虎准备逃走，她梦想去那“黄金子铺地的地方”。但是，她痛苦地向仇虎提出：“为什么我们杀了人，犯了罪，才得到了呢？”“为什么偏偏是大星呢？难道一个瞎子不就够了？”金子认为大星是无辜的。尽管她不愿再同大星生活下去，但大星还是个好人，是不该杀的。仇虎却辩解说：“我要她（指焦氏）活着，一个人活着。”似乎只有杀大星才能给焦氏一个狠狠的报复。可是仇虎又不忍心杀害大星，他们从小是拜把弟兄，他也知道大星并没有责任。但为了要报两代冤仇，他又非杀死大星不可。于是仇虎便设法激起大星的嫉恨，诱使大星先动手，然后再杀死大星。似乎这样便减轻了责任。仇虎果然杀死了大星，但杀人之后他又产生了恐怖和自责，陷于心理的痛苦和内心谴责之中，以致幻觉里出现大星紧跟着他的恐怖情景。作家就是这样把一个现实的课题搅入一种不可思议的抽象的道德动机的纠缠之中，单纯地用心理的分析去说明这样一个阶级复仇的行动。我们并不反对刻划人物的心理活动；但是，人物的心理应该具有真实的原因和现实的根据。由于作家不能用阶级观点来观察仇虎的复仇行为，又脱离开社会根源孤立地对待这样尖锐的社会冲突，反而使一个明确的社会行为成为毫无现实逻辑的行动，越说越说不清楚。抽象的人性观点和心理分析变得模糊不清捉摸不定，从而陷入神秘的五里雾中。

《原野》和《雷雨》从外部看来都具有神秘的色彩。但是，《雷雨》不同之处，在于作家抱着对宇宙里斗争的主宰不可言喻的憧憬去描写一个他烂熟的人物和环境，尽管蒙上一层神秘的纱罩却处处展示着现实的真实关系。《原野》是作家面对着自己生疏的人物和环境，对于尖锐的冲突作着唯心的解释和说明。当一个作家既不熟悉又不能深刻理解自己描写的对象时，又怎么能指望他从题材中提炼出新颖而深刻的主题，怎么能塑造出活生生的现实主义的典型人物。因此，当他处理仇虎复仇的悲剧命运时，他一方面对这个悲剧人物充满着深挚的同情；另一方面又因为缺乏生活感受，他不知道仇虎悲剧命运在现实生活中该是怎样发展，他看不清仇虎的出路。积极探索仇虎命运的热情和苦闷交织起来，突出地暴露了他世界观中的固有的矛盾。使作家在一个不熟悉不懂得的描写对象面前加重了他困惑不解、苦闷徘徊的纷乱心情。曹禺谈到《雷雨》《日出》时说：“这些剧本，只是让人们感到腐朽的恶势力必然将死去，而且非被埋葬不可。它们自然也反映我当时思想上的苦闷、徘徊和犹豫，因此它们就没有，也不可能明确地指明活着的人的生路。”（《曹禺剧作选·后记》）如果说《雷雨》《日出》也烙印着作家找不到出路的苦闷印痕；但是，他在探索蘖漪、陈白露的悲剧命运中，总是遵循着从现实生活出发的原则、从现实的关系中探索他们悲剧的必然性。因之，它就反映了“恶势力必然将死去”的生活发展的逻辑。《原野》则背离了这一个原则。在描写仇虎的命运时，用非现实的方法从心理方面来揭示他悲剧的发展，从而模糊了造成仇虎悲剧的社会根源。假如说作家透过仇虎个人复仇的失败，批评个人复仇道路是行不通的；那就应当展示导致仇虎失败的现实环境，也应当揭示仇虎的弱点。虽然作家也让仇虎说出“一个人拼就会死”的话，但这个思想不是从整个场面情节流露出来的，而是外加上去的。如果透过仇虎复仇的悲剧来揭示封建制度的反动腐朽；那么，就应当展开对仇虎实行种种压迫的社会关系，而不是让一个瞎老婆子焦氏来扮演她不能承担的压迫者的角色。作家把这些“重重压迫”更多地放到剧情的外部或者通过幻觉的世界加以展现，这就削弱和损害了仇虎悲剧的意义。作家怀着找不到出路的苦闷去描写一个他极不熟悉的找不到出路的人物，这样，他便把自己的徘徊犹豫的苦闷心情强加在人物身上。可以说，仇虎在丛林中惊慌、恐怖、痛苦的纷乱的内心世界在很大程度上是作家矛盾着的纷乱心境的造象。而仇虎迷路之后被黑暗重重包围找不到活路的处境，也深刻地反映着作家自己找不到出路的苦闷。

神秘，是作家找不到出路的产物，是纷乱的苦闷心理蒸发出来的迷雾。神秘好象是一种不可言状的东西，而实质仍然是一种观念。普列汉诺夫说：“神秘主义也是一种观念，不过它只是像雾一样模糊不清和没有定形的一种观念，它同理性是绝对不相容的。”（《没有地址的信·艺术与社会生活》第二四〇页）曹禺并不是神秘主义者，但这段话对我们认识《原野》的神秘色彩有帮助。既然作家在创作中不能在“现实”中找到一条出路，也就可能在“理想”的非现实世界中冥思徘徊了，这自然为玄想的神秘打开了一个方便之门。《原野》的创作实践表明，一个作家如果缺少科学理论的指导，又没有真实的生活感受，就有可能陷入神秘。

二

如果我们进一步剖析《原野》的人物性格和戏剧冲突；那么，将会看到作家采取非现实的方法并不能克服他不熟悉生活的先天困难，而忽视理性的纷乱心理因素更带来创作上的弊端。人物的性格似乎是先验的，缺乏令人信服的真实性，戏剧的冲突也在许多方面是建筑在沙滩上。

《原野》的戏剧冲突是相当诱人的。富于戏剧魅力的场面和对话，显示着作家技巧的高超和卓越，我们不能不佩服作家的艺术才华。但是，如果我们对剧情加以认真推敲，就发现《原野》的戏剧冲突带有很深的人工编织的痕迹，剧情的发展缺乏一种真实的推力。

序幕是全剧的开端，无疑它应为整个戏剧冲突发展奠定基础。应当说这一幕写得相当简练，把主要的人物关系都明白地揭示出来。由仇虎和白傻子的对话，交代了仇虎的身世和复仇的企图，也揭示出仇虎和焦阎王、焦氏的矛盾。金子和大星的对话也很生动，说明金子和焦氏的矛盾格外尖锐。焦氏上场，就更看出他们母子、婆媳和夫妻的错综的纠葛。仇虎和金子见面后，很快就重叙旧情。所以说，序幕把全剧的主要冲突线索都展现出来了。

值得研究的，是作家怎样提出这些矛盾，推动人物动作起来的原因是什么？而这些冲突又怎样向前开展？这些冲突又具有怎样的典型意义？首先是仇虎同焦阎王的矛盾。仇虎回来要报仇，但是焦阎王死了，他说："你想我们会让你在棺材里安得了身，哦，阎王，你想得太便宜了。"这时，我们虽不能料定他具体怎样复仇，但是，仇虎决不肯罢休，他一定把他的冤仇报复到焦家别的人身上。仇虎这个盲目复仇的意识是他行动的最高信念，这个信念在未来的冲突中几乎没有变化，我们看不到人物的思想和性格在事件中有进一步的开掘和发展。金子同焦氏的婆媳矛盾十分尖锐。金子问大星，假使她和焦氏落水了他将先救谁。在这个虚拟的冲突中，我们只看到金子恨焦氏，但看不出她恨的原因。焦氏性情狠毒，她恨金子，只是因为金子是个"迷死男人的狐狸精"。这不免使人觉得婆媳间矛盾的原因是这样的：金子似乎是为了争夺丈夫的情爱，而焦氏则出于一种对儿子的母性占有的自私心理。仇虎和金子一见面就旧情重叙，并约定了夜间的聚会，这样一对拆散的爱情伴侣又重新结合，它将会怎样发展下去，它将带来什么牵动人心的东西，一时还难以判断。虽不能说这些人物纠葛没有任何典型意义，但的确缺乏更多的深刻内容。人物都为某种奇特的想法支配着，人物的行为也并不具有多么深刻的社会意义，当他们之间的矛盾冲突向前发展时，就缺少推动冲突前进的现实的逻辑。

第一幕距离序幕过去了十天。金子和仇虎已经有了十天的幽会。开始，金子和仇虎的一场戏就使人感到她们爱情的奇异的表达方式，格外富于诱惑力。仇虎狠命抓住金子的手腕，逼着她回答，"疼我不疼我"。而金子又逼着仇虎去捡花，即使常五来叫门，金子也不顾，非逼仇虎捡起来给她戴上不可。这场戏固然也动人，但究其底里不过是表现仇虎爱的凶狠和金子泼野的爱，并没有多少可令人回味的含意。常五穿插进来，暗示焦氏已发觉仇虎和金子的来往，透露大星就要回来，而且焦氏已报告侦缉队捕拿仇虎。这场戏，只是为剧情发展做了铺垫，常五的性格也很模糊。焦氏突然回来，剧情就紧紧地围绕着焦氏要抓住仇虎和金子的奸情而展开。她先是拷问金子，继而又窥听动静，直到最后证实了她的猜疑，捕捉到仇虎的踪迹。戏剧气氛是相当紧张的，除了表现一个瞎老婆子的猜疑狠毒的心理，这些戏剧冲突可以说没有什么真实性，也看不出它同仇虎复仇的社会主题有任何内在的联系。等大星回来，金子先发制人，说自己和别人私通，只不过是借此掩护自己，使大星造成疑惑。焦氏千方百计刺激大星的妒忌和羞耻心，也是为了儿子相信金子确实偷了人。这些戏，固然也多少反映了封建制度下的婆媳关系，但是，由于整个戏剧冲突具有浓厚的捉奸色彩，便失去了它的社会意义。似乎焦氏对仇虎的狠毒并不是一个恶霸地主婆的阶级仇恨，她对金子的忌恨也多半是出于一个母性的变态自私心理。外在的紧张而神秘的戏剧气氛掩盖不住内容的贫乏，情感的和心理的纠缠使戏剧冲突失去社会的根据。

在第二幕，更暴露出戏剧冲突的人为性质，冲突的基因不是从现实生活中汲取来的。焦氏几乎成为一个充满恶毒心机的化身，由她在那里布置圈套，诱使金子和仇虎就范。她先是挑动大星对金子的仇恨，甚至暗示大星杀死金子。但是大星偏偏不愿加罪金子而宁可恨那个偷人的人。可是焦氏又偏不告诉大星，那个偷人的人就是仇虎。似乎她早已预料到：如果大星知道仇虎和金子的关系，大星就会先动手杀害仇虎，这正中了仇虎的诡计，也势必使大星受到损害。于是，焦氏先找金子谈话，她同意金子和仇虎一起离开，但是让金子千万不要向大星透露仇虎就是那个偷人的人。焦氏又找仇虎，也是声称她愿让仇虎把金子带走，并再三告诫仇虎“你不会叫大星猜出来你们偷偷一块走”。焦氏早已盘算好了，让他们一起逃走，又不会伤害大星，然后报告侦缉队将他们一起捕捉起来。仇虎甚至相信了焦氏，倒是金子提醒仇虎说：“有那么便宜的事么？”“怕我们现在已经掉在她的网里了”。不出焦氏所料，仇虎果然不忍对大星下毒手，于是便专有一场戏写仇虎激怒大星。这些戏表演起来是相当生动的，起伏跌宕，曲折诱人。但它是人为的，是作家在那里指挥着人物进入预先布置的机遇里。巧合的情节反映不出必然的关系。这样的戏剧冲突是停滞的、平面的，看不到真正的进展和纵深的开掘。它证明一旦戏剧冲突失去了现实的基础，只靠人工的编织、就失去它的生命力。《原野》的情节和细节有许多不合理的地方。仇虎从狱中逃出还戴着脚镣，他从火车里怎么能跳下来？他回来找焦阎王复仇，但焦阎王却偏偏死了。他本来可报复到焦氏身上，却又让他去杀无辜的大星。杀大星又不忍动手，杀了之后又让他陷入心理恐怖产生幻觉。这些不合情理的地方，都说明它不符合现实生活的发展逻辑。

劳逊说：“称剧作家为一个虚构事件的人并不是非常正确的说法。最好还是把他的工作称之为一个选择的过程”，“为了能创造性地选择，他必需具有高度的想象力；想象力是一种将各种来自知识和经验的想象连结起来的能力，以便使那些形象具有新鲜的意义和新鲜的潜力。这些意义和潜力看来似乎是新的，而实际上是新在选择和剪裁上”（《戏剧与电影的创作理论与技巧》第二三七页）。尽管戏剧冲突具有虚构的特点，它并不等同于生活中的冲突，但是，它必须建立在现实生活的基础上，无论是提炼和组织戏剧冲突都应当从现实生活中“选择”出来，即使创造性的想象也离不开知识和经验。一旦作家对他反映的生活缺乏了解，失去了“选择”的余地，他只有一个出路，那就是把自己的主观意念和心理加以戏剧化，用自己的主观的虚拟的冲突来代替真实的冲突，用非现实的方法拼凑、编织出戏来。不管作家的技巧多么高明都不能弥补他没有生活的先天不足，也不能违反戏剧冲突来自生活冲突的创作规律。《原野》就属于这样的情形。

没有真实的典型的戏剧冲突就没有真实的典型的性格创造。这种非现实的方法用之于人物塑造，同样使人物性格受到损害甚至歪曲。

《原野》的人物性格既缺乏生动的个性，又缺乏强烈的典型性。最早指出这种情形的是李南卓的一篇评论，他说：“《原野》共有六个真实的人物，可以说是省到无法再省了，作者是用心在那里刻划的，特别是更重要的仇虎、金子及焦氏父子——但因为过份分析，完全是理智的活动，以致人物都有点机械，成了表解式的东西，没有活跃的个性。作者的意图自然看得十分明朗，人物却因而受了损害。这使得他们都还停留在平面的世界里，不怎么立体化。”（《评曹禺的〈原野〉》，《文艺阵地》第一卷第五期）这是比较中肯的批评。《原野》的人物性格都有着某些共同的特征和缺陷：

首先，人物性格都带有怪异的色彩。如写焦氏，作家说她“失了眸子的眼里藏匿着什么神秘。她有着失了瞳仁的人的猜疑，性格急躁，敏感的耳朵四面八方谛听着”。作家正

是用这个说明来指挥人物行动。状其“猜疑”近似妖邪，写其歹毒形同蛇蝎，刻划“敏感”类乎神秘。仇虎的性格也是变态的。作家写他凶狠狡恶和嫉恨的性格，都出自一种纷乱的复仇心理，着意突现他失去了农民本质的怪异色彩。金子的泼野也时有不合常情的表现，她的心理也是变态的。对仇虎的爱，对大星的恨，都非一般农村妇女即使是一个受压抑的妇女所具有性格特征。追求人物性格的奇异色彩并不是个性化的正常途径。生动的个性总是有它形成的历史原因和诞生它的社会环境。超离现实性的人物的奇异特征，只能使人物性格成为抽象观念的具形。如果我们和《雷雨》《日出》中的人物加以对比，便足以显示《原野》人物性格塑造的弱点。蘩漪的性格，在某种意义上说也是变态的，但是她的乖戾阴鸷的个性却是那个令人窒息的生活环境逼出来的。陈白露的性格更为复杂，她内心交织着矛盾；但她的复杂的性格自有其复杂的形成因素，《日出》形象地揭示出她的性格复杂性背后的错综的社会条件。她内心交织着矛盾的痛苦世界，反映出罪恶的社会制度对她的精神吞噬的强大力量。可以说，这些人物性格本身就是社会制度的产儿。《原野》的变异的人物性格，既没有更好展示人物性格的历史条件，也没有深刻揭示造成这种变异的社会环境。人物心理的变态和心灵的失调都缺乏社会的因果联系。

其次，人物性格的分裂性。性格的分裂或者说是双重性格是《原野》中某些人物的共同特征，特别是仇虎和金子。在作家看来，仇虎凶狠狡恶都是变态，只是在一个幻觉世界中才“逐渐发现他是美的，值得人的高贵的同情的，他代表一种被压迫的真人，在林中重演他所遭受的不公”。这种把人物性格断然割裂开来的看法，就抹煞了人物性格的统一性。性格是可以变化的，但变化应有其性格变化的逻辑和条件。把复仇阶段的仇虎看成是“真人”的变态，是狡恶；而复仇后被“恐怖抓牢的心灵”才是本质，是善的灵魂。这便抽走了仇虎性格的社会内容，用抽象的人性善恶来解释仇虎的变态。金子也是这样，作家认为她的泼野是一种变态，只有在第三幕中，“在这半夜的折磨里由对仇虎肉体的爱恋而升华为灵性的”。在这些解释中，都流露出抽象人性论的影响。

一旦作家面对自己不熟悉的人物，他就不可能从现实生活中的具体人物出发加以典型化，这本身就为用人性观点观察人物提供了方便。而用抽象人性塑造人物又为性格的神秘性提供了可能条件。用生理的原因来解释焦氏性格的猜疑的特征，用母性的占有来说明焦氏的嫉恨；用肉体的爱恋来分析金子对仇虎的爱情；用心理的动机来观察仇虎的复仇行为……这些，脱离开人物的社会的现实的品格来塑造人物，自然把人物性格变得神秘莫测。对自己烂熟了的人物性格决不会写得神秘，对自己深刻理解了的人物也不会写得缺少性格发展的逻辑。

《原野》的人物塑造虽然并非毫无可取之处，但是他塑造性格的方法却是非现实的，也是不足取的。

三

曹禺于《雷雨》《日出》之后，又写出《原野》这样在创作方法和艺术作风上都迥然不同的作品，这同受美国戏剧家奥尼尔的某些影响是分不开的。

话剧本来是从欧美移植过来的艺术形式，因此，作为中国新兴的艺术向外国戏剧借鉴是不可避免的。但是，借鉴不能代替创造，借鉴也必须有所择取，如鲁迅所说，如同吃牛羊一样，“弃去蹄毛，留其精华，以滋养及发达新的生体”（《论“旧形式的采用”》）。《原野》从作家的创作企图来看，他在追求艺术的创新，探求新的表现形式：但是他却过份倚重了外国戏剧的表现方法和表现技巧。同时，当他吸取那些表现方法和技巧时又不可避免地接受了它所依附的艺术思想的影响。《原野》受奥尼尔的《琼斯皇》的影响是太重了。

奥尼尔是美国现代一位著名的剧作家，他曾经是轰动美国剧坛的领袖人物。奥尼尔是第一次世界大战后勃起的一代作家，平生戏剧作品甚多。前期作品有《渴》《鲸鱼》《天边外》《上帝之子皆生翼》等，都是写实性较强的作品，对资本主义社会有所揭露，具有一种蓬勃的反抗环境的热情和浓郁的诗意色彩。晚期作品则转向神秘主义，如《悲悼》《无尽期》《勃朗大神》《发电机》等。奥尼尔的剧作在我国戏剧界是有影响的。洪深和奥尼尔是先后同学，都是哈佛大学著名戏剧家陪克教授的学生。洪深不但亲自撰文对奥尼尔作过专门介绍（写过《奥尼尔年谱》一文），而他的剧作《赵阎王》就受了《琼斯皇》的影响。他说：《赵阎王》“第二幕以后，他借用了奥尼尔的《琼斯皇》中的背景事实——如在林子中转圈，神经错乱而见幻境，众人击鼓追赶等等”（《新中国文学大系戏剧集》第七十页）。三十年代的报刊上对奥尼尔的介绍较多，他的作品《琼斯皇》《天边外》等都曾经翻译过来。当时，曹禺的母校南开中学的校刊上也有介绍奥尼尔的文章。曹禺读书期间就接触了奥尼尔的作品，他很喜欢这位戏剧家的剧作。他曾说：“他的剧本戏剧性很强。我很喜欢他的前期作品，那些作品是很现实的。”（张葆莘：《曹禺同志谈剧作》，《文艺报》一九五七年第二期）因之，曹禺的创作受到奥尼尔的影响是有原因的。如《日出》第三幕中的“拉帐子”，把戏台分成左右两部，在同一时间可以演出两面的戏。曹禺说，这是受了奥尼尔《Dynamo》的启发（参看《日出·跋》）。而《雷雨》中周冲跟四凤谈着在海上张满白帆向着天边飞去的憧憬，颇象《天边外》中的兄弟向往着天外的情景。奥尼尔剧作中的热情活力、浪漫诗情以及新颖的戏剧技巧，看来对曹禺是有着吸引力的。

《琼斯皇》是奥尼尔转换期中的作品，代表着他戏剧创作的一种新的倾向。他主要采用象征的手法来描写戏剧的环境和人物的心理，他追求一种神秘的美，追求人物性格的双重性和奇异性。整个戏充满着神秘、恐怖和紧张的气氛。有人便称它是表现主义的作品。全剧共分八场。剧中主人公琼斯是一个黑人。他原是美国的逃犯，但在白人施密塞的诱引下，竟在西印度群岛的小岛上做了土著黑人的皇帝。他对施密塞说：我“做了十年侍役，听了十年白种人的谈话，我学到的是同样一个事实。后来我有了应用这理论的机会，两年之内便做了皇帝”。他欺骗了土人，说他有银子弹，只有银子弹才能把他打死。就这样把土人管得服服贴贴。但是，土人终于起来反抗他了。琼斯得知消息后，便在追捕他的鼓声中逃到漆黑的森林里。他身边带着手枪希望穿过森林越境潜回美国。在令人战栗的鼓声中他奔跑着，心情不安，又饿又累，迷了路。于是便出现了恐怖的幻觉。“小而无形的恐惧从树林黑处爬出来”，闪着“发亮的小眼睛”，发出低声的讥笑。这阴森可怕的气氛吓得琼斯大叫。在幻觉中，他看到被他杀害的黑人泽夫的形体。他还看见了他当年在监牢中和黑人兄弟一起受奴役的场面，他用铲子打死了白种看守人。但是，他却呼喊着“我打死你，你这白种人的魔鬼，我打死了你死也情愿。不管你是鬼是怪，我打死你”。于是他开枪向着看牢人的幻形打去。这些再现的琼斯杀人的情景，表现了他对白种人奴役黑人的满腔愤恨。但是，紧接便是琼斯在神思混乱中痛苦的自我忏悔的场面。他祈祷着上帝：“我是个可怜的犯罪人。”他说他做错了，他错杀了黑人泽夫，他不该欺骗土人。“天老爷呀，饶赦我吧，饶赦这个可怜的罪人吧”，于是幻觉中又再现了他当年在种植园里被拍卖给白种人的情景，他的怒恨和恐怖交加，控诉着：“这是拍卖场吗？你要把我卖掉像黑奴战争之前我的祖先么？……你卖我？你卖我？我表示给你们看我是个自由的黑人，咒你们的灵魂！”他又向拍卖人和种植家的幻形连开了两枪。于是幻觉中又出现了远古黑人被铁链锁着，赤身裸体，象征着非洲黑人被掠夺者用船运往美洲的历史情景。这些奴隶们呼出悲哀的怨声和战栗的失望的悲鸣。最后，在幻觉中出现了一个刚果巫医的形体，手持骨制响器，拿着魔棒。追捕的咚咚鼓声逼近，他似乎为鬼迷住。在群鬼奔跑尖叫声中，巫医指示琼斯，要牺牲他的生命。他叩着头哀鸣着：“老天爷呀！可怜我吧！可怜我这个苦恼的罪人吧！”他又向着幻觉中的“绿眼睛”“鳄鱼的头”打枪。他无比的痛苦，万分的恐怖，他没有逃出森林，终于被打死了。在这种奇异的表现形式中，写了一个深受种族制度迫害和毒害的黑人的悲剧。

《琼斯皇》意在揭示黑人的无辜和种族压迫的弊害。显然看到作家对黑人的同情和对种族压迫的反抗热情。但是，奥尼尔把一个阶级压迫的问题，更多地表现为心理和人性的因素，把人的善恶的变化看成是抽象的东西。他看不到黑人的出路，也没有从种族压迫的制度上揭示造成这悲剧的社会根源。虚幻的环境，神秘而恐怖的气氛，纷乱而矛盾的黑人心理，虽然在一定程度表现了琼斯深受压迫和毒害的痛苦，但毕竟削弱着它的思想意义。不能说《原野》全部接受了《琼斯皇》的影响，它毕竟写的是中国农民复仇的故事；但是，就人物性格的奇异色彩，神秘而恐怖的戏剧气氛，象征性的环境和人物心理来说，它的确受了这种表现主义方法的影响。特别是第三幕，它基本上是按照《琼斯皇》的模式展开背景和人物的，这一幕较之《琼斯皇》还要鬼气森森。如果说琼斯作为一个黑人有着原始的迷信和遗留的愚昧，他忏悔祈祷痛苦呼号也有一定程度的真实性。而仇虎身历重重压迫，全家惨亡，他决心复仇，似乎没有必要象琼斯那样充满内心谴责和纷乱的心情。作家这样描写仇虎的内心分裂，就失去了中国农民性格的特征，而这种表现手法也不符合民族的欣赏习惯。应当说，《原野》的思想较之《琼斯皇》更加明确，它积极地探索农民的出路问题，否定了个人复仇的道路，对未来仍露出希望的亮光；而《琼斯皇》除了跃动着一种反抗热情外，作家思想表现得极为纷乱捉摸不定，流露着一种绝望的悲哀和狂乱的心情。

表现主义或者称作象征主义都是资本主义进入帝国主义阶段后产生的文艺思潮。奥尼尔的戏剧转向表现主义和象征主义的倾向，虽然在艺术上追求新的东西，在技巧上有些革新创造，但终究是特定时代产生的一种精神状态。茅盾曾说，表现主义等，“也反映了一种‘精神状态’。这就是两次世界大战之间，在资本主义压迫下的大部分小资产阶级知识分子的‘精神状态’。他们不满意于资本主义社会秩序，可又不信赖人民的力量；他们被夹在越来越剧烈的阶级斗争的夹板里，感到自己没有前途，他们象火烧房子里的老鼠，昏头昏脑，盲目乱窜；他们是吓坏了，可又仍然顽强地要把‘我’的尊严始终保持着。他们从‘我’这个立场出发，追求着精神自由和个性解放”（《夜读偶记》第六一页）。《琼斯皇》在一定程度上反映了作家对现状不满，追求精神自由但又绝望的狂乱心情。奥尼尔在艺术上标新立异，追求“新的表现手法”，是要把潜意识或称潜在的情绪加以戏剧化。这是逃避现实述诸自我的思想在艺术方法和技巧的反映。他曾说：他要表现的是“作为人类心灵的背景的各种矛盾的浪潮和色彩的图景”，而这个背景是“神秘地内在于性格之中和隐藏在性格之后的”，“它就是‘神秘’——任何一个男人和女人都能感到这种神秘，但正如地球上任何生命中任何事件（或意外事件）的意义一样不可能理解”（《勃郎大神·赘言》）。否定理性，否认科学认识真理的能力；强调直觉、潜意识是神秘主义的特点。它的哲学基础来自柏格森、尼采还有弗洛依德学说。奥尼尔兴起的时代，弗洛依德学说弥漫着整个美国文坛。一位美国作家说：“从大战停止后立刻开始，新作家似乎便已骑上了汹涌大浪。弗洛依德的学说，自从一八九五年以来即在那些学院的杂志中流传，突然成为现代人不可缺的课本，成千人点头同意。当雪乌特·安特生把它写在《黑暗的笑者》时：‘如果在人生中你有什么不能了解的，去询问弗洛依德博士的著作好了’。”（卡静：《现代美国文艺思潮》上卷第二五二页）奥尼尔的戏剧深受弗洛依德学说的影响。卡静指出奥尼尔就是这些“新作家”中的一个。

应当说，曹禺本来就对宇宙斗争的主宰有着不可理解的神秘感，《雷雨》就表现了这种神秘的气息。但是，他从现实生活出发，这种神秘感就受到限制，因为他的方法还是科学的。《原野》中，他遇到的是不熟悉的生活，在他的创作构想中缺乏现实的生活材料。他要表现农民的命运，艺术上又要求新。这样，《琼斯皇》中的反抗热情自然能得到作家的共鸣，而作家找不到出路的苦闷也似乎从《琼斯皇》中找到某种共同的谐音。而《琼斯皇》这种非现实的创作方法也正好“克服”了他不熟悉农民生活的先天困难。但是，一旦他过分倚重了《琼斯皇》这种表现方法和技巧，那么，他就不可能摆脱表现主义的技巧背后的神秘主义哲学的影响，这样，就使得《原野》表现了格外浓厚的神秘象征色彩。就《原野》的创作意图来看，他本在积极探求农民的悲剧命运，在艺术上追求创新，但结果却落进了表现主义文艺思潮的圈子，这确是一个深刻的教训。

《原野》对于《雷雨》《日出》的现实主义来说是一个明显的倒退。这是作家始料不及的。但这恰好说明了，现实主义创作有它自身的规律，它不管作家的主观愿望如何，谁要违反了它都会导致挫折。

他原是扩大了他的题材范围，却把探索的触角伸向一个他不熟悉的生活领域；

他原是遵循着从现实生活出发的原则，但这回却用主观的想象代替生活发展的逻辑；

他本来厌倦了对技巧的过分追求，但《原野》又不得不用技巧来补缀生活的贫瘠；

他本来在借鉴外国戏剧时，是“抽取主人家的金线”来织起自己的衣裳，而这次却用别人的衣裳遮住了自己。

他创作《雷雨》时，就不曾觉得匡正什么，他任情感的涌流，在感情的潮水里孕育着人

物和情节。似乎没有一个明确的思想也能产生优秀作品。其实，那是因为在人物和情节诞生过程中都渗透着作家思想感情的评价。创作的成功，是因为他是不自觉地遵循了现实主义创作规律。《雷雨》决不是“神秘的吸引”的产儿。《日出》，他有了比较明确的观念，“损不足以奉有余”的认识尽管不科学，但却是从生活中提炼出来的，它大大助成了《日出》的结构的统一。但是，作家始终未能把他的注意引向先进的科学世界观。忽视理性的认识，是难以抵挡和鉴别资产阶级文艺思潮的。《原野》的创作实践证明：我们富有才华的作家多么需要一个明确而透彻的世界观和文艺观来导引！

当我们结束这篇文章时，看到曹禺在北京电影学院进修班毕业生座谈会上的一个发言摘要。他语重心长地对青年编剧家说：“言不由衷的话不写；不熟悉的生活不要写；熟悉的生活但没有得出你相信的道理来的，也不要写。”（《人民日报》一九七九年六月二十三日第四版）这是凝结着作家毕生创作甘苦的总结，它可能也包括着作家创作《原野》的深刻的经验教训，这席话恰可作为本文的结束语。

《原野》不过是作家现实主义创作道路上的一个小小的插曲；不久，他又沿着《雷雨》《日出》的创作道路朝着纵深发展前进！

原载《中国现代文学研究丛刊》1981年第4期，第122—141页

《原野》简论

胡润森

《原野》初版于一九三六年一月。它是曹禺继《雷雨》《日出》后写出的第三部剧作。从问世起到一九五〇年十一月止，它一再印行，达一十六版之多。这个数字足证读者对它历久不衰的兴趣和欢迎。一九四七年唐弢对此曾作过简捷动人的描述：大江南北，多少剧团演过《原野》，多少人读过《原野》，《原野》是百看不厌的剧本。① 《原野》在评论界也引起了极大反响。人们对它议论纷纷，褒贬不一，但越到后来，却贬责越甚。我认为，长期在学术界占支配地位的贬责《原野》的那些看法，是大可商榷的。它们并不是从《原野》创作的具体方法和特色入手进行分析而引出的客观、准确的结论。

关于《原野》的创作方法和创作特色问题，据我所知，作者没有直接透过什么消息。但文学评论主要依据的是作品。经过对作品的研究，我认为，构成《原野》创作方法和特色的因素，既有现实主义，又有表现主义。《原野》的前三幕，主要以按生活的本来面貌反映生活的现实主义方法，去揭示人物关系，展现生活事件，刻划性格冲突，渲染舞台气氛，这表现出了鲜明的现实主义特色。这很明白。唐弢主编的《中国现代文学史》指出"《原野》的前部分写得比较成功"②，就是针对前部分这类现实主义特色而下的赞语。

问题发生在对《原野》的表现主义艺术特色的看法上。为论述方便起见，有必要先对"表现主义"做些简要的说明。

表现主义兴起于本世纪初，极盛于二十和三十年代的德、美等国。它是先出现在绘画界，接着传遍了音乐、建筑、诗歌、小说、戏剧等各个领域的一种现代派运动、思潮和方法。据美国戏剧理论家劳逊转述，美国评论家克拉克认为，从技巧的角度来看，戏剧中的表现主义的定义是，"把那些似乎是某人确实说过的话或做过的事记录下来是不够的，必须借助一种象征的语言或表演，加上布置和灯光，把他的思想，他的下意识的心灵，他的行为简括地表现出来"。可见戏剧中的表现主义最基本的特征就是在舞台上着意表现人的心灵、意识和深藏在内部的灵魂，因此被称为灵魂的戏剧。它以象征作为直接表现作者的观念或情绪的基本艺术手法，在一些纯主观的表现主义者的剧本中，甚至以象征代替了戏剧的动作。它喜欢表现人物的内心独白和梦景。它无视情节的进展和细节的描写。它强调形

① 唐弢《〈原野〉重演》，《大公报》1947 年 8 月 29 日。
② 唐弢主编《中国现代文学史》第 2 卷第 189 页。

象诉诸感觉的直觉，潜意识的披露对人的震动以及奇幻怪诞的舞台景象所产生的艺术效果。①

参照这些特征去研究《原野》，我觉得很多地方都显露出了它的表现主义方法和特色。

首先，第三幕以大量篇幅集中写仇虎的六次幻象，这正是“把人的内心感觉在舞台上加以外化”的表现主义方法的具体运用。

其次，现实主义与浪漫主义作品虽有运用象征的场合，但一般是局部性的，为某个明确的对象作间接修饰而用的。表现主义则以此为主导的手法，作为一种事物的实质来直接表现作者或人物的思想或情绪。《原野》里有不少这类象征。这是它采用表现主义方法的又一证明。

再次，《原野》各幕、特别是第三幕的许多舞台形象，如莽苍苍的“原野”，黑林子里蜷缩着的“老树”，密匝匝地遮满了天的狰狞可怖的“黑云”，起伏的“鼓声”，时断时续的“枪声”，鬼气森森的“阴曹地府”，恐怖凶恶的“牛头马面”“小鬼判官”与“阎罗天子”……这些形状怪异，色彩斑驳，音响强烈的形象，明明也都处处强调形象诉诸感觉的直觉，强调奇幻怪诞的舞台景象所产生的效果，打上了表现主义的烙印。

第四，细读《原野》可以发现，它有些细节离奇突兀，经不住以实际生活为蓝本的推敲，如仇虎身裹铁镣却能安然无恙地上下火车，他从监狱里逃奔出来竟会在身上带着大把黄金。曹禺剧作从来以细节表现的精确性著称。《雷雨》六次写电线漏电来埋下以后四凤、周冲触电惨死的伏笔，《日出》里多次谈到安眠药，去提示陈白露服药自尽的结局。这些都足证曹禺细节表现的一丝不苟，谋篇布局的针线绵密。但在《原野》里他为什么要一反常态地如此不谙世情或粗枝大叶呢？为什么在有人多次批评这类“缺点”后，《原野》却依然旧貌不改呢？看来作者似乎并不认为这些地方有什么失当之处，显然，这只有用作者另辟蹊径，探求新的表现方法来说明。这新的方法，我以为就是表现主义方法。表现主义作品不讲求精确的细节描写，细节是否酷似实际生活，对它来说无关紧要。只有当我们以现实主义的“细节真实性”去要求，它们才会显得同实际生活相悖离。《原野》里这类“失当”的细节描写，也鲜明地显露出它的表现主义特色。

然而长期以来，我们的文艺批评惯于把西方现代派全部斥为“垂死的资本主义的产物”，给它扣上“反动的”“腐朽的”“颓废的”等帽子，致使现代文学研究也深受其害。例如对《原野》这部显示出表现主义方法和特色的剧作，简单的裁判就代替了细致的研究。它的创作方法被冠以一个贬词：“神秘象征的艺术表现法”②；作者的动机被描绘为是要表现“人类对于抽象的命运的抗争”这样一个“非科学的纯观念的主题”③；它的社会意义被看成是“混淆了正义与不义的界限”④……显然，这些论者已经充分注意并严重关切着《原野》同

① 本段参考了以下文献：袁可嘉《表现主义》，《外国现代派作品选》第一册（下）；劳逊《戏剧与电影的剧作理论与技巧》；《表现主义》，《译林》1979 年第 1 期。

② 杨晦《曹禺论》，载《艺术与生活》。

③ 刘绶松《中国新文学史初稿》上卷 397 页。

④ 刘绶松《中国新文学史初稿》上卷 397 页。

现代派方法之间的某种联系，并以此作为贬低和否定《原野》的基本依据。上述论者还认为《原野》“把一个现实的问题，给神秘象征化了”①，它“充满了一种非现实的气氛”②，“它在最后一幕布置了过多的象征性的环境气氛……增强了神秘感与恐惧感，却削弱了剧作的现实性”③。这岂不是说：象征就是非现实的！以象征为基本艺术手段的表现主义作品不能具有现实性吗！我认为这只是以现实主义文学特征去衡量《原野》的表现主义形象的一种偏见。我们知道，不同的作家采用不同的创作方法反映现实，创造出来的各类文学形象就表现出了丰富多彩、千姿百态、不容混淆的艺术特征。从这类特征入手去把握这各类不同的文学形象所包涵的生活内容和社会价值，是文学批评面对创作方法不同的作品保持清醒头脑和实事求是态度的必要前提。既然我们不以现实主义文学特征去衡量浪漫主义的《西游记》和《聊斋志异》，为什么却要以这一文学特征去裁判《原野》里的表现主义形象呢？如果我们不把现实主义提升为对一切文学作品进行最后裁判的标准，而以文学应当反映现实，应当典型化这些基本原则，从表现主义艺术特征入手去剖析《原野》里的文学形象，我们就会得出同上述看法大相径庭的另外一些结论。

先以第三幕里六次表现主义的幻象来说。前三次写的是被人们经常责难的“仇虎的良心谴责问题”，后三次则写他怎样逐步从这“良心谴责”中挣脱出来。只要我们不把“现实性”同“现实主义”视同一物，不把作品思想内容的神秘性和非现实性同表现主义的艺术特色混为一谈，我们就会看到，现实人间的斑斑血泪和刺鼻腥膻，农村尖锐的阶级矛盾和农民走投无路的处境，地主阶级及其国家机器压迫农民的残酷性，作者对农民真挚的同情和对他们出路的深切关注，都在这些形象中得到了惊人准确和非常强烈的、虽然常常是象征性的表现。如此尖锐地反映了现实社会问题的形象，怎么会是缺乏现实性的呢？

对《原野》里大量的象征描写，联系到剧作的总倾向和当时作者的思想感情倾向来看，它们也有非常现实的内容。例如：“原野”象征贫苦农民世代相传的强大的生命力和沉郁的反抗怒火；“黑林子”象征仇虎遭受的不公和没有出路的境遇；“铁路”象征仇虎和金子挣扎中求生的希望；“金子铺的地方”象征贫苦农民对美好幸福生活的无尽向往；“阴曹地府”象征黑暗狰狞的现存社会；“砸断了的铁镣又回到仇虎身边”，象征单凭个人反抗不可能摆脱压迫，获得自由……《原野》里有些乍看觉得很神秘恐怖的描写，如金子两次看见墙上焦阎王照片“变活”，眼珠转动，裂嘴呲牙，其实它也是把焦阎王凶残横暴的本性和金子又怕又恨他的心理在舞台上直接“外化”的一个表现主义的象征。这些象征，不仅以丰富的美的意象渲染了环境，烘托了人物，增添了作品的艺术魅力，而且以不同方式，沿不同途径通向了《原野》的主题，深化了它的表现内容，增强了它谴责现实的力量。又怎么能说它们是缺乏现实性的“神秘象征”呢？

《原野》的思想艺术成就还表现在别的许多方面，特别表现在仇虎形象的成功塑造上。

① 杨晦《曹禺论》，载《艺术与生活》。

② 刘绶松《中国新文学史初稿》上卷 397 页。

③ 唐弢主编《中国现代文学史》第 2 卷第 189 页。

诚然,《原野》取得巨大成就不是偶然的,它既来自作者对现实的强烈关切和深透理解,也同借鉴西方现代派手法有关。人们曾提到《原野》同奥尼尔的表现主义剧作《琼斯皇帝》的相似之处。两剧的结构都以前部分写主角在现实世界里的活动,后部分写主角在幻觉世界中的经历。都有大段的内心独白和“黑林子”“鼓声”“枪声”等象征形象。仇虎在“黑林子”里的挣扎同琼斯皇在“黑林子”中的逃窜也有相近的地方。不过仇虎的形象同奥尼尔的另一表现主义剧作《毛猿》中的杨克相比倒更多一点相似之处。他们都强壮、粗野,外貌上都有突出的原始人特征。他们卑微的社会地位,受尽压迫的遭遇,粗率、刚强的个性,孤身起来反抗直至走投无路的悲剧性命运,虽在表现形式与内容方面很不相同,但在性质上却又相通。然而我们决不能把产生于复杂的主客观条件下的活的精神产品当成按标准化设计的死的机器来作简单类比。《原野》决不是对《琼斯皇帝》和《毛猿》的摹仿效尤之作。它不是“舶来品”,它是“土产品”。它的独创性不仅表现在运用俗谚、民谣、传统戏曲和生动活泼的北方官话的语言,使剧作富有中国的民族风采和神韵,不仅在它生动刻划了暴戾险恶的焦氏和倔强机灵的金子等中国农村各类社会性格,不仅在它形象地描绘了明与暗、美与丑、正义与邪恶相斗争、相消长的一副农村社会的象征性的画图,而且在它成功地塑造了仇虎的形象。仇虎的环境、个性、力量、弱点、思想、行动的内容和方式,带着生活在中国的农民独特的时代特征和民族特征。仇虎形象的创造也充分地体现出曹禺剧作的风格特点:人物关系的复杂性,性格冲突的尖锐性,舞台气氛的紧张性,人物目的的明确性,人物意志的自觉性,人物行动的坚决性和在发展、流动中不断逐步塑成性格的多层次和丰富性,等等。

让我们结合剧情发展来具体剖析仇虎形象。序幕揭开,作者通过仇虎大段独白,他同白傻子的对话和他同金子的会见,概括说明了焦、仇两家冤仇由来,仇虎此行报仇的目的等背景,又对仇虎冷酷而正直、强悍而善良、粗率鲁莽而又恩仇必报的基本性格特征(请注意这一特征,它是我们后面分析仇虎性格发展过程的重要依据),描下了简要有力的一笔。仇虎的自觉意志和贯串动作是要报仇雪恨,他为此而作的斗争,构成了全剧的基本冲突,成为推动剧情发展的动力。仇虎的心理、动作线索,都以这一自觉意志和基本冲突为中心线上下波动着向前延伸发展。但阻碍他实现自觉意志的因素也是非常强烈的。它们就是:

第一,焦阎王之妻焦氏企图阻挡仇虎。虽然她有时借助外力,如支使常五带来侦缉队,造成过紧张危险的情境,但因年老、眼瞎,仇虎对她一向如猫戏老鼠,她算不上他的巨大障碍。这是仇虎复仇的外部冲突。

第二,我们着重要谈仇虎复仇的内在冲突,和仇虎性格特征在这一冲突发展中不断显现的过程。这个内在冲突,相当有力地阻碍仇虎以他理解的方式,雷厉风行地报仇,而在报仇之后又使他陷入极大的苦闷之中。因焦阎王亡故,仇虎不能不放弃从前的复仇设想而另求他法。第二幕他对金子说:“阎王死了,他有后代!”说明仇虎很自然地懂得这所谓他法的具体内容。但要他去兑现却又引得他烦恼痛苦。须知他同大星的关系是复杂的。大星的父亲同他仇恨不共戴天,但大星本人却是他无辜的盟弟,他对乃父迫害仇家的罪行毫不知情，更别说主动参与了。仇虎头脑里的农民千百年来的复仇观念，使他觉得杀大星是依理合法的。他对金子连说过三次“他是阎王的儿子”，这就是仇虎要杀大星的唯一理由。如不杀大星，“我仇虎怎么有脸见我死去的老小”，“那太便宜阎王了”。但大星无辜，仇虎对他也无怨恨，这叫仇虎怎么下得了手！仇虎说：“我现在想，想着怎么先叫大星动了手，他先动了手，那就怪不得我了。”但即使如此，他仍然叹着气承认：“我的手就——就下不去！”这种矛盾惶遽的状态是仇虎前述基本性格特征合乎逻辑的显现和发展。它象处于“危险平衡”的一架天平，正等着那打破平衡的砝码。在第二幕结尾处，这颗砝码终于落下来，引起了剧情的陡转：

仇　（森厉地）我知道，他们报了侦缉队。

花　（引者注：即是金子）哦（痛恨地）那么，大星说的话是真的。

仇　哦，大星他也在内。

花　他说过，他说过。

仇　这么说，连他也完了。

花　我怕我们逃不了，他说他死也不肯放了我们。

仇　（警惕地）那么时候到了。

这段充满内在紧张性的对话，把仇虎此刻前后的心理状态揭示得相当深刻。“这么说，连他也完了”，强烈暗示出仇虎可能先已听从金子的劝喻，不杀大星，仅带她双双逃亡。现在他既认定（其实是误认）大星参与陷害他，于是他认为可以杀掉这个不再是无辜的人了。他冲进屋内杀死大星，走出来却“睁着大眼，人似中了魔”，吐出了一大篇恐怖夹着懊恼的独白。随即在第三幕的第一景和第二景，仇虎眼前接连三次出现幻象，第一次幻出大星临死前痛苦的叹息和喘息声，第二次看见了举伞提灯笼的人，第三次看见了焦氏举着小黑子的人形。这些幻觉发挥出表现主义善于描写灵魂的特长，直接刻划了仇虎的恐怖悔恨即人们常说的“良心谴责”。仇虎不再象以前的仇虎了。以杀焦大星为转折点，仇虎心理性格发生了一次突变。这是仇虎心理性格发展过程中的第一次转变。

劳逊说：“突变是戏剧的本质。”①戏剧性格发生突变，不足为奇，但这类突变要貌似突然，实极自然。仇虎性格的突变完全符合这一原则。作者对仇虎杀大星前的犹豫动摇及其原因作了多面细致的刻划和挖掘，从而安下了他性格发生突变的合理有力的心理基础。仇虎既有矛盾动摇在先，又有悔恨自责于后，这不仅符合他的心理逻辑，符合他基本的性格特征，而且是在更深一个层次和全新的情境中强化了这一性格特征。因而这在艺术上是无懈可击的。

但这却引起了有人从性格真实和社会意义方面所提出的责难。如说这是“歪曲了事实”，使仇虎“象一个小市民的知识分子”②，又如说这是“混淆了正义与不义的界限”。不难证明，这类说法缺乏根据。“悔恨”是带有普遍性的人类感情特征，它不是小市民知识分子

① 劳逊《戏剧与电影的剧作理论与技巧》第 31 页。

② 杨晦《曹禺论》，载《艺术与生活》。

的独有物，即令仇虎这样的农民，在那种特殊的情境中，也是完全可能产生悔恨的。生活中会有这类"事实"，艺术中尤其可有这类真实，怎么能说这是"歪曲了事实"呢？有同志指出：仇虎杀大星符合千年来农民的复仇观念，"在一个中国农民的意识中，这种惩罚是完全合法的"①。这见解我同意，但它解决不了什么问题。因为这种千年来农民的复仇观念是不是一种先进的观念呢？如果不是，那么作者通过仇虎在杀大星问题上的内心冲突的刻划，揭示出仇虎正义的复仇意志同错误的报仇方式的矛盾，从而以生动的艺术方式委婉有节地描写和批评了仇虎客观存在的局限性——况且这类局限性还能引导人们更深入地思考和认识仇虎性格，命运的悲剧性——怎么能说就是"混淆了正义与不义的界限呢"？须知在民国初年，北洋军阀混战初期的背景下②，仇虎式的个人反抗和复仇方式，是生活中普遍发生的真实，具有典型的社会意义。须知作者从来没在剧中讲过仇虎不该反抗、不必反抗、大可安分守己、静候时来运转之类的意思。相反，他愤怒谴责了仇虎所处现实的黑暗和混乱，他反复赞颂了仇虎反抗的正义和可贵。又怎么能说作者"混淆了正义和不义的界限"呢？

并且，"悔恨"，还只是仇虎心理、性格发展的一个中间阶段，不是他的最后阶段，更不是全部。从第三幕第二景的后半部起，作者笔锋陡转，开始逐层刻划仇虎怎样从悔恨中挣脱。金子的劝喻使仇虎忆起自己全家的惨遇，他悲愤地喊道：

> "我仇虎是好百姓，苦汉子，受了多少欺负、冤枉、委屈，对！我现在杀他焦家一个算什么？杀他两个算什么？就杀了他全家算什么？对！对！大星死了，我为什么要担戴？对！他儿子死了，我为什么要担戴？对！我为什么心里犯糊涂，老想着焦家祖孙三代这三个死鬼……"

仇虎复仇是正义的。他为复仇而被迫杀大星，不是冷酷乖僻的暴行，相反，他杀大星前的动摇和这之后的悔恨，表明了他善良正直的品质。因而这一错误行为，不应让他担戴，归根到底应由焦阎王等黑暗势力来负罪责。仇虎认清了这个道理，就摆脱悔恨，坚强起来。这时作者通过仇虎眼前的三次新的幻象的描写，逐层深入地揭示了他心理、性格的这一新变化、新发展。在"爹爹和妹妹遭受残害"的幻象中，仇虎拔枪向焦阎王连连射击。在"监禁地苦役"的幻象里，他对鞭打他的狱卒连放两枪。这时的仇虎眼里重新烧起反抗的怒火，他举着手枪和枪袋，发誓打到阎罗殿也要同焦阎王算个明白。在"阎罗审判"的幻象中，他大声地责问："你们这是什么法律？""你们这群骗子！强盗！"并举枪痛击阎罗殿上的群鬼。这表明他不仅痛恨焦阎王个人，他还敢于坚决反抗整个地主阶级的国家机器。由于所用创作方法的特殊性质，作者没有去对仇虎这一精神实质作现实主义的细节刻划，而是用表现主义形象象征性地揭示出这一实质。经过这个否定之否定的发展，仇虎在更高的阶段上恢复了他的反抗精神和进攻性格。基于前述仇虎性格的基本特征，他决不可能老是在悔恨恐怖的泥泞里打滚，因而他的这一性格复归具有真实性和自然性是自不待言的。

---

① 南卓《评曹禺的〈原野〉》，1938年6月16日出版的《文艺阵地》1卷5期。

② 张葆莘《曹禺同志谈剧作》，《文艺报》1957年2期。

而且，“一天象过了一辈子”的这些复杂痛苦经历，刺激了他的思考力。他开始思考农民的苦难和命运、反抗的方式和出路等绝大的问题。他这样对金子讲：

“我完了还有弟兄，弟兄完了，还有弟兄。我们不能子子孙孙生下来就受人欺负。”

“告诉他们（引者注：指仇虎叫金子逃出去投靠的那一帮朋友）现在仇虎不相信天，不相信地，就相信弟兄们要一块儿跟他们拼，准能活，一个人拼就会死。叫他们别怕势力，别怕难，告诉他们我们现在要拼得出去，有一天我们的子孙会起来的。”

仇虎断然否决了自己个人反抗的斗争方式，而对集体斗争的出路充满了向往之情。这是他在临死前了不起的觉悟。这是作者对他反抗出路设身处地所作的严肃思考。这也是作者塑造仇虎形象悲壮昂扬的最后一笔。可以断言，如果仇虎不是为掩护金子逃去而鲁莽仓促地自杀了，那么随着时代的进步，他将融汇到无产阶级的斗争中去，走向光明胜利的前景。

必须指出，作者在第三幕用表现主义方法，描绘了仇虎在一个真景和幻景错综交织、迷离扑朔的幻觉世界中的挣扎与战斗。我们不应把这看作堂·吉诃德的风车之战，空中楼阁式的向壁虚构，神秘、抽象的图解；而应从表现主义的艺术特征出发，准确地看到它们乃是在幻觉世界里所再现的仇虎一生苦难和反抗的剪影，是扎根于黑暗苦痛的现实土壤里的深厚广大的象征，是以幻觉和象征的方式刻划了仇虎变化丰富、不断发展的心理和性格。这样，在仇虎形象身上，我们看到表现主义特色的光环。由于仇虎动作及其原因，目的及其结果都是充分社会化了的，因而这一表现主义特色不仅增添了他的性格的色彩，而且也加强了它的真实性和现实性。

曹禺塑造仇虎形象的显著特点和巨大成功，在于他把仇虎的心理过程同他的动作体系相对应地有机和谐地交织在一起，从而提供了在变化发展中表现仇虎心理性格的广阔天地。他将仇虎在剧情里的心理过程刻划得如此明晰，以致我们可以作出如下的表述：

仇虎决心杀大星报仇与在此事上的动摇犹豫→他杀大星后感到悔恨→他从这悔恨中挣脱（至于他杀焦阎王的决心，早在剧情前就已下定，它是背景的构成部分，不包括在剧情之中）。

作者以这一心理过程为红线，结构了仇虎在现实世界和幻觉世界里的多层次的相互联系而变化有致的动作体系，再加上含义丰富、意象动人的象征，在发展之中、流动之中，曲折有致地、逐层深入地描绘出仇虎性格否定之否定的发展，成功地刻划出了他冷酷而正直、强悍而善良、粗率鲁莽而又恩仇必报的性格特征和丰富多彩的精神气质与内心世界，如同一个充溢着灵气，沸腾着热血，活跃着生命的真实的人。从仇虎形象身上，我们看到了表现主义和现实主义可喜的化合与这化合的完成。它们化合在作者以想象熔铸现实，为塑造艺术形象调动不同方法和各类手段的惨淡经营中，它们完成在仇虎这个变化而统一、丰富而明确的人物形象的成功塑造里。

仇虎形象的现实性、真实性和典型性表现在，他的思想、感情、性格和命运，都是一个

没有先进的指导思想，没有找到正确出路的反抗的农民，在黑暗的现实社会里，在复杂的人生路程中，可能产生、形成和遭遇到的；是以独特的“这一个”反映出普遍社会的现象。仇虎的悲剧，不仅一般地表现出了农村阶级压迫的严重性和阶级仇恨的必然性，而且它深刻地证实了，农民如果不克服个人复仇的狭隘观念和某些落后的弱点，不组织起来追求集体斗争的道路，那么他们的反抗最多只是演出一场仇虎式的英雄末路的悲剧。这个认识在三十年代的中国，是先进的和深刻的，有现实的教育意义。作者没给仇虎指明“出路”，只以“金子铺的地方”暗示出光明所在，这固然同他看不清出路有关，但恐怕主要还在于如果硬给加上一条光明的尾巴，那就不仅同全剧阴郁沉重的悲剧气氛极不协调，而且也违背了剧作所反映的时代普遍的历史真实。在那个时代里，仇虎式的农民，反抗而找不到出路，始终在黑暗中摸索、挣扎乃至于灭亡，才是普遍的、本质的。可见仇虎是具有一定普遍意义的一个农民草莽英雄的典型形象。作者诚然有他的某些局限性，但我们却不宜把这种符合艺术统一和历史真实的匠心处理，当作他的局限性的表现。

因此，我认为，断言“仇虎是曹禺创作失败的产物”①，“只是一个纯粹的抽象观念的化身”②，“失去了丰富复杂的社会性格”③等见解，不过都只是完全无视这一形象本身具有的、不可抹煞的思想艺术成就的一种偏执之见罢了。

实际上，从《雷雨》到《日出》再到《原野》，曹禺不断在前进：题材扩大了领域，由家庭转向了都市再转向了乡村；创作方法、表现手法更加丰富，从现实主义到了现实主义与表现主义的化合。曹禺具有不断创新的宏伟的艺术抱负。引进表现主义方法写《原野》正是实现这种抱负的一个尝试。由此产生了《原野》的表现主义特色，使它在30年代剧坛别开生面，独树一帜，在曹禺自己的创作生涯中也划成显明的一个阶段，不幸却也因此给它带来坎坷的际遇。但时至今天，我们再不能从现实主义出发去给它扣上些对不上号的帽子了。我们应从它的表现主义方法和特色入手，对它的思想艺术成就作客观的分析和公正的评价。

原载《四川大学学报（哲学社会科学版）》，1982年第2卷，第94—100页

① 杨晦《曹禺论》，载《艺术与生活》。
② 刘绶松《中国新文学史初稿》上卷397页。
③ 唐弢主编《中国现代文学史》第2卷第189页。

我爱《原野》

唐弢

《原野》是 30 年代曹禺继《雷雨》《日出》而写的第三个剧本(注:《原野》已由四川人民出版社重排出版),那时人们惯常将三者相提并论,认为这是一个青年作家在短短几年内写成的惊人杰作,并且由此产生种种议论,包括他所受的艺术影响和美学思想等等。众论纷纭,各抒己见。读了《原野》,我才相信曹禺的确受有美国剧作家尤金·奥尼尔(Eugene Gladstone O'Neill)的某些影响。在这之前,有人说《雷雨》里的周冲是对奥尼尔《天边外》的那个弟弟的模拟,我表示怀疑。周冲是作家喜欢的形象。曹禺自己说过,《雷雨》里八个人物,他"最早想出"而又自己觉得较为"真切"的有两个——蘩漪和周冲。周冲写得很有特色,他是一个青春发动期的充满幻想的青年,一天二十四小时都生活在自己的梦里。他不了解人们,人们也不了解他。具有时代特点的形象本身已经证明:曹禺的人物不可能诞生自奥尼尔的作品。

我的想法是:一个作家读了许多成功的作品,对某些作品有所偏爱,不知不觉地在灵魂深处留下印象,又不知不觉地流散或者渗入到自己的血液里,从而在各方面发生作用。至于模拟,我说模拟也不是什么坏事,不过据我所知,作家苦心孤诣地模拟的往往是他正在接触或者曾经接触过的生活,而不是别人的作品。曹禺谦逊地说:"我是我自己——一个渺小的自己,我不能窥探这些大师们的艰深,就如黑夜的甲虫想象不来白昼的明朗。在过去的十几年,固然也读过几本戏,演过几次戏。但尽管我用了力量来思索,我追忆不出那一点是在故意模拟谁。"①这说得很好,确是发自内心的老实话。至于《原野》,特别是它的第三幕,人们一读到便觉得似乎真个有《琼斯皇》(The Emperor Jones)的烙印,和《雷雨》里的周冲不一样。不过虽然如此,我以为作家醉心的也许仍然只是那气氛,那情调,那强烈的恐怖与令人战栗的色彩,因此,即使人们一下子便在两个剧本之间产生联想,也说不上故意的模拟,而是潜意识下自然地流露出来的影响。

《原野》问世,许多人说,从《雷雨》到《日出》,作家由家庭走向了社会,从《日出》到《原野》,作家又由都市走向了农村。根据作品所反映的生活内容,这样说大概是可以的吧,但我不明白:难道《雷雨》写的仅仅是一个家庭,仅仅是周朴园和他周围的几个人物,而不是同时又是那个正在没落的腐朽社会的反映吗?《雷雨》写了八个人,《日出》改变结构,到《原野》……是的,"原野"这个名词意味着多么广阔、多么辽阔、多么厚实的发人深思的含

① 曹禺《我如何写〈雷雨〉》,1936 年 1 月 19 日《大公报·文艺》第 80 期。

义呵！可是，作为性格戏剧，它的人物比《雷雨》还要少，只有六个。作家尊重创作典型化的法则，再次采用集中描写的手段，突出艺术作品通过个别体现一般的根本规律，在人物创造——尤其是性格刻画和心理描写上取得了惊人的成功。《原野》之引人注意者以此；我喜欢《雷雨》，喜欢《日出》，也喜欢《原野》，以为我们同样能够从《原野》学到许多东西，也以此。

曹禺熟谙各种艺术手法，采取这些手法精雕他的人物的灵魂。有时是直接的抒情，用诗一样语言写成的独白；有时是婉转的暗示，通过持续的引人注目的动作。就前者言，1942 年改编的《家》和 1978 年完稿的《王昭君》成就最大。《家》的第一幕写觉新在洞房中坠入苦痛的思索，正当精神恍惚之间，踱来踱去，自言自语，发出沉闷而忧郁的独白，他叹息着："你要的是你得不到的，你得到的又是你不要的。哦，天哪！"这个低诉表达了无可奈何的心情，烘托出觉新处于弱者地位的优柔寡断的性格。以后又交错地描绘觉新和瑞珏的絮絮独语。《王昭君》第二幕写昭君上殿陛见，仪态万千，光彩照人，在满朝文武肃静惊愕的目光中款步徐行。她忘不了适才孙美人的猝死，一面沉思一面低语，将五十年来每日在深宫伫候召见的白头宫娥和自己一天之内见到一位单于一位皇上相比，暗自思量，顿有所悟，默默叮咛："把定前程，我一人敢承当，怕什么！难道皇帝不也是百姓们供养。"画出了这个还不到 20 岁的绝代佳人的性格。到第三幕，一个宁静的草原的夜晚，月光似水，作家重复他在《家》里用过的手段，以长篇的独白一泻千里地抒发了呼韩邪和王昭君的如同月光一样清澈的感情。独白的形式多次在曹禺作品里出现。有人说，这是受了莎士比亚和他的《哈姆雷特》的影响，我想是的，但仍有不少导源于包括京剧在内的中国的古典戏曲艺术。我国向来有借用独白抒写思想感情的传统，不仅戏曲，文学作品如屈原的《离骚》，就是一篇伟大的独白。

《原野》用过类似的手法，仇虎凝视阎王照片时阴沉沉地从牙缝里挤出来的仇恨的申诉，焦母摸着木人的轮廓时喃喃念叨着的恶毒的诅咒，都是独白，都是直接抒写心理活动的自我剖析。不过，《原野》借以塑造人物性格的不仅仅是独白，更主要的是那些反复暗示的引人注目的行动——作家利用外部动作由表及里地刻画人物的内心世界。在中国古典小说和古典戏曲里，运用动作比运用语言更为普遍，《原野》写仇虎抓金子的手，金子要仇虎捡花，很容易使人想起京剧折子戏如《拾玉镯》之类的某些场面。这两段戏闲闲叙来，同故事情节没有多大联系，但在性格塑造上，无论是抓手还是捡花，都是不可或少的一笔。它们突出了金子和仇虎两人的性格，绘状了两人之间的关系。

抓手一段的重心在仇虎。他将对方的手用力紧握是为了发泄埋藏在粗犷的心底的感情：有爱，也有恨。动作表达了他说的"你在哪儿，哪儿就是我的窝！""叫你痛，叫你一辈子也忘不了我！"从简单中体现复杂。本来，要对方不忘记自己，竟使她痛得"大叫"，痛得"眼泪几乎流出"，办法未免过于奇特，然而又确是身怀深仇大恨，在原野长大，不善于表达感情的仇虎的办法。作家画出了人物的精神世界。等到仇虎松手，问金子："你现在疼我不疼我？"金子一面咬住嘴唇，点点头说"疼"，一面突然转身重重打了他一个耳光。戏，或者说情节的重心就转到了金子的身上。

接着便是捡花的场面。

和抓手相比，作家为捡花这段戏花了更多的笔墨，欲擒故纵，若断又续，写得曲折而有起伏。仇虎出场时手里拈着一朵红花，那是童年的金子喜爱的花，仇虎跑了十五里地找来，递给金子，金子不理，花扔在脚边。仇虎凑近金子说："拾去！我走了。"刚跨出几步，金子突然喊："回来！"仇虎转回身，金子以居高临下的声势，命令说："把花替我捡起来！"仇虎讪讪地回答："没有工夫，你自己捡。"金子站起来，走了两步，指着地下的花继续说："你替我捡！"仇虎还是不愿意；这个不达目的誓不罢休的女人这时换了一副脸孔，一套手段，笑眯眯地挨近仇虎，瞟着他说："虎子，你到底捡不捡？"仇虎说："不捡你还吃了我？"金子说："谁敢吃你！"她说着往仇虎身上靠，亲昵地问："哎，你要不要我？"当仇虎摇头说"我要不起你"的时候，金子感到意外，她叫了声"什么？"一场风暴来临了。金子的拳头擂鼓似地打在仇虎壮实的胸膛上。形势急转直下，表面是金子占了上风，实际上她却失败了。她一面打，一面骂："……你不要我？可你为什么不要我？你这丑八怪，活妖精，一条腿，短命的猴崽子，骂不死的强盗。野地里找不到第二个 Shun 鸟，外国鸡……"

金子是个有性格的女人。她受婆婆猜忌、管束，有时自我克制，故作矜持，看去冷若冰霜，可浑身上下潜伏着随时都要爆炸的火一样热烈的感情。她，一个风流俊俏的农村姑娘，青春便是她的生命，却天天陪伴那个瞎了眼的婆婆，受着委屈，受着折磨。婆婆说她是"狐狸精"，迷住了她的儿子焦大星。金子的确很有魅力，连白傻子也常常跑来看这新媳妇。她标致、泼野，有几分轻狂，有时还暗示着一点淫荡。也许这是青春的体现，要不，是什么世道教坏了她。我说不清楚。最后，她表示不要窝囊废，要爱一个真是男人的男人，跟他到"黄金铺地的地方"，去过"人的日子"。出乎意料的是，她爱的竟是那个曾经耳鬓厮磨、有过婚姻之约的仇虎。

这些在金子心里已成定局，而仇虎却说"我要不起你"，"我不要你！"难怪金子嗔他，气冲冲地捶他。她有能耐将来自别人的咒骂、虐待、冷淡、奚落置之度外，因为她从来没有将那些人放在眼里；可是却受不了爱她的人当着她面说一个"不"字。这个感情的担子对金子来说实在太重了，她承当不起。金子一定要仇虎将花捡起，不仅如此，还要服服贴贴地过来给她戴在头上。"我说哪儿，就要做哪儿。"这个骄傲的女人胜利了。是的。这不是普通的胜利，而是金子爱情生活中一个重大的胜利，自然也是作家完成他的人物性格创造的胜利。

然而，曹禺塑造人物性格的笔墨并不到此为止，捡花戴花都是在敲门声中进行的。先是心存戒备的仇虎本能地觉得"有人"，金子一怔，等到听出这是酒鬼常五的时候，她安详地坐着，用一种好整以暇的姿态照看镜子。门敲得愈紧，仇虎心里愈着急，金子的态度愈安闲。她有意挑逗和捉弄仇虎。要他捡，要他戴。当仇虎替她戴好花，她突然转过身来搂住仇虎的脖子，在昏迷状态中发疯似的亲着仇虎，一面含糊地喃喃地骂："野鬼，我的丑八怪，这十天我又活了，活了！疼死了我的活冤家，你这坏了心的种！……"她抱住仇虎，故意拖延时间，让那个老常五嘶破喉咙，敲肿拳头，一个人在门外长悠悠地喊：

"大星的媳妇哟，你在干什么啦？快开门喽！"

"别忙噢！常五伯，我在念经呢，等等，我就念完喽。"金子也一句一句长悠悠地回答。

这个女人还说自己在念经哩。作家借金子的口嘲笑了世人，嘲笑了那些伪道学和假正经。想一想这点很有意思。30年代的评论认为在紧张的敲门声中，一个偷情的女子不可能那样大胆，那样从容不迫。从金子的整个性格分析，我以为前后基本上是一致的，这些动作只是使应该引起注意的部分突了出来，没有让人产生一点不真实的感觉。曹禺创作的一个特点是：他不追求淡淡的哀愁，要的是浓重和强烈，即使是比较含蓄的表现手段，也要写得透，写得深，写得淋漓尽致，读起来使人回肠荡气。

《原野》有许多场面刻画人物的性格，不仅抓手和捡花。不过这两段戏却是仇虎和金子的性格特写：唇枪舌剑，口角交锋，举止动静，旗鼓相当，正是互相匹敌的一对。别的场面如金子、大星、焦母之间关系的描写，焦母和仇虎的谈判，大星和金子的对话，都使两人的性格得到补充，更见丰满。其他诸人的个性也在对比较量中突现出来。譬如焦母，通过她对媳妇金子的虐待、对儿子大星的专横、对仇人仇虎的暗算，显示了她的阴险毒辣的性格。焦大星也是这样。有人说大星并不那样窝囊，没有惹金子嫌的理由，"大星改造一下，或可成一'英雄'（主角）"①。我不同意这看法。我认为不能孤立起来评论，应该从相互关系中分析问题。不错，这个阎王的后代生性平庸，他真心爱着妻子，但却一点都不了解她。大星不是他父亲的种，也不是他母亲的儿子，"不配要金子这样的媳妇"，他是个"没有用的好人"——彻头彻尾的窝囊废，连那个贪财嗜酒的老常五也瞧他不起。当他趴在地上抱住金子的腿哭泣，苦苦地哀求她不要走的时候，使人从心底泛起一阵厌恶，金子有理由唾弃他，鄙夷他。这个人太没有人气了。"野地里生，野地里长，将来也许野地里死"的金子怎么能够永远爱他呢？

从剧中人物的艺术要求说，《原野》描写焦大星是成功的，便是落笔不多的白傻子和常五，也是两个有血有肉、栩栩如生的艺术形象，他们都有属于自己的独特的精神世界，有形成这种精神世界的经济地位、社会原因和习惯势力。在旧社会，常五代表一种人，白傻子也代表一种人，他们在《原野》里出现并非信手拈来、随心所欲的缀合，也不是逢场凑数，为了给别人配戏而显身。他们是六个人，六种大小不同的社会势力相反相成、相成相反地交织在一起，从而产生了戏，产生了像《原野》那样惊心动魄的社会悲剧。金子既婉娈，又泼野。仇虎粗野强悍，有点原始气味，多难的身世使他学会了机警和审慎。焦母和大星浑身都是矛盾。焦母，这个一生造孽的阎王婆，明知大势已去，却还在挣扎，反扑，保护她最后一点"家私"；她依旧结实硬朗，猜忌多疑，虽然是个瞎子，却能耳听四面八方，"没有眼比有眼的还尖"。如果说那支铁拐杖是焦母性格的象征，大星的特点便是挂在左耳上的铜环——不男不女。眉目间的忧郁透露了这个大丈夫的秘密：他爱妻子，又畏惧母亲；外形壮实，性格却"一辈子没有长大，总是个妈怀里吃喳儿的孩子"。他的窝囊是气质性的，骨子里铸成。曹禺严格地挑选他的人物，塑造他的人物，从生活出发将他（她）们组织起来，通过这些人物和他（她）们之间的关系、他（她）们的活动和悲欢离合，写出了这个悲剧，表

① 李南卓《评曹禺的〈原野〉》，《文艺阵地》第1卷第5期，1938年6月16日出版。

达了自己对这个悲剧——他所面临的人生社会的看法。

作家在谈到《雷雨》的时候说过："《雷雨》对我是个诱惑。与《雷雨》俱来的情绪蕴成我对宇宙间许多神秘的事物一种不可言喻的憧憬，《雷雨》可以说是我的'蛮性的遗留'，我如原始的祖先们对那些不可理解的现象睁大了惊奇的眼。"我喜欢这段话。这段话表达了艺术的一个独立的境界。我反对说《北京人》的主题思想是"复归原始"，作家要我们回到原人社会，于是报刊上纷纷发表论述原始共产主义和科学共产主义区别的文章，一篇又一篇地教训作者；我也不同意说《原野》的描写暗示着"一群同命运的人儿为什么要那样仇杀"，把它引伸到揭露反共高潮的斗争里。我以为这些都不是剧本所要说明的问题。文艺作品既不是科学论文也不是政治决议，它不可能直接为读者提供那样的答案。所以我一读到《原野》，立刻想起作家为《雷雨》说过的那段话，似乎看见他又一次对反映在剧本里的社会生活——"那些不可理解的现象""睁大了惊奇的眼"。至于说作品的主题思想，……歌德拒绝说明《浮士德》的主题，我们就学学恩格斯只讲倾向性吧，倾向性在哪儿？当作家睁大了眼睛惊奇地向前凝望的时候，悲欢离合，喜怒哀乐，倾向性就蕴藏在他的变化不定的眼神里。

曹禺比别的剧作家更注意这一点，也善于运用这一点。他常以特殊的气氛渲染人物的性格，渲染通过这些人物性格表达出来的思想和生活。他把这种修养和爱好叫做"我性情中郁热的氛围"：令人气闷的泰山压顶似的雷雨，引人期待的将升未升的太阳，覆盖着一层灰雾的沉郁厚实的大地，代表对生活的追求与憧憬的"北京人"标本……这些都使我们产生一种感染，引起我们的想象和联想。

一篇作品的成功因素是多方面的，首先看它是否真实地反映了生活的本质，是否真实地塑造了在这一天地里活动着的人物的形象；色彩与气氛是次要的，不过也并非毫无关系，因为作家渲染它们正是为了描写生活和人物。《原野》的人物性格写得相当成功：鲜明，强烈，生气勃勃，看了一直在你心里活着，因此有的人称之为"性格戏剧"。曾经出现过的批评是：作家对农民还不够熟悉，由不够熟悉而造成一些具体描写上的问题，被认为是《原野》的缺点，也是它不及《雷雨》和《日出》的地方。

举一个例：仇虎杀人以后，显现在眼前的幻象，以及他表现的恐惧、悔恨、惊慌和不安，很多人指出一个农民不可能神经质到这地步。仇虎报了大仇，完成宿愿，满可以心安理得，轻松愉快，不至于发糊涂，迷失在林子里。我的想法有点不同。作家自幼从褓姆、佣工那里听讲许多来自农村的故事，他对农民生活还是有了解的，缺点在于写慌乱的心理依据不足——杀死小黑子一事稍嫌单薄。为了补救这点，剧本反复地（整整四场戏）让我们意识到这是在午夜后的黑林子里，是在全副武装的侦缉队包围与追捕之中，是在幽灵般一个瞎子、一个傻子跟踪之时，物质的压力产生精神的压力。最后，农民毕竟还是农民，我以为使仇虎心理变态的不是人们所说的命运，而是农民在悲惨生活中身受的一次又一次失败的经历。

再举个例：和奥尼尔剧本相似，曾经出现在西印度群岛大森林中使琼斯皇失魂落魄的鼓声，通过剧本也在中国大地上咚咚地出现，被指为刻画过甚，同民族和社会的特征不一致。我认为这点有道理。钟和鼓原是中国传统的乐器，暮鼓晨钟不是一句空话，现存的寺庙还多少留下这方面的痕迹。不过，寺庙里的鼓不是战鼓，仇虎的处境也不同于琼斯皇的处境，西印度森林中出现的鼓声不可能在中国的黑林子里发生同样的效果。新版《原野》保持了四十几年前的原样，作家只将“鼓声”改成“木鱼声，磬声”。这不仅符合为小黑子叫魂的具体环境，从整个气氛说，也渲染了作家笔底这座黑幽幽野林子的深邃与神秘，渲染了隐藏着生命的这片白茫茫大地的沉郁与厚实。

我爱《原野》，觉得这无愧是曹禺的作品，它保持了作家一贯的倾向和特点，同时又进行着新的探索。剧本对于人物性格的塑造，以及每个人心理活动的描写，便是今天，也仍然有很多地方值得我们借鉴和学习。

1982年10月改定

原载《文艺报》1983年第1期

谈曹禺对《原野》的修改

秦　川

今年是曹禺从事戏剧创作五十周年。经曹禺亲手厘订并编选的《曹禺戏剧集》十余种，将由四川人民出版社陆续出版。《原野》以其经过修改润饰的新姿先于其他剧作问世，这在解放后曹禺剧作出版上是十分令人鼓舞的。

《原野》于一九三六年创作，翌年（旧本误刊为一九三六年一月）出版，是曹禺继《雷雨》《日出》后的第三部剧作，在当时曾受到读者和观众的欢迎，被誉为曹禺创作道路上的第三座里程碑。然而，长期以来，评论界对《原野》却一直是否定的多肯定的少，甚至被认为是曹禺现实主义创作的大倒退，解放后出版的各家文学史都对它作了否定的结论。对此，作者却始终不置一词，原作也未作过文字的改动。所以，曹禺对新版《原野》的修改就令人瞩目，值得探究了。

用新版《原野》比照旧版[①]，经作者添改删削者约一百四五十处，其中涉及人物、内容及对话改动较大的约十余处，随手改动的标点之类尚不在此内。虽然，新版之于旧版，保持着剧的原貌和精神，但是，我们却不能忽视新版修改润饰的成就。而且，我们通过对剧本若干修改地方的分析和研究，还可以看到一个老作家，尤其象曹禺这样的戏剧大师，是怎样地对待自己的创作的，可以从中吸取和借鉴他丰富的创作经验及锤炼文字的功夫，学习他虚怀若谷、永不停步、一丝不苟、精益求精的严谨态度与奋发精神，增进我们对于前辈作家和创作的了解与认识。

仇虎・焦大星

一个剧本最重要的莫过于人物的构想和形象的塑造。《原野》最主要的修改也在这个方面。新版对仇虎、焦大星这两个主要人物形象都有一些修改。仇虎是全剧的主角。他是农人仇荣的儿子，焦大星是剧中对立面人物恶霸地主焦阎王的少爷。由于残酷的阶级压迫和尖锐的阶级对立，焦阎王勾结土匪活埋了仇虎的父亲，夺占了仇家的田地，掠卖了仇虎十五岁的妹子为娼，仇虎也被诬为匪下了牢，打瘸了腿。两代冤仇形成仇虎满腔积恨与怒火，他一上场就把激烈的甚至极端的复仇加到焦家及焦大星身上。仇焦二家势不两立，拜把弟兄反目成仇。作者对这两个人物不借笔墨又颇费踌躇。先谈对焦大星的修改。

① 旧版：指《原野》1950 年 11 月文化生活出版社最后一次再版本，这也是本文所依据的旧版本，此后从未被收集与排印过。

在序幕里焦大星上场时，旧版是这样介绍的：

> “男人(焦大星)约莫有三十岁上下，短打扮，满脸髭须，浓浓的黑眉，凹进去的眼，神情坦然，笑起来很直爽明朗。脸色黧黑，眉目间有些忧郁，额上时而颤跳着蛇似的青筋。左耳悬一只铜环，是他父亲——阎王——在神前为他求的。他的身体魁伟，亮晶晶的眼有的是宣泄不出的热情，他畏惧他的母亲，却十分爱恋自己的艳丽的妻。妻与母为他尖锐地争斗使他由苦恼而趋于怯弱……他穿一件深灰的裤褂，悬着银表链，戴一顶青毡帽……” (旧版第28页，着重点为笔者所加)

新版对这段描写共修改了十余处。主要修改的是焦大星的外貌、身材和穿戴。上述引文中凡有着重点处新版都作了修改(以下均同)。即把“满脸髭须，浓浓的黑眉”，改为“无须，细长的黑眉”；“脸色黧黑”，改为“脸色不好”，“身体魁伟”，改为“中等个”；“短打扮”，改为“穿长夹袍”；“深灰的裤褂”，改为“深灰的缎坎肩”；“青毡帽”，改为“红顶瓜皮帽子”等。两相对照，改动的文字似不多，但人物外貌、身材和穿戴都起了很大的变化。这些变化，甚至改变了人物的身份、心理、气质及精神状态。不难发现，新版与旧版对焦大星的构想是有所不同的。旧版意在强调人物的面部、外貌等外部特征上父与子的相似，于是有满脸髭须，浓眉黑脸，魁伟身材，短打扮，青毡帽的描写。这副模样与焦阎王酷似，多少带点“匪气”，为常见的旧社会中的“江湖汉子”“地头蛇”、土匪之流。不能说作者不可以对这个人物作这样的设计，然而却可以研究剧本对这个人物形象的塑造与上述外形描写是否一致，有无不当。大约这就是新版对焦大星进行修改的出发点。焦大星是一个具有双重性格、变态心理的复杂人物。他身上既有恶霸地主焦阎王儿子——唯一的地主阶级家庭继承人——十足的地主少爷凶狠的一面；又有叫人看着厌气、内心充满忧郁、怯弱的一面，是个十足的“窝囊废”。换句话说，他很象没落封建地主阶级中的“多余人”形象，一个“银样蜡枪头”。焦大星的个性和形象的本质特点如此，上述的旧版中的那些外貌描写显然就不够妥贴了。新版修改时，去掉那些与其个性和内在心理及精神相悖的外部特征，少一些“粗”“大”“黑”和“江湖气”，使之面部“洁净”一点，“文雅”一点，身份“高”一点，“富贵气”多一点，无疑更象焦大星这个地主少爷。这样的外貌与穿着，再配上那副“精神”，焦大星的形象就更突出、活脱。旧版侧重在夸张人物外部的特征，新版侧重在人物内在的本质和精神。因此，新版合于情理地将黧黑的脸色改为“脸色不好”，就符合他贪恋酒色，精神萎顿，不事劳动，不晒太阳的实际，“脸色不好”对他是正常的，“黧黑”反倒不正常。他苦恼，忧郁，并趋于怯弱，所以旧版写他笑起来“很”直爽明朗就极不恰当，而新版改为“显出”就很能传神，“直爽明朗”就仿佛是做出来的。仅一字的改动，人物的精神状态立刻起了质的改变。诸如此类的修改润饰，新版不乏例证。

再谈仇虎。同焦大星一样，旧版过分夸张与渲染他外形的丑陋与奇异是不适当的。仇虎作为这出悲剧的主要英雄人物，作者对他进行了精心的修饰与加工。有如一位高明的画师，在一幅精致的画面上着意点染几笔，使那幅画大为生色而又不露痕迹。由于《原野》曾受过奥尼尔表现主义剧作的影响，所以很强调人物外貌的突兀与奇异，以致过分地夸张仇虎的外貌的丑陋，甚而至于类如“毛猿”的长相。旧版序幕仇虎上场时对他的描述就是如此。

"——这是一种奇异的感觉，人会惊怪造物者怎么会想出这样一个丑陋的人形：头发象乱麻，硕大无比的怪脸，眉毛垂下来，眼烧着仇恨的火。右腿打成瘸跛，背凸起仿佛藏着一个小包袱。筋肉暴突，腿是两根铁柱。身上一件密结纽绊的蓝布褂，被有刺的铁丝戳些个窟窿，破烂处露出毛茸茸的前胸。下面围着'腰里硬'——一种既宽且大的黑皮带，——前面有一块瓦大的铜带扣，贼亮贼亮的。他眼里闪出凶狠，狡恶，机诈与嫉恨，是个刚从地狱里逃出来的人。"(旧版第11—12页，着重点为笔者所加)

新版对这段文字共改动七处，有的仅改一字，但着眼点与旧版却很不相同。首先，新版把仇虎给观众与读者的第一个印象——作者对他的总评价——完全修改了。原来仇虎是一个令人难以置信的"丑陋的人形"，如今彻底改造为使人惊异和鼓舞的"充满强烈的生命力的汉子"。并由此出发，作者对仇虎的形象作了一系列的修改。如把"硕大无比的怪脸"，改为"高大的身材"；把"右腿打成瘸跛"，改为"被打得有些瘸跛"；删去了"铜带扣，贼亮贼亮的"一句和"狡恶"一词，并把"嫉恨"改为"积恨与痛苦"。这样一改，就抓住了仇虎个性和形象的最主要特征，给人一个"充满强烈的生命力"，无比刚强，又有着巨大痛苦与积恨的敢于反抗、斗争、复仇的高大形象。而且也只有这样写才合情合理。比如旧版只管去夸张他的丑陋，把他写成完全"瘸跛"，就不尽合理，因为他逃出监狱，远道来此，特别应指出的是他还带着沉重的铁镣，此时进行激烈的复仇行动，是不可思议的。联系到第一幕，常五向花金子介绍仇虎说他是"锣锅腰"，也是不合理的，自相矛盾的，因为这与仇虎的"两根铁柱"似的腿和"高大的身材"是捏不到一块的。相反，新版着眼于"充满强烈生命力"这个特点而不再去夸张他外貌的奇丑，删去诸如第二幕中焦大星说仇虎"脑袋象个大冬瓜，人象个长癞的活蛤蟆"等凭空想象的东西；第三幕又删去仇虎"后脑勺突成直角，象个猿人"的怪异描绘之后，我们发现上述序幕中那段对仇虎形象的描述，竟出现了奇迹般的变化。即原用以形容和夸张人物丑陋的文字，犹如点石成金，一变而为表现人物勇猛、刚烈、充满强烈生命力和火山般郁积与爆发的复仇怒火最恰当不过的修饰语。应该指出，这是作者认识上的进步，是对表现主义一味追求外部奇异与怪诞的缺点的克服，使剧中人物更接近于生活和现实，注意去挖掘题材，刻划人物的性格和心理及内在精神，清除那些不尽合理难以令人置信的虚假，使之更合于我国观众的欣赏习惯。

此外，作者对剧的结尾仇虎尸身倒下一节，也作了修改。新版中仇虎尸身不倒，背靠巨树，即幕落剧终。这个修改也是符合仇虎是一个充满强烈的生命力的性格和形象的逻辑的，是合理的大胆的夸张，没有丝毫人为的拔高与外加之嫌，这个结尾比旧版的结尾，更显得悲壮和有力。

这两个人物的修改，反映了作者在艺术上不同的追求，是一次成功的修改。它既没有离开原剧的基本精神，两个人物形象都是原有的，但却又使之经过琢磨而更加合理、突出，更富有光彩。这与那种不顾作品历史时代和人物的规定性，任意大修大改，造成作品时代含混，人物失真，是截然不同的。曹禺历来主张对自己剧作的修改，要采取这样一种态度。

他说:“保持原来的面貌好些。”①然而,这样的修改却是很难的,它需要作者全盘的周密的考虑,又要有高超的艺术技巧,方才可以做到如此准确、简明而又富有成效。这是很值得我们学习的。

洪老·洪老六·老杨及其他

其次,谈谈新版《原野》中将洪老这个人物改为洪老六,并在第三幕中删去洪老而改添上老杨这个新人物,导致人物构想和安排上的变化,以及由此而产生的问题。

无论旧版或新版,洪老或洪老六,都是与焦阎王勾结,绑仇虎父亲仇荣的票,并参与活埋仇荣的土匪头子。不同的是旧版为同一人,新版却改为两人。虽然洪老、洪老六、老杨都非剧中的主要人物,但因他们与别的人物特别是主人公仇虎的命运直接发生关联,并有较大影响,因而在读者和观众心目中仍有清晰的印象,也就是说这几个人物决非虚设,毫无具体的规定性,可以任人随意改换或泥捏的。所以,对洪老这个人物的改、添,新版既有得也有失,下面试作一些分析。

旧版中洪老是个土匪头子,是与焦阎王相互勾结鱼肉百姓的刽子手。仇荣就是他们活埋的。仇虎对他充满仇恨。剧中对立面人物焦氏也与这个人物有密切关联。当仇虎来到焦家复仇时,他们间有一场精采的对话,在对话中焦氏就总把活埋仇荣的罪责推到洪老身上,用洪老来搪塞,反把焦阎王说成是替其父说情,为仇家泄愤的大恩人。这一段新、旧版均无出入,完全相同。第三幕洪老以幻影形式上场,在仇虎幻觉中出现,他是“一个圆缸粗细的黑矮胖子,手摇芭蕉扇……”等。应说,这些人物对话中的描述与作者的介绍就给这个人物的性质作了规定。旧版不合理处在于,在第三幕中洪老的言行举动,处理成焦阎王鹰犬的地位,而不是他们相互勾结的土匪头子的身份。如写他对焦阎王总是“很恭谨地说话”,对焦的话则如奉圣旨,“连连点头”,在夺取仇荣田契上又亲自搜身、逼迫和威吓等,完全与焦氏的介绍、仇虎心目中的万恶的土匪头子不相似。这里的洪老只是一个帮凶、奴才、行刑刽子手,而非土匪头子。特别与旧社会中被称作“某老”的人物大相迳庭的。象洪老这种土匪头子或“舵把子”,他们占山为王,独霸一方,一般地主财东对他们也心存畏惧而要百般笼络,有的连政府官兵也奈何他们不得。焦阎王作为一个退伍的军阀连长,虽然手中有枪,可以鱼肉乡里,但不与洪老这种土匪势力勾结、连络,恐怕也万难行事。新版修改时注意到了这个不合理的前后描写矛盾的问题和漏洞,因而将一人改为二人,前为洪老,后为老杨,这是添改得有一定道理的。将洪老改为洪老六,也基于上述这个道理。洪老地位高,势力大,洪老六在人们心目中就低得多。把这个人物的地位、影响和身份略降一格,目的是不让他与焦阎王在剧中平分秋色,以免喧宾夺主,开脱了焦阎王残酷迫害仇虎一家两代的罪责,削弱了全剧对焦阎王压榨农民的罪恶的揭露与控诉。从艺术效果看,也要求对立面人物只突出焦阎王人更好,而不用洪老去分散观众和读者的注意力。所以,新版把洪老改为洪老六,这个“六”字也是加得好的。

---

① 《〈曹禺剧本选〉前言》,人民文学出版社 1954 年版。

主要问题还在“老杨”上。因为老杨的上场是突兀的，没有任何交待与铺垫。这是因为新版割断洪老与他的联系造成的。割断了联系也无不可，但就很难解释仇虎对他为什么又有那么大的仇恨。仇虎见他出场时，旧版只写仇虎说：“那不是洪老？”新版则改为：“老杨，那个老畜牲？”表现了仇虎对这个刽子手的满加怒火。这个改动单独看还好，前后联系比照着就不尽合理了。因为能给仇虎心灵上刻下刀痕般印象的人物，是不允许轻易调换或完全不作交待的。如果有人说这就是不注重细节的表现主义的手法的话，那么在这里从实际效果看是不够好的。已造成剧本在结构上出现漏洞，针线不够绵密。

对老杨的处理，可以设想两种办法，即要么就完全割断与洪老这个人物的联系，不让他在仇虎身心上留下深深的“伤痕”，处理为如“三个短打扮的狰狞大汉”般的过场人物，删去仇虎认识他的情节和他喊出的那句愤恨的詈语。要么就保留与前面的关联，或作适当的交待，说清楚这个人物与焦阎王的关系。总之，务使观众与读者看得明白。无论作者采取何种艺术手法，其目的都在使剧本增强感染力，以达到预期的艺术效果。那种以为表现主义手法就可以完全不顾人物、情节、细节的真实性、合理性，不需要有生活依据，不考虑剧的对象能否接受，只一味地追求怪异、夸张、突兀与奇诡，决不是一个严肃的戏剧家所取的。事实上，对曹禺创作影响较大的美国现代主义剧作家奥尼尔，他的优秀剧作《琼斯皇帝》也决不是那样的。

庙与庵·木鱼磬声与鼓声

第三，新版从生活出发，以生活为依据，注意对旧版不真实细节的修改，也是修改本取得的成就之一。在《原野》旧版中，忽视次要人物，忽视一些必要的细节的真实，使读者和观众造成含混不清的印象，或显出虚假，有些确属剧本的不足与小疵，是不必避讳的。正因为这样，新版对庙与庵、木鱼磬声与鼓声等作了彻底的修改。将剧本第三幕中的小土庙一律改为土庵，鼓与鼓声一律改为木鱼、磬与木鱼磬声。因为这样符合生活的真实，道姑子住持处称庵而非庙；庵里做法事是敲木鱼、击磬，而非打鼓。同时，这样的修改也更具有传统的民族的特色。可以设想，第三幕在夜幕笼罩的黑林子里，传出凄厉幽远的叫魂声和敲木鱼、击磬的单调悠长的声音，造成一种幽寂诡秘的氛围，这样的情景多么富有民族传统的色彩。如果是打鼓，鼓声咚咚，除了造成一种紧张的气氛外，是达不到上述的效果的。当然在奥尼尔的《琼斯皇帝》中，鼓和鼓声就有特殊的地位与作用。那也是从黑人的生活出发的，鼓在黑人的生活与战斗中的地位与别的民族很不一样，它用鼓声来象征和表现黑人的斗争意志与情绪，渲染斗争的尖锐与紧张，既是合理的，又是富于民族特色的。相反，把鼓声照搬到中国来，象旧版第三幕那样地打起来，不仅不会造成《琼斯皇帝》那种效果，而且也很难为中国观众所理解。新版注意欣赏对象，重视现实，尊重生活，这样的修改当然是成功的。

此外，新版还将原剧中写焦大星出外办事的地方“站上”改为“镇上”，也是同一道理。因为按照剧本提示的环境，焦家就在火车站旁不远的铁路边上，如去站上“干事”，不但用不着离家别妻，恋恋不舍，而且“干事”也不尽妥当；相反，将“站上”改为“镇上”，“干事”改为"办事",就很合理了。"镇上"可以是较远的地方,"办事"也比"干事"涵意广泛,可以是收债、经营或别的事情,而"干事"就只含有在站上工作的意思。这一字一词的修改,使之更符合剧的规定情景和人物的规定性。又如旧版结尾处写花金子由"左"上场后又由"左"下场,新版改为由"右"下场,这也是来自舞台演出实践的结果。

然而,也有旧版明显不合理,但新版仍未改动的。如仇虎坐牢的时间究竟是八年还是十年?不仅剧中仇虎、焦氏、焦大星各个人物说法不同,甚至不同场景、相同场景同一人物前后说法也不一,一会说"八年",一会又说"十年",竟有七八次之多。如新版第一一四页,仇虎说:"八年的工夫,干妈,我仇虎没有一天忘记您。"而一三八页却说:"在狱里活受,快上十年,上十年的地狱呀!"等等。如此带关键性的生活细节是不允许含混的!

"我又活了,活了!"

第四,谈谈锤炼语言及删除枝蔓问题。曹禺戏剧的语言,锤炼功夫之深,是人所共知的。地道的北京官话,凝炼、生动、形象而富于动作性和个性化的对话,构成了曹禺戏剧语言的独特风格。这从《雷雨》《日出》看得到,从《原野》同样可以看到这些突出的特色。从曹禺对这些剧本的修改,还可以看到他永不满足、精益求精的严谨态度。现在我们用几个《原野》修改的实例来说明。比如第三幕在黑林子中,仇虎惊惧之余,忽然听到异样的声音传来,和花金子有一段对话,现将新旧版的文字摘引于下:

"花金子　(悸住)鼓!
仇　虎　(有些惧怯,低声)鼓!?
花金子　(微弱地)庙里的鼓!
仇　虎　(回首望花金子)半夜里这是干什么?
花金子　(警惕地)瞎子进了庙了。
〔鼓声渐响。
仇　虎　这鼓打得好森人!
花金子　怪,鼓越敲越响了。
仇　虎　(深思)鼓能把黑子打活了么?
花金子　谁知道?准是那个老怪物替瞎子做法呢。
仇　虎　做什么法?
花金子　(喃喃)念经,打鼓,拜斗,叫魂,一会她会出来叫的。
仇　虎　(希望地)魂叫得回来么?
花金子　叫不回来还叫不死么?
仇　虎　(谛听,不自主地)这鼓!这鼓!"

以上为旧版;修改后的新版文字是:

"花金子　(悸住)磬!
仇　虎　(有些惧怯,低声)什么?
花金子　(微弱地)庵里的磬。

仇　虎　（回首望花金子）庵里的磬？

花金子　（警惕地）瞎子进了庵了。

〔木鱼声、磬声渐响。

仇　虎　她在庵里干什么？

花金子　磬越敲越响了。

仇　虎　他们能够把黑子弄活了么？

花金子　谁知道？准是那个老道姑子替瞎子做法呢。

仇　虎　做什么法？

花金子　（喃喃）念经，打磬，敲木鱼，一会她会出来叫的。

仇　虎　（希望地）魂叫得回来么？

花金子　谁知道。

仇　虎　听，庵子里头干什么呢！（远处低沉的作法事的磬、铃、木鱼声）”

以上两段引文中凡有着重点处均是修改过的地方（着重点为外加），可以看出，新版对人物的内心活动、情绪与思路的描摹更加细致、有条理、清晰；对话更加洗炼、口语化、个性化，很富于表现力。比如花金子回答仇虎的问话后，仇虎又重复了“庵里的磬”这句话，将语气改为疑问式，这就比旧版那句话“半夜里这是干什么？”更贴切，更符合此刻人物惊疑未定的心理和情绪，也更生活化，犹如夫妻间的日常絮语，而且更简洁生动，有丰富的内蕴。接下去花金子回答仇虎“瞎子进了庵了”后，旧版让仇虎岔开话题突冒一句“这鼓打得好森人”，比较生硬；新版改为“她在庵里干什么？”对话就连续下去了，情绪不断，还表现了仇虎惊惧的增长，读起来明白晓畅，避免了造语生硬的毛病。再接下去几句对话，新版都改得使语意更明确，对话更自然。如旧版仇虎问：“鼓能够把黑子打活了么？”新版改为“他们（按：应作她们）能够把黑子弄活了么？”就通俗易晓，准确生动得多。以及把“老怪物”改为“老道姑子”，虽是人物称谓的变更，但花金子讲话的口吻也随之有了改变，有助于表现她善良本质的一面。象新版改去仇虎的对话“这鼓！这鼓！”更是典型的例子。旧版语意不明，也不符合中国的国情和欣赏习惯，造语生硬；改后的文字，语意既明，文字也自然妥贴。新版在修改时还注意删除“拜斗”这种多余的迷信活动，也很必要。因为剧中已具象化地介绍了“叫魂”这种迷信活动，就无必要再提出“拜斗”了。如何使剧本语言净化，人物对话更有光彩，新版修改时很下了一些功夫。

新版《原野》在语言文字上加工锤炼，闪光之处甚多。即便对最精彩的第一幕中仇虎拣花时与花金子的那段对话，作者也不放过再加工的机会。那场对话是《原野》刻划仇虎、花金子两个主要人物性格、个性、心理及其爱情的重要片断，作者对这段对话刻意求工完全可以理解。最令人激动难忘的是花金子在仇虎拣花之后忽然抱住他，狂热地倾泻出深藏在她胸中的挚爱之情，激动得“怪异地”说：“野鬼，我的丑八怪，这十天我又活了，活了！”（新版第 43 页）就改得十分精采。它活脱，鲜明，富于个性而又含意深刻。旧版中这两句话是“你可害苦了我，害苦了我！”虽然也在一定程度上衬托了花金子喜悦的心情及其对仇虎的爱，但其内涵远不如新版文字的丰富，甚至可以说花金子还未超出肉体情爱的范畴；

而新版的两句话，却升华到精神的契合，达到了高尚的纯真爱情的境界。“我又活了，活了！”深刻地表现了花金子这个纯朴泼野的中国农村妇女，在长期封建专制和伦理重压下，极度痛苦，渴求作人的自由、爱情与幸福生活的心理、愿望，迸发出火样的热烈的感情。过去，花金子的肉体虽然活着，但却不属于她自己，只是猪狗般的苟活。她被逼嫁给阎王的儿子等于是另一种形式的掠卖；焦氏对她的禁锢与虐杀，无异于仇虎的下牢做苦工。现在，她与仇虎在患难中相逢了，哪怕仅十天，但她们的爱情爆发出灿烂的火花，仇虎一家两代的冤仇促使她潜藏的阶级意识萌发了，她憎恨焦阎王一家的罪恶，她不能再苟活下去了，仇虎给她带来了希望和幸福的憧憬，最终同仇虎一道走上了复仇反抗的道路。花金子是《原野》中一个从不觉悟到觉悟并坚强果敢地与命运抗争的难得的典型人物，她让读者和观众看到了中国农民斗争的出路与希望。由于她的加入，仇虎的复仇反抗不仅不孤立，而且更加壮阔多姿，更加充满胜利的希望。在剧终仇虎自杀之前，花金子对他说：“我一辈子只有跟着你，才真象活了十天。”再次把人物点“活”了，把《原野》的主题点“活”了。所以，这个“活”字改得好，只要抓住它，我们就可以理出全剧思想内容和人物思想性格发展的线索。由此，我们还可以进一步去探索作者的创作意图与《原野》一剧真正的艺术价值所在。诚然，这些内容在原剧中都有，但新版修改时找到了极形象又极省俭的掷地有声的语言，把它们集中地突出地表现出来，这不能不是修改本的成功之处，显示功力之处。这样出神入化炉火纯青的语言锤炼之功及表达生活的底蕴的高超的艺术，只有如曹禺这样的大家，语言的巨匠，才能办到。象《原野》中花金子那样的对话，真正达到了话剧语言艺术的最高境界。

删除枝蔓，突出主干，这也是新版《原野》成功的修改之一。如第三幕第五景中，常五与白傻子有一段涉及庙里老神仙贩卖人口被县里派人捉去一段，完全背离了主题，与主干游离，纯属枝蔓，新版将它删除是非常必要的。这段对话不长，摘引如下：

白傻子　（怯惧地）又到庙里去？

常　五　到庙？庙里的神仙都叫人逮了！

白傻子　怎么？

常　五　那庙里的老家伙是个人贩子，拐人的，县里派人把他抓走了。走吧，跟你说，你也不懂。

白傻子　到哪儿？

这段对话破绽不少，其一，这段对话岔了题，插在他们寻找焦氏的情节中间，不相衔接；其二，老神仙贩卖人口与剧的前边焦氏提到被焦阎王打得半死的人贩子前呼后应，造成以假作真的事实，是违背作者初衷并与全剧内容矛盾的；其三，侦缉队正围捕仇虎，何来余力抓人贩子？其四，根据剧中描写老神仙与焦氏串通一气陷害花金子看，焦氏不可能去叫侦缉队来抓老神仙；如真被抓走，何来的做法事，叫魂？其五，在剧中特定情景下，县政府那样黑暗，何能为民除害，抓走人贩子？总之，这段对话有些错误和矛盾，反映出作者在这个问题上考虑不周全，认识上有模糊，这在四十多年前是不足怪的。今天，作者删去这段对话，也并非拔高自己，而主要在于突出主干，使剧的结构、对话更精炼，更有助于表现主题,我们也应当历史地公正地给予评价。

曹禺同志说:“改很费事,所用的精神仅次于另写一个剧本。”[①]从新版《原野》的修改完全证明这是作者肺腑之言,也是经验之谈,十分宝贵。上面不惜花那么多笔墨去探讨《原野》修改的得失,目的也在于总结经验,找出值得我们学习与借鉴的东西。《原野》是曹禺的名剧之一,这一点在今天越来越为更多的人所认识、评价,本文提到某些不足和疵点,完全不能掩盖该剧巨大的成功。

原载《四川大学学报》(哲学社会科学版)1983 年第 2 卷,第 79—86 页

① 《〈曹禺选集〉序言》,开明书店 1958 年 8 月版。

重评曹禺的《原野》

华忱之

《原野》是曹禺同志继《雷雨》《日出》后写成的又一部在创作上进行新的探索，并具有新的特色的三幕剧。一九三七年四月，《原野》在章靳以主编、广州出版的《文丛》第一卷第二期开始连载，至第五期续完，并由文化生活出版社出版单行本。它在解放前不仅演遍了大江南北，而且抗战期间在革命圣地延安也演出过。一九三九年暑期，曹禺应昆明国防剧社之邀，专程赴昆明担任《原野》导演，闻一多先生担任服装布景的设计，演出效果良好。

《原野》问世后，由于抗战爆发，当时没有引起文艺界广泛的讨论。解放前后对《原野》的评论文章不多，在寥寥可数的有关评论中几乎都给予了否定的批评。有人说：《原野》"是曹禺最失败的一部作品"。有人说："这样一个故事，在占旧中国的农村里应当是一件屡见不鲜的事实；描摹了它，也就是揭露了旧中国农村中的矛盾和斗争。但这不是作者原来的企图"，"他所要表现的是人类对于抽象的命运的抗争——一个非科学的纯观念的主题"。表面上看来，这些似是而非的评论，都言之成理，实际上，都没有深入具体地发掘《原野》思想艺术的特点，对它进行实事求是的客观公正的评价。

一、《原野》"是曹禺最失败的一部作品"吗？

曹禺最近在总结他的生活和创作道路的经验时说："《原野》的写作是又一条路子。当时偶然有一个想法，写这么一个艺术形象，一个脸'黑'的人不一定心'黑'。……那时，听到乡下恶霸地主杀人的事情很多，这对我有些影响。""《原野》不是一部以复仇为主题的作品，它是要暴露受尽封建压迫的农民的一生和逐渐觉醒。仇虎有一颗火一样复仇的心。"[1]所谓"又一条路子"，正说明作者是运用一种不同于《雷雨》《日出》的创作方法和表现形式写出《原野》的，是他在艺术领域里一种新的开拓，新的尝试。《原野》写的是农民仇虎复仇而终于自杀的悲剧。剧作的时代背景："写的是民国初年，北洋军阀混战初期，在农村里发生的一件事情。"作者想写出"'五四'运动和新的思潮还没有开始，共产党还未建立"以前的一段历史时期，"农民处在一种万分黑暗、痛苦、想反抗、但又找不到出路的状况"[2]；通过农民向恶霸地主复仇的故事，表现"受尽封建压迫的农民的一生和逐渐觉醒"。作者的艺术视野已经从过去揭露抨击地主资产阶级家庭精神道德的堕落和都市社会生活的罪恶，

① 曹禺：《我的生活和创作道路》。

② 张葆莘：《曹禺同志谈剧作》，《文艺报》1957年第2期。

进一步扩大到揭露农民和地主的矛盾，刻划农村中阶级对立的关系，赞扬农民的觉醒、反抗与斗争，同时也暗示出个人反抗的毫无出路，深切表现作者对黑暗社会的强烈谴责与控诉，对广大受压迫的农民解放命运和出路的关怀和同情。从作者的创作意图和题材、主题上看，这是一部具有进步的思想内容，鲜明的政治倾向性，反映民国初年农村现实的悲剧。这怎么能说"作者的创作意图"是"要表现人类对于抽象的命运的抗争——一个非科学的纯观念的主题"呢？

还是让我们从作品的实际出发，具体地探讨一下《原野》思想内容和艺术形式上的一些特色吧。无庸讳言，曹禺的《原野》，在创作方法和艺术技巧上是受美国著名剧作家奥尼尔(Eugene O'Neill，1888—1953)的表现主义创作《琼斯皇》的某些启发和影响的。表现主义兴起于20世纪初期，20、30年代流行于西方，以绘画、音乐、诗歌、戏剧为主的文学艺术流派和文艺思潮。就戏剧而论，它的基本特征是，运用象征手法描写戏剧环境，表现人的心灵，特别是深藏在人们灵魂深处的潜意识；追求奇幻怪诞的舞台景象所产生的艺术效果，强化戏剧的紧张逼人的气氛。它往往强调形象诉诸感觉的直觉，而不讲求现实生活中的细节的真实。这种新的表现手法，对年青的曹禺当时有一定的吸引力。他写作《原野》时，除了运用现实主义创作方法外，还借鉴表现主义的某些手法，通过整体的艺术构思，形成了《原野》独特的艺术风格。

《序幕》是《原野》全剧的开端。大幕拉开，通过主人公仇虎与白傻子大段对话和仇虎的独白，交代了仇虎两代血海深仇的经过：恶霸地主焦阎王抢了仇家的地，害了他们一家人，烧了他们的房子，诬告仇虎是土匪，把仇虎送进官衙，并叫人打瘸了他的腿，他在狱中整整苦了八年。焦家现在的情景是：焦阎王已然死去，只剩下他的瞎老婆焦氏与儿子大星，和仇虎已订了婚的花金子也被焦阎王弄去做了儿媳。这也揭示了仇虎越狱逃回、报仇雪恨的斗争目的。通过焦大星离家外出前和金子的对话：金子问大星，假使她和焦氏都落了水，他将先救谁？展现了金子和焦氏婆媳间的尖锐的矛盾冲突；焦氏一上场，更揭示出她们母子、婆媳、夫妻间的错综复杂的人物关系。接着，便以仇虎和金子会面后重叙旧情作结。这一幕写得相当成功，不仅交代了一些幕前情节和人物现在的关系，而且为以后几幕情节的展开埋下引线和伏笔。

第一幕距《序幕》过了十天。这一幕主要描写仇虎和金子在焦家十天幽会后所发生的一系列紧张尖锐的戏剧冲突。在焦家，金子正以泼辣的表达爱情的方式逼仇虎捡起扔在地下的花并替她戴上，突然穿插了常五到焦家来，替焦氏刺探动静的一场戏。这场戏中，结合金子的动作和表情，维妙维肖地刻划了金子在与常五那场对话中巧设机关、步步为营、欲擒故纵的机警伶俐的性格。常五在醉意渐浓中，不仅没有刺探到仇虎和金子的动静，反而被金子套出了焦氏已知仇虎到来，焦氏除催促大星火速回家外并已报告侦缉队捕拿仇虎的消息。戏剧纠葛进一步激化，构成"山雨欲来风满楼"的紧张逼人的戏剧情势，吸引人们以紧张的心情注视着人物的命运和戏剧冲突的进一步开展。接着，通过焦氏回来后对金子的严厉盘问和狠毒地用七根钢针扎刺象征金子原型的木人等一系列动作，生动地勾勒出旧社会婆媳之间的对立关系，刻划出焦氏把儿子当成私有家产，为了占有儿子，而不仅残酷地咒骂虐待金子，而且千方百计地要把金子置之死地的阴险狠毒的性格和自私变态的心理。这种婆媳间情感上的龃龉和由此而产生的严重对立，在旧社会是屡见不鲜的生活的真实。大星回家后，通过焦氏捉奸，已证实了焦氏对金子的怀疑。焦氏又用冷言冷语刺激大星的嫉妒心与羞耻心，企图通过大星的手拔掉她的眼中钉金子。金子见大星后，先发制人，故意说自己和人私通，意在掩护自己，稳住大星的情绪。继而，金子在无可再忍的情况下，站出来毫不掩饰地承认自己的所作所为，指责大星是一个“没有用的‘窝囊废’，‘受气包’”，“不配要金子这样的媳妇”，并和焦氏展开了拼死的斗争。这充分展示了一个在精神上受压抑、心理上交织着痛苦与矛盾、爱情生活上大胆追求的农村妇女的形象，刻划了金子的倔强泼辣的性格。她的遭遇和性格，本质正是当时畸形的社会制度下的产物。而焦氏发现仇虎回来后，立即报告侦缉队捕拿仇虎，其恶毒目的主要并不在于仇虎和金子私通，而是为了斩草除根，以绝后患。这有力地揭露了一个恶霸地主婆对劳苦人民的阶级仇恨，勾勒出这个瞎老婆子的绝子绝孙的极其险毒的思想性格。最后，让仇虎正面与焦氏和大星相见，一场场紧张的战斗接踵而来。通过第一幕对仇虎与金子重叙旧好的描写，以及由此而引起的轩然大波，都为后两幕情节纠葛的展开，作了充分的铺垫，布置了引人瞩目的悬念和危机。

第二幕是正面描写仇虎复仇的戏，也是一场针锋相对的斗机智、斗心计的戏。戏写得相当曲折动人，于紧张激烈中见跌宕起伏之妙，在腾腾杀气里回荡着诗意的抒情。先是焦氏挑动大星对那个偷情的人的嫉恨，但偏又不明白告诉大星那个偷情的人就是仇虎。焦氏主动同意金子跟仇虎一齐走，但又用软硬兼施的办法要金子不要向大星透露出仇虎就是那个偷情的人。同时，她鼓其如簧的毒舌，在仇虎面前为焦阎王百般刷洗他过去迫害仇虎两代的血汗的罪恶，并同意让仇虎带走金子，但又告诉仇虎说：“你不会叫大星猜出来你们偷偷地一块儿走。”焦氏的恶毒用心在于先让仇虎和金子一起走，然后报告侦缉队把他们双双捉获，这样既不会伤害大星，又可借此一举置仇虎金子于死地。真是“机关算尽”，煞费苦心。但是机智的金子意识到焦氏叵测的祸心，当面揭破她的诡计：“仇虎离开了焦家的门，碰不着你的孙，害不着你的儿，你再一下子抓着两个”，后来还提醒仇虎说：“你想有那么便宜的事么？”“虎子，我怕我们现在已经掉在她的网里了。”果然，仇虎在复仇的问题上，产生了复杂的内心交战。他一方面坚决要报两代的血海深仇，并不为那个罪魁祸首焦阎王死去而改变初衷，三次对金子说：“阎王死了，他有后代！”大星是“阎王的儿子”。但他和大星既是拜把的兄弟，又深知大星的无辜，不忍遽下毒手。他想先诱使大星动手，然后再杀害大星。后来仇虎误认大星参与报告侦缉队拘捕他，才决心手刃大星，并借手焦氏杀死大星前妻的儿子小黑子，想让地主瞎老婆子尝尝绝子绝孙“一个人活着”的痛苦。作者对仇虎此时内心矛盾冲突的揭示，是相当深刻的。在这中间，还穿插了仇虎和金子一段抒情的对话，他们憧憬着“办完事就走，穿过了黑树林，赶到车站，见了铁道，就是活路！”那边有弟兄来接济我，我们就到了那“房子会走，人会飞”的“黄金子铺的地方”。他们还在一片布谷声中，忘记了目前的苦难，互相调笑起来。这展示了劳苦人民对未来美好生活的向往，在客观上，也深刻揭示出：这个“历史的必然要求与这个要求不可能实现之间的悲剧的冲突”。他们这段对话不止一次地出现，凝铸着作者对劳苦人民的深切同情和对地主阶级的强烈愤恨，在结构上，既和前两幕对话前后呼应，又为他们在第三幕陷入黑树林埋伏笔。于此见出作者创作意图上的深意和在结构布局上细针密线、丝丝入扣的艺术匠心。

如果说，《原野》前两幕的戏剧纠葛都是在不同程度上为第三幕积蓄力量，做好心理上的铺垫，那么，第三幕则是展示了剧情逐步走向高潮，达到危机的顶点。如果说，《原野》前两幕基本上是运用现实主义创作方法结构而成的，那么，第三幕则是基本上融汇着表现主义的艺术方法和特色。第三幕是全剧中的重场戏，也是解放前后受到文艺界批评和非议最多的一幕戏。文艺界对这一幕戏的批评比较集中在仇虎性格的塑造上。有人认为，“仇虎是曹禺创作失败的产物”。有人认为，作者对仇虎的塑造，是刻划仇虎性格的分裂。仇虎的“良心谴责”问题，是给农民套上了小市民知识分子的精神枷锁，是“歪曲了农民的形象”，出现在仇虎眼前的几次幻象，是反映了作者的“迷信思想和神秘主义情绪”。如何对待以上提出的这些问题呢？我们应当进行实事求是的具体分析。

作者对主要人物仇虎的刻划，是运用浪漫主义创作方法，并借鉴表现主义一些手法加以塑造的，特别是第三幕，基本上表现了仇虎在幻觉世界中的心理状态，展示了他在杀大星问题上从最初的犹豫到杀了大星后的自我谴责，以及最后由悔恨中挣脱出来的性格变化发展的全过程。出现在仇虎眼前的几次幻象，不仅有不同的寓意和作用，而且也是作为展示仇虎在幻觉世界中内心冲突和性格变化发展的艺术手段。在第一、二幕咚咚鼓声中出现的大星临死前的痛苦叹息声，持伞提灯笼的人形和焦氏举着小黑子人形的三次幻象，都是仇虎杀了大星后所产生的悔恨恐怖心理转化为幻觉的反映。以后出现的三次幻象则是在仇虎的幻觉中再现了仇虎的爹爹和妹妹遭受残害的悲惨遭遇，引起了仇虎痛苦的回忆；并且还进一步再现了监狱里囚犯们的劳役和阎王审判的幻象，表明阴曹地府也和人间地狱一样的不公平。被迫害的仇虎的老父弱妹要下刀山，入地狱；而罪恶多端的焦阎王反而飞扬跋扈，升入天堂。因而仇虎愤怒地喊出“你们这是什么法律？这是什么法律？”并咒骂他们是“骗子！”“强盗！”他向这群幻象连发三枪。从此，仇虎摆脱了悔恨心理的纠缠，逐步觉醒、坚强起来。在侦缉队四面围攻声中，仇虎对金子说：“冲上去！管他妈！跟他们拼。”即使在弹尽援绝时，他也没有屈服，斩钉截铁地告诉金子：“不！不！不能完，我完了还有弟兄，弟兄完了，还有弟兄。我们不能子子孙孙生下来就受人欺负。”他宁死也不愿再戴上那象征苦难的“铁镣”。他在决心自杀前，再三叮嘱金子：告诉我的好弟兄，“现在仇虎不相信天，不相信地，就相信弟兄们要一块儿跟他们拼，准能活，一个人拼就会死。叫他们别怕势力，别怕难，告诉他们我们现在要拼得出去，有一天我们的子孙会起来的。”仇虎已经意识到个人反抗的没有出路，也朦胧地意识到只有集体抗争才有活路，并对未来寄托着希望。作者正是运用表现主义手法，以幻觉和象征的方式刻划了仇虎逐步从悔恨到觉醒的内心动态和性格不断变化发展的历程。仇虎的性格从最初的犹豫到坚强，表面上好象前后判若两人，实际上他的性格还是获得比较合乎逻辑的发展，并不表现为性格的分裂。金子的性格所以从泼辣转向纯真，也是由于她的前后环境悬殊，对爱情追求的看法有所变化和对未来美好生活的向往所决定的，并不表现为性格的分裂。我们还应该特别注意到，

《原野》中所展现的仇虎的悲剧，主要是反映了民国初年中国共产党建立以前，广大农民在没有党的正确组织和领导、找不到正确的反抗道路的状况下的必然失败的命运。通过仇虎个人盲目复仇的悲剧，揭示了当时带有普遍意义的典型的现实社会的问题。同时，作者在积极探索农民出路问题中，总结历史教训，在客观上深刻证明了：农民如果不克服个人复仇的狭隘观念，走集体抗争的道路，它的失败是必然的，并且暗示出那“金子铺的地方”正是广大农民日日夜夜向往的光明前景的所在。这些就是仇虎的悲剧形象所体现的现实的内容和社会意义。不言自明，我们评价文艺作品，绝不可脱离作品所反映的特定的历史时代来孤立地谈论它的社会意义。

应当承认，作者笔下描绘的仇虎的强悍而善良、粗暴而机警的性格，逐步觉醒和反抗精神，以及存在身上的某些缺点，基本上反映了当时农民思想性格的某些特征。第三幕中描写仇虎杀了无辜的焦大星后所产生的悔恨心理，即人们所谓的“良心谴责”，实际正是比较真实地揭示出正直善良的农民仇虎在杀了无辜的焦大星后所引起的思想感情的内在冲突及其合乎逻辑的发展，也比较真实地反映了农民仇虎善良正直的品格的本质特征，相当深刻地发掘了他心灵上的隐秘，不能据此就简单化地认为是“歪曲了农民的形象”。悔恨心理并不是某一阶级或某一阶层的人所独有，为什么善良的农民仇虎产生了悔恨心理，或者叫作“良心谴责”，就算是“背负着小市民知识分子的精神枷锁”，一概加以否定呢？《原野》中运用了大量的象征隐喻的手法，如“黑林子”“铁路”“镣铐”“金子铺的地方”以及“阴曹地府”“阎王审判”“牛头马面”等，都具有深刻的寓意和现实的内容。“黑林子”，象征现实社会的黑暗和仇虎找不到出路的境况；“铁路”，象征农民仇虎和金子对生活出路的渴望；“金子铺的地方”，象征广大农民对美好生活的向往；“阴曹地府”“阎王审判”，象征现实社会的阴森丑恶和是非颠倒，真实地再现了现存社会的剥削阶级及其国家机器残酷迫害劳苦人的惨象。这些象征的描写，渗透着现实的内容，形象地展示了广大农民当时的悲惨处境，向往美好生活，但又找不到正确出路的状况；也深化了作品讽刺现实，揭露黑暗，赞颂反抗，向往光明的思想主题。这怎么能象有些评论者所指责的，是反映了作者的“迷信思想和神秘主义情绪”呢？出现在仇虎眼前的诸种幻象，不过是仇虎的潜意识转化为幻觉的反映，并没有什么神秘。

人的个性是丰富多样的，文艺作品刻划人物个性所运用的艺术手段也应该千姿百态，不拘一格。《原野》借用表现主义手法刻划人物的内在冲突，渲染环境气氛。整个剧本色彩浓烈，音响效果紧张逼人，情节结构有丰富的戏剧性，人物对话也保持作者一贯具有的善于描绘人物的心灵和个性化、富有动作性的特点。在艺术处理上，有不少新的创造和新的突破，显示出作者高超的艺术技巧。正如唐弢同志解放前所评价的：“这个剧本里有‘戏’，群众看起来过瘾，这个剧本里有生活，顾盼左右，仿佛就在身边，让人看起来恐惧和欢喜。”①

总之，《原野》是一部既富有社会意义和艺术特色，同时也存在着某些缺陷的作品。但

① 唐弢：《〈原野〉重演》，《大公报》1947年8月29日。

瑕不掩瑜，它的成就是主要的。

我们今天对它重新评价，既不是为它的不足之处进行辩诬，也不是存心对它美化，而是认为应该把《原野》放在一定的历史范围之内，实事求是地对它作出客观的公正的评价，不应对它过分贬抑，判定它是曹禺的“一部最失败的作品”。《原野》在曹禺的创作道路上，别辟蹊径，独树一帜，表现为曲折的前进，而不是前进中的曲折，更不能认为是作者思想和创作上的“倒退”。《原野》的缺点主要在于，作者对农村的阶级斗争现实和农民生活缺乏深入了解，对农民不够熟悉，缺少充分的生活基础；加以较多地运用表现主义的象征手法，刻意讲求奇幻的舞台景象所产生的艺术效果；因之，把一个富有现实意义的故事，写来反而使人感到有些迷离惝恍，显得神秘，在一定程度上削弱了作品的社会意义和人物的真实感。在情节上显露出人为的痕迹，有些细节也不够合情合理。在第三幕提示中对仇虎和金子性格的说明，认为：仇虎“代表一种被重重压迫的真人，在林中重演他所遭受的不公。在序幕中那种狡恶，机诈的性质逐渐消失，正如花氏在这半夜的磨折里由对仇虎肉体的爱恋而升华为灵性的。”这些说明，都是抽掉了人物性格的社会的阶级的内容，流于唯心主义的说教，如此等等。

二、《琼斯皇》的影响

曹禺的《原野》在艺术技巧上显然受奥尼尔剧本《琼斯皇》的某些影响。奥尼尔生平剧作品甚多，前期的作品有《鲸鱼》《天边外》等，二十年代后期至三十年代的代表作有《榆树下的欲望》《勃朗大神》《奇异的插曲》《悲悼》等。《天边外》和《奇异的插曲》等均曾在纽约上演，并获得蒲立资戏剧奖金。《天边外》发表后，他写成了多幕剧《琼斯皇》(1920)和《毛猿》(1922)等，并均在纽约上演，特别是《琼斯皇》赢得了当时人的赞赏。奥尼尔的剧作打破了传统话剧的规范，在艺术技巧上大胆创新，运用表现主义戏剧手法，描写人物在幻觉中的潜意识，表现人物畸形的变态心理，努力于“潜在情绪的戏剧化”。在他笔下的人物大多不能掌握自己悲剧性的命运而摆脱苦难的结局，从而对资本主义社会生活进行揭露。他前期的作品跃动着反抗的热情和浓厚的诗意，晚期作品转向神秘主义，充满着混乱的心情。

《琼斯皇》全剧共分七场，主人公琼斯是一个越狱的美国黑人逃犯。他逃到西印度群岛的一个小岛上，在伦敦商人亨利·施密塞的引诱下，利用从资本主义社会学来的狡黠手段，欺骗了当地的土人，做了岛上的皇帝，土人识破后，群起反抗。琼斯在追捕的鼓声中逃到森林里，企图穿过森林逃回美国，但他迷了路，于是在恐怖心理支配下出现了各式各样的幻象：“小而无形的‘恐惧’从树林黑处爬出来”，看见了被他杀害的黑人泽夫的幻象，还看见了他当年在监牢中和黑人一起被奴役的场景，他开枪向那看牢的白种人的幻影打去。接着，琼斯便进行了自我忏悔，向上帝祈祷说：“我是个可怜的犯罪人。”他说，他错杀了黑人泽夫，他不该欺骗土人，祈求上帝饶恕。后来在他的幻觉中又再现了他过去在种植园里被拍卖给白种人的场景，他又向那拍卖人和种植家的幻影连发两枪。最后又在他的幻觉中出现了一个刚果巫医的形象，巫医警告琼斯，要牺牲他的性命。他在蓬蓬鼓声和魔鬼奔叫声中，感到无名的恐惧，终于没有逃出黑树林，被打死了。剧本通过奇异的幻觉和象征手法，在充满恐怖紧张的氛围中，表现了深受种族歧视和迫害的美国黑人的内在世界和生活的悲剧。

奥尼尔的剧作在30年代初期对中国话剧界发生过相当的影响。洪深一九一六年由清华毕业赴美留学后，曾在哈佛大学就学于美国著名戏剧家贝克(Baker)教授，读他的“英文四十七”。奥尼尔也是贝克教授的学生，和洪深先后同学。奥尼尔的剧作《琼斯皇》《天边外》、独幕剧集《加力比斯之月》等均曾被介绍到国内来。而洪深和顾仲彝便是《琼斯皇》剧本的最早翻译者。洪深当时还编著有《奥尼尔年谱》，介绍了奥尼尔的生平和作品。《年谱》和《琼斯皇》的译文一并发表在《文学》二卷三期。洪深一九二二年写成的剧作《赵阎王》也深受《琼斯皇》的影响。据洪深自述，《赵阎王》“第二幕以后，我借用了奥尼尔的《琼斯皇》中的背景与事实——如在林子中转圈，神经错乱而见幻觉，众人击鼓追赶等等”[①]。曹禺在清华读书时就接触过奥尼尔的作品，并深深受到吸引，他说：奥尼尔的“剧本戏剧性很强，我很喜欢他的前期作品，那些作品是很现实的”[②]。由此可见，曹禺所以欣赏奥尼尔的前期作品，主要是欣赏它的现实的戏剧性，而不是其它。

无庸否认，《原野》和《琼斯皇》在艺术处理上确有某些相近之处，而这决不是曹禺在写作《原野》时对《琼斯皇》的有意摹拟。曹禺只是从《琼斯皇》中受到了某些启发，为了探索新的表现形式，也为了写剧的需要，才借鉴了表现主义的某些戏剧手法，融化到《原野》的艺术结构中去。《原野》尽管在戏剧技巧上受有《琼斯皇》的某些影响，但是这两个剧本实际上有着本质的区别。无论就广度和深度而言，《琼斯皇》都不能和《原野》相比拟，《原野》所追求、所探索的远远比《琼斯皇》深广得多。《琼斯皇》虽然表现了深受种族歧视和迫害的美国黑人的内心愤懑和生活的悲剧，但琼斯却是利用从资本主义社会学来的狡黠手段，欺骗和压榨了当地土人，做了岛上的统治者。他对种族歧视和阶级压迫缺乏自觉的反抗意志。而《原野》则是描绘了被压迫的农民的逐步觉醒与反抗，展现了农村阶级对立的图景，对农民的出路进行了深刻的探索，也寄寓着作者对未来光明的憧憬。在人物塑造上，《琼斯皇》中的人物形象较之《原野》显得单薄得多。《原野》最值得称道的仍然是人物的创造，如仇虎、焦氏的形象都刻划得富有个性。作者赋予焦氏以一双瞎眼，一根铁拐杖，不仅强化了焦氏特有的性格，而且对剧本情节纠葛的推动也起了微妙的作用。奥尼尔剧作中的人物，一般说来，大多“受宿命或奇想所控制而不受自觉意志的指挥”，人物性格是分裂性的。他往往“以心理学的概念代替具体的意志活动”。他的哲学基础是建立在叔本华、尼采和弗洛伊德的学说之上，否认理性，强调直觉与潜意识，有浓重的神秘主义色彩。他的某些剧作正是他的混乱的哲学观点、艺术思想在戏剧作品中的曲折反映。

但是，曹禺不同于奥尼尔，《原野》更不是《琼斯皇》的翻版。《原野》描写的是中国农民复仇的故事，仇虎的性格比较真实地展现了一个生长在中国旧社会农村里苦难深重的农

① 洪深:《中国新文学大系戏剧集·导言》。

② 张葆莘:《曹禺同志谈剧作》,《文艺报》1957年第2期。

民所具有的自觉的反抗复仇的意志，带有独特的时代、民族的特征。特别在戏剧手法和舞台效果的处理上，在民谣俗谚和传统曲调的运用上，都展现出作者的艺术匠心。例如在剧中采用了两个传统曲调作为背景音乐，一个是第一幕仇虎与金子调情时唱的那个“正月里探妹正月正”的小调，一个是在第一、二、三幕连续唱出的那个《妓女告状》的曲调。特别是后一个曲调紧密结合戏剧纠葛的逐步激化，有力地渲染了环境气氛，烘托出人物内心世界的矛盾苦闷，推动了剧情的开展。他很巧妙地把原来属于外国的表现主义戏剧手法加以民族化，并把它融化于我们民族的生活中，从而形成作者自己独特的艺术风格。因此，我们评价《原野》时，既不可把曹禺和奥尼尔的哲学观点、文艺思想混为一谈，把《琼斯皇》创作上的某些缺点和《原野》相类比，从而把对奥尼尔剧作的思想、创作倾向的分析批判不适当地用来分析批判曹禺《原野》的思想和创作，也不可把作品中人物的思想和心理活动和作家本人的思想和心理刻板地等同起来。当然，作家的主观思想和作品中人物所反映出来的思想和心理活动是有一定的联系的，但在更大的程度上，这两者是有重大区别的，不可混为一谈。

人类的生活是繁富多彩的，作家在文艺作品中，通过艺术形象反映社会生活时，也应该允许他们根据自己的创作个性，采取不同的创作方法进行创作。他们可以采用现实主义或浪漫主义创作方法，也可以采用其它的一些创作方法。如鲁迅的某些小说和《野草》，都不是采用单一的创作方法写成的。郭沫若同志的一些创作也有类似情况。这中间“必须保证个人的创造性，个人爱好的广大空间，思想和幻想，形式和内容的广大空间”。因之，我们评价《原野》就不可仅仅把现实主义创作方法作为评价作品成败得失的唯一的尺度，单纯用现实主义这把标准尺来批判《原野》的缺点，而应该根据文艺创作的普遍规律，就具体作品采用的创作方法所展现出来的思想艺术的特点来评价作品的成败得失，从而对作品作出实事求是的分析评价。巴金在一九四〇年十二月写的《蜕变·后记》中有一段话说得很好，可供我们参考。他回忆六年前在北平翻读《雷雨》原稿时被感动的情景后说：“《雷雨》是这样地感动过我，《日出》和《原野》也是。”“六年来作者的确走了不少的道路。这四个剧本就是四方纪程碑。”

原载《江西师院学报》(哲学社会科学版)1983 年第 2 期，第 73—79 页

《原野》和表现主义

潘克明

耐人寻味的现象

恐怕很少有几部戏的命运象曹禺的《原野》那样耐人寻味的了。《原野》自 1937 年 4 月开始在《文丛》杂志上问世以来，评论界多数人都给予了基本上否定的批评。认为由于作者不熟悉、不理解农村的阶级矛盾和斗争、农民的生活和思想感情，把一个本来富有现实意义的农民向地主豪绅抗争的题材，“写成了非常玄秘，非常抽象，甚至不大可能的奇怪现象”，因而不是成功之作。有的甚至断言是作者“最失败的一部作品”，认定作者在《雷雨》《日出》之后，写出《原野》这样的作品，是创作上的一个“退步”。但是说来也怪，除了这个戏发表初期因恰值抗日战争爆发，没有怎么公演外，它一直活跃在舞台上，显示了旺盛的艺术生命力。杨晦在 1944 年就曾指出，曹禺的戏“等到《蜕变》和《北京人》在舞台上出现后，就连《原野》也在各地受到了极大的欢迎”[①]。唐弢在 1947 年也盛赞过：“几年以来，大江南北，多少剧团演过《原野》，多少人读过《原野》。”因为“这个剧本里有‘戏’，群众看起来过瘾，这个剧本里有生活，顾盼左右，仿佛就在身边，让人看起来恐惧和欢喜。”[②]解放后虽然消匿了相当一段时间，但 1981 年由南海影业公司改编拍摄成影片，在一些国家和香港公映后，引起很大反响。在国内尽管还没和广大观众公开见面，也已经产生强烈的反应。不少人惊叹这样好的剧作长期来竟不为人所知！正如影片导演凌子所说的，《原野》是一块“被蒙上了尘土的金子”，“是这长河中间不该被人遗忘的一颗珠”[③]。怎么会产生这样耐人寻味的现象呢？究竟应该怎样认识这个剧作呢？

曹禺是一位杰出的现实主义剧作家，在《原野》之前创作的《雷雨》《日出》都是优秀的现实主义作品。可是《原野》却并非用严格的现实主义创作方法写成的，而是一部现实主义和表现主义相结合的创新之作。以往的评论家几乎无一例外地都习惯于用严格的现实主义这把尺子来衡量《原野》，量来量去，越量越觉得它“远离现实，简直不象是人世间的故事”，越觉得“整个剧作充满一种非现实的人造的气氛”。我以为问题的症结就在这里。

现实主义是基石

《原野》里描写的人物和戏剧冲突，是否不是从现实生活中提炼出来，而仅仅是凭着某

---

① 《论曹禺》，《青年文艺》新一卷第四期。

② 《〈原野〉重演》，《大公报》1947 年 8 月 29 日。

③ 《〈原野〉随想》，《文汇》月刊 1982 年第 7 期。

些观念虚构出来的呢？不能这样说。诚然，比起封建家庭和旧都市上层来，作者对农村和农民的生活，不是那么熟悉；但也决不是在他的“知识和印象的库藏”（高尔基语）中找不到一点这方面的储存。曹禺幼年时，他的保姆段妈就经常给他讲农村的情况，讲过一些农村中穷人遭罪、财主霸道的小故事。这为他后来写《原野》提供了一定的素材。《原野》的男主人公仇虎虽说是个农民，但因被诬入狱，长期同社会下层、三教九流接触，多少带点江湖浪荡客的味道。而我们知道，曹禺为了写《日出》第三幕，曾深入到“鸡毛店”“土药店”、贫民区之类社会下层，同那些“罪犯模样的落魄英雄”“黑三一类的人物”，还有许许多多“奇形怪状的人物”打过交道。这些生活经验对他塑造仇虎这一特定的农民形象是有帮助的。再有，曹禺熟悉封建家庭人与人之间的伦理关系。他在描写焦家内部那种封建伦理关系时，无疑也从这部分经验储存中吸取了有用的成分。把作者四年后写的《北京人》中曾思懿和曾霆、瑞贞的母子、婆媳关系同《原野》里焦母和焦大星、金子的母子、婆媳关系加以对照，更可看出《原野》的有关描写确有一定生活经验作依据的。

由于在现实生活中有根有源，所以《原野》里描写的人物和戏剧冲突，决非如有人批评的那样都是“非现实的人造的”。

仇虎的一家是善良本分的农民，无辜遭到恶霸地主焦阎王的凶残迫害。土地被强占，房屋被焚烧，父亲被活埋，妹妹被卖娼。他自己被诬为土匪，投进牢狱，打瘸了腿；未婚妻金子也被焦阎王霸占作了儿子大星的填房。象这种血泪斑斑的遭遇，难道不是反映了旧社会广大劳动农民的共同命运吗？这有哪一点“非现实的人造的”因素呢？再说焦阎王这种人在封建军阀统治的时代，“就是那些杂牌军阀军队中的营长连长之类的人物。这些人两手沾满杀人的腥血，跑回老家去，用抢来的和贪污官饷的钱，买地置产业。他们还有他们的马弁、卫兵，有些武装就在家乡为非作歹，称霸一方。”①《原野》中对焦阎王所作所为的揭露，完全是现实生活的一种真实反映。

至于有人说作者把仇虎“不是作为一个真实农民的形象而刻画的，他只是一个纯粹的抽象观念的化身。在他的身上，集中地体现出来的不是一个社会的人的性格，而是一个原野的人（具有着原始感情和原始力量的原野的人）的空幻的形体”，这同样是不对的。仇虎是一个“真实农民的形象”，只不过是属于比较特殊的一种类型的农民形象。他原本也是十分普通的那种土生土长、勤劳本分的庄稼人，由于横遭迫害，被打入地狱，脱离了土地，背弃了家乡，混迹于那些被从正常生活轨道上摔出来的下层人们中间达八年之久。这就不能不使他的思想性格受到严重扭曲，不能不使他沾染上了一些江湖气、流气，甚至“匪”气。可这一切终究没能掩盖得了他那农民的善良朴质的本性。

两代的血海深仇，埋在仇虎的心里，“劈天，天也得开”。但是他的复仇观念是狭隘的。他不可能认识到这是阶级的仇恨，而只认为是焦、仇两家的冤仇；采取的手段也只可能是个人复仇方式。这正反映了他的农民小生产意识的局限性。当他“等得眼睛都哭出血来”，逃回来复仇时，仇人焦阎王已经入土了。怎么办？那仇就不报了吗？不行！子不报

① 曹禺：《我的生活和创作道路》，《戏剧论丛》1981年第2期。

父仇,何以对先人?几千年来封建伦理的信条是父债子还,夫债妻还。农民出身的仇虎自然也不可能摆脱这种传统观念的制约,他决心杀掉焦阎王的儿子大星。但他清楚了解大星是个"没有用的好人",对他父亲犯下的罪行是不负丝毫责任的。我们看:对儿时好伙伴仇虎的突然归来,大星仍把他看作"我的热诚哥儿们",没存一点疑忌和戒心。当仇虎为了激他先动手,用讲故事的方式透露了自己跟他家结下的冤仇和同金子的那种暧昧关系,大星还表现出了一种孩子般的纯真无邪。对这样善良无辜的人怎么下得了手呢?仇虎内心经受着痛苦的煎熬:

(点头)是的,他连一个蚂蚁都不肯踩。可——(内心争战着)可是,哼,他是阎王的儿子!

是,他从前看我象他的亲哥哥。(咬住嘴唇,忽然迸出。)可是现在,哼,他是阎王的儿子……

(望着空际)不,不,我的爸爸!(哀痛地)我的心没有软,不能软的。(低下头)……

两代呀,两代的冤仇!我是不能饶他们的。……

最终他亲手血刃了大星,并借焦母的手杀了大星的儿子小黑子。可是一种沉重的犯罪感一直象梦魇般地死死缠住他。一方面他认为报两代似海的冤仇是完全合乎天经地义的;另一方面又为枉杀无辜而痛悔:"血洗得清,这'心'跟谁能够洗得明白。"这种交织着"惊惧,悔恨与原始的恐怖"的复杂的心理状态,正是他农民的善良朴质的本性和封建伦理道德观念激烈冲突的反映。所以仇虎是"一个真实农民的形象",他具有的是"一个社会的人的性格"。通过"这一个"农民形象,作者深刻、细腻地展现了富有反抗性,但还没能挣脱传统精神重负的那部分农民的复杂的社会性格。有人说"仇虎这样人,在我们中国的农民不大容易找得到。所以演起来,很难活生活现,却往往公式化。"可是影片中仇虎的扮演者杨在葆却认为这个人物"并不陌生",象仇虎这一类农民"在我的记忆中似乎依稀可见"。"虽然他们不姓仇……但在旧中国的半封建半殖民地的黑暗社会里,他们和剧中人物的社会地位、命运、思想感情,都是共通的"①。杨在葆为我们塑造了一个"活生活现"的仇虎的银幕形象,使人经久难忘。这也证明了曹禺刻画的仇虎形象是真实可信的。

《原野》对焦家母子、婆媳、夫妻之间关系的表现,也完全符合现实生活中半封建的旧家庭内部的伦理关系。

焦母和一般封建家庭的专制家长一样,她的天职就是维护传统的家庭秩序和道德准则,使"焦阎王"的统治能一代一代地撑持下去,焦氏门庭日升月恒,永世昌盛。但是毕竟时代不同了,随着中国封建社会的解体,封建家庭的传统秩序和伦理关系也在新兴资本主义思潮的冲击下,处于临深履薄的危机状态。焦母就慨叹"孩子们长大了,都这样,心就变了"。特别是感到媳妇金子跟她自己作媳妇时大不一样,再也不对婆婆绵羊般驯顺了,把儿子"迷"得"娶了美人丢了妈"。焦母又恨又急地对金子说,"我老了,没家没业的;儿子就

① 《我演仇虎》,《文汇》月刊 1982 年第 7 期。

是我的家私，现在都归了你了”。一语道出了她的焦灼、惶恐的心情。杜勃罗留波夫在论到《大雷雨》中封建统治的代表人物提郭意和卡巴诺娃时，曾深刻指出，这一类人“早已不能那样愉快了：他们必须担心，怎样巩固和护卫自己，因为各处各地都提出了要求，这种要求是反对他们的横行，威胁他们要和大多数人类的觉醒者的意识去做斗争。由此就产生这些愚昧顽固分子的疑神疑鬼、拘泥小节和吹毛求疵”①。这个分析对焦母的心理实际也是完全适合的。她把封建统治秩序和道德准则的日遭解体，完全归罪于媳妇。她“看准了”金子是“焦家的祸害”。所以她处处时时把金子看作眼中钉，一见面就恶语相加，或者干脆破口大骂。她甚至用针扎木人的恶毒法子想害死金子。

金子虽然从根本上没能超越旧式女性的局限，但在她的身上可以明显看出新兴资本主义思想的影响。她不甘于做婆婆的奴隶、丈夫的附庸，要按真正的人那样活着。她无限怨忿地向大星控诉：“你爸爸把我押来做儿媳妇，你妈从我一进门就恨上我，骂我，羞我，糟塌我，没有把我当做人看。”她之所以觉得“一辈子只有跟着”仇虎“才真象活了十天”，就是因为她在仇虎那儿享受到了自由爱情的幸福，获得了一个女人独立的人格。因此她大胆地反抗和叛逆封建统治秩序和伦理道德。起先她还只敢背着焦母发泄对她的怨恨；后来就敢于当面顶撞，反唇相讥；进而发展到直接揭露、控诉焦母对她的恶毒迫害，示威式地公开承认自己做了“不体面”的事。对她的反抗和叛逆，焦母再狠恶，也无可奈何。她们婆媳之间的矛盾冲突蕴涵着深刻的社会内容，即新生的力量同腐朽的封建势力的斗争，结局是前者战胜了后者。这些描写不正是半封建的旧家庭现实生活的形象反映吗？又怎么会是“非现实的人造的”呢？

高尔基说：“现实主义到底是什么呢？简略地说，是客观地描写现实，这种描写从纷乱的生活事件、人们的互相关系和性格中，攫取那些最具有一般意义、最常复演的东西，组织那些在事件和性格中最常遇到的特点和事实，并且以之创造成生活画景和人物典型。”②《原野》里描写的具有自发反抗性、但还没能挣脱传统观念束缚的农民仇虎复仇的悲剧，受到新兴资本主义思想影响的旧式女性金子冲决封建罗网，追求自由、解放的悲剧：这一切都是从半封建农村社会的“纷乱的生活事件、人们的互相关系和性格中”“攫取”来的。剧中人物相互间性格的、意志的冲突，都是现实生活中“最具有一般意义、最常复演的东西”。剧作展现在我们面前的那些摄人魂魄、回肠荡气的“生活画景和人物典型”就是由此创造而成的。所以应该肯定《原野》基本上是现实主义的。

《原野》发表时正值抗日爱国运动风起云涌之际。由于它没有直接表现抗击侵略，保卫民族独立的内容，或许还由于当时不写“国防为主题”的作品就不是“国防文学”的错误思想的影响，一般人多认为它“不合时宜”。如有人就说在《原野》里“闻不到一点战争的血腥，看不到一点国家民族的危机”，“找不到一点困难的痕迹”，当然也就起不到为抗战服务的作用了。其实，正如周扬同志早就指出的，曹禺是“用自己的方式”去接近现实、把握现

① 《黑暗王国的一线光明》。

② 《俄国文学史》，第 207—208 页。

实，“在他对现实的忠实的描写中，达到了有利于革命的结论”①的。《原野》表现的被压迫农民反抗封建强暴势力的斗争精神，对于不愿做奴隶，正在奋起抗击日本侵略者的中国人民不是可以起到一定的鼓舞作用吗？仇虎由于狭隘的个人复仇和传统的精神重压酿成的悲剧，对于唤起长期受奴役的人民群众，特别是广大劳动农民“惊醒起来，感奋起来”，克服沉重的精神创伤，去争取民族的独立、自身的解放，不也有一定的启发意义吗？抗战期间曾经有一个普普通通的杂志在介绍《原野》时这样认为：“如果说……《原野》中的英雄仇虎能够代表年轻的中国人的灵魂的话，中华民族正是年轻而有着无限的希望的。”剧中写的“一个多么英勇而悲壮的故事”对于一切“有血性的人”都是个鼓舞：“人间有恨才能有爱，不自由，莫如死。”还说它可以催促那些甘愿在敌人铁蹄下苟且偷生，以至屈膝投降的人反省自新：“现在‘世道衰危’，‘人心不古’，竟有许多愿意苟活偷生，只要链子上钳镶了珠翠跟宝石，锁在链子里边过活也是好的人，看了《原野》之后，这些人也许会有一点惭愧么？”②这些反映从一个侧面可以帮助我们认识《原野》在现实生活中的认识作用、教育作用和美感作用，也可以作为这部剧作基本上是现实主义作品的一个佐证。

向表现主义借鉴

我们肯定《原野》基本上是现实主义的，但有些方面又确实不是用现实主义所能解释得了的。比如杨晦所说的“其他的剧本，曹禺的心目中，大概都有一个假定的地点与年代，唯独对于《原野》，恐怕不但是地点不确定，而年代也难免有点模糊的吧”。又说焦家前不把村，后不着店，“好象是王三姐所住的寒窑，不象是焦阎王那种强横霸道的土豪小军阀的住宅”。这个现象是存在的。再者，杨晦说曹禺从《日出》到《原野》是“由社会问题转为心理问题，良心问题及道德问题等的精神枷锁”③。这虽然不无偏颇，但也确实指出了一个事实，即这个剧本有些地方，特别是第三幕不那么注重反映客观现实，而是着重于表现内心的生活、心理的真实。这和《雷雨》《日出》的严格现实主义的写法是很不一样的。至于《原野》中大量的隐喻象征和幻象等手法，更不是严格的现实主义作品所具有的。我认为这一些是曹禺在现实主义的基础上，结合运用表现主义创作方法的表现。而后者主要是向奥尼尔借鉴的。

美国优秀剧作家奥尼尔早期走的也是现实主义的路子，一定程度上反映了美国人民特别是中下层人民的生活和理想。但在后期逐渐不满于批判现实主义反映生活真实的浮面化、平庸化，认为“旧的‘自然主义’，或者也可以说‘现实主义’，“已经不再适用了”。“我们对平庸的表面现象实在容忍得太久了。我们已经羞于在锁眼里窥视，羞于偷偷地注视那些沉甸甸的无灵性的肉体……却看不见他们中间有什么坦率的灵魂”④。为此他转向了表现主义方法。表现主义在对待艺术与生活的关系问题上，反对“再现”，即如实地反映客

---

① 《论〈雷雨〉和〈日出〉》。

② 《女声》1942年第6期《戏剧与电影》栏。

③ 《论曹禺》。

④ 《奥尼尔戏剧理论选译》，复旦大学《外国文学》1980年第1期。

观现实生活。而强调“表现”，即着重表现人的内心的生活、心理的现实。表现主义的戏剧就是要把人的“潜在意识”加以“戏剧化”，亦即将深藏在人的内心里的深刻体验、复杂情绪外化为具体可感的舞台形象。奥尼尔的《琼斯皇》着重写的既不是黑人琼斯如何被奴隶主残酷奴役，也不是他爬上皇帝宝座后如何压榨当地土人，也不是土人如何忿怒地追捕他，而是他夜里逃进阴森可怖的原始森林后惊恐万状、悔恨交加的复杂心理状态。这种方法在刻画现代人的心理体验上是有一定长处的，一定程度上有助于加强戏剧反映生活的深度。所以，表现主义对现实主义来说，决不是冰炭不相容的，而是可以批判地借鉴，用来丰富、深化现实主义的表现力。

曹禺是一个勇于探索、大胆创新的剧作家。他从不满足于自己的作品所达到的成就，总是想从内容到形式都不断有所突破。他的《雷雨》这部惊世骇俗的处女作刚问世，喝采声还响在耳边，他就又起步了，积极地要“试探一次新路”①。这个试探不仅仅表现在“决心舍弃《雷雨》中所用的结构”，“想用片段的方法”，“用多少人生的零碎来阐明一个观念”②；更重要的是在于现实主义的深入：“创作的视线已从家庭伸展到了社会”，从“看出了大家庭的罪恶和危机，对家庭中的建封势力提出了抗议”，到“企图把一个半殖民地金融资本主义制度下的脓疮社会描绘在他的画布上”③。待到创作《原野》时，他又进一步积极探索起“又一种路子”。这“又一种路子”是什么样的呢？就是在现实主义的基础上，吸收、溶化其他创作方法的长处，以拓宽现实主义表现的道路，加强现实主义表现的深度。《原野》就是向奥尼尔借鉴的表现主义的创作方法。

曹禺在回忆《原野》的构思时告诉我们：“当时是有这样一个想法，写这么一个艺术形象，一个脸黑的人不一定心黑。我曾经见过一个人，脸黑的象煤球一样，但是心地非常之好，他一生辛苦，可死得凄惨。”④“这么一个艺术形象”后来就成了他笔下的仇虎。可以看出，剧作家当时注意的重点是人物的“心地”。戏剧理论家阿契尔说过：“每一个严肃的戏剧家要经常进行心理的探索。”曹禺在创作《原野》时给自己提出的新的高要求就是：探索勤劳一生但命运坎坷、悲惨的社会下层人的“心理”。正是在这里，以心理的真实为“最高真实”的表现主义给了他以启发和影响。在《原野》里，曹禺就借鉴了表现主义的“心理暴露”的方法，集中笔力对仇虎这个人物的精神世界进行深入挖掘，凸现他的“非常之好”的“心地”。由于这种“心理暴露”的真实、深刻，具有强烈的震撼力，使人们注意的不是某些外部现象的真实程度，而是人物灵魂深处自我斗争的激烈，从而引起巨大的心理反应。现实主义文学要求如实地反映现实，而现实的中心是人，活生生的人。曹禺在现实主义的基础上，借鉴表现主义，引导读者和观众透过人物的“沉甸甸的无灵性的肉体”，洞察深藏在内部的“坦率的灵魂”，更深刻地透彻地认识、理解作者所同情、赞颂或厌恶、鞭挞的人物，以他们为镜子，了解自己，发扬自己身上好的品质，和自己身上的弱点作斗争，更好地去改造自己的生活环境。这是剧作家创作上的一个进步，而决不是退步。

① 曹禺：《日出·跋》。
② 曹禺：《日出·跋》。
③ 周扬：《论〈雷雨〉和〈日出〉》。
④ 《我的生活和创作道路》，《戏剧论丛》1981年第2期。

表现主义由于受现代心理学的影响，他们强调表现的人的内心，是以人的本能和下意识为核心的抽象的内心，所以如洪深指出的，表现主义作品的人物，“均是笼统的典型的代表的，没有特别各殊之性格（常时不用姓名，只称为男子女子医生警官等等）”。[①] 而曹禺是在现实主义基础上来借鉴表现主义的，他笔下的仇虎不是某种共性的抽象和象征，而是有阶级属性，有社会性格，有血有肉，活生生的一个农民形象。他的那种丰富、复杂的内心活动，也就不是人的抽象的“心理的现实”，而属于他那一类型的农民的具体的精神世界。曹禺最初构思《原野》时，只想着重写出“一生辛苦，可死得凄惨”的社会下层人的“非常之好”的内心世界，也并没有明确地要把“这么一个艺术形象”写成农民。至于后来落笔没有写成城市贫民，或是流浪汉什么的，而恰恰是写成这么一种类型的农民的代表，可能取决于他“那时，听到乡下恶霸地主杀人的事情很多”，以及以往关于农村的一定的生活经验。而一旦写成农民，“这么一个艺术形象”就完全成为“有其性情”，“有其气质”，“有其形状”，“有其声口”，“似旧时熟识”的真实人物了。

为了外化人的主观世界、直觉和下意识，表现主义大量采用内心独白、梦境、幻觉、潜台词等表现手段。《琼斯皇》的八场戏中有六场就全部用了独白和幻觉，淋漓尽致地展现琼斯逃进原始森林后异乎常态的心理、情绪。《原野》第三幕明显地借鉴了这种表现手法。这一点过去的评论多已指出，但几乎一致认为这种借鉴渲染了“原始性的恐怖”，增加了“神秘的色彩”，“损害了”仇虎“这一形象的真实性”等等，因而是失败的。与此相反，我则认为曹禺是在现实主义基础上，从自己剧作的具体实际出发，创造性地借鉴《琼斯皇》这种表现手法的，基本上是成功的。

仇虎在黑林子里逃亡，由于悔罪而产生的极度痛苦和惊惧的心理，并不是对《琼斯皇》的生硬模仿，而是“这一个”人物在特定的戏剧情境中合乎情理的动作。先是仇虎听到常五一再提起“大星”，抑制不住地“爆发出来”，打了一枪。他自己对这种下意识动作也感到奇怪：“我——我不知道怎么回事，一提到他——他——我就犯胡涂。”这同他第二幕杀大星后表现出来的“这一双手头一次是这么发抖”的矛盾心情是一脉相承，前后呼应的。所以他总觉得大星的影子在跟着他，以致眼前出现了“持伞举着红灯笼”的幻影，是并不“神秘”的。仇虎转念想到自己“是好百姓，苦汉子，受了多少欺负，冤枉，委屈”，“现在杀他焦家一个算什么？杀他两个算什么？就杀了他全家算什么？”于是眼前相继呈现出父亲被活埋，妹妹被卖娼和自己做苦役，被打瘸腿的幻象。他觉得自己不应该“心里犯胡涂，老是想着焦家祖孙三代这三个死鬼”。这也是极自然的。血泪的遭遇使仇虎忿怒地发出“我仇虎为什么生下来就得叫人欺负冤枉”的呼喊，他发誓“打到阎罗宝殿，我也得跟焦家一门大小算个明白”。这样，幻觉中又理所当然地出现“阎罗宝殿”的种种情景。他看到屈死的父、妹伸冤无门，反遭戕害，气得混身发抖，控诉“阎罗”：“你们这是什么法律？这是什么法律？”特别是当他看到从“阎罗”到“小鬼”原来都是焦阎王所幻化的，更认识到了从人间到地狱都是“骗子”“强盗”当道，不能存以丝毫幻想。琼斯最后是以悔罪，乞求宽恕而被追捕的人打死的。仇虎的死，固然也由于受到强烈的自我良心谴责，神情恍惚，以至迷失了方

① 《表现主义的戏剧及其作品》，《洪深戏剧论文集》，天马书店 1934 年版。

向，丧失了夺路求生的时间；但他经过激烈的内心冲突，终于没有屈服于不公平的命运，而是“不相信天，不相信地，就相信弟兄们要一块儿跟他们拼，准能活”。他是在逃亡无路的绝境中，不让金子跟他同归于尽，而用自己的手结束自己的生命的。他的死是对欺压良善的旧世道的最后反抗。由此看出，仇虎绝不是琼斯的翻版。作者借鉴《琼斯皇》的表现手法，入木三分地刻画出了这个自发反抗的农民，由于本性的善良，经受无法自制的良心谴责的折磨的那种复杂心理活动，更主要地还在于有力地反映出了他的至死不屈的反抗精神。可以说，第三幕中这浓重的几笔更圆满地完成了“这一个”真实形象的塑造，使我们相信，他真正地就是“仇虎”，而不是中国的琼斯或是别的什么人。

还需要指出的是，奥尼尔的这个外国经验到了曹禺笔下，就如同他自己说的：“抽取”的“金线”是别人的，织成的衣服却完全是“自己”的。不消说《琼斯皇》中西印度群岛土人的咚咚的手鼓声，到了《原野》里变成了老神仙庙里的击鼓声；《琼斯皇》中刚果巫师的跳神，到了《原野》里变成了“阎罗宝殿”和牛头马面之类；还有民间旧曲调《妓女告状》“初一十五庙门开，牛头马面两面排……”的穿插运用：这些都说明《原野》的作者如何着意于适合自己国家的国情和群众的欣赏习惯。琼斯的复杂内心活动全部是通过大段大段的独白表现出来的。如果《原野》照搬这样的写法，或许会不大符合中国话剧观众的欣赏习惯。曹禺考虑到这一点，就有意地没有让仇虎一个人在黑林子里连篇累牍地自言自语，而安排他带着金子一起逃亡，把他的内心独白同跟金子的对白自然地结合起来。试看第三幕第二景中仇虎因迷了路，表现出的焦躁、恐惧情绪：

> 迷了路！迷了路！（心如火焚）上那儿走？（四面旋转）向东？向西？向南？向北？啊，妈呀！我们上那儿走？这大黑天，看不见路走，找不着人问。我从前走这条路的记号现在一个也找不着，走了十里，还在林子里！走了二十里，还在这黑林子里。出不了林子，就见不了铁道；见不了铁道，就找不着活路；找不着活路，（忽然）啊！啊！啊！（一下，两下，三下把衣服撕去，露出黑茸茸的胸膛，抄起手枪，绝望地）好，来吧，你们来一个，我杀一个；来两个，我杀一双。我仇虎生下地，就受尽了你们的委屈，冤枉，欺负，我虎子生来命不济，死总要得死得值！金子，再听见枪声，我们就冲，死就死了吧。

这就既是内心独白，又是同身旁金子的对白，更符合生活真实，也更适合中国观众的欣赏习惯。

表现主义戏剧是要“借助一种象征的语言或表演加上布景和灯光”，把人物的“思想、他的下意识的心灵、他的行为简括地表现出来”[①]。所以它十分重视象征手法的运用。从环境、人物、情节到反映的各种社会现象，表达的某种抽象观念几乎都加以象征化。从这一点来说，表现主义和象征主义可以说是一棵树上的两个果实。奥尼尔的《毛猿》在一开始的舞台指示中就提出：“本剧的第一场或其他诸场的处理方法决不应该是自然主义的。”这就说明他在舞台设计上不追求外在的真实，而着眼于它的象征意味。现实主义是通过

① 克拉克：《现代戏剧研究》，转引自劳逊《戏剧与电影的剧作理论与技巧》。

现实生活的个别性来反映它的普遍性的，如果没有很好地对生活现象加以提炼和概括，容易使所描写的这个个别性狭隘化、平庸化，就无法做到高尔基所要求的“把微小而有代表性的事物写成重大的和典型的事物”①。而运用象征方法反映现实生活，由于它的着眼点不是生活的某个侧面、某个片断，而是生活的全体，如果作家有眼力和才力能把握住这个全体，那他所达到的深刻程度，很可能为一般现实主义所不及。如《毛猿》的戏剧背景无论时间和地点都不是具体的。那艘邮船是作为整个现代资本主义社会象征的。“象一只笼子的钢铁结构”的前舱，正象征着资本主义社会的下层，而那阳光充足、海风吹拂的甲板上，又象征着资本主义社会的上层。司炉工人扬克不甘于被当作“毛猿”，要恢复人的价值和尊严，却落得比动物园的猩猩还不如的可悲命运。象这样象征性的背景、人物及舞台行动，对于我们认识现代资本主义社会的阶级关系的严重对立和工人在社会上的毫无地位，确实具有震聋发聩的作用。

《原野》在这方面也借鉴了表现主义，同样不大注重甚至有意取消戏剧背景的具体表现，即杨晦所谓的时间和地点的“不确定”，而赋予它们以一定的象征性。例如那“莽莽苍苍的原野”，“怪相的黑云密匝匝遮满了天，化成各式狰狞可怖的形状，层层低压着地面”，“厚雾里不知隐藏着些什么”，这正是黑暗、险诈、阴沉、压抑的旧中国半封建半殖民地社会的象征。而矗立在原野中“仿佛是那被禁锢的普饶密休士”的“巨树”，就象征着仇虎这一类被压迫、然而敢于反抗的社会下层人们。“巨树前”铺着的“直伸到天际”的“两根铁轨”，象征着他们对未来的美好的向往和希望。可是这向往和希望之所在又是那样的渺茫，因为那只是个“辽远不知名的地方”。至于焦阎王家的那所“孤独的老屋”，就象蹲伏在荒野上伺机扑食的恶兽，是旧社会恶势力的象征。第三幕中“黑幽幽”，充满着“原始的残酷”，“盘踞着生命的恐怖”的森林，同幻觉中的“阎罗宝殿”相映照，更象征了旧中国的社会是人间的地狱，地狱般的人间。如同奥尼尔说的《毛猿》里“各种象征使剧本意味深长”，《原野》中的象征性的背景描写，并没有减弱我们对剧作所反映的特定的现实生活的认识和感受，而且使这种认识和感受变得“意味深长”了。

瑕不足以掩瑜

《原野》探索的是“又一种路子”。既是探索，就难免会有失误。我们肯定作者创作上的进步，决不是说没有一点缺点了。表现主义毕竟属于现代资产阶级的文学，它的消极因素是与生俱来的。曹禺在吸取表现主义的“精髓”的同时，不可避免地把它的一些“蹄毛”也带过来了。

现代资产阶级的文学反映了现代资本主义社会由社会危机造成的精神危机。二十世纪以来，资本主义世界科学发达，经济繁荣，同时却日益暴露出“社会的病根——旧的上帝的灭亡以及科学和物质主义的失败”（奥尼尔语）。劳动的人们创造了物质财富，却越来越成为物质财富的奴隶乃至牺牲品，自己不能掌握自己的命运。对今天既失去了信心，又看

① 《和青年作家谈话》，《论文学》。

不到明天的希望，普遍产生了一种面临灭亡深渊的恐惧心理。《琼斯皇》中极力渲染的琼斯的那种恐惧感，实际上就是这种时代病的反映。《原野》在写到仇虎杀了人，逃进黑林子里以后，也过分地刻画了他的恐怖、惊惧的内心活动，并且用幽寂可怖的背景描写来加以衬托。这就是表现主义的消极影响。表现仇虎复仇前后的矛盾心情，这是符合这个人物的思想性格特点的。但是把那么浓重的恐惧心理加到他的身上，就不符合这个硬汉子思想性格的发展逻辑了。这对这个人物的塑造不能说没有带来一点损伤。

表现主义虽然也能在一定程度上反映出现代资本主义社会中畸形的社会关系和对立的阶级关系，但他们的原意却不在此，而是要表现人类的命运这样抽象的“大题目”。例如《毛猿》里的司炉工人扬克就是作为人类的象征来写的。《琼斯皇》中严重的现实的黑人问题也被抽象化为人性的问题。这就在很大程度上削弱了作品的社会意义。这种消极因素对《原野》也是有影响的。作者明确地把仇虎作为特定的农民形象来塑造，可是又从外形到内心渲染了他如何地象“他的祖先——那原始的猿人”，指出他到了原始森林中，“忽然显得异常和调”。这就把仇虎反对封建强暴势力的斗争，处理成“一种被重重压迫的真人”向“原始的残酷”“生命的恐怖”的斗争了。前面提到的恐惧心理正是属于这种“真人”的抽象的精神状态的。这对仇虎这个真实形象也多少有点损伤。

但是瑕不掩瑜，《原野》作为剧作家的一次新的探索，仍然应该说是基本上成功的，而不能认为是作者创作道路上的一个“曲折”“倒退”。这个创作评论上的“错案”，今天已到了纠正的时候了。

1982 年 10 月 11 日初稿

原载《中国现代文学研究丛刊》1983 年第 3 期，第 76—92 页

《原野》中的仇虎并非农民形象

吴建华

曹禺话剧《原野》中的主人公仇虎是一个什么样的人物形象？提出这样的问题也许会有人感到奇怪。如果说对曹禺的《雷雨》和《日出》中的人物形象人们往往争论不休，各有异词的话，那么，关于仇虎的形象可以说是几乎众口一词，久有定论的了。

唐弢主编的《中国现代文学史》是这样讲的：

“《雷雨》《日出》之后，曹禺的创作视野一度扩大到了农村阶级斗争方面，他于一九三七年写了《原野》，这是一出描写农民向土豪复仇的悲剧。”（第二册，第一八九页）

林志浩主编的《中国现代文学史》说：

“《原野》写于一九三六年，它所描写的是一个农民对恶霸地主复仇的悲剧故事。”（第四五五页）

刘绶松在《中国新文学史初稿》中写道：

“《原野》（三幕剧）所反映的应当是农民对于豪绅地主的抗争与复仇，但是一种比《雷雨》里更浓厚的神秘的色彩遮没了它的社会意义。主角仇虎本是一个农民……”（上卷第三八五页）

在其余几部一些院校协作编写的文学史中，仇虎都无一例外地被称之为农民。在为数很少的几篇论述《原野》的论文中，仇虎都一律被定性为农民。如田本相在他的《〈原野〉论》中写道：“《原野》写的是农民仇虎复仇而终于自杀的悲剧。”然后，他又继续写道：“作家透过仇虎复仇的悲剧故事，仍然透露豪绅统治下阶级压迫的消息和农民不可抑制的反抗复仇情绪。同时，也表现出作家对豪绅统治的满腔愤激的反抗热情及对农民悲惨命运的关切和同情。”（《中国现代文学研究丛刊》一九八一年四期，第一二四页）

这样看来，仇虎是一个农民形象似乎已是确定无疑的了。然而，当我们运用历史唯物主义和辩证唯物主义历史地、客观地、实事求是地分析作品本身，我们就得出了截然相反的结论。

我们认为，仇虎不是一个农民，而是一个具有与作品中的焦阎王相同的阶级属性的人物。他与焦阎王的唯一差别只是在于他的手段和力量略逊一筹而已。

我们的理由是：

第一，作品所提供的仇虎的特定的阶级出身和社会关系表明他不是一个农民。仇虎的死敌焦阎王是当地独霸一方、无恶不作的大恶霸地主，而仇虎就是这个活阎王的干儿子。同时，他与焦阎王的儿子焦大星自幼极好，亲同手足，结拜为"把兄弟"。如果照目前流行的说法，仇虎是一个普普通通的农民，那他怎么会同焦阎王一家发生如此特殊、密切和持久的关系呢？《原野》中所描写的事件的时代背景，按照作家本人的解释，是写的民国初年发生在农村的一件事。当时农村中农民和恶霸地主的阶级关系的实际状况，正如鲁迅先生在他的名著《阿Q正传》中对我国农民当时的政治、经济地位所作的杰出的现实主义的描写那样，生活在我国辛亥革命前后的农民阿Q连自己的姓氏都不曾有过。作家要为阿Q立传，但不知阿Q姓什么，仅记得，"有一回，他似乎是姓赵"。赵老太爷的儿子进了秀才，阿Q觉得很光彩，因为他和赵太爷是本家。但是第二天就被赵太爷打了一个嘴巴，不准他姓赵，阿Q从此就不姓赵了，整个未庄也没有人再敢说阿Q姓赵了，"以后再也没有人敢于提出他的姓氏了"。阿Q欲姓赵都不可得，我想他大概不至于头昏到要想拜赵太爷作干爹，与赵太爷的儿子换帖子，结把兄弟吧？凶残横暴较赵太爷有过之而无不及的焦阎王为什么会突然置地位于不顾，降尊收一个普通农民仇虎为自己的干儿子呢？这实在令人难解。民国初年是我国历史上最黑暗的年代之一，也是我国历史上最黑暗的年代之一，农村中地主土豪对农民的压迫日甚一日，农民的反抗也日甚一日，整个农村到处充满了尖锐的、你死我活的斗争，没有任何一块地方是安定的绿洲和世外桃源。这种状况在作品中故事发生的地点——北方，表现得尤为突出。一个普通农民要想和一个恶霸地主有那样密切的、历史性的关系，那是不可能的。

第二，只要我们全面地、仔细地考查仇虎在全剧中所表露出来的性格特征、作风习惯，就可以发现作家所塑造的人物形象与作家已赋予他的特定的阶级出身和他在当时整个社会中的阶级地位是很相称的。仇虎在整个剧本中所具有的性格是完整的、和谐的、没有发生任何破裂分割之处。仇虎携带手枪和黄金（此点本身就是值得推敲的）从狱中逃出，碰到金子（即焦花氏），立即对其百般引诱，同她重叙旧情。首先，仇虎动之以金钱，拿出镶着宝石的金光灿灿的金戒指，金子表示不稀罕此物，仇虎立即将其扔进水塘。然后，又以要跳塘投水寻死来要挟，终于达到了当晚与金子同床共枕满足情欲的目的。凡此种种，哪有一点农民的气息？这里，作者给我们刻划的是一个倒了霉的流浪恶棍死而复生之后，再次见到自己原来的未婚妻，急不可耐，千方百计，不惜一切代价将其夺归己有的形象。

仇虎在杀了无辜的、对他满腔热情的焦大星之后的一段独白，无疑是他身份的最好的自供状：

> 仇：（举起一双颤抖的手，悔恨地）我的手，我的手，我杀过人，多少人我杀过，可是，这一双手头一次是这么发抖。（由心腔内发出一声叹息）活着不算什么，死才是真的。……人原来就是这么一个不值钱的东西。一把土，一块肉，一堆烂血，早晚就这么一下子，就没有了，没有了。

很清楚，仇虎并不是为了报家破人亡的血海深仇才第一次动刀杀人的。他已经不知杀了多少人了。他坐牢八年，剧本交待他是第一次逃走，也就是说，在八年坐牢时间内他是不可能杀人的。他杀那么多人只能是在他被焦阎王勾结官府抓入牢房之前的所为。可见他在入狱之前就是一个杀人不眨眼的亡命之徒了。

第三，借助仇虎原来的未婚妻金子的形象，也可以判断仇虎并不是一个什么农民。金子是一个什么人物？我们先看看作家对她的描写：“眉头藏着泼野，耳上的镀金环子铿铿地乱颤。女人长得很妖冶，乌黑的头发，厚嘴唇，长长的眉毛，一对明亮亮的黑眼睛里面藏着蓄满郁惑和强悍。脸生得很丰满，黑里透出健康的褐红，身材不十分高，却也娉娉婷婷，走起路来，顾盼自得，自来一种风流。她穿着大红的裤袄，头上梳成肥圆圆的盘髻。腕上的镀金镯子骄傲地随着她走路的颤摇摇动。她的声音很低，甚至于有些哑，然而十分入耳，诱惑。”显然这样一位妖冶、强悍、充满了诱惑力的妇女绝非民国初年普通农家妇女的形象。在剧中，金子所表现出来的也确是那种放荡不羁的、泼野的性格。在序幕里，金子在焦大星要外出时为其送行，突然提出一个挑衅性的怪问题：假如焦大星的母亲和她同时掉进河里，焦大星先救谁？金子硬逼着焦大星要先救她，而淹死其母。焦大星感到此问题实在难于回答，故不明确表态，金子反复逼问不行，就用卖弄色相，挑起焦大星性冲动的办法，使其就范。在第一幕里，仇虎把从十五里替她找来的花递给她，她不接。仇虎将花扔到地下，她又逼仇虎将花捡起来。仇虎拒绝后，她又再一次使用色相的武器，用性引诱的方法，来制服仇虎。当常五伯来找她时，她置之不理，竟在光天化日之下和仇虎在屋里大肆调情。她的放荡、泼野的性格特征是贯穿全剧的，在她身上实在难找到一点农家姑娘的气息。金子原是仇虎的未婚妻，为什么后来又嫁给了焦大星呢？剧中人物常五伯与金子的一段对话将其中的隐情说得一清二楚。

> 常：（诧异）你不知道仇虎？你差一点都要嫁给他，你会不知道？
>
> 花：常五伯，您喝酒就喝酒，别胡说八道的。
>
> 常：真的！你爸爸十年前就将你许给仇虎。
>
> 花：哦。
>
> 常：后来，仇虎家倒了，吃了官司，他才改变主意，把你又许给焦阎王当儿媳妇，这么要紧的事，你就会不知道。

显然，金子并不是一个贫苦农家的女儿，仇虎家在未吃官司之前，与金子家是门当户对的。只是由于后来仇虎家倒了，金子父母才改变初衷，将其嫁给了自己有差不多社会地位的焦阎王家。

以上几点足证仇虎并非农民形象。而持“农民说”的同志在作品本身找到唯一的依据就是仇虎受到了焦阎王的迫害。我们觉得如果置全剧的整个描写于不顾，而仅以此点定论就未免太缺乏说服力了。照此推理下去，那受蒋介石压迫的就一定都是农民了。果真如此，我们如何理解蒋介石与其他大小军阀之间常常发生的那种互相倾轧呢？反动统治阶级内部的那种“大鱼吃小鱼”“饿狗与饱狗之争”是不是还存在呢？

还有一些持“农民说”的同志认为，农民类型是多种多样的，并不仅仅局限于阿Q式的一种，曹禺笔下的仇虎是一种新型的农民。的确，农民的类型是多种多样的，鲁迅先生所描写的农民也并非只有阿Q。然而我们知道，一事物之所以区别于它事物，主要不在于事物的种类的多少，而在于事物本身所具有的质的规定性。一旦事物丧失了它自身所特有的区别于它事物的质的规定性，那这事物就发生了变化，转化成它事物了。中国的人数众多的农民群众由于其各自的具体生活环境和走过的具体生活道路的不同，表现出许多各不相同的特点和特征，这是完全正常的现象。但是，这并不意味着这些具有自己独特的特点和特征的农民不再具有共同的质的规定性了。由于千百年来的封建社会的压迫和反动统治阶级的腐朽思想的侵袭，使有些农民具有较多的封建意识和落后的东西，这也确是显而易见的事实。许多艺术大师在自己的作品中也准确地表现了这一点。但是，不论这些被描写的农民具有怎样的封建意识，不论他们是如何的落后，只要他还是农民，他身上就一定具有我国农民所具有的那种善良、勤劳、朴质、忠厚的美德。鲁迅、茅盾等大家作品中的农民都不是很准确地表现了这一点吗？他们笔下的农民身上是有这样或那样的缺点，但是，同样就是在他们身上，也有中国农民那些闪光的美德。仇虎的所作所为，一言一行，实在没有一丝一毫农民的气息，已经完全不属于农民这一特定的阶级范畴了，又怎么谈得上是一种新型的农民形象呢？

茅盾先生在评论曹禺的《北京人》时曾说："《原野》是由都市到农村，作者所要表现的似乎是一群同命运的人儿为什么要那样仇杀这一问题。（我认为倘从好的方面去看《原野》，就只有这样看问题，而且要把这个问题看作剧本的主题。）"（《解放日报》，《读〈北京人〉》，茅盾，一九四二年八月十二日）看来，早在一九四二年，茅盾先生就认为仇虎并不是一个农民，而是一个和无恶不作的焦阎王"同命运"的人儿了。而且，茅盾先生还强调指出，如果要从好的方面去看问题的话，"就只有这样看问题，而且要把这个问题看作剧本的主题"。先生的话确是值得我们深思的。

原载《湖南师院学报》（哲学社会科学版）1983 年第 4 期，第 115—117 页

仇虎式的农民和仇虎式的复仇

文　豹

曹禺在《原野》中这样写仇虎:“头发像乱麻,硕大无比的怪脸,眉毛垂下来,眼烧着仇恨的火……他的眼里闪出凶狠,狡恶,机诈与嫉恨,是个刚从地狱里逃出来的人。”仇虎不同于鲁迅笔下的闰土。闰土祖祖辈辈贫穷如洗,象耕牛一般带着犁枷面朝黄土,默默无声地爬行在生活的路上,他的眼光永远是浑浊和怯懦的。这是长期忍受奴役的灵魂的表露,是顺从和麻木的表现。而仇虎的眼中却是火,一种拼命挣扎的火,一种强烈生存的火。如果说鲁迅用闰土这样典型的“国民性”来表现中国农民长期以来所受到的物质上与精神上的压迫和束缚,“哀其不幸,怒其不争”;那么,曹禺则是努力通过仇虎来表现一种农民式的反抗,仇虎式的反抗。仇虎和闰土一样受到黑暗社会的残酷剥削和欺压,他们的本性是勤劳、淳朴、善良的,但仇虎又有着自己特殊的生活道路。恶霸地主焦阎王霸占了他家的土地,毁了他一家人的幸福安宁,他被迫离开了土地,脱离了劳动,挺而走险,过上流浪、冒险,甚至“杀人越货”的“强盗”生活。但他仍然逃不出焦阎王的魔爪,被抓进监狱关了八年,又被打瘸了腿。长期的非正常人的生活,扭曲了他的性格。一方面,完全不象那种淳朴老实的庄稼汉,他强悍、狡黠、凶狠,不顾一切“王法”和“伦理”,可以把大把的金银象废物一样扔掉,可以当着焦氏的面同金子调情;另一方面地主阶级的迫害也铸成了他疯狂式的反抗复仇心理。前者是表面的“玩世不恭”,后者才是仇虎支配一切行动的中心思想。话剧似乎说:宁肯象仇虎那样因为反抗、复仇而毁灭自己,也不能象白傻子那样高高兴兴地苟活下去。曹禺写了一个白傻子,用他来和仇虎对比,寓意是很深的。在仇虎身上,最值得珍贵的也就是那毫不妥协的反抗性格。

同时,仇虎也不是觉悟了的农民起义的代表者,而是被黑暗社会扭曲了的“仇虎式”的人物,因此,在他的反抗斗争中出现某种矛盾,是并不奇怪的。他既有嫉恶如仇、果敢报仇的一面,又有盲目和不彻底的一面。在仇虎整个复仇过程中,他只是为了复仇而复仇,没有明确的目标,手段上也表现出了一种原始的野性。所以,他背离了农民的本质,单凭个人的力量来向仇人报复。洪深的《五奎桥》同样是表现农民斗争的作品,而李金生就不会象仇虎这样进行斗争,因为这里的斗争已是两大对立阶级的斗争。

仇虎一家人的悲惨命运是焦阎王一手造成的。他认定自己的仇人是焦阎王,他还不可能把焦阎王等地主豪绅作为一个阶级来看待。所以,当仇虎戴着被奴役的镣铐跳车回到家乡时,他的第一个行动就是砸碎身上的枷锁,唯一的目的就是找到残害他一家的罪魁焦阎王，杀死他，报仇。然而正因为把焦阎王作为自己的唯一的仇人，当他听到焦阎王已死时，他的复仇就陷入了盲目之中。他看不到站在焦阎王一边的李阎王、张阎王，以至整个地主阶级，因而他只有抬出自己简单的复仇逻辑：焦阎王害了他，现在焦阎王死了，一切报应就应落在焦阎王的子孙后代头上，让他绝子绝孙。仇虎在没有料想到的情况下遇上了八年前的未婚妻，现在焦大星的续弦妻子花金子。他一方面出于对金子真挚的感情，同时也出于复仇的心理与金子同居了。他忿恨地对焦阎王的画像说道："我一进你焦家的门，就叫你的儿媳妇在你这老脸上打了一巴掌。"的确，仇虎一开始就从旧的伦理道德观念上给了焦家一击。但是在他决心杀死焦大星时，又对焦大星这个无辜而软弱的"窝囊废"产生了怜悯。他犹豫了，找不到更充足、更切实的理由杀死焦大星。就像莎士比亚笔下的哈姆雷特一样，他必须得找出一个理由，就是焦大星先向他采取行动。他终于制造并找到了这样的理由：是焦大星首先拔出杀人匕首，并报侦缉队欲置仇虎于死地(这都是一次误会)。因此他有了复仇的勇气。但是当焦大星在他手中倒下时，他的精神支柱也随之而颓倒了。作者要宣扬一种"善"的本质使他萌发了自己的"良心"，并使他"谴责"了自己。他知道大星有"说不出的委屈"，也知道大星临死前的"笑"是什么。复仇又成了仇虎精神上的枷锁。

仇虎复仇中的动摇和悔恨注定了他的自杀命运。由于仇虎的复仇是个人的复仇，性格的悲剧因素导致他在黑林子里被各种幻觉所缠绕，既不能正确对待自己，也不能正确理解复仇。黑林子寓意着那个被兽性所垄断的黑暗社会，仇虎的幻觉不仅表现出他挣脱精神枷锁的斗争，也表现出仇虎式个人反抗被黑暗所噬没的必然性。在林子中的前三次幻觉加重了仇虎的犯罪感。《妓女告状》的歌，他唱出来体现的是对焦阎王的控告，而杀死大星和黑子后，由白傻子唱出来，他自己却认为是被告了。他象原始人怕森林的恐惧一样，不敢正视自己的复仇，"凶狠"下面的软弱就充分表现出来了。而后三次幻觉则重述仇虎的苦难经历，这样才使他逐渐战胜恐惧，坚定了复仇的信念。这是一个更艰苦的复仇，是一次精神上的复仇。他对焦家的深仇大恨终于使他得出了这样的结论："我们活着受尽了你们的苦，死了，你们还想出这么个地方来骗我们。"他已完全不相信还有什么公正的阎王，什么无私的官府和法律。仇虎开始有了一点朦胧的觉醒，无论是地面的"阎王老爷"还是地下的"阎罗殿"，都是为恶霸地主老爷说话的。黑林子就是充满着压迫、罪恶、无边无际的黑暗社会，凭任何个人的力量都是冲不出去的。他意识到自己无法摆脱悲剧的结局，他不愿再作逃跑的努力，而是站着象一个失败的英雄那样死去了。他只能寄希望于金子和他的穷兄弟们，联合起来进行反抗和斗争。

原载《艺谭》1983 年第 9 期

话剧《原野》观后

朱汉生

最近，中国青年艺术剧院将曹禺的话剧《原野》搬上了舞台，这使人们感到很大的兴趣。

导演张奇虹根据新的时代的审美要求，把握住原剧作的精神实质，对剧本进行了颇具匠心的剪裁，借形象塑造之力，对原作做出了一些新的艺术解释。

《原野》通过仇虎复仇的故事，展示出了在民国初年地主和农民的矛盾。当时还没有共产党的领导，地主和农民的矛盾虽然异常尖锐，但在强大的黑暗势力面前，农民个人的自发反抗不能不以失败告终。仇虎与花金子的命运诚然是悲惨的，但他们敢于向封建势力大胆挑战，敢于执着地追求美好生活，却不能不使人们为之感动。

于关节处见功夫。导演把第三幕的结尾挪到了序幕之中，情节未变，结构上这一动，艺术效果却迥然不同。

我们看到仇虎跳车而逃，来到林子中寻找父亲的坟墓。他自然会想起全家两代的“似海深仇”：焦阎王杀了他的老父，害死了他的弱妹，打残了他的大腿，强占了他家的田产。人间世道是如此黑暗，仇虎去哪里寻找天理公道？只有到那“天网恢恢，疏而不漏”的阴间去。于是幻觉中显现了阴曹地府，阎罗判官。岂料阴间阳世一个样，依旧是焦阎王当道。仇虎终于明白了，他要反抗，要复仇……这一切都完全符合仇虎的认识水平和思想逻辑，也给他后来的所作所为做了必要的铺垫。

舞台演出中，导演去掉了小黑子这一角色，而让大星误杀于焦母手中，这个巧妙的“掉包”，不仅保持了戏剧冲突的尖锐性，突出了焦母的阴险毒辣，也使情节更为洗炼集中。原剧里大星是被仇虎杀死的，虽然这符合仇虎那父债子还的思想方式，毕竟多多少少有损于仇虎的形象。现代的观众是非观念分明，崇尚理性，杀死一个无辜的窝囊废，即使这是血债累累、应该千刀万剐的焦阎王的儿子，我们也会感到反感。其实，在原剧中就连仇虎本人也感到良心不安，违反他那农民的善良天性，所以才会在沉重的心理压力下精神错乱。看来，这样的处理是值得称道的。

剧终时，仇虎不是自杀，而是被侦缉队打死，这也改得好，可以突出仇虎的叛逆性格和反抗精神。仇虎形象是引人注目的。这个放牛娃出身的朴实农民，受尽人间种种磨难，却显出顽强的生命力，他粗犷、强悍，爱憎分明，又深沉机警。

导演还根据剧情的提示，增加了仇虎与金子定情的一场戏，具有强烈的抒情气氛，这既表现了这一对恋人纯真美好的感情，也使他们后来的悲剧更加扣人心弦，赢得观众的同情。

《原野》一剧的演员阵容很强。不论是焦母、焦大星，还是常五、白傻子，在舞台上都是有血有肉、活灵活现的人物。特别是宋洁扮演的金子和杜振清扮演的仇虎，有几场戏演得十分精彩。他们善于把人物的心理活动外化为一连串动作性很强的细节。例如：金子问仇虎："你要我不要？"仇虎说不要。金子暴怒，用力捶打他的胸膛，后来又迫使他给自己捡花、戴上，最后她狂热忘情地拥抱仇虎，忘掉了周围的一切。这场戏时间不长，心灵变化的跨度却很大，把几种截然不同的感情和谐地熔铸于一身，难度是很大的。青年演员宋洁却把这个变化过程展现得惟妙惟肖。她所塑造的金子泼辣、热情、骄憨、任性……却又不失于放荡轻佻，没有一点脂粉气。这是一个敢做敢为、勇于追求的坚强女性。相形之下，杜振清扮演的仇虎，前半场似嫌紧张，若能松弛一些就更吸引人了。

仇虎和花金子的悲剧在今天的现实生活中是不会重演了。可是这场悲剧在舞台上的再现却给我们以美感享受。这出悲剧显然带有痛苦和忧郁的色彩，然而它又以深刻的生活哲理，浪漫主义的诗情和英勇的格调，启动着人们的心弦。

原载《人民日报》1984 年 4 月 23 日第 7 版

也论《原野》

胡叔和

曹禺的《原野》自一九三七年在靳以主编的《文丛》纯创作月刊五—八月号连载，同年七月文化生活出版社出版第一个单行本以来，已经整整四十七年了。

四十七年的历史是漫长的、多变的、严峻的，同时又是公正的。一切应当否定的东西逐渐被否定了；一切必须肯定的东西也已或正在得到应有的肯定。和《雷雨》《日出》一样，《原野》正经受着漫长而多变的历史这种严峻而公正的检验。

出乎一些人的意料，蒋介石政府曾下令禁止出版演出《原野》。而等到蒋介石在大陆上的统治行将覆灭的时候，《原野》却出版发行了十四版之多。这就证明：《原野》是有生命力的，高压的独裁政策，割断不了《原野》同人民在精神上的联系。还是唐弢说得对：

> 几年以来，大江南北，多少剧团演过《原野》，多少人读过《原野》。此次东南剧艺社又选中它，正因为《原野》是百看不烦的剧作；要我凑热闹胡诌几句，也因为《原野》里有汲不尽的材料。这个剧本里有“戏”，群众看起来过瘾，这个剧本里有生活，顾盼左右，仿佛就在身边，让人看起来恐惧和欢喜。①

是的，这种“有生活”“有戏”的剧本，这种“百看不烦”“让人看起来恐惧和欢喜”的剧本，正合人们审美欣赏的正当口味，怎能不吸引那么多剧团、那么多读者争演、争读呢？

你看，执教于西南联大的著名诗人、学者闻一多，曾积极倡导《原野》在昆明的上演，不仅参加了导演团，还亲自挑起舞美设计的重任；

你看，赴南洋搞抗日募捐的武汉合唱团，于吉隆坡演出了《原野》，著名小说家郁达夫以《星洲日报》副刊主编的身份主持了这次演出的开幕式，发表了热情洋溢的讲话；

> 你看，四二年二月间，住浙西天目山的民族剧团，先后经朱陀岭顶上和天目山山麓演出《原野》共五次，观众达万人。重庆《新华日报》对这次演出在《文坛漫步》的《浙西通讯》一文中作了这样的评价：“在这样一个高山上，一个物质条件缺乏的所在，竟演出了一个巨型的名剧”，真是“一个奇迹”，“堪可惊动东南剧坛”。

还有一件更重要的事，那就是：《原野》对夏衍话剧创作风格的转变，发生过较大的影响。夏衍在总结《上海屋檐下》的创作经验时，就直言不讳地这样说过：

> 这是我写的第四个剧本，但也可以说是我写的第一个剧本。因为，在这个剧本中，我开始了现实主义创作方法的摸索。

① 唐弢：《〈原野〉重演》。

在这以前，我很简单地把艺术看作宣传的手段。引起我这种写作方法和写作态度之转交的，是因为读了曹禺同志的《雷雨》和《原野》。

夏衍的这些话，表现了一个左翼剧运的领导人和创作家实事求是的诚恳和坦荡，也显示了《原野》有着不可忽视的现实主义的美学价值，是耐人寻味的。

然而，世界上的事情真是怪。遭反动派禁止，受群众喜爱的《原野》，到了某些评论家的眼里，却变成了一部从抽象的观念出发的、非现实化的，模仿西方现代派的失败之作。

这究竟是怎么回事？是真的像某些评论者所认定的那样，《原野》脱离了现实主义的轨道，因而人们的审美情趣也随之发生了偏差，还是这些评论者自己走出了爱好者的圈子，俨然以一个固执的权威自居，从个人的欣赏兴趣出发，引出规律，在那里大谈具有普遍性的约束意见呢？

感情用事地回答“是”，或者“不是”，那是不好的。这样唱对台戏，做翻案文章，不仅不能正确评判《原野》这部具体作品，不仅不能进一步科学地探究现实主义这一重大的美学课题，更为重要的是，还会从方法论上阻碍“双百”方针的贯彻执行。唯一正确的做法，是从《原野》的创作实际着手，联系到现实主义的有关理论问题，展开心平气和、有理有据的讨论或争论。

现在，就请让我将《也论〈原野〉》奉献于大方之家，作为他们讨论或者争论的对象吧。

一

《原野》不同于《雷雨》，也不同于《日出》，它写的是被压迫的农民仇虎向他的仇人恶霸焦阎王复仇的悲剧。

单单这一点，就使一些评论者十分诧异。他们既钦佩曹禺勇于开拓新题材的探索精神，又为这种探索缺乏生活的基础而惋惜乃至惊叹。他们想：曹禺生长在天津一个封建官僚的家庭，从来没有在农村生活过，怎能写这样的作品呢？据此，他们进行了这样的推理，得出了这样的结论：既然曹禺没有在农村生活过，他就必然不熟悉农民生活的实际情形，既然不熟悉农民生活的实际情形，他的创作《原野》也就只能凭着自己卓越的编剧技巧和一些奇异的观念，虚构戏剧的冲突，导演人物伪性格，布置戏剧的气氛而招致定然的失败。

把曹禺没有在农村生活过，作为他绝不可能熟悉农民的实际生活，绝对不可能写好《原野》的唯一依据，似乎很符合反映论的精神，似乎从哲学的高度揭示了《原野》脱离生活、偏离现实主义的基本原因，似乎其真理的权威性是无庸置疑的。这样一来，《原野》是不是“有生活”，是不是“巨型的名剧”，是不是对夏衍发生过那样大的现实主义影响，是不是应该得到人们的由衷喜爱，似乎统统都没有什么好说的、再说的了。

其实，社会生活是十分复杂的。一个作家通过什么途径去接近生活的某个方面、反映生活的某个方面，其动因也是十分复杂的。作为现实主义哲学基础的反映论，充分估计到了这种复杂的。作为现实主义哲学基础的反映论，充分估计到了这种复杂性。所以，在探究每一个作家走向生活的独特的道路的时候，在考察每一个具有独创性的作家的每一部具有独创性的作品的时候，在剖示这些作品写了什么以及为什么这样写的时候，“反映论所注意的，与其说是作家隶属的家系，不如说是他对社会变动的反映，与其说是作家的主观依附性和他同某个社会环境的联系，不如说是他对于这种或那种历史局势的客观代表性”①。

假若我们把握了反映论的这种精髓；假若我们对能写什么这个创作问题的回答，不是庸俗社会学地局限于“作家隶属的家系”，局限于“他同某个社会环境的联系”，而是辩证地历史唯物主义地看到社会的变动、历史的局势对于他有着怎样与众不同的巨大而深刻的影响，那么，我们就应当理直气壮地说：尽管曹禺生长于封建官僚家庭，尽管曹禺没有在农村生活过，这并不妨碍他把眼光投向北洋军阀统治时期的农民，并不妨碍他在客观上成为这个时期某类农民的命运、心理、性格和前途的探索者、表现者。

尽人皆知，北洋军阀的统治，是旧中国日益半封建、半殖民地化的政治产物。它的存在，给整个中华民族，首先是给占全国人数百分之八十的农民，造成了无穷无尽的灾难。惨酷的混战，繁重的租税，连年的饥荒，像饥狼似的一起扑向农民，逼得他们纷纷离乡背井，源源不断地流落他乡，涌入城市。而涌入城市的农民，又有相当多一部分成了军阀、官僚、买办、富商家里的杂役，佣人，在那黑洞洞的、各色各样的公馆里，组成了一个特殊的农民社会。就这样，一些生长于这类家庭、没有到农村生活过而又具有民主主义思想的知识分子，便在这样特殊的历史条件下，特殊的家庭环境中，同农民发生着特殊的联系。对曹禺来说，由于家庭生活的抑郁、痛苦，这种联系就更其特殊，因而也更其密切。

曹禺自己就说过，他的父母有整个晚上抽鸦片、整个白天睡觉的癖性，因而家里没有一点生气，沉静得像座坟墓，像口死井，十分可怕。苦于身边没有一个可以交谈的亲人而实在闷得不得了的曹禺，便去接近家里的厨师、帮厨、拉洋车的、佣人。听他们讲许许多多稀奇古怪的故事，看作从书本上难以找到的人生乐趣。细心地读过《雷雨·序》的人们，当会发现，在这里曹禺早就描写过他“童稚时谛听脸上划着经历的皱纹的父老们，在森森的夜半，津津地述说坟头鬼火、野庙僵尸的故事”的那种情景：“皮肤起了恐惧的寒栗，墙角似乎晃着摇摇的鬼影。然而奇怪，这‘怕’本身就是个诱惑。我挪近身躯，咽着兴味的口沫，心惧怕地忐忑着，却一把提着那干枯的手，央求：‘再来一个！再来一个！’”

最使曹禺难忘的，是他的保姆段妈。段妈是典型的受苦受难的农民。她善良、勤劳、怨命而又认命。如果说讲坟头鬼火、野庙僵尸的故事的父老们，以他们的多才多艺引诱曹禺遨游在浪漫主义的奇想里，那么，保姆段妈则是开导曹禺把眼光投向农民实际生活的可敬可佩的启蒙老师。每当夜深人静，闷得睡不着觉的时候，陪伴曹禺的保姆段妈，就给他讲农村和她家里的一些悲惨的事情。段妈讲，农民怎样苦，怎样得不着温饱，怎样吃榆树叶、啃野草根；富人怎样狠，怎样霸道，怎样巧取豪夺。段妈又讲，她的丈夫是怎样死的，她婆婆是怎样上吊自尽的。段妈还讲，她有个儿子腿上怎样长疮，疮怎样生蛆，蛆怎样爬满一床，因为没有钱治，最后是怎样活活痛死烂死的。段妈的讲述，以生活本身具体的、触目惊心的形态，在曹禺的眼前展现了一幅比坟头鬼火、野庙僵尸更为阴森可怖的现实的农村图画。

---

① 唐弢：《〈原野〉重演》。

随着见闻的增多，铭刻在曹禺心头的这幅图画，其悲剧色调正在一点一滴加浓，其悲剧内容正在一点一滴充实和扩大。

这是北洋军阀盘踞的天津。在这里，曹禺无数次地看到沿街行乞的农民，一头挑着破烂的衣物，一头挑着面黄肌瘦的儿女。他们白天不好意思，到了夜晚就在空街巷吆唤着："谁家要买孩子！谁家要买孩子！"那叫声是那么凄惨，曹禺听了感到揪心的难受。

那是在曹禺的父亲任镇守使的宣化。于此曹禺目睹了一幕审"犯人"的人间惨剧。那被审的是一个不知从哪里抓来的乡下农民。堂上的"老爷"要他招供什么，他硬是不招，结果打得皮开肉绽，死去活来。躲在一顶轿子里玩耍的曹禺，见了这种情景，如同置身鬼气森然的阎王殿，吓得目瞪口呆，毛骨悚然。

上了南开中学以后，曹禺又耳闻目睹了农民遭受战祸的可怕境遇。那是一九二五年十二月，军阀李景林同冯玉祥在天津附近发生了激烈的混战。双方死亡都很惨重，仅杨村一地就遗下了尸体四千余具。当地无辜的农民更是经受了难以言状的浩劫。为此，南开学校全体师生组成了战后赈济委员会，并派遣救济队分赴战地救济灾民。救济队所到之处，"灾黎遍野，哀鸿待哺，流离之状，目不忍睹"。《南开周刊》一卷十七号还发表了一位队员写的《如何救倒悬的灾民》一文。文曰：

> 目前赴乡间视察战后灾民生活之状况，其困苦非安居城市之人所能想象者，"室若悬磬，野无青草"，二语不足以形容万一也。与父老妇孺辈谈，莫不痛心疾首于官吏之贪暴，盗匪之横行，纷纷嘈杂，明知吾辈不能救彼厄难，而诉怨声，滔滔不绝，则知其所受刺激至深，聊一吐之以快意耳。

所有这一切，以其不可易移的鲜明性，感同身受的尖锐性，一一储存于曹禺的记忆中，为他以后创作《原野》积累了必要的生活素材。不能用曹禺"没有在农村生活过"来否认这一点。这样做，无异于从不是原因的原因推想出不是结果的结果，是没有说服力的。

不错，我们希望关心农民命运的作家到农村去实地考察农民的生活，体验他们的思想和感情。特别是在今天，在人民的政权为作家们走向农村开辟了广阔的道路的时候，一切有志于写农民而又能够到农村中去的作家尤其应该这样做，谁拒绝这样做，谁就是在思想上拒绝为几亿农民服务，在认识论上拒绝唯物论的反映论，在创作方法上拒绝现实主义，是我们所反对的。但是，在旧中国，当着反动统治者堵塞了大多数作家去农村熟悉农民的道路而又为其中的某些作家了解农民熟悉农民造成了某种独特的条件的时候，如果有谁强调前者而否定后者，那也是我们所不能赞同的。因为，这种条件的充分运用，对于某些作家的探索农民问题有其审美认识和审美创造的历史合理性。科学地阐明这种合理性，不仅对《原野》而且对整个现代文学进行历史的美学的研究，都是十分必要的。

让我们翻开中国现代文学史看一看吧。从这里，我们将会发现：一些"没有在农村生活过"的作家，偏偏写出了反映农民生活的较好的甚至是极为优秀的文学作品。对我国现代文学的发展作出了杰出贡献的茅盾就是引人注目的一位。他在说及《春蚕》的创作经验时，以彻底的唯物主义者应有的诚实一而再、再而三地告诉我们，他"不敢冒充是农家子"，他"从没在农村生活过"，他幼年的环境是"与农村绝缘的"，十五岁以后，他"离开故乡，进

中学，二十以后，为了职业之故，长住上海，那自然和农村离得更远了”①。

别轻率地认为，茅盾的夫子自道，是在否定写农民必须熟悉农民这个最基本的现实主义的美学命题。不，茅盾是十分严谨的现实主义大师，他这样说恰恰是要以自己同农民独特的生活联系，来阐明这个基本命题，坚持这个基本命题。所以，接下去，他又告诉我们，他之所以敢写《春蚕》，是由于从儿童的时代起，他就通过三种渠道积累了如下的生活经验。一是从养蚕的祖母那里得到了养蚕的起码知识；二是从干“叶市”“茧行”的亲戚世交故旧那里“耳闻目睹”了“叶市”“茧行”是怎样盘剥农民的；三是从每年来到他家的“乡亲”、特别是“丫姑爷”那里知道了“农村中一般农民的所思所感与所痛”②。

茅盾是对的，曹禺也是对的。他们各自以独特的方式同农民发生了独特的联系，又以独特的方式对农民的悲剧生活和悲剧命运进行了独特的思维、观察、理解和判断。这是《春蚕》成功的奥秘，也是《原野》赢得那么多人喜爱的一个根本原因。

马克思说过：“不应该认为，所有的民主派代表人物都是小店主或小店主的崇拜人。按照他们所受的教育和个人的地位来说，他们和小店主可能相隔天壤。使他们成为小资产阶级代表人物的是下面这样一种情况：他们的思想不能越出小资产者的生活所越不出的界限，因此他们在理论上得出的任务和作出的决定，也就是他们的物质利益和社会地位在实际生活上引导他们得出的任务和作出的决定。一般说来，一个阶级的政治代表和著作方面的代表人物同他们所代表的阶级间的关系，就是这样。”③

曹禺，作为小资产阶级革命民主主义者，他同属于小资产阶级范畴的农民之间的关系何尝不是这样呢？他的创作《原野》又何尝不是“他们的物质利益和社会地位在实际生活上引导‘他’得出的任务和作出的决定”呢？

有的论者将《原野》和《雷雨》《日出》对立起来，就由于疏忽了这一点，而在曹禺与农民之间设置了一条绝对鸿沟的缘故。其实，从《日出》的创作开始，曹禺就对农民的悲剧命运进行了有胆有识的探索。小东西形象的塑造，就是这种探索的艺术结晶。

> 你怎么这么个死心眼呢？这儿不是咱们庄稼地，卖点苦力就一样吃窝窝头过好日子。到了这个地方，你还有什么讲究。你看，这三天叫……叫黑三打……打……打成什么样？

从小顺子“劝”小东西的这些话里，我们知道：正在遭受非人凌辱的没名没姓的小东西，原来是在“庄稼地”里土生土长的农家女，她对生活的最大奢望就是“卖点苦力”“吃上窝窝头过好日子”，然而，这样的“好日子”，她在农村过不上，跟随爸爸到了大都市更加过不上。先是爸爸在砸夯中被铁桩砸死了，继而自己又叫黑三“下了窑子”。生活将小东西逼上了不能靠“卖点苦力”“吃上窝窝头过好日子”，只能以自己的皮肉供人享乐的绝路。不忍更不愿接受蹂躏和糟踏的小东西，悬梁自尽了。那外面叫卖硬面饽饽的声音，一声比一声更

① 茅盾：《我怎样写〈春蚕〉》，见《茅盾论创作》，上海文艺出版社 1980 年 5 月版。

② 茅盾：《我怎样写〈春蚕〉》，见《茅盾论创作》，上海文艺出版社 1980 年 5 月版。

③ 马克思：《马克思恩格斯选集》第 2 卷第 33 页。

加凄凉地在无边的黑暗颤抖着，仿佛在诉说小东西生的无望与死的难言。小东西的这种悲剧境遇，不正是农民卖尽了苦力最终还吃不上窝窝头的悲剧命运的典型写照吗？

继《日出》之后，《原野》很快就问世了。应该说，这正是曹禺在自己所熟悉的生活范围之内，坚持现实主义，进一步探索农民悲剧命运和悲剧性格的顺理成章之举，决非如某些评论所断定的那样，是什么从纯技巧和奇异的观念出发的胡编乱造。

二

现实主义，作为认识、表现和评价生活的一种典型化的方法，固然有其共同性的一般规律，可是，正如世间的每类事物的共同性都包含在个性之中，无个性即无共性一样，现实主义的共同性也会因为每个作家生活、思想、艺术素养的不同，而呈现出不同的面貌、不同的个性。简直可以这样说，有多少成熟的现实主义作家，有多少杰出的现实主义作品，就有多少独具一格、充分个性化的现实主义。

在我国话剧发展史上，曹禺是一位“春秋鼎盛，好自为之”的现实主义剧作家。他善于在守格中破格、创格。他的《原野》就是一部不拘一格、独具风采的现实主义的“巨型名剧”。

如果说，写尖锐的社会矛盾，最常见、最易成功、最受欢迎的戏路，是对敌的双方面对面的直接交锋；那么，《原野》在写仇虎同焦阎王你死我活的阶级矛盾时，却没有按照这条路子行事——直接展现仇虎与焦阎王面对面的斗争。曹禺有曹禺自己的艺术哲学和审美创造。在曹禺笔下，仇虎为什么要向焦阎王复仇，仇虎怎样向焦阎王复仇，在复仇的过程中发生了什么样的问题，遇到了什么样的障碍，形成了什么样的结局，几乎都是通过仇虎自身尖锐复杂的心理矛盾、心理冲突显露出来的。透过它人们会触目惊心地看到，焦阎王的确是人世间的阎罗王。他采取最野蛮、最残酷的手段，活埋了仇虎的父亲，抢卖了仇虎的妹妹，鲸吞了仇家的田产，又诬陷仇虎是土匪，将他投进了监狱。在这里，在曹禺的笔下，戏剧冲突的心理，恰恰是社会矛盾典型化一种发人深思的表现。凭着自己头脑里固有的现实主义模式，把面对面的直接交锋定型化，并以此责怪《原野》现在的这种写法是什么“非现实化”，是什么“从心理方面揭示仇虎悲剧的发展，从而模糊了造成仇虎悲剧的根源”，那是没有道理的。

不错，现实主义的首要前提是忠于现实。但忠于现实并非等于“现实化”，“非现实化”也并非意味着就一定背离现实。对现实主义来说，忠于现实最根本的途径和要求，是再现典型环境中的典型性格。没有典型环境中典型性格的再现，就没有真正意义上的现实主义，忠于现实，势必成为一句空话。而从典型化的角度来看，“心理的活动，和那种仅仅是表现一种事实的活动相比，它的高尚是无限的”①。试想想，如果《窦娥冤》只是一味将窦娥“没来由犯王法，不提防遭刑宪”这一事实“现实化”，而不借助血溅白练、雪飞六月、干旱三年这样“非现实化的方法”，把窦娥那种咒地骂天、呼地唤天“叫屈声动地惊天”的悲剧心理典型化，它能像我们今天所强烈感受到的那样，以如此巨大的震撼力，揭示“官吏们无心正

① 梅特林克：《日常生活中的悲剧》，见《外国现代剧作家论创作》，中国社会科学出版社 1982 年版。

法，使百姓有口难言”，这个爆炸性的社会主题，成为现实主义的杰作吗？

对比可以见分明。同是写赛马，左拉的《娜娜》注重的是赛马这件事的本身，他的描写“可以说是现代赛马业的一篇小小的专论。赛马的一切方面，从马鞍到结局，都同样无微不至地加以描写了”[①]；托尔斯泰的《安娜·卡列琳娜》，则把赛马变成了一场真正的内心戏剧。由于一系列的情况，首先是由于安娜的关系，在军人生涯中遇到阻碍的渥伦斯基，将在皇室和整个贵族社会面前赢得这场骑赛的胜利，视为满足他野心的少数仅存的可能性之一。执著爱情而理会不了渥伦斯基的“野心”的安娜，对骑赛的过程，对别人的命运视若无睹，一心只望着坐骑上的渥伦斯基。卡列宁则暗中观察着安娜和她对于渥伦斯基的反应。无言的心理活动和紧张的心理冲突，把三个人的全部关系推进到一个崭新的阶段。作为生活插曲的赛马，一下子“同重大的人生戏剧联系起来”[②]，产生了人们意想不到的戏剧效果和审美价值。这就证明：一部作品，不能只从事实的活动方面去写人及其相互关系，将现实“现实化”；而应该着力从心理的活动方面去写相互矛盾又相互关联的人们各自不同的灵魂和命运——将现实“典型化”。小说的创作是这样，戏剧的创作更应这样。为什么努力这样做了的《原野》反而会遭到“非现实化”的责难呢？

问题的症结在于：进行这种责难的同志把人的心理同他置身其中的那个特定的社会现实割裂开来，对立起来了。其实，这是割裂不得，对立不得的。别林斯基说得好：“现实存在于事实中，知识中，感情的信念中，理智的判断中，无论在哪里，现实总是我们时代的最初和最后的意见。”诚然，不从“现实”听取“我们时代的最初和最后的意见”，不能成为现实主义者。同样，不从“现实”把握人的心理活动的脉搏，不从“现实”熟悉人的“感情的信念”和“理智的判断”；那就不懂得“文学”乃是“人学”，甚至离开“人学”，去搞那种干巴巴的见事不见人的所谓“文学”，到头来也成不了现实主义者。从这个意义上说，文学反映现实，就是反映现实的人及其现实的心理状况，我们要使文学具有戏剧美，戏剧具有文学美，就必须像高尔基所说的那样，努力从内心去描写人，去解剖人所赖以生存的那个社会。

《原野》之所以有生活、有戏，正在于它是从内心去写仇虎，去写加给仇虎“重重迫害”的那个比阎王殿还要阴森恐怖的黑暗社会的。

这正是《原野》独创性的一个突出表现。它渗透着强烈的现实主义精神，但又不是现实主义的某种常规所能范围得了的。

拿常规的眼光来看，一个人戴着脚镣跳下飞奔的火车，那是不可能的。但对父亲被焦阎王活埋，田地被焦阎王侵占、妹妹被焦阎王卖进烟花巷，自己又被焦阎王投进了监狱并打折了腿的仇虎来说，为了一心复仇，却又是可能的。“这是一种奇异的感觉，人们惊怪造物主怎么会造出这样一个充满强烈的生命力的汉子。”曹禺就是这样把仇虎介绍给读者和观众的。在这里，细节的不真实，反映的恰恰是心理的真实，不合生活的个别逻辑，揭示的正好是生活的全局逻辑：残暴的压迫，激起了异乎常人的勇猛的反抗。如果说，这叫不合

① 卢卡契：《卢卡契文学论文集》第1卷第38—40页，中国社会科学出版社1980年版。

② 卢卡契：《卢卡契文学论文集》第1卷第41页，中国社会科学出版社1980年版。

理，那么，请问：李苦禅画鹰，将鹰的圆眼画成方眼，岂不是更不合理吗？然而，谁也没有这样责备过李苦禅。原因何在呢？原因就在于现实主义不仅不排斥，而且需要合理的夸张，必要的变形。不变形，不将圆眼画成方眼，就不足以展现鹰的英雄气概，不夸张，不写戴镣跳车，就难以突出仇虎复仇的坚决。我们怎能顾此失彼，舍其神而求其形，舍其典型化而求其"现实化"呢？

同样，如果用常规的尺度来衡量，《原野》写金子的偷汉，焦氏的捉奸，似乎只是一种情感和心理的纠缠，没有多少社会意义。然而，生活的辩证法告诉我们，同一事物具有多方面的性质，创作家可以从不同的角度去描写它。所谓化腐朽为神奇，便道出了其中的奥秘。在我国话剧发展史上，曹禺又正是这样一位善于从同一事物中发现不同意义的剧作家。他在《原野》中写金子的偷汉、焦氏的捉奸，正是因为他从这种情感和心理的纠葛中，发现了凝聚着重大的社会冲突的缘故。

先说金子吧。她偷的汉，不是别人，而是从小就定下的未婚夫仇虎。他俩青梅竹马，情同手足，理应成为眷属。但是，焦氏的丈夫焦阎王用极其野蛮残酷的手段害了仇虎，毁了仇家，金子又被押来做了焦氏夫妇的儿子——大星的填房。金子是带着农家姑娘的妖艳和野泼来到焦家的。她一进焦家的门，"窝囊废"的大星就迷上了她，眼瞎心狠的焦氏则恨透了她。正像金子对大星所说的那样："天底下没有比你妈再毒的妇人，再不是人的婆婆"，她"骂我羞我，没有把我当人待"，"她要害死我"。这就迫使金子不得不与焦氏进行尖锐的斗争。斗争最先的焦点是：金子要用自己的野性来熔铸大星的形象，使之成为自己的丈夫；焦氏则要以她的剥削阶级的一套来熏染大星，让他成为自己的"家私"和她丈夫焦阎王的儿子。在斗争中，金子领教了焦氏的狠毒，也认识了大星的为人。尽管他继承不了他父亲的反动衣钵，但他在精神上割断不了同焦氏的血缘联系，他是他妈妈的"孝顺儿子"，而不是她金子的"爷儿们"。仇虎的回来，使她得到了在大星身上得不到的爱。这种爱是纯洁的。焦氏用金钱来控制大星，大星又偷偷用他妈给他的金钱买镀金的镯子和耳环来打扮金子。可是，在仇虎的心目中，他仇虎与金子的爱是比"真金子"还要贵重的东西，他仇虎可以把"真金子"扔进水塘，却怎么也扔不掉对金子的爱。这种爱，在原始性的打情骂俏之中显现着农民式的质朴与活力。它像一团烈火燃起了金子对爱情生活的强烈渴望，激起了金子更加憎恨焦氏，更加厌恶大星，更加向往同仇虎一道飞向那金子铺地的地方。所以，当金子得知焦氏报告了侦缉队、又以捉奸的方式差点抓住了仇虎，而大星又被焦氏召回家的时候，她与焦氏斗争的焦点便从大星的身上转移到了仇虎的身上。她要稳住大星，制服焦氏，保护仇虎。她先是用吻与打迷住和吓住白傻子，使他不要成为见到了仇虎的证人；继而以撒泼的形式，承认自己在家偷人养汉，把满腔的怒火与怨气一股脑儿喷向大星；接着拿出扎穿钢针的木人告诉大星，不是她金子要偷人，而是大星的妈要害死她金子。

然而，焦氏是不好对付的。她狠毒而有心计；眼瞎而有特别敏感的阶级神经。她的疑心病大，正是她的阶级敏感性强的个性表现。她把大星的"窝囊废"归之于金子的妖迷，从而羞金子、骂金子、甚至要咒死金子，决不是一般的婆婆对待媳妇的那种变态心理，而是恶

霸地主的老婆对待农家女特有的本能式的阶级嫌恶。焦氏知道得很清楚，她焦家不残害仇家，金子本来会与仇虎成为一对好夫妻。现在仇虎回来了，她一得知这个消息就恐惧地预感到仇虎是冲她焦家来的。她一听到金子房子里半夜有响声，就产生了“猛虎临门，家有凶神”的可怕念头。她懂得她一个人对付不了金子，更对付不了仇虎。她一面报告侦缉队，一面派常五来监视，一面又把到镇上谋事的大星找回来。她不等侦缉队来就率领白傻子打进金子的房里去，恰恰显现了她的狠毒和有心计。她既想抓住金子偷汉的把柄，好让大星降住这个活妖精，更想以捉奸的方式，赶走仇虎，好叫侦缉队不在她的家里而在茫茫的野外逮住这只临门的猛虎，她害了人又不沾害人的罪名。然而，金子没有折服，仇虎也没有吓走，他反而回来了。他回来干什么，焦氏心里是明白的。她随机应变，时而求金子不要告诉大星同仇虎偷情一事，并支使金子暗暗同仇虎一道走；时而单刀直入，戳穿仇虎的内心隐秘，甚至请出仇虎父亲的亡灵，来威逼仇虎不能向焦家复仇！时而编造谣言，把残害仇家的罪责推给别人，将焦家变成仇家的庇护者。所有这一切都无济于事，她又打发仇虎跟金子成双成对地走，好让他俩一齐“掉在她的网里”。正像金子对焦氏所说的那样：“仇虎离开了焦家的门，碰不着你的孙，害不着你的儿。你再一下子抓着两个，仇虎拐带，我是私奔。”

请看，金子是那样偷汉，焦氏又是这般捉奸。偷汉，不单单是偷汉，捉奸，也不仅仅是捉奸。偷汉因仇虎而起，捉奸朝仇虎而来。偷汉和捉奸，都同焦仇两家你死我活的阶级搏斗息息相通、血肉相连，都是焦仇两家你死我活的阶级搏斗更隐蔽、更曲折、更加内心化的表现。曹禺之所以敢于花那么多笔墨，用几乎整整两幕戏来组织上述的戏剧冲突，其审美创造的全部旨趣。不在于写偷汉与捉奸这样的事件，而在于写参与其事的各人物的各自心理，写这种心理所蕴藏的实际的阶级内容。

所以，毫不奇怪，在曹禺的笔下，焦氏如同她的丈夫焦阎王一样，不是抽象的个人，孤立的存在。尽管她手中没有枪，不能像她丈夫残害仇家那样残害仇虎，但她有同仇虎打心理仗的精神武器——封建的伦理观念和迷信思想。她更能依恃封建的政治暴力——侦缉队，制仇虎于死命。同样，仇虎也不是抽象的个人，孤立的存在。他有不共戴天的仇人，他有他结拜的穷兄弟。而他的结拜兄弟，正是为了报复他的仇人。虽然他还不懂得他和他的兄弟同他的仇人之间的关系是阶级关系，虽然他只知道自己有仇，只知道报自己的仇，但是，他每一个复仇意念的萌生，每一个复仇行动的采取，都是由他同焦家阶级冲突的实际势态所制约、所推动的。焦阎王死了，他因失去了具体的复仇对象而感到极大的愤慨和茫然。在愤慨和茫然中，他只得把同金子的幽会看作从伦理上对已死的焦阎王的最大报复。这种报复，以承认金子是焦家合法媳妇为前提，反而使焦氏抓住了金子偷汉的把柄，并设下了叫仇虎插翅难飞的那张网。这时，只有到了这时，仇虎才知道他与焦氏“是一尺的蝎子遇上了十寸的蜈蚣”，才明白他的仇人不单单是已死的焦阎王，还有活着的焦氏，才决定以毒攻毒，以恶抗恶，把仇复到焦氏的头上，让她一个人在世上活个够。

初看起来，仇虎与焦氏的戏剧冲突仅仅是围绕心理的动机在打转，是停滞的，表面的。这种写法，好像是专拿个人作为描写的对象，似乎颠倒了个人与社会的关系，其实恰恰包含着对仇焦两家阶级关系的变动性和多面性的更为深刻的理解，包含着对仇虎复仇的心理和命运的悲剧发展的更为实际、更为清醒的认识。归总一句话，包含着对民国初年北洋军阀统治时期，农民同恶霸地主之间相互依存而又相互矛盾、相互斗争的那种历史具体性更为独特的审美把握、表现和评价。正因为如此，《原野》便像郁达夫所称赞的那样，“有它特别的价值”，以其“深刻的印象”，“永铭在读者和观众的心头”①。

三

《原野》明明是部具有独创性的现实主义的“巨型名剧”，有的同志偏偏要把它纳入现代派表现主义的范畴来加以否定性的评论。而这种评论又是从曹禺不熟悉农民这个假想的前提出发的。在这些同志看来，想要探索农民悲剧命运的曹禺，因为要克服不熟悉农民的先天困难，只得求救于奥尼尔，求救于《琼斯皇》，因而“陷入了表现主义文艺思潮的圈子”。他们深为惋惜地说，“这的确是深刻的教训”。

我的意见正好相反，要说“深刻的教训”，倒不是曹禺陷入了什么，而是我们的有些同志好从“假想”的角度看问题，论是非，划不清现实主义和表现主义的界限，把现实主义当成了表现主义。

不错，如果把曹禺的《原野》同奥尼尔的《琼斯皇》作形而上学的类比，很容易得出这样的结论：《原野》在许多方面里是模仿《琼斯皇》的，最大的模仿之处又在写人物的幻视、幻觉和幻想。而放弃事物的真相，专写事物的幻象，恰恰是表现主义的突出信条。如此说来，《原野》的创作“陷入了表现主义文艺思潮的圈子”，那还有什么值得怀疑的呢？

然而，且慢。幻视、幻觉、幻象，作为人特有的一种心理现象，并不是什么来如烟，去如风，飘忽不定，捉摸不透的神秘之物。一个人在什么时候、什么场合产生什么样的幻视，幻觉、幻象，总是同他特定的社会联系、特定的物质生活和精神生活分不开的。因此，描写人的幻视、幻觉和幻象，应该是现实主义驰骋的一个重大领域。不能把这个领域视为表现主义的专利所。从现象上看，写人的幻视、幻觉和幻象，是现实主义同表现主义的一个交叉点。但就本质而言，交叉不等于重合，更不是混合。恰恰相反，同是写人的幻视、幻觉、幻象，现实主义的审美意趣根本不同于表现主义。对表现主义者来说，资本主义是一个可怕的难解的噩梦和怪影，是那样的恐怖，又是那样的神秘。因此，在他们的眼里和笔下，“存在是一种巨大的幻象”②，“于是不再有工厂、房舍、疾病、妓女、呻吟和饥饿这一连串的事实，有的只是它们的幻象”③。如果说，“表现主义艺术家的整个用武之地就在幻象之中”④，如果说，表现主义艺术家的写幻象，在触及到现实世界的某些真实的时候，很快又避开和掩盖了这种真实；那么，现实主义艺术家的整个用武之地就在再现典型环境中的典型性格的审美创造之中。他写幻象，正是为了更集中更典型地显示现实世界的真相。曹禺

① 郁达夫：《〈原野〉的演出》，见《郁达夫文集》（国内版）第7卷，花城出版社1983年版。
② 埃德施米特：《创作中的表现主义》，《现代西方文论选》，上海译文出版社1983年版。
③ 埃德施米特：《创作中的表现主义》，《现代西方文论选》，上海译文出版社1983年版。
④ 埃德施米特：《创作中的表现主义》，《现代西方文论选》，上海译文出版社1983年版。

写仇虎的幻象所遵循的恰恰是这条现实主义的路线。请看看他在《原野》第三幕仇虎出场的“提示”中对这一点所作的说明吧：

> 仇虎到了林中……时尔，恐怖抓牢他的心灵，他忽尔也如他的祖先——那原始的猿人，对着夜半的森野震战着，他的神色显出极端的不安。希望，追忆，恐怖，愤恨连续不断地袭击他的想象，使他的幻觉突然异乎常态地活动起来。在黑的原野里，我们寻不出他一丝的“丑”，反之，逐渐发现他是美的，值得人的高贵的同情的。他代表一种被重重压迫的真人，在林中重演他所遭受的不公。

曹禺的说明，清楚地告诉我们：他写仇虎的幻觉异乎常态地活动起来，并由此而产生了那么多幻象，甚至有牛头马面、小判官、阎罗王的幻象，不是在那里人为地制造恐怖的，鬼气森然的戏剧气氛，从而把焦仇两家戏剧冲突的社会性归之于不可解的神秘，把仇虎的人性美归之于抽象的良心。不，曹禺这样做，恰恰是为了按照北洋军阀统治时期社会生活的可怕逻辑，来展现仇虎“所遭遇的不公”到了怎样可怕的境地；恰恰是为了按照仇虎心理活动的实际内容，来突出仇虎作为“被重重压迫的真人”，那种具体的充满着悲剧性的人性美。

尽管曹禺那时还不是历史唯物主义者，还不能从理性上明确把握农民同恶霸地主之间现实关系的真实逻辑是什么。但是，作为现实主义剧作家，他从自己所接触到的实际生活深深体察到：那时的农村，它的阶级分野、阶级斗争，是由无数的生活曲线交织成的一幅错综复杂的社会图画。处在这个画面中心的仇虎，遭到焦阎王野蛮的迫害，焦氏凶狠的暗算，侦缉队无情的追捕，同时又背负着封建思想特别是迷信思想的精神重担。所有这些现实的和历史的、政治的和思想文化的因素，同仇虎作为农民固有的善良和狭隘结合起来，便形成了他复仇心理的强烈性、短视性和自省性。由于这种心理的驱使，他必然要杀大星，又必然不忍杀大星、后悔杀大星。他陷入了要复仇、复错了仇这样巨大的内心冲突。那庙里单调的木鱼声、磬声，焦氏“回来，我的小孙孙”的呼号声，更激化了他的内心冲突。他拷问自己的内心，更拷问不讲良心的黑暗的世界、残酷的社会。他的拷问，又是按照一个旧式农民信天、信地、信鬼、信神那样的思维方法在幻境中进行的。在幻境中，仇虎恐惧地感到大星的魂一直跟着他；在幻境中，仇虎看到了他父亲被活埋、妹妹被拍卖、自己被活活打折了腿那一幕幕惨景；在幻境中，仇虎把阳间向阴间连成一片，将焦阎王与阎罗王视为一体。他愤恨，他诅咒：“这是阴曹地府啊！”“好，好，阎王！阎王！原来就是你！就是你们！我们活着受尽了你们的苦。死了，在阴曹地府还是你们……”

总之，曹禺是按照社会生活的逻辑和仇虎性格发展的逻辑，来写仇虎的幻视、幻觉和幻象的。它显现了仇虎本质的美、本质的善，同时又显现了焦阎王及其所代表的阴曹地府一般的社会本质的丑、本质的恶。因此，这里的“幻”，恰恰是典型化了的“真”。明乎此，那我们就可以理直气壮地说，曹禺的《原野》同奥尼尔的《琼斯皇》有很大的不同。道理很明白。

在奥尼尔的笔下，琼斯这个黑人当上了西印度群岛土著黑人的皇帝，不是他代表了黑人的民族利益和民族心理，而是由于他受白人资本主义文化的熏染，利用所谓只有银弹才能打死他的欺骗手段，爬在黑人的头上作威作福的。当他被起来反抗的黑人逼得只身逃进森林的时候，这个曾经杀过黑人、也杀过白人的逃犯，现在突然良心发现，有了一种犯罪感，从而产生了可怕的幻视、幻觉和幻象。劳逊说得对，奥尼尔"对双重人格的问题发生了兴趣；他试图通过'肉体的人'来表现他感兴趣的'潜意识的人'"。因此，一个琼斯"完全分裂成了两个自我"[①]。一个"自我"生活在现实世界中是统治黑人的"皇帝"，另一个"自我"生活在幻境中，是被奴隶的黑人的代言人。两个自我，两种人格。很显然，奥尼尔的写琼斯，写琼斯的幻象，遵循的不是现实主义再现典型环境中典型性格的逻辑，而是表现主义没有逻辑的逻辑。在这里，"任何事情都能发生，一切事情都是可能的，或然的。时间和空间都不存在了；在现实的一种细弱的基础之上，想象像吐丝一样用回忆、经验、不受约束的幻想，荒诞和即兴之作织成了一个新的纹样"[②]；"不存在什么秘密、不合条理、顾忌和法则"[③]。要说有"法则"，那就是人性的蒸发，结晶、扩散、收敛。

诚然，曹禺写仇虎的幻视、幻觉、幻象，也使我们从仇虎的一种表情里看到了两种不同的表情，从仇虎的一种声音里听到了两种争辩的声音。但是，这种"不同"与"争辩"，不是仇虎性格的分裂，而是仇虎性格的升华。实现这种升华的动力，也不是什么抽象的良心，抽象的人性，而是仇虎对自身复仇狭隘性可能有的内省，特别是残酷的现实对他的血的教育。他后悔他杀了大星，这种后悔是对的。但他并没有因此而后悔向焦家复仇。侦缉队的追捕，反而使他明白了一个道理：向焦阎王个人复仇不行，信天、信地、杀了大星、惩罚睡在棺材里的焦阎王和活着的焦氏这样的复仇更不行。它挽救不了自己的悲剧命运，反而加剧了自己悲剧命运的到来。所以，仇虎要金子活着出去，告诉他的那帮兄弟："告诉他们，现在仇虎不相信天，不相信地；就相信兄弟们要一块儿跟他们拼，准能活。一个人拼，就会死。叫他们别怕势力，别怕难。告诉他们，我们现在要拼得出去，有一天我们的子孙会起来的。"

从纯粹理性的角度看，仇虎的这些话未免太朦胧，太空洞。可是，从人物性格本身发展的内在逻辑来看，仇虎的这些话，又是具体的、可信的、真实的。它凝结着仇虎的旧仇新恨，它标志着仇虎的复仇心理跃入了一个新的境界。过去个人复仇的"那种狡恶、讥诈的性质逐渐消失了"，出现在我们面前的是一个"要一块儿跟他们拼"、向整个阶级、整个社会讨还血债的"代表被重重压迫的真人"。在这里，在"真人"之上，曹禺要特别冠以"被重重压迫"这几个醒目的大字，不正好表明他是从仇虎所代表的受重重压迫的农民的具体人性入手，来展现仇虎复仇性格的具体变化的吗？怎能说他宣扬了抽象的人性、抽象的人道主义呢？又怎能说他"陷入了表现主义文艺思潮的圈子"呢？

从某种意义上说，现实主义再现典型环境中的典型性格，势必要再现特定的社会关系中个性化了的特定人性。正因为如此，现实主义文学同进步的、革命的、作为伦理学和道

① 劳逊：《戏剧与电影的剧作理论与技巧》。

② 斯特林堡：《梦的戏剧》，见《外国现代剧作家论剧作》，中国社会科学出版社 1982 年版。

③ 斯特林堡：《梦的戏剧》，见《外国现代剧作家论剧作》，中国社会科学出版社 1982 年版。

德学的人道主义，总是相得益彰，从而产生激动人心的审美力量的。这与以人道主义作为世界观、历史观，大写超阶级超社会超时空的抽象的人，抽象的两种人格的表现主义，是不可同日而语的。把前者掉包成后者，并给予慷慨激昂的谴责，那不是批判表现主义，恰恰是讨伐现实主义，剥夺现实主义写具体的人性、具体的人情的审美权利，取消现实主义在伦理和道德方面的感染力和教育意义，是我们难以苟同的。

原载《艺谭》1984 年第 4 期

论《原野》

朱栋霖

一

《原野》①是曹禺于一九三六年创作的农村题材的三幕剧。它深刻地描写了处于封建主义黑暗统治下，农民反抗挣扎、找不到出路终于失败的悲剧，塑造了一个深受封建势力迫害的农民复仇者形象。剧本令人注目的思想艺术成就，使它列于曹禺的优秀剧作行列而无愧色。但是直到现在它还一直受到某种谴责与曲解，某些评论者曾断然宣布它是"失败之作"②。问题的实质还关系到作家的创作道路，曹禺在写出《雷雨》《日出》这样具有高度成就的作品后，在创作《原野》时，思想与艺术是发展了还是倒退了？

否定的意见主要集中在主人公仇虎形象的评价上。如何看待这个形象，就成为评价作品得失的关键。

《原野》写的是民国初年、北洋军阀混战初期农村中农民复仇的故事。八年前恶霸地主焦阎王为了抢夺农民仇虎家的土地，勾结官府谋害了仇虎全家，并把仇虎打进监狱。戏剧就是在这样的背景下展开的，这反映了罪恶的封建统治下阶级压迫的残酷与社会的黑暗。戏剧正面表现的是八年后仇虎逃出牢狱来到焦家报这深仇大恨。戏剧主要冲突在仇虎与焦阎王寡妻焦母之间直接展开。曹禺通过激烈的冲突刻画了仇虎这个农民复仇者的满蓄着仇恨与反抗力量的粗犷灵魂。在第二幕仇虎与焦母正面交战的一段长长的对话中，双方心灵的刀枪你来我往，铿锵作响，格斗的内在力量在不断消长变化。焦母愈是旧事重提想欺骗对方，从心理上控制对方，仇虎愤恨的怒火就燃烧得愈烈，复仇的意志与力量就愈强。他每一句话都满挟着仇恨的雷电、格斗的风暴，每一声回答都迸发出咄咄逼人的威势，都是向焦母喷去的怒火，向焦母抽去的鞭子，狠狠地敲击着她的心灵。那森严的威势与内在愤恨力量终于把焦母完全慑住，彻底摧毁了她的心理战线。

我们看到，仇虎粗犷的反抗灵魂的主要特征是具有一种内在的力量。这所谓"原始的力"历来为评论者笼统地否定，被斥为导致剧本失败的二个重要原因，例如认为"他只是一个纯粹的抽象观念的化身。在他的身上，集中体现出来的不是一个社会的人的性格，而是一个原野的人（具有着原始感情与原始力量的原野的人）的空幻的形体"③，或者认为"他只

① 据生活文化出版社1936年版。

② 刘绶松：《中国新文学史初稿》，第386页，人民文学出版社。九院校：《中国现代文学史》，第305页。

③ 刘绶松：《中国新文学史初稿》，第386页。

是一种与命运抗争的力量的象征，失去了丰富复杂的社会性格”①。究竟应该如何看待这所谓“原始的力”呢？

这可以从曹禺的创作个性与创作历程中找到解答的线索。《雷雨》《日出》和《原野》，是三个寓有哲理、象征意味剧名的剧作，从隆隆“雷雨”中的困兽之斗，黑暗中对光明美丽“日出”景象的向往，到“原野”大地上反抗力量的爆发，体现了曹禺探求哲理，寻找社会出路的思想踪迹与创作历程。曹禺创作个性的一个首要之点是对人，对人性的探索，对人在社会上命运的关注。他已经在《雷雨》《日出》中描写了封建旧家庭中人们腐朽、虚伪、怯懦、卑琐的灵魂，都市社会人们昏暗、腐烂、空虚、寄生的物质生活与精神面貌，旧生活、封建主义精神统治重压下的人们是没有一种真正的人的内在精神力量的，旧家庭都市社会中的人没有出路，曹禺在寻求另外一种力量，进行着哲理的探求。他描写了青年人的理想憧憬，堕落者的人性追求，他更描写了蘩漪这个“雷雨的”性格的人，她有着“更原始的一点野性：在她的心里，她的胆量里，她的狂热的思想里，在她莫名其妙的决断时忽然来的力量里”。正是这“更原始的一点野性”，使她以火似的热情，一颗强悍的心去冲破一切桎梏，做一次困兽之斗，捣乱了周朴园的家庭和它的整个秩序。从《雷雨》到《原野》，曹禺以自己的方式在探索。在他的笔下，原野既非封建性的旧家庭，亦非金钱化的都市社会，人是大地之子，正如曹禺在剧本开头写道：“大地是沉郁的，生命藏在里面。”曹禺要在仇虎这个原野中的人身上发掘一种摆脱一切束缚的真正的人的巨大力量。仇虎魁伟雄壮的怪异外形显然与常人迥异，而与自己的巨大内在力量相吻合：他腿被打瘸，衣衫破烂，又表明是“刚从地狱里逃出来的人”——一个遭受了重重压迫的人：他出现在原始森林中，与这环境十分协调。他整个行动中所表现出来的烈火燃烧般的仇恨、巨雷爆发般的力量、不可阻遏的反抗意志，咄咄逼人的威势和那炽热的性爱、粗野的激情，熔成一股巨大的内在的力。这是与那种封建主义精神统治重压下人的腐朽空虚精神面貌相对立的、用来反抗黑暗腐朽的封建统治势力的巨大力量。曹禺把这作为真正的人的反抗力量。它既不缺乏深刻的社会内涵，也没有使“人物的阶级特性模糊”，更不是什么不着天地的“抽象概念”。曹禺是从处于封建主义沉重压迫的农民身上而不是从其他人身上发掘了这种反抗的力量。农民阶级在几千年的中国封建社会中，处于生活的最底层，他们不断地挣扎，沉重的压迫孕育了不屈的灵魂，深深的仇恨中迸发出反抗的意志与巨大的力量。

剧中仇虎的“力”固然涂上了一层原始朦胧的色彩，带有朴素、蛮野的因素，但仇虎的“力”体现在他向焦阎王的复仇斗争中，是农民阶级反抗意志，不屈灵魂的升华，因此透过它原始朦胧的外表，我们看到这“力”正是被压迫农民向罪恶封建势力自发反抗的力量，是具有社会的、阶级的内涵的。曹禺描写它，发泄了自己对黑暗社会的不可抑制的巨大愤懑和对社会、对人的希望。当然这种带有朴素、蛮野因素的力，并不是真正的革命力量。曹禺表现了它，并不说明作者找到了推翻旧制度的真正力量，因为任何反抗力量都必须在马克思主义指引与共产党领导下才能成为革命力量。仇虎后来抗争的失败，恰恰证明这力量并没有找到正确的出路。

① 唐弢主编：《中国现代文学史》(二)，第189页。

二

曹禺在戏剧后半部着力刻画了仇虎复仇杀人前的矛盾犹豫，杀人后的恐惧悔恨。这种大量的心理谴责因素是遭致许多评论否定《原野》的又一重要原因，例如认为“这个人物被作者所加的复仇、爱与恨、心理谴责等因素神秘化了”，“损害了这一形象的真实性”，以致使“作品的现实性比较薄弱”①。

如何看待仇虎的心理谴责，是需要研究的又一问题。

第一，既然仇虎复仇是正义行动，他的悲剧性内心冲突应如何解释？这同他深深的仇恨、强烈的反抗意志似乎形成了性格分裂，这种心理谴责与悲剧性内心冲突能否成立？它的真实性如何？

让我们先来看看另一个人物——仇虎杀人复仇的现实对象焦大星吧。

焦大星，这个杀人魔鬼焦阎王的儿子，实际上是个怎样善良、懦弱而又无能的可怜人啊。首先，戏剧开头我们看到，焦母一面狠狠地教训着即将出门的大星，一面往地上丢下一袋钱给他，焦大星唯诺而卑屈地捡起来，一会儿焦母突然厉声将焦大星叫回来，重新数了一下钱再交给焦大星：“拿去，快滚！”曹禺通过这个细节揭示了焦大星在家庭中的地位与生活，造成他现状的根本原因，正像金子说的：“可怜他一辈子没有长大，总是个在妈怀里吃喳儿的孩子。”严酷的封建家长制的绳索紧紧地捆绑了他，阎王夫妇并不把自己的儿子当成个人，而只是自己囊中的私物，手上耍着的猴儿。在“关心”“爱溺”的温暖外衣下，焦大星成了焦阎王夫妇刚愎意志与封建淫威任意驱遣与发泄的对象，被扼杀了个人的意志与自由的天性。于是，懦弱，就在这个善良得连蚂蚁都不肯踩的焦大星身上打下深深的烙痕，他是阎王夫妇封建家长统治的牺牲品。其次，在家庭生活中，懦弱又给他带来了另一层心理因素——忧郁。焦大星爱恋自己的妻，但暴戾凶狠的焦母一而再，再而三地虐待、迫害媳妇金子，滥施封建家长淫威。懦弱使他一方面十分畏惧他的母亲，一方面又成了妻子看着厌气的窝囊废。他要爱而不敢爱以至于失去爱，“妻与母为他尖锐的争斗使他由苦恼而趋于怯弱”，心灵蒙上了忧郁的色彩，他成了封建家长焦母与妻子争执的牺牲品，而最后，他又成了仇、焦两家复仇斗争的牺牲品，心灵掉进了痛苦的深渊。仇虎向焦家报仇，一回来就把焦大星的妻子、自己过去的未婚妻金子睡了，他故意让焦大星知道，以此煽起对方的妒火，但在大星是有火而不得发泄，爱恋而不得满足，又痛心于妻子不贞，陷入了难以排解的痛苦。这个善良的弱者突然之间经历了个人生活的猝然变故，又知道了仇、焦两家的世代冤仇，朋友成了仇人，他觉得生活实在太可怕无情而难以理解，只能在梦中长叹着“好黑，好黑的世界”，让自己进入用痛苦的乱丝编织起来的可怖的睡梦中——他果然永远地睡去了。

曹禺塑造了焦大星懦弱、忧郁、痛苦的悲剧灵魂，将矛头指向罪恶的封建家长制。

忽视焦大星形象的分析，把他笼统地归入焦阎王家一伙，就犯了与仇虎类似的过失，就会对仇虎的心理谴责不可理解，看不到焦大星形象的悲剧性，就看不到《原野》艺术构思

① 唐弢主编：《中国现代文学史》(二)，第189页。

的一个特点：一个悲剧后面隐藏着另一个悲剧，就不能准确地把握剧本的主题，就会简单化地否定剧本的思想意义。有的评论就是这样做的。

按照剧本交代：焦大星并不知道焦阎王种下的毒，这样他对仇虎的友好态度就直接影响到仇虎复仇心理的波动。复仇杀人前，仇虎与金子有一段对话，金子三次劝告仇虎："不过大星是个好人。""虎子，他是你从小的好朋友。""你不能这样对大星，他待我也不错。"只见仇虎"内心争战着""咬着嘴唇""低沉，苦痛地"三次回答："他是阎王的儿子。"他终于杀死了焦大星，又造成小黑子的惨死，内心斗争更激烈了。他举着一双颤抖的手，"我的手，我的手。我杀过人，多少人我杀过，可是这双手头一次是这么发抖"。发抖的是他的心。因为焦大星是无辜的，焦大星的"罪"也许就在他为什么是阎王的儿子；害死焦大星是仇虎不忍心的，但为了报两代的冤仇，仇虎要害死焦母最爱的人，让瞎老婆子一个人孤独地活着，他认为不得不向焦大星与小黑子下毒手。这就是仇虎的内心斗争与痛苦。

焦母的叫魂声，庙里神秘的鼓声紧紧追随着他，其声似鬼哭狼嚎，其音似冤魂哀叫，声声传入内心恐惧、谴责的仇虎耳中，他惊惧万分，大叫一声："这简直是到了地狱。"——仇虎掉进了一座"心狱"。

第二，仇虎的内心谴责固然有所依据，但这岂不是冲淡了剧本所要表现的主题？他悲剧性的内心冲突与剧中农民向恶霸抗争的主要冲突岂非相互矛盾？这是否意味着《原野》的内在戏剧动作不一致呢？有的评论是这样认为的。

其实许多人对《原野》的深刻主题并没有理解，主要原因是忽略了一个重要问题，即强烈的内心谴责与恐惧使仇虎掉进了一座"心狱"，那么这"地狱"里的魔鬼是什么？导致仇虎失败的悲剧根源何在？

历史上有多少农民不堪忍受黑暗势力的压迫，奋身一跃，挥拳击向黑暗统治势力，但是个人的反抗无济于事，一声愤怒的呐喊立即被巨大的黑暗吞没了。又有多少暴动英雄振臂一呼，揭竿而起，但黑暗势力强大凶狠，封建制度根深蒂固，即令反抗者威震一时，终于难免这样那样的失败；而农民意识又使他们的反抗失去正确的方向与更坚实的力量，多少英雄仰望茫茫苍天寻求问题的答案，最后只能空怀壮志饮恨而亡。《原野》的时代——辛亥革命后、五四运动前——农村的阶级斗争的形势仍属上述情况。在剧中，我们看到仇虎勇猛地抗争，又看到他可悲地失败，他个人的悲剧命运属于悲剧的历史。剧作者曹禺虽然在剧中并没有将主人公直接放在上述深广的社会历史背景上来描写，但是他看到了农民反抗的实际问题，因而描写了他们的失败。

曹禺谈到《原野》的时代背景说："当时，'五四'运动和新的思潮还没有开始，共产党还未建立，在农村里，谁有枪，谁就是霸王。农民处在一种万分黑暗，痛苦，想反抗，但又找不到出路的状况中。"①这虽是创作《原野》多年后所谈，但符合实际情况。与曹禺同时，洪深在剧本《农村三部曲》的《青龙潭》(1922 年作)中就描写了黑暗困苦中的农民，为了求生，寻找出路但又找不到出路的状况。他们不断地挣扎、骚动，探寻各种各样的出路，最后却陷入愚昧、迷信、盲动胡为，打死同情农民的小学校长林公达，求龙王、敬鬼神、跪倒在青龙潭龙王菩萨座下乞求降雨。洪深反映的农民精神状态、思想情绪的这一面是真实的。仇虎

① 《曹禺同志谈剧作》,《文艺报》1957 年第 2 期。

抗争而又失败的悲剧同样如此。

为了复仇，必须杀死焦大星与小黑子。我们从上面仇虎动手前与金子的三问三答中看到，他之所以忍心下手，就在于“他是阎王的儿子”。这在当时传统观念“父债子还”看来也许是可行的，其实是十分愚昧的，是《水浒传》中李逵式的蛮干。作为小生产者又长期受封建宗法观念影响的农民，他们的复仇不仅是自发的，也常常是盲目的，他们很少怀疑“父债子还”的不人道，而实际上，这并不是农民进行阶级反抗的有效手段，也不是农民的真正出路。愚昧，使仇虎采取这一办法，他奋起一击，没有触动黑暗势力的根本，却使自身陷入谴责与痛苦中，产生了悲剧性的内心冲突，掉进恐惧的“心狱”不能自拔。焦母叫魂、庙里鼓声使他神经错乱、惶惶不安。那个时代的愚昧，再加上社会的迷信，给他心灵蒙上了一层想象的恐怖，他看到了世人看不到的景象。焦母举着小黑子的恐怖的阴影始终追随着仇虎，叫魂声紧紧钳住他的神经，他恐惧了：“这不是叫魂，而是催我的命！”我们记得，曹禺描写舞台上焦家的陈设，右面是黑暗统治者焦阎王的画像，左边则是供奉菩萨的神龛，象征着这黑暗世界的精神统治，孕育着愚昧、迷信。愚昧与迷信，是仇虎恐惧“心狱”中的魔鬼，造成了他内心悲剧性冲突。这一切似乎隐藏在仇虎本身，而制造愚昧、迷信，控制这一切的则是封建统治势力，这就是仇虎悲剧性内心冲突的本质。序幕中，仇虎逃出监狱，敲断了焦阎王给他戴上的镣铐。肉体的镣铐虽然挣掉，但没有逃脱精神镣铐的捆缚，最后他仍然回到十天前挣脱的铁镣前，要重新戴上一辈子。实际上，他也没能逃脱强大的黑暗统治势力的迫害与追捕，肉体的与内在的，政治的与精神的两种镣铐都没有挣脱。临死前他从自己的遭遇中看到这种个人的反抗没有出路：“弟兄们要一块儿跟他们拼，准能活，一个人拼就会死。”这是曹禺为这个悲剧下的点睛之笔。也是这个悲剧的深刻之处。对农民精神世界与复仇反抗问题的深刻描写与独到见解，应该说是曹禺的新的发掘与开拓，是当时戏剧创作的一个收获。

《原野》通过仇虎复仇的悲剧，反映了在黑暗痛苦中的农民挣扎、反抗，然而个人反抗找不到出路终于惨遭失败的历史命运。戏剧的外部冲突——仇虎复仇，向焦母斗争，表现农民的复仇反抗；人物的内心冲突——仇虎的内心矛盾，恐惧与谴责，反映了造成悲剧的原因。《原野》的戏剧动作正是：在这点上得到统一，并没有在复仇反抗与内心冲突中失去动作的一致性，就像仇虎自身并没有失去他性格的一致性一样。戏剧冲突的两条线索互有起伏，至后半部逐渐靠拢，相互融合。第三幕中，仇虎的内心恐惧、谴责愈强，但他在催眠状态中的反抗斗争愈烈；他的精神虽然掉进了可怕的“地狱”，但他在幻觉中与自己过去所受的不幸抗争，复仇的意志叫他“打倒阎罗殿，也得跟焦家一门大小算个明白”。阎罗王判仇虎一家死了还要下地狱受难，让焦阎王上天堂。仇虎以顽强不屈的姿态，面对人世、地狱、天堂的可怖挑战，奋力搏击，怒斥种种，不屈而死。悲剧的崇高从这里显示了出来。

我们肯定仇虎形象塑造的基本成功，肯定《原野》主题的深度和它的意义，并不是说《原野》在人物形象把握、思想内容表达方面完美无缺。曹禺熟悉的是城市中封建性旧家庭和知识分子生活，他能够得心应手，深刻细致地描写他们的生活风貌，但在自己不熟悉的农村生活面前，他一贯的准确把握事物的能力就失去了平衡。仇虎缺少了一点作为一个农民形象本身应有的个性特点，多了点作者主观设想的粗野的激情。在刻画这个人物时，作者尝试新的艺术技巧的兴趣胜过了农村社会斗争生活对他的冲击，而剧本的时代感与显示气息也不够，这些比起《雷雨》《日出》严格的现实主义与鲜明的时代色彩来，则是弱点。但是全面考察剧本，继《雷雨》《日出》之后，曹禺在自己的创作道路上并没有倒退，也没有犹豫、徘徊，而是在探索中不断前进。

三

曹禺在《原野》中保持了《雷雨》《日出》的艺术特色，并且又有了新的发展。

《原野》紧张、激烈、激荡的艺术风格与手法同《雷雨》更为接近。剧中角色少，但四个人物中，仇虎与焦母、仇虎与焦大星、焦母与金子，仇虎的内心、金子与大星之间各种矛盾错综复杂，一个悲剧后面隐藏着另一个悲剧，各组冲突锋芒所向，都在揭露焦阎王的狰狞面目。每个人物都怀着深仇宿怨，戏剧开幕已面临危机，“过去的戏剧”推动着“现在的戏剧”，斗争难解难分，戏剧冲突跌宕起伏，紧张热烈。曹禺写人重在刻画灵魂，《原野》再次发挥了他心灵艺术的特长，他以人物内心深处发出的意志冲突，情感激荡形成内在矛盾、感情波涛的起伏，从而构成戏剧冲突。剧中四个人物之间的每一次交锋、每一个场面都处于紧张的心灵搏击，血淋淋的感情恶战中。戏剧是猛烈的极端感情的激战，是你死我活的对立意志的汇合，各种情绪、意象在黑暗中互相推来推去，一种强烈感情往往招来伴随它的、与之相反的感情，种种突变既迅猛又强烈，《原野》中这种种冲突又全在阴风惨惨的黑夜里发生，而作者更将自己创作个性中愤懑、焦灼的激情渗透在情节与场面中，全剧始终汹涌着一股由仇恨、爱恋、凶暴、痛苦交织起来的感情的激流。这些就形成了《原野》的艺术风格是曹禺式的：蒸腾着不可遏压的愤懑，奔涌着紧张激烈、汹涌激荡的巨流。与这相一致的是，《原野》的语言凝练含蓄，包孕着丰富的内心感情，富有内在戏剧动作性。这也保持了曹禺戏剧语言的特色。

《原野》在艺术上继《雷雨》《日出》之后有了新的发展。为了刻画仇虎这个人物在复仇后的心理活动，曹禺吸收了表现主义艺术方法，并在奥尼尔《琼斯皇》的影响下，进行了新的艺术探索。这引起了评论者毁誉纷纷，有的认为这是导致剧本失败的原因之一。应该给予这一尝试以正确的评价。

首先，必须肯定曹禺这一艺术探求的意义。表现主义是一九一〇年到一九二四年在德国兴起的戏剧流派。美国著名戏剧理论家艾尔默·赖斯说：“表现主义努力尝试超过仅仅是再现生活，而达到阐述生活。作者并不努力于忠实地描述事件而是告诉观众这些事件的内在含意。为此，剧作家经常觉得有必要完全离开客观现实而采用象征、浓缩与许多在保守者看来是随心所欲以及荒诞不经的手法。”①表现主义认为人物的根本的真实在于他的灵魂内部。他的精神、情感、欲望、幻想里，因此它重人的主观冲动甚于客观现实。表现主义戏剧往往牺牲了情节描写和人物塑造，而着力于将人的主观感觉外部化、戏剧化，强烈地表达人物（也是作者）的内心感情，它不以真实地反映客观现实取胜，而以表现人的主观的感受、思想的升华、幻觉的产生、激情的跳荡见长，当时成为“灵魂的戏剧”。美国著名戏剧家奥尼尔《琼斯王》（1920年作）是表现主义戏剧代表作之一。我们知道戏剧到了易

① Elmer.Rice：The Liuing Theatre (Chapter Ⅷ The American Theatre：Begiunings).

卜生时代，已形成一套完整的现实主义戏剧体系。但任何艺术都要不断发展、更新。表现主义故意离开现实主义体系，其短处是忽视对现实生活的真实反映，长处是能为现实主义戏剧增添新鲜血液。戏剧深入人物心灵，将人的内心生活外部化，直接呈现在舞台上与观众面前，这不能不认为是戏剧艺术的一种新发展。更何况艺术园地应该百花齐放，允许各种流派、创作方法并存。我国话剧自五四以来主要继承、借鉴易卜生为代表的现实主义戏剧，到三十年代正不断发展走向成熟，但这并不排斥艺术家们引进新的技巧。一九二二年，洪深从美国留学归来创作了多幕剧《赵阎王》，写赵大条杀人后潜逃时的恐惧心理与幻觉，艺术上主要学习奥尼尔《琼斯王》一剧。由于各种原因，《赵阎王》演出没有获得成功。洪深的失败并不证明此路不通，曹禺在《原野》中再次运用表现主义艺术方法，借鉴《琼斯王》探求艺术新路，足见曹禺作为艺术家探求真理的自信、勇气和胆略。从曹禺本人的创作道路来看，他的剧作是人物心灵的艺术，《雷雨》《日出》着力通过再现生活本身反映剧中人的内心世界，曹禺在他第三个剧本中探寻刻画人物灵魂的新手法，将人的内心世界外部化，将精神生活的流动变化直接呈现在观众面前，这是曹禺戏剧艺术的新的发展。在我国戏剧文学史上，曹禺第一个成功地运用了表现主义艺术，应该肯定这一艺术探求的意义。尽管人们对《原野》这一艺术尝试褒贬不一，但近年来舞台上对“意识流”手法的运用证明了这一尝试的可贵。

简单地模仿、照搬，难免要导致失败，借鉴外来艺术必须化为自己的血肉。曹禺在《原野》中有自己的努力，得失成败要仔细辨析。

奥尼尔的《琼斯王》是一出八场短剧。主人公琼斯是个黑人，他在卧车上杀死一名白人乘务员，又在牢狱中杀死看守。他逃到某小岛上用欺诈威胁手段当上了土著黑人的皇帝。戏剧开幕时，被他剥削、奴役的土人们正在策动推翻他，逃跑中的琼斯受到饥饿与恐怖的威胁又听到土人讨伐他的鼓声，这鼓声每分钟七十二下（同人的脉率），后逐渐加快，与人发烧时的脉率加快一样，于是他的神经错乱了，幻觉中看到自己和种族祖先的过去种种生活经历。翌日，他终于未能逃出森林而被土人杀死。但是，《琼斯王》的含意不在戏剧情节的表面，奥尼尔在《琼斯王》中主要是描写人的恐怖，同时又寓有深邃的象征意义，形象地体现了荣格的“集体无意识”学说[①]，进行了一场深刻的心理分析。

---

① 卡尔·荣格曾是弗洛伊德的学生。荣格提出了“集体无意识”概念。荣格认为，一个人的思想包含从集体无意识中传来的念头。集体无意识之产生只是由于他是人类中的一员，也包括他自己特定的种族、部族和家庭而遗传来的念头，这些就是集体无意识；从他个人持有的境遇中产生的无意识的念头与符号，组成了他的个人无意识结构；最后从他个人无意识中产生了他的个人意识，他的“自我”(ego)。黑人琼斯本来是被压迫者，在颠沛艰困的生活境遇中沾染上白人文化精神的毒素，反去奴役原先被压迫的同类人，这样琼斯就背叛了自己的种族，也背弃了他原先的自己(self)。他在森林中东奔西突拼命逃跑的路线，正是逃脱他意识到的自我，即异化了的自己，找寻他原先的自己的心理路线。因此我们看到，奥尼尔运用许多象征性手法，描写琼斯逃进森林首先脱掉皇帝的帽子，又丢掉皇帝的制服与鞋上的装饰品，幻觉中再现了自己和祖先过去的生活经历——不是按事件的发生的时间先后顺序看到，而是颠倒过来从现在逐步推向过去——每出现一次，他就开枪击破，最后弹尽而亡。这些象征着他现在意识到的自我的逐步瓦解与他集体无意识、个人无意识的逐步发现；他在森林中绕一个圈子又回到原地，就象征他找到了原先的自己的出发点，而他也终于逃不掉现在的自我。参见 DirisV.Falk：Eugene O'Neill and the Trahic Tensi-on.P.P. 66-67 Rutgers University Press，1958。

我们看到，曹禺的《原野》与《琼斯王》的戏剧情节有许多相似之处，黑幽幽的森林背景，催命的鼓声，主人公逃跑时的畏惧心理，幻觉中过去生活经历的再现，他的挣扎与苦斗，等等。《原野》第三幕与《琼》剧一样都是描写人的恐怖心理，但又有不同。《琼斯王》中蕴含在表面戏剧情节之内的深邃象征意义没有了，仇虎幻觉中过去生活经历的意象是按照事件发生的时间先后顺序出现的，曹禺描写这些意在重视他所遭受到的种种不公，揭露焦阎王为代表的黑暗统治者的凶暴残忍，控诉农民所受的深重压迫与苦难，同时，仇虎在这种种幻象的纠缠下拚命挣扎、苦斗，他反抗的意志愈来愈顽强，而他深深的恐惧与迷乱则反映出愚昧与迷信造成他内心悲剧性的冲突。正是由于运用了表现主义艺术，曹禺才能出色地描写仇虎恍惚迷离的精神状态，才能成功地展示出一幕农民复仇的心理悲剧，这是为他自己的主题服务的。

曹禺成功之处在于通过针线细致绵密的穿插、层层渲染铺垫来描写仇虎幻觉产生的过程，这方面《原野》远胜于奥尼尔写在三张稿纸上的《琼斯王》。奥尼尔描写琼斯幻觉意象的产生主要依仗森林夜色的恐怖、饥饿的空虚、迷路者的慌乱和土人战前宗教舞蹈的阵阵鼓声，每次幻觉出现都比较突兀，显得简单化。曹禺在《原野》中除了保留《琼斯王》原有的戏剧因素外，进一步充分发挥了在《雷雨》《日出》中就显示出来的艺术特长，又有所创新。第三幕第一景的最后任务是写仇虎完全进入催眠状态，在幻觉中看到自身的幻形。人的幻觉的产生需要有一个过程。这之前，第二幕结尾，焦母举着小黑子尸体酷恨地喊道："虎子，我会跟着你的。"仇虎在恐惧中开枪射击焦阎王像，是他神经开始错乱的第一声信号。这个结尾为下一景末幻想的出现作了铺垫。这一景开始，仇虎在幕内远处惊呼："灯！红灯！"焦母叫魂的红灯一开始就出现在仇虎视觉中，使仇虎带着一种恐惧心理上场。这灯贯穿在这一景始终，焦母的阴影也始终紧紧追随着他、控制着他的心理。接着曹禺又安排了四层铺垫渲染，自然细致巧妙又层次分明地为仇虎内心幻想的出现做了心理引导，常五一个劲儿称金子为"大星媳妇"，这"大星"两字深深地触痛了仇虎谴责与悔恨的心灵，一提到它仇虎就犯糊涂，他朝空放枪，表明他内心已由刚上场时的恐惧开始迷乱，这是一。紧接着他知道焦母一定也在这林子里，一步一步跟着自己，"那，那红灯就是她！"恐惧更增加了。常五又提起小黑子，再一次触痛他的潜在心理，他狂起来："天哪！"剧烈的谴责与悔恨使他的恐惧与迷乱愈益加剧，这是二。金子要他小心手上的血，他悔恨地："这心跟谁能够说得明白。啊，这林子好黑！"长叹一声。这叹气，这"好黑"的语言是对仇虎有深深印象的大星临死前的梦呓。由于这种语言的暗示与引诱，仇虎进入了催眠状态并喃喃自语起大星的梦呓，进一步激起对大星惨死的恐惧、悔恨。这标志着他的潜意识开始活动了，他再次狂跳向空苦苦恳求。这样我们看到，深深的谴责一次次折磨着他，像利刃一刀刀割裂着仇虎那本来由于悔恨误杀而开始破散的心，他的心灵结构因而不断破散、崩裂、瓦解，终于完全失去自持能力而进入催眠状态，这是三。最后，焦母叫魂来了，庙鼓沉沉，红灯恍惚。《琼斯王》中瓦解琼斯自信心，使他精神恍惚，催他命的是土人战前举行的宗教仪式图腾舞蹈的鼓声，曹禺《原野》则化为富有中国传统宗教迷信色彩的鼓声、红灯与叫魂声。按照中国传统心理，庙宇招魂的鼓声象征阴司的号令与威严，具有宗教神秘森严色彩；一灯如豆，在黑幽幽的森野夜色中闪烁恍惚，如鬼火飘动，如鬼魂悠游；焦母惨厉的叫魂声震动恐怖的夜空。既有谴责又有地狱鬼魂尖嗥的恐怖，猛烈地摇撼着仇虎的心灵支柱，他的精神彻底瓦解，大叫一声："这简直是到了地狱！"掉进了"心狱"中的仇虎终于神经迷乱，在幻觉中看到了他自身的幻形。曹禺为仇虎幻觉意象的产生所做的心理准备与引导，不仅细致自然，层次分明，而且完全符合人类心理规律。现代心理学告诉我们，在人的全部心理活动中，有意识的和无意识生活的一切活动，按其产生的方式来说，都是反射。心理活动的反射原则就是各种行为的最初原因总在于外部的感性的刺激，这些外部的感情的刺激作用于脑而形成暂时神经联系，没有外部的感性的刺激，任何思想都是不可能的。同时，在这里具有意义的不仅有现实的外部影响，而且也包括人所感受的过去的影响总和，他的全部的过去经验。《原野》中这一系列情节中的许多细节铺垫，气氛渲染都是促进仇虎心理幻觉产生的最强有力的外部感性刺激，又作用于他所感受的过去的生活影响。而对于催眠状态的人，某种语言的或实物的暗示与引诱可以唤醒、复活他内心与之相呼应、相关联的过去生活的内容。这一景中仇虎喃喃自语起大星的梦呓就是由这种催眠术中的语言暗示引诱作用产生的。同样，在第二景中，金子为了转开仇虎对小黑子惨死的执念，向仇虎提到他爹爹与妹妹，不料引起仇虎回忆一家遭难的一段独白。在这种语言暗示引诱下，仇虎幻觉中出现了父亲受冤活埋、妹妹被害的意象，也属同一心理效果。

如果说曹禺在描写仇虎幻觉意象的产生时取得了成功，那么，在直接表现幻觉意象活动时则略嫌不足。人物潜意识是思想、情感的自由的、不规则的波动，它不受时间、空间的限制、客观现实与主观幻想的约束，因此艺术表现的一个重要特点就是通过时间与空间跳跃颠倒，现在与过去、未来的交错出现、现实与幻想的相互融合，来反映人物的白日梦的真实感。因为这一切并非真的发生的现实事件，而仅仅活动于人物的幻觉中而已。奥尼尔刻画琼斯幻觉心理时创造出一片朦胧迷乱的意境，而曹禺描写仇虎催眠状态中对过去的回忆，如上述第二景中，则清晰如事件再现，过实像当事人当场搬演，这固然能使一般观众易解，但太清晰则过于理智，过实则反失其真。这在第四景仇虎看到阎罗王的场面中更为明显，这一景由于过多地受到中国传统戏曲中"阴审"的影响，本应更虚幻的事件反而更落实，其中仇虎对阎罗王诉说的一段话完全是一篇书面语言的状纸，不合仇虎的身份、教养。曹禺借用旧曲《妓女告状》，由白傻子一句句唱来幻化出阎罗殿情景，虽然新巧，但白傻子是个白痴，平时辞不达意、出语含糊，他与仇虎接触甚少，怎么能从仇虎处一下子学会唱曲呢？尽管曹禺对此在第一、二幕中埋下许多伏笔，但终嫌做作。有人在谈到莎士比亚作品中鬼魂形象时说："习俗与知识的进步对演戏有影响。""《麦克白》中的妖婆在现代舞台上确实是可笑的。""莎士比亚作品中的鬼魂都要成为过时的了。"①《原野》中阎罗殿一景在今天舞台上难免同一命运。

奥尼尔描写琼斯在森林中东奔西逃，展开他过去生活的幻觉意象，是为了象征着他逃脱关在意识的自我，而逐步寻找、显露他的个人无意识、集体无意识，从而体现了荣格的

① 威廉·赫士列特：《莎士比亚戏剧人物论》，《古典文艺理论译丛》第9期。

“集体无意识”学说。《原野》既然没有《琼斯王》心理分析的象征意义，就没有必要让仇虎像琼斯一样一景接着一景地在森林中到处奔逃，同时又造成第三幕前四景的结构雷同。另外，关于仇虎过去生活的回忆内容在全剧先后出现八次之多，其中有好几次没有产生新的意义，对剧情发展作用也不大，而第三幕直接出现在舞台上的他过去生活的幻象内容，观众早已从前两幕中熟知。

但是，无论怎样，曹禺终于以艺术家的胆略与才华，运用表现主义艺术，成功地进行了一次艺术尝试。《原野》在曹禺个人的戏剧创作道路与中国戏剧文学史上的地位都是不容忽视的。

原载《文学评论丛刊》1985 年第 23 期

论《原野》的人物性格及其关系构成

吴　戈

一

文学史家唐弢在解放前发表的一篇文章《〈原野〉重演》里这样写道："这个剧本里有'戏'，群众看起来过瘾，这个剧本里有生活，顾盼左右，仿佛就在身边，让人看起来恐惧和欢喜。"①唐弢同志说的让群众看起来过瘾的"戏"是什么？在哪里？

我以为，一部戏剧，有"戏"没"戏"，更重要的还在于舞台人物的性格关系的构成，以及这构成中的冲突、变化所推动的情节发展。人道是：戏剧是动作的艺术。性格关系的有机构成是戏剧动作产生的坚实基础，性格的冲突变化则是动作之所以形成的内在因素。因此，论《原野》有"戏"，我首先想到的就是人物性格及其关系构成。

《原野》的人物性格关系构成是这样的：被仇恨烧燎得躁动不安的仇虎是执着的复仇者，焦阎王的遗孀焦氏与焦阎王的遗孤焦大星是复仇的承受者；被压抑了热情，憋屈着反抗性格的花金子，一方面被迫嫁给了她丝毫不爱的焦大星为妻，另一方面，在感情的深层则痴恋着自己从前的未婚夫仇虎；而仇虎与焦大星这对爱的领地里的敌人、仇的漩涡中的复仇者与承受者又恰是孩提时的好伙伴。谈不上性格化的白傻子，为其他人的性格展现或变化冲突提供着某种契机；贪杯懒散的常五爷，在两边买好中给生死搏斗着的双方有意无意地透风走信，无形中加速了冲突的发展的节奏，使剧情奔向高潮。

卓越的戏剧大师曹禺，是在戏剧动作中展示人物性格关系的冲突、发展和变化，并由此多角度、多层次地深入刻画人物性格的高手。《原野》正面描写了阶级矛盾和阶级斗争。剧作家把这种矛盾斗争包藏到一个复仇故事当中、隐伏到两家人的恩怨纠葛中去了。曹禺比他同时代的写同类题材的剧作家高明的是：他并未因题材的严肃性而把人物性格简单化、类型化、概念化，他以犀利的目光注视着复杂人生，从阶级的、家庭的、两性关系的不同层次上来解剖人物性格，塑造出了鲜活、凸圆的艺术形象。

二

美国古典主义文艺理论的权威德莱顿在戏剧问题的阐述中指出："一种性格，或者说一种把一个人和其他所有的人区别开来的东西，不能认为只包含某一种特殊的美德、恶行

① 引自《中国当代文学研究资料·曹禺专集》第497页。

或激情；它是许多在同一人物身上并不矛盾的因素的综合。”①这里说的：“许多在同一人物身上并不矛盾的因素的综合”，绝不是某些品质的简单相加，而是复杂的社会生活铸造人的复杂性格的固有存在形式。曹禺是杰出的，在他的剧作里，我们常常会因这种复杂性而眼花缭乱、心荡神驰。

剧中的主角仇虎是矛盾的主要方面，也是体现剧旨的最力者。仇虎一家与地主恶霸兼小军阀的焦阎王一家，有着两代的血海深仇。父亲被活埋，妹妹被卖到妓院里后惨死，自己被夺走了未婚妻，又被投入监狱打残了腿，心身都受到了非人的折磨。这一笔笔血债，象发酵的酒药，使郁积在仇虎心头的仇恨日深一日。他终于越狱出来，瘸着伤残的腿，带着沉重的铁镣，要报仇，要讨还血债了。可生活中就有这样不巧的事，仇虎在八年监狱生活中一刻也放不下的复仇渴望，却因焦阎王早已死去而变成复仇无对手的失望，举弓无鹄了。然而，父账子还，夫债妻偿，这在中国千百年的复仇故事里似乎是不成文的规矩。自然地，仇虎把复仇的目光转向了焦阎王的遗孀和后代。

面对焦氏这个刁钻阴狠的地主婆，仇虎强烈的憎恶感和复仇欲是难以抑制的，一个傈悍男子，要消灭一个风烛残年的瞎老太婆，只需举手之劳。然而，依仇虎的意思，对这个阴狠毒辣、欺压人并不在焦阎王之下的地主婆的惩罚，应是精神折磨。最惨烈不过的是让她断子绝孙，使她无可想、无所依地活在世上，这对家庭观念和宗族意识极重的中国人来说是最恐惧，最忍不下的。因此，当焦氏赤膊上阵，企图阻止仇虎的复仇行动，竭尽威胁利诱之能事时，仇虎给了她一个近于明说的暗示：“……干妈，您长命百岁，都死了，您不能死。”②

仇虎达到了目的，他让焦氏那狠毒的算计落在了她的命根子——焦家单传的孙儿小黑子的身上，咽下了“害人终害己”的苦果。与此同时，仇虎在复仇的强烈欲望与对无辜、柔弱的焦大星下手的老大不忍的情感矛盾中，不断地刺激焦大星，想挑焦大星先动手，以此克服不忍下手的心理障碍。好不容易，在最后的时刻，他才在焦大星关于报告侦缉队的气话中找到了下手的口实。但他还是手抖了，在刀戳下去后，就产生了后悔和自责情绪。花金子要他去洗洗手上的血迹，他却说：“不用洗，这上面的血洗也洗不干净的。”

仇虎垮掉了，从无复仇对象的悲哀失意走向了朝不是对象的对象复了仇的悔恨交加，他象在一刹那间熬尽了全部的生命力，理智颓然倒下，昏妄狂乱的心绪和隐匿在心灵深处的潜意识却活跃起来，支配了这个进行自发反抗，原始复仇的傈悍农民。对此，历来的评论贬斥最多，或以为这损害了仇虎作为反抗者的形象，或以为这就是把知识分子的神经质强加给农民，或以为正因为这样的描写，使仇虎难于成为农民的典型形象。我觉得，这样的评价是缺乏对作品的客观分析的。

农民的典型形象是什么呢？鲁迅笔下的阿 Q？祥林嫂？闰土？茅盾笔下的老通宝？多多？还是叶紫笔下的云普叔？立秋？或是赵树理笔下的李有才？柳青笔下的梁三老

① 引自余秋雨著《戏剧理论史稿》第 289 页。

② 凡文中所引《原野》原文，均见四川人民出版社的《曹禺戏剧》丛书之一《原野》。

汉？都是，栩栩如生，神态各异。一个阶级，一个民族，一种人，其典型绝不止一个。不能简单地用现代舞剧《白毛女》里与地主狗腿子搏斗时被打死的杨白劳来否定歌剧《白毛女》里喝卤水自杀的杨白劳。在残酷的阶级压迫和剥削中，不堪痛苦、含冤自杀的农民还少么？而奋起反抗的农民数百年来又何止千万？那么，这两种农民何者更典型？如果典型在特殊中较大程度地体现着一般，那么，既未自杀，也没有反抗举动（不否认会存着被压抑的反抗意识）的最大多数农民中间，有没有典型？

很长一段时间里，在我们的文学作品里，人物性格是单一的、类型化的，这与文艺理论上或隐或现地存在着的糊涂观念是分不开的。似乎农民就只有两种典型或类型：落后的、不觉悟的、无力反抗的软弱农民和觉醒的、进步的、奋起反抗的坚强农民。这是那种“非左即右”“非无即资”“非此即彼”的简单认识在文学领域里的反映。更有甚者，在典型理论问题上，一度形成了一个一望而知有明显错误的公式，并以此来套文学作品，套艺术形象：代表先进、反映时代主潮的＝社会生活本质的＝典型的。这一来，把生活简化了，把许多人，把社会生活的很多方面逐出了文学。

《原野》不是这样，剧作家深刻细腻地揭示了社会、人生的复杂性。在刻画仇虎性格时，剧作家作了多方面的努力。

一方面，仇虎是一个从生存的必要资料到做人的尊严和权利都遭到剥夺，从心理到生理都受到极大摧残，生活的慰藉已失掉的农民，是一个顽强、坚定的反抗者，摧残加深了他的仇恨，压迫更使他增加了反抗的决心。他不信人间还有公理，他恨天怨地，咒鬼骂神。他宣布：“我仇虎生来是个明白人，死也做个明白鬼。要我今天死了，我死了，见了五殿阎罗，我也得问个清楚。我仇虎为什么生下来就得叫人欺负冤枉？打到阎罗宝殿，我也得跟焦家一门大小算个明白。”另一方面，仇虎这个农民后代，又是一个受封建道德、封建文化，特别是鬼神观念薰染很深的、受精神奴役创伤的人。在这一层上，他与鲁迅笔下的阿 Q、祥林嫂、柳妈、闰土等等形象是相似的。

正因为这两方面的因素，仇虎身上就同时具备两种心理能量——勇敢和孱弱。在强烈的复仇情绪支配下，在目的性明确、理智觉醒的时候，他表现出压倒一切、一往无前的复仇勇气。当他杀死了焦大星，复仇责任感又与他意识里的良心观念尖锐冲突着。复仇前，他以传统的“因果报应”的鬼神观念煎逼着复仇对象，象把玩股掌上的猎物。复了仇后，这种鬼神观念反过来成了折磨他自己的残酷刑具。他由后悔到恐怖，由恐怖到产生幻觉而更加恐怖，复仇情绪已不再能单独控制他了。他为自己打气：“对！对！对！我那年迈的爹叫阎王活埋，十五岁的妹妹叫他卖，对！卖死在那个——叫阎王卖死在妓院里。嗯，对！我在狱里做苦力，叫人骗了老婆，占了地，打瘸了腿，嗯，对，对！我仇虎是好百姓，苦汉子，受了多少欺负，冤枉，委屈，对！对！对！我现在杀他焦家一个算什么？杀他两个算什么？就杀了他全家算什么？对！对！大星死了，我为什么要担戴？对，他儿子死了，我为什么要担戴？对！我为什么心里犯糊涂，老想着焦家祖孙三代这三个死鬼，对，对！……”越是这样，越是显着仇虎内心摆脱不掉的良心谴责与复仇责任感之间的尖锐剧烈的冲突，越是显着这种内心自我分裂摧毁一个人的意志的威势。这里，我们看到的是一个软弱的心理能量与强悍体魄的物质力量奇特组合的人物形象。当勇敢强悍的心理能量(在强烈的复仇情绪支配下)与体力相谐时,我的反抗是那样地充满了内在力量和扩张性;当软弱(更多的是封建道德力量对人的腐蚀,也有良知的成分起作用)与体力相冲突时,他是那样的孱弱无力,几乎成了废物。

人物性格的完整统一,绝不是性格的单一化。单一,对于生活在各种思想互相渗透、不同色彩的意识并存的社会生活中的活的灵魂来说,恰恰是不完整的,残缺的。生活是杂色的,灵魂也是杂色的,不同人的灵魂,总是以其不同的方式,和谐、统一地显现着这种杂色。仇虎正是这样。仇虎形象的独特价值,就在于作者以极大的勇气和真知灼见,在我国30年代文学描写农民形象流于肤浅化、概念化的情况下,塑造了一个有深度的农民典型形象。很有分寸地触探到了一个阶级觉悟上刚有朦胧意识但尚未彻悟、尚未产生质变的农民那痛苦得痉挛的内心世界。向社会剖示了一颗既有强烈爱憎和反抗意识,又有奴役创伤和怜悯恐惧;既有明确的斗争目的,又有因时代、社会、阶级的局限性而产生的盲目性的色彩斑驳的灵魂。这是现实主义的深刻描写,绝不是"人为地制造内心矛盾"。

三

仇虎与焦氏,是在农民复仇者与地主反复仇者的层次上发生冲突的,而花金子与焦氏,则在封建婆媳关系的层次、压迫者与被压迫者的层次上相对抗。

婆媳不睦,在中国文学作品中多有反映,从汉族的《孔雀东南飞》到傣族的《娥并与桑洛》,从古代的《快嘴李翠莲记》到现代的《寒夜》,都集中地反映过这个问题。而《原野》中所描写的这个问题,是有它自己的特点和实际内容的。剧作家在刻画花金子和焦氏两个人物形象的时候,是有深度的,思考也是复杂的。

花金子与焦氏这两个互相仇视得刻骨铭心的女人,一个恨得要丈夫亲口说"淹死我妈!"以泄忿,获得心理上的满足和痛快;另一个明里骂声不断地折磨媳妇,暗里在仇人形象的木人上贴咒文、鬼符、扎钢针,要咒死媳妇。这难泯的仇恨,这纠缠如蛇的怨毒,乍看似乎是戏剧性的夸张,其实并非如此。怨毒仇恨的产生,有其复杂的原因。

在她们各自代表的阶级本质的层次上,花金子是个泼辣的、带点野性的农民女儿,焦氏是个刁钻阴毒的地主婆,两者不发生家庭关系时,阶级分野造成的间接压迫与被压迫的矛盾,显然是存在的;当花金子被霸占为焦大星的续弦时,这矛盾立刻由社会转到家庭内部,尖锐而又直接地冲突起来了。但这时,封建社会传统的旧道德已经给花金子套上了一副沉重的枷锁。因而,这个在别的场合狂放不拘、任性泼辣的女子,由原野的姑娘异化成了封建地主家庭里受束缚的小媳妇,受到了窒息般的压抑。在家庭内部,婆之于媳可以任意欺凌,并被认为是天经地义的。在这样的情形下,花金子对焦氏,只能恨在心里,怒极时也只敢喃喃地骂给自己听,表面还要一口一声"妈",陪小心,献殷勤。焦氏则不同,明里暗中,都不掩饰对花金子的敌视。有旧道德为护身符,焦氏是肆虐的。这就足见曹禺表现焦、花婆媳矛盾的反封建意义了。

在家庭的经济关系层次上,花金子与焦氏的互相排斥,也是有充分合理性的。焦氏无疑掌握着焦家的财政大权，可她的年龄、生理特点以及社会风尚决定了：把钱派用场，只能通过焦家的唯一男丁焦大星去做。然而，大星对艳丽的金子的迷恋，使她十分担心焦大星把家败在“迷死男人的狐狸精”身上。实际上花金子对焦家的财政并无兴趣，即使有兴趣，只要焦氏在一天这财政大权就绝不会旁落花氏之手。这一点，焦氏恐怕也是清楚的。但她在焦大星给媳妇打镯子、环子之类本属正常的事上盯得那样紧，其实是她对自己一朝归天后焦家大权势必落入支配丈夫的花金子之手的隐忧的外现。焦氏把对焦大星守业的失望，迁怒于花金子了。

在作为儿子的母亲和丈夫的妻子这一层关系上，这两个女人的互相排斥几乎是本能的。从心理秘密上说，两个女人对焦大星都有着强烈的占有欲。以焦氏而言，一方面，她是个严厉的家庭独裁者，是个怀旧者，她把焦大星与死去的焦阎王两相对比，对儿子怀着近于幻灭的失望与嫌憎；但另一方面，这个待人阴冷狠毒的瞎老太婆，在威风凛凛、阴气砭人的外表下，又有着晚境悲凉的哀伤和渴望温暖慰藉的欲求。焦阎王死了，孙子又尚在襁褓之中，焦大星成了这世界上她唯一可以相依为命的人。这点焦家骨血，无论怎样不济，也总还是她的最大安慰。因此嫌憎与爱怜，在这个守业的地主婆和处于晚境中的母亲身上二重结合了。只是她这种复杂情感在表现形式上往往只剩了严厉、冰冷的躯壳。这样就事与愿违地把自己的感情依靠和慰藉，无形中推到了她的对立面花金子那里去了。这实在是焦氏的悲剧。

花金子对焦大星，无疑也是有占有欲的，但其内容与焦氏的不同。如果焦氏要整个地占有焦大星是出自感情需要的本能，那么，花金子紧紧抓住焦大星是由于本身的防护本能。未婚夫仇虎一家遭劫，仇虎又被投入监狱，一去八年音信全无，生死难测；对于自己的家庭而言，自己又成了“泼出去的水”，无人过问，这时她陷入了孤立无援的境地。面对焦氏的折磨，她抗争不能，匿身无地，自然地，焦大星对她的爱恋和温顺，就成了她有限的保护伞。她可以不爱焦大星，在心里压根儿看不起他，但这并不妨碍她用点“千娇百媚”的小手腕紧紧抓住他，把他作为一堵“挡风墙”。花金子在许多场合，那言行举止，表面看来是魅惑的，多少有点放荡气。但仔细考察，何尝不包含着十分可怜的防护因素呢？

花金子憎恨焦氏，转而也憎恨焦大星对焦氏的恭顺唯诺态度，对焦大星表现出强烈的不满。尽管在其他层次上，焦氏都有居高临下的优势，但在争夺焦大星上，花金子毕竟是胜者，但就人的感情需要看，焦氏也许是值得同情的，然而作者对焦、花矛盾的情感层次的剖示，目的还不仅仅在于从人的本体特征方面去触探婆媳不睦的奥秘，使人物的性格关系和人物形象自身多些复杂色彩，而在于从一个特殊的角度，有现实主义深度地去剖析花金子压抑在内心的极大苦痛以及她的孤苦无援的悲惨境地。花金子的这种苦痛与处境，是与她的受侮辱、受损害的阶级地位紧紧联系在一起的。

花金子一进入焦家，身上那带着原野芳香的鲜活味儿立刻消失了，她度日如年，象在地狱里苦苦熬煎。当心上人仇虎生还时，她死去的爱立刻复苏了：“现在我才知道我是活着。”她勇气倍增，人前人后第一次以真实的自己活着，并痛快淋漓地把心中长期的积郁尽快地吐了出来。她当面控诉焦氏的精神虐待和欺凌，倾吐对温吞水似的焦大星的强烈不满，甚至是厌恶。

这个备受欺凌和侮辱的农民女儿把自己的命运与心上人紧紧连在一起了：

“仇　虎：你跟我跑出来只有苦。

花金子：可我——我心里是舒服的。

仇　虎：人家看我是个强盗。

花金子：（斩钉截铁）我是强盗婆。

仇　虎：人家逮着我就砍。

花金子：我给你生下儿子，报你的仇。”

恨得深，爱得烈。爱与恨，在这个生活底层倔强生长的女性身上同时萌芽和生长。艰辛和苦痛，使她磨砺出了一种顽强、坚韧的性格，使人感到健康的野性和生命的气息。什么小家碧玉，什么乡野闺秀，什么“吉普塞性格”，什么“东方的卡门”……一切形容，都无须用来比喻。她属于20世纪二三十年代中国广袤的原野，属于中国女性形象中一个令人耳目一新的审美天地。

四

作为复仇者仇虎相对抗的主要人物，焦氏的性格，更主要还是从阻挠、破坏仇虎的复仇行动的一系列动作中体现出来的。

焦氏的形象是个杰作，她审时度势，洞察人心的那种准确性，靠的却是直觉判断。她用耳朵代替眼睛，用触觉代替视觉，靠记忆确定空间和方位，甚至比健全的人还灵便利索。她的大脑几乎没有一刻不用惊人的速度运转。她敏感得多少有些神经质，她的声音总是“尖锐而肯定的”。她是焦阎王那不散的阴魂，象一团令人窒息的阴影随意游荡，出现在哪里，哪里就有一种仿佛无限扩张的压迫力；她又象一个无所不在的幽灵，总是趁人不备的时候突然冒出来，站到人的背后或眼前，使人不寒而栗。这个老、弱、瞎的干瘪老妪，甚至比年轻健全的彪形大汉更有一种咄咄逼人的魄力。

当她把白傻子稀里糊涂提到的瘸子抢了斧头的事与镇上传来的仇虎越狱的消息联结起来时，她就预感到了仇虎回乡报仇的必然性。为了证实预感，她先是在花金子的院外偷听，果然听到了“半夜里闹哄哄的，仿佛有许多人出进”的动静；接着，她又通过“摸”花金子的穿戴以期发现“异样”，估摸着仇虎是否进了家。果然，通过“摸”和“听”觉到的异样，她打进了仇虎匿身的屋里去，展开了仇敌双方第一次面对面的交锋。仇虎狠狠踢了焦氏一脚，使她跌伤了头；但焦氏的铁拐杖也不含糊，身手敏捷、一身蛮力的仇虎也不得不仓皇地越窗逃走，以至被太小的窗框撕掉了腿上的一块肉，第一个回合不分胜负。

这时，焦氏派人去召的焦大星赶回来了。焦氏激使焦大星相信了花金子“偷了人”的事实，希望他鞭惩花金子以泄恨，她想用这突然的变故唤醒沉睡在焦大星血液中焦家的那种凶悍残酷的遗传因子。但是，面对着爆发了压抑多年怒火的花金子和焦氏那森严的母命，焦大星没有能力和勇气举起鞭子，只好选择恸哭。看到不争气的儿子这副柔弱相，焦氏彻底失望了，她甚至为自己冲动中要花金子招出“奸情”来的念头和行为后悔。孱弱的大星冲向仇虎只会象一只鸡以身饲虎，想到这她就感到心里发冷和后怕。她不敢把自己心里早已明白八九分的所谓奸情告诉焦大星，甚至恳求花金子和仇虎帮着保密，用心何其苦。于是，她拨开焦大星和花金子，亲自上阵，与仇虎正面交锋了。她套仇虎的话以摸底，她从谈鬼、谈仇家的后代、谈掉脑袋、谈焦阎王等不同角度来威胁仇虎；用摆条件、送媳妇、开脱焦家罪恶、逐客等等手段来劝诱仇虎，软硬兼施，语露杀机，目的都在于要仇虎放弃复仇愿望，停止行动。当三个回合败下阵来，焦氏竟操起铁拐杖，想亲自动手了。一个高举铁杖，一个平端手枪，对峙尖锐，场面紧张。她在最后挣扎中抖手又出一招：缓兵计。她不露声色，不留痕迹地稳住仇虎和花金子，自己却翻窗溜出，叫破落户常五到镇上报侦缉队。要不是白傻子慌慌张张来寻找焦氏，使仇虎和花金子察觉到焦氏不在屋，无意间戳破了一个秘密，那么恐怕仇虎和花金子已遭焦氏的算计毒手了。但是这个奸险的女人却在机关算尽中反过来坑害了自己——亲手打死了自己视为命根子的焦家之后小黑子。这真是对一颗丑陋灵魂的冷酷的嘲弄！

一个文学形象的典型力度有多强，关键在于这个形象在多大程度上以“这一个”的特殊性最大限度地包容了一定时代、一定社会的人或某种人的一般共性。焦氏有着剥削阶级中那些最丑恶、最可恨的女性成员的共同特点：残忍、阴狠、毒辣、凶悍、乖戾……但这一切的表现，又都姓“焦”，打着这个又老又瞎的地主婆的烙印。焦氏是一个不可多得的文学典型形象。

五

焦大星在《原野》的人际性格关系中，是以“窝囊废”作为性格特征显现出其独特面貌的。如果以简便的方式把其他几个人物形象的基本特征概括为：仇虎阳刚粗悍、焦氏阴柔狠毒、花金子泼辣热烈的话，那么，焦大星就是柔弱病态的。

集官、匪、霸于一身的焦阎王，似乎在世时就把焦家的威焰霸道使光了；又老又瞎的焦氏，似乎把焦家敏感、多疑、阴险、狠毒的心思独占了，焦大星就在他们毒菌般的保护伞下成长起来了，纤弱得如同一棵发黄的小草。焦阎王一死，焦氏一瞎，就使这个窝囊废失去了可依赖的靠山，消极地承受着八方风浪。问题是，悲剧就在于他还不是一件无生命无知觉的东西，偏是一个脆弱的感情活物，在他那副窝囊废的皮囊里，掀起着热度不低的情潮。他尽管生理上毫无缺陷，但心理却是畸形的，这一点恰与心理能量大于生理能量的焦氏相反。他在“仇”的冲突中，外无力抗拒仇虎，内不能帮衬焦氏，是个心理能量太小而损耗了生理能量的可怜虫。在“情”的纠葛里，他上不能慰藉焦氏，旁难取悦于花金子。他是个受怜悯，也受打击的角色，他既是焦氏与花金子的争夺对象，同时又是她们泄恨的承受者。他悲剧性地想调和或缓冲两个仇恨者之间的矛盾冲突，结果是夹在中间，左右为难。理智上他要当孝子，情感上他又拜倒在花金子的脚下，从心灵到肉体都承受了不该他本人承受的重创。这个善良又无能、有罪又无辜的人噙着说不清的悲哀和无爱的寂寞死去了。说他有罪又无辜，是因为一方面他没有任何理由要背上焦家上一代人罪孽的报应，另一方面，又因为他在无意识里分得了地主恶霸在残害人民中得来的利益，而且当他从不知情者成了知情者的时候，还那么心安理得，还以卑污的私有观念来维护自己万不该得的婚姻，这样他就变成了一个将错就错的、窃贼般的卑鄙小人。

焦大星绝不是复仇与反复仇矛盾冲突中的仇虎的对手，而只是斗争中各方力量角逐的焦点，是达到暂时的表面的缓和与平衡的砝码。他的窝囊废性格很难与其他人物性格产生对抗性，构成冲突，但这并不妨碍他为仇虎的复仇行动设置下重大的心理障碍。他善良得象羊羔，无力得象鸡，唯其如此，更使人觉得：他那柔弱的脊梁，无论如何担不起、也不该承担焦家的如山罪孽。这使得性烈如火、怀有强烈复仇欲的仇虎再三不忍下手；而他的死，是戏剧的高潮，成了仇虎后来内心分裂的主要因素，并把戏剧迅速引向终结。

看来，焦大星的存在，为剧作家把笔触深入到其他几个主要人物——仇虎、花金子、焦氏的内心深处，刻画出人物多层次的、立体的内心世界，是有重要作用的。与此同时，在与其他人物性格的构成关系的显现中，他也完成了自己的性格显现。

此外，还应强调指出的是：作者在刻画人物性格的时候，有意识地把人物进行了对比和反衬，仇虎与焦大星，花金子与焦大星，有意识地造成一种性格基调上的反差刺激，显示出在性格刻画上用笔的力度，收到了良好的艺术效果。

《原野》中的另外两个人物，就是白傻子和常五，他们没有什么性格深度可言，在戏中只是情节人物，主要起穿插、衔接情节的作用，这就要放到探讨《原野》的戏剧结构的时候去谈了。

原载《云南师范大学学报》（哲学社会科学版）1987 年第 1 期，第 50—56 页

《原野》研究述评

潘克明

概　述

1937年春由于《日出》引起的轰动，曹禺已经蜚声剧坛了。在《日出》首次公演两个月后，他的第三部剧作《原野》问世了，自四月至八月连载于广州出版的《文丛》杂志。按说也会立即招来人们的瞩意。然而或许是"生不逢时"，这个剧本连载了一半，抗日战争爆发了，而它又并非所谓"国防"题材，所以颇受冷遇。当时评论很少，而且贬多于褒。内中南卓1938年写的《评曹禺的〈原野〉》[1]是比较有份量有影响的一篇。他肯定了《原野》在"卓越的技巧"上保持了作家"一贯的优点"。但批评其主要问题是"摹仿前人的成作"，"外来成分占了上风"，给剧作思想和人物描写带来了一些消极影响。到抗战后期，杨晦在长篇论文《曹禺论》中更是把《原野》断为"曹禺最失败的一部作品"。说它完全是背离现实主义的创作原则和方法的。杨晦的看法对以后直到解放后相当一段时间内的《原野》研究都有较大影响。

解放前充分肯定、热情赞赏《原野》的也并非没有，尽管较少。抗战期间就有一个普普通通的杂志对《原野》的现实意义给予了很高的评价："如果说……《原野》中的英雄仇虎能够代表年轻的中国人的灵魂的话，中华民族正是年轻而有着无限希望的。"认为剧中写的"一个多么英勇而悲壮的故事"对于一切"有血性的人"都是个鼓舞："人间有恨才能有爱，不自由，莫如死。"还说它可以催促那些甘愿在敌人铁蹄下苟且偷生，以至屈膝投降的人反省自新："现在'世道衰危'，'人心不古'，竟有许多愿意苟活偷生，只要链子上嵌镶了珠翠和宝石，锁在链子里边讨活也是好的人，看了《原野》之后，这些人也许会有一点惭愧吧？"[2] 1947年唐弢写的短文《〈原野〉重演》为我们传递了《原野》受群众热烈欢迎和喜爱的信息："几年以来，大江南北，多少剧团演过《原野》，多少人读过《原野》。"原因何在？他认为就在于"这个剧本里有'戏'，群众看起来过瘾，这个剧本里有生活，顾盼左右，仿佛就在身边，让人看起来恐惧和欢喜"，是"百看不厌的剧本"。[3]

解放以后，直到"文革"前，几部中国现代文学史教材对《原野》评论的调子一直十分严峻。一致断言这部剧作是曹禺的"失败"之作，剧作家在《雷雨》《日出》之后写出这样的作

① 《文艺阵地》第1卷第5期。
② 《女声》1942年第6期，提名《剧评》未署名。
③ 《大公报》(上海)1947年8月29日。

品，是创作上的“退步”。由于这些几乎一边倒的否定评价，连剧作家曹禺自己在解放后直到结束十年浩劫后的1987年，几次出版他的剧作选集时，一直未将《原野》收入。似乎《原野》的失败已成定论了。

党的十一届三中全会以后，终于有人提出要为《原野》辩误。最早明确提出来的是华忱之发表于1981年初的《论曹禺解放前的创作道路》①。他在论及《原野》时，不同意对它“过分贬抑”，更不同意判定为曹禺“最失败的作品”，为曹禺在思想上、创作上的“倒退”。不仅肯定这个戏“具有深厚的思想内容”，更着重指出它在艺术处理上“有不少新颖独特的创造”。不过，对于《原野》较多运用表现主义手法，华文也还是认为系“不足之处”。但总体而论，是“瑕瑜互见，瑕不掩瑜”。由于并非专文研究《原野》，故当时还未能进行较周详的分析。

自此以后，到1985年底，探讨对《原野》重新评价的文章，据不完全统计有近三十篇之多，也算是掀起一次不小的“《原野》热”吧。其中田本相的《〈原野〉论》、胡润森的《〈原野〉简论》、唐弢的《我爱〈原野〉》、陈丁沙的《〈原野〉艺术技巧简析》、潘克明的《〈原野〉和表现主义》、尹骐的《〈原野〉简论》、秦川的《试论〈原野〉的艺术成就》、胡叔和的《也论〈原野〉》、朱栋霖的《论〈原野〉》等文都是值得重视的。和以往大多数评论有所不同，这些文章对于作家创作视野和剧作题材从家庭、都市向农村生活和斗争的拓展，对于剧作透露出的豪绅地主统治下残酷的阶级压迫和农民愤怒抗争的信息，对于作家对农民悲惨命运的深切同情，对农民出路的积极关注，在看法上并无歧义，一致给予热情肯定，对它的高超技巧也都同声赞赏。但在对这部剧作的现实性、戏剧冲突和人物形象的真实性、借鉴表现主义戏剧的成败以及《原野》比之于作家前二剧是进步抑或倒退等关节问题上，看法仍有分歧（关于对《原野》借鉴表现主义戏剧的研究，在本书综合研究篇中第三章另做述评）。

一、关于剧作的现实性

早在1944年杨晦的《曹禺论》中就批评《原野》“把那样现实的问题，农民复仇的故事，写得那么玄秘，那么抽象，那么鬼气森森，那么远离现实，那么缺乏人间味”。解放后几部现代文学史教材都差不多沿袭杨晦的看法，普遍认为由于作家不熟悉农村，不了解农民，所以把一个本来富有现实意义的故事“写得神秘玄虚和抽象化”，把阶级斗争“写成是个人对不可知的‘命运’的反抗，归结为个别人与人之间的恩仇问题”②。“神秘象征的色彩纠结着心理状态和良心谴责，极力渲染原始的恐怖和阴森的气氛，以致远离现实，简直不象是人世间的故事”③“整个剧作充满了一种非现实的人造的气氛”，其现实意义“不仅赶不上《日出》，而且还远远逊于《雷雨》”④。

直到1981年田本相仍认为《原野》的创作是“非现实”的，“对于《雷雨》《日出》的现实

① 《江西师范学报》1981年第一期。

② 复旦大学中文系《中国现代文学史》上册，上海文艺出版社1959年版。

③ 丁易《文艺阵地》第一卷第五期。

④ 刘绶松《中国新文学史稿》上卷。

意义来说是一个明显的倒退”。不过他不象以往的评论者仅仅指出这个戏的失败情形，而是着重从理论上探讨了造成失败的原因。他倾向于过去许多评论者对《原野》“表现了格外浓重的神秘象征的色彩”的批评，认为“一个处于20世纪30年代的作家，还用幻觉的描写来反映现代阶级斗争的主题，以非现实的形象来描写现实的阶级关系，这确实一个不可理喻的矛盾现象，也毕竟是不可取的”。他探讨了剧作家“陷入了神秘”的根源，主要在于“作家对现实的看法和对生活的态度”。田文就这一次把《原野》和《雷雨》作了比较，指出二剧从外部来看都具有神秘的色彩，但不同的是，曹禺在写《雷雨》时，是“抱着对宇宙里斗争的主宰不可言喻的憧憬去描写一个他烂熟的人物和环境”，所以尽管蒙上一层神秘的纱罩，却处处展示着现实的真实关系。而《原野》里作家面对的是他既不熟悉又不能深刻理解的生活对象。一方面对他的悲剧人物寄予了深挚的同情，另一方面又因为不明确农村社会矛盾的全部性质，也不明确矛盾发展的趋势和前景，还由于他对要描写的这场冲突缺乏切身的感受；因而尽管作家提出的课题是现实性很强的，却在许多方面“落入唯心的解释”。田文批评《原野》“把一个现实的课题，搅入一种不可思议的抽象的道德动机的纠缠之中，单纯用心理的分析去说明这样一个阶级复仇的行动”；“抽象的人性观点和心理分析变得模糊不清，捉摸不定，从而陷入神秘的五里雾中”。而神秘，正是“作家找不到出路的产物，是纷乱的苦闷心理蒸发出来的迷雾”。再加上作家为了“补缀生活的贫瘠”，过分倚重了表现主义“非现实的表现方法”，从而深受了“表现主义技巧背后的神秘主义哲学的影响”，这就更增添了作品的“神秘性”①。

尹骐也认为《原野》存在着“非现实”的“明显失误”。复仇者仇虎和整个焦家的阶级矛盾冲突“被转移到复仇者的主观内心世界，一场现实的具体的反映农村阶级斗争的戏剧冲突，转化为一场非现实的抽象的道德观念的冲突”，即“父债子还”的陈旧观念与人类的本性和良知这两种观念的冲突。这就给《原野》造成了“重要的缺陷”：一是“把一个农民的阶级复仇行动和他的主观内心动机分割了开来，让人性、人道主义一类观念植入这个普通农民身上，把两种互不相容的观念搅和在一起，因而使作品不能够成为一个完整的思想主题，整个作品也就失去了一个中心的思想支柱。”二是“导致了复仇者的性格分裂”。三是“在表现方法上有时就离开现实主义的轨道，而借助于想象、幻觉等象征主义的手法”，使作品的若干场面和情景“都充满一种浓重的神秘和恐怖的色彩”②。

与上述批评意见相反，近几年来一些评论家充分肯定了《原野》的“现实性”。

胡叔和赞许《原野》是“一部不拘一格、独具风采的现实主义的‘巨型名剧’”，针对对《原野》“缺乏生活的基础”“偏离现实主义”的指责，他指出社会生活是十分复杂的，一个作家通过什么途径去接近生活的某个方面，反映生活的某个方面，其动因也是十分复杂的。由于军阀统治给农民造成了沉重灾难，逼使他们离乡背井，涌入城市，沦为杂役、佣人，在各色各样的阔公馆“组成了一个特殊的农民社会”。这就“使一些生长于这类家庭，没有到

① 田本相：《〈原野〉论》，《中国现代文学研究丛刊》1981年第四辑。

② 胡润森：《〈原野〉简论》，《江汉论坛》1984年第1期。

农村生活过而又具有民主主义思想的知识分子，得以在这样特殊的历史条件下，特殊的家庭环境中，同农民发生着特殊的联系”。而对于曹禺来说，“由于家庭生活的抑郁的痛苦，这种联系就更其特殊，因而也更其密切”。胡文进一步将《原野》同《雷雨》《日出》联系起来进行探讨，指出从《日出》开始，曹禺就对农民的悲惨命运作了有胆识的探索。原是“在‘庄稼地’里土生土长的农家女”的小东西的悲剧境遇，就正是农民悲剧命运的典型写照。《原野》继《日出》之后很快就问世，并非偶然。“这正是曹禺在自己所熟悉的生活范围之内，坚持现实主义，进一步探索农民悲剧命运和悲剧性格的顺理成章之举，决非如某些评论所断定的那样，是什么从纯技巧和奇异的观念出发的胡编乱造”。有些人批评《原野》“从心理方面揭示仇虎悲剧的发展，从而模糊了仇虎悲剧的根源”，胡文的看法是：作为一位“春秋鼎盛，好自为之”的现实主义剧作家，曹禺“善于在守格中破格、创格”。依据他自己的艺术哲学和审美创造，他在写仇虎同焦阎王家进行殊死的阶级斗争时，没有采用“敌对的双方面对面的直接交锋”的通行的路子，而是几乎完全“通过仇虎自身尖锐复杂的心理矛盾、心理冲突”，把这场惊心动魄的阶级复仇的斗争显露出来。胡文说，“在这里，在曹禺的笔下，戏剧冲突的心理化，恰恰是社会矛盾典型化一种发人深省的表现”。“这正是《原野》独创性的一个重要表现。它渗透着强烈的现实主义精神，但又不是现实主义的某种常规所能范围得了的”①。

胡润森、潘克明都认为《原野》是现实主义和表现主义相结合的作品。潘文说这个戏的“基石”是现实主义的，它描写的人物和戏剧冲突并非如有人说的“凭着某些观念虚构出来的”，而是“从现实生活中提炼出来”的。他指出，曹禺对农村和农民的生活，比起封建家庭和旧都市上层来，确实不是那么熟悉，但决非毫无这方面的经验储存。曹禺的保姆段妈就为他提供过一定的素材。仇虎这人物虽说是个农民，但因被诬入狱，长期同社会下层、三教九流接触，多少带点江湖浪荡客的味道。在这方面，曹禺写《日出》时同社会下层的那些“罪犯模样的落魄英雄”“黑三一类的人物”以及许许多多“奇形怪状的人物”打交道的生活经验，对他是会有帮助的。再者，曹禺熟悉封建家庭人与人之间的伦理关系。他在描写焦家内部那种封建伦理关系时，无疑也从这部分经验储存中吸取了有用的成份。胡文说，如果我们不把现实主义提升为对一切文学作品进行最后裁决的标准，而从文学应当反映现实，应当典型化这些基本原则，从表现主义文学特征入手去剖析《原野》里的艺术形象，我们就会得出同认为这个剧“非现实”“神秘象征化”的种种看法大相径庭的结论。他指出那许多幻象和象征描写，都包含了非常现实的内容，“以不同方式，沿不同途径，通向了《原野》的主题，深化了它的表现内容，增强了它谴责现实的力量”，怎么能说它们是“缺乏现实性”的呢？②

① 胡叔和：《也论〈原野〉》，《艺谭》1984年第四期。

② 胡润森：《〈原野〉简论》，《四川大学学报》1982年第二期；潘克明：《〈原野〉和表现主义》，《中国现代文学研究丛刊》1983年第三辑。

二、关于人物形象的塑造

一些评论者批评《原野》的人物不现实、不真实、不典型。最早南卓就认为《原野》"因为过分分析，完全是理智的活动，以致人物都有点机械，成了表解式的东西，没有活跃的个性。"[①]解放后的一些现代文学史教材中对《原野》的人物塑造批评更甚。如说"剧中主角仇虎不是作为一个真实农民的形象而刻划的，他只是一个纯粹的抽象观念化身。在他的身上，集中地体现出来的不是一个社会的人的性格，而是一个原野的人（具有着原始感情和原始力量的原野的人）的空幻的形体"。[②]

田本相也认为由于作家是"用自己的主观的虚拟的冲突来代替真实的冲突"，所以《原野》里的人物也是不真实的。他们"既缺乏生动的个性，又缺乏典型性"，都有着某些共同的特征和缺陷；一是"带有怪异的色彩"。仇虎的性格是"变态"的，作家着意突现的是他"失去了农民本真的怪异色彩"。金子的心理也是"变态"的，她对仇虎的爱和对大星的恨，"都非一般农村妇女、即使是一个受压抑的妇女所具有的性格特征。二是"性格的分裂或者说是双重性格"。田文认为作家把仇虎和金子的性格"断然割裂开来"；对仇虎是把复仇阶段的他看成是"真人"的变态，是狡恶，而复仇后被"恐怖抓牢他的心灵"才是"本真"，是"善的灵魂"。"这便抽去了仇虎性格的社会内容，用抽象的人性善恶来解释仇虎的变态"。把金子对仇虎的爱写成由"肉体的"升华为"灵性的"，也"流露出抽象的人性论的影响"[③]。尹骐也说《原野》在人物性格的描写上存在有"不够真实，不近情理"的地方。他批评仇虎的性格描写"过于复杂化了，以至复杂到难以理解的程度"[④]。

吴建华则对仇虎形象提出了新的否定评价。他一反过去评论者普遍把仇虎看作农民形象以及剧作家也一向自述仇虎是农民的看法，断定仇虎不是一个农民，而是"一个具有与作品中的焦阎王相同的阶级属性的人物"。他是从以下三方面来论证的：第一，从作品所提供的仇虎的特定的阶级出身和社会关系来看。仇虎是恶霸焦阎王的"干儿子"，同焦阎王的儿子大星是结拜"把兄弟"。一个普普通通的农民，怎么会跟恶霸一家发生如此特殊、密切和持久的关系呢？第二，从仇虎在剧中表露出来的性格特征、作风习惯看，仇虎对久别的金子的态度，显示出他是"一个倒了霉的流浪恶棍死而复生之后，再次见到原来的未婚妻，急不可耐，千方百计，不惜一切代价将其夺归已有的形象"。仇虎自诉杀过许多人，这只能是在他被焦阎王勾结官府抓入牢房之前所为。可见他在入狱之前，就是"一个杀人不眨眼的亡命之徒了"。第三，借助仇虎原来的未婚妻金子的形象也可判断仇虎的阶级属性。从金子放荡不羁的泼野的性格很难找到一点农民姑娘的气息，显然她"并不是一个贫苦农家的女儿"。而仇家在吃官司之前，与金子家是门当户对的，自然也不是什么农家。只是由于仇家倒了，金子父母才改变初衷，将她嫁到了同自家差不多社会地位的焦阎

---

① 南卓：《评曹禺的〈原野〉》，《文艺阵地》1卷5期。
② 刘绶松：《中国新文学史初稿》上卷。
③ 田本相：《〈原野〉简论》，《中国现代文学研究丛刊》1981年第四辑。
④ 尹骐：《〈原野〉论》，《江汉论坛》1984年第1期。

王家。吴文还对主张“农民说”者所持的理由提出反驳。理由之一是仇虎受到了焦阎王的迫害。吴文说受焦阎王迫害的并不一定是农民，如照此类推，那么受蒋介石压迫的，也就一定都是农民了，理由之二是农民类型有多种多样，仇虎则是一种“新型农民”。吴文说许多艺术大师描写过的农民形象，不论如何封建落后，只要是农民，就“一定具有我国农民所具有的那种善良、勤劳、朴质、忠厚的美德”。而仇虎的所作所为，一言一行，“实在没有一丝一毫农民的气息，已经完全不属于农民这一特定的阶级范畴了，又怎么还谈得上是一种新型的农民形象呢?”文章还援引茅盾在《读〈北京人〉》中对《原野》的一种看法：“作者所要表现的，似乎是一群同命运的人儿为什么要那样仇杀”。据此吴建华说“早在 1942 年茅盾就认为仇虎并不是一个农民，而是一个和无恶不作的焦阎王‘同命运’的人儿”了[①]。

有些评论者不同意上述看法，认为《原野》里的人物是“现实的”“真实的”“典型的”。

(一)他们着重剖析了对全剧创作成败具有关键意义的仇虎形象

胡叔和指出仇虎性格的基本特征是“冷酷而正直、强悍而善良、粗率鲁莽而又恩仇必报”。他着重从仇虎复仇的内在冲突的发展中考察了这一性格特征不断显现的过程。他指出以杀大星为转折点，仇虎心理性格发生了第一次突变，即“悔恨”。这次突变“貌似突然，实则自然”。“作者对仇虎杀大星前的犹豫动摇及其原因作了多面细致的刻划和挖掘，从而安下了他性格发生突变的合理有力的心理基础。仇虎既有矛盾动摇在先，又有悔恨自责于后，这不仅符合他的心理逻辑，符合他基本的性格特征，而且是在更深一个层次和全新的情境中强化了这一性格特征。”从第三幕第二景的后半部起，作者陡转笔锋，通过种种幻象的描写，逐层深入地揭示了仇虎心理性格的第二次突变，即“从悔恨中挣脱”，“坚强起来”。“经过这个否定的否定的发展，仇虎在更高的阶段上恢复了他的反抗精神和进攻性格”。基于仇虎性格的基本特征，他决不可能老是陷于悔恨恐怖，因而他的“性格复归”也是“具有真实性和自然性”的。胡文指出，曹禺塑造这一形象的显著特点和巨大成功，在于“他把仇虎的心理过程同他的动作体系相对应地有机和谐地交织在一起，从而提供了在变化发展中表现仇虎心理性格的广阔天地”。最后胡文对“仇虎形象的现实性、真实性和典型性”作了这样的归结：“他的思想、感情、性格和命运，都是一个没有先进的指导思想，没有找到正确出路的反抗的农民，在黑暗的现实社会里，在复杂的人生过程中，可能产生、形成和遭遇到的；是从独特的‘这一个’反映出普遍社会的现象。仇虎的悲剧，不仅一般地表现出了农村阶级压迫的严重性和阶级仇恨的必然性，而且它深刻地证实了，农民如果不克服个人复仇的狭隘观念和某些落后的弱点，不组织起来追求集体斗争的道路，那么他们的反抗最多只是演出一场仇虎式的英雄末路的悲剧。”总而言之，仇虎是“具有一定普遍意义的一个农民草莽英雄的典型形象”[②]。

朱栋霖着重就仇虎性格中的两个历来争议较多的关节点来进行探讨。一个是作为“仇虎粗犷的反抗灵魂的主要特征”的“原始的力”。朱文认为如何看待这种内在的力量，

① 吴建华：《〈原野〉中的仇虎并非农民形象》，《湖南师范学报》1983 年第 4 期。

② 胡叔和：《也论〈原野〉》，《艺潭》1984 年第 4 期。

应当从曹禺的创作个性与创作历程中去寻找解答的线索。从《雷雨》《日出》到《原野》,体现了剧作家以自己的方式"探求哲理、寻找社会出路的思想踪迹与创作历程"。曹禺创作个性的一个首要点是"对人、对人性的探索,对人在社会上命运的关注"。从《雷雨》《日出》的描写,可以看出他深切意识到在陈腐生活和封建精神统治重压下,人们是没有一种真正的人的内在精神力量的,也是没有出路的;他在寻求别一种力量。写《原野》时,曹禺就是"要在仇虎这个原野中的人身上发掘一种摆脱一切束缚的真正的人的巨大力量"。仇虎整个行动中所表现出来的"烈火燃烧般的仇恨、巨雷爆发般的力量、不可阻遏的反抗意志、咄咄逼人的威势和那炽热的性爱、粗野的激情,熔成一股巨大的内在的力"。这股力是与封建精神统治重压下人的腐朽空虚的精神面貌相对立的,是用来反抗黑暗腐朽的封建统治势力的。曹禺把这称为"真正的人的反抗力量"。他是从深受封建重压的农民身上,而不是其他人身上发掘出这种反抗力量的,所以它既不缺乏深刻的社会的阶级的内涵,也没有使人物的阶级特征模糊,更不是什么主观臆造出来的"抽象观念"。另一个关节点是仇虎的"心理谴责因素"。朱文认为仇虎复仇杀人前的矛盾犹豫和杀人后的恐惧、悔恨,使他掉进了一座"心狱";要正确解释仇虎的"心理谴责",必须弄清"这'地狱'里的魔鬼是什么?导致仇虎失败的悲剧根源何在?"朱文的答案是:仇虎"心狱"中的魔鬼是"愚昧与迷信",这造成了他悲剧性的内心冲突。"这一切似乎隐藏在仇虎本身,而造成愚昧、迷信,控制这一切的则是封建统治势力,这就是仇虎悲剧性内心冲突的本质"。这样是否意味着《原野》内在戏剧动作不一致?朱文答道:这个戏的外部冲突是仇虎复仇,向焦母斗争,表现农民的复仇反抗;内部冲突是仇虎的内心矛盾,恐惧与谴责,反映了造成悲剧的原因。这两条冲突线索互有起伏,到戏的后半部逐渐靠拢,以至融合。仇虎内心冲突愈强,他在催眠状态中的反抗斗争也愈烈。最后他以顽强不屈的姿态,面对人世、地狱的种种可怖挑战,奋力搏击,终于不屈而死。悲剧的崇高就从这里显示了出来。所以,"《原野》的戏剧动作正是在这点上得到统一,并没有在复仇反抗与内心冲突中失去动作的一致性,就象仇虎自身并没有失去他性格的一致性一样"①。

潘克明也认为仇虎是一个"真实农民的形象",只不过是比较特殊的农民形象。他原本也是十分普通的那种土生土长、勤劳本分的庄稼人,由于横遭迫害,被打入地狱,脱离了土地,背弃了家乡,混迹于那些被从正常生活轨道上甩出来的下层人们中间达八年之久。这就不能不使他的思想性格受到严重扭曲,不能不使他沾染上了一些江湖气、流气,甚至"匪气"。可这一切终究没能掩盖得了他那"农民的善良朴质的本性"。仇虎在杀大星前后,内心经受着痛苦的煎熬:一方面封建伦理道德观念使他坚认杀无辜的大星,报两代冤仇是完全合乎天经地义的;另一方面他的农民的善良朴质的本性又令他杀了大星后深深感到"惊惧、悔恨与原始的恐怖"。所以潘文认为,通过"这一个"农民形象,作家深刻、细腻地展现了"富有反抗性,但还没能挣脱传统精神重负的那部分农民的复杂的社会性格"②。

① 朱栋霖:《论〈原野〉》,《文学评论丛刊》第二十三辑,1985 年 2 月。

② 潘克明:《〈原野〉和表现主义》,《中国现代文学研究丛刊》1983 年第 3 期。

(二)对花金子形象过去很少论析,在近年来的《原野》研究中也受到了一些论者的重视

秦川说花金子这个女性形象,过去往往被人忽视,看不到她在现代文学史上的地位和价值,这是极不公平的。他认为金子"是我国新文学史上不可多得的普通农村妇女反抗地主斗争的英雄典型,也是《原野》现实主义精神的突出成就"。剧作通过描绘她对爱情的自由和幸福的热烈追求,对焦阎王一家的特殊反抗方式以及她与仇虎悲欢离合的遭遇,生动刻划了她"婉娈多情、泼野奔放、热烈执着、刚强不屈的性格",还表现了她在仇虎复仇斗争的启示下,从斗争中由不觉悟到觉悟、不自觉到自觉地参加反抗斗争的全过程,展示了她多侧面的丰富的内心世界。同时,对金子命运的描写,还"使《原野》反映的社会生活面更加廓大与厚实,二者相互交织,相互映衬,使这场反抗复仇的斗争更加波澜起伏,奇异壮丽"①。

陈惠芬赞颂金子是中国现代文学画廊中从来还没见过的"这样富有特色和魅力的'小媳妇'","她象'万花筒'那样绚丽多采:俏丽而又泼辣,妩媚而又刚烈,同时又不失温柔和纯真;而且各种色彩又显现这样鲜明和强烈,她媚能媚得人魂飞,泼能泼得人心跳,刚烈象一团火,纯真象一块金,她是一杯浓烈的酒,一丛艳丽的野玫瑰,原野上吹过的一阵风,山涧里流过的一道清泉。她有嘉尔曼的气质,夏龙巴的倔强,安娜的执着和勇敢,和蒙娜丽莎的微笑有同样的不可捉摸的迷人魅力"。归结起来,陈文认为,"我们只能说,金子就是金子——一个独具魅力的旧中国 20 年代的小媳妇"②。

尹骐对《原野》的缺陷是批评较多的,但他也肯定花金子形象的塑造,在全剧人物系统中是最值得称道的。他认为金子"实际上是《原野》里的中心人物,她和戏中出场的所有人物都发生着纠葛,并且展开了一系列或大或小,或尖锐或平缓的斗争,从而使她的性格得到了多侧面的表现,具有真正的立体感"。

(三)有的评论者还剖析了过去更少涉笔的焦大星形象

朱栋霖指出这个悲剧形象性格里有三层因素——"懦弱""忧郁""痛苦"。他从揭示焦大星在家庭中的地位入手,指出大星实际上在焦家并没被他的父母"当成了人",而只是他们"囊中的私物,手上耍着的猴儿"。在"关心""爱溺"的温暖外表下,他"成了焦阎王夫妇刚愎意志与封建淫威任意驱遣与发泄的对象",他个人的意志与自由的天性统被扼杀了。这就造成了他的懦弱的性格。"他是阎王夫妇封建家长统治的牺牲品"。封建家长焦母与媳妇的尖锐争斗,使他对妻子"要爱而不敢爱以至于失去爱",心灵又蒙上了忧郁的色彩。所以,他又成了封建家长与妻子争执的牺牲品了。最后,他更"成了仇、焦两家复仇斗争的牺牲品",心灵陷进了痛苦的深渊。关于焦大星形象在全剧中的意义,朱文说:"忽视这一形象的分析,把他笼统地归入与仇虎相对立的焦阎王家一伙,就会对仇虎的心理谴责不可

① 秦川:《试论〈原野〉的艺术成就》,《柳泉》1984 年第 2 期。

② 陈惠芬:《魅人的花金子》,《名作欣赏》1984 年第 3 期。

理解，看不到焦大星形象的悲剧性，就看不到《原野》艺术构思的一个特点：一个悲剧后面隐藏着一个悲剧，就不能准确地把握剧本的主题，就会简单化地否定剧本的思想意义。"①

一些肯定《原野》人物塑造成功的评论者，也并未忽视其不足之处。如朱栋霖就指出仇虎这个人物"缺少了一点作为一个农民形象本身应有的个性特点，多了点作者主观设想的粗野的激情"。潘克明也认为《原野》表现仇虎复仇前后的矛盾心情，这是符合这个人物的思想性格特点的；但是把那么浓重的恐惧心理加到他的身上，就不符合这个硬汉子思想性格的发展逻辑了。同时作者既明确地把仇虎作为特定的农民形象来塑造，又从外形到内心渲染了他如何地象"他的祖先——那原始的猿人"，这就把仇虎反对封建残暴势力的斗争，处理成"一种被重重压迫的真人"，向"原始的残酷""生命的恐怖"的斗争了。这些对仇虎这个真实形象带来一定损伤。

原载《曹禺研究五十年》，潘克明编著，天津教育出版社，1987 年第 1 版，第 77—93 页

① 朱栋霖：《论〈原野〉》，《文学译论丛刊》第二十三辑，1985 年 2 月。

野性的呼唤

——重读《原野》

尹　鸿

人，原本与飞禽走兽一样，是自然的存在物，是有机界发展链条中的一环，尽管有意识的生命活动把人同动物的生命活动区别开来，使人可以自豪地倨立于神兽之间，但是，人的生命活动依然同一切其它生命形式一样，需要摄取食物、新陈代谢、延续和繁殖生命，在这基础上产生人的情欲，从而促使人“不仅为生存而斗争，而且为享受，为增加自己的享受而斗争”，“能够不仅生产生活必需品，而且生产奢侈品，即使最初只是为少数人生产。[①]”从这个意义上，恩格斯深刻地指出“正是人的恶劣的情欲——贪欲和权势欲成了历史发展的杠杆”[②]。然而，情欲这个历史发展的杠杆，在中国传统文化那里，却一再被视为洪水猛兽而加以残酷的压制。正统的儒学，在性本善的先验支点上，建立了一个准宗教的道德化的伦理系统，用“礼”和“理”来完成它禁欲主义的目的。它所谓礼，也就是在“尊卑有序，男女有别”的等级观念基础上形成的外在规范，而所谓理，也就是在“存天理，灭人欲”的禁欲观念基础上形成的内在天良。禁欲维护等级，等级保护禁欲，所以实际上正与天人合一相同，理礼也是合一的，其结果便必然是强调理性压制感性，强调天道压制人心，强调守成压制变革，这种过分道德化的文化体系在历史上虽曾产生过它的人道作用，但由于它与“非”道德的历史发展之间不可调和的悲剧性冲突，结果便愈益成为奴役民众、阻碍历史的巨大惰性力，不仅造成了近代中国的腐败落后，而且也造成了因循或苟且的社会痼疾。

因而，明清以来，不少敏明之士都开始意识到中国文化这种历史局限。黄宗羲赞颂着“忿愤激讦”与“内圣外王”的儒家人格相抗衡[③]，龚自珍呼唤着“我劝天公重抖擞，不拘一格降人材”[④]。李贽、汤显祖、曹雪芹也都憧憬着情感从礼教、理学的束缚中得到自由和解放。尤其到了“五四”以后，一大批优秀的知识分子都清醒意识到，民族要生存、温饱和发展，除了从传统文化的怪圈中挣脱出来，别无选择。他们，包括鲁迅，都以彻底的不妥协的态度批判和否定以“理”和“礼”为核心的传统文化。鲁迅、郭沫若、郁达夫，以及后来的巴金、曹禺等作家都在文学作品中深刻揭露了礼（三纲）和理（五常）的吃人本质。他们热切地呼唤着一种新的理想人格出现——这种人格将一扫“温良恭俭让”的奴性而带着一股“立意在

① 《马克思恩格斯选集》第 34 卷第 166 页。
② 《马克思恩格斯选集》第 4 卷第 173 页。
③ 《靳熊封诗序》，《南雷文定》后集一。
④ 《己亥杂诗》。

反抗、旨归在动作”的野性。所以鲁迅一以贯之地赞颂“所遇常抗，所向必动”[①]，赞誉“刑天舞干戚，猛志固常在”[②]，赞誉“纠缠如毒蛇，执着如怨鬼”[③]，甚至提出，“倘不得已，我以为还不如带些兽性”[④]！这种对野性的呼唤，饱含着沉重的忧患意识，也是一种文化的呼唤，而体现在文学作品中，便表现出作家的文化批判和选择。正是以此作为视角，我们将会在曹禺的剧本《原野》中体验到更深刻的意蕴和更诱人的魅力。而对此，在我们过去单一政治批评模式中却被忽略了，这不仅也限制着人们对《雷雨》《北京人》等作品的深入理解，而且更严重的还是导致了对《原野》歪曲和误解，因而从这一模式出发无论是对它有保留的肯定或有保留的否定都同样遮掩了《原野》的光辉。显然，如果从文化视角切入这部作品，我们所感悟到的就决不是什么农民与地主之间的阶级斗争主题，而是一个人性主题，更根本上讲是一个关于理想人格的哲学主题——它是对野性的呼唤！也就是对感性的呼唤，对情欲的呼唤，对力量的呼唤，对自由的呼唤！

“大地是沉郁的，生命藏在里面。泥土散着香，禾根在土地暗暗滋长。巨树在黄昏里伸出乱发似的枝桠，秋蝉在上面有气无力地振动着翅膀。巨树有庞大的躯干，爬满年老而龟裂的木纹，矗立在莽莽苍苍的原野中。它象征着严肃、险恶、反抗和忧郁，仿佛是被禁锢的普罗米修斯，羁绊在石岩上。”[⑤]

这是剧本序幕所描写的秋天的傍晚。这里没有秋风秋雨的愁绪，也没有西风落叶的伤感，在那苍凉、凝重、悲怆的气氛中，你所感悟到的是一种正在寻找喷火口的生命的力量、情欲的力量。而全剧便是在这种背景和气氛中展开了仇虎、花金子、焦氏的生死搏斗。这三个人，就是三团火，三团情欲的火，他们恨不得融化所爱，也恨不得焚毁所憎，他们蔑视礼教，亵渎天良，憎恶愚弱。道德、法律、理性在他们燃烧着的情欲面前荡然无存，他们一往无前，无所顾忌，奔向自己所认定的目的而无论它是地狱或是天堂。

仇虎的父亲被活埋，十五岁的妹妹被卖进妓院，未婚妻被霸占，自己也身陷囹圄长达八年，因而“仇”便构成了他生命的意义。报仇便转化为一种不可遏止的情欲，支配着他的一切。剧本一开头，描写刚从监牢中逃出的仇虎，倚靠在莽莽苍苍的巨树下，挺立于暮色迷茫的天地之间。

“……他蓦然跳起，整个地转过身来，面向观众，屏住气息凝望，——这是一种奇异的感觉，人会惊怪造物主怎么会造出这样一个充满强烈生命力的汉子，头发象乱麻，高大的身材，眉毛垂下来，眼烧着仇恨的火。右腿被打得有些瘸，筋肉暴突，腿是两根铁柱。身上一件密结纽绊的蓝布褂，被有刺的铁丝戳些个窟窿，破烂处露出毛茸茸的前胸。下面围着‘腰里硬’，——一种既宽且大的黑皮带。他眼里闪着凶狠、机诈、积恨与痛苦，是个刚从地狱里逃出来的人。”

① 《摩罗诗力说》，《鲁迅全集》第1卷。
② 《春末杂谈》，《鲁迅全集》第1卷。
③ 《杂感》，《鲁迅全集》第3卷。
④ 《略论中国人的脸》，《鲁迅全集》第3卷。
⑤ 凡文中所引《原野》原文，均见四川人民出版社1982年出版的《曹禺戏剧》丛书之一《原野》。

这个充满生命力的形象，他的力量的源泉便是情欲，复仇的情欲。复仇使他回到了仇人焦家，复仇使他对"干妈"焦氏的软硬兼施无动于衷，复仇使他终于战胜了懦怯而杀死了仇人的儿子焦大星，这种力量一直随着他走向死亡，直到仇虎把铁镣抛到远远铁轨上的铛鎯一声，完成了这一形象的塑造。他是自由的，他不为圣贤而生存，也不为金钱而生存，更不为上帝而生存，而是为自己、为自己的情欲而生存。他是充满力量的，他无视苦难，无视惩罚，甚至无视死亡，而是为达到自己的目的抛头洒血在所不惜。而正是这一点，使他赢得了花金子的爱情，而花金子对仇虎的爱情又是对仇虎的最高的赞誉。

花金子虽然嫁给了焦大星，但正如她自己所说，"我是野地里生，野地里长，将来也许野地里死"。她有着一颗放荡不羁的热烈的灵魂，而焦大星在她看来不过是个"窝囊废"，她需要的是炽烈的性爱，粗野的激情。这便是她对仇虎爱情的基础。所以尽管仇虎是个正在铤而走险的逃犯，但这一切都阻止不了她发自内心的情欲——这是一种无条件的完全的爱。剧本第一幕，写仇虎潜入焦家，找到花金子，向花金子表示他的爱情。花金子说，"我要走了呢?"仇虎回答："跟着你走。""死了呢?""陪着你死!"仇虎同时用劲握住花金子的手，疼得花金子几乎流泪，"叫你痛，叫你一辈子也忘不了我!""我就这么抓紧了你，你一辈子也跑不了。你魂在哪儿，我也跟你哪儿。"恼羞成怒的花金子给仇虎重重一耳光，但当仇虎表示"我不要你!"之后，她又气得蓦然变脸，"什么? 你不要我? 你不要我? 可你为什么不要我? 你这丑八怪，活妖精，一条腿，短命的猴崽子，骂不死的强盗。……""疼死了我的活冤家，你这坏了心的种……到今天你说你怎么能不要我，不要我，现在我才知道我是活着，你怎么能不要我，我的活冤家……"这才是真正的爱情，他们不是为了钱财、地位、荣誉或其他什么而相爱，而只是为爱而爱，爱情本身就是目的，而对方本身便值得这种爱，这种爱是不能阻碍的自然的情欲，而正由于这样它才能产生巨大的力量，"常常达到这样强烈和持久的程度，如果不能结合和彼此分离，对双方来说即使不是一个最大的不幸，也是一个大不幸，仅仅为了能彼此结合，双方甘冒很大的危险，直至拿生命作孤注……"①

除了仇虎和花金子，《原野》中另一个令人毛骨悚然的形象则是焦氏。她以一种对儿孙的本能的爱和对仇虎、花金子本能的恨，显示出她的阴险、奸诈和残酷。序幕结束时，这样表现过焦氏的形象。在茫茫夜色中，远处一列火车驶来，机车的探路灯由右边渐渐射满焦氏的侧面，使我们看见峻削嶙峋的焦氏，扶着一根粗重的拐杖，张着眼睛，空空没有眸子，立在巨树下面象一个死尸，"原野里一列急行火车奔驰如飞，好大的野风，探路灯已照着巨树下的焦氏，看得见她的白发和衣裤在疾风里乱抖"。单从这段描写，我们便会感受到在衰老失明的瞎老婆子身上，所蕴藏着的残忍的力量。后来，剧本写了她对花金子的猜疑、忌恨，对仇虎的威胁利诱，以及最后她抱着被打死的孙子在森林里似嚎似哭的凄厉的呼号，这一切也都写出了她同样具有可怕的情爱的力量和基于爱而产生的憎的力量!

与这三个形象相反，剧中塑造了另一个可怜可悲的形象，就是焦大星。他可以看作是与那三个形象的对比。在他身上，情欲被理性控制着，野性被良心抑制着，他被置放在灵

① 《马克思恩格斯选集》第21卷，第30—31页。

与肉、情与理的冲突中备受折磨。当花金子逼着他回答如果花金子和焦氏同时落水先救谁时,左右为难,犹豫徘徊。而当他得知幼年时的朋友仇虎就是他妻子的情夫时,又不敢拼死相搏。仁慈、良心夺走了他的力量。结果最后花金子憎恶地骂他"不是你爸爸的种",而仇虎也把匕首捅进了他的胸膛。

《原野》所表现的这个复仇的故事、爱情的故事,我们是不能简单地用阶级斗争这种政治标准来衡量的,甚至也不能用是非善恶的道德标准来衡量,它表现的不是一个政治主题,也不是道德主题,既不会为农民指出解放的道路,也不能给人们提供某种伦理原则,它所表现的是一个人性的主题、哲学的主题,即人应该怎么样的主题。作品所讴歌的、所礼赞的就是仇虎、花金子那纯真的炽烈的热情,讴歌和礼赞情欲的智慧、力量,正是这种情欲,使人成其为人,人有个人样!

也许会有人以为礼赞情欲,呼唤野性,是主张倒退,让人回到动物状态中去。其实,哪有人真能回到动物状态中去的可能?我们之所以礼赞情欲,呼唤野性,目的只是要以此来反抗长期以来残酷地束缚着人的创造性、主动性、个性的理性传统。中国几千年对人欲的大加挞伐,对感性的极力抑制,给中华民族带来的深重灾难,鲁迅已经用"吃人"二字概括得何等发人深省。正是在这种文化的钳制中,一代一代的中国人不敢大怒大骂,也不敢大笑大哭,不敢爱其所爱,也不敢憎其所憎,不敢走自己的路,也不敢任个人而排众数,结果所造就的或者是象鲁迅《肥皂》《高老夫子》等作品中的四铭、高尔础那样满口仁义道德,满肚男盗女娼的伪君子,或者就是《阿Q正传》《故乡》等作品中阿Q、闰土那样的"失掉尊严的、停滞的、苟安"的愚民,或者就是象巴金《家》中觉新那样的灵肉分裂的殉葬品。正是从这个意义上来讲,《原野》闪耀出它诱人的光彩。把仇虎、花金子与这些芸芸众生一比较,难道看不出他们的野性反而使他们更是人,而压制野性或掩饰野性反而却更不是人吗?

然而,正如卢梭所指出:"人生来是自由的,但却无往不在枷锁之中。"①人创造着文化,而文化同时又创造着人。即使在《原野》里,仇虎那强烈的野性也终于没有能彻底摆脱礼教和文明的镣铐。他复仇胜利了,爱情也胜利了,但在礼教和文明所积淀成的自己的良心面前失败了。他杀死了焦大星以后,那被他忽略了的天理良心、因果报应等道德感、宿命感却突然套住了他本是野性十足的心灵,使他陷入恐惧、自责、忏悔和不安之中,那些幻觉中出现的牛头马面、阎王小鬼,都来自他内心所产生的那种犯罪感。他不自觉地用早先他所否定的那些道德规范来衡量自己在情欲支配下所做的行为,因而他也就不可能做到问心无愧。所以最后在走投无路的逃亡中,他用匕首,实际上也是用他的天良杀死了自己,但他却告诉花金子,去找那"黄金子铺地的地方",而那个地方的人们生活着,也许就是如同曹禺在《北京人》中所憧憬的那样,"要爱就爱,要恨就恨,要笑就笑,要喊就喊,他们自由地活着,没有礼教来拘束,没有文明来捆绑,没有虚伪,没有欺诈,没有阴险,没有陷害,太阳晒着,风吹着,雨淋着,没有现在这么多人吃人的礼教同文明,而他们是非常快活的。"仇

① 《从文艺复兴到十九世纪资产阶级哲学家政治思想家有关人道主义人性论言论选辑》,商务印书馆,第403页。

虎终于在礼教同文明的束缚中倒下了，但他的形象是悲壮的，他生命的野性曾经发射出如此灿烂的火花，而且就在生命的最后一刻，他在狞笑中扔掉了手中那副带有象征意味的镣铐，使我们会突然想到鲁迅的一段话：

“自己背着因袭的重担，肩住了黑暗的闸门，放他们到宽阔光明的地方去，此后幸福的度日，合理的做人。”

事实上，从“五四”开始，我们已经有了并且还将继续有好几代人来背着因袭的重担，肩住黑暗的闸门，这是我们为子孙后代所付出的代价。虽然，在人类漫长的历史进程中个体与群体、感性与理性、自由与必然的悲剧性冲突几乎是不可避免，“种族的利益总是要靠牺牲个体的利益来为自己开辟道路的”①，但是我们始终要盯住这样一个伟大的目标——“在那里，每个人的自由发展是一切人的自由发展的条件”②，而这也就是所谓“人的实现了的自然主义和自然界的实现了的人本主义”③。而要走向这个目标，我们就不能片面地强调整体、强调节制、强调理性，而应该看到，正是个体的追求、情欲的需要，感性的解放才是历史前进的动力，正如席勒所指出的那样“感情冲动先行这一特点是我们了解人的自由的全部历史的钥匙”④。因而，对于处于世纪转折点的我们这几代人来说，就是应该把文化的立足点从传统型转移到现代型上来，这种转移所出现的片面性也只有等转移完成之后才能克服。而这一切，在包括曹禺在内的以鲁迅为代表的许多优秀的现代知识分子那里就已经被意识到了。也许，这便是我们重读《原野》时得到的最重要的启示吧。

原载《名作欣赏》1987 年第 3 期

---

① 《马克思恩格斯全集》第 26 卷，第 125 页。

② 《马克思恩格斯全集》第 1 卷，第 273 页。

③ 《1844 年经济学哲学手稿》，人民出版社第 75 页。

④ 《审美教育书简》，北京大学出版社第 103 页。

重评仇虎的复仇悲剧

吴建波

在曹禺的剧作中，评价最不公正的莫过于《原野》了。前些年，“曹禺创作道路上的曲折”“失败之作”几乎成了定论。近年来，尽管唐弢先生热情呼喊：“我爱《原野》”，不少评论也有意为《原野》“翻案”，但由于涉及《原野》成败的一些关键性的理论问题（如仇虎杀害大星的心理动机及其蕴含的思想意义、森林幻象的艺术真实性及其创作方法等等）并没有真正解决，致使《原野》这块“金子”仍然蒙受灰垢，没有焕发它本来的艺术光彩，也使得近年来改编上演的电影、话剧《原野》不能准确地再现原著的艺术精华。

一、“他是阎王的儿子”

曹禺曾说过《原野》的主题“是仇恨”，仇虎“恨那个恶霸，想报仇”①。可恨恶霸焦阎王为什么杀害了并非恶霸的焦大星呢？这种复仇的心理动机所体现的文化意义是什么呢？历来的评论对此少有追究，而这却是理解仇虎形象的关键所在。

《原野》一开场，就把主人公仇虎陷进了无法挣脱的悲剧境地：焦阎王夺了他的地，害死了他的爹，卖了他的妹妹，把他下了大狱。当他八年后逃回家乡复仇时，焦阎王却早已“寿终正寝”了。仇虎挥舞着复仇之斧，冲进了“无物之阵”！复仇对象并未死于复仇英雄之手，意味着农民尚无打倒地主恶霸的历史力量，这场阶级较量在八年前就胜负分明。怎么办？仇虎现在不是处于出师时的一鼓盛气，而是面临着失败的残局，面临着艰难的选择。要么，放弃复仇理想而偃旗息鼓；要么，睁大眼睛重新确定复仇目标。无论走哪条路都是悲剧结局，但仇虎却选择了后者作为摆脱悲剧的途径。

仇虎从选择到行动经历了痛苦和矛盾的心灵折磨，但如果同汉姆莱特相比，这个选择过程则显得异常短暂。他没有那么多的理性思索，也就没有那么悠长的犹豫。最初，他为失去复仇目标而愤愤不平：“他怎么会死？他怎么会没有等我回来就死！他为什么不等我回来！”很快，他就稳定了心灵的摇摆，确立了行动的宗旨：“哼，你想我们会让你在棺材里安得了身！哦，阎王，你想得太便宜了！”但究竟怎样不让阎王的灵魂安息呢？鞭尸三百吗？或是其他。这在序幕里是不清楚的。第一幕开始时，他已经在焦家隐居了十天。显然，这不是延宕的十天，而是等待的十天。他在静候新的复仇目标——焦阎王之子焦大星的出现。

① 赵浩生：《曹禺从〈雷雨〉谈到〈王昭君〉》，香港《七十年代》1979年第2期。

花：（同情地）可怜，大星刚回来。

仇：（阴沉地）嗯，等的就是今天，因为他刚回来。

花：可是，虎子，为——为什么偏偏是大星呢？难道一个瞎子不就够了。

仇：不，不，死了倒便宜她，（狠狠地）我要她活着，一个人活着！

花：（委婉地）不过大星是个好人。

仇：（点头）是的，他连一个蚂蚁都不肯踩，可——（内心争斗着）可是，哼，他是阎王的儿子！

花：（再婉转些）大，大星待你不错，你在外边，他总是跟我提你。虎子，他是从小的好朋友，虎子。

仇：（点头）是，他从前看我象他的亲哥哥。（咬住嘴唇，忽然迸出）可是现在，哼，他是阎王的儿子。

花：（耐不下）不。仇虎！不成，你不能这样对大星，他待我也不错。

仇：（贸然）那我更要宰他。因为他（低沉，苦痛地）他是阎王的儿子。

“父债子还”，这就是杀焦大星的理由。仇虎的逻辑是如此简单有力：因为他是阎王的儿子，所以必须承担父亲的罪责。杀仇人的儿子，折磨仇人的妻子，仇虎迅速地选定了新的复仇方式。

“父债子还”根源于家族意识，是中国封建宗法伦理观念的产物。许多学者都认为家族主义是中国文化的核心精神。鲁迅曾精辟地指出，“中国的国家以家族为基础”①。冯友兰说：“家族制度，就是中国的社会制度。”②台湾学者杨懋春认为：“以孔子为首的儒家创立了家族伦理。以后由此家族伦理产生了各种传统的国民性格”，“这些国民性格又反转过来对我们的家族主义有保持与加强作用。”③闻一多也有类似意见：“封建的基础是家族”，“我们三千年来的文化，便以家族主义为中心，一切制度、祖先崇拜和信仰，和以孝为核心的道德观念等等，都是从这里产生的。”④可以说，家族主义是理解中国文化的一把钥匙。

把中国文化的家族意识同经过近代意义上的改造的基督教文化的上帝—个人意识相比较，更能见出其特征。新教认为，每个人都是上帝的子民，生前信仰上帝并以自己的行为向上帝靠近，死后其灵魂就可以得救。这种观念排除人间偶像和现实权威。个人只面对上帝，对上帝负责，对自己负责，上帝面前人人平等。正像《简·爱》的女主人公所宣布的那样：“每个人以自己的行为向上帝负责，不能要求别人替他承担责任和义务……我们的精神是平等的，就象你跟我，经过坟墓，将同样站在上帝的面前一样。”因而“在西方，社会的原子是个人，而不是家族。家族组织不能支配社会组织。所以西方人富于个性主义的人格意识，这是西方文化中自由、民主观念的基础，却是东方文化中所缺乏的”⑤。中国人不大关心死后是否能进天堂，更注重人的现实生命。人总是要死的，但个体的价值却可

① 鲁迅：《礼》，《鲁迅全集》第5卷，人民文学出版社，2005年，第322页。

② 转引自金耀基《从传统到现代》，台湾商务印书馆，1966年版。

③ 杨懋春：《中国的家族主义与国民性格》，见李亦园、杨国枢编《中国人的性格》1973.台湾版。

④ 闻一多：《家族主义与民族主义》，见《闻一多全集》第2卷，湖北人民出版社1993年，第356页。

⑤ 何新：《古代社会的重新认识》，见《读书》1986年第11期。

以通过子孙来实现和延续。子孙繁衍、人丁兴旺，就是中国人的理想。“几世同堂”，这个“几”所表示的数码越大，个人与家族的价值就越优秀长久。因为强调血缘群体的力量及其神圣，家族和家长就成了现实权威，其他个人则微不足道。只有依靠家族群体，尤其是只有通过家长才能证明自己的价值。孝道便是维系家族的伦理规范。按上帝—个人观念，是个人对上帝负责、对自己负责。实现个体的价值靠自己的行为，反之，毁灭人的价值也是靠毁灭个体。基度山的复仇尽管是疯狂而残忍的，但他的复仇子弹却严格地射向对他犯有罪恶的个体，而宽容了仇人的亲属。按中国的家族观念，是个人对家族负责，家族群体共同承担责任和义务。要实现的是群体的价值而不是个体的价值，要毁灭，也必然是对整个家族的毁灭，从不宽容家族中无辜的个体。作为家族代表的男性家长往往首当其冲。“满门抄斩”“株连九族”“父债子还”等等都是家族意识的产物。这些训条既是法律，又是伦理道德，自然就成了人们日常生活的行为准则。

家族意识深深地渗透于中华民族的血液之中。读书人接受的是理论化形态的家族观念。文盲与半文盲接受的是民间文化中通俗形象的家族观念。每一个家族和个人既是家族意识的接受对象，又是家族意识的传播主体。文学史上，只要是一部描写中国农民反抗的作品，都会不同程度地涉及这种文化现象。《红旗谱》中，恶霸冯兰池对朱老巩施行家族毁灭的二十五年之后，他突然发现那个扬鞭飞车驰过家门的竟是朱老巩的儿子朱老忠，不由得追悔莫及：“当年斩草未除根！”朱老忠未接受共产党的教育之前，第一次感到复仇有望是当他看到朱严两家竟总共有四个身强力壮的男性后代！贾湘农问他怎么报仇，他回答：“我报不了，儿子报；儿子报不了，还有孙子哩！”他把子孙生命的强大和延续当作了自己复仇遗志得以实现的保证，同时也把毁灭冯兰池的子孙当作是向冯兰池本人的复仇。

《原野》正是相当深刻地揭示了这种文化现象，表现出家族意识对农民阶级及其敌对阶级的侵蚀。作为封建势力的代表焦阎王，是深通此种家族观点的。他对仇虎一家施行的毁灭，就是家族性的而非个人的：夺其地，断其经济来源；杀其父，灭掉仇家的最高男性家长；卖其妹，切断仇家繁衍后代的可能；害其子，堵绝仇家子孙反抗之路。只有这样，他才能宣告胜利而不用担心仇家的东山再起。仇虎从牢里逃回家乡复仇，是焦阎王施行家族毁灭计划中的意外和疏漏。焦阎王之妻焦氏，当她面临着与《红旗谱》中冯兰池同样的威胁时，是那么准确地判断出仇虎的攻击对象是她的儿子大星。因此她筹划的第一策略，就是延缓仇虎的动手，保住儿孙，而自己的老命还在其次。仇虎呢？自然也信奉“父债子还”，几乎是在谴责焦阎王死得“太便宜”的同时，就决定了向无辜的大星讨还血债。“他是阎王的儿子”，便解决了一切，天经地义，从来如此！

这样就切近问题的实质：仇虎复仇行为（杀害大星）的思想根源，竟是一种封建伦理规范。他反抗封建压迫、挣脱封建桎梏的要求，是那么神圣和正义，是“历史的必然要求”！而他所能付诸实践的及其思想指南，却是原始落后的封建文化精神！企图从封建牢笼中解放到自由的境地，所凭藉的思想武器却毫无现代意味！这是多么深刻的历史悲剧！复仇的正义性和残忍性、进步性和落后性，奇妙地混杂在一起，造成了仇虎性格中的矛盾，成为他痛苦的根源。仇虎复仇的最终失败，不能说与他最初的原始性的出发点毫无关系，可他至死也没有悟出他凭藉的武器的无力。他毕竟是那个时代、那个环境中的农民，没有接

受具有现代意义、代表着未来的先进思想。这也决定了仇虎的痛苦不是一种智慧的痛苦、理性的痛苦，而是一种迷惘的痛苦、困惑的痛苦。

二、“他先动了手，那就怪不得我了”

以上只是分析了仇虎形象本质特征的一个重要方面。艺术形象的本质应该是丰富的，决不单一。如果简单地认为仇虎是一个忠实地实践“父债子还”这种封建伦理的农民典型，那就抽掉了仇虎形象全部的复杂性。尤其是，当一个悲剧的主人公对自己杀害无辜的恶行浑然不觉、毫无良知时，那这一典型就缺乏更深刻的悲剧价值了。仇虎形象的意义还在于：一边按封建伦理规范去复仇，又一边怀疑自己的行为，时时处于一种非理性的良心反省和灵魂搏斗之中。

黑格尔认为心灵本身的分裂与矛盾是最理想的戏剧冲突。他曾把戏剧同绘画、建筑艺术相比较，指出“充满冲突的情境特别适宜于用作剧艺的对象”，而建筑和绘画等艺术都“不能充分表现出可以显现伟大心灵力量的分裂与和解的那种动作”，“戏剧应该突出不同的目的冲突自己挣扎着向前发展”①。仇虎的性格，正是黑格尔理想中的“心灵本身的分裂与矛盾”，其分裂因素是性格发展的动力，它促使性格内部产生矛盾斗争并相互和解，不断“冲突自己挣扎着向前”。因而仇虎形象是一个流动的过程，一段残酷地折磨心灵的历史。当“猎物”真的进入仇虎的“射击圈”时，他的复仇意志开始动摇了。在本文第一部分所引用的那段仇虎与金子的对话中，可以看出仇虎虽然一边运用“他是阎王的儿子”这种家族伦理辩驳金子，一边却“内心争斗着”，“咬住嘴唇”，“低沉”而“痛苦”地承认金子列举的事实：大星是“好人”，是“朋友”，他对阎王所犯罪孽不能负责。金子洞察仇虎心灵深处，知道仇虎“心里是个好人”，并叫喊着把这个“好人”展示给仇虎，让他认清自己：

> 花：（逼进一层）可是你没有，你没有，你的手下不去。
>
> 虎子。……你说实话，你的心软了。

这里，仇虎和金子都感觉到了“父债子还”用于大星的荒谬和残忍。这种感觉虽然没有升华为理性的良知，但毕竟是非自觉地运用了一种与“父债子还”全然对立的伦理准则：一人犯罪一人担！

显然，这种伦理准则，同西方文化精神中“每个人对自己的行为负责，个人承担责任”的观念是一致的。不能武断地说曹禺受了西方文化的影响才赋予仇虎这种伦理准则，也不能妄加猜测说近代中国农民受外来文化的影响才有这种道德观念。因为一个民族的文化整体中，既有主文化，也有与之对立的亚文化。在中国，一方面是家族意识泛滥，另一方面，在民间，“好汉做事好汉当”，“一人犯法一人担”也普遍流行。金子和仇虎这种伦理准则最直接的来源，可能就是民间通俗文化的薰染。我们只能做如下判断：比起“父债子还”的封建观念，个人承担责任具有民主主义、人道主义的性质，它一反家族群体承担责任的伦理规范而看重个人价值，强调个体对客观世界、对群体的主体性和能动作用，因而具有历史的进步性和道德的正义性。当然，这种伦理观念在仇虎和金子身上的具体表现还仅

① 黑格尔：《美学》第一卷，商务印书馆，1979年版，第261页。

限于自然形态，即所谓“凭良心”，没有形成自觉的理性意识。但它毕竟是在同封建伦理的对抗中迸发的民主火花。这一闪的火花正昭示着他们在费力地从历史的传统重压下挣脱出来。

于是，仇虎便有了两个尖锐对立的伦理世界，二者水火不容，非此即彼。按“个人承担责任”，他不能伤害大星。可八年的复仇理想就会毁于一旦，岂不痛苦万分？按“父债子还”，他会成为家族的复仇英雄，但伤害了一个不应承担罪责的家族个体，善良本性和正义感将使灵魂不得安宁，岂不万分痛苦？伦理支柱的二元对立是造成仇虎内心分裂的根源。人，是倾向于和谐的存在物，不能永久处于分裂状态。仇虎在想法“和解”这种对立。这种和解，不是生硬地统一，也不是简单地以此代彼，而是人的心理防御机制在导演一出蒙骗人的理性和良知的悲剧。

仇虎在动手杀大星之前，显得坐立不安，异常烦躁，心理处于焦灼状态。这种精神现象弗洛伊德称之为“道德焦虑”。他认为，道德焦虑是由于对良知的畏惧引起的。当一个人去做或者想去做某些动作，而这些动作又与构成他的良知的一套道德价值观格格不入时，就会体验到罪过和羞耻。道德焦虑依个体良知发展的程度而有不同，缺少德行的个体较少可能形成道德焦虑。而自我常常发展起许多抵抗焦虑的保护性措施，亦即所谓心理防御机制。投射机制就是防御机制之一，它把焦虑的根源归罪于另外某一个人，本来是“我恨他”的，却说成是“他恨我”。①

仇虎并非“缺少德行的个体”，因而才可能形成焦虑状态。他的心理防御机制所产生的“投射”，几乎和弗洛伊德所揭示的一模一样：

> 花：(废然)虎子，那你怎么办呢？
>
> 仇：(沉思着)我现在想，想着怎么先叫大星动了手，他先动了手，那就怪不得我了。

明明是他要杀大星，却变成了大星先杀他。仇虎无疑掂量过，真动起手来，大星是杀不过他的。他既要杀人，又要把心理危机转嫁给对方。于是，他想法激怒大星，甚至不惜将自己和金子的私情公开以刺痛大星，为的就是解除焦虑，保持心理平衡和道德正义。这显示了仇虎作为一个无业游民的伪善和狡诈，他不仅有“力”，而且有“心”！只要看一看仇虎引诱大星先动手那一段精彩的戏，就不会对他的这种品格没有印象。怎奈大星是一个地地道道的懦夫，“连蚂蚁都不肯踩”，哪敢杀人！任仇虎哄骗激将，甚至给他戴“绿帽子”，都无济于事。不但不动手，反而容忍了仇虎和金子的私情。这样一来，仇虎转嫁道德焦虑的行为彻底失败。但仇虎并不甘心，在动手的前一刻，终于有了新的机会：

> 花：(在黑暗里。急促地)事情更紧了。
>
> 仇：(森厉地)我知道。他们报了侦缉队。
>
> 花：哦。(痛恨地)那么，大星说的话是真的！
>
> 仇：哦，大星他也在内。
>
> 花：他说过，他说过。

① 杜·舒尔茨：《现代心理学史》，人民教育出版社，1981年版第345页。

仇：这么说，连他也完了。

报侦缉队的明明是焦氏和常五而不是大星，纵然大星在激愤之下对金子说过“死也不肯放”他们，但他并没有实行也不打算实行。这一点，仇虎和金子在理智上是很清楚的。但在这一刻中，理智之光倏然熄灭，产生了如此之大的误会：都以为对方已经证实大星先动了手。仇虎先说的“他们”，其实是指焦氏和常五，并不包括大星，因为大星没对仇虎说过“死也不放”他们，他的怯懦和善良使仇虎根本不用提防他。但仇虎的话在金子听来，“他们自然包括大星，因为大星先前威胁过她。她以为仇虎是弄清了大星报侦缉队的事实才说“他们”，所以她“哦”了一声，开始痛恨大星不但说而且做了。仇虎本来不知道大星是否报侦缉队，听了金子的话，就误以为金子是发现了大星报侦缉队才说“是真的”，所以仇虎说出了“他也在内”“连他也完了”的结论。如果两人在心灵上没有无数次幻化出大星先动手的影像，这种误会是不大可能产生的。与其说是语言的模糊性造成了误会，不如说是两个人都极其希望产生这种结果。人真是“神灵”，选择的痛苦、非正义的痛苦，被抵抗焦虑的心理投射机制在一瞬间化为乌有。道德与良心的关口终于闯过，可以放开手脚去做，心安理得去杀了！二元伦理斗争的结果，就是这样以良知隐退、封建观念取胜而告“和解”。“人根据自己的良心行动的能力取决于人能超越社会局限性，成为世界公民的程度。”[①]身陷封闭性的文化圈中，仇虎自然无法“超越”，既然没有“公民”资格，也就谈不上“世界”意识，当然只能成为封建文化的俘虏。

仇虎的这一刀终于杀下去了！这一刀是塑造仇虎形象的至关紧要的一笔。张奇虹改编导演的话剧《原野》将这一情节改为焦母误杀了焦大星，并去掉了小黑子，这实在是没有把握原著的精髓而删掉了精华。不将“父债子还”付诸血淋淋的现实剧情，其封建伦理的荒谬和残忍将何以显示？拦住这一刀，就砍掉了仇虎的性格核心，他的一系列戏剧动作就成了无本之木而难以解释。如他为什么在焦家等待十天？假若“最高任务”只是“逃出黑林子”，大可不必等到焦大星回来和侦缉队来了再逃。其实，他的最高行动目的是“复仇”，一切由此而生。再如他在戏的后半部里的良心自责和忏悔，甚至“迷狂”，精神失常，就不是他性格的必然发展了，第三幕就没有必要存在。既然没有犯杀害无辜的罪恶，何必内疚和恐惧？让焦母去杀，仇虎自然是“净化”了，“纯洁”了，殊不知仇虎性格中正因为有了血污和阴影，才是那个时代、那个文化环境中的“这一个”复仇的形象。让仇虎从伦理的谴责下溜走，却违背了历史和艺术的法则；不让仇虎在道德上走向极端，反而使这一形象模糊不清，缺乏鲜明感和惊心动魄的艺术魅力。

三、“这‘心’，跟谁能够洗得明白”

正因为没有彻底驱赶“父债子还”的封建阴影，也没有真正接受“个人承担责任”的民主观念，精神分裂的痛苦只是被心理平衡的假象所掩饰，所以在杀死大星后，仇虎没有丝毫的复仇快慰和胜利喜悦。他“蹒跚”着，“睁着大眼，人似中了魔”，“悔恨和恐惧”慑住了他：

① 埃里希·弗洛姆：《在幻想锁链的彼岸》，湖南人民出版社，1986年版，第36页。

我的手，我的手。我杀过人，多少人我杀过，可是这一双手头一次是这么发抖。

血洗得掉，这“心”，跟谁能够洗得明白。

一刀下去，正义的复仇之神一瞬间变成了残忍的暴徒，强者骤降为弱者。作为家族代表的英雄气哪儿去了？海洋般仇恨铸成的原始力哪儿去了？是什么东西摧毁了这个似乎是钢浇铁铸的人物？变化如此巨大，这一“陡转”把我们引进了仇虎更加深邃的心灵世界。

弗洛伊德曾经称这种悲剧主人公是“被成功毁灭的人”。他以莎士比亚的麦克白夫人和易卜生的吕贝克·甘维克为例，说明“正是良心的力量禁止人去享受由于现实情况顺利转变而来的盼望已久的快乐。”麦克白夫人体现了对行为的悔恨，她帮助丈夫杀害了邓肯王，阴谋得逞后反而哀叹：“所有阿拉伯的香料都不能叫这只小手变得香一点”。吕贝克暗害了情敌，却拒绝了渴望已久的婚姻：“这正是可怕的一点：现在正当人生的幸福快要到手的时候，我的心变了，我自己的过去挡住了我通向幸福的道路。”弗洛伊德解释说：“这就是说，她变成了另外一个人，她的良心发现了，她感到自己真正有罪，这种有罪感使她拒绝去享受幸福。”①

仇虎也是这种被成功压垮而拒绝享受幸福的悲剧人物。犯罪感的产生是良心的标志和具体形式。“良心的谴责往往是从直觉地感到不顺遂、不满意开始，后来由于理智的启发，变成意识到的道德痛苦”。“良心具有一种隐秘机制的名声，它似乎不依赖于外部的道德命令，似乎不可捉摸、神秘莫测、不受任何制约，时而自行出现并控制着人的心灵，时而消失得不知去向，使人对善和恶都无动于衷。”②在仇虎与金子最初筹划杀大星时，良心的声音就隐约但却固执地响彻在二人心灵深处。但后来这种道德要求被无可遏止的复仇欲望压倒了。现在，当“父债子还”的道德要求得以实现时，良心又神灵般地出现了，折磨着主人公。对于这种道德冲突导致的主人公道德地位的改变，车尔尼雪夫斯基分析得很深刻。他说：“共同的道德规律，分解成种种局部的要求，这些要求常常处在互相矛盾之中”，“它可能只是一个人内心的斗争”。“在这互相矛盾的两种倾向之间，总有一方比另一方更合理，因此也就更强；它开始得胜，消灭一切和它对立的东西，但是既然压倒了反对倾向的合乎规律的、公正的权利，它本身从而也就变得不公正了。现在公正已经转到敌对的那边，因此在本质上是比较公正的倾向，在自己的不公正的重压下，在敌对倾向的打击下，终于垮台了。”③作为农民向统治者的复仇，本来是公正的，但在仇虎的“不公正的重压下”变成了杀害善良无辜，走向了非正义。“父债子还”是一种只有通过摧毁对方的合理性才能得到满足的道德要求，一旦实现，自然就变成了非正义，从而导致自我毁灭。仇虎目前就是处在这种自我谴责、自我审判的境地。应该说，是否有犯罪感，是检验仇虎是否从被封建伦理的奴役中向民主和人道挣扎向前的试金石。我们欣慰地看到，作者正推动着仇虎

① 弗洛伊德：《心理分析所遇到的性格类型》。见《弗洛伊德论创造力与无意识》，中国展望出版社，1986 年，第 101 页。

② （苏）A.N.季塔连科主编：《马克思主义伦理学》，中国人民大学出版社，1984 年，第 133 页。

③ 《论崇高与滑稽》，《车尔尼雪夫斯基论文学》，人民出版社，1965 年。

缓缓起步。

于是，仇虎带着这种犯罪感进入了黑林子。此后，他的精神时而正常，时而病态，戏剧风格也就随着他的心理变化而呈现出别样的天地。这使得很多评论大为困惑：为何一下子从现实主义跳进了表现主义？一个农民果真会有这种心理变态吗？众所周知，研究方法取决于研究对象的特质，既然曹禺是在更深刻的心理层次上挖掘人物的灵魂，评论就应该用现代心理学来阐释仇虎的病态心理。对《原野》研究的历史表明，只有社会学和伦理学的角度，往往会搁浅，得出令人啼笑皆非的结论。

现代心理学的研究发现："持续的焦虑不可避免地导致身体衰弱，接着还会引起疑病症，然后，歇斯底里反应也可能产生。有时在那些具有恐怖症状的焦虑状态中会看到人格解体。"[①]仇虎正是经历了这样一个由正常到衰弱再到人格解体的心理过程，曹禺艺术地再现了这一过程的两极：最初的焦虑与最终的精神分裂。有的心理学家把这种心理失常称为"迷狂症"。为什么会"迷狂"呢？"心中观念本来是繁复的，不过在心理健全时，它们经过综合作用形成完整系统，互相节制。所以健全的人的一言一动都有整个的人格做背景。""综合作用须有心力去维持。如果先天便已羸弱或者在后天因情感撼动而疲竭，则综合作用薄弱而意识呈分裂现象。"[②]侦缉队的追捕，地狱般的黑林子，固然会使仇虎感到恐惧和压力，但真正使这个彪形大汉心力疲竭而导致意识分裂的，是他内心中伦理观念的尖锐矛盾。他精力和情感充沛旺盛，思想和理性却贫乏薄弱，无法平衡焦大星的血所造成的巨大的"情感撼动"，因而先前完整的人格解体了，表现出"迷狂症"所具有的典型特征。

机械式地反复某种动作是"迷狂症"所特有的表现。"精神病人因为心力疲竭，没有勇气去解决环境的困难，不得已将尝试而失败的动作，再重新尝试一遍。他好比扑灯的蛾子，无论是如何失败，总是依旧向火光乱扑。这种屡经失败而不肯放手的动作久而久之便成为习惯动作，不假思索而自动，不复受意识裁制，不复与其他日常行为相贯融，不复同化于完全人格。这就是说，它成为'固定观念'或'受伤记忆'常机械式地驱遣病人作奇怪的动作。"[③]仇虎第一个机械性动作是开枪射击，这正是他成年累月朝思暮想攻击复仇目标的典型动作。平日里，这种动作受到客观条件和主观理智的约束而不得实现，现在，他可以在幻觉的真实里毫无顾忌地开枪杀阎王、狱警等一切敌对物。仇虎第二个机械性动作要复杂一些，它是一个连贯性的心理动作：申诉冤屈和杀人理由——我仇虎一家受了那么深重的压迫，难道没有理由复仇吗？监狱受难、亲人死亡、地狱伸冤等等幻象，都是应这种心理要求而显现的。这一动作含有另一更为深层的心理动机：杀了大星觉得理亏。如果杀得堂而皇之、合情合理，何须申辩呢？所以说申诉的心理内涵是犯罪意识，即良知的转化形式。把仇虎开枪和申辩这两个动作的意义加以比较，就会发现第一个动作是：要杀；第二个动作是：杀不得。心理"外化"的舞台形象尽管纷纭复杂、光怪陆离，却仍然是仇虎没

---

① [美]K.T.斯托曼：《情绪心理学》，辽宁人民出版社，1986年，第265页。

② 朱光潜《变态心理学》，商务印书馆，1933年。

③ 弗洛伊德：《论"令人害怕的"东西》，见《弗洛伊德论创造力与无意识》，中国展望出版社，1986年，第134页。

有真正和解的那一对伦理观念的变形。

然而，仇虎的变态心理并不只有这两个机械性的动作，它还有更为复杂的混合物。他对小黑子的态度，便是"要杀"和"杀不得"两种心理动机相互综合的产物。请听：

花：……你叫我把黑子抱到屋里是怎么回事？

仇：（低沉）一网打尽，一个不留。

花：为什么？

仇：焦家害我，比这个毒！

花：那么你成心要把孩子放在屋里。

仇：（苦痛）嗯，成心！

花：你早知道瞎子会拿棍子到你屋里去？

仇：知道。

花：你是想害死黑子！

仇：嗯！

花：你想到她一铁棍会把孩子打——

仇：（爆发）不，不，没有，没有，我没想到，……。（痛苦地）你看，这怪我！这怪得了我么？

在情感和潜意识的审判台前，仇虎对小黑子的死已供认不讳。我们可以想象，在八年大狱的折磨中，在得知焦阎王已经死去的十天等待中，仇虎何止千万遍地想过复仇！既然焦家对他施行的是"比这个毒"的家族性毁灭，他仇虎为什么不能以牙还牙，"毁他仇人一家子"？"断子绝孙"也许就是仇虎复仇的理想目标。但是后来仇虎的善良本性起了作用，因而只把"断子"付诸行动，"绝孙"始终被压在潜意识中。现在小黑子已被焦氏打死，道德压抑可以解除了。于是"绝孙"的念头冲进意识层，在金子的追认中"自我招供"。但这种情感和潜意识的内容马上被理性和良知觉察并否认。这就是仇虎为什么对小黑子的死既承认又否认的心灵奥秘。"要杀"和"杀不得"的交替作用才使仇虎陷入自相矛盾的境地。因此，在道德法庭上，决不能只根据小黑子为焦氏所杀而宣判仇虎无罪，在情感和潜意识中，仇虎是倾向于杀死小黑子而使焦家断子绝孙的。至此，我们就可以理解仇虎在黑林子里对焦氏呼唤小黑子的声音何以特别恐惧。焦氏呼唤出了仇虎心灵深处憧憬过又被压抑下去的"绝孙"，而他的良知又认为"绝孙"是犯罪，因而对自己的罪恶感到恐惧。良知的反省是如此严酷，连潜意识层也不放过，真令人震惊人类本性对罪恶的仇恨以及作者洞察心灵的细腻和深刻。

在第三幕中出现的幻象，有一类属于复活的"精灵"，如仇虎始终感到焦大星的灵魂在紧紧追赶着他。对于这种心理现象，弗洛伊德作过人类学的考察。他发现，在澳大利亚土著、南非卡拉哈里沙漠地区的游牧部族、南美洲最南端的特拉德尔弗阿哥群岛的土著中，杀人者胜利凯旋之时，不进自己的村子，也不接触自己的妻儿，直到他通过长期苦行赎了在战争中犯下的杀人罪之后，才与家人团聚。"当然，可以将这种作法看成是迷信的结果，野蛮人仍然害怕死者的灵魂会来报仇便是这种迷信的例证。不过，死去的敌人的精灵不是什么别的东西，而是自己良心的表现，是自己犯下的杀人罪使良心不安，迷信因素掩盖着道德敏感的倾向。”[1]因此，有些评论认为仇虎是迷信才见神见鬼起来，这实在是只看到了表层意义，迷信掩盖的深层内涵是“道德敏感”和“良心不安”。《原野》的前半部，仇虎的贯穿性动作是——杀、复仇；而杀了大星之后，贯穿性动作则是——洗，洗手上的血，洗心灵的污。这也正如弗洛伊德说的那样：“觉醒的良心作出的第一次最惊人的禁令便是：汝不得杀人。这条禁令产生于仇恨愿望满足之后。”[2]

需要特别声明的是，用心理学方法分析仇虎的“迷狂症”，并不是说仇虎的精神变态只具有心理学和医学的意义，而是要说明他的一系列反常行为并非象有些评论认为的那样，失去了“现实主义的真实性”。迷狂与清醒交织，分裂与统一融合，在心理变态的外壳形式中注进深刻的历史内涵和伦理内容，展示仇虎悲剧性格本身的发展逻辑，从而显示出人物的心理深度和灵魂的丰富性，这就是我们用心理学方法得出的结论。过去有些评论对第三幕横加指责，什么抄袭奥尼尔啦，不合民族审美习惯啦等等。其实，中国戏剧本来就起源于“装神弄鬼”。人鬼神同台，打破现实与理想、肉体与灵魂、舞台时空与心理时空的界限，是中国艺术的老传统。从“志怪”小说到“聊斋”故事，从《牡丹亭》《长生殿》到《李慧娘》中的“灵魂显身”；从《徐九经升官记》到《狗儿爷涅槃》中的“内心外化”，无一不是如此。为什么要把我们民族的宝贵艺术传统奉送给别的民族，再以“西化”斥之呢？如果按既定的创作方法的界定，第三幕的确不属于严格的现实主义方法，可为什么现实主义就不能揉进表现主义呢？写实也好，变形也好，都是为了达到“神似”。关键不是区分什么主义，而是看是否丰富了艺术形象，是否剖析了人的灵魂，是否开拓了新的表现领域。从人的心理层次上来展示人物全部的复杂性，这是五四新文学的优秀传统，《原野》明明是对这一传统的继承和发扬，怎么能算是“曲折”呢？究竟是曹禺艺术功力的“倒退”，还是我们的一些评论无视民族艺术的老传统和五四新传统，坐井观天呢？曹禺对电影《原野》删掉第三幕非常不满意。他说，“这幕戏我是有意写的”，“现在《原野》的电影，还没有表达出我的立意来”。[3] 牛头马面、阴曹地府、申冤告状……中国古典艺术和民间艺术的陈旧形式，在曹禺笔下化为现代话剧艺术的“神奇”，这正是曹禺融西方戏剧艺术与中国戏剧艺术于一炉所作的成功尝试。

四、“我们的子孙会起来的”

仇虎面临着痛苦的选择时，从来也没有打算放弃复仇来和解矛盾。如果中途罢手，“那——我仇虎怎么有脸见我这死去的老小！”在杀害大星前后，他曾多次向父亲起誓，并祈祷父亲给他力量。“我起过誓，我对爸爸起过誓”，“我的心没有软，不能软的。”连金子也会拿先辈来激励仇虎：“虎子，你忘了你的爹爹了么？”非常自觉地，有时甚至是下意识的把自己的行为同整个家族的命运相统一，以无愧于先辈遗愿和对得起“老小”而告欣慰，这种

① 弗洛伊德：《目前对战争与死亡的看法》，见《弗洛伊德论创造力与无意识》，中国展望出版社，1986年，第228页。

② 弗洛伊德：《目前对战争与死亡的看法》，见《弗洛伊德论创造力与无意》，中国展望出版社，1986年，第227页。

③ 《海滨月夜·曹禺闲谈》，见《小剧本》1981年第11期。

思维方式和人格特征显然是源于中国传统文化中的“孝道”。当然,仇虎没有说过一个“孝”字,可他的行为却体现了“孝”的精神。

中国传统文化中的孝道,如果撇开引经据典、以经解经的方法,挈要述之,就是延续父母与祖先的生命。其涵义可分为三层。第一,延续父母与祖先的生物性生命。这一层孝道的实践就是结婚成家养儿育女,是最基本的一层。第二,延续父母与祖先的高级生命,既具有社会、文化、道义等内容的生命。这是上乘的孝道。第三,实现父母或祖先在一生中所不能实现的某些特殊愿望,或补足他们某些重大而特殊的遗憾。这是孝道的最高层次,是第二层一般意义中的特别意义。孝道的这种本来面目,并非五四以来批判的那种“封建孝道”。我们不能笼而统之地断言孝道毫无合理因素。我以为,评价孝道的好坏与善恶,必须以生命优秀与生命自由为总原则,具体地说,可以把孝道放到以下两种关系中来鉴定。

一是父母与祖先的生命与整个人类文明的发展趋势以及特定历史时代的关系。先辈的生命总是特定的文化环境和历史时代的产物,延续先辈的生命应该是优秀的,而不是劣等的,应该是整个人类生命的精华,而不局限于本家族;应该有助于人类文明和历史的进化而不是退化。中国的“封建孝道”一味强调生命的延续而不问生命的质量,结果是削弱甚至窒息了生命。《原野》中焦氏对媳妇的嫉妒和虐待,就是不道德的,反动的,象大星那样去依顺母亲,延续母亲“高级生命”的这种孝道,是违背了历史发展规律,是文化的倒退。我们再看仇虎先辈的高级生命——复仇遗愿。下层农民向压迫自己的统治者讨还血债,无疑具有历史的进步性和正义性,尤其是向焦阎王本人复仇,更加无可非议。但焦阎王的死使仇虎把大星变成复仇目标,这就使问题复仇化了。在原始氏族社会,这种伦理曾经被认为是合理的、天经地义的。但到了二十世纪,“父债子还”不再具有任何进步色彩,变成了非道德和不善良。仇虎要尽的这种孝道,包含了双重的内容,既有符合历史潮流的农民反抗争自由的思想,又有反人道反民主的落后观念。因此,简单地认为仇虎的孝道是“封建的孝道”,而且象“魔影在死缠住他”①是不确切的。

二是先辈生命与后代生命之间的关系。如果先辈与后代的愿望和理想是一致的,又符合文明发展和历史要求,其生命的延续就是道德的。不应该无条件地强调后代生命与先辈保持一致。因为生命是个体的、自由的,尊重生命就必须尊重个体生命的自由。仇虎的理想是否与先辈的遗愿一致呢?这个问题似乎难以确定。剧中对仇虎先辈的遗言毫无交待,可仇虎又总是自觉地把先辈愿望内化为自己的复仇理想与心理动力。但有一点是可以确定的,即仇虎尽孝道,是自觉自愿而非先辈强迫。既然后代不愿自己的理想与先辈遗愿相违背,那么,在这第二种关系中来判断仇虎的孝的话,我们就无法指责仇虎以及他的先辈,因为这没有违反生命自由的原则。但是,生命自由的原则还必须符合生命优秀的原则,即先辈生命与后代生命的关系必须以第一种关系(先辈生命与人类文明以及特定历史时代的关系)为参照,才能判断孝的性质。这样一来,我们再一次肯定了前文的结论:仇虎的孝道是正义与邪恶混存,要作具体分析,全盘否定或一味肯定都不是科学态度。

① 杨在葆:《我演仇虎》,《电影评介》1981 年第 11 期。

我们不知道仇虎先辈的临终遗言，可仇虎已经把临终遗言通过金子明确地留给了他的后代。他相信金子能给他养育一个延续生命的后代，“我们的子孙会起来的”。他对自己悲剧原因的总结是：“一个人拼就会死。”他悟到的出路是：“弟兄们要一块儿跟他们拼，准能活。”由此，他的信念便是“我完了还有弟兄，弟兄完了还有弟兄”！仇虎的这些遗言是作者塑造仇虎形象的最后一笔，至关重要，是全面分析仇虎形象所不能忽略的问题。

首先要指出，仇虎至死也没有认清自己的悲剧在于错误的奉行了“父债子还”的封建伦理，大星的血污并没有使他树立“个人承担责任”的民主观念。在他看来，失败在于人单势薄。很明显，他的“弟兄们”一块儿拼，只会不断重复世代仇杀的古老悲剧。当然，他经历了良心的痛苦，但始终在“感性人”的门槛边上搏斗，没能迈进理性与现代的王国。仇虎的这一性格侧面很典型地体现了中国近代农民精神蜕变过程中的思想特征。其次，仇虎的所谓醒悟，带有浓厚的血缘气息和江湖色彩，连称呼都还是“子孙”“弟兄”，终止在家族主义的历史水平上。把希望寄托在子孙的没有穷尽，廉价的乐观主义和阿Q式的自欺自慰代替了对自己的责任和使命的严峻思考。

第三，也是最重要的一点，不能过高地评价仇虎的“集体主义”。不错，仇虎是看到了个人力量对于摧毁封建势力的渺小，但他的“弟兄们一块儿拼”的思想局限于家族主义的群体意识。群体意识并不是无条件地比个体意识优越和先进。“父债子还”就源于群体意识，“个人承担责任”则是个体意识的产物。西欧的个性主义思潮起到过巨大的反封建专制的历史作用，中国五四时期的个性解放亦如此，是当时民主主义思想的重要组成部分。现代社会学和心理学的研究表明：群体具有摧毁力量大、破坏性强等作用，也具有去个性化、抑制智力、容易丧失理性等特征。因此“关键问题在于如何使集体恰恰能够获得那些曾经是属于个人特长的、并在形成集体时已丧失了的特征”①。以往有些现代文学评论，只要一看到人物由个人反抗发展到集体主义，或作者具有否定个人奋斗肯定群体力量的思想，就毫无保留地大加颂扬。这几乎成了一种批评模式和思维习惯。其实，真正值得肯定的，应该是“以个人全面而自由的发展为基本原则”②的理想，而不是那种压抑个性的群体意识。仇虎的“集体主义”，是特定历史阶段的农民理想，与马克思所要求实现的无产阶级的以“自由个性”③为原则的集体主义毫无共同之处。

综上所述，仇虎是一个复仇的农民形象。他的复仇性格，凝聚着中国文化的家族意识。《原野》正是从伦理与心理的角度，揭示出封建思想对于民族灵魂的渗透，并表现了现代意识对于古老灵魂的冲击。这比公式化地描写农民“压迫——反抗——解放”具有更深广的文化意义。它使我们认识到：中国农民乃至整个民族要想扔掉封建传统，迈入现代的大门，是何等的艰难。我们在反封建时，所运用的思想武器往往仍然是毫无现代意味的封建思想，我们在被封建思想残害以至窒息中所向往和觉悟到的理想目标，又仍然带有浓厚的封建主义色彩。这是多么深刻的历史悲剧！当这种历史悲剧被曹禺在一个普通农民身

---

① 弗洛伊德：《集体心理学与自我的分析》，见《弗洛伊德著作选》，四川人民出版社，1986年，第231页。
② 马克思：《共产党宣言》，《马克思恩格斯选集》第1卷，人民出版社，1972年，第153页。
③ 马克思：《一八五七～一八五八年经济学手稿》

上反映出来时，我们不由得惊叹与敬佩剧作家深邃的历史眼光和敏锐的艺术洞察力。遗憾的是，在相当长一段历史时期内，《原野》的精华和真正的魅力所在，却没有被广大的批评者和观众所理解。一个民族没有伟大作品是可悲的，有了伟大作品而不能欣赏它是更可悲的。但我坚信，金子终归是金子，《原野》必将被人们所认识，焕发它本来的艺术光彩。

1987.8 桂子山

原载《中国现代文学研究丛刊》1988 年第 2 期，第 8—29 页

基督教、象征主义、表现主义的三位一体

——《原野》创作论

黄　健

提　要：对《原野》的研究，应当摒弃那些陈腐、僵化的文学批评观念，深入发掘作家的主体意识，从而进行科学的评价。《原野》像一个"谜宫"解开这些"谜"，便可窥见到一个伟大探索者的心迹——因痛感于"下界"的罪恶，希求"天国"发出惩恶的电闪雷鸣，愿善有善果，恶有恶报；但"尘世"始终由邪恶统摄着，作家美妙的幻想破灭了，便反叛了宗教，投身于现实斗争的漩流。《原野》是一部表现主义杰作，且有着浓重的象征色彩，它们作为创作方法，与剧作所表现的思想内核构成了三位一体的关系。

一

《原野》整部剧作都被一种略带些神秘倾向的象征气氛笼罩着，呈现出扑朔迷离，神秘莫测的艺术风貌，成了曹禺剧作中晦涩难懂，也是最受非难的一部作品。要演好《原野》是件很难的事。曹禺本人曾说："对一个普通的专业剧团来说，演《雷雨》会获得成功，演《日出》会轰动。演《原野》会失败，因为太难演了。"[①]太难演的原因之一，就是因为作品中涂抹的象征色彩太浓，演员领悟不了作者真实的用意，难以通过舞台艺术的形式再现剧作的思想内容和艺术特色。但《原野》有它特殊的魅力，是久已被"湮埋"的艺术珍品，它使人迷惘，给人以诱惑。作者把《原野》的氛围描绘得异常"森然"而"神秘"。为什么作者要把《原野》的氛围描绘得如此"怪异"和"神秘"，这是个难解的"谜"。

《原野》中有一连串的"谜"，如，作为仇虎主要对立面的焦阎王在戏开幕前就已过早死去了。作者这样处理戏剧冲突的用意何在呢？既然焦阎王已经死了，那每每显现的，眼珠似在转动的焦阎王狰狞可怖的半身画像又有什么象征意味呢？还有，仇虎的复仇方式太令人震惊了。第三幕，仇虎复了仇以后，竟会有如此多的"恐惧"和"忏悔"意识，而且焦仇两家的结局与序幕和前两幕所描写的形成了鲜明对照。这些"谜"都很令人费解。纵观《原野》研究的历史与现状，很少有人去试图解开这一连串的"谜"。笔者认为，历年来对《原野》的研究存在着三个方面的不足：一是以现实性和真实感作为衡量作品的价值大小的唯一尺度，盲目认为《原野》缺乏现实感，以此断言它是一部失败之作。姑且不论唯现实主义创作方法而独尊，把其他创作方法（如象征主义、表现主义）一概加以排斥的作法多么狭隘而不科学，就《原野》这部剧作对当时丑恶社会现实揭露的深广度而论，也是应当给予

① 见田本相、张靖编著的《曹禺年谱》第43页。

肯定的。一向被评论界严加指责的《原野》的第三幕，正是对当时现实社会的深刻写照，但由于作者采用了表现主义艺术手法，便遭到种种非难，这是很不公正的。二是存在着把现实主义简单化的毛病，突出的表现，是形而上学地以阶级斗争的理论图解《原野》这部作品，在没搞清作者真实的创作意图之前，便妄下结论。认为《原野》写了一个农民复仇的故事，却让罪魁祸首焦阎王及早地死去，没能反映出农村农民与地主之间尖锐复杂的阶级斗争，没能塑造出农民阶级的典型人物形象，以及不该以爱情纠葛冲淡阶级斗争。这种以阶级斗争为纲的文学批评观念是极"左"思潮的一种影响，以此来评价《原野》这部剧作是很不科学的。三是历年来对《原野》的研究，注意点多集中于作品中一些外在因素，对进一步深究其含包的实质性问题有所顾忌，对《原野》中客观存在着的那一连串的"谜"，无意于问津，采取的是冠之以"象征主义""神秘主义"等名目，一批了之的态度。此外，只去注意《原野》中运用了象征主义、表现主义的艺术手法，不去深究这两种创作方法与其所表现的思想内容之间的内在联系。总之，对《原野》的研究还有待于深入，应该以实事求是的态度来对待这部不同凡响的剧作。

二

青年时期的曹禺，有着许许多多的苦恼和郁悒，在他日日目睹的那个人世，存在着种种斗争的"残忍"和"冷酷"，作家对宇宙间许多神秘的事物产生了一种不可言喻的憧憬。为了解开"诡秘"的宇宙之"谜"，他接触了宗教和其他被视为洪水猛兽的书籍。早在1929年他二十岁时，便"苦苦地追索着人活着是什么的问题，探求着宗教的奥秘。他有时到法国教堂去参加礼拜，有时去观察基督教的洗礼，参加复活节活动。他领略过教堂静穆的气氛，醉心于教堂庄严神秘的音乐之中"[①]。此外，他在清华大学学习期间，还"得到校图书馆的特别许可，可以进入书库并在那里看书。从老子到佛教，到基督教，一直到马克思"[②]。在这一时期，作者对马克思主义的了解十分浮浅，还不能凭借着这一思想武器去剖析种种复杂的社会问题，于是，基督教义中较为合理的伦理和善恶观念，便很自然地成为他人生观的内容，并对他的创作产生了直接的影响。如1935年，《雷雨》在日本演出后，曹禺曾写信给导演，信中说："在许多幻想不能叫实际的观众接受的时候……我的方法乃不能不把这件事推溯，推，推到非常辽远的时候，叫观众如听神话似的，听故事似的，来看我这个剧，所以我不得已用了'序幕'，和'尾声'。"[③]而且他对演出时删去了"序幕"和"尾声"表示惋惜。"序幕"和"尾声"同在教堂附属医院的一间客厅内展开情节。在巴赫作的《b小调弥撒曲》低回轻柔的音乐声中，周朴园——这个给众人带来不幸，不幸也同样降临到他自己头上的可恶造罪者，在进行良心的自我谴责。整部《雷雨》，剧中人物死的死，疯的疯，唯独留下了造罪者周朴园，作者有何用意呢？请看《圣经》上的一段话吧："主耶和华说，我指着我

① 见田本相、张靖编著的《曹禺年谱》第17页。
② 乌韦·克劳特《戏剧家曹禺》，《人物》1981年第4期。
③ 见田本相、张靖编著的《曹禺年谱》第29页。

的永生起誓，我断不喜悦恶人死亡，惟喜悦恶人转离所行的道而活。”①显然，《雷雨》的创作深受了基督教善恶观的影响。《雷雨》这部剧，作者着力写的是宇宙里斗争的“残忍”和“冷酷”，而且声称：“在这斗争的背后，或有一个主宰来使用它的管辖。这主宰，希伯来的先知们赞它为‘上帝’，希腊的戏剧家们称它为‘命运’，近代的人撇弃了这些迷离恍惚的观念，直截了当地叫它为‘自然的法则’。而我始终不能给它以适当的命名，也没有能力来形容它的真实相。因为它太大，太复杂。”②在谈到《雷雨》的象征意义时，作者又说：“雷雨象征什么，那我也不能很清楚地指出来，但是我已经用力使观众觉出来。”③主宰是什么？雷雨象征意义如何？指的都是同一事物，虽然作者不愿明讲，但他心里很清楚，不然又如何能“用力使观众觉出来”呢。《圣经》上讲：“耶和华也在天上打雷，至高者发出声音，便有冰雹火炭。他射出箭来，使仇敌四散。多多发出闪电，使他们扰乱。”④笔者认为，主宰意味着“上帝”，雷雨的象征意义，即为“上帝”会惩治人间的邪恶，造罪者须经过心之忏悔，而达到灵魂的净化。宗教思想在《日出》中也有所体现，在剧本《日出》的前面，附有八段引文，第一段摘自老子的《道德经》，其余七段都取自《圣经》。作者强调说：“那引文编排的次序却很费些思虑，不容颠倒，偏爱的读者如肯多读两篇，略略体会里面的含义，也许可以发现多少欲说不能的话藏蓄在那几段引文里。”⑤关于《日出》受基督教的影响，本文就不作详细论述了。

《雷雨》《日出》中被毁灭的多是一些善良人，这使作者感到极大的不公平，写完《日出》以后，便萌发了创作《原野》的念头。在《日出·跋》中，作者愤愤地写道：“但我更恨人群中一些冥顽不灵的自命为‘人’的这一类的动物。他们偏若充耳无闻，不肯听旷野里那伟大的凄厉的呼声。”那伟大的凄厉的呼声来自何处呢？这与原野的象征意义有联系。《圣经》上说：“耶和华的声音震动旷野。”⑥可见，那旷野里伟大的凄厉的呼声来自“上帝”，原野的象征意义，即为大地象一张巨“网”，恶有恶果，善有善报，天网恢恢，疏而不漏。现在我们可以拨开作者描写《原野》的氛围时布下的“象征”和“神秘”的层层迷雾了。基督教义上说：“上帝是公义的审判者，又是天天向恶人发怒的上帝。”⑦“上帝”居于天堂，也时常降临这样“森然”而“神秘”的原野。你看（耶和华）“他又使天下垂，亲自降临，有黑云在他脚下。他坐着基路伯飞行，他藉着风的翅膀快飞。他以黑暗为藏身之处，以水的黑暗，天空的厚云，为他四围的行宫。”⑧原野上那风吹黑电线发出的呜呜的声浪，那压向地面的呈着怪相的密匝匝的黑云，那深邃林丛中隐匿着的乌黑的池沼，似乎在呼唤着耶和华——上帝的降

① 《旧约·以西结书》第三十三章。
② 《〈雷雨〉序》。
③ 见田本相、张靖编著的《曹禺年谱》第29页。
④ 《旧约·诗篇》第十八篇。
⑤ 《〈日出〉跋》。
⑥ 《旧约·诗篇》第二十九篇。
⑦ 《旧约·诗篇》第七篇。
⑧ 《旧约·诗篇》第十八篇。

临。还有那远处天际处逐渐裂成的一张血湖似的破口所发出的幽暗的赫红，似乎也在呼唤着："耶和华啊，你是伸冤的上帝，伸冤的上帝啊，求你发出光来。"[①]那两条乌金似的，一声不响，直伸向天际的铁轨呢？将把这一切推溯，推，推到非常辽远的时候，叫观众如听神话似的，听故事似的，来看这个剧。《原野》所写的不是普通的复仇故事，作者有更深层的用意。十分耐人寻味的是，作为仇虎"主要对立面"的恶霸焦阎王，在戏开幕前，作者就叫他早早死去了。对此，有人认为"由于仇虎失却了在思想性格上旗鼓相当的对立面，致使《原野》的戏剧冲突如同挖去了内核，而只有一个'复仇斗争'的单薄的外壳。"笔者认为，《原野》戏剧冲突的内含不是单薄，而是异常深沉。《圣经》上说："恶人终不得善报。"[②]"试看恶人因好恶而劬劳，所怀的是毒害，所生的是虚假。他掘了坑，又挖深了，竟掉在自己所挖的井里。他的毒害，必临到他自己的头上，他的强暴必落到他自己的脑袋上。"[③]"恶人在骄横中，把困苦人追得火急，愿他们陷在自己所设的计谋里。"[④]联系到剧中恶人的结局，可以得出一个结论，《原野》这部剧作表现了一个既古老又现实的主题：恶人终不得善报，而且他们的毒害必临到他们自己的头上。

仇虎在狱中苦熬八年，受了那么多的磨难，是为了能回来向焦阎王复仇，亲手杀死这个恶魔。至于焦家其他的人，仇虎原不想杀害他们的。现在焦阎王已死了，仇虎才以那种极端残酷的复仇方式了却了他们两家的冤仇，罪大恶极的阎王并没有因他的早逝而逃脱他应得的报应。焦阎王的死，使得他全家的命运全掌握在仇虎手中，仇虎——这复仇的"猛虎"便可对他的仇人家任意宰割了，阎王死而难瞑目啊！阎王死了，瞎婆子就要代其受过，仇虎并没有一枪了结她，这并非她应得的报应。瞎婆子是阎王的一个帮凶，她"张着大眼睛，里面空空不是眸子，眼前似乎罩上一层白纱，直瞪瞪地望着前面，使人猜不透那一对失了眸子的眼里藏匿着什么神秘。"（序幕）这位暴戾、敏感、多疑的恶婆子，随手带着根铁拐杖，令人望而生畏。她瞎了两只眼，这又与《圣经》上所言相吻合。《圣经》上这样写着："恶人的亮光必要熄灭，他的火焰必不照耀。……他必从光明中被撵到黑暗里，必被赶出世界。"[⑤]在作者看来，瞎婆子也是一个恶魔。但她知道自己不是仇虎的对手，儿子大星又太软弱，一种死到临头的恐惧侵袭着她的心神。而她还存有一线希望，想凭着她特有的阴险和暴戾，给仇虎造成心理上的压力，逼他就范。仇虎报仇的意念竟异常坚决，她感到绝望了。她乞求仇虎杀了她，留下儿子和小孙孙，她很害怕仇虎把他们焦家"斩草除根"，不曾想到仇虎要做的会比这残酷得多。在第二幕，发生了仇虎与瞎婆子之间一场杀机暗露的交锋。

仇虎要把焦家的后代全除掉，唯独留下一个瞎婆子。《圣经》上说："有等妇人，比死还

① 《旧约·诗篇》第九十四篇。
② 《旧约·箴言》第二十四章。
③ 《旧约·诗篇》第七篇。
④ 《旧约·诗篇》第十篇。
⑤ 《旧约·约伯记》第十八章。

苦。他的心是网罗，手是锁链。”①瞎婆子的命运便是如此。更让人震惊的是，仇虎竟使瞎老婆子亲手用铁拐杖打死了她最心爱的小孙孙，可谓残酷之极。瞎婆子简直心痛疯了，发出绝望的哭嚎声：“虎子！（不见人应）。虎子！（仍无人应，森然地）我知道你在这儿，虎子。（忽然爆发地）你的心太狠了，虎子，天不容你呀！我们焦家是对不起你，可是你这一招报得太损德了。”（第二幕）这正应了前面所引的《圣经》上的那句话。若真有恶人遭到如此的报应，九泉之下的冤鬼也该瞑目了。

接下我们来看看焦阎王自身所受到的惩罚。前面已交待，阎王的半身画像是一个“谜”，现在我们来把这个“谜”解开。《原野》中有浓重的象征色彩，焦阎王狰狞可怖的半身画像也是一种象征。它的显现像是在提醒观众，阎王的幽灵还在，而那两只眼珠似乎在转动的眼睛，又给人一种阎王还没死的感觉。当仇虎正对着阎王的画像发狠时，金子竟惊叫起来：“相片！相片！（失了颜色）他看着我，他看着我。……（低头缩成一团）阎王，阎王的眼动起来——他——他活了，活了！”（第一幕）好像阎王已看到他的仇人来找他报仇雪恨了。此外，当大星难以忍受妻子偷人的莫大耻辱，而又缺乏勇气时，“阎王”便对他鞭策，大星抬头看到墙上焦阎王的半身画像，顿时大叫起来：“妈，您来，您快来看！……嗯，您看！您看墙上的爸爸都在笑话我。”（第二幕）阎王不是依然还“活着”吗？作者不会让这样一个恶魔无牵无挂地死去的，死对他来讲是一种解脱，他岂可不看到恶报临到他的头上？杀了小黑子以后，金子忽然又大叫起来：“阎王的眼又动，动起来了。……（怕极）他要说话！”阎王有什么要说的？怕是要说上天不该如此惩罚他吧。再就是乞求作者不要这样残酷地折磨他。作者又是如何处置他的呢？是叫仇虎朝那画像连发四枪，送这邪恶的灵魂去地狱，阎王终究还是“死”在了仇虎复仇的枪口之下。

杀了大星和小黑子以后，仇虎带着金子逃进了黑树林。这是个阴森可怖的黑林子，它使人联想到种种神秘的事物：上帝、命运、鬼魂和地狱，仇虎满受着道德和良心的谴责逃进了这片“鬼地”。这里的一切像在等待着仇虎和金子的到来，很快就把他们层层围住了，似乎存在着某种不可思议的、超自然的力量，他们奔波、挣扎了一整夜，始终没能冲破这黑暗布下的牢笼。仇虎虽然报了仇，内心却没有丝毫的轻松和快慰。逃进黑林子以后，他像是换成了另外的一个人，沉重的负罪感折磨得他精神恍惚，心惊胆颤，现在又投入了这阴森可怖的环境之中，犹如下了地狱般地苦痛难熬。至此，剧中人物各各都在“原野”这张无形巨“网”中苦斗过，挣扎过，显示出“宇宙里斗争的‘残忍’和‘冷酷’”。

仇虎作为“被重重压迫的真人”的化身，作者对他寄予了很大的同情，感到“上帝”惩罚他这样的人是很不公平的。按照基督教的观点，仇虎是负罪的。《圣经》上说：“不要以恶报恶”②，“儿子必不担当父亲的罪孽，父亲也不担当儿子的罪孽，义人的善果必归自己，恶人的恶报也必归自己”③。凡负罪者到了这黑云密布，风驰雾起——神灵出现的地方，精神

① 《旧约·传道书》第七章。
② 《新约·罗马书》第十二章。
③ 《旧约·以西结书》第十八章。

上都要倍受煎熬。仇虎杀了两个无辜，心里犯了糊涂，感到犯下了莫大罪孽。金子便用他死去的爹爹和被卖掉的妹妹来提醒他，仇虎终于醒悟过来了，连连说："嗯，对！我在狱里做苦力，叫人骗了老姿，占了地，打瘸了腿，嗯，对！对！我仇虎是好百姓，苦汉子，受了多少欺负、冤枉、委曲，对！对！对！我现在杀他焦家一个算什么？杀他两个算什么？就杀了全家算什么？对！对！大星死了我为什么要担戴？对！他儿子死了，我为什么要担戴？对！我为什么心里犯糊涂，老想着焦家祖孙三代这三个死鬼，对！对！我自己那年迈的爹爹.头发都白了（忽然看见右面昏黑里出现了什么，不知不觉地慢下来），人都快走不动了。"（三幕、二景）仇虎的这一席话，是对所谓"劝善惩恶"的上帝的诘责，从中我们可体会出作者对上帝的怀疑和不满。

人们注意到，《原野》的第二幕与美国剧作家尤金·奥尼尔的《琼斯皇》有许多相似之处，从黑林子里时隐时显的鼓声到整个第三幕的格局、气氛与情调，都说明了曹禺在有意识地师法奥尼尔。笔者认为，这种师法并不是形式上的简单模仿，而是因为这两位剧作家有着相似的人生体验，再就是两剧所表现的内容都与宗教有关。较之于《原野》，《琼斯皇》一剧也弥漫着浓郁的宗教色彩。该剧是奥尼尔根据流传在海地关于当时已故总统山姆的故事写成的，谈到该剧的创作经过时，奥尼尔说："山姆讲过，人们永远不能用铅弹打中他；他会先用一颗银弹打中自己……关于银弹的意念打动了我，我记下了这个故事。大约半年以后，我又有了关于森林的想法，但我不知道在舞台上该怎样来表现它，于是我又把它丢开了。一年以后，有一天我在读有关刚果宗教节日祝典的书，那里用到了鼓：它怎样从一种正常的节拍开始，然后逐渐加强，直到在场的每一个人的心跳与疯狂的鼓声相应和。"[①]奥尼尔也曾是一个基督教信仰者，他早年家庭很不幸，举家奔波使他从没真正享受过家庭生活的温暖幸福。父亲为了赚钱而放弃了艺术追求，母亲则郁郁寡欢，最终沦为鸦片吸毒者，哥哥早年就已堕落。这个家庭带给他的是怨恨与心灵的冲突，他曾试图从宗教中找到一点慰藉，还幻想以虔诚的祈祷来打动上帝的心，以拯救他吸毒日甚的母亲。在奥尼尔早期和中期的很多剧作中，人的追求被一种超自然的神秘的力量扼制着，这体现着基督教宿命观的影响。后来奥尼尔发现，他的一切努力都是徒劳的，上帝欺骗了他。于是他反叛了宗教，投入尼采的怀抱，开始相信精神奋起的力量。[②]《原野》的第三幕显示出，曹禺也已从宗教的束缚中解脱出来了。奥尼尔和曹禺真可谓"志同道合"，无怪乎曹禺如此推崇奥尼尔。

《原野》中的基督教色彩是十分浓重的。仇虎逃进黑林子时，作者这样描写他的外貌："我们寻不出他一丝的丑，反之，逐渐发现他是美的，值得人的高贵的同情的。他代表一种被重重压迫的真人，在林中重演他所遭受的不公。在序幕中那种狡恶、机诈的性质逐渐消失，正如花氏在这半夜的折磨里由对仇虎的肉体的爱恋而升华为灵性的。"（三幕、一景）在作者看来，序幕中出现的仇虎，尽管与阎王有血海深仇，但他心怀"异念"，面带"杀机"，其

① 见《外国现代剧作家论剧作》第247页，中国社会科学出版社。

② 参见《复旦学报》1983年第4期，傅鸿础作《奥尼尔与尼采》一文。

性质是“狡恶”“机诈”的，相貌也是“丑”的。叔本华曾说：“一切诱惑都是恶魔的化身。”[①]这与曹禺的观念同源于基督教的偏见。仇虎逃进黑林子以后，那些“异念”已随着大星和小黑子的死亡而解脱掉了。在作者看来，他又恢复了“真人”的原面目，连他丑陋的外貌看起来也是美的了。最初构思《原野》时，作者是想写“一个艺术形象，一个脸‘黑’的人不一定心‘黑’的人物。”[②]作者说：“我曾经见过一个人，脸黑得象煤球一样，但是心地非常之好，他一生辛苦，可死得凄惨。”[③]笔者认为，作者所要写的这个脸“黑”不一定心“黑”的人，其辛苦凄惨的一生固然值得人高贵的同情，但却“染有”基督徒式的麻木，正像从深受负罪感折磨的仇虎身上，人们会很自然地联想到一个因有罪过而向上帝忏悔，以求灵魂解脱的基督徒一样。

三

基督教有很大的欺骗性，这是众所周知的。但基督教从它诞生以来，信仰者却多如恒河沙数。原因之一在于它所宣扬的善恶观满足了人们的某种向往，好多信仰者是把它作为精神上的一种寄托。而将劝善惩恶的希望寄托于上帝，纯粹是海中捞月。实际上，作者在创作《原野》时，对此已有了清醒的认识。

前文提到，第三幕中焦仇两家的结局与序幕及前两幕所描写的形成了鲜明对照，这是一个“谜”，要解开这个“谜”，就须借助于表现主义这把钥匙。表现主义（Expressionism）来源于拉丁词 expressus，具有“抛掷出来”“挤压出来”的意思。表现主义是西方现代派文学中的主要流派之一，它产生于本世纪初的德国，极盛于 1910—1920 年间。

简单地讲，表现主义文学不重在“模仿”和“再现”，而重在内心体验，体验的结果产生一种激情，这种激情经久不衰，并无限扩张，包容一切。艺术家就是要以这种激情来表现事物的幻象。所谓幻象，是事物更深一层的形象，亦即事物纯粹的真实。[④] 德国作家，表现主义大师埃德施米特在他的《创作中的表现主义》一文中声称：“表现主义艺术家的整个用武之地就在幻象之中。他并不看，他观察；他不描写，他经历；他不再现，他塑造；他不拾取，他去探寻。于是不再有工厂、房舍、疾病、妓女、呻唤和饥饿这一连串的事实，有的只是它们的幻象。”[⑤]表现主义作家也表现现实，但却是借助于幻象来表现的。曹禺为《原野》中使用了表现主义手法作过辩解，他说：“这个剧基本上是现实主义的。后半部则采用了表现主义手法，这是为了表现主题。表现主义也可以为现实主义服务嘛！”[⑥]《原野》不只是第三幕中借鉴了表现主义艺术手法，其实，《原野》本身就是一部表现主义杰作，这主要体现在情节结构的安排上。序幕和前两幕，作者是用“再现”的方式写了仇虎的复杂过程及结

① 叔本华《爱与生的苦恼》（拿来丛书）第 43 页，中国和平出版社版。
② 见田本相、张靖编著的《曹禺年谱》第 38 页。
③ 见田本相、张靖编著的《曹禺年谱》第 38 页。
④ 见伍蠡甫、林骧华《现代西方文论选》第 149 页，上海译文出版社版。
⑤ 见伍蠡甫、林骧华《现代西方文论选》第 152 页，上海译文出版社版。
⑥ 卢林《曹禺重观〈原野〉记》，载《写作》（武汉）1985 年第 7 期。

局，所描述的是发生在“辽远的时候”的一个“神话故事”，基督教的善恶观是整个故事所表现的思想内核。从表现的内容来看，它是“第一层次”的，而第三幕借用幻象形式表现的内容则为“第二层次”的；序幕及前两幕所描绘事物的形象是外在的，因而是不真实的，第三幕靠幻象形式所揭示的事物形象为更深一层的形象，才是纯粹的真实。

在那样的罪恶社会，“恶人终不得善报”，而且“他的毒害，必临到他自己的头上”，这是一种美妙而荒唐可笑的幻象，像阳光下幻出五彩斑斓的色泽的肥皂泡，终将要破灭的。随着这一幻想的破灭，作者对现实的认识就更深入了一层。《原野》这部剧作，反映出作者两个相关时期的世界观及其发展变化的轨迹。对幻想的眷恋和对曾有过的糊涂观念的痛苦反思，是作者创作序幕及前两幕的指导思想，而借用幻象写成的第三幕，体现着作者对基督教的反叛和对现实社会的清醒认识。作者所处的是鬼魅横行的世界，不但恶人得不到恶报，善良人却要倍受凌辱和摧残，惩恶的上帝又在哪里呢？在严酷的社会现实面前，作者的“梦”破碎了。《原野》这部剧作向我们显示出，曹禺已从宗教的思想束缚中解脱出来了。仇虎逃进黑林子以后，精神上没得到片刻安宁，死去的大星的声音总在他耳边时隐时显，瞎婆子为小黑子招魂的凄惨的喊声似乎也追逐着他，一种无法摆脱的沉重的负罪感在折磨着他。仇虎对那并不存在的大星的声音大声辩解着：“啊，大星，我没有害死他，小黑子不是我弄死的。大星，你不该跟着我。大星！我们俩是一小的好朋友，我现在害了你，不是我心黑，是你爹爹，你那阎王爹爹造下的孽！小黑子死得惨，是你妈动的手！我仇虎对得起你，你不能跟着我！你不能……。”（三幕、一景）仇虎一副可怜样，他的精神几乎要错乱，满嘴胡话，幻影重重。瞧着仇虎这副模样，金子既心痛又感到愤愤不平，连连开导他：“虎子！（安慰地）你别急，你是渴了，我知道你的心里不自在。虎子，我们不该死的，我们并不是坏人。虎子，你走这条路不是人逼的么？我从前没有想嫁焦家，你从前也没有想害焦家，我们是一对可怜虫，谁也不能做自己的主。我们现在就是都错了，叫老天爷替我们想想，难道这些事都得由我们担戴么？”（三幕、二景）显然，这是作者借金子之口，在对“公平”的上帝进行谴责，是作者宗教观转变的一种标志。作者对基督教的反叛，还体现在他对丑恶现实的严厉鞭挞。在第三幕中，凭借仇虎的幻觉，曾在生活中发生的一切，在黑林子里又一幕幕地重演了一遍。在这里，有理没处讲，有冤没处伸。牛头马面，大鬼小鬼，阎罗判官，以及土匪焦阎王，各色丑类称霸社会，他们狼狈为奸，作恶多端。那黑白不分，是非颠倒的阎罗，在当时的现实社会中不是到处可见吗？被活埋的仇虎的爹被判上刀山，被恶霸焦阎王强行卖到烟花巷的仇虎的妹妹被判下地狱，而作恶多端的焦阎王却上了天堂，请问，“伸冤”的上帝又到哪里去了呢？由此可见，作者对上帝深怀不满。随着剧情的发展，这种不满的情绪不断强化，到了该剧的末尾，已满是憎恨之情了。当金子乞求“天”赐给他们一点点儿月亮光，可怜可怜他们这对走投无路的人时，仇虎爆发出了一腔愤怒：“金子，你求什么？你求什么？天，天，天，什么天？（暴躁地乱动着两手。）没有，没有！我恨这个天，我恨这个天。你别求他，叫你别求他！”（三幕、四景）这表明了作者对“天”的态度已有了根本转变。

综上所述，《原野》是剧作家曹禺苦心经营的一部力作，是他在艺术道路上的一次大胆尝试。在这部剧作中,作为创作方法的象征主义和表现主义与作为思想内核的基督教的善恶观念及作家对宗教的反叛这三者构成了三位一体的关系。《原野》是曹禺世界观矛盾的产物,是他的创作由理想主义转向现实主义的一个过渡,也是他的一部里程碑式的作品。

原载《徐州师范学院学报》1988 年第 3 期,第 63—68 页

论《原野》的精神内涵

——兼评《原野》研究中的某些观点

董炳月

长期遭受冷落或责难的《原野》近年倍受青睐了。研究它的论文颇有几篇，几部曹禺研究专著设专章专节论述它，对于它的总体评价也由“最失败”①之类的贬斥而变为“基本上是成功的”②“金子终归是金子”③之类的赞美。但是，对于《原野》的许多评价并非建立在对作品精神内涵的准确把握之上，对于评价对象真实涵义的曲解或漠视，导致了评价本身的种种偏差。因此，对《原野》的精神内涵进行科学的、符合作品本意的阐释，并在此基础上重评《原野》④，是很有必要的。

一

《原野》是以仇虎为核心组织情节、设计冲突的。如何认识仇虎的身份，则从根本上决定了我们对于《原野》中各种冲突之历史内容的理解。因此，我们必须首先辨证仇虎的身份。

《原野》问世以来，几乎所有的批评家都把仇虎看作农民——向压迫自己的恶霸地主复仇的贫苦农民。1938 年，南卓在《评曹禺的〈原野〉》一文中从“中国农民的意识”⑤的角度分析仇虎的心理；1944 年，杨晦在《曹禺论》中认为《原野》是写“农民复仇的故事”⑥；1952 年，王瑶在《中国新文学史稿》中也认为《原野》写的是“古老农村中农民向土豪地主复仇的悲剧”⑦；1957 年出版的刘绶松的《中国新文学史初稿》，1979 年出版的唐弢、严家炎主编的《中国现代文学史》，以及近年发表的一些《原野》研究论文，无不把仇虎看作农民。虽然有人已经发现仇虎在性格特征、心理素质等方面与农民的巨大差异，但仍然坚持把他看作“农民”，只是在“农民”前面加上“不太成功”之类的修饰语而已。

如果孤立地看仇虎的身份，说他是“农民”显然不无道理。问题在于，上述批评家是把仇虎的“农民”身份作为焦阎王的“恶霸地主”身份的对立物来确认的。而实际上，一旦把

① 杨晦的《曹禺论》和刘绶松的《中国新文学史初稿》都持这种观点。

② 潘克明：《〈原野〉和表现主义》。载《中国现代文学研究丛刊》，1983 年第 3 期。

③ 吴建波：《重评仇虎的复仇悲剧》。载《中国现代文学研究丛刊》，1988 年第 2 期。

④ 本文对《原野》的分析和评价依据《原野》的初版本（文化生活出版社，1937 年 8 月版）。

⑤ 原载 1938 年 6 月《文艺阵地》第一卷第 5 期。收入“中国当代文学研究资料”《曹禺研究专集》（下册），海峡文艺出版社，1985 年版。

⑥ 原载 1944 年 11 月《青年文艺》第一卷第 4 期。收入《文艺与社会》一书，中兴出版社，1949 年 4 月版。

⑦ 《中国新文学史稿》（上）。新文艺出版社 1954 年版，275 页。

仇虎纳入焦、仇两家的关系中来认识，他的“农民”身份就很值得怀疑了。

让我们静下心来细读《原野》，到作品中去寻找答案。

《原野》叙述的是一个复仇故事。舞台的帷幕徐徐拉开，仇虎作为复仇者满怀仇恨、杀气腾腾地出现在焦家人面前，于是有冲突、恐惧、忧郁、死亡……对于舞台上正在进行的焦、仇两家的仇杀，研究者都予以足够的重视，但他们往往忽略了另外一个时空里焦、仇两家的另外一种关系——八年前（焦阎王家与仇荣家结下冤仇之前）焦大星家与仇虎家的关系：完全不同于今日之仇杀的平等、友好。请看剧本所呈现的：

仇荣（仇虎之父）与焦阎王是好朋友。——在第二幕，仇虎认为爸爸与焦阎王交朋友是“瞎了眼”（174页），这实际上暗示了仇荣与焦阎王的朋友关系；

焦阎王是仇虎的干爸，焦母是仇虎的干妈。——在第一幕里，焦母对金子说：“我的干儿虎子回来了，你会不知道？”（103页）第二幕，仇虎回答双目失明的焦母：“是我，干妈”（138页），提到焦阎王时又说：“阎王，我干爹。”（170页）所以在分别八年之后，仇虎仍然清楚地记得双目失明的焦母有拉着别人的手与人谈话的习惯；

仇虎和焦大星自幼生活在一起，情同手足。——《原野》的三幕剧中，仇虎多次申明自己与焦大星是“老朋友了”，“我们从小，这么大（用手比一下）就认识”，“我们是一小的好朋友”，等等。焦大星对待仇虎“像他的亲哥哥”，仇虎在狱中时他多次去探监，分别多年之后见到仇虎更是兴奋不已。他们之间的友情深厚到使仇虎即使是为报杀父之仇也不忍心杀大星，以至杀了大星之后陷入无穷的大恐惧与大内疚……；

上述事实足以说明：八年前焦、仇两家交情很深。

从剧作中我们还看到：仇荣“有一片好田产”“一大片好田地”，这些田产好到让焦阎王垂涎三尺，勾结土匪巧取豪夺（205页）。仇荣不仅富有，而且“好吃好赌”（176页）。正因为如此，在等级森严、“礼不下庶人”的封建中国他才有资格与权势显赫的焦阎王交朋友，平起平坐，他的儿子仇虎才有资格拜在焦家门下做焦阎王和焦母的干儿子。

显然，在焦、仇两家这种友好、平等的关系中，焦阎王算不上“地主”“恶霸”，仇家的人亦算不上“农民”。因为他们之间不存在剥削与被剥削、压迫与被压迫的关系，而一般所谓地主与农民的关系，恰恰是以这种剥削与被剥削、压迫与被压迫的形式固定下来的。这样，发生在平等、友好基础之上的焦阎王对仇荣家的伤害，也就不是地主恶霸对农民的压迫，而是兄弟、朋友间的争夺与残杀。以这种争夺、残杀为转折，仇虎沦为囚徒。假如这时再界定他的身份，他也只能算是一位破落户子弟，一个囚犯。这样，八年后他回到家乡向焦家的复仇同样难以构成所谓农民向地主恶霸的复仇，这时把他看作与恶霸地主对立的农民同样是缺乏依据的。

事实上，曹禺本无意于把仇虎作为严格意义上的农民形象来塑造。在剧本的某些地方，剧作家甚至是把仇虎作为在各种灾难中四处奔突的“真人”形象来塑造的。请看：

> 仇虎到了林中……忽尔也如他的祖先——那原始的猿人，对着夜半的森野震颤着，他的神色显出极端的不安。希望，追忆，恐怖，愤恨连续不断地袭击他的想象，使他的幻觉突然异乎常态地活动起来。……他是美的，值得人的高贵的同

情。他代表一种被重重压迫的真人，在森林中重演他所遭受的不公。（第251页，着重号为引者所加）

这里的仇虎是一个在人间种种灾难的煎熬中痛苦挣扎着的“真人”，哪里有半点农民的影子？总之，在焦、仇两家的冲突中，阶级成份已经没有意义。把《原野》中的仇虎作为一个人、一个复仇者来理解更符合作品的实际。

某些研究者正是在仇虎的身份这个关键问题上犯了简单化的错误，因而在很大程度上误解了仇虎，进而误解了《原野》。他们把仇虎看作受压迫、受剥削的农民，顺理成章地创造了一个“农民复仇”的神话，赋予《原野》“表现农民的觉醒和反抗”的主题。以此为准的，他们寻出了《原野》的许多“不成功”，其中最大的“不成功”，就是仇虎作为一个农民形象缺乏真实性。南卓认为仇虎的心理活动与“中国农民的意识”不相符合①；杨晦认为：“仇虎这种人，在我们中国的农民里，不大容易找得到”②；唐弢、严家炎主编的《中国现代文学史》认为：“由于对所描写的生活不熟悉，剧本在农民形象的塑造上却不成功”，“把许多神经质的、知识分子的东西加在仇虎身上，损害了这一形象的真实性”；田本相1981年发表《〈原野〉论》，依然认为曹禺对自己所写的人物不熟悉，因而“不可能从现实生活中的具体人物出发加以典型化”，“抹煞了人物性格的统一性”③。种种责难如出一辙，原因在于他们在对仇虎身份的认识上同样犯了简单化的错误。还有的研究者从“表现农民的觉醒与反抗”这一主题出发，批评《原野》“漏掉了主要的反面角色”（指焦阎王——引者注），“复仇而无真正的仇人”，因而失却了“坚实的戏剧冲突”④。

批评家从不属于《原野》的阶级对立和不属于《原野》的主题出发，寻出《原野》的种种“失误”加以责难，理直气壮。但他们无法解释：刚刚完成《雷雨》和《日出》这类优秀剧作、处于创作青春期的曹禺，何以会出现这等显而易见的“失误”？难道他不知道让仇虎与焦阎王捉对厮杀更为大快人心、更能表现农民的觉醒与反抗？一个主人公形象不成功、甚至“漏掉了主要的反面角色”的剧本，又何以具有如此顽强的生命力、如此强烈的感染力呢？

实际上，假如《原野》真是表现农民向地主复仇，上述“失误”就不是主要的了！更大的失误应在于曹禺悲剧观念上的错误。因为农民在觉醒之后向残害自己的地主复仇乃是天经地义、合情合理的，从本质上说这是喜剧而决不是悲剧。《原野》的复仇故事之所以构成悲剧，主要就在于仇杀的双方本不是剥削者（地主）与被剥削者（农民）的关系，而是平等友好的兄弟、朋友关系。曹禺这样设计《原野》的悲剧冲突，显然打上了希腊悲剧影响的印记。亚理斯多德在论述悲剧冲突的时候认为：“只有当亲属之间发生苦难事件”才是“可怕的或可怜的”，才能引起恐惧与怜悯之情——“例如弟兄对弟兄、儿子对父亲、母亲对儿子或儿子对母亲施行杀害或企图杀害”⑤。希腊悲剧给予曹禺的影响，曹禺戏剧观与希腊悲

① 南卓：《评曹禺的〈原野〉》。
② 杨晦：《曹禺论》。
③ 载《中国现代文学研究丛刊》1981年第4期。
④ 《曹禺的戏剧艺术》50页，辛宪锡著，上海文艺出版社，1984年版。
⑤ 《诗学·诗艺》，43—44页，人民文学出版社，1984年版。

剧观，与亚理斯多德悲剧理论的一致性，早为研究者指出[1]。可见，正是为了使焦、仇两家的冲突成为悲剧，曹禺才将他们的冲突置于平等、友谊的基础上，并赋予两家人以“准血缘”关系（“干爸”“干妈”“干哥”之类并非科学意义上的血缘关系，故称。通过血缘关系制造悲剧、强化悲剧效果正是曹禺的惯用技巧：《雷雨》中的血缘纠葛，《原野》中小黑子死于祖母的铁拐杖下，都是如此）。这也从一个侧面说明焦、仇两家并非地主与农民的关系，仇虎不是“农民”。

为什么长期以来研究者总是局限于把仇虎作为农民形象来认识？主要原因有三。第一个原因在作品本身。《原野》叙述的是发生在“原野”上的复仇故事，假如不探究“原野”一词的深层涵义而只对它作语言学的理解，那么与原野紧密相连的自然是面朝黄土背朝天的农民。作品还写到仇虎幼年随爸爸在田里放牛（91 页），并称仇荣为“白发龙钟的老农人”。如果不考察他们与焦家的关系，只是孤立地看他们的职业，他们确是农民。但若用同样的眼光看焦阎王，焦阎王至少也应算半个农民了（他同样是土地所有者）。其二，特定时代形成的思维定势，也促使人们把《原野》中的复仇看作农民向地主的复仇。《原野》创作于 1936 年冬，1937 年先在《文季月刊》上连载，8 月出版单行本。这时抗日战争已经爆发，社会生活发生了巨大变化。许多作家从书斋和城市中走出来，奔向乡村，奔向抗日前线，投身于民族解放战争的洪流。在斗争生活中他们与农民有了广泛接触，加深了对农民的理解。这促成了中国新文学发展中的一个重大突破：许多优秀作家把笔伸向农村，表现农民的生活与斗争，探讨农民的命运。蒋光慈、叶圣陶、叶紫、丁玲、张天翼、洪深等作家都创作了这类作品。文学理论家也摇旗呐喊，推波助澜。农民问题成为创作实践和文学批评的共同热点。《原野》在这个特殊的背景上出现，被看作表现农民觉醒与反抗的作品是自然而然的。无独有偶，80 年代的研究者也大都是结合这一特殊背景来理解《原野》的。田本相就认为《原野》表现了曹禺的思想在那个时代（“中国农民正在党的领导下展开伟大的翻身解放的运动”）“前进的趋向”[2]；孙庆升亦认为曹禺创作《原野》是受了时代精神的感召，与那些把笔转向乡村的作家走的是同一条道路[3]。其三，曹禺自己说过创作《原野》与幼年从保姆段妈那里听到的农村恶霸杀人的故事有关、《原野》是表现农民反抗之类的话，这自然使研究者确信仇虎是一个农民。其实曹禺的话未必符合作品本身的情况，仇虎的身份只应在《原野》提供的独立、封闭的舞台世界中考察，只应从仇虎与其他剧中人的关系中界定。中国的批评家往往过于注重作品以外的东西，过于注重作家对自己作品的解释，而缺乏对作品作独立观照的“本体”意识。

在与焦阎王的冲突中，仇虎并不代表农民。给他挂上“农民”的招牌是一种误解，也是一种片面。

---

① 参阅孙庆升《曹禺论》第二章，北京大学出版社，1986 年版。

② 《〈原野〉论》。

③ 《曹禺论》82 页。

二

《原野》所表现的究竟是什么？曹禺对此作过不止一次的解释。但他的解释前后矛盾，有些话甚至不符合作品的实际。1978 年 5 月接受采访时，他说"《原野》……原想写农民，写恶霸欺负人"，《原野》的主题"是仇恨，恨那个恶霸，想报仇"①。1980 年又否定这个"仇恨"主题，说写《原野》时"有这样一个想法，写这么一个艺术形象：一个脸黑的人不一定心黑"；"《原野》不是一部以复仇为主题的作品，它是要表现受尽压迫的农民的一生和他的觉醒"②。到了 1981 年，他对于《原野》创作动机的说明又是另外一个样子："我当时所以要写这个戏，是想通过仇虎与焦阎王这两家不解的冤仇，说出在封建恶霸地主压迫下，农民苦难的一生和渐渐醒悟的历程。"③这种创作动机包含着明确的阶级意识，显然不同于"一个脸黑的人不一定心黑"。而这里对于作品的表述也不符合《原野》的实际。仇虎家并无所谓"苦难的一生"(请记住"那一大片好田产"和焦、仇两家曾经存在过的友情)。"渐渐醒悟的过程"也不知指什么，剧本主要表现的仇虎充满忧郁的复仇过程与复仇后的迷惘、恐怖，决不是什么"醒悟"。

面对这些互相矛盾的独白我们茫然无所从。显然，作家本人的每一种解释都不能作为理解、评价《原野》的根本依据。应当相信的倒是剧作家的另外一段话："如果得到我的一句话，就作为考证的依据，用来说明自己的见解是正确的，这不一定科学。因为今天我所说的，已经不完全是当时所想的了；可能已经在合理化，在掩饰当时一些不对的地方了。"④这显示了曹禺的坦诚，或许还包含着隐隐的忏悔(建国后许多作家的灵魂都在政治运动中受到"洗礼"，他们往往在非文学因素的支配下解释甚至修改自己的作品)。我们并不是说作家对于自己作品的一切解释都是虚假的，皆不足为据，而是强调：作品一旦被作家创造出来，就获得了独立的生命，成为独立自足的观念世界，犹如婴儿脱胎于母体成为独立的人。读者欣赏一部作品的时候，只有作品是存在的，而作品的作者，早已隐没得无影无踪。正如新批评派大师、美国学者韦勒克所强调的：一部作品乃是"一种独特的可以认识的对象，它有特别的本体论的地位"⑤。新批评派特别注重对文学作品"本体"的分析，而把作者、作品产生的时代背景甚至读者的反映等视作无关紧要的因素抛在一边。他们称注重作家创作意图的文学批评为"意图迷误"，称注重读者心理反应的文学批评为"感受迷误"，认为这两种迷误都是文学批评的歧途。这种理论也许因为过于绝对而失之偏颇，但它对于我们如何探讨《原野》的精神内涵具有启发性。《原野》的精神内涵只应从《原野》这部作品本身来探讨，作品之外的东西仅仅具有参考价值。

---

① 赵浩生：《曹禺从〈雷雨〉谈到〈王昭君〉》，原载香港《七十年代》1979 年第 2 期，收入《曹禺论创作》，上海文艺出版社 1986 年版，191 页。

② 《我的生活和创作道路——同田本相的谈话》，收入《曹禺论创作》。

③ 《曹禺夜谈创作、艺术修养及其他》收入《曹禺论创作》，171 页。

④ 《曹禺谈〈雷雨〉》，《曹禺论创作》98 页。

⑤ 韦勒克，沃伦：《文学理论》164 页，三联书店，1984 年版。

冲突是戏剧的灵魂。我们对于《原野》精神内涵的分析从分析其冲突开始。《原野》叙述的故事主要是由两大冲突构成的：一是焦阎王家与仇虎家的冲突——主要表现为情节冲突，二是仇虎内心世界的冲突——表现为精神冲突。我们首先分析焦、仇两家的冲突。

前文已经说明，焦、仇两家的冲突是兄弟、朋友间的争夺与残杀，阶级成份对于他们已经失去了意义。既然如此，冲突双方各自代表着什么就完全取决于他们在冲突中所处的位置了。从这个角度看《原野》中的人物，可以发现他们都具有双重身份：是强者又是弱者；是杀戮者又是无辜者；是善的代表又是恶的化身。这双重身份随着冲突的发展而互相转换。八年前，身着连长制服、佩军刀的焦阎王勾结土匪，将好朋友、好百姓仇荣活埋，霸占其田产，并且斩草除根，将其子女或打折腿送人监牢，或卖入妓院为娼。在这场冲突中，焦家作为恃强凌弱的杀戮者制造恶行，仇家则作为无辜的弱者惨遭残害。八年过去，焦阎王魂归西天，带走了焦家显赫的权势，留下双目失明的老太婆、“窝囊废”儿子、襁褓中的孙子，还有刁顽、对焦家三心二意的儿媳。老弱病残，不堪一击。而仇虎，则成为强大的复仇者——他自知杀掉焦大星和宰鸡一样轻而易举，瞎眼老太婆和婴儿更不是他的对手。在八年后的这场冲突中，两家人各自扮演的角色恰与八年前相反：仇虎成为杀戮者，婴儿的无辜与焦大星的软弱、善良和真诚使这杀戮失却了复仇的本意而变为罪孽。而焦家的人，则作为无辜的弱者(真正的凶手已经死去)承受着巨大灾难。

廓清了冲突双方各自的身份，冲突的本质也就一目了然了：焦家和仇家的冲突始终表现为强与弱、恶与善的冲突。在这冲突中，恶的总是强大的，善良、无辜的弱者永远被恶所摧残，所杀戮。善与恶的冲突构成了焦、仇两家冲突的基本内容。

这种善与恶的冲突也正是《原野》第二大冲突(仇虎精神世界的冲突)的主要内容。仇虎作为复仇者回到家乡，但仇人已魂归西天。在注重血缘关系、伦理意识高度发达的封建中国生存着的仇虎，自然会遵从“父债子还”的传统观念，向尚且生存着的焦家人讨还血债。但是他也清醒地意识到：毁掉这些软弱、无辜的生灵是一种罪恶。于是，他陷入了痛苦的两难抉择：杀人，为亲人复仇，自己却要成为恶人；不杀人，从善，却又难解心头之恨，愧对黄泉下的老父和屈死的妹妹。这样，善与恶的冲突在仇虎心中激烈地展开了！他的灵魂在挣扎，他要摆脱这两难的困境。为了杀死大星而又免受良心谴责，他多次重复：“他是阎王的儿子”，用“父债子还”的传统道德观为自己开脱。他还羞辱焦大星，希望大星动手杀自己，然后在搏斗中杀掉对手，以为这样就可以不负杀人的责任(“他先动手，就怪不得我了”)。在杀了人之后，无限的内疚和恐惧将他淹没。手上的鲜血使他发抖：“这手上的血是洗不干净的”，为小黑子叫魂的鼓声和焦母凄厉的呼唤尾随着他，使他心惊胆颤。这种对恶(杀人之罪)的恐惧本身恰恰是仇虎向善渴望的另一种存在形式。可见，仇虎内心世界冲突的主要内容就是善与恶的冲突。

除了上述两大主要冲突之外，在花金子与焦母的冲突中，我们同样可以发现这种善与恶的对立。对于金子来说，焦母简直就是恶的化身——“又狠又毒”(23页)，焦母抱着“好看的媳妇败了家，娶了个美人丢了妈”的偏见，视金子为不共戴天的仇人，甚至用木头刻了金子的人形，写上金子的生辰八字，然后扎钢针，念咒语，以置金子于死地。金子早就想离开这充满仇恨和罪恶的家庭。她对大星说："你爸爸把我押来做儿媳妇，你妈从我一进门就恨上我，骂我，羞我，糟蹋我，没有把我当作人看。"(135页)她盼望乘上隆隆驰过的火车，到"黄金子铺的地方"去。这所谓"黄金子铺的地方"，显然是一个没有仇恨没有罪恶的所在(因为仇虎在杀人作恶之后认为那黄金子铺的地方只有金子一个人配去了)。显而易见，花金子与焦母的冲突本质上也是善与恶的冲突。

善与恶的冲突的确是《原野》中主要戏剧冲突的基本内容。而且，《原野》的情节设计与人物形象塑造也是以善与恶的冲突为核心、为强化这种冲突服务的。在情节安排上，为了把天经地义的复仇转变为善与恶的冲突，剧作家让凶手焦阎王在复仇者到来之前死去(并不是什么"漏掉了主要人物")；为了充分表现仇虎心中善与恶的冲突，剧作家在第三幕中用大量篇幅淋漓尽致地渲染仇虎作恶(杀人)后的痛苦与迷惘。总体看来，在情节设计上，剧作家注重"恶"产生的后果，而对"恶"本身则表现得比较简洁：一部《原野》表现的是焦阎王的罪恶给后人造成的痛苦和灾难，而对焦阎王的罪行本身只用倒叙的手法作简单交待；写仇虎，重在渲染其杀人前的犹豫和杀人后的痛苦、惊恐，而交待其杀人行为只用了简单几笔。这样一来，情节的发展进程就体现为仇虎在从善与作恶两条道路上痛苦抉择的过程，体现为仇虎在情感上向善而行动上却不得不作恶的矛盾中痛苦挣扎、倍受煎熬的过程。在人物形象的塑造上，剧作家赋予焦家人以软弱、善良的品性，或者将他们写成无辜的，以此强化焦家人毁灭的悲剧效果，为仇虎内心世界善与恶的冲突提供依据。焦母有怪戾凶狠的一面，但也有令人同情的一面。她老了，双目失明，没有力量抵御强大的复仇者。丈夫作恶多端一死了之，留下沉重的担子压在她苍老的肩上。她说："我不想我的儿孙再受阎王的累，我不愿小黑子再叫仇家下代人恨。仇易结不易解，我为什么要下辈人过不了太平日子？"(165页)于是绞尽脑汁与仇虎周旋。曹禺说过："旧中国的妇女是最苦的，受着政权、神权、族权和夫权的压迫。每家都有一本难念的经，一般说来，也是妇女来念的。"[①]焦母显然也应属于这类"念经"的旧中国妇女。她愿意为丈夫的罪孽付出代价，上刀山，下油锅，以换取儿孙的平安(172页)。但是，她的愿望落空了！她误杀了自己的小孙子、焦家的独苗小黑子，无穷无尽的痛苦使她的脸成了一副"悲哀的面具"(267页)。焦大星软弱、单纯、善良。爸爸把他从小当作女儿养活，妈妈永远视他为吃奶的孩子。在妈妈与妻子无休止的争斗中，他两面受气，无所适从。他并不知道是爸爸害了仇家，多次去狱中探望仇虎。甚至仇虎都承认：大星"是个好人"，"连一个蚂蚁都不肯踩"，待自己"象他的亲哥哥"。分别八年之后见到仇虎时，大星孩子一样兴奋不已。他从不以害人之心度人，妈妈告诉他仇虎唱的歌不吉利，要加害于他们，但他不相信，反为仇虎辩解："他高兴，他多年没见我，今天见着了，多喝两盅，他爱唱什么，就唱什么，你管他这个做什么。""他是您的干儿，跟我又是从小的朋友，这次特来看看我们。我们跟人无仇无冤，疑心人家要害我们

① 《我的生活和创作道路——同田本相的谈话》，《曹禺论创作》第145页。

干什么?”(146～147页)至于襁褓之中的小黑子,更是无辜的。正是焦家人的软弱、善良与无辜,使仇虎天经地义的复仇行动变为残酷、丑恶的暴行。一方面清醒地意识到杀戮对象是无辜的,另一方面强烈的复仇欲望又驱使他杀掉这些无辜者,这成为仇虎心中善与恶冲突的坚实依据。剧作家赋予焦家人软弱、善良的品性或将他们写成无辜的,用意就在这里。

在展示善与恶的冲突的同时,曹禺也在对这种冲突作评价。他的评价是通过对冲突结果、人物命运的处理体现出来的。这种评价的核心内容,是充分揭露恶对善的摧残,揭露恶给人带来的灾难。在焦、仇两家的冲突中,焦阎王是“恶”的化身①,是他挑起了两家人难解难分的争斗。他贪不义之财,骄横一时,恃强凌弱,为非作歹,但结果造成的是残酷的灾难。这灾难的残酷性,不仅在于被他伤害的人家破人亡,断子绝孙,更主要的在于他自己也家破人亡,断子绝孙;不仅在于软弱、善良、无辜者的毁灭(大星在利刃下成为冤魂,小黑子在铁拐杖下夭折),更主要的在于他把本性善良、真诚向善的人推向罪恶的深渊(仇虎不愿杀人却终于杀了人)。在仇虎自身的精神冲突中,情感上的复仇欲望压倒了理智上的向善追求,他在万不得已的情况下去作恶——杀害无辜,但在杀害无辜之后,他也陷于无穷尽的大恐惧与大内疚,从而走向自我毁灭。即使是在焦母与金子的冲突中,作为恶的代表的焦母对金子的虐待,也是在加速自己家庭的崩溃。总之,在善与恶的冲突中,“恶”总是残酷而又恐怖的,作恶者总是在伤害别人的同时也伤害自己。曹禺对于善与恶的冲突所作的这种评价,也正是《原野》的精神内涵。一部《原野》,就是要表现恶对善的摧残,表现恶给人类带来的灾难,激起人们对恶的恐惧,唤醒人的良知,引人向善。《原野》是惩恶扬善、追求平等、仁爱的文学,是写给所有在邪恶的泥淖中痛苦挣扎、艰难跋涉着的人们的。

曹禺怜悯邪恶摧残下的生灵,景仰充满仁爱、幸福的人类生存状态,于是寻找人类摆脱邪恶、走向善的乐园的道路。但他的寻找伴随着更多的迷惘与困惑。一方面,他提出了集体抗恶的主张,借仇虎临死前的口说:“现在仇虎不相信天,不相信地,就相信弟兄们一块儿跟他们拼,准能活,一个人拼就会死”(325页)。另一方面,他似乎又反对以恶抗恶、冤冤相报,提倡宽恕。这体现在对焦母心境的展现和对仇虎命运的处理上。焦母认为“仇易结不易解”,为了不使儿孙受阎王的累,她愿意上刀山,下油锅,替丈夫赎罪;仇虎以力抗恶,结果却伤害无辜,于是内疚,恐惧,迷失在黑林子中,曾被他丢弃的“铁镣”也回到他身边。这样,抗恶追求与没有找到明确抗恶道路的迷惘与困惑,也成为构成《原野》精神内涵的内容之一。它带来了《原野》精神内涵的丰富性与复杂性。

把握《原野》的精神内涵之后再来看《原野》,就会发现:它的名称、场景、道具、人物乃至戏剧冲突,无不具有象征的意味。它们实际上构成了完整的象征体系,共同完成对于上

① 剧作家在作品中多次对此加以强调:常五对花金子说:“你公公害得人家不轻,阎王结下的仇可得你们解了”(75页);焦母认为儿孙的灾难是阎王留下的(165页);仇虎对幻觉中的大星反复解释:“大星,我们俩是一小的好朋友,我现在害了你,不是我心黑,是你爹爹,你那阎王爹爹造下的孽”(261页)。

述精神内涵的呈现。① “原野”不代表乡村，而是泛指人间，象征着人类的生息繁衍之地。黑林子，象征人类的迷途，象征善与恶的冲突所造就的困扰着人类的沼泽地。那个铁镣，则象征着难以摆脱的命运和难以逃避的痛苦。焦阎王完全是“恶”的象征，而仇虎、焦大星、小黑子等，则代表生存于原野上、在邪恶的巨大阴影中痛苦呻吟的人类。总之，这一切都具有超越形象本身的含意在。仅仅局限于这些舞台形象本身来理解《原野》，缺乏自觉的超越意识，就不可能突破《原野》的表象世界而把握其深层含义。

三

本文对于《原野》精神内涵的阐释大异于前人，这必然促成我们对于30年代曹禺思想和《原野》艺术形式的再认识与再评价。

(一)《原野》的精神内涵与30年代的曹禺思想

有人根据曹禺30年代的戏剧创作探讨其思想历程，把《原野》的诞生作为曹禺阶级意识强化的标志，说:“从呼唤着‘雷雨’，到对于‘日出’的向往，再到热切地盼望农民起来斗争……表现了作家思想前进的趋向。”②在我们阐明了《原野》的精神内涵之后，可以发现这种概括不符合曹禺的思想实际。如果把阶级意识的强化和对于农民革命的呼唤作为思想进步的标记，我们说曹禺创作《原野》的时候不仅没有思想上的进步，反而在苦闷与彷徨的沼泽地中愈陷愈深了。他苦于人间的种种丑恶和人类无休止的争斗，所以创作了以劝恶扬善为主旨的《原野》。从30年代曹禺剧作体现的心灵历程看:《雷雨》关注人的命运，《日出》憧憬朦胧中的新生活，而《原野》，则表现出更多的迷惘与苦闷。“路，哪里是路?”这是仇虎和曹禺的共同焦虑。在这三个依次创作的剧本中，曹禺的阶级意识不仅没有强化，而是日趋淡薄了(《雷雨》中尚有罢工的煤矿工人，《日出》中有建筑工地上的打夯工人)。虽然有人把“表现农民觉醒”“题材扩大”等作为光荣的标签贴在《原野》上，但这些光荣都不属于《原野》。

曹禺创作出以劝恶扬善为精神内涵的《原野》决不是偶然的，《原野》的精神内涵是30年代中期曹禺心态的必然产物，凝聚着青年曹禺的种种思索、焦虑与痛苦。在创作《原野》的同一年，曹禺写了《〈雷雨〉序》和《〈日出〉跋》③，这两篇文章更直接、更清晰地表露了青年曹禺的心境，有助于我们理解《原野》。曹禺在这两篇文章中诉说了自己的爱与恨、痛苦与

① 关于《原野》的创作方法，有人认为前两幕是现实主义的，第三幕“跳进了表现主义”(吴建波:《重评仇虎的复仇悲剧》，载《中国现代文学研究丛刊》1988年第2期)。实际上，《原野》与严格意义上的现实主义相去甚远。这不仅表现在它缺少现实主义创作方法所要求的细节的真实性(如仇虎戴着脚镣坐火车、在狱中服了八年刑却满怀金戒指等)，更主要的在于剧作家那种灌注全剧的主观情绪。这一点只要看看场景描写就可以明白。“原野”上的一切都被作家的心灵灌注了生气，成为有生命的、意蕴丰富的东西。复仇故事就是在这样一个充满主观感情、涂抹着象征色彩的环境中进行的。所以，从象征的角度看《原野》更能把握其真髓。

② 田本相:《〈原野〉论》。

③ 《原野》作于1936年冬，《〈雷雨〉序》作于1936年1月《〈日出〉跋》约作于1936年10月。

迷惘。他说:"《雷雨》所显示的,并不是因果,并不是报应,而是我所觉得的天地间的'残忍'(这种自然的'冷酷',四凤与周冲的遭际最足以代表。他们的死亡,自己并无过咎)。……种种宇宙里斗争的'残忍'和'冷酷'。"①"这些年在这光怪陆离的社会里流荡着,我看见多少梦魇一般的可怖的人事,这些印象我至死也不会忘却;它们化成多少严重的问题,死命地突击着我,这些问题灼热我的情绪,增强我的不平之感,有如一个热病患者,我整日觉得身旁有一个催命的鬼低低地在耳边催促我,折磨我,使我得不到片刻的宁贴","挨过多少煎熬的夜晚,于是我读《老子》,读《佛》,读《圣经》……我流着眼泪,赞美着这些伟大的孤独的心灵。他们怀着悲哀驮负人间的酸辛,为这些不肖的子孙开辟大路"②。这些话,完全可以作为《原野》的注脚来理解。《原野》表现的不也是"梦魇一般的可怖的""'残忍'和'冷酷'"吗?四凤和周冲的死亡并非由于自己的过咎,仇虎、大星、小黑子的灾难又何尝是他们自己的过咎造成的?在一定程度上,仇虎的恐惧、迷惘与焦灼,也正是此时曹禺心境的外在显现。曹禺摆脱不了人世间那许多残忍、冷酷、可怖的人和事,并为之苦闷、焦灼、寝食不安,仇虎也就无法走出那座"黑林子"。在论及《雷雨》的创作动机及其应当产生的社会效果时,曹禺说:"我诚恳地祈望着看戏的人们也以一种悲悯的眼来俯视这群地上的人们";"我是个贫穷的主人,但我请了看戏的宾客升到上帝的座,来怜悯地俯视着这堆在下面蠕动的生物"③。在《〈日出〉跋》中,他又表达了同样的愿望:"果若读完了《日出》,有人肯愤然地疑问一下:为什么有许多人要过这种鬼似的生活呢?……如果真地有人肯这样问两次,那已经是超过了一个作者的奢望了。"可见曹禺是抱着明确的社会功利观进行创作的,他希望自己的作品激起人们的怜悯,唤醒人的良知,净化人的灵魂,使人们变得纯洁、善良,象人一样活着。所以,在《雷雨》中他最终把周公馆变成了教堂医院,并且让冷酷、奸诈、丑恶的周朴园变成在修女朗颂《圣经》的声音中静静沉思的老者。④ 这种社会功利观同样主宰了《原野》的创作。《原野》展示恶对人的摧残,同样是为了激发恐惧与怜悯之情,净化人的心灵,劝恶扬善。还有一点应当特别强调:在这两篇文章中,曹禺并未表现出鲜明的阶级意识,相反,通篇流露出的倒是宏大的宇宙意识和人类观念。在涉及"人"时,他使用的是"天地间""宇宙""人间""人类""人们""地上的人们""蠕动的生物"这些外延极大的概念,而且这些概念出现的频率很高。在这种心态下创作的《原野》,具有超阶级的特征是必然的。总而言之,对于人类社会种种灾难的忧虑,对于恶的鞭笞、揭露,对于善的渴望、追求,对于人的命运的探讨,是三十年代曹禺思想的基本内容,也是当时曹禺戏剧创作的母题。而《原野》,正集中体现了青年曹禺思想的主要方面。

那么,我们否定《原野》是表现农民的觉醒与反抗,而认为它的题旨是劝恶扬善,否定它的阶级意识而强调其人类意识,是否会因为重蹈"人性论"的复辙而降低了《原野》的价值、降低了三十年代曹禺思想的价值?

---

① 《〈雷雨〉序》。
② 《〈日出〉跋》。
③ 《〈雷雨〉序》。
④ 见《雷雨》初版本。解放后曹禺对《雷雨》作了很大改动,基本上删掉了这方面的内容。

实际上，宣扬阶级斗争和抗恶劝善是属于两个范畴的问题。前者属于社会学范畴，是社会革命问题，而后者，则属于伦理学范畴，是道德教化问题。这二者是不应做简单比较、不能用同一尺度进行价值判断的，就好象不能用同一标准衡量钢笔和手风琴一样。人类社会的进步与完善是多种社会手段所产生的合力促成的，例如经济手段，阶级斗争手段，道德教化手段，等等。阶级斗争并非社会生活的全部，并非推动社会发展、促进人类进步的唯一动力。明白了这一点，《原野》之精神内涵的社会价值也就不言而喻了！它所呈现的恶对善的摧残，足以激发人们对于恶的憎恶、恐惧和对于善的渴望、追求，对于净化人的灵魂、促进人的自我完善、推动社会向前发展，有不可否认的价值。如果我们承认人类需要"善"而不需要"恶"，如果我们不把国际和平年流行的那支名为《让世界充满爱》的歌曲当作无意义的呻吟，我们就应当承认《原野》的价值，就不应简单否定青年曹禺思想的价值。在过去的六七十年间，阶级斗争是社会生活的主要内容，社会成员的阶级斗争意识十分强烈。在这种情况下，文学表现阶级斗争是必然的也是非常合理的。但是，如果因此认为只有表现阶级斗争的文学作品才是至高无上的，而一切涉及人性、具有超阶级倾向的作品都应大加讨伐，那就走向极端、流于片面了。令人遗憾的是近四十年来这种极端、片面一直存在着。由于社会生活的不正常，阶级意识完全支配了文学批评的价值取向。今天，我们应当抛弃这种狭隘、片面的文学批评观念了。固然，笼统地主张"劝恶扬善"有些抽象，有些缥缈，但善与恶只有作为观念存在时才是抽象的，而一旦成为社会实践，它们就是具体的，会涉及社会生活的许多方面。再者，《原野》超越了阶级意识，具有宏大的宇宙意识和人类观念，它将因此获得最广大的读者群，成为全人类共同的精神食粮。狄德罗说："只有在戏院的池座里，好人和坏人的眼泪交溶在一起。"[①]我们相信，《原野》上演的时候池座里会出现这样的奇观。而且，超阶级与超时代是紧密相连的，《原野》对于每个时代生存于辽阔"原野"上的人们来说，都将具有永久的魅力。

（二）《原野》的精神内涵与其艺术形式

精神内涵和艺术形式是密切相关的。由于过去的研究者曲解了《原野》的精神内涵，因而也就难以对《原野》的艺术形式作出公正评判。他们或批评《原野》漏掉了主要复仇对象，或指责《原野》中的人物失去了丰富复杂的社会性格，或指责《原野》为神秘恐怖气氛。这样，对于《原野》作为一个艺术整体的价值，也就估计不足。

如何评价文学作品的艺术形式？黑格尔告诉我们："艺术的任务在于用感性形象来表现理念，以供直接观照，而不是用思想和纯粹心灵性的形式来表现。因为艺术表现的价值和意义在于理念和形象两方面的协调和统一，所以艺术在符合艺术概念的作品中所达到的高度和优点，就要取决于理念与形象能互相融合而成为统一体的程度。"[②]就是说，文学作品是"理念"与"形象"的统 ·体，一部作品只有达到了感性形象与理念的完美融合，才是一个成功的审美对象。这样，对于作品艺术形式的评价就要以其与"理念"的协调程度为

① 狄德罗：《论戏剧艺术》。

② 黑格尔：《美学》第一卷90页，商务印书馆1984年版。

依据。用这种眼光看《原野》，我们说它在艺术上获得了很大成功。因为它艺术上的一切努力都是以更充分地表现它的精神内涵为中心的，从而达到了形象体系（黑格尔所谓“形象”）与精神内涵（黑格尔所谓“理念”）的完美融合。这可以从三个方面来理解：一是冲突（情节）设计为表现剧作的精神内涵服务。例如前文所说的将仇杀置于平等、友谊的基础上，让理应受到惩罚的凶手在复仇者到来之前死去，让焦、仇两家的境况在仇杀的两个阶段发生根本性转换，让痛苦、迷惘、内疚的仇虎在黑林子里左冲右突，等等，都成功地将一般的复仇故事转变为善与恶的冲突，并为这种冲突的充分展开提供了足够的时间和空间。二是人物形象的塑造与对剧作精神内涵的体现紧密结合。对于“劝恶扬善”这一精神内涵来说，《原野》人物形象塑造的成功不仅在于剧中人物个性特征的鲜明程度，更主要的体现在主人公仇虎始终处于忧郁、迷惘、恐惧、内疚等超阶级的情绪体验之中。这样，善与恶的交织就成为主人公的性格实体，主人公成为善与恶冲突的产物，成为剧作的精神内涵最直接、最完美的感性显现。三是象征手法的运用和神秘、恐怖气氛的渲染。《原野》中的象征成份和神秘、恐怖色彩是《原野》精神内涵最适宜、最和谐的表现形式。普列汗诺夫说：“一个神秘主义的艺术家并不轻视思想内容，只不过赋予思想内容以一种殊特的性质。神秘主义也是一种观念，不过它只是像雾一样模糊不清的和没有定型的一种观念，它同理性是绝对不相容的。”[①]《原野》的精神内涵，凝聚着青年曹禺的痛苦思索、焦灼、茫然。对于这种精神内涵作理性的呈现显然比较困难，而运用象征手法创造的带有神秘色彩的形象体系，则是这种精神内涵的最佳载体。另一方面，曹禺自觉追求的戏剧舞台的恐怖气氛，是激起人们对于恶的恐惧、净化人的灵魂、达到劝恶扬善目的的重要手段。剧中人的悲惨命运已经很恐怖，为了更大限度地渲染这恐怖，曹禺又创造了牛头马面、鬼魂等幻觉形象。在第二幕的舞台设计中，他直陈：“在这里，恐惧是一条不显形的花蛇，沿着幻想的边缘，蠕进人的血管，僵凝了里面的流质。”有人认为曹禺“极力渲染黑林子里那阴森恐怖的鬼气”“与人物此时的性格特征很不协调”，甚至认为《原野》对黑林子的描写是为了弥补戏剧内容的单薄——“戏不够，风雨凑”[②]，显然是没有把握恐怖、神秘气氛对于表现《原野》精神内涵的特殊意义，因而把重要的理解为多余的，把合逻辑的理解为非逻辑的。总之，《原野》的艺术追求是与其特定的精神内涵紧密结合在一起的。作为一个“理念”与“形象”统一的艺术创造物，它的价值丝毫不逊于《雷雨》或《日出》。

1989 年 3 月草就，11 月改定于北京西郊万寿寺西院

原载《中国现代文学研究丛刊》1990 年第 4 期，第 88—108 页

① 普列汗诺夫：《艺术与社会生活》。
② 辛宪锡：《曹禺的戏剧艺术》第 51 页。

失去理智的疯狂:《原野》新论

宋剑华

《原野》创作于1936年,它一经问世,接踵而来的便是学术理论界的无情指责和彻底否定。由于思维错觉所导致的审美判断力的失误,评论家们因无法从现实生活的经验(特别是对阶级斗争规律的熟练把握)中找出与这部作品神奇诡秘的氛围以及非规范化的形象体系相互对应的逻辑联构关系,所以都无一例外地宣称《原野》“是曹禺最失败的一部作品”。杨晦先生说:作者本来“由《雷雨》的神秘象征的氛围里,已经摆脱出来,写出《日出》那样现实的社会剧了,却马上转回神秘的旧路”①;王瑶先生说:“作者注视到农村也表示他视野的扩大,但他处理题材时,却渗入了过多的神秘象征色彩”②,刘绶松先生也认为:“《原野》同《雷雨》一样,过于浓厚的神秘色彩遮没了它的社会意义。”③

毫无疑问,评论家们的价值尺度标准是强调艺术作品主题思想的清晰透明度,而这种清晰透明度的内在含义又是要求艺术作品必须无条件地贴近于现实生活的知性经验;当他们一旦发现自己的审美感受力已不能穿透《原野》弹性极强的象征障碍时,便自觉或不自觉地把自身的思维困惑视为是作者主观矛盾的体现,并堂而皇之地认为:“无论在思想和艺术上,《原野》都是作家积极探索的产儿。他扩大了他的生活视野,把目光投向了广大的农民,探索农民的生活地位和命运,可是他却探索了一个他全然不熟悉的生活和斗争的领域。他没有在农村生活过,不但不熟悉农村生活斗争的历史,更不熟悉农村现实的斗争环境以及现实的阶级关系。这样,积极探索的愿望、探索的热情同不能完美地实现对题材的掌握的客观条件之间,就必然形成难以克服的矛盾。……曹禺是凭着他卓越的技巧,在一个贫瘠的生活土壤上建起了《原野》的戏剧大厦,尽管外部看来奇特诱人;却经不住现实逻辑的推敲和考验。”④面对这种完全有悖于作者创作意图及文本原义的武断定论,我不禁想起了一个古希腊的神话传说:有一个名叫普罗克拉斯蒂的强盗,他把捉来的旅客缚在一张铁床上,然后或砍截其腿,或将其腿拉长,以便使其身材与铁床的尺寸相符合。如果说古希腊的“普罗克拉斯蒂的铁床”只不过是一种虚构的故事,那么评论界的“普罗克拉斯蒂的铁床”则是一个不容忽视的客观现实存在。长期以来,评论家们几乎毫无更改运用同一

① 《曹禺论》,《文艺与社会》,26页。
② 《中国新文学史稿》上册,274页。
③ 《中国新文学史》上册,397页。
④ 田本相:《〈原野〉论》,《中国现代文学研究丛刊》1981年4期。

经验模式，削足适履地把《原野》非现实经验化的象征意义强行纳入其中，最终的结果只能是把我们对于这部作品的理解与认识都导入了观念的歧途。

《原野》究竟是在写什么或者表现什么，至今仍是一个未被完全解开的斯芬克斯之谜。曹禺在他的一生中，极少谈起创作《原野》的主观动因和情绪体验，似乎故意留下一块有待读者或观众必须凭借自己的想象力去诠释填补的空白。这种现象，无疑又大大增加了这部作品的自身神秘性与社会争议性。我认为，《原野》是一部不能用现实生活经验直接加以印证的纯粹理念性的作品；无论我们如何努力试图运用常规的逻辑思维程序去分解作品中层层布设的象征意念障碍并将其还原于现实生活的本身，都将是徒劳无益的。现在我们反观评论家们对《原野》的判断失误，问题明显就出在他们死死咬定的"农村斗争生活"与"阶级压迫关系"的两个基本概念同作品本义难以调和统一的矛盾纽结上。我的阅读感觉告诉我，《原野》绝不是一部以反映农村阶级矛盾、阶级斗争为目的的艺术作品，无论是人物形象的性格特征、环境布局的主观设计故事情节的客观效应，都与我们感知中的农村生活经验构不成任何直接的联系。这部作品的真实旨意，是忽略对生活层面的意义扫描而重在分析探讨人性结构的复杂因素，它作为曹禺早期话剧创作总体构思的一个有机组成部分，仍属于作者重建理想的人类社会行为规范的道德理念范畴。这种全新观点的确立，有待于我们对于两个问题认识的超越：

首先，正确地理解作品所提供的客观环境与象征氛围，是我们解开《原野》之谜必须跨越的第一道天然障碍。作者对于作品中自然景观的主观设计，带有强烈的暗示成份：茫茫的黑夜—沉郁的大地—生命的恐怖，这一切到底意味着什么？作者要把我们带入到一种什么样的客观环境？

> 秋天的傍晚。
>
> 大地是沉郁的，生命藏在里面。泥土散着香，禾根在土地里暗暗滋长。巨树在黄昏里伸出乱发似的枝芽，秋蝉在上面有声无力地振动着翅翼。巨树有庞大的躯干，爬满年老而龟裂的木纹，矗立在莽莽苍苍的原野中。它象征着严肃、险恶、反抗与忧郁，仿佛是那被禁梏的普罗米修斯，羁绊在石岩上。（序幕）
>
> 望出去，展开一片莽莽苍苍的草原，有密云低低压着天边，黑森森的。……暮风吹着远处的电线杆，激出连续的凄厉的呜呜声音。外面有成群的乌鸦在天空盘旋……渐渐风息了，一线阳光也隐匿下去，外面升起秋天的雾；草原上灰沉沉的。（第一幕）
>
> 森林黑幽幽，两丈外望见灰蒙蒙的细雾自野地升起，是一层阴暗的面纱，罩住森林里原始的残酷。森林是神秘的……充蓄原始的生命，森林向天冲，巨大的树枝遮断天上的星辰。（第三幕）

无论评论家们运用什么样的思维技巧或逻辑法术来阐明这几幅艺术画面的现实意义，我们都无法从中领略到农村生活的自然景象以及浓郁扑鼻的乡土气息；阴沉沉的大地与莽莽苍苍的原野在这里并没有同农村建立起相互对应的同构关系，也不能唤起人们关于农村生活经验的丝毫感觉。整部作品唯一能够印证所谓农村生活的范例，就是仇虎自述田产被夺的那句台词，其实那也不过是出于情节发展需要而虚设的一种表叙语言；如果我们仅仅以此为依据而把“大地”与“原野”完全等同于农村生活的自然景观，必然要犯知觉与感觉上的逻辑判断错误。我认为，在苍茫的原野与广漠的宇宙之间，似乎存在着一种不可言喻的联构关系：.大自然的神奇诡秘正预示着宇宙世界的高深莫测，原始意象横生的环境背景则又准确无误地反射着人性原生状态的裂变情绪——“秋暮的原野，远远望见一所孤独的老屋，里面点着微弱的灯光”，在“这里蟠据着生命的恐怖，原始人想象的荒唐”——作者有意拉开作品与现实之间的距离，把我们带入到一个古老而遥远的陌生世界，去窥视一群因丧失了理智而变得疯狂了的人们在仇恨的漩涡里拼命争斗厮杀着，毁灭别人的同时也在毁灭自己，从而深切体验和感悟生命现象在失衡状态下所产生的命运悲剧。《原野》是一种超现实主义的作品，但却蕴含着比现实生活经验更为真实更为丰富更为深刻更有价值的东西令人流连忘返感慨惊叹，它使我们看到的是人类灵魂深处最深沉和最多样化的运动。

其次，正确地理解仇、焦两家的矛盾关系以及仇虎复仇悲剧的真实意义，是我们解开《原野》必须跨越的第二道天然障碍。仇、焦两家的矛盾纠葛究竟是不是隶属于一种不容调和的阶级压迫关系？传统的学术界当然是对此做出了极为肯定的回答。多数论者认为，仇虎的复仇行为是农民阶级不堪忍受地主阶级残酷剥削压迫奋起抗争的必然结果，是符合现实生活逻辑的情绪表现。当过军阀连长的焦阎王活埋了仇虎的爸爸仇荣，霸占了他家的土地产业，把他诬告为土匪关进了监狱，并且把他的妹妹卖到妓院折磨而死；仇虎从监狱里逃出来之后，胸中燃烧着复仇的怒火，尽管他用残忍的手段乱杀无辜，“但在一个中国农民的意识中，这种惩罚是完全合法的。”[①]这样一来，仇家与焦家分别被论者冠以“被压迫者”与“压迫者”的身份，作品中的阶级阵线自然也就变得格外醒目泾渭分明了。

在评论家们的“普罗克拉斯蒂铁床”上，《原野》中的所有对应关系和形象意义都被人为地肢解或曲解了。然而作品中并没有为我们提供一套反映阶级观念的符号系统。作品对于仇、焦两家的矛盾关系曾多次做过明确的提示，只可惜我们的评论家们为了维护自己逻辑推理程序的合理性而都无一例外地跨越了这个事实本身。从仇虎同焦大星的叙旧以及焦瞎子与仇虎的对话中，我们知道仇家以前拥有“一大片好田地”；但因仇虎的父亲“好吃好赌”欠了债，才被焦阎王昧着良心乘机侵吞了田产家业。我想，即使运用划分阶级、阶级成份的尺度来衡量，恐怕拥有“一大片好田地”的人家还算不上是被压迫、被剥削的贫苦农民阶级。另外，仇、焦两家很早以前便结下干亲，有过十分亲密的感情交往，如果我们硬是要运用阶级分析的方法去框套两家的矛盾冲突，便很难对于这种复杂现象做出符合现实生活逻辑的合理解释。事实上，仇、焦两家的矛盾纠葛只是一种个人之间的恩恩怨怨关系，仇虎的复仇行为也并不标志着“农民阶级反抗意识的觉醒”。倘若我们对此没有明确的认识，那么我们就无法去解释为什么仇虎复仇的对象却是一个善良的弱者和一个无辜的婴儿？为什么在他实现了复仇的愿望之后，作者又故意将他放入地狱般的恐怖氛围中

① 南卓：《评曹禺的〈原野〉》，《文艺阵地》1938年1卷5期。

去折磨他的灵魂并使他产生种种忏悔的情绪？最令人感到费解的是焦瞎子与花金子这两个人物之间难以撮合的个性冲突，她们虽然都与仇、焦两家的矛盾纠葛没有直接的牵连，但两人充满憎恨仇视的极端对立情绪却恰恰体现着《原野》的真实性格，并成为作品的表现中心！

基于上述认识，我可以肯定地说：曹禺创作《原野》的主观目的并不是对仇虎复仇行为的热情讴歌，而是对其彻底否定。如果我们放松一下思维的警戒，毫无排斥地接受作品本文的全部虚构故事，把视线稍微拉开一些，我们的生命感受力便会自然消融到作品中那充斥着神秘恐怖色彩的莽莽原野之中，并随着一颗颗剧烈燃着仇恨火焰的灵魂的相互撞击，深深感受到人性原生状态的可怕以及生命现象的不可琢磨，最终导致我们在内省与思考的基础上达到道德情感的净化。著名的文学史家唐弢先生终于率先醒悟过来，他从生命体验的角度对“普罗克拉斯蒂铁床”式的困惑发出了这样的质疑：“《原野》问世，许多人说，从《雷雨》到《日出》，作家由家庭走向了社会，从《日出》到《原野》，作家又由都市走向了农村。——但我不明白：难道《雷雨》写的仅仅是一个家庭，……到了《原野》……，是的，‘原野’这个名词意味着多么广阔、多么辽阔、多么厚实的发人深思的含义呵！”①

的确，《原野》为我们展示了一个神秘的生命宇宙；作者运用高度形象化的意义抽象，把那些被我们在日常生活中所忽略了的东西重新显现出来，使我们对于这些既熟悉又陌生的现象睁大了神奇的眼。然而，《原野》也并不是一部“无主题变奏曲”。作者主观思想的倾向性在探索生命宇宙的无穷奥秘中，又相对集中地凝聚成为一种感化现实的伦理道德力量——那就是惩恶扬善，张扬人类的博爱意识，从而鲜明地揭示出了《原野》的道德主题！

《原野》的悲剧产生，完全源生于人物心态失衡后所导致的一系列非理性行为：恶念、仇恨、敌视、残杀——施于他人的任何行为同时也都是针对自己的，破坏他人的求生力量必然会遭受到应得的报应——由此而产生了一种生命现象的恶性循环。这些非理性行为因超越了人类正常的社会行为规范，必然会引起读者或观众的良心谴责和道德反思。我认为，《原野》所表现的非理性，大致可以分为以下三个不同的方面：

1.仇虎疯狂的复仇情绪所导致的非理性行为。无论我们怎样加以粉饰，都无法掩盖这样的事实：从行为心理学的角度来分析，仇虎的复仇情绪类属于一种反应性憎恨——即由外界因素（焦阎王的暴行）刺激下所引起的维护自身尊严与利益的自卫行为，其复仇意念的合理性是无庸置疑的。但是我提请大家注意，当仇虎积蓄了八年的复仇情绪一经处于发泄释放的临界状态，作者却有意把仇虎推入到了一种进退维谷难以解脱的矛盾困境——焦阎王早已死了，他失去了复仇的对象。现实状况的变化，迫使仇虎必须进行新的选择：或认可既成的事实，熄灭复仇的火焰，或继续维持原有的信念，选择新的复仇目标——长期的自我压抑使他的性格失去了应有的弹性和自我调解能力，变态的心理，使他自然而然地走上了后一条道路：他要杀掉善良仁厚的把兄弟焦大星，只因为“他是焦阎王

① 唐弢：《我爱〈原野〉》，《文艺报》1983年1期。

的儿子”(父债子还),他要除掉小黑子,目的是“一网打尽,一个不留”(诛灭种族)。作为仇虎新的复仇对象,两个受害者中间,一个是一直关心爱护他的兄长,另一个是裹在襁褓中的婴儿,他们都与仇虎没有任何血海深仇的恩怨纠葛而却又都死于非命,这一残酷的现实是一切理智正常的人都难以接受的。仇虎乱杀无辜的举动造成了新的罪恶、新的悲剧的产生,这种结局使他全部的复仇行为终因“恶”对“善”的胜利而倒向非理性的极致。我认为,作者的这种主观设计,其目的恰恰在于他对仇虎复仇行为的否定,而不是肯定。

如果说,仇虎的复仇行为已经是一次错误的选择,那么在他具体实施这项计划的过程中,由于他始终处于理智与非理智的矛盾冲突中,从而使他失去了一次极好的自我调节机会。当他稍微松弛一下紧张的神经而恢复其正常的理智时,他自己也承认“大星是个傻好人”,“他对得起我”,“大星看我是他的好朋友,什么事都不瞒。我就是现在,他对我也还是——哼,不是为着他那副忠厚的脸,哦,前两个钟头,我就——”。但是,顽强的复仇信念一旦冲动起来,使他丧失了清醒的理智,扭曲的性格便毫无顾忌地将他推向了疯狂的边缘。仇虎极力想把复仇的情绪转嫁到焦大星的身上,试图在他的身上重现焦阎王的影子,以便使其复仇的行为合理化,但焦大星的善良又让仇虎的主观意念难以实现,当他企图挑逗焦大星先动手的计划宣告失败之后,理智的最后防线终于彻底的崩溃——他借助父亲阴魂给予的力量完成了复仇的使命,却并没有获得丝毫的轻松感:“我的手,我的手。我杀过人,多少人我杀过,可这一双手头一次这么发抖。”他渴望得到自由和解脱,正如花金子所说的那样:“为什么我们必得杀了人,犯了罪”才能得到呢?“恶”对于“善”的又一次胜利,无疑使仇虎的形象蒙上了一层罪人的色彩。

《原野》的第三幕,也是最令人感到毛骨悚然的一幕。作者将仇虎置身于阴森恐怖黑暗幻变的原始森林中,展示他灵魂矛盾与人格分裂的最后搏击。一方面,良心的自我谴责和焦瞎子悲痛欲绝的哭号,以及各种恐怖幻影的交叠重现,使他在绝望之中深深忏悔自己的过失:

> 花金子:你赶快把手洗洗。
>
> 仇　虎:不用洗,这上面的血洗也洗不干净的。

这时,一向认为自己是凶猛剽悍的硬汉子的仇虎,竟然极其怯懦地去向一个屈死的冤魂乞求宽恕:“大星,你不该跟着我!大星!我们俩是一小的好朋友,我现在害了你,不是我心黑,是你爹爹,你那阎王爹爹造下的孽!”尽管这种忏语中掺杂着辩白的因素,但毕竟流露出一种弃恶向善的愿望。然而另一方面,魔鬼的邪恶诱惑又使他执迷不悟地为自己开脱罪责:“对对对!我现在杀他焦家一个算什么?杀他两个算什么?就杀了他全家算什么?对!对!大星死了,我为什么要担待?对!他儿子死了,我为什么要担待!”忏悔与执迷矛盾运动的终极结果是“恶”再次战胜了“善”,这样一来,自杀便成了他解脱痛苦也是摆脱罪恶的唯一选择。

仇虎死了,他带着困惑的矛盾和深重的罪孽走进了死亡的地狱,作者无意于为他安排一个光明的结局。如果说这是因为作者自己思想的苦闷而无法替主人公找到一条正确出路的话，那纯属无稽之谈。《原野》自始至终都客观地暗示着一个与阴暗恐怖的现实相对应的理想天国——即通过仇虎与花金子的口反复叙说的“黄金子铺的地方”，它以铁道为界限分为两个象征性的道德世界。尽管仇虎挣扎着想要跨越这一界线，但他就象“中了邪”似地原地打转寸步难行——他在自杀的前夕，终究醒悟过来，凄然地对花金子说：“现在那黄金子铺的地方，只有你一个人配去了。”这句台词的深刻之处，就在于仇虎已经意识到自己是个不可饶恕的罪人，完全不配去到那种理想的天国世界中玷污纯洁的圣灵，邪恶的行为只能受到黑暗地狱的惩罚。所以，他从黑暗中走来，又消隐到黑暗中去，毁灭别人的同时，也毁灭了自己——一切的一切，都应验了“上帝”惩恶扬善的预言。

2.焦瞎子因自私性格所导致的非理性行为。焦瞎子作为作者笔下的另外一种仇恨类型的形象，其阴冷的语言、怪癖的个性、敏感的知觉、狡黠的心理，使人感到这一形象甚至比仇虎更为可怕。她虽然失去了视觉功能，但是她敏感的知觉系统却能够超前感应即将发生的所有事情：花金子刚一张嘴，话还未出口，她便知道媳妇在诅咒自己什么，仇虎刚一踏入焦家家门，她不仅预感到了一场大祸即将临头，就连所有的细节过程如仇虎要带花金子走、挑逗焦大星先动手杀人以及小黑子的死等等，都被她准确无疑地猜中了。正如她自己所说的那样：“我没有眼比有眼的还尖。”许多论者都认为这个人物是作者主观设计的否定对象，我的看法则不然。倘若说长期的人格自我压抑使仇虎的复仇情绪形成一种主动进攻的态势，那么与此相对应，焦瞎子的仇恨情绪则是完全出于自私心理而逐渐由被动形态转向反应形态的。我们在讨论这一艺术形象凶狠阴险的性格特征时，绝不应该忽略这样两种客观因素的存在：首先，她是个双目失明，头发灰白的年老妇人（这一特质给人以弱者的印象感觉）；其次，她也是奶奶、母亲、婆婆的实体。她与仇虎及花金子之间展开的殊死搏斗，都与这两种身份有关。

焦瞎子非常清楚焦家所欠仇家的血债（她是否也参与过这种制造血债的阴谋我们无法得知），但焦阎王已经死了，这个家现在全靠她在支撑着，作为奶奶、母亲她有义务去保护这个家庭、无辜者的性命，使之不至于遭受毁灭性的打击，其母爱本能所激发起的反应性憎恨情绪是很容易得到人们谅解与宽容的。然而，焦瞎子在与仇虎的反复交锋中，完全出于自私心理又恶念横生，暗伏杀机，欲致对方于死地而后快，这也使她走上了犯罪的道路，且愈陷愈深，同样难以自拔。矛盾？的确非常的矛盾！生命现象的复杂性往往是很难单一地运用某种经验理论加以解释的。为了瓦解仇虎那咄咄逼人的攻势，焦瞎子先后采用了软硬兼施、善恶并举的方式与手段：A.求情。她非常了解仇虎对于花金子的依赖关系，于是不惜降低身份主动化解前仇，去乞求花金子的同情与帮助：“金子，你恨我恨得毒，可你总忘了我们两个疼的是一个”；“你没有养过孩子，你猜不透一个做妈的心里，黑里白日地转些什么念头。……难道，到了现在，我们焦家有——有了难，你还想趁火打一次劫么？”B.感化。试图利用干亲母子往日的感情，迫使仇虎放下屠刀回心转意：“虎子，你这一向好？”“就说你干妈我为你（被抓）哭得死去活来多少次。”“好儿子！你猜我现在心里盘算着什么？”“我想送给你一个好媳妇”；“虎子，你可听明白，干妈没有亏待你”。C.条件交换。

尽管她知道儿子焦大星离不开花金子,但为了缓和眼前的生死矛盾,她主动提出让仇虎把花金子带走:“金子,我们焦家不要了,你带着她走”,并表示愿意出钱出车相助,玉成此事。D.威胁。在好言相劝的同时,她也不断暗示仇虎注意他的复仇行为将导致自身可怕的后果:“千万不要死心眼,害了人又害了自个儿。……你满脸都是杀气。哦,我看见,雾腾腾,好黑的天啊,我看见你的头滚下去,鲜血从脖颈里喷出来。”E.告发和行凶。仇虎的铁石心肠使焦瞎子感到败局已定,悲剧即将发生,她只好做困兽之斗最后挣扎:一方面,派常五去报告侦缉队来捉拿仇虎;另一方面,又心狠毒辣地想亲手用铁手杖杀死他,以解心腹之患。但是,她的一切努力都是徒劳的,终于聪明反被聪明误,陷入了仇虎布设好了的圈套,亲手杀死了自己的小孙子。

焦瞎子与花金子之间的矛盾冲突,也是一种因自私性格而导致的非理性行为。这种非理性行为从一个侧面,深刻地揭示了中国传统家庭观念中难以调和的婆媳关系的历史弊端。焦瞎子恨花金子恨得阴毒,自然是因为花金子的野性、妖妍,缺乏良家妇女应有的贞德;但更重要的还是在于她母性本能派生出来的自私心理。仅就剧情来看,她们之间永无休止的明争暗斗,都与焦大星这一中间人物有关。对于一个母亲来说,焦瞎子抱怨花金子对于儿子的诱惑,她不能容忍儿子被媳妇夺走占有的现实:“儿子是我的家私,现在都归了你了。”“我就有这么一个儿子,他就是我的家当,现在都叫你霸占了。”这种狭隘自私的血缘意识使焦瞎子对花金子产生了刻骨铭心的仇恨:骂她是“臭婊子”“骚娘们”“不要脸的贱货”“迷死男人的狐狸精”,到庙里求来个花金子的木人替身天天用钢针扎她,咒她不得好死,其心性手段的阴损程度简直令人发指!曾有许多论者强调《原野》存在着非现实生活化、非本土民族化的缺陷,我认为,仅就焦瞎子与花金子之间的婆媳矛盾而言,《原野》所表现出的现实性与民族化特征就具有不可否定的高度典型意义。焦瞎子对于花金子的迫害和虐待,正如鲁迅先生说过的那样,当了婆婆的人便很快忘却了做媳妇时代的种种痛苦,其结果是把花金子推向了仇虎的怀抱并同他结成了复仇的联盟。

焦大星死了,小黑子死了,儿媳妇也跟人家私奔了,非理性的行为导致了焦瞎子全部生命希望的最后幻灭。在茫茫隐秘的黑夜之中,在瑟瑟恐怖的原野之上,一只受伤的母狼发出声声嘶裂的嚎叫,划破幽静的夜空,令人感到阴森浸骨:“孩子!回来:我的孩子,你回来!”——这是绝望的悲鸣,也是忏悔的心声。当我们毫不留情地鄙视这一人物邪恶的灵魂时,这种撕人心碎的哀号声会不会使我们产生一种人类特有的怜悯恻隐之心呢?曹禺在《原野·附记》中曾说:这部戏很难上演,主要原因是角色难找,“尤以焦氏不易,怎样把演员分配的均匀,……是很费思索的”。我觉得这段话,很值得引起我们的注意。

3.花金子的变态心理和膨胀欲望所导致的非理性行为。这一艺术形象的性格构成十分复杂,她就象原野中的季风,有春天般的温存、夏天般的炽热,有秋天般的妩媚、冬天般的严酷,她“眉头藏着泼野”,“长的很妖冶,乌黑的头发,厚嘴唇,长长的眉毛。一对明亮亮的黑眼睛里面蓄满魅力和强悍。脸生得丰满,黑里透出健康的褐红。身材不十分高,却也娉娉婷婷,走起路来,顾盼自得,自来一种风流。……她的声音很低,甚至有些哑,然而十分入耳，诱惑。”我认为，花金子的性格行为很难纳入淳朴村姑或乡下妇女的形象之列，她泼野放荡妖艳风流，很有些西方贵妇人的秉性特征。正如仇虎一见她的面就嘲讽她的假正经：“（大笑）我知道，金子，你一小就是个规矩人”。她本人更是毫不掩饰地说：“我偷人养汉又不是一天的事”，“在娘家就关不住，名声就坏”。在她的心灵深处，始终燃烧一种强烈的情感欲望——她渴望无拘无束、放任自流的生活方式，渴望得到真正男子汉那种充满野性力量的爱；嫁到焦家之后，她就象一株已经移植到花盆里的野花，失去了自由生长的天然土壤。她一方面要忍受着婆婆的残酷虐待，一方面又叹息着丈夫的软弱无能。现实的环境不仅没有熄灭她潜在心头的欲望，这种情感欲望反倒由于环境的压制得不到应有的宣泄而使她产生了一种心理变态。所以，仇虎的出现，特别是他那旺盛强健的生命活力、高大魁梧的身形体魄、粗野奔放的雄浑性格，以及他所带来“用黄金子铺的地方”的诱人信息，立刻便使花金子找到了情感发泄的突破口。与仇虎相处野合的十天，是她情感与欲望都得到了满足的十天，用她对仇虎的话来说：“我一辈子只有跟着你，才真象活了十天。”因为是仇虎使她重新意识到了自己是个人——一个真正的女人，而从女性气味十足的焦大星那里，她永远也无法产生这种生命的体验和感觉。

如果说，我们从被抑制被压迫的角度去看待花金子不贞节的越轨行为，自然可以将其归入反封建，追求个性解放的范畴给予充分的理解，但作者并没有从正面来表现这一形象，而是旨在揭示这一形象因心理变态而产生的一系列非理性行为，从而将其塑造成了又一个仇恨型的人物。纵观全剧的情节动作，花金子阴狠的个性并不亚于焦瞎子（只不过是表现方式略有不同），焦瞎子折磨诅咒花金子，花金子便通过折磨戏弄焦大星加以报复。围绕着焦大星这一中间人物，她与焦瞎子之间针锋相对地展开了一场逞强好胜的明争暗斗。序幕中，花金子用了一个极其毒辣的比喻（她和焦瞎子同时落水），硬逼着焦大星违心地说“淹死我妈”，一开始就让读者与观众领教了这一女性的厉害，她与仇虎的私通，在很大程度上也带有一种因报复心理而产生的快感；最能够显现花金子心性特征的，是第二幕中她与焦瞎子的那场直接交锋。花金子乖张冷酷的心性和调侃阴讽的语言，使焦瞎子深深感到自己的对手比预先估计的更可怕更危险，但出于权衡利弊的考虑，最后只好自甘认输。花金子的胜利，使她征服驾驭人的强烈欲望暂时得到了实现，同时急剧膨胀的非理性仇恨情绪，又促使她自觉或不自觉地参与了仇虎的复仇行动，并成为其得力的帮凶。所以，她虽然曾抱有美好的愿望，却受欲念（特别是情欲）的驱使误入了邪恶的歧途。她的结局也应验了“上帝”的预言。黑暗破灭了她的全部希望，孤独、恐惧、绝望、忏悔的心理，客观上使她也被涂抹了一层罪人的色彩，难以唤起人们真挚的同情感。

就《原野》的全部故事情节而言，我认为这是作者为我们精心虚构设计的一个并非童话的童话故事。在我的感觉印象中，那神秘的原野和恐怖的夜色，象征着魔鬼的诱惑与上帝的预言这两种极不协调力量的内在统一。它们高深莫测交替出现：当“善”被“恶”所扼杀时，它是一种魔鬼诱惑的显示，当“恶”终因其恶行而导致自身毁灭时，它又是一种上帝预言的应验。作者通过这种神秘可怕的宇宙力量让我们体验了生命现象的真实，其真正的主观动机到底在昭示着我们注意什么？领悟什么？有的论者从世俗道德的角度推断出这样的结论：作者的主观目的是在阐明"善有善报，恶有恶果"的世俗真理，从而达到感化观众张扬社会公德的功利目的。这种理论自然要比"普罗克拉斯蒂铁床"所派生出来的形而上学观点高明得多，但仍未完全揭示作者的真实意图。我们不应该忽视作品中几个主要人物的非理性行为都是"以恶抗恶"的客观事实，而"恶"的产生又是因为缺乏"爱"的动念。因此，我觉得作者虽然在极力凸现"恶"的可怕，实质上都是运用强烈的反弹效应来传播"博爱主义"的基督教人文主义理想。

曹禺曾说："一个作家进行创作，他反映真实的生活，主要是运用形象思维，在他所描绘的社会生活中，他的世界观人生观就渗透在里边。"[①]曹禺早期思想受基督教人文主义的影响这一事实，我已有过专文论述（可参见拙文《基督教伦理思想与曹禺早期的话剧创作》，载《江汉论坛》1988・11期），《原野》只不过是这一影响的积极产物。进一步说，《原野》的主题思想与基督教的伦理道德意识有着深刻的渊源关系。作者通过一个虚构的悲剧故事向人们表明，"恶"是人类不可避免的生命现象，"恶"应该运用任何一种正义的手段来加以反对，但绝不能"以恶报恶"，如果别人对你施恶，你又用恶的方式回报，必将导致"恶"的循环往复，以至无穷。《圣经》法典一再强调："你们要慈悲，像你们的父慈悲一样。……你们要饶恕人，就必蒙饶恕。"（《新约全书・路加福音》）"主密切注视着你的罪过，如果你向别人复仇，主就会向你复仇。但是如果你宽恕得罪过你的人，你的罪过就会在祷告中得到宽恕。"（《圣经后典・所罗门智训》）基督教义反对以恶报恶，是因为造物主们深深懂得这种"恶"的无限蕃衍将加速着世界末日的尽快到来。所以，他们主张以情感的感化功能去化解现实中的恩恩怨怨，以个体生命或少数人的生命牺牲为代价，换取大多数人的幸福与安宁。在《原野》中，作者借焦瞎子的口清楚地表达出了这种主观意愿："我不想我的儿孙再受阎王的累，我不愿小黑子再叫仇家下代人恨。仇易结不易解，我为什么要下辈人过不了太平日子。"（第二幕）可是，仇虎因失去理智而变得无法抑制的复仇情绪已使他难以正视这种现实，他最后自我毁灭的结局，在一切善良的人们的心目中，都会被认为是"上帝"伸张正义的应得惩罚。尤其令人感到深思的是剧终前，花金子竟怀上了仇虎的孩子——无疑又埋下了新的复仇的种子，这与仇虎的那句"有一天我们的子孙会起来的"台词联系起来，才真正让人感到空前的可怕——新的一轮血腥仇杀刚刚过去，人们的余悸未了，却又要承受再一次心灵上的惨痛打击！

恩恩怨怨何时了！恩恩怨怨何时了！我们仿佛从作者那沉重的笔下听到他灵魂的悲恸哭泣。这是一位伟大的人道主义者"爱"的宽广胸怀的体现，这是一位先知者对人类生命现象困惑的善意引导。《原野》虽然写得阴森恐怖，但却给我们以"善"与"爱"的启示，它所产生的广泛而深远的社会现实意义，必将打破传统理论的预言而超越时空界限与世俱传。

---

① 《我的生活和创作道路》，《曹禺剧作论》，中国戏剧出版社1981年版。

下面，我用一个简单的图表，将《原野》的创作模式标示出来。

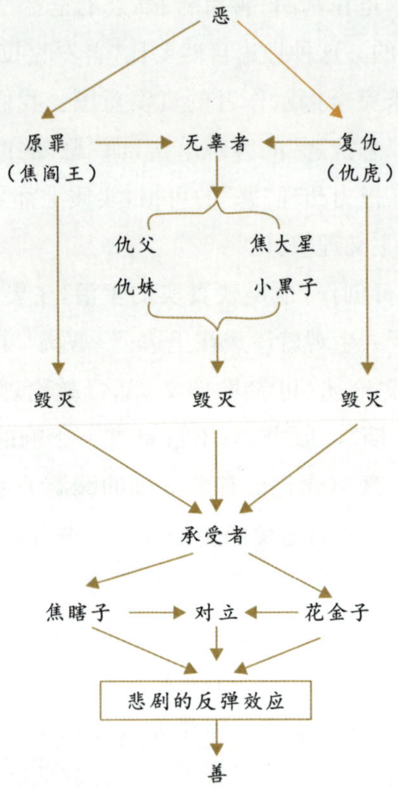

如果说《雷雨》的主题思想是表现人生的“罪”与“罚”，《日出》的主体倾向是揭示社会的“现世罪恶”，那么《原野》创作模式所反映出来的核心观念便是通过一个复仇的悲剧故事来张扬“爱”与“善”的教义。正是因为如此，曹禺经过极为痛苦的思索，终于在后写的《北京人》中，大胆地提出了重塑完美人格的道德理想。

原载《社会科学战线》1991年第4期，第324—331页

评《原野》中的神话、象征及审美理想

谭丽娟

提　要：本文从神话—原型批评的角度试图对《原野》作一全新的评价，认为《原野》复现了一套古代英雄的复仇神话，含有许多原始意象，追求一种原型审美理想，用以弥补现代人性与灵魂的匮乏与病态。

关键词：神话　原型　象征　原型审美理想

《原野》是曹禺继《雷雨》《日出》之后的又一部剧作，对这个剧本的评论是大跌大宕的。有人认为它是曹禺的失败之作，有人认为它"有生活，顾盼左右"。80年代后期，已有文章抛开对其真实性与现实性的评估，而深入到作家的主体意识之中。但是，不论批评界所持的态度如何，《原野》的魅力却经久不衰。笔者认为，它之所以能跨越时代震撼人心，不仅仅在于它卓越的戏剧技巧，更在于它揭示了人类命运的深层意蕴，能唤醒几千年来沉睡在人类心灵深处情绪的潜流。读完《原野》，给人一种深深的激动，感受到一种潜藏在表层下的原始的力量，一种人性的活力，一种痛快淋漓的呐喊的情绪，令人亲切而倾心。"具有一种奇特的情绪激荡的特性，……就好象有一股我们从未感觉到其存在的力量突然迸发而出。……我们会感到格外的酣畅淋漓，或者是万分激动，或者是被万钧之力所震慑……"《原野》的表层故事讲的是仇虎从牢狱中逃出来报两代之冤仇的故事，然而，作者在这个故事里，舍去了真实的细节，耗费了大量笔墨叙述了幻觉、梦魇、巫术、原野、森林、地狱、灵魂等等似乎是不相干的超现实的东西。这些东西，在以前的许多评论中受到的指责多于赞许。笔者却认为，这些东西正是作家要表达的深层意义的承载体。本文试图用神话—原型批评的方法对《原野》作一分析。

一

"人人都有一个神话，如果我们懂得它，就能理解他的所做所思。"叶芝这样说。神话的英文为myth，源于希腊mythos一词，mythos意为一个想象的故事，是原始人用来表现自我与心灵的产物。19世纪末的英国人弗雷泽的《金枝》是原型批评的奠基之作，他指出原始初民的信仰，具有相当的普遍性与共同性，并说明了巫术、魔法等在神话中的表现。荣格在他的理论体系中指出，集体无意识是深深地印在脑结构中的史前人经验的反映，含有人类对史前时代的记忆，这种种族记忆对人类具有频繁而强烈的吸引力。神话、传说是集体无意识原型的宝库，其本身就是原型的象征和表达，它保存着人类自身永恒绵延的原型系统，如地狱、鬼怪、魔力、精灵等。在文学中，神话主题不断出现，但却穿着一身现代服装。其实，早在荣格提出原型概念以前，尼采就认为希腊悲剧不过是以不同面貌再现一个神话："酒神一直是悲剧主角，希腊舞台上所有著名人物——普罗米修斯、俄狄浦斯等等，只是酒神这位主角最早的面具而已。"加拿大的弗莱在《批评的解剖》中，利用原型来解说一切文学。他认为，文学植根于原始文化，神话是一切伟大作品里经常复现的基本故事。文学是"移位的神话"，是神话的赓续，换言之，即在古代作为宗教信仰的神话，随着这种信仰的过时，在近代已经"移位"即变化成为文学，神也相应变为文学中的各类人物，并且，神话是各种文学类型的原型模式。弗莱在《批评的解剖》中，给神话的释义是："一种叙述，其中的某些形象是超人的存在，他们的所作所为'只能发生在故事中'，因而(神话)是一种与真实性或'现实主义'不完全相符的传统化或程式化的叙述。"因此，神话一词就彻底摆脱了原始的语义局限，成为一个纵贯文学史的基本术语。神话世界是一个充满情节虚构的非实在的、纯粹的文学世界，它不受应真实地符合日常生活这条规则的制约。理解了这一点，也就理解了为什么在《原野》中有那么多的情节的非真实性了。我们无须再去指责与怀疑仇虎何以带镣越狱，带镣跳下火车，何以得来那么多金子，何以与花氏巧遇又恰逢大星出门，何以得来的枪，何以会陷入恐怖的幻觉之中等情节的超现实性了。弗莱认为，从神的诞生、历险、胜利、受难、死亡，直至复活，是一个完整的循环故事，这个完整的故事已包含了文学上的一切故事。各类文学作品不过是以不同方式、不同细节讲述这同一个故事，或讲述这个故事的某一部分、某一阶段，或诞生、恋爱，或历险、胜利，或受难、死亡，等等。按照原型批评的观点来评估《原野》，发现它讲述的是一个被"置换"的英雄神话故事，复仇英雄被置换成了原野上的充满生命力的现代农民。剧本表现了英雄与敌手的斗争、英雄的恋爱、受难、死亡等情节，它创造、复现了一套神话，设置了一个近乎传奇的故事。作者让复仇女神主宰了全剧：从序幕到第二幕中仇虎对焦家的复仇、金子对焦氏的复仇(如与焦氏争夺大星，刺激焦氏、气坏焦氏等)、焦氏对金子的复仇(如用巫术、咒骂等)，第三幕是杀害无辜的心上沾满鲜血的仇虎在黑林子里始终逃不脱复仇女神的追逐，终于自杀毙命的情节。全剧展示了干爹对干儿、妻对夫、母对媳、把兄弟对把兄弟(焦阎王与仇荣、大星与仇虎的关系)、媳对母之间的残酷。有些似埃斯库罗斯的三联剧《阿伽门农》《奠酒人》《复仇神》的情节。也有些像莎士比亚的《哈姆雷特》：兄弟杀死兄弟、儿子为父亲复仇，而终于自己也悲惨地死去。如哈姆雷特一样，仇虎的复仇并不是十分愉快的，而是充满了矛盾与延宕。剧本花了大量的篇幅描写了仇虎的这种矛盾：不忍对大星下手，设法挑起他的怒气，让他先动手，自己再杀死他。这种复仇与受难的母题在东西方神话中并不罕见。戏剧的情节、人物，也无不具有神话世界生活图画的特点。从《原野》的主人公的复仇、呐喊、与命运的抗争中，我们可以体悟到人类力图摆脱危险、与异己力量强烈抗争、争取自由的形象，可以瞥见最遥远的生命源头。

1935年，《雷雨》在日本演出后，曹禺曾写信给导演，信中说："在许多幻想不能叫实际的观众接受的时候，……我的方法乃不能不把这件事推溯，推，推到非常辽远的时候，叫观众如听神话似的，听故事似的，来看我这个剧。”同样如此，《原野》也是叫读者如读神话似的，读故事似的，来读这个剧，读这个辽远的神话。

二

下面让我们回到对《原野》的具体阐述中来。前文已提及，《原野》给读者复现了一套神话：荒蛮的背景、英雄的形象、与敌人的斗争、复仇、恋爱、死亡、复活等。

首先，《原野》的背景带有一种原始的蛮劲。这是一个发生在秋暮的故事，莽莽苍苍的原野上，古老的巨树枝桠杂生，秋蝉哀鸣，严肃险恶、反抗忧郁的氛围弥漫着。荒野中远远有一所孤独的老屋。这所孤独的老屋内，供着黑色的香案、三头六臂可怖的金眼菩萨、香炉、神灯和残破的钟馗捉妖图等，充满祭祀与凶险的气氛。荒野中还有一片罩着神秘与残酷的原始森林。这是一个近乎神话的情境，故事就在这里展开。男主角是个英雄形象，勇猛无比，在深重的磨难中顶天立地，正如剧本在序幕中所提示的那样，他是一株象征险恶、严肃、反抗、忧郁的巨树，“仿佛是那被禁梏的普罗米修斯，羁绊在石岩上”。作者是这样描述仇虎的：“人会惊怪造物者怎么会造出这样一个充满强烈的生命力的汉子：头发象乱麻，高大的身材，眉毛垂下来，眼烧着仇恨的火。左腿被打得有些瘸，筋肉暴突，腿是两根铁柱。……（衣服）破烂处露出毛茸茸的前胸。”这是古代神话中一种异人的英雄形象。这个英雄被自己的“干爹”诬陷打入牢中，受尽非人的折磨，带镣逃出牢狱，是为了报一家两代之仇：父亲被活埋，妹妹被卖入烟花致死。与恶魔斗争，与邪恶较量是他的意志。女主角则妖冶绝伦。瞎婆子则刻毒无比，是魔鬼的象征。

仇虎要复仇，复仇女神帮助他逃出牢狱来到焦家，于是便有了英雄与敌人斗争较量的情节。仇虎在金子的帮助下进入了焦家，先占有了金子，后步步实施自己的计划。神话里的英雄为达到目的，往往有女人的参与和帮助，并且，这女人是自己所爱的美艳的女人，具有机智勇敢的特点。希腊神话中的伊阿宋就是在“女巫之女”美狄亚的协助下寻得金羊毛的。妩媚的金子在戏剧中联结了所有的出场人物，令大星、仇虎爱极，令焦母恨极。她在仇虎复仇的行动中起了不可低估的作用：引入、藏匿、周旋于焦氏与仇虎间等等。在斗争中，仇虎的敌人是焦氏，她“张大着眼睛，里面空空不是眸子，眼前似乎罩上了一层白纱，直瞪瞪地望着前面，使人猜不透那一对失了眸子的眼里藏匿着什么神秘。”（序幕）这个暴戾、敏感的恶婆子，随手举着铁拐杖，是个恶魔的象征。她知道自己不是仇虎的对手，儿子大星更不是对手，于是，想凭自己的狡诈与阴险，逼仇虎放弃复仇的念头。当这个主意失败后，她祈求仇虎杀了她，留下儿孙，不要“斩草除根”。在第二幕，发生了仇虎与瞎婆子之间一场杀机暗露的剑拔弩张的交锋。然而，仇虎的复仇却比“断子绝孙”残酷得多，他带走了金子，杀死了大星，让瞎婆子亲手用铁拐杖打死了她的独苗孙孙。瞎婆子几乎痛疯了：“虎子，天不容你呀！我们焦家是对不起你，可你这一招报得太损德了。”（第三幕）仇虎让瞎婆子儿死孙死，孤独一人，存于世上，活活受罪，这实比杀了她还报得更厉害。在复仇形式上，仇虎获得了全胜。杀父之仇、夺妻之恨，在此一并偿还。这种报复方式极端残忍，是古代神话中英雄们的一种缺乏人性的复仇方式。希腊英雄阿喀琉斯为报杀友之仇，将敌手杀死，并拖尸绕城三匝，直至敌人的垂垂老父流泪请求才让其赎回。在牢狱中的仇虎心中燃起的是英雄般的雷霆之怒，这仇恨烧透了他的心，使他活着目的就是报仇。他也知道自己以这种方式复了仇，自己的死期必将来临，因为天理难容。与其作为怯懦者而生，置深仇大恨不顾，还不如以死来寻求复仇的喋血，这是为捍卫自己最珍贵的东西而大无畏的英雄的品格。

仇虎在复仇中，还有一段传奇般的爱情。与八年前的未婚妻重逢，相聚了短短的十天。这段恋情充满了原始的蛮劲与对性与力的崇拜。重逢的第一天晚上，仇虎便上了金子的床。在第一幕中，仇虎狠命地抓住了金子的手腕，咬牙一字一字说："我就这么抓紧了你，你一辈子也跑不了。你魂到哪儿，我也就跟在哪儿。"在金子逼仇虎给她拾花的情节中，她昏眩般抱住仇虎，说："这十天我又活了，活了！"这段爱情的最大特点是力与性的满足。力与性是希腊神话追求的两大特点，也是各个地方原始先民生活的真实写照。马克思说："有粗野的儿童，有早熟的儿童。古代民族中有许多是属于这一类的。希腊人是正常的儿童。"①他们的神话反映的是"人类美丽的童年"②和正常的要求。众神之王宙斯就是强劲与情欲旺盛的象征，这是神话时代人们所期待的。在那个时代，是一个毫无掩饰的时代，从肉体到灵魂均赤裸裸，酒神与爱神，原始的野蛮与人性的挚爱、原始的情欲在荒野上酣畅淋漓地活跃着。而且，花金子崇拜仇虎的力与生命的强劲与她生活在十分恐怖与窒息的环境也有关。焦氏的淫威与狠毒在无孔不入地源源不断地向她袭击，丈夫大星又十分窝囊。所以，当仇虎这样一个充满原始生命力与激情的人出现在她面前时，她立即觉得是找到了保护的盾牌，把自己一股脑儿交给了他。当随仇虎迷路于森林的黑夜中时，仇虎问她后不后悔，她说："后悔？我一辈子只有跟着你，才真象活了十天。哼，后悔！"仇虎在金子心中如自然神在原始人眼中的图腾崇拜一样处于一种膜拜顶礼的地位，这与原始先民进行神灵崇拜有一致性，因为原始先民也生活在一个充满威吓与恐怖的大千世界，希冀神灵能给自己以强有力的保护。

在复仇与爱情双双成功后，戏剧情节便展开到了下一步：英雄的受难与死亡。仇虎与金子逃入了黑森林，穿过十来里的林子，便可到达铁轨旁，逃向"金子铺地的地方"。这块林中之地既是他希望之地，也是他受难与死亡之地。仇虎虽复了仇，然手段太残忍，复仇女神并没有放过他，他在黑林子里的遭遇可以说是受到复仇女神的追逐而终于逃不脱她的魔影的象征。这黑林子阴森恐怖，肃杀惨厉，盘踞着原始的生命与残酷。复仇神让仇虎掉进"心狱"中逃进这片森林。鬼魂、地狱、命运、乌黑的池沼、呈着怪相的密匝匝的树丛等等一切很快把他层层围住。他奔波、挣扎了一整夜，始终未能冲破这牢狱。进了黑林子，

① 马克思：《〈政治经济学批判〉导言》，《马克思恩格斯选集》第二卷，人民出版社1972年版，第114页。

② 马克思：《〈政治经济学批判〉导言》，《马克思恩格斯选集》第二卷，人民出版社1972年版，第114页。

仇虎像是换了一个人，正如作者所言："时而，恐怖抓牢他的心灵，他忽而也如他的祖先——那原始人，对着夜半的森野震战着。"(第三幕，第一景)沉重的负罪感与可怖的环境使他陷入一种残酷的煎熬之中。破庵内的木鱼声与磬声如催命的音符，声声入耳，声声逼近。复仇神让两个无辜的冤魂紧紧跟随着仇虎，在林中撒下一张无形的巨网。死去的大星的声音总在仇虎耳边回响，瞎婆子为小黑子招魂的声音总在追逐着他。仇虎在神情恍惚中，幻影重重，他绝望地喊道："啊，大星，你不该跟着我。大星！我们俩是一小的好朋友，我现在害了你，不是我心黑，是你爹爹，你那阎王爹爹造下的孽！小黑子死得惨，是你妈动的手！我仇虎对得起你，你不能跟着我！你不能——。"(第三幕，第一景)金子用他死去的爹爹与妹妹来提醒他，仇虎虽有醒悟，然而又陷入地狱的幻觉，看见自己的父妹在地狱受苦的情景，使仇虎对虚幻之景连发三枪，暴露了目标，使自己陷入了死亡的重围之中。在天亮时，走投无路的仇虎又回到被砸断的铁镣旁，将怀有孩子的金子一脚踢出死亡线，自己用匕首毙命，走完了他英雄的全部旅程。在古代英雄神话中，常常是英雄凭自己的力与机智斗败了恶魔，复了仇，然而，自己也受到了致命的毁灭。

至于英雄死亡后的复生，在剧本中也有象征性的表露，那就是金子腹中之物。仇虎将金子一脚踢出死亡线，也意味着他自己的复生。

从上面的分析知道，《原野》讲的是一个陷入深沉悲剧中的英雄从事一个复仇与爱情的神话。他的经历与命运的终结，在基本轮廓上与弗莱在《批评的解析》中对神话与文学的释义基本相符。这故事的整体情节，还有许多细节也表现出剧本的神话与象征的特性，如仇虎在幻觉中走入阴曹地府的"入冥"情节是世界性的神话。荷马的奥德修斯入冥，是为了求智慧，仇虎的入冥是想求得公正而终被颠倒黑白。焦氏梦见已死的丈夫"穿一件白孝衣，从上到下，满身都是血""他看见小黑子，一句话也不说，抱起来就不放手，眼泪不住地往下流"(第一幕)，以超现实的手段来预示故事的前景，是神话的惯用手法，以显示冥冥之中全能的意志。焦氏做了一个似金子的木刻人，用钢针扎心口，期待金子心痛而死的巫术，是原始人力图控制现实的巫术的幽灵。《原野》弥漫的就是这些梦幻、巫术的神秘，给戏剧抹上了一层遥远的色彩。焦婆子的叫魂，也是对灵魂信仰的象征，认为灵魂能在个体死亡之后继续存在，正如《楚辞·招魂》中"魂兮归来"的咏叹。剧本中大星与黑子的死亡应是"替罪羊"的献祭仪式，如俄狄浦斯王的死一样。古犹太人为了宣泄天神的愤怒，赎去人间的罪恶，常在"赎罪日"向旷野放逐大批羊群，这些羊被称为"罪羊"。中国的"河伯娶妇"传说与此类似，被抛入河中的妇女实际上是"替罪羊"，希望用她的牺牲换来"河伯"的宁静。大星与黑子是纯洁无辜的，仅仅因为他们是焦家后代，就被捉去充当替罪羊以赎其父母之罪恶。

其实，我认为，《原野》这个剧本的取名本身就暗示着一种创造神话的构想，一种象征的启示，在原野上充分显示人的原型。全剧可分两部分，从序幕到第二幕是人类的世界，展示的是英雄与魔鬼的决战，展现出一种暴虐而混乱的原型形象。第三幕是不祥的原始之林的世界，邪气横生，地狱、阴魂等等纷纷呈现，激活了许多原始的意象，这林子沟通了与原始力量相联的孔道。

三

曹禺很喜欢写人，他说过："我爱人……我感到人是多么需要理解，又是多么难于理解。"①"我看戏，读文艺作品，我所注目的是人，人是最重要的。"②在《原野》中他追求一种对原型人的审美理想。正如他在《北京人》中所说的："这就是当初的北京人。那时候的人，要爱就爱，要恨就恨，要哭就哭，要喊就喊，他们自由地活着。没有礼教来拘束，没有文明来捆绑。"他向远古先民处进行发掘，追求返归原始的真诚。在他早期戏剧中的立点之一，就是在现代灵魂中注入原始的力量、远古的神话情感，寻求弥补文明统治与理性异化所造成的人性残缺与萎缩的良方。仇虎和金子代表同一审美理想的两个不同侧面，原始的阳刚之美与阴柔之美相互衬映。笔者认为，仇虎的审美形态颇似古代青铜饕餮的审美。青铜饕餮是古代青铜器上的饰纹，狰狞而恐怖、粗犷而残酷，这是一种丑美，这种美在那种神秘邪恶的背景里显出一种雄浑，类似西方美学中"崇高"的概念。尽管这种审美是以丑陋、凶狠为其特征，但却能给人一种力量，一种原始的美感。金子是一朵"野地里生，野地里长"的野花，生就一股泼野与不羁性。她的美与中国传统的"哀而不伤，怨而不怒""温柔敦厚"的"中和之美"是迥然不同的对照。大星在生命力的强劲与人格的健康上，是作为仇虎的对立面而出现的审美形象。一个蓄积着如火一般的激情，一个软弱、驯服、窝囊、耳朵上垂着耳环，连蚂蚁都不敢踩，爱不敢爱，恨不敢恨，哭不敢哭，喊不敢喊。他的懦弱是现代人萎缩的象征。作者塑造了这样两个截然不同的审美对立面，旨在以仇虎的原型美补偿大星的病态美。

曹禺在《原野》中之所以高扬人的原型审美，其宗旨在于拯救面临危险的现代人。曹禺极为憎恨"闭着眼，情愿做地穴里的鼹鼠，避开阳光，鸵鸟似地把头插在愚蠢里"③的颓废萎靡的形态。这使人想起荣格的关于现代人的描述，现代人是"伫立在高岗上，或站在世界最边缘的人，他眼前是满满一片未来的深渊，顶头上是苍穹，脚底下是其历史笼罩着的一层原始雾的全体人类"④。"如果说，现代人所受到的心理打击是致命的，因而最后已陷入迷惑的深渊，我并没有夸大其辞。"⑤现代人在物化的文明社会中，人的自我逐渐丧失和异化，人的精神变得迷惘而痛苦、困惑、颓废、萎缩等，这种灵魂的失落，其根源，荣格认为在于现代人失去了原始神话、原始意象，而这些正是人类的灵魂，人类的存在根基。因此，失去了原始神话，对于文明世界来说，无疑是一场"道德灾难"。所以，《原野》的对原型审美的追求，是在于使人获得自救，寻回一条返回生命的最深泉源的途径。它的意义也正在

---

① 《曹禺论创作·序》，上海文艺出版社 1986 年版。
② 曹禺：《戏剧创作漫谈》，《剧本》1980 年第 7 期。
③ 曹禺：《〈日出〉跋》。
④ 荣格：《现代灵魂的自我拯救》，工人出版社 1988 年版，第 294 页。
⑤ 荣格：《现代灵魂的自我拯救》，工人出版社 1988 年版，第 299 页。

于此:巫术般地唤回这个时代最匮乏的形式,补偿文明时代的片面和残缺,使现代人与遥远的原始意象相交融,从而复归于生命的原始灵境。

可以说,写作《原野》时的曹禺与写作《雷雨》时的曹禺具有一种同样的情绪,追寻的是一种“蛮性的遗留”,“一种复杂而又原始的情绪”,“我如原始的祖先们,对那些不可理解的现象,睁大了惊奇的眼”,“我念起人类是怎样可怜的动物,……我用一种悲悯的心情,……也以一种悲悯的眼来俯视这群地上的人们。”他的《原野》是在一种郁热的性情中写成的,如写《日出》一样。他说:“我整日觉得身旁有一个催命的鬼,低低地在耳边催促我,折磨我,使我得不到片刻的宁贴。”这是一种创作的非自主性,即作者的体验及构思过程是超出自身控制之外的,仿佛有一种超人的力量,在强迫他写作。荣格有句名言:“不是歌德创造了《浮士德》,而是《浮士德》创造了歌德。”曹禺在这种非自主性的艺术体验中“流着眼泪,赞美着这些伟大的孤独的心灵。……但我更恨人群中一些冥顽不灵的自命为‘人’的这一类动物。他们……不肯听旷野里那伟大的凄厉的唤声。”在《原野》中,曹禺将笔触从封建的家庭与都市的喧闹转移到荒蛮的原野上,倾心于原始的力感、野趣与纯真。在这里,再也没有《雷雨》《日出》中的那种雅致、精美、豪华的现代文明和“世故人情”的虚伪作态。在这里,蓄积的是生命的淋漓尽致的表达和没有丝毫矫饰和做作的在蛮荒的自然背景中各领风骚的人性与个性、爱与恨,体现出原始审美的特征:充满生命意识和力度感,粗犷自然,激荡着活力。

作者感到的是人在文明社会中的自我失落,感到的是所处的封建阴影极其浓厚的环境与时代对人的桎梏与扭曲。在他年轻的思考中,用一种原型美来对抗现代人格的残缺与匮乏,寻找一条人自身发展的出路。不论作者的这种探索是怎样的不现实,然而,他是真诚的。继《原野》之后,这种追求在《北京人》中进一步体现出来。曾文清和曾家大大小小一群人,都是一群残缺的人,与之相对立的北京人则寄托了作者的审美理想。这是人类的祖先,也是人类的希望,具有自由的生活、淳朴的天性,充满了生命力和健康活泼的人格。

原载《华南师范大学学报》(社会科学版)1993 年第 1 期,第 53—58 页

《原野》是一部佳构剧

李树凯

内容提要:人们普遍认为《原野》是借鉴表现主义艺术比较成功的作品。作者认为《原野》是一部佳构剧。作者指出,曹禺在戏剧创作的初期,便为佳构剧"一类戏所笼罩",想写一部有故事、有穿插、有紧张场面的戏剧,以适合中国戏剧观众的欣赏需求、欣赏心理和欣赏习惯。曹禺深谙西方各种戏剧艺术,他注意到了曾风靡欧洲的佳构剧正适合中国观众的需求。于是作家便借鉴佳构剧的戏剧理论和技巧原则,写出了《原野》。在《原野》中表现出佳构剧的一些基本特征:结构工整精巧、具备"必需场面"和抽象而严肃的主题等。作者认为,《原野》是曹禺戏剧创作的转换期作品和特殊现象,也是成功的尝试。但是,《原野》所受表现主义影响及在佳构剧理论和技巧运用上,还需深入研究和探讨。

《原野》出现在曹禺戏剧创作的第一个爆发期。它与《雷雨》《日出》形成曹禺戏剧创作的第一个高潮,从而把一位有才华、杰出的戏剧家推上中国现代戏剧的历史舞台,赢得了很高的声誉。但《原野》经历了半个多世纪的风风雨雨,人们对它的认识分歧最大、争论也最多。

从《雷雨》开始,曹禺的每部剧作,都是一次新的探索、新的追求、新的尝试,因而他的前三部作品在审美指向、创作原则、表现方法上,有着明显的区别。尤其是《原野》,与《雷雨》《日出》在思想与艺术上,表现出截然不同的倾向和特色。

由于《雷雨》和《日出》中唯物论思想基础与现实主义原则在《原野》中的减弱和消失,评论家们认为《原野》的出现是曹禺戏剧创作的倒退,是失败,是曲折。其实,很难用倒退、失败、曲折之类字眼说明《原野》的出现这一复杂现象。要透彻说明这一现象,必须弄清曹禺创作思想上的许多问题。

《原野》出现之前,曹禺对自己的创作曾有过认真的反思,寻找自己在戏剧艺术领域中的位置,确立自己的戏剧美学追求。这种反思和探索为曹禺戏剧创作的第二个高潮期的出现,提供了非常有益的借鉴。《北京人》《家》是第二个创作高潮期的代表性作品。《北京人》等标志着作家经过艰辛的生活实践和艺术实践,所取得的丰硕成果,显示出曹禺戏剧在美学观、艺术方法和艺术风格方面的特质。没有这种认真的反思和探索,就不会有《北京人》等作品的出现。《原野》正是转换期的作品,有其独特的地位。

《原野》是曹禺戏剧创作转换期的作品

《原野》既是曹禺戏剧创作第一个高潮期的作品，又是一部处于转换期的作品。它明显地带有作家在思想艺术的转换时期，对许多重大问题长时间的思考、审视和探索的痕迹。

一个作家在思想和艺术处于转换时期，必然会对一些长期困扰着自己的重要问题，进行反复思考，重新认识，重新选择。这思考、探求和选择，往往是犹豫的、矛盾的：是继续沿着自己的创作道路、美学理想走下去；还是另寻新路，赢得新的读者，观照他们的审美需要。

生活是复杂的、多变的，有它自己的实在内容和发展规律，作家艺术家对生活的认识和把握，可以向深层的内涵开掘，也可能给生活加上主观意念而将它弄得面目全非。因而作家艺术家的写作的最后抉择，常常并非本意所求，不能尽如人意，他们不能不考虑欣赏者的客观需求。马克思说："艺术对象创造出懂得艺术和能够欣赏美的大众，——任何其他产品也都是这样。因此，生产不仅为主体生产对象，而且也为对象生产主体。"①这种现象早为文学艺术发展的史实所证实。

在文学发展史上，一种新的文学形式从出现到在文坛居于绝对优势地位，是以它特有的美的魅力造成了众多的欣赏者；培养和提高了他们对美的感受能力，形成了他们一定的审美习惯。一种文学艺术形式一旦为众多的鉴赏者所接受，并形成传统的审美习惯和审美需求，它就要求有更多能驾驭这种形式的作家艺术家，不断创造出更多的精美作品。为了满足读者的审美需求、情趣和习惯，不同倾向和不同风格的作家艺术家，往往会放弃自己的美学追求，而竞相创作为读者、鉴赏者所能接受、所愿接受的作品。《原野》的出现，就属于这种现象。

为了阐明《原野》的这一现象，还需从《雷雨》《日出》谈起。在《雷雨》和《日出》里，作家曹禺对社会生活的观照、审视与概括，以及作家创作的意图，揭示的问题，表现的主题，观众和评论家们都早有定评。《雷雨》描述了近代中国现实生活中常见的封建资产阶级家族中存在的数不清的悲惨景象，表现了旧中国从家庭到社会普遍而真实存在的尖锐、激烈的矛盾与冲突。通过剧作可以看出作家曹禺对社会生活、人与人之间的复杂矛盾关系的深刻理解、精确描绘，可强烈地感受到作家对生活的方方面面所表现出来的激越感情，这是作品牢牢地吸引着读者和观众的重要原因。《日出》是作家对社会生活更深刻的解剖，对社会人生中种种罪恶的更全面的揭示与展现。这些都毫无疑问地表明了作家曹禺的唯物论思想的鲜明性和对现实主义原则把握的深刻性。

接着出现的《原野》，固然再一次展露了作家的创造才华，驾驭戏剧艺术的卓越本领，但人们对《原野》的内容和形式，提出了许多质疑。《原野》描写的题材、表现的主题，是评论家们长期以来争论的重要问题之一，人们的看法有时完全相反。近十年来评论家较为

① 马克思：《政治经济学批判·导言》。

一致的认识是,《原野》描写的是农村阶级斗争和阶级压迫,表现的是农民阶级对地主阶级的反抗与复仇。不少评论者对《原野》的这一点给予了很高评价和赞赏。

然而,把《原野》说成是表现农村阶级矛盾和阶级斗争的作品,不完全符合实际,无论说它是农民对地主的斗争,还是把它看作地主阶级之间的斗争。一部作品表现的思想是复杂的。上述看法只注重了作品描写的题材和人物身份,简单化了焦仇两家的矛盾关系。要认识一部作品的思想的复杂性,必须透过作品描写的事件和人物,深入了解它表现的社会关系、阶级关系、宗族关系、家族关系……,弄清楚它们的性质特征,还要从主要人物的思想、信仰、意志、欲念、伦理、道德,以及作家的创作意图和理想追求等方面,进行全面分析和概括,才能比较准确地把握作品所揭示的思想实质。

对《原野》的认识,其特殊性还在于曹禺对戏剧形式、技巧原则、表现方法的追求方面的一些思考。

先从《原野》的故事谈起。

《原野》的故事大家都熟悉。焦仇两家的恩恩怨怨,在第二代第三代人身上演出了一场惊心动魄、扑朔迷离的复仇故事。主人公仇虎遭到人生的最大不幸,承受了难以忍受的“杀父夺妻”的仇恨与磨难。“杀父之仇,夺妻之恨”是中国人世代以来认为最不能容忍和泯灭的仇恨;“报杀父之仇,雪夺妻之恨”就成为中国人的人伦天理和社会道德观念的重要内容。

这类故事最能吸引读者和观众,最能激起人们的义愤与同情。当然,这类故事也最能表现作家的是非善恶观念。张扬正义,反对和鞭笞邪恶、强暴,常常是他们作品的中心思想。更重要的是,作家们为了强化复仇者的复仇意志,渲染复仇者的大难不死、洗血冤仇的奇特经历,这类故事有充分的余地施展作家的构思艺术的才华。作家们在写这类故事时往往精心设计,工于布局,造成离奇情节,以动人心魄。曹禺在《原野》里的复仇故事蒙上了一层焦仇两家异姓父子的亲情关系,给主人公的复仇,平添了不少诱人的魅力。

其次,再看曹禺在创作《雷雨》《日出》之后,对一些重要问题的反思和探索。

在《日出·跋》中,曹禺清楚地说明了他在完成《雷雨》《日出》之后,对许多问题重新认识:《雷雨》“太像戏了”;他被契诃夫戏剧特有的艺术魅力所陶醉,“沉醉于契诃夫深邃艰深的艺术里”;他决心改变道路“再拜一个伟大的老师”,“老老实实重新学一点较为深刻的技巧与方法”;但现在的观众,“他们要故事,要穿插,要紧张的场面”。作家在向契诃夫学习过程中写的一些作品中,没有观众喜欢的故事、紧张的场面,只好“举起火,一字不留地烧成灰烬”①。

但这并不是说,作家对观众“要故事,要穿插,要紧张场面”的审美情趣,已经彻底不予理睬;相反,它仍强烈地诱惑着曹禺,甚至支配着作家的创作欲念。于是,作家曹禺的最后抉择,还是迎合观众的审美需求,写了一部有故事,有穿插和有紧张场面的以“报杀父之仇,雪夺妻之恨”为主题的剧本。这就是为什么在写了两本现实性很强的作品《雷雨》《日出》之后,曹禺

① 曹禺:《日出·跋》。

又创作了《原野》的主要原因，并成为曹禺戏剧创作的一个特殊现象。这一现象，再一次印证了"生产不仅为主体生产对象，而且也为对象生产主体"①的理论的正确性。

总之，《原野》不是按着再现生活、再现人生的思想和原则构思的。作家之所以要编织这类故事，是因为观众需要它：一、他们从中看到的人与事，作品表现的是与非、善与恶、美与丑等虽对观众有启迪和教育，但更多的是让人们欣赏一则有兴味的传说；二、观众从剧中得到的是愉悦和满足，或是借以宣泄常常压在心头的对邪恶强暴势力的愤怒之情。所以，《原野》在出版半个多世纪以后的今天，不仅仍然受到广大普通观众的赞赏和欢迎，而且艺术家们也因之得到了施展艺术才能的天地，把它改编成各种样式的作品，搬上舞台、银幕，连异国的人们也赞美《原野》的"情节非常感人"。

《原野》作为佳构剧是曹禺创作的特殊现象

《原野》的创作，与曹禺深受西方戏剧艺术的影响有很大关系。

曹禺在从事戏剧创作之初，就受到19世纪风靡欧洲的佳构剧的吸引。《雷雨》的创作就带有佳构剧的鲜明印痕。《日出》出版后，曹禺谈到过佳构剧这种戏剧艺术形式对他的吸引与影响。他说："我想脱开了 La pièce bien faiet（法文，佳构剧——引者）一类戏所笼罩的范围，试探一次新路，哪怕仅仅是一次呢。于是在我写《日出》的时候，我决心舍弃《雷雨》中所用的结构，不再集中在几个人身上。"②很清楚，曹禺在写《雷雨》时，佳构剧的技巧艺术就强烈吸引着他，《雷雨》正是在佳构剧"一类戏所笼罩的范围"下创作的。

关于佳构剧，早在二三十年代，中国戏剧界就曾有过争论。争论的主要内容是，中国戏剧观众需要什么样的戏剧作品，或者说什么样的戏剧形式更适合中国观众的欣赏需求、欣赏心理和欣赏习惯。宋春舫是提倡创作佳构剧的主要戏剧理论家。1925年他在《中国新剧剧本之商榷》一文里说："问题派"剧本之所以不能在舞台上立足，"'构造'之不同实为最大原因"。他主张弃置"问题剧"，提倡"善构剧"。他极力推崇法国戏剧家斯格里勃戏剧的"唯专注意于剧本之构造"，"以 Device（设计、构造——引者）为前提，则不必似问题派剧本之专重词令与旨趣，一几也，一书也，皆足为全剧之线索，而引起观者之兴趣。剧中之处处引人入胜，则有如侦探小说，而其兔起鹘落之点，则又使人心荡目眩，其取材则多史乘，其文辞则简易可诵，针锋相对，听者不倦。而其结束，则无不使人意满神移，拍案叫绝。吾屡读西欧名家剧本，实未有若司氏之著作之切合我国人之心理者！"③。在当时，不仅在理论上提倡佳构剧，而且不少作家还翻译、改编了许多佳构剧作品。李健吾先生就是一个突出的代表。在有关佳构剧的理论、翻译、改编的影响下，曹禺在创作思想上为佳构剧"一类戏所笼罩"也就很自然了。1936年他将佳构剧剧作家腊比希的《迷眼的沙子》改编为《镀金》是又一例。1981年曹禺在《镀金·后记》中还说："腊比希，如萨都（Victorien Sadrou）

① 马克思：《政治经济学批判·导言》。
② 曹禺：《日出·跋》。
③ 洪深：《中国新文学大系·戏剧集导言》。

一样，都多少承袭‘佳构剧’(Well—Made Play)的传统。佳构剧的鼻祖斯克利布(Eugene Seribe)的剧本早已被人忘记了。但我们不能忘记他的影响。连伟大的易卜生在早期也演出不少‘佳构剧’，学习舞台和写剧的技巧。”这里说的“我们不能忘记他的影响”，当然包括曹禺自己在内。

《雷雨》在构造上的工整与精巧，正是佳构剧所注重的。但之后，作家并不满意他对《雷雨》的精心制作，说它“太像戏了”，“技巧上，我用的过份”。他把《雷雨》结构艺术上使用的技巧称之为“招数”，“是我从前拾得那一点点浅薄的技巧”①。曹禺虽没有明说“从前拾得”的技巧具体指什么，然而那意思是明确的，指的正是佳构剧的写作技巧。

《雷雨》之后，作家写了一部力作《日出》。它改变了《雷雨》在结构艺术上的“张牙舞爪”，表现出平淡真实、诗意的抒情、内在的“戏剧的感觉”的特征。这是作家在新的道路上迈出的重要一步，是在试探着创造出契诃夫式戏剧的最初尝试的成功结果。然而，在《日出》之后，曹禺没有沿着新的道路继续走下去，而是很快捧出了佳构剧《原野》。尽管作家的本意并不想写一部佳构剧，但终因未能完全摆脱佳构剧对他的吸引与影响，于是佳构剧《原野》的出现，就不奇怪了。

佳构剧作为一种新的戏剧形式，19世纪初期出现在法国，后风靡整个欧洲。佳构剧的情节有正反两面，常常表现爱恨、忠奸、邪正、锄强扶弱、除暴安良等主题，创作和演出历久不衰，尤其是在法国，拥有众多观众。约翰·劳逊在他的著作中，对工整剧(即佳构剧——引者)产生、发展的社会和时代背景、著名佳构剧剧作家的戏剧艺术特征，有比较透彻的分析。他指出：“当资本主义的根基一开始巩固时，立刻就有一种戏剧的新形式的要求，这种形式必须能反映社会制度的表面的严整，能有条理地表现上层资产阶级的情绪和偏见。E·斯格里勃、小仲马和V·萨度的剧本都是通过一种结构工整的形式来表现流行的习俗。它们和路易十四宫廷里的法国悲剧具有相类似的功能。”②从这里可以看出佳构剧在思想艺术方面的一些特征。

关于斯格里勃，劳逊说：“斯格里勃的结构工整的戏剧在路易·菲利浦时代以惊人的速度流行全国，它是当时的日益趋向繁荣和庸俗的征兆。”关于小仲马，他说：“小仲马的创作时代正是拿破仑三世执政的时代，他努力迎合这个非斯格里勃的浅薄的情感游戏所能满足的社会。”小仲马“把工整剧发展到完美的地步，使它具有更深刻的情绪和社会意义”。“小仲马的完美技巧到今天还在被广泛地沿用着；这样的作品表面上似乎是具有一种严肃的道德意义，其实它的内容却是在漫无止境地宣扬伤感主义。”而萨度则“承袭了斯格里勃的传统，即巧妙的浅薄”。虽然佳构剧剧作家想尽量增强作品思想的严肃性，使之具有深刻的社会意义，以满足社会的需要，如表现惩恶扬善的主题，为此他们还提出“剧场的伦理学”等理论，但如劳逊指出的，它们的思想的严肃性都是“虚假”的，是“替逃避现实作掩饰”。总而言之，欧洲的佳构剧是巧妙的技巧与浅薄的思想内容相结合。

---

① 曹禺：《日出·跋》。
② 约翰·劳逊：《戏剧与电影的创作理论与技巧》。

但佳构剧在当时的浪漫主义文学大潮中能占一席之地，不能不说与它取得的成就，尤其是它独具特色的艺术技巧方面的成就有关。许多佳构剧作家以他们在戏剧创作上取得的成就，极大地丰富了佳构剧的创作，造成佳构剧在思想与艺术上的原则与特色，并长期地活跃于戏剧舞台，牢牢地吸引着观众。

随着佳构剧的发展与繁荣，出现了许多评论、研究佳构剧的批评家、理论家。F・沙珊在当时被称为"结构工整"的戏剧理论家，在评论界占据重要地位，一度领导着巴黎的理论批评界。沙珊还是欧洲著名的致力于探讨戏剧艺术本身的基本原则的理论家，他特别注重观众在突出戏剧艺术特征方面的作用。关于佳构剧，沙珊创造了佳构剧戏剧结构的理论原则，即"必需场面"的理论。[①] 英国的W・亚却给"必需场面"下的定义是："一个必需场面就是观众多少是清楚地和有意识地所预见和要求的一场，倘不加表演就会引起完全的不快。"[②]实际上"必需场面"是由戏剧情节发展逻辑必定引出的一个场面。而且这个场面是观众已经预见到、必须表现出来的一个场面。劳逊指出："剧作家的任务在很大程度上在于准备这样一个场面，以引起观众的期待，和维持适度的不安和紧张。"[③]有许多剧本的这种"必需场面"，观众已看过好多遍，那场面他们已了如指掌，但他们每看一次都激动不已，感到不安和紧张，也感到愉悦和满足。

了解了佳构剧及有关佳构剧的理论和原则，再看看曹禺的戏剧创作。

前面已经说过，作家写作《雷雨》时就受到了佳构剧的影响，《雷雨》是一部非常注重结构工整的戏剧。《雷雨》结构的情节布局是经过作家精心设计、认真雕琢的，工整而精巧，场面的紧张也是刻意追求的。这种过分的、精心而刻意的设计和追求，才造成了《雷雨》的"斧痕"，使曹禺深深感到自己在技巧上运用的"贪婪"，并决心"敲碎"它。这说明《原野》作为一部佳构剧出现，有其艺术渊源。

当然，《原野》作为一部佳构剧出现，原因是多方面的。一、曹禺受到西方许多戏剧艺术大师的影响与熏陶，并善于把他们的理论与艺术技巧融合到自己的创作中去；二、曹禺具有杰出的艺术才能去构思动人的戏剧故事；三、更为重要的是，曹禺与其他有才华的戏剧家一样，作为戏剧艺术作品的生产主体，不仅运用自己独具特色的艺术形式与技巧创作出好作品，造成众多的欣赏者和爱好者，而且也能够按着广大戏剧观众的审美情趣和习惯所能接受的艺术形式，写出风格迥异的好作品。

还应指出的是，曹禺在其整个戏剧过程中，从受到佳构剧戏剧艺术的影响，到写出一部优秀的佳构剧《原野》，是他戏剧创作在思想、艺术方法和风格方面的一个特殊现象。《原野》既是佳构剧这种戏剧艺术对曹禺的长期吸引与影响的结果，也是他戏剧创作中这一特殊现象的结束。此后，曹禺便坚定地沿着契诃夫式戏剧艺术的道路继续前进了。

① 关于沙珊（亦译萨赛），见阿・尼柯尔的《西欧戏剧理论》。

② 亚却（亦译阿契尔）的话，转引自劳逊的著作。

③ 约翰・劳逊：《戏剧与电影的创作理论与技巧》。

佳构剧思想与艺术技巧原则在《原野》中的运用

粗略地用佳构剧技巧的基本原则对照一下《原野》，可以看出《原野》在思想艺术上对佳构剧技巧的基本原则的借鉴和运用。

通常写“报杀父之仇，雪夺妻之恨”这类故事，为了增强其社会效应，往往需要运用引人入胜的、结构工整的艺术形式；同样，结构工整的佳构剧这类戏剧形式，更适合抽象的伦理道德观念为内容的传奇性故事和人物，作为描写和表现的对象。《原野》就是工整而精巧的艺术技巧与“报仇雪恨”这类似乎严肃的思想内容相结合的作品。

从写一部佳构剧的主旨出发，《原野》的故事、人物，以及所表现的主题，很难完全而且也不必严格按照文学与生活的关系的真实性原则去构思。人们说的《原野》的非现实性，其实并非作家缺乏生活，或是对生活只有肤浅理解的表现，而是出于佳构剧的艺术形式的需要。因而，无论是把《原野》看作是表现农民对地主的斗争或是地主阶级之间的斗争，还是如作家自己说的，《原野》是“说出在封建地主恶霸地主压迫下，农民苦难的一生和渐渐醒悟的历程”①，都很难作出周密而令人信服的分析和论证。就对仇虎的“报杀父之仇，雪夺妻之恨”的描述，可以得出这样的结论：与其说仇虎的复仇故事是表现民国初期的农村的阶级压迫与反抗，不如说仇虎的“报仇雪恨”，是给观众讲述了一个遥远而古老的、生动的传说，更令人信服。只不过在这个古老的传说中添了些现代的东西。

作为佳构剧，《原野》中也不乏“必需场面”。上面提到的一些场景安排，都是为了“准备这样一个场面，以引起观众的期待，和维持适度的不安和紧张”，接着是“必需场面”：仇虎手刃大星，并借焦母之手打杀小黑子。全剧要表现的仇虎洗雪冤仇的这个重要场面，是观众“清楚地和有意识地所预见和要求”的场面。它给观众以刺激和喜悦，也给观众以极大的满足。

关于《原野》主题思想和它的非现实性，与作家以什么样的思想、信仰、伦理、道德等去满足社会的需要有关。

一个民族在其长久的历史发展中，逐渐积淀形成了系统的、普遍的、为人们所接受的伦理观、道德观、仁义观、善恶观等等，并成为整个民族思想文化传统的重要内容。作家艺术家常常会选择传统思想文化中，尤其是广大群众中引起强烈共鸣和反响的某种思想观念，通过作品加以表现，以满足社会的需要。而作家艺术家所要表现的思想文化观念，也往往是作家艺术家主体意识的深层次的重要内容。他们在适当的时机，总要把这种经过长期思考的、处于深层次的思想观念用艺术的形式表现出来。《原野》中作家曹禺通过仇虎报仇雪恨的故事，表现的思想主题是：有冤必伸有仇必报，善良定能战胜邪恶。很显然，《原野》的主题思想，是古老而非现实的。然而这一思想却是世世代代以来在人们思想深处普遍存在的、常有常新的观念，善良的人们时时从故事传说、戏曲表演中接受这种观念。

① 曹禺：《论戏剧》。

因而，作家艺术家们在编织这类故事时，总是将他们塑造的人物，置于万难的境地，使他们的复仇行为历经曲折和坎坷，从而显示他们复仇意志的坚定性和复仇行为的正义性。从这一点说，《原野》的思想和故事尽管是非现实的，然而仍有其一定的积极意义。

《原野》作为一部佳构剧出现，也说明作家曹禺的美学理想与追求发生了一些变化。

在《雷雨》《日出》中已初步形成曹禺戏剧美学思想的基本内容：唯物论的思想基础和现实主义原则；情与理的统一与融合；戏剧的诗意特质和抒情成分。到40年代写的《北京人》《家》里，这些方面得到发展、充实和丰富，成为系统的美学思想。[①]

在《雷雨》《日出》里，突出地表现了作家曹禺对社会生活、对人生的深刻认识、理解和思索，在生活和艺术实践中，严格遵循着唯物论的思想和现实主义原则。曹禺从事戏剧活动的目的，一开始便有着强烈的使命感和责任感，即通过戏剧活动和创作展示社会人生的真实内容，使作品具有鲜明而深刻的“社会的真实感”。作家从一丝不苟的、认真的艺术实践中，认识并把握了审视、概括和表现社会生活的基本准则：“老老实实写人生最困难，最味永。”[②]在这些思想原则下，作家严肃对待生活，不断探索社会人生的深层次内涵，力求从生活中得到“真知”，进而描绘出社会人生的“真实相”。如曹禺自己说的，他在作品中所描写和所反映的都是“从生活中挖出来的”，剧中人物都是他心目中深切关注的人物。这些无疑是曹禺美学思想中的重要方面。

但《原野》的创作偏离了这些思想和原则。剧中的故事和人物与社会生活的时代内容相去甚远，缺少“社会的真实感”。很明显，作家不是从生活中获得了认识和感受，进而加以概括和描写，而是依着“报杀父之仇，雪夺妻之恨”的传统故事的框架而构思的。于是，不仅作品反映的时代色彩模糊，而且主人公仇虎也不具有时代倾向的中心人物的精神品格，无论是从民国初年还是30年代，人们都看不到时代赋予仇虎的思想与精神特征。对仇虎来说，目的是报仇雪恨，除了强烈的家族复仇意识外，别无其他。要说有，也只能是朴素的“天理不公”的观念和空洞的理想主义。从这些可以看出曹禺初期创作中唯心论思想成分在《原野》中的反映。唯心主义认识论的主客观分离，往往导致作家脱离现实生活，表现出非现实主义倾向。

其次，曹禺作为一个杰出的戏剧家，在对待生活与创作的关系问题上，从一开始便表现出以唯物论认识论为主导的思想特征。美学作为一种认识论，在曹禺初期的美学思想中，体现了主观与客观的统一、从感性到理性的认识规律。以这种认识论为基础的美学思想，是曹禺戏剧艺术实践的指导。它使作家对客观世界的认识和把握更为深刻而准确。作家在认识和把握社会生活时，总是投入了自己全部的热情，把自己的思想、感情、理想、希望、追求，与整个人生紧紧地交织在一起，把炽热的主观激情融入了客观世界和人生中。因而，作家无论是描写重大的生活事件，还是普通而平凡的人生琐事、人物的枝枝叶叶，无

① 李树凯：《曹禺美学思想三题》，《西北师大学报》1991.5。

② 曹禺：《日出·跋》。

不充溢着作家的热情、力量和内心的要求。正是这样才在曹禺的戏剧作品中，表现出“情与理”的高度统一，使作品所说之“理”具有丰富的生活源泉，所抒之“情”流淌在对生活的细腻描写里，使作品真实而生动。这些无疑增强了曹禺戏剧的思想与艺术的魅力。

但是，《原野》中的“情与理”是矛盾的、对立的。一部情与理交融的戏剧，包含着作家对生活和人生独具慧眼的观察、认识、体验和敏锐的感受，以及所激起的热情与力量。情与理的交融与统一，是精美艺术品创作过程中，尤其是在中心人物身上，融入作家的热情与力量，创造出富有生命力的艺术形象的非常关键的问题。《原野》中描写的故事和人物则激不起思想火花，人物的心灵世界缺乏真实的感情。如，焦母与花金子势不两立，她们之间的仇恨是为什么？焦母除了明白地知道花金子原是仇虎的未婚妻，心里怀着一种将遭报复的可怕预感外，害怕花金子这个“迷人精”夺走了焦大星，软化了大星的感情和意志，使焦家失去支柱。然而，焦母痛恨儿子的是，“好看的媳妇败了家，娶了美人丢了妈”。这又好像焦母恨花金子，是由失去母子之爱的孤独心所致。

最后，仇虎杀死仇人后领着花金子逃奔黑林子里。莽莽森野，老树虬根，杂草乱石，造成一个严严密密的网；他们的身后是凄惨的叫声，影影绰绰的红灯和四周不时传来的枪声，给仇虎和花金子以巨大的心理压力。他们左冲右突，无法逃出严密的网，更无法摆脱心理的巨大压力。仇虎面前出现的种种幻象，使他陷入精神的困境，他矛盾、惊惧、迷幻，竭力忏悔、辩白。作家如此构思和描写，目的是要再现仇虎全家遭遇的悲惨和不公，表现主人公仇虎的美、善良本性和他的“真人”的形象，从而博得人们对仇虎的“高贵的同情”。这样的构思与描写，从艺术上说固然奇巧惊险，但将仇虎置于特殊情景中使其精神性格前后截然相悖，意识错乱，复仇意志丧失，于情于理都失去了合理性、真实性。作家通过作品对理想人物的追求，对完美而理想的道德观念、精神品格的追求，也就失去了生活的基础。观众没有从仇虎的“丑陋的人形中感受到他是美的”；相反，仇虎的狡黠、鲁莽、绝望如同“恐怖的困兽”，给观众留下的是惊愕与迷惑，作家希望人们对仇虎的“高贵的同情”便无从谈起。《原野》的情与理的矛盾与对立，是由于作家缺少从生活中获得热情、力量和内心的要求，因而无法赋予他的人物以感人的生命力。

《原野》作为一部佳构剧，是曹禺戏剧艺术的一次成功的尝试。它的出现使曹禺的戏剧艺术形式更多样化，充分表现了作家在戏剧艺术方面的创造性才华。它大大丰富了中国现代戏剧艺术宝库。无论是在戏剧理论上，还是在戏剧技巧原则的运用上，都为我国戏剧艺术的发展，提供了珍贵的经验，值得深入一步研究和探讨。

原载《西北师大学报》（社会科学版）1993 年第 2 期，第 76—83 页

曹禺与斯格里勃和奥尼尔

——再论《原野》是一部佳构剧

李树凯

“《雷雨》是内行人的制作。”这是戏剧家李健吾先生评《雷雨》时说的第一句话。① 李健吾先生作为曹禺的同窗好友，非常了解曹禺，一语道出了曹禺写戏的优越条件——他是懂得戏剧艺术的“内行人”。

曹禺的戏剧崇尚技巧，在艺术上融中西戏剧于一炉。曹禺每写一部戏，从《雷雨》到《原野》，在艺术的总体构思上都是深思熟虑的，做到了“极意匠惨淡之致”。

《原野》在艺术上受到欧美戏剧艺术的影响，尤以佳构剧的影响最大，成为我国现代戏剧的一部优秀的佳构剧剧作。② 这里对《原野》的艺术表现再做些探讨，进一步说明其佳构剧的艺术特征，并就曹禺戏剧创作第一个高潮期的艺术经验，作些尝试性总结。

《原野》的“计谋成分”

中外戏剧家、戏剧理论家，都非常重视戏剧的结构艺术，把它放在十分重要的地位。戏剧大师们的艺术实践，创造出许多典范性作品。他们的戏剧艺术形成的基本原则，包括结构艺术原则，成为戏剧创作的宝贵经验。

曹禺重视借鉴中外戏剧艺术的创造性成果。他的戏剧作品在借鉴和运用各种戏剧形式的艺术技巧方面，取得了很高成就，并不断有新的开拓。曹禺多次谈到《雷雨》《日出》《北京人》等作品中，学习和借鉴前辈戏剧大师的情况。在他的谈话中，谈得最多的是关于戏剧结构艺术方面的问题。

一部优秀的剧作，情节布局是至关重要的。戏剧的情节结构高度紧凑而集中，常把几年几十年发生的事，在短短的几天或一天的时间里表现出来；戏剧的情节和布局，是戏剧家精心构思设计的，为了塑造人物、刻划性格，作家只能摘取漫长人生中最能显示人物思想性格的几许片断，这些人生片断，往往是被夸大了的、错综复杂的矛盾与冲突的交汇点，而且颇富机趣和情趣；在狭小的舞台空间里，作家需要把表现的思想、性格、信念、意志、道德、欲念等等，浓缩至极限，在咫尺舞台上让它们不断爆发出猛烈相击而成的火花。

尽管剧中描写的一切情节细节，都经过了作家的精心选择和设计，高度集中和概括，但仍然可以清晰地显示出事物发展的规律，及其完整的结构形态。在这完整而明晰的社

① 李健吾：《李健吾创作评论集》，458 页。
② 见拙著：《〈原野〉是一部佳构剧》，《西北师大学报》1993.2；另见人大复印资料《戏剧研究》1993.5。

会人生态势里，表现长期积淀下来的、复杂的各种思想、意志、力量的对抗、制衡和变化。在戏剧结束时，人们看到的是可以预见的、或令人惊愕的场面。

曹禺对戏剧结构艺术的思考与用力，为的是“重机趣”。他善于运用各种戏剧形式的结构技巧。巧布情节，突现机趣，从而最充分地表现自己的梦幻和意图。《原野》结构艺术的成就，与《雷雨》《日出》一样，表现出戏剧家曹禺的杰出的艺术才华。《原野》作为一部佳构剧，在戏剧结构上具备了“必需场面”这一基本特征。指出这一点非常必要，对理解佳构剧的整个戏剧进程是不可缺少的，它体现了佳构剧在结构艺术上的全部价值。本文着重谈的是《原野》作为佳构剧在结构上的另一特征：工整和精巧。

任何一部结构严谨的戏剧，都准确地表现出事物发展的内在规律。而且，事物的矛盾和冲突在被高度集中、激化、夸张了的戏剧这种文学形式中。其发展变化更为剧烈而急速。但无论怎样急速而剧烈，事物发展变化的阶段性是明显的。

当佳构剧风靡欧洲时，19 世纪德国著名戏剧理论家弗莱塔克（1816 年—1895 年），从技巧角度阐述了戏剧结构的基本原则。他在《戏剧技巧》一书中，对戏剧的内部构成提出“五部三点”的理论，确立了戏剧情节发展不同阶段的三个“戏剧的要因”。这是剧情发展变化的阶段性，是剧情导入、衔接、变动所不可缺少的。弗莱塔克关于戏剧结构艺术的理论，无疑在使戏剧结构更为工整和精巧方面有指导作用，是对戏剧结构理论的一大贡献。

《原野》作为一部佳构剧，结构工整而精巧。

《原野》把焦仇两家两代人在十年间的恩仇爱恨，凝聚在短暂的时空里，通过仇虎的报仇雪恨行为，了结了两家的刻骨冤仇，演出一场焦仇两家无一幸存的悲剧。描写仇虎“报杀父之仇，雪夺妻之恨”的整个过程，无论从事件本身，或从仇虎的心灵历程看，《原野》剧情变换的三个“戏剧的要因”（时点），清晰可辨。

序幕里，仇虎悄悄地回来，与花金子住在一起，已经十天了。第一幕开始，焦母已隐隐约约感到“猛虎临门，家有凶神”。她绷紧了神经，时刻提防着仇虎报仇杀人。为了证实仇虎是否进了家门，焦母煞费心计，让常五去花金子屋里查看；她与花金子假意周旋，想从金子的嘴里套出虚实；她把白傻子当眼线，要亲手捉住仇虎。当焦母确信“老虎回来了”之后，冲突激化，剧情加速发展。这里是戏剧情节发展的第一个时点所在，即剧情发展的变动要因。接着一场精神的、肉体的、力量的对抗与搏斗开始了。

《原野》剧情发展的第二个时点，是在仇虎手刃焦大星、并借焦母之手打杀小黑子。这是仇虎含恨十年，时刻盼望的报仇雪恨的日子，焦家也满门灭绝了！这时的焦母因痛失儿子和孙子，已经疯狂了，她决心追杀仇虎，不管他走到哪里。剧情发展到此，戏剧的悲剧要因已经具备，一场不可避免的、可预见的场面就要出现了。

《原野》剧情发展的第三个时点，是在仇虎领着花金子逃入黑林子之后。他们在迷茫的黑夜中左冲右突，无法冲出严密的被捕杀的包围，体力已消耗殆尽，更无力摆脱巨大的心理压力。剧情的发展已将主人公仇虎引导到末路，也是戏剧结束前的紧张要因。仇虎把花金子推下路基，看着她逃走，然后将匕首刺向心窝，观众在惊愕中看见仇虎的尸身倒下去的必然场景。

《原野》的故事情节按照事物发展变化的诸多因素，一丝不苟地完成它的全部进程。戏剧情节发展的清晰的阶段性，不同发展阶段的变化要因，使观众犹如亲历了事件全过程，体察了人物心灵的全部活动。《原野》在结构上的这种工整，是其技巧尚达的所在。

另外，“计谋成分”是佳构剧情节设计必不可少的，它使戏剧在结构上精巧而富有吸引力。法国著名佳构剧剧作家斯格里勃和萨度的戏剧，常被人称为“计谋戏剧”。由此可见“计谋成分”在佳构剧中占的地位。斯氏和萨氏在戏剧创作中，都精于设计和运用“阴谋诡计”，并把一个个小小的计谋嵌入情节之中。在剧中哪怕是一个小小的计谋，也会使戏剧情节腾挪跌宕极富机趣。“计谋成分”往往使剧情发展出现一些意想不到的场面，产生极好的舞台效果，增强戏剧的艺术魅力。佳构剧的这种技巧原则，丰富了戏剧的表现手法，它的影响是深远的，易卜生等许多伟大戏剧家都受到它的影响。1936 年，曹禺在国立戏剧学校教书时，为了让学生体验舞台经验，训练学生“有舞台感”，改编了承袭佳构剧传统的法国喜剧作家腊比希的《迷眼的沙子》为独幕剧《镀金》，供学生演出。《镀金》里的马太太就玩了小小的计谋，使演出产生浓郁兴味。

曹禺在《原野》中嵌入了“计谋成分”。剧中焦母的全部行动，就是费尽心机对付仇虎，保护焦家的子孙。自十年前焦仇两家结下冤仇之后，焦母心里非常清楚，仇家并未满门灭绝，冤仇并未了结，仇虎还在，总有一天仇虎或仇家子孙会来报仇。焦母了解儿子焦大星生性懦弱，又受老婆的挟制，不堪大任，于是她自己便毅然挑起了保护焦家子孙的重担，在某一天与仇家的子孙格斗。她年近花甲、双目失明，然而她时刻保持警觉，并以铁杖为武器，片刻不离手。

八年后，仇虎果然回来了。焦母等了八年，她那时刻绷紧的神经，绷得更紧了。当她确信仇虎已经进了焦家大门时候起，便开始精心设计捕杀仇虎、除掉威胁焦家生存的祸根的种种计谋，一计不成再生一计：她以常五、白傻子为眼线，想亲手捉拿仇虎；她与仇虎虚与周旋，想举起铁杖突然袭击打死他；她与仇虎假意应对，等待侦缉队来捕杀仇虎；她挑动儿子大星的仇恨心理，杀死仇虎；她趁仇虎不备，疯狂地喊着“打死不偿命”，冲进仇虎屋里，举起铁杖狠狠地向仇虎的床上打下去！焦母捕杀仇虎的一个个计谋，都是为了了却她近十年的心愿，保住焦阎王的后代子孙。

在仇虎的复仇故事里，也不乏计谋。当仇虎知道了焦家母子合谋捕杀他时，便决心杀大星。在手刃大星的时候，仇虎“要一网打尽，一个不留”。他让花金子把小黑子放在自己的床上，这是仇虎的“成心安排”，他要除掉焦家的“根”。仇虎摸透了焦母的心思，她以为仇虎对侦缉队来捕杀的事一无所知，会依然躺在床上，她好冲进去亲自打杀他。但焦母万万没有想到她的孙子惨死在自己的铁杖下。仇虎的“成心安排”，一石二鸟，不仅灭绝了焦家，还逼疯了焦母。

作家精心构想的计谋，使剧情曲折离奇，紧紧牵动着观众的心，令他们兴奋、惊骇、倾倒。“计谋成分”产生的意想不到的戏剧效果，给观众以长久的回味。

《原野》的幻象世界

“当我们力图获得一种充分评价特定戏剧艺术作品的基础时，显然需要考虑一下可以

称之为戏剧技巧的东西，这种技巧包括剧作家用来表达自己思想的一切手段。”①文学艺术的发展告诉我们，文学艺术家在创作时总要千方百计地运用所能运用的技巧技法，凸现他们要表达的思想感情。因而，技巧技法也就成为文学家艺术家毕生思考、磨练的重要方面。鲁迅就是一位崇尚写作技巧的伟大作家。“技巧的尚达”是他勉励别人，也是他一生所刻意追求的。

戏剧技巧就是戏剧作家处理剧情和性格的方法。

由于剧作家们所处时代、地域和民族的不同，他们特有的生活、信仰、观念、习俗、文化心理，以及政治、经济、社会、科学技术的发展状况的歧异，他们处理剧情和性格的方法，也有区别和变化。戏剧技巧的创造、发展和变化，构成戏剧技巧的发展史。

戏剧技巧的创造、发展和取得的高超成就，是一代代戏剧家艰苦追求、刻意创新的结果。每位戏剧家对前人创造的技巧技法，总是竭力吸收、借鉴、融合，使之成为表现自己的思想和意图的有效的手段。那种脱离表达思想意图和塑造性格的实际需要，只是玩弄技巧的作法，对戏剧艺术的发展毫无益处。

随着精神分析学、非理性的神秘主义等学说出现，文学艺术由外向型的表现，转为再现人的精神意识的冲动的内心世界，成为风靡世界的现代文艺思潮。它给文学艺术展现人的心灵奥秘以非常有效的手段。为了充分表露心灵世界深层次的内涵，作家艺术家们多运用能从内部透视人的精神的紊乱、痛苦、困难、喜悦，以及无意识下产生的行为动作的技巧与手法，如描写超自然现象的幻象世界。于是，潜意识、意识紊乱、梦幻、本能冲动，等等，成为作家艺术家对人的生命的原生状态、性冲动与神秘意念的关注和表现的对象。这固然能最大限度地展现人的精神性格的复杂性和多变性，但也势必贬抑人的精神、意志、理性在人类社会生活中的主导作用，进而使人成为缺乏或丧失理性和意志的，屈服于欲念、潜意识和神秘力量的人。

诚然，揭示人的心灵奥秘，是文学艺术的职责。人类社会需要作家艺术家，借助文学艺术创作，审美人生，表现心灵深处的真善美。一个具有深邃思想的天才作家，也一定是深入到人的内心深处的、探其奥秘的作家。“显示灵魂的深者，每要被人看作心理学家”②，是一点不错的。其实，文学艺术表露人的心灵世界，揭示人的心灵秘密的表现方法，自古有之。古往今来的戏剧家，展现人的心灵时较多采用的是写人的幻象世界和内心独白的方法。

描写人的幻觉造成的幻象世界等超自然现象，是为了造成特定情境、心理氛围去塑造人物，以便更准确、更深刻地完成文学艺术分析现实的使命。古代许多著名戏剧作品中将天堂、地狱、鬼神等超自然现象表现于舞台，演出一场人、鬼、神的故事。然而那是以特定的时代和读者与观众的信念为转移的，即使是这类作品也只是为着唤起某种悲剧情绪，从而表现人们反抗的、正义的、崇高的精神愿望。鲁迅曾以精美的文字记述了目莲戏《女

① （英）阿·柯尼尔：《西欧戏剧理论》，83页。

② 鲁迅：《〈穷人〉小引》。

吊》。他说，在《女吊》里“创造了一个带复仇性的，比一切鬼魂更美、更强的鬼魂”。他描述说，在悲凉的喇叭声中，女吊出场了，其装扮、台步、悲哀的声音，造成一种严肃、紧张的氛围，表现被压迫者的反抗复仇精神。而观众则是连字都不认识的“愚民”，他们在冤魂厉鬼面前虽无恐惧、但却是敬畏的，因为那是相信、敬畏鬼神的时代。鲁迅的话，阐明了文学艺术描写超自然现象的认识问题和处理剧情、塑造人物的基本原则。

曹禺谙熟各种戏剧艺术形式的技巧技法，懂得它们的功能和效用。在《原野》中，作家为了追求不同的艺术功能和效果，采用了两种截然不同的戏剧艺术技法。在戏的前半部，即序幕和前两幕中，采用佳构剧的技巧原则，表现主人公仇虎的复仇意志和复仇精种，在戏的后半部，即在第三幕的五场戏中，采用的则是表现主义的技巧原则，着力描写仇虎的幻觉世界，通过种种幻象的闪现，揭示仇虎心灵深层次的意识活动和情感变化，以表现仇虎全家异常凄惨的遭遇和仇虎的善良天性以及他在复仇后的内心不安。两种迥然不同的艺术技巧用在同一作品中，造成不同艺术风格的共存。

关于《原野》的艺术技巧，人们谈得比较多的，是第三幕中对超自然的幻象世界的描写。

在第三幕的五场戏里，仇虎和花金子被置于特殊的情境。林子里黑幽幽的，天空不见星光，杂草、树根、乱石间充满神秘和恐怖，整个林子如地狱一般。理论家认为，“一切作品都是作家的梦幻及意图的反映”。戏剧家曹禺把《原野》的主人公置于这一特殊情景之中，要表现的意图是什么呢？作家曹禺说：仇虎“是美的，值得人的高贵同情的。他代表一种被重重的压迫的真人，在林子中重演他所遭受的不公”。这无疑是作家写第三幕的真实意图，赞美他的主人公仇虎。

为此，《原野》第三幕一开始，仇虎便从一个怀着强烈复仇意志、报仇雪恨的铮铮铁汉，变成一个精神错乱、性格变异的人，眼前闪现的可怕的种种幻象，使他渐渐失去理性，惊惧、悔恨、恐怖交相袭击着他的心，其外形“更象个野人”。作家用种种手法，描写仇虎亦真亦幻的精神世界，显现他潜意识中无法泯却的生活和长期被压抑的痛苦感情，进而表现他复仇的正义性和他的善良与真人形象。总之，作家通过仇虎精神迷乱而产生的幻象，重现他和全家的遭遇和苦难，被掠夺、被残害的惨象；通过仇虎眼前不断变换的幻象，将地狱、鬼卒、冤魂显示于舞台，把仇虎长期郁结在心中的冤仇、不平、愤恨喷发出来，抨击社会的不公，诉说自己的冤屈；更重要的是作家要通过仇虎的精神迷乱，面对眼前的幻象，以独白方式将仇虎意识深处的“我无罪”表白于人间。

将天堂地狱、鬼卒冤魂、天神地祇表现于舞台，在中外著名剧作中是屡见不鲜的。然而，把这些东西显现于舞台，即使是人们普遍相信其存在的时代，这种手段运用得成功与否，也与作家审美观念的性质和品质、艺术构思和技巧原则运用得是否合理、巧妙有直接关系。

《原野》第三幕第四景，是在黎明前最黑暗时刻演出的。仇虎和金子不辨方向，不知走向何处。远处的敲断人神经的鼓声虽听不见了，然而焦母那惨伤、嘶哑、怪异的呼唤声——“快回来，我的黑子”，狗蛋那低沉、令人悚然的歌吟——“初一十五庙门开，牛头马

面两边排”“阎王老爷当中坐，一阵阴风哟吹了个女鬼来”，却阵阵飘来。这时出现在舞台上的，是阎罗、判官、鬼卒，是仇荣父女的阴魂、焦阎王的阴魂，接着演出的是他们在阎王面前对簿公堂的戏。仇虎面前闪现的这些幻觉形象，无非是仇虎申诉冤屈，争个是非公道的潜意识的具象化：“我仇虎生来是个明白人，死也做个明白鬼。要我今天死了，我死了见了五殿阎罗，我也得问个清楚，……打到阎罗宝殿，我也得跟焦家一门大小算个明白。”当然，仇虎没能问个清楚、算个明白。当他对天理、公道绝望之后，才醒悟了：“不相信天，不相信地，就相信弟兄们要一块跟他们拼，准能活，一个人拼就会死。”

这场戏要表达的思想和意图是明确的，但这场戏的艺术构思和技巧运用，不能不说是有缺陷的。这就是作家把仇虎的幻觉世界描写，完全实体化了。在中国古典戏剧中，这类实体化的描写比较多，如李慧娘显身报仇，包公通地府，等等。在人们普遍相信鬼神存在的时代，这样做是无可非议的。

然而，文学艺术的重要使命，在于分析现实人生。无论作家采用何种艺术手法对现实进行分析和表现，尤其是用描写超自然现象的手法对现实进行分析，完全实体化的描写都是不可取的。莎士比亚的戏剧作品中，也描写人的幻象世界，把鬼魂表现于舞台，以揭示人物内心的复杂而矛盾的变化，达到推动情节的发展与刻划人物性格的目的。但他不用实体化的描写，不把幻象世界作为一个完整的事件进程或一个具象化的人物，硬塞给观众，相反，莎士比亚用的是“暗示的方法”，即通过朦胧的幻象，把人物与鬼魂之间产生某种联系，使剧中人物获得思想上的一种暗示。观众通过这种暗示，了解和体验剧中人复杂的内心活动，及其情绪的萌动与变化。人称莎士比亚为“暗示大师”，正是这个道理。

《原野》中把地狱鬼魂的世界，生硬地展示给观众，这种实体化的而非暗示的手法，不能让观众产生激情，得到深切的感情体验，只能使他们产生思想上的迷惑。凡不能给读者和观众以深切情感体验的对现实进行分析和表现的艺术方法，当然也就缺乏艺术的感染力。

《原野》与斯格里勃和奥尼尔

《原野》受到斯格里勃和奥尼尔两位戏剧家的很大影响。

斯格里勃（1791 年—1861 年）作为 19 世纪法国佳构剧剧作家与 20 世纪美国表现主义戏剧家奥尼尔，截然不同。斯格里勃善于以情节布局的变幻莫测、技巧的绝妙，赢得广大观众。“对于观众，你要投其所好”，这是他的信条。小仲马评价斯格里勃说：“他是一个第一流的魔术师——一个了不起的变戏法的人。他给你带来的情境就象是变戏法人手中的那个球，在两幕、三幕或五幕中，把球抛来抛去，有时令人流泪，有时令人发笑，有时又令人恐惧，直到收场。”[①]重情节、重机趣、重技巧而轻思想、轻性格，是斯格里勃佳构剧作品的显著特征。奥尼尔作为表现主义戏剧大师，对戏剧技巧的构想和运用，是按他要表现的主观意念而定的。他的做法是把人的潜意识戏剧化。“他对双重人格的问题感兴趣；他试图通

① 转引自（英）阿·柯尼尔《西欧戏剧理论》，76—77 页。

过‘肉体的人’来表现他所感兴趣的‘潜意识的人’。”①

《原野》是佳构剧和表现主义戏剧两种戏剧思想与艺术技巧原则的糅合。

戏剧家曹禺为满足中国戏剧观众的审美情趣和审美习惯，把长期萦绕在心头的佳构剧对他的吸引，付诸创作实践，写了《原野》。《原野》中为读者和观众生动地讲述了仇虎“报杀父之仇，雪夺妻之恨”的离奇故事。但作家为了使他的故事具有强烈的悲剧氛围，把主人公仇虎塑造成一个“值得人的高贵的同情”的悲剧形象，在剧本的第三幕，用表现主义手法对仇虎的潜意识活动，做了深层次处理。《原野》把两种不同的戏剧技巧结合在一起，为表达作家的主观意图和塑造人物性格，提供了有效手段，是值得重视的。

《原野》的佳构剧的特点，已作过分析。下面谈谈表现主义的艺术技巧原则在《原野》中的具体运用。

仇虎怀着深仇大恨和强烈复仇意志刚刚实现了复仇愿望之后，突然跌入了一种奇特的情景之中。整个原野阴森恐怖，令人毛骨悚然，枪声、鼓声、凄惨而怪异的喊冤声和鬼火似的红灯，锐利地刺激着仇虎的神经；血淋淋的焦大星、他死前怪异的笑和他痛苦的叹息——“好黑！好黑！好黑的世界！”都重现在仇虎眼前；面前的许多幻象，使仇虎精神崩溃，渐渐失去了坚强的自觉意志。精神的崩溃，意志的丧失，情绪的沮丧，把仇虎十年的“报仇雪恨”意识淡化了。恐惧、不安的心理，惶惑、狂躁的情绪，痛苦、悔恨的、无法自我控制的辩白，使仇虎变为一个由潜意识支配的人。

然而，在作家的笔下仇虎的身心好像都得到了净化，其装束、外形、神态，都与充蓄着旺盛生命力的森林和神秘而恐惧的秋夜“异常和调”：仇虎的衣服撕成了条，破布束着受伤的手腕，“粗大的臂膊如同两条铁的柱，魁伟的背微微地伛偻，后脑勺成直角像个猿人”。作家认为，仇虎作为“肉体的人”，让人“寻不出他一丝的‘丑’，反之，逐渐发现他是美的”，一种有着原始的、求生力量和真情的美。仇虎原先的那种狡黠、凶狠、机诈，已经完全消失了。

仇虎那不可战胜的肉体的魁伟壮硕和精神的迷乱、惶惑、狂躁，构成了戏剧化的基础，奥尼尔表现主义的“将潜意识戏剧化”，就是先把主人公壮硕肉体的不可战胜，置于精神上的疯狂、丧失意志和力量的状态，而后让他毫无作为地走向失败或灭亡。曹禺在《原野》中运用表现主义手法，与奥尼尔有所不同。曹禺的“将潜意识戏剧化”，意图在于深入发掘仇虎意识深处潜藏着的善良天性和美的心灵，以及这种善与美的被毁灭。

潜意识支配下的仇虎，他的癫狂与清醒、惊恐与沉静、绝望与求生的复杂精神状态和矛盾而对立的多重性格，伴随着面前的幻觉形象——现之于舞台。此时的仇虎，心颤栗了，发自内心的独白是矛盾而痛苦的，交织着血泪、仇恨、不幸与磨难。这些对人物性格、心理特征的刻划向深处开掘，确实更进了一层。其次，仇虎精神的迷乱和痛苦，对花金子造成强烈震撼，使她同样处于惊恐、疑惑、挣扎之中。然而，花金子并未失去理智，每当仇虎在幻觉困扰下失去仇恨和复仇意志时，是花金子以明白的理性，把仇虎从迷惘中唤醒，

① （美）约翰·劳逊《戏剧与电影的创作理论与技巧》，170页。

给他复仇的勇气和力量。这种将潜意识戏剧化的技巧运用是成功的。

问题是作家曹禺预期的创作意图，完全没有达到。作家运用将潜意识戏剧化的手段，本意是要显示仇虎的善与美，及其真人形象。然而在精神迷惘和崩溃下，淡化了仇虎的深仇大恨，更重要的是把仇虎的"报杀父之仇，雪夺妻之恨"的正义行为，置于了鲁莽灭裂、自我否定的狂暴行动之中，使观众对仇虎的报仇雪恨，产生了非正义性的误解。作家着力塑造的仇虎，也从一个受害者、反抗者、复仇者，变成一个盲目而脆弱的、无理性的走投无路的人。作家对仇虎善而美的真人形象的描写，受到了损伤，祈愿观众对仇虎的高贵的同情，便无从谈起。事实是，将潜意识戏剧化的表现主义技巧，破坏了《原野》的思想、人物和艺术的整体性，造成观众理解的歧义，作品所产生的令人震惊的戏剧效果，给观众的感受是更大的迷惘。表现主义戏剧，带有作家浓重的主观意志特点，把人物置于非理性的精神状态，而后去寻求和捕捉作家主观意志所需要的东西，正是《原野》及其主人公仇虎受到一些非议的原因。

原载《甘肃社会科学》1995 年第 4 期

《原野》中的宗教观念

张耀杰

提　要：中国传统文化中有关天、地、鬼、神的宗教性观念，在《原野》中积淀下来，凝聚为人物心目中一座化解不开的“心狱”。“心狱”的外在化，则是为“原野”上的“黑林子”所象征并由焦阎王的阴魂所代表的一个天罗地网。正是这个天罗地网，封闭和隔断了仇虎和花金子走向天边外的“黄金铺地的地方”的通道，使得仇虎只能以自裁的方式来完成自己的悲剧性人格。

关键词：天地　鬼神　心狱　天罗地网

曹禺的《原野》是中国现代戏剧史上引起分歧最大、争议最多的一部作品，也是中国现代戏剧史上最为成功、最具艺术魅力的一部作品。作为笔者正在写作之中的《别一种眼光看曹禺》一书的一个章节，本文打算以剧中的宗教观念为切入点，对该剧的主题内涵进行一番解读。

一、《原野》中的天地鬼神

在中国宗法制社会的文化传统和宗教传统中，“天”和“地”都是有灵性的观念论存在，而且至高至上法力无边。“天”被人们尊奉为“玉皇大帝”或“老天爷”，掌管着人间的兴与衰、分与合的大趋势并主宰着每个人悲欢离合、生老病死的命运。“地”被人们敬奉为“地藏王”或“阎王爷”，掌管着人的另一重世界——阴间，对人们进行赏功罚罪奖善惩恶的最后审判。一个人死后或得道升天，或打人地狱的灵魂归宿，就取决于“阎王爷”的最后审判。而在天地之间、人世之外的无形之中，则存在着解脱了肉体的负担的神仙和鬼魂。它们既可以上天入地，又可以随时随缘地向人世间传达“天意”。天、地、鬼、神合在一处，形成了一个完整的宗教性体系，犹如一张天罗地网，笼罩着整个的人世间。为了行文的方便，本文把它简称为“天地鬼神”。

在古老中国代代相传的文化传统和宗教传统中，另有一个根深蒂固的观念，叫做“人命关天”。既然“人命关天”，那么，欠下了血债的人们，只有通过向宗教性的天地鬼神祈祷忏悔，才有可能得到庇护、逃脱惩罚；而要讨还血债的受害者也大多凭藉着天地鬼神的名义来行使其复仇的权利。不用说，这两种人都属于伟大导师所说的“还没有获得自己”①的

① 马克思：《黑格尔法哲学批判·导言》，见《马克思恩格斯选集》第1卷第1页至第5页，人民出版社1972年1月出版。

“缺乏自我规定的意志”①的同一类型。

《原野》一剧中的出场人物仇虎、焦母、花金子、焦大星、常五和白傻子，无一例外地归属于“还没有获得自己”的“缺乏自我规定的意志”的同一类型。对这种“还没有获得自己”的“缺乏自我规定的意志”的人物的最好的写照，无过于剧中花金子的如下一段台词：

> 虎子，你走这一条路不是人逼的么？我走这条路，不也是人逼的么？谁叫你杀了人，不是阎王逼你杀的么？谁叫我跟着你走，不也是阎王逼我做的么？我以前没有想嫁焦家，你以前也没有想害焦家，我们是一对可怜虫，谁也不能做了自己的主，我们现在就是都错了，叫老天爷替我们想一想，难道这些事都得由我们担待么？②

在“缺乏自我规定的意志”的焦母一方，因为焦阎王 8 年前活埋了仇虎的父亲，卖掉了仇虎的妹妹，此前也许还干过更多的杀人越货的勾当，焦母便颇为虔诚地“念了九年《大悲咒》，烧了十年的往生钱”，希望着藉此来求得“大慈大悲观世音”的宽恕，以保佑焦阎王的在天之灵不被罚下地狱、焦家的子子孙孙不被天诛地灭。

在同样“缺乏自我规定的意志”的仇虎一方，也同样是凭藉着天地鬼神的名义，来实施以血还血、以牙还牙的报复行动。他那 15 岁就被焦阎王卖到妓院，遭蹂躏遭折磨以至于上吊自杀的妹妹的冤魂，是仇虎实施复仇计划的第一筹码。“……初一十五庙门开，牛头马面两边排。……殿前的判官呀掌着生死的簿……青脸的小鬼哟，手拿拘魂的牌。……阎王老爷哟当中坐，一阵哪阴风哟，吹了个女鬼来……”这曲被仇虎反复吟唱的《妓女告状》，为复仇的仇虎注入了决定性的精神力量。

第二幕中，当“缺乏自我规定的意志”的仇虎下决心要杀死“阎王的儿子”焦大星时，他又搬出了实施复仇行动的第二筹码——他那被焦阎王活埋而死的老父亲仇荣。随着一句“爹呵，你要帮我”的望天乞灵，仇虎把匕首插进了正在醉梦中的焦大星的胸膛，结束了这个善良而软弱的男人的生命。

在仇虎凭藉着宗教性的天地鬼神的名义对焦家进行复仇的同时，焦母也凭着宗教性的天地鬼神的名义，来积极开展她的保种护家的斗争。仇虎还没有公开露面，瞎眼的焦母就从焦阎王的在天之灵那里得到了“猛虎临门，家有凶神”的神谕——

> 焦　母　（摸起锡箔，慢慢叠成元宝，一句一句地）我梦见你公公又活了——
>
> 焦花氏　公公——活了？
>
> 焦　母　（不慌不忙地）嗯，仿佛是他从远道回来，可是穿一件白孝衣，从上到下，满身都是血。
>
> 焦花氏　（不安地）血？
>
> 焦　母　嗯，血！他看见小黑子，一句话也不说，抱起来就不放手，眼泪不住

① 恩格斯：《反杜林论》，见《马克思恩格斯选集》第 3 卷第 134 页。

② 曹禺：《原野》。本文所引用《原野》一剧中的原文，均出自河北花山文艺出版社，1996 年 7 月出版，由田本相、刘一军主编的《曹禺全集》第 1 卷，不另行加注。

地往下流。

焦花氏　哦。

焦　母　我向前去劝，刚一叫他，忽然他变了个老虎，野老虎——

为了保种护家的神圣使命，即使是已被注定了在劫难逃的命运，焦母也要垂死挣扎。她从小庙的活神仙手中求来“肚子上贴着素黄纸的咒文，写有金子的生辰八字，心口有朱红的鬼符，上面已扎进七口钢针”的木人，企图凭藉着天地鬼神的咒符来置花金子于死地。她还假借仇荣的“魂”来劝说仇虎放弃复仇以“保下你们仇家后代根”。然而焦母弄巧成拙，想要用手中的铁杖亲手杀死仇虎却偏偏杀死了自己的孙子小黑子。终于遭受了仇虎的报复和天地鬼神的罚罪的焦母，又反过来凭藉着天地鬼神的名义，启动了对于仇虎的复仇和罚罪：“你的心太狠了，虎子，天不容你呀！”

至此，报了两代血仇的仇虎，又反过来成了要遭受焦母的寻仇和天地鬼神的罚罪的有罪之人。到了第三幕中，仇虎和焦母两个死对头，更是神使鬼差般走进了怎么兜圈子也走不出去的“黑林子”，在这个仿佛是天地鬼神布置下的神秘的天罗地网里，一个用匕首结束了自己的生命，一个最终归于迷失和消亡。

二、《原野》中的“黑林子”

在《雷雨》中，存在着一个为“雷雨”所象征的主使“天地间的残忍”的“主宰”，它是一个超现实的观念论的存在，主宰和操纵着剧中每一个人物的命运，犹如一张天罗地网，把剧中的周朴园、周蘩漪、鲁侍萍、周萍、周冲、鲁贵和四凤网罗在周公馆之中施以清洗和罚罪，并封闭了他们通往天边外的“真真干净、快乐”“没有争执、没有虚伪、没有不平等”的更高一重的观念论世界的一切出路。

在《日出》中，则存在着一个为金八所代表的“损不足以奉有余”的“人之道”，它同样是一个超现实的观念论的存在，同样像是一个天罗地网，主宰和操纵着剧中每一个出场人物的命运，把剧中所有的出场人物无一例外地网罗起来，堵死了他们通往外部世界和未来社会的一切出路。按照剧作者本人的解释，“如若中间有一点我们所谓的‘结构’，那‘结构’的联系正是那个基本观念，即第一段引文内‘人之道，损不足以奉有余’。所谓‘结构的统一’也就藏在这一句话里”①。

在《日出》里，与观念论的“人之道”相对应，也存在着一个第二重的观念论的世界和观念论的结构，那就是被悬置在天边外的“损有余而补不足”的“天之道”，也就是被推到幕后的满天大红的“日出”和拥有光明与生机的“劳作的人们”所象征所代表的“天之道”。由于观念的“损不足以奉有余”的“人之道”犹如天罗地网一般网罗住了剧中所有的出场人物，这些人物就只好与天边外的“损有余而补不足”的“天之道”连同满天大红的“日出”和拥有光明与生机的“劳作的人们”相绝缘——可望而不可企及地相绝缘。

到了《原野》一剧，剧作者同样设置了一个超现实的观念论的天罗地网。它就是剧中

① 曹禺：《日出》，引自田本相、刘一军主编《曹禺全集》第5卷第33页。

为“原野”上的“黑林子”所象征、又为焦阎王的阴魂所代表的、由宗教性的天地鬼神所合成的那么个神秘世界。需要特别予以指明的是,《原野》中那个神秘的天罗地网是个双重的存在,它并不单单超现实地凌驾于人世之上,更存在于剧中人物的心目之中。在这双重的天罗地网的网罗和封闭之下,仇虎和花金子在“原野”上的“黑林子”里兜了大半夜的圈子,始终没有能够找到通往天边外的“黄金铺地的地方”的唯一出路——铺在“黑林子”边缘地带的两条铁轨。

对于《原野》一剧中存在着的那个为“原野”上的“黑林子”所象征、又为焦阎王的阴魂所代表的神秘的天罗地网,朱栋霖先生曾经颇为高明地采用“心狱”和“地狱”这两个形象化的概念来予以说明——“这‘地狱’里的魔鬼是什么?导致仇虎失败的悲剧性根源何在?”“这一切似乎隐藏在仇虎身上,而造成愚昧、迷信,控制这一切的则是封建统治势力,这就是仇虎悲剧性内心冲突的本质。”①

实际上,朱栋霖先生关于“心狱”和“地狱”的理解,还不是那么确切,甚至有庸俗社会学之嫌。因为那宗教性的天地鬼神,无非是人的心灵的外在化,也就是马克思《黑格尔法哲学批判·导言》中所说的“颠倒了的世界观”和“颠倒了的世界”,或者说是“那些还没有获得自己或是再度丧失了自己的人的自我意识和自我感觉”②。《原野》一剧由宗教性的天地鬼神所合成的那个神秘的天罗地网,并不是“似乎隐藏在仇虎本身”,而是“还没有获得自己”的仇虎确确实实的“自我意识和自我感觉”。更进一步说,“人就是人的世界”③,无论仇虎如何地出了格越了轨,他都与焦阎王和焦母一样,并不失为“造成愚昧、迷信”的“封建统治势力”的一分子,尽管“封建统治势力”确确实实是“造成愚昧、迷信”并“控制这一切”的罪魁祸首。

更贴近了说,古老中国几千年的传统文化中,宗教性的天地鬼神的观念世代相传,以至于在那些“还没有获得自己”的“缺乏自我规定的意志”的人们的心目中积淀下来,凝定成为一个化解不开的“心狱”,这“心狱”的外在化所化成的,就是那个由天地鬼神所合成的任你怎么冲刺都走不出去的超现实的神秘世界。

《原野》中为“原野”上的“黑林子”所象征又为焦阎王的阴魂所代表的那个神秘的世界就是如此,这也就是朱栋霖先生所说的与“心狱”相对而称的“地狱”的实质。对于《原野》中所设置的那个由天地鬼神所合成的双重性的天罗地网,我们甚至可以用“心灵”中的“黑林子”和“原野”上的“黑林子”这两个更为形象化的概念来称谓它。

在“原野”上的“黑林子”的天罗地网中,寻不到出路的仇虎由于“缺乏自我规定的意志”,便只能一遍又一遍地乞灵于网罗他于“黑林子”之中的宗教性的天地鬼神——

啊,天哪,我只杀了孩子的父亲,那是报我仇门两代的冤仇。我并没有害死

① 朱栋霖:《论〈原野〉》,中国社会科学院《文学评论丛刊》第23辑,1985年2月出版。

② 马克思:《黑格尔法哲学批判·导言》,见《马克思恩格斯选集》第1卷第1页至第5页,人民出版社1972年1月出版。

③ 马克思:《黑格尔法哲学批判·导言》,见《马克思恩格斯选集》第1卷第1页至第5页,人民出版社1972年1月出版。

孩子，叫孩子那么样死！我没有！天哪！黑子死的惨，是他奶奶动的手，不怪我，这不怪我！

同样是凭藉着宗教式的天地鬼神的名义，在“原野”上的“黑林子”中追逐寻仇的焦母所得出的结论，与仇虎的看法截然相反——

回来！我的孙孙！不是奶奶害的你！回来，我的孙孙，是那个心毒的虎子，老天不容的鬼害的你。回来，我的黑子！奶奶等着你，我的孙孙，你回来！

正是这段“老天不容”的诅咒，彻底摧垮了仇虎的心理平衡，致使他陷入“心灵”中的“黑林子”（“心狱”）里不能自拔。于精神崩溃之中，仇虎开始诅咒他心目中原本至高至上的“天”（“老天爷”）——

（暴声）金子，你求什么？你求什么？天，天，天，什么天？（暴躁地乱动着两手）没有，没有，没有！我恨这个天，我恨这个天。你别求它，叫你别求它！

这里的一连三个“没有”，所表现出的不是仇虎对于宗教性的“天”的否定，而是因得不到救助才表现出的对于宗教性的“天”的绝望。绝望之余，仇虎又掉转头乞灵于阴间的“黑脸的阎罗（地藏王）”，以期为自己讨来个公道——

小人仇虎身有两代似海的冤仇，前在阳世，上有老父年迈，下有弱妹幼小，都为杂种狠心的焦连长所害，死于非命。……小人两代似海的仇冤，千万请阎王老爷做主，阎王老爷做主。

从“地藏王”的最后的审判中，仇虎连讨个公道的愿望都没有能够实现，留给他的只有走投无路的尴尬。也只有到了这个时候，彻底绝望的仇虎才终于绕到了“心灵”中的“黑林子”（“心狱”）的边缘，觑破了宗教性的天堂和地狱、神灵和鬼魂的虚假——

好，好，阎王！阎王！原来就是你，就是你们！我们活着受尽了你们的苦，死了，你们还想出这么个地方来骗我们，想出这么个地方来骗我们！

然而，绕到了“心灵”中的“黑林子”（“心狱”）的边缘，觑破了宗教性的天地鬼神的虚假的仇虎，终于没有能够逃出“原野”上的“黑林子”（“地狱”）。因为仇虎已经“逃够了”，也因为焦母所勾结的侦缉队已经将他团团围住，而事实上，对于“缺乏自我规定的意志”的仇虎来说，要是没有“自我规定”意义上的人性的觉醒和人格的重构，是根本不可能彻底破除宗教性的天地鬼神的圈套，去找到真正的出路的。

难能可贵的是，剧作者采用让仇虎自裁而亡的方式，把“缺乏自我规定的意志”的仇虎所秉承的人性内涵，推演到了审美意义上的人格极致——

现在仇虎不相信天，不相信地，就相信弟兄们一块儿跟他们拼，准能活，一个人拼就会死，他们别怕势力，别怕难，告诉他们我们现在要拼得出去，有一天我们的子孙会起来的。

仇虎的这种人格完成，主要还是审美意义上的人格完成，因为他只是凭藉着野性之力突破了宗教性的天地鬼神在他心目中所凝定的“心狱”的束缚，而没有能够凭着“自我规定的意志”再前进一步，去寻求人性的解放和人格的重建。如果仇虎真正具备了“自我规定的意志”的话，他将会像路翎《云雀》一剧中的男主人公李立人那样，既承担起自己的责任又服膺于人类的解放，从而把自己的满腔仇恨转化到比单纯的复仇更富于现实意义也更富于建设性的社会化行为之中。[①]

“当旧制度还是有史以来就存在的世界权力，自由反而是个别人偶然产生的思想的时候，换句话，当旧制度本身还相信而且也应当相信自己的合理性的时候，它的历史是悲剧性的。”[②]据剧作者曹禺的介绍，“这个戏写的是民国初年北洋军阀混战初期，在农村里发生的一件事情。”在当时的农村，也正是处于“自由反而是个别人偶然产生的思想的时候”[③]。从马克思所说的历史的“悲剧性”的意义上看，《原野》的的确确是一部悲剧，一部并不怎么崇高却极其深刻的宗教性悲剧，它把批判和控诉的矛头，指向了封建宗法制宗教对于人们经济上和肉体上的掠夺和残杀，更指向了封建宗法制宗教对于人们情感上和精神上的愚弄和奴役。

归结了说，《原野》是一部表现野性的复仇和宗教的罚罪的超现实主义的悲剧，一部具有浓厚的宗教色彩的神秘剧。正是这部还称不上是严格意义上的现实主义的戏剧作品，极其深刻地发掘出了“缺乏自我规定的意志”的仇虎的人性内涵，同时向既在经济上、肉体上对人们进行掠杀和残杀，又在情感上精神上对人们进行愚弄和奴役的封建宗法制社会，提出了极其严正有力的控诉和抗议。也正因为如此，《原野》是曹禺全部剧作中最为成功也最具艺术魅力的一部作品，同时也不失为中国现代戏剧史上最为成功也最具艺术魅力的经典名著之一种。

原载《民族艺术》1997年第3期，第114—122页

---

① 路翎：《云雀》。中国戏剧史上迄今为止唯一的一部不折不扣的崇高悲剧，创作于1947年，同年6月由南京国立戏剧专科学校附属剧团首演。1986年收入《路翎剧作选》，由北京中国戏剧出版社出版。笔者在《〈云雀〉：独标一帜——关于现代戏剧的一种考察》一文中，曾对该剧进行过详尽的讨论，文载《中国现代文学研究丛刊》1994年第3期，北京作家出版社出版。

② 马克思：《黑格尔法哲学批判·导言》，见《马克思恩格斯选集》第一卷第1页至第5页，人民出版社1972年1月出版。

③ 转引自张葆莘《曹禺同志谈剧作》，《文艺报》1957年第2期。

《原野》的象征意义

邹　红

继《日出》之后，大约在1936年末到1937年初，曹禺创作了他的第三部多幕剧《原野》。动荡的时局转移了人们的注意力，《原野》和前两部剧作的命运不同，几乎没引起什么轰动。曹禺对这部生不逢时的《原野》，也不像当初《雷雨》《日出》发表之后，写出长篇的创作谈，来叙述该剧的创作动机和写作构想。由于种种原因，作者自己也冷落了他这第三部作品。直到1957年以后，他才在一些访问中片断地谈到《原野》，而对其主题的解释前后又有一些出入，从而使这部本来就不易理解的作品带上了更多的神秘色彩。

《原野》要表现什么？“原野”象征什么？这一直是曹禺研究者们感到困惑的问题。一般认为，《原野》叙述了一个复仇的故事，表现了旧中国农村农民与恶霸地主间的阶级矛盾，以及农民的反抗与觉醒。不论是批评《原野》还是肯定《原野》，大多立足于此。但在我看来，《原野》的意义并不在于展示旧中国农民遭受恶霸压迫、觉醒并起来反抗的过程，而在于对人的心灵世界的进一步揭示。当年写作《雷雨》时困扰曹禺的问题并没有因《雷雨》的完成而消失，它依然在困扰着曹禺，而且日甚一日。那种“蛮性的遗留”，对宇宙的神秘的憧憬，依然在《原野》中留有明显的痕迹。

一

我们不妨分析一下仇虎为什么走不出那片黑林子，黑林子对仇虎究竟意味着什么，这该是探讨《原野》象征意义的关键。

在《原野》开头，作者这样描写“原野”：

> 大地是沉郁的，生命藏在里面。泥土散着香，禾根在土地里暗暗滋长。巨树在黄昏里伸出乱发式的枝芽，秋蝉在上面有声无力地震动着翅翼。巨树有庞大的躯干，爬满年老而龟裂的木纹，矗立在莽莽的原野中，它象征着严肃、险恶、反抗与忧郁，仿佛是那被禁梏的普饶米修士，羁绊在石岩上。……

曹禺细致地描述了这棵巨树，赋予它特定的象征意义，比之为希腊神话中被缚的普罗米修斯。巨树显然是《原野》主人公仇虎的写照。仇虎一出场便“背倚巨树”，而他的形貌与巨树的形貌也有某种同一：粗犷、强健、不屈，还有丑陋。此外，如同普罗米修斯的巨树是一个被禁锢的对象，仇虎的脚踝上也带着沉重的铁镣。到了第三幕第五景中，巨树又出现了：

大地轻轻地呼吸着，巨树还是那样严肃险恶地矗立当中，仍是一个反抗的精灵。……

如同序幕时仇虎倚巨树出场一样，仇虎最后死在那株巨树之下。在巨树之下，他将匕首扎进自己的心口，也将铁镣远远掷出。如果巨树就是仇虎的话，那么，铁镣的对应物又是什么呢？会是原野吗？是什么禁锢了这株象征“严肃、险恶、反抗、忧郁”的巨树？是什么样的铁镣锁住了仇虎？

仇虎是回来复仇的。10年前，焦阎王为了图谋仇家的土地，勾结土匪活埋了仇虎的父亲，将仇虎的妹妹卖进妓院，又诬告仇虎入狱，仇虎在狱中被打成残废。现在他回来了，带着两代人、海一样的深仇回来了。焦家所做的一切，在这里浓缩为仇虎脚上的镣铐，镣铐的解除隐含了复仇的意念。我们注意到一个细节，即仇虎选择了焦大妈的斧头作为砸断镣铐的工具。这在作者恐怕是有用意的。“斧头是焦……焦大妈的”这话，白傻子重复了两遍，仇虎要的似乎也就是这把斧头。“我要自己敲开我这副金镯子送给焦老婆子戴。”这句话所表露的并不只是一种复仇心理，它实际上暗示了仇虎整个的报复计划。随着剧情的发展，用焦母的斧头敲开铁镣，然后给焦母戴上，这句话的潜在意义逐渐地显露出来。焦阎王死了，失去直接复仇对象的仇虎该怎么办呢？按照父债子偿这一传统观念，仇虎自然想到了阎王的儿子焦大星，想以焦大星的性命来偿还他两代人的血债。但这并非仇虎复仇的全部意图，更不是仇虎复仇的主要行动。事实上，仇虎的目的并不是杀死焦大星。倘若仇虎的目标只在于父债子还，那他不必计划杀死小黑子，更不必假手焦母，让焦母误杀小黑子并非巧合或疏忽，而是仇虎有意的安排。在第三幕中，仇虎承认了他有意这样做：

花：（忽地疑惑，抓住仇虎）虎子，你告诉我小黑子究竟怎么死的？

仇：（机械地）他奶奶打死的。

花：我知道。可你叫我把黑子抱到屋里是怎么回事？

仇：唔，（低沉）一网打尽，一个不留。

花：为什么？

仇：焦家害我比这个毒。

花：那么你成心要把孩子放在屋里？

仇：（苦痛）嗯，成心！

花：你早知道瞎子会拿棍子到你屋里去？

仇：知道

花：你是想害死黑子！

仇：嗯！

花：你想到她一铁棍子会把孩子打——

仇：（爆发）不，不，没有，没有。我没想到，我原来只是恨瞎子！我只想把她顶疼的人亲手毁了，我再走路，可是大星死后我就不成了。那一会功夫，我什么心事都没有了，我忘了屋里有个小黑子，我看见她走进去，妈的！

（敲自己的脑袋）我就忘记黑子这段事情，等你一提醒，可是已经“砰”一下子——（痛苦地）你看，这怪我！这怪得了我么？

仇虎的话前后有些矛盾，但我们宁可相信前一部分是他的真实想法。仇虎早就将小黑子列入复仇对象，至于杀死大星后这想法有无改变，那是后来的事。在第二幕中，当花金子嗫嚅地问仇虎：“为——为什么偏偏是大星呢？难道一个瞎子不就够了？”仇虎回答说：“不，不，死了倒便宜她，（狠狠地）我要她活着，一个人活着！”对仇虎来说，杀死焦老婆子并不解恨，他采取了最残酷的报复方式，先杀死焦大星，再设法让焦母亲手杀死她的孙子，这样，就不光是让焦老婆子一个人孤寂地活着，而且也让她内心永远遭受痛苦的折磨。这种惩罚正是仇虎所预期的。这也是我们先前所说，仇虎用焦母的斧头敲开镣铐的真实意义。即是借焦母之手来实行自己的复仇计划，而将敲下的镣铐给焦母戴上，则又意味着焦母将为自己的行为痛苦终生，承受心灵的折磨。

不幸的是，这条铁镣并未能给焦母戴上，它反倒又回到仇虎身上。杀死焦大星的行动给仇虎的心灵以太大的震撼，而小黑子之死更使仇虎陷入追悔与自责。仇虎的心灵远不如他的外形那般强悍，复仇没带给他预期的快感，却造成了他内心无法调和的深刻矛盾。一方面，他竭力使自己相信复仇行为的正义性。他给自己寻找理由，杀死焦大星是因为他是阎王的儿子，小黑子之死过错并不在他，退一步说，就算小黑子也是死于他手，这也不算过分——父亲的死，妹妹的死，还有仇虎本人所受的罪，使他有充分的理由这样做。“我现在杀他焦家一个算什么？杀他两个算什么？就杀了他全家算什么？对！对！大星死了，我为什么要担待？他儿子死了，我为什么要担待？对！我为什么心里犯糊涂，老想着焦家祖孙三代这三个死鬼？……”另一方面，仇虎又受到良心、道德的强烈谴责。他拼命申辩小黑子不是自己杀死的，可是不成，大星、小黑子那屈死的身影总在他眼前出现。听到焦母的叫魂声后，这种幻觉更加明显了。幻觉的出现实际上是仇虎分裂出去的另一个自我——代表着良心、道德的自我。这个自我很清楚：焦大星是个好人，是仇虎从小的好朋友，焦阎王造的孽不该由他来承担；小黑子是无辜的，他只是个孩子，不该死得这样惨。“惊惧、悔恨、与原始的恐怖”导致了仇虎的幻觉，而幻觉更加深了仇虎的惊惧、悔恨与恐怖。整个第三幕所要传达的，便是仇虎心中的惊惧、悔恨与恐怖之感。“血洗得掉，这‘心’跟谁能够洗得明白。”仇虎无法调和内心的这一矛盾。他变了，他不再是出场时那个强悍的无所畏惧的仇虎，而变得脆弱、惊慌、疑虑重重。一副无形的镣铐锁住了他。但仇虎尚未意识到这一点，他还带着金子在黑林子里东奔西突，寻找那通向金子铺地的理想去处的铁轨。然而，就在他终于找到铁轨的时候，他发现了十天前他敲下来扔在水池边的铁镣。正是这铁镣的出现，才使仇虎真正明白了自己的处境。他明白自己又被锁住了。“这次它要找我陪它一辈子”。这副心灵上的镣铐没有任何斧头可以敲开，于是他放弃了最后的挣扎，仇虎又回到从前那个仇虎，他对花金子说：“告诉弟兄们仇虎不肯（举起铁镣）戴这个东西，他情愿这么——（忽用匕首向心口一扎）死的。”临终之前，他将铁镣掷到远远的铁轨上，伴随着铁镣落地的当啷一声，仇虎倒下了。他终于以死换得了彻底的解脱。

至此，我们总算澄清了一个问题，即仇虎掷出的镣铐并不象征着重入牢狱，而是一种心灵上的囚禁。良心、道德的自我谴责才是这镣铐的真正内涵。相应地，那片黑林子所代表的，应该是人的本性的迷失，是欲望无限扩张而导致的心灵的蒙昧。

二

第三幕仇虎出场时，作者这样写道：

> ……在黑的原野里，我们寻不出他的一丝“丑”，反之，逐渐发现他是美的，值得人的高贵的同情的。他代表着一种被重重压迫的真人，在林中重演他所受的不公。在序幕中那种狡恶、机诈的性质逐渐消失，正如花金子在这半夜的折磨里由对仇虎肉体的爱恋而升华为灵性的。

这段描写是耐人寻味的。曹禺似乎认为，这个受良心谴责煎熬的仇虎才真正代表了人性的本真，因而他是美的，值得人们高贵的同情。显然，他在这里肯定的是人性中善的一面。在这样一种观念的支配下，仇虎的死与其说是一种抗争，倒不如说是一种赎罪行为。仇虎以自己的死洗净了他手上的血。曹禺以这种方式又一次间接地肯定了那个至高无上的道德原则。

这使我们想到《雷雨》的悲惨结局。在《雷雨》的最后一幕，剧中人物或死、或疯、或出走——他们必得如此。曾经有人说这是因果报应观念在作祟，其实不然。曹禺这样安排，仍是基于他对“雷雨”双重象征性的理解：人类的原始本能既可以生人也可以死人，它带来新生，同时又必须以死亡为代价。《原野》中花金子的疑问：“为什么我们必得杀了人，犯了罪，才得到那个金子铺路的地方？”同样表明了这一点。新生与死亡、光明与黑暗、正义与邪恶就是这样交织在一起。所以，尽管场景、人物不同，但两出戏中的主人公的心路历程、最后的结局却颇多相似。而且较之《雷雨》，《原野》中那象征破坏、毁灭的一面得到更突出的表现。正如我们所看到的，这种蛮性、原始生命力是怎样导致仇虎精神的分裂，怎样幻化为无边无际的黑森林，最后终于吞没了仇虎。

回到“原野”的象征意义这个问题，可以说与“雷雨”相同，“原野”的象征意义也是双重的。一方面，就本来意义上说，“原野”本该是一个自由的、无拘无束的所在，是原始生命的象征。正是在这片原野中产生了仇虎，犹如那棵巨树矗立在原野一样。如果说蘩漪是一个“最雷雨的性格”，那么仇虎该是一个“最原野的性格”。但另一方面，一旦这种原始生命力失控，它便会反转来成为一种异己的力量。作为现实中铁镣的对应物，“原野”成为禁梏巨树的地方，成为仇虎——那个因其良心谴责而失去原始活力的仇虎走不出去的黑森林。就这点而言，它是《雷雨》中的“雷雨”的又一种新的象征形式，只是较之《雷雨》，情感与道德的冲突在这里得到更为显露的表现。我们也可以说，“原野”实际上是一个泛化了的“家”。曹禺似乎意识到，这种对人的心灵的压抑、禁錮并不仅存在于有形的“家”，它远远超出有形的“家”之外而无所不在。那个象征着理想的金子铺路的地方并不在原野之内，而是某个未知的所在。实际上，仇虎本人曾有意无意否认了它的存在，这恰恰表明了“原野”无所不及的范围，表明了作者的绝望。

曹禺曾经对人谈到《原野》的得名，受到了波斯诗人欧涅尔一首小诗的启迪。那是一首表现一个青春少年爱情的诗:“要你一杯酒,一块面包,一卷诗;只要你在我身旁,那原野也是天堂。”①这也许只是曹禺创作的初衷,而剧本实际表现的内容、情调则与这首小诗相去甚远。尽管与花金子重逢并得到她全部的爱,但原野并没有成为仇虎的天堂,在第三幕中,原野竟使仇虎产生如临地狱的幻觉。爱情在这出戏中只是居于一个次要的位置,只具有场面的意义而不能统领全剧。就目前所能看到的材料来说,最接近《原野》本来意义的、曹禺本人的解释,是1983年5月他写给四川文艺出版社蒋牧丛的一封信。在那封信中,曹禺写道:

> 《原野》是讲人与人的极爱和极恨的感情,它是抒发一个青年作者情感的一首诗(当时我才26岁,十分幼稚)。它没有那样多的政治思想,尽管我写时是有许多历史事实与今人一些经历、见闻做根据的。不要用今天的许多尺度限制了这个戏。它受不了,它要闷死的……②

曹禺终于吐露了自己的心声!是的,《原野》所要表现的,正是一种强烈的情感的纠葛,一种扭曲了的人性。《原野》是一首情感的诗,而不是某种政治思想的图解。由此依稀可以看到当年写《雷雨·序》《日出·跋》时那个意气纵横、不能自已的曹禺。然而,70余岁的老翁与20出头的青年,毕竟还是有差距的。

这封信,曹禺曾嘱蒋牧丛不要发表,这又表现出后期曹禺一贯的审慎。田本相的《曹禺传》首次将它披露出来,才使我们得以多少了解一点曹禺的真实想法。1982年,《原野》由凌子改编执导,搬上银幕,得到文艺界的好评,凌子本人更称《原野》是曹禺剧作中最好的一部。这无形中对曹禺是一种鼓励,使他敢于将自己的真实思想表露出来。另一方面,对凌子过于写实的改编,曹禺大概感到意犹未足,尤其是电影对原作中“原野精神”的有意淡化,对他来说恐怕是一个不便明言的遗憾。于是,他终于借四川人艺排演《原野》之机,不公开地表示了上述意见。

三

在曹禺的全部剧作中,《原野》无疑是争议最多、分歧最大的一部。而所以如此,关键即在于该剧存在一种先入为主的理解,即根据剧本以农村生活为题材这一事实,认定作者试图表现旧中国农村的阶级压迫和阶级反抗,并进而对剧中人物作相应的阶级分析,在此基础上评判作品的成败。这样一来,不但批评者未能把握作品的真实底蕴,予以令人信服的批评;就是肯定者也没有领会作者的本来用心,作出合乎实际的肯定。说好说坏,都不免于隔靴搔痒。而在五六十年代那样一种政治环境中,作者也实在难以据实申辩,只能是由人评说,甚至附和流行的看法了。

本文对《原野》象征意义的理解是否就符合曹禺的创作意图呢?这恐怕也是一个见仁见智的问题。不过有一点是肯定的,将《原野》的创作理解为作者对“蛮性”的一种呼唤,对

① 参见高瑜:《曹禺谈〈原野〉》,《北京艺术》1982年第8期。

② 转引自田本相:《曹禺传》,北京十月文艺出版社1988年版,第464页。

人之复杂本性的一种剖析，较之从表现农村阶级斗争的角度去诠释评判，更接近作品的内在精神，也更符合作者写作《原野》时的实际状况。而且，如果从这个角度来理解《原野》，我们就会发现，在《雷雨》《原野》和《北京人》之间，存在着某种内在的关联，它们共同体现了曹禺前期剧作的若干基本特征。同时我们也会发现，《原野》所以采取这样一种非写实的表现形式，正是由其特殊的表现内容所决定的。作者并不刻意追求细节的真实，而更醉心于营造一种氛围，一种情境，从而使演出具有相当浓郁的主观色彩。

在这个意义上说，《原野》确实和那位波斯诗人有某种关联，那就是曹禺是将《原野》作为诗来写的。虽然与后来的《王昭君》相比，《原野》的语言并未趋向韵律化。

原载《北京师范大学学报》(社会科学版)1997年第5期，第61—65页

《原野》新论

罗雪松

摘　要:《原野》是曹禺剧作中的力作,也是中国现代戏剧史上不可多得的佳构,但以往论者以作家不熟悉农村生活为由,否定《原野》主题思想的现实性和深刻性;把作品中使用的表现主义手法来揭示人物内心世界,表现人物的性格特征说成是神秘主义,否定了作品的艺术价值。本文从作家创作的生活积累及社会背景、文化思潮、人物性格塑造及中国现代戏剧发展史等角度来重新探讨《原野》的价值及地位。

关键词:《原野》;价值;地位

曹禺的剧作《原野》自问世至今,已有 60 多年了。学术界对它的评价褒贬不一,众说纷纭。这个剧本创作的时间是 1936 年秋,连载于《文丛》1937 年第一卷第 2 至第 5 期,1937 年出版单行本。这个剧本的发表正值抗日战争爆发,没有更多的机会公演,也没有引起广泛讨论和重视。为数不多的几篇评论,几乎众口一词对《原野》作了基本否定的批评,认为作者由于不熟悉、不理解农村的阶级斗争和矛盾,不了解农民的生活和思想感情,把农民向地主抗争这样一个有现实意义的题材,“写成了非常玄秘,非常抽象,甚至不大可能的奇怪现象”,并认为作品反映的故事“远离现实,简直不像是人间的故事”,因此是失败的作品。但进入本世纪 40 年代这个剧本曾一度受到了极大的欢迎。著名作家巴金说:“《雷雨》是这样地感动过我,《日出》《原野》也是。”[①]唐弢在 1947 年称道:“几年以来,大江南北,多少剧团演过《原野》,多少人读过《原野》”,因为“这个剧里有‘戏’,群众看起来过瘾,这个剧本里有生活,顾盼左右,仿佛就在身边,让人看起来恐惧和欢喜”[②]。但再往后,从建国一直到 50 年代期间所出版的中国现代文学史中,基本上还是持否定的观点,原来称赞过《原野》的唐弢又说:“就整体说来,这一作品的现实性是比较薄弱的。”[③]有的认为:“《原野》一剧的现实意义,不仅赶不上《日出》,而且还远逊于《雷雨》。它在作者的许多剧作中,应当是最失败的一个。”田本相的研究专著《曹禺剧作论》,仍然认为《原野》是作家“前进中的曲折”,剧本表现了“非现实的性格和冲突”。又到了 1983 年,唐弢在《文艺报》发表文章,宣称“我爱《原野》”。近几年,有些学者学子在杂志上发表文章,又认为《原野》从主题思想到

① 巴金《〈蜕变〉后记》,文化生活出版社 1941 年版.

② 《〈原野〉重演》,《大公报》1947 年 8 月 29 日。

③ 唐弢《中国现代文学史(二)》,P189—190,人民文学出版社。与这种观点相似的还有王瑶等著名的专家教授。

人物塑造上都是失大于得。但演艺界、影视界对它却情有独钟,多次搬上舞台和银幕,并深受人们的青睐。这不禁使人产生疑问:一个思想内容、人物创作、艺术探索都“失败”的作品,为什么会具有这样持久的生命力呢?为什么大半个世纪后仍能激发起读者、观众以及优秀艺术家、评论家们的感情呢?

从实际情况看,《原野》虽不是白玉无瑕,也不否认长期以来研究者们做出的贡献,在众多的批评意见中有许多真知灼见。但是,如果研究者们全面地、历史地看问题,摒除一些狭隘的、片面的思想,应该不难发现,《原野》同《雷雨》《日出》《北京人》一样,是曹禺的成功之作,而远非失败的作品。它在中国戏剧史上乃至中国现代文学史上都有重要的价值和地位。

一、主题的价值

《原野》写的是一个复仇者最后自杀的故事。剧中的主角仇虎,与剧中的焦家有着不共戴天的仇恨,他的父亲被当过军阀连长的恶霸地主焦阎王活埋了。焦阎王不但抢占了仇家的土地,烧了他家的房屋,并且把他的妹妹送进妓院而最终悲惨死去。仇虎被焦阎王诬告为土匪送进了牢狱,在牢狱里整整熬过了八年,被打瘸了脚。他的未婚妻金子,也被焦阎王抢给儿子大星作填房。仇虎越狱回来报仇,结果使焦家断子绝孙,接着带金子逃走,却被侦缉队包围在黑森林里,最后自杀。

可以说这是一个骇人听闻的悲剧,但又是非常典型的现象。从剧中所反映的社会矛盾来说是真实的、典型的。但以往论者认为此剧失败的原因之一便在这里,其理由是:“他所探索的却是一个他全然不熟悉的生活领域。他没有在农村生活过,不但不熟悉农村生活斗争的历史,更不熟悉农村现实的斗争环境以及现实的阶级关系。”①这个理由是非常可笑的,不堪一击的。假如这个理由成立的话,后来的评论家评论者们又有几个够条件发表意见呢?虽然作者不是生活在农村,但作家曹禺说过他创作这个剧作是有生活原型的,那原型就是他小时候耳闻目睹过的许多农村的悲惨故事。

在他的少年时代,他的保姆段妈经常给他讲她一家人的悲惨遭遇和她家乡很多悲惨的故事。段妈家在农村,她的父母是活活饿死的,她的公爹是被活活逼死的,她婆婆是被迫上吊自尽的,她的丈夫是被财主活活打死的,孩子也因遭受财主毒打后病死了。这些家破人亡的故事段妈断断续续地给少年的曹禺讲了三年。在作家幼小的心灵中,已贮了对穷苦人无限的同情,对这个贫富不均、“恶人”任意宰割“好人”社会极大的不满。作家生前还清楚地忆起他八九岁时,曾亲眼见到一个军法官下令用皮鞭狠狠地抽打农民的脊背,连抽了30皮鞭,打得这个农民皮开肉绽,死去活来。审讯这个农民的公堂一边架着鼓,一边架着锣,架子上插着刀、枪、斧、钺,大兵荷枪实弹,站立两旁。那个军法官脸庞瘦长,眼光冷得像冰,露出一副抽鸦片的黑牙,说起话来又慢又低,残酷无情,活像个阎王。这一切,正是后来曹禺创作《原野》的活素材,作家心灵深处对穷苦人的同情更是他后来创作《原

① 田本相《曹禺剧作论》,P138—139。

野》的力量源泉。

再者，本世纪30年代开始，农村题材的作品日益增多，作家的创作思路由此而扩展。而且作家有一个想法，就是“一个戏要和一个戏不一样，人物、背景、氛围都不能重复过去的东西”，“要摘出一些新鲜意思，新鲜招数来”。于是，他就根据大胆的想象、合理的虚构而创作出一个中国社会最黑暗的时期里下层贫民奋力抗争、追求生存平等的故事。我们完全没有理由否定《原野》所具有的现实意义。衡量一部作品的思想成就，关键是看作品在多大的程度上反映了人民的愿望和现实生活的本质。《原野》这部剧作真实地反映了民国初年农民对封建地主的强烈的仇恨，反映了这个没有公理可讲的黑暗社会的本质。剧中“通过写仇虎与焦阎王这两家不解的冤仇，说出在封建恶霸地主压迫下，农民苦难的一生和渐渐醒悟的历程”。[①] 无论从作者的主观动机，还是从作品的社会效果检验，《原野》暴露和批判的，是以焦家为代表的封建恶霸势力，同情的是仇虎、金子这样的被侮辱和被损害者，歌颂的是他们不屈的反抗精神，它的现实意义是非常强的。

但以往的论者怀疑否定的正是剧作的真实性，并且以剧中第三幕来加以证明。例如著名现代文学研究专家王瑶先生在他的《中国新文学史初稿》中说：“……第三幕中布置过多的象征性的环境气氛，‘沉郁的原野’，莽莽苍苍的原始森林增强了神秘感与恐惧感，却削弱了作品的现实性。”其实作家是有意写这幕戏的，“因为当时农民感到人世上已经没有公理可讲，于是就去求神求鬼来主持公道，迷信观念是比较浓的。……我采用了以主人公的幻觉展示形象的手法，来描绘仇虎和他全家人的苦难遭遇”。[②] 而且作者在这一幕里设置了一场“重头戏”，场景设在黑林子中的一座破庙旁，在幽暗阴森的远处传来了悲凉的歌声。随着歌声，仇虎脑海里出现了一系列幻景，幻见到屈死的父亲和妹妹。他于是随着幻觉步入阴曹地府内，跪在阎罗殿前，向阎罗告了焦阎王杀害他全家的冤状，请阎罗主持公道。但是，阎罗在焦阎王的唆使下，却宣判仇虎的爹要上刀山，妹妹要下地狱，并要拔掉仇虎的舌头。而焦阎王非但无罪，反而可上天堂。在这里，作家苦心孤诣地要通过这个象征性的环境说明三点：一是仇虎的冤屈是那么深，这个社会是如何的是非不分，执政者是如何的鱼肉人民。二是由于仇虎世界观的局限，即由于他经历的家仇情仇以及他脑海中根深蒂固的封建宗法思想的影响，所以八年来积压在心头的对焦阎王的仇恨是非同寻常的，杀掉焦阎王，是作为仇氏家的后代义不容辞的责任。但当他报了仇，又觉得并不是预想的那样一了百了，因为被他杀死的是无辜者，而且报仇的结果是被侦缉队缉拿，等待他的只有“地狱”了。所以他恐惧，他矛盾，在这种内心激烈的矛盾熬煎中产生了奇怪的幻觉，形象地揭露了仇虎与焦阎王之间不可调和的阶级矛盾。三是通过幻景，使仇虎和金子的认识提高了一步，无论是人间还是“地狱”都没有公道可言的，于是由“良心谴责”升华到对报仇雪恨的正义性的认识。因此，当他看到阎罗王的判断时，发出了对世道不公平的抗议：“你这是什么法律？这是什么法律？”最后，仇虎的思想上升到“不相信天，不相信地，就相

① 《曹禺自传》，P125，江苏文艺出版社。

② 《曹禺自传》，P125，江苏文艺出版社。

信弟兄们要一块跟他们拼”的认识高度。作品主题的现实意义由于这种艺术的超越而得到深化、升华。作者否定了“一个人拼”的复仇道路，模糊地提出了“一块儿跟他们拼”的集体反抗意识，并对未来寄予希望。于是他面对侦缉队的穷追与包抄，他叫金子逃走，并嘱咐她一定要把孩子生下来，他说“生下他就是天，生下他就是地”。他相信未来的孩子是有大希望的——会是一个顶天立地的人。这一切表现了曹禺对农民出路问题的关注和积极探索。在这一点上专家田本相先生是认同的，但他还是认为《原野》是失败的，理由是：“如果把这样一个悲剧故事放到20年代末期的历史条件下，中国农民正在党的领导下展开着伟大的翻身解放的运动，就显得《原野》的思想相当朦胧软弱而不具体。”①不错，《原野》的写作时代是30年代，但必须注意的是作品内容的历史背景却是民国初年，当时农民的思想水平及觉悟程度怎能等同于30年代在中国共产党的领导和影响下的农民呢？曹禺说得更清楚不过了：“《原野》这本戏写的是民国初年，北洋军阀混战初期，在农村发生的一件事情。当时，五四运动和新的潮流还没有开始，共产党还未建立。在农村，谁有枪，谁就是霸王。农民处在一种万分黑暗、痛苦，想反抗，但又找不到出路的状况中。”②按照现实主义文学的原则，文学应该历史地、真实地、具体地描写现实，怎么能够让作家随随便便把30年代末期党领导的新民主主义时期的农民运动，提前20年，放在旧民主主义革命时期去呢？如果按这种逻辑，鲁迅五四时期创作的农民题材的作品，他描写的农民形象却是生活在辛亥革命前后的，是否我们也要用五四时期的时代精神去评估呢？如果我们注意到《原野》中人物生活的特定时代和特定的环境氛围，我们就会看到，曹禺最后把仇虎安排在黑林子里打转，这不是对农民“找不到出路”的处境的形象化的比喻吗？这本身便是作者对当时尚未觉醒的农民自发反抗的特定现实的描绘，其意义是深刻的。

如果结合曹禺创作主旨来理解，就会体察到剧作更深层的意蕴。这个剧本要“表达的是受压迫最深的人，不一定能获得自由”③。循着这一思路再看仇虎的复仇，可以发现他在对被奴役命运的挣扎与反抗中，统治农村几千年的封建宗法思想对他的影响是多么深：他必须“复仇”，因为“子不报父仇，大逆不道”；他必须杀死无辜的焦大星，因为“父债子还”是“天经地义的”；他必须杀死无辜的小黑子，因为“断子绝孙”“斩草除根”才是最大的“复仇”。但是，“恶有恶报”的报应观念却像恶魔般追随着他，使他最后陷入精神崩溃之中。这种无法摆脱的封建宗法思想的束缚，才是仇虎这个盲目报仇者不可能获得真正自由的最根本的原因。它更能从现实的角度表明，像仇虎那样的广大被压迫者，只有在一种正确的方向指引下，才能摆脱自身最狭隘的思想意识，与大多数被压迫的人一起，与命运抗争，与社会抗争，最终获得解放。从《雷雨》到《原野》，剧作家从对封建性家族制度的批判，深入到对被压迫者自身所受封建思想毒害的批判，这显示了曹禺对中国社会认识的深入。从这个意义上说，《原野》的主题思想是丰富的，深远的。无论是剧中的“阴曹地府”还是

① 田本相《曹禺剧作论》，P138、139。

② 张葆莘《曹禺同志谈剧作》。

③ 高瑜《沉睡中的唤醒——曹禺谈〈原野〉》，《北京文艺》1982年8月。

"黑林子",都是曹禺在现实的基础上精心提炼的具有深厚的历史蕴涵和现实意义的典型意象,它的鬼气,它的怪诞和恐怖,正是当时百姓所处的人间地狱的真实写照。这表现了曹禺同情人间苦难,对苦难的百姓存悲悯之心,这是我们很久以来不敢道破的一种精神——人道主义精神。作为一个站在民主主义立场的、正直善良的知识分子,曹禺这种精神是非常可贵的。

二、艺术的价值

学术界在谈到曹禺在《原野》中所用的表现手法时,争论更加激烈了,有的认为,曹禺"在艺术上追求创新,但结果却落进了表现主义文艺思潮的圈子,这确是一个深刻的教训"①。关于怎样评价《原野》艺术成就问题,关键是用什么作为尺度来衡量的问题,"性格塑造,是衡量一部叙事型文学作品水平的重要尺度"。②《原野》中的人物性格塑造是否成功呢?凡读过《原野》的人都会被剧作中的人物所吸引、所震撼的。先看仇虎这个形象,对这个人物的分析,改革开放以前,由于受到"典型人物等于阶级"的理论公式的影响,于是有人认为:既然仇虎是一个与地主有着深仇大恨的苦难农民,按照"阶级分析",就应该有勤劳、勇敢、革命性强等等,这是农民阶级所有的属性,怎么看待报仇时的犹豫动摇,事后又产生悔恨、恐惧等心理状态呢?这些疑问,恰恰是人物性格不寻常的地方。仇虎是具有民国初年农民的典型性质的,他一生受尽迫害,他的强烈的复仇情绪,表明他并不是远离中国农村阶级斗争现实的超阶级的人。但仇虎作为一个艺术形象,他的成功之处,正在于他的这种阶级特点,是通过独特的际遇,不平凡的活动,不寻常的恋爱纠葛,复仇时面临的复杂的社会关系等,具有个性化的人物命运体现出来的。

仇虎是民国初年的农民,曹禺先生确切地说过:当时农民只有两条出路,一条出路就是被迫得家破人亡,活着的人只有变成傻子,才可以在农村苟且地活下来;另一条出路是被逼得走投无路去当所谓的"土匪"。③"土匪"其实就是反叛的农民。仇虎就是被当成"土匪"的人,他和他的对立阶级有着不共戴天之仇。仇虎的父亲因被焦阎王霸占了田地,同焦阎王打官司,衙门向着有钱有势的焦阎王,结果仇虎的父亲被焦阎王活埋了……仇虎被焦阎王诬陷为"土匪"打入牢狱。八年后,他越狱逃回农村报仇。这种阶级的对立关系规定了仇虎的复仇是不惜一切代价的。可是仇虎与焦家除了阶级对立关系外,还有很多纠缠不清的社会关系。焦阎王曾是仇虎的干爹,焦阎王虽然死了,但干娘焦母还活着,她是一个瞎眼的但比明眼人还厉害的老太婆。焦阎王的儿子焦大星是仇虎儿时的伙伴,曾亲如兄弟,大星媳妇金子原是仇虎的未婚妻。当仇虎为复仇潜入焦家时,嗅觉特别敏感的焦母早就对焦家防范森严了,她通过各种手段刺探金子的内心反应及行动。她像阴云不散的幽灵一样,阻碍着仇虎的复仇行动。因此当仇虎与金子在房里叙旧情厮混时,焦母恶狠

① 田本相《曹禺剧作论》,P162。
② 胡复丹《〈原野〉是失败的作品吗》。
③ 《曹禺自传》,P124。

狠地用拐杖朝仇虎劈去，不幸的是她劈死的不是仇虎，而是大星和前妻的儿子小黑子。这场戏是激烈的，惊心动魄的，仇虎想要焦家断子绝孙，却苦于如何下手，焦母要仇虎的命，他却送上门来。焦母在错手之间杀死的正是自己的孙子，这样仇虎就巧妙地借焦母之手达到了目的。焦母如何咽得下这口气呢？（她儿子大星被仇虎杀了，她还不知道），再加上儿媳妇又被仇虎夺回去了，这狗急跳墙的老太婆疯一般地喊叫："还我的小黑子"，这惨烈阴森的声音在回荡，仇虎的心也被恐惧包围了。

这时，在森林里走投无路的仇虎好像有点"良心发现"了，但内心深处，杀父夺妻之恨鞭挞着仇虎。因此，仇虎在幻觉中又重新目睹了自己的家世冤仇，好像在对人间诉说，焦家的结局是自食其果，罪有应得的。这样就让仇虎在经历内心矛盾与恐惧之后摆脱了动摇和懦弱，而下决心一拼到底了。剧作正是通过仇虎特殊的遭遇及复仇前后矛盾的、复杂的甚至奇怪的心理，刻画出人物身上个性化的突出特征，在较高的艺术层面上表现了当时农民阶级的局限性，也恰好证明了仇虎还不是先进生产力的代表，谈不上有什么正确的思想武器，而只不过是一个具有自发反抗精神的典型的农民。但他又不是一般意义的农民，特殊的经历又使他具有一般农民所没有的冒险精神，甚至还有一些豪侠气概，这种人往往就极容易成为反抗剥削阶级的代表，这一点已经被历史所证明。

还有金子与焦母这两个形象，不仅性格独特、鲜明，而且有较深的社会文化意蕴。金子是当时一个普通家庭出身的女孩子，她"野地里生，野地里长"，由于命运的安排竟成了地主家的少奶奶。她性格倔强机灵，大胆泼辣。她深爱着仇虎，但她不幸落入虎口时又能像高超的水手一样驾着人生之舟在暗礁险滩中穿行。当仇虎回来复仇时，她不顾名节，蔑视封建伦理，与仇虎相爱。她与乖觉古怪的婆婆周旋，她不爱大星，但又不得不做大星的妻子。她讨厌大星，因为大星对母亲的孝顺近似于害怕他母亲，而且毫无主见，他就像她母亲的傀儡。

焦母是金子的婆婆，由于生理的缺陷（瞎眼）与传统的婆婆对媳妇的偏见，她非常暴戾、古怪。她痛恨金子，从中离间金子与大星，她断定金子就是"狐狸精"，是偷汉子的"妖精"，对金子严加防范。她使出封建宗法社会赋予婆婆的权利和威严，不仅对金子的言行举止进行挑剔，而且还派常五盯金子的梢。金子走路重了她不满，金子走路轻了她说吓着她，她骂金子"走路像鬼一样，一点声音也没有"。她装神弄鬼，编派金子的不是。她知道金子的心不在大星身上，所以她恨金子，她做了个"小布人"当成金子，在"小布人"身上扎针，妄图用迷信的办法把金子"咒死"。这是一个可恶又可怜的瞎老太婆。而金子呢，她知道婆婆恨她，百般为难她，所以她也知道大星是不可能不要他妈妈的，因为大星就像他妈妈还没"断奶"的孩子，但她也要大星回答，大星按她的要求说只要她，不要妈妈时，金子就像得到了一种虚幻的满足。金子也用一种敌对的态度对待她婆婆，也在内心里偷偷骂她。

这种紧张的复杂的婆媳关系在现实生活中是存在的，但在文学作品中是少见的。把婆媳关系写得那么紧张而生动的，在现代文学史上只有曹禺和巴金了，巴金的《寒夜》也表现了这种复杂的婆媳关系。这是我们民族特有的人伦关系的景观，这景观在不同寻常的社会背景下表现得更为惊心动魄，引人注目又令人深思。在封建宗法社会里，婆媳关系本来就不平等，如果再加上出身或经历的悬殊和被扭曲的心态，其紧张程度决不亚于阶级的尖锐对立的。她们之间的冲突既是观念的冲突，也是性格的冲突，一个是不安分、大胆追求、与命运抗争的倔强的媳妇，一个是保守、挑剔、古怪暴戾的婆婆，她们各自的性格表现得那样鲜明。特别是金子形象，是那样生动和扣人心弦，这样的鲜明形象也只有在曹禺的笔下才会出现，内心世界这样丰富，这样的让人着迷的形象，也只有蘩漪才能与她媲美。另外剧中的其他人物刻画也很成功，怯弱的大星，狡诈的常五，愚笨的傻子，虽然只是配角，但是性格也非常鲜明。

《原野》问世至今，由于历史的原因，长期受到“左”的关于文艺典型的理论影响，即由于仇虎既不是先进农民的代表，焦母甚至是个地主婆，花金子又是那样不安分的女子，他们都够不上既定“标准”的好人，因此曾被打入“冷宫”许多年，《原野》这部杰出的性格戏剧也就否定多于肯定了。改革开放以来，随着《原野》在舞台、银幕和荧屏的重现，对它的研究问题也有了更丰富更趋公允的结论。但对剧作中第三幕使用的“表现主义”手法问题还是给人模棱两可的感觉，好像“前进中的曲折”已给《原野》的艺术探索下了一个模糊的结论。

从有关曹禺生平的史料中知道，他在创作《原野》那一年，曾在南京国立戏剧专科学校任教，讲授《剧作》和《现代戏剧批评》。理论准备的充分和成熟以及中国20世纪30年代农村题材创作风盛一时影响，共同催化了《原野》这部颇具特色的戏剧的诞生。从演出后公众的反响来看，就充分表现了作者创作手法的成功，也表现了作者已经纯熟地掌握了戏剧艺术的规律和技巧。作者在谈该剧创作时也详细谈了第三幕的情况，并对此幕中所出现的“幻景”作了解释，并对自己所用的手法始终是肯定的。他说：“写第三幕比较麻烦，其中有两个手法，一个是鼓声，一个是有两景用放枪收尾。我采取奥尼尔氏在《琼斯皇帝》所用的，原来我不觉得，写完了，读两遍，我忽然发现无意中受了他的影响……至于那些人形，我再三申诉，并不是鬼，为着表明这是仇虎的幻想，我利用了第二个人。花氏在他身旁。除了她在森林里的恐惧，她是一点也未觉出那些幻景的存在的。”可见《原野》受奥尼尔的影响是真实的，但这影响并不是简单的模仿和照搬，而是根据剧情的需要和表现人物性格的需要来运用表现主义手法的，其中的暗示和象征意味也非常清楚，并非像有些人认为的那样：“过于浓厚又神秘的色彩遮没了它的社会意义。”[①]前文曾引用过曹禺先生说过的话：“我采用了以主人公的幻觉展示形象的手法，来描绘仇虎和他全家人的苦难”，“最后一幕是写现实，也是象征的”[②]，它象征着仇虎没有出路的结局。我认为这种表现手法能够让主题的意义更加丰厚，更加深远，它让人们感到这种阴深、诡异的氛围给人的是压抑、愤懑，这感觉是源于人们对仇虎的同情和仇虎所采取的复仇手段的否定。作者是在现实主义的基础上，吸收了表现主义的“心理暴露”的方法，入木三分地刻画了仇虎这个自发反抗的农民，由于本性的善良所经受的无法自制的良心谴责和折磨的复杂心理活动。他把人物内

① 刘绶松《中国新文学史初稿》(上册)，P397。

② 《曹禺自传》，P128。

心世界的流动变化作直接真切的袒露，专注于写人的精神、心理、意识和感情，把人的灵魂引上舞台，在舞台上突破时空的限制，造成时空交错，现实与幻想交融，用非现实的技巧表现现实的内容，作者把传统的戏剧讲求戏剧性与现代派剧表现人物内心活动两方面结合运用，这是我国现代戏剧创作史上对戏剧艺术的表现技巧探索过程中一个成功的尝试。

中国现代话剧是在清末接受了西欧话剧的影响而发展起来的。它的创作由开始直接摹仿到后来发展为吸收外来剧的艺术营养，丰满自己的骨肉，显示出脱胎换骨的质变。曹禺的剧作正是这种质变的标志。中国现代史上第一个话剧《终身大事》便是典型的摹仿易卜生的作品。在话剧发展过程中，最早取得丰富的成就的剧作家田汉，他早期的浪漫伤感情调的作品，也明显地受易卜生个性解放的影响。早在 1922 年，科班出身(留美学习戏剧)的洪深创作了剧本《赵阎王》，就是借鉴奥尼尔《琼斯皇》表现艺术的一个尝试，直接采用"独白"来描写兵士的心理状态，还借用了奥尼尔的《琼斯皇》中的背景与事实。例如，在森林中转圈，神经错乱而见幻景，众人击鼓追赶等等。但并没有曹禺后来借鉴这种手法那样出神入化。

早期的话剧是配合反封建这个主题的，而且大部分是独幕剧，创作水平不高。早期剧作的主要题材是妇女解放问题、家庭婚姻问题、军阀混战等。曹禺的话剧创作是处在戏剧的发展阶段，他剧作的题材和主题都继承了早期剧的传统，但在主题上能够进一步的深化和丰富。他的第一个剧本《雷雨》，使人们像惊喜春雷般惊羡他的艺术才华。剧本通过周鲁两家之间错综复杂的纠葛写出了带有浓厚封建性家庭的罪恶以及处在被损害被侮辱的下层人物的不幸。剧作的人物个性鲜明，心理刻画也相当成功，矛盾冲突尖锐错杂，扣人心弦。这部剧还被誉为中国现代话剧成熟的重要标志。接着他继续创作，连续有《日出》(1935 年)、《原野》(1936 年)、《蜕变》(1940 年)、《北京人》(1940 年)问世。《日出》是作者尝试用"横断面的描写"的一个成功，得到了相当高的评价。写在《原野》后的《蜕变》和更后的《北京人》也甚得好评，因为这两个剧本都以当时的"抗战"为背景，《蜕变》中宣扬的"抗战必胜"深得人心。《北京人》是被公认的一部成功的现实主义的喜剧，因为它有反映封建社会行将没落的主题和鲜明的向往光明向往共产党的倾向性。

唯独《原野》却得不到应有的评价，其中有很多社会因素。它反映的内容是民国初年的农村社会的情况，而且是一个有关家族复仇的故事，表面上，与当时"一切为了抗战"的主流文化不符。在《原野》创作的 1936 年，戏剧界提出了"国防戏剧"的口号，而且有大量的剧本表现民族要求抗日解放的热烈情绪，以抗日和反汉奸为主题。例如，于伶的《夜光杯》《浮尸》《汉奸的子孙》，章泯的《我们的故乡》《死亡线上》，易扬的《打回老家去》，以"国防"为主题的影响最大的是夏衍的历史剧《赛金花》和现实剧《上海屋檐下》。一部戏剧的成功与否，在很大程度上要依靠搬上舞台后的反响大小来实现，《原野》当时演出的机会很少，这是因为《原野》出版时正值抗战全面爆发，短小的街头短剧由于演出形式灵活，易于宣传抗日而风行一时，多幕剧创作也绝对服从"抗日"的主潮，其反映的内容绝大多数是抗日军民的斗争生活，仅从内容看，《原野》早已是"过时"的作品了，加上受表现手法的公式化和程式化的影响，《原野》中富有象征意义的表现手法被认作为脱离现实、宣扬神秘主义的失败之举了。基于当时社会历史的原因，没有什么好说的。但现在回头挖掘戏剧艺术宝库中有价值的东西，我们发现，除了那些为当时可歌可泣的抗日壮举唱赞歌的好作品外，还有一些具有深远历史意义和艺术借鉴价值的作品，《原野》就是其中一部。从中国现代戏剧发展史的角度看，曹禺《原野》与他的《雷雨》《日出》《北京人》一样，标志着中国话剧已经跨越了单纯故事情节戏的状态，而向着人物性格戏的方向发展，而且反映的社会生活内容也由过去的单一浅薄向复杂丰富发展，标志着中国现代话剧艺术进入了成熟和繁荣时期。同时也使中国现代话剧能够与现代小说等其他艺术门类一起，共同构建了中国现代文学这座辉煌巍峨的大厦。

文学史上有一条颠扑不破的真理：好的作品是经得起时间检验的，时间越久，推敲越细，其见越真。事实上，《原野》今天已远远地超出了与它同时代同题材的许多作品，而且越来越显示出其强大的艺术生命力。

原载《玉林师专学报》1999 年第 2 期，第 55—61 页

展示灵魂深处的冲突:生命的悲剧与文化的悲剧

——重读《原野》

张福贵

如果说曹禺的《雷雨》表现的是一种道德悲剧,《日出》表现的是一种社会悲剧的话,那么,他于1937年发表的三幕剧《原野》则是一种生命的悲剧与文化的悲剧。而这种双重的悲剧是通过对人性深处的灵魂剖析所展示的。

无论是文艺界还是学术界,对于《原野》在相当长的时间里并未给予足够的重视。80年代初期,《原野》成为了人们关注的焦点。对于《原野》的主题与价值的理解,也出现了多种不同的观点。人们一般认为,剧作所表达的是一个阶级复仇的主题:焦阎王看中了仇虎家的一片良田,便串通了土匪绑架并活埋了仇虎的父亲,又勾结官府诬陷仇虎是匪盗,将他关进监狱。仇虎在狱中受尽迫害,被打成了残废。仇虎的妹妹被焦阎王卖到了妓院,受尽折磨而死。仇虎的情人花金子也被迫嫁给了焦阎王的儿子焦大星。八年后,仇虎越狱返乡,寻找焦阎王复仇。然而,焦阎王已死,但仇虎仍然要完成复仇的使命。焦母又怕又恨,偷偷向侦缉队告密。仇虎杀死了焦大星,设计害死了焦阎王的小孙子,携花金子出逃。在黑夜的森林里,在焦母的招魂声中和侦缉队的包围下,仇虎精神崩溃了,他在绝望中自杀,花金子一人逃走。

其实,这并不是一个简单的阶级复仇的主题。而且复仇只是一个表层故事,深层里,作品表述的是一个生命和文化命题。单纯从阶级分析的角度来看,仇虎家和焦阎王家似乎也不属于不同的两个阶级。仇虎的父亲与焦阎王曾是好友,焦阎王和焦母曾认仇虎为干儿子,仇虎家亦拥有大片良田。如果我们用习惯的而且是后来的社会分析的模式来分析《原野》的话,就会淡化作品的思想价值,也会失去历史的真实。

对于《原野》的理解,应该有更多的文化关注,应该从中国戏剧史和中国思想史的角度去把握它的价值。《原野》不是诗,不是一种纯粹的艺术创造,而是作者对于生命和文化的一种思考。

生命创造了文化,而一旦文化构成一种体系,便具有了一种自在的功能,反过来它要制约着人类,使人类不断克服自身的原始生命力而适应文化的系统功能需要。因此,生命又成为文化的组成部分。《原野》所展示的是人的原始生命力与社会宗法观念的冲突,这种冲突不是发生在人生的外部,而是发生在人生的内部。即作品不是重在表现人与环境的冲突,而是人的行为与内心世界的矛盾冲突,甚至是人的精神世界内部的冲突。环境描写不过是人的主观世界的外化。

《原野》的戏剧冲突实质上有两个层面：外在的冲突与内在的冲突。外在的冲突也许可以用社会矛盾来解释，是仇虎与焦家、与社会环境的冲突。这是表层的冲突。内在的冲突是发生于人的内心的心理矛盾，是宗法观念与因果轮回观念的冲突。这是深层的冲突。如果局限于对外在层面的表述，《原野》主题的思想价值就会淡化，就不能真正把握人物性格的精神本质。

在中国社会中，始终存在着两种国民传统："暴民"的传统与"顺民"的传统。"暴民"的形成在相当程度上，是一种社会的政治斗争和阶级斗争，是"官逼民反"的结果。仇虎的反抗无疑首先是属于不占主流的"暴民"的传统的。正如剧中花金子所说的那样——

> 虎子，你走这条路不是人逼的么？我走这条路，不也是人逼的么？谁叫你杀了人，不是阎王（指焦阎王）逼你杀的么？谁叫我跟着你走，不也是阎王逼我做的么？我从前没有想嫁焦家，你从前也没有想害焦家，我们是一对可怜虫，谁也不能做了自己的主，我们现在就是都错了，叫老天爷替我们想想，难道这些事都得由我们担待戴么？

很明显，作者在作品内容的第一层次上提出的是一个普遍性社会矛盾问题，也是现实世界不可回避的根本问题。这种压迫是仇虎复仇行为的公开依据。但是，也必须看到，中国"暴民"的反抗几乎都不是以"天下为公"开始的，而是以个人的尺度为目的的；都不是以思想为动力的，而是以利益为动力的。思想的专制是最彻底的专制，思想的反抗才是真正的反抗。从作品的深层次上着，仇虎的反抗并不是真正的反抗，他的反抗从本质上说来体现为生命的悲剧和文化的悲剧。

首先，从生命意义来说，仇虎的复仇表现出人的本能的强悍和残忍，仇虎的反抗不是针对社会制度和整个统治阶级的，而是针对仇家个人的。这种"杀父之仇"和"夺妻之恨"是个人仇恨的极致，它构成了复仇者最充分的情感力量和伦理逻辑。中国的道德，多是一种"私德"：家族和扩大化了的家族伦理。"父为子隐，子为父隐"的非法理原则和为追求自我形象而通过"让天下人负我"的善行，所构成的"崇高的自私"就是传统"私德"的典型表现。相对于这种"私德"，中国传统社会中人们的仇恨也往往是"私仇"。这种"私仇"使仇恨对象具体化，复仇者由于切身的感受和伤害，其报复的程度就往往强烈于"公愤"。

在现实世界里，仇虎与焦家的力量对比已经发生了强弱转换。由于焦阎王的死去，焦家的地位和势力已经衰退，焦母虽然敏感、狠毒，但毕竟是一个风烛残年的老女人，已经无力直接与仇虎对抗，只能借助于社会的法律力量。而仇虎从一出场，其行为就是一个法律的破坏者，砸断的镣铐和手中的枪就是一个最好的证明。于是，仇虎面对失去了威严和强力的焦家，像猫戏弄老鼠一样，把玩着焦家一个个人的生命。仇虎反客为主地进入焦家，对于焦母的恐惧，他有一种恶意的快感；焦大星作为仇虎的幼年好友，把自己的苦恼和困惑向仇虎诉说，并请求仇虎帮助自己。但是即使如此，仇虎仍然要杀死焦大星，虽然知道焦大星是无辜的；小黑子尚在襁褓中，仇虎为了报复焦母，便快慰地将计就计，把自己的铺位与小黑子掉包，让狠毒的焦母错把自己的孙子打死。仇虎终于实现了自己的复仇计划。

向强者复仇和向弱者报复在现实伦理上是会得到不同的道德评价的。向弱者复仇，是一种心理和人格上的卑怯。这不仅是暴力的罪恶，更是复仇行为背后的观念和人格的罪恶。这是一种“后复仇”行为：在真正的仇人已经不存在时而向其亲属的复仇，而且这些亲属当下多处于弱者地位。如果我们仅仅从政治学的角度，对其“后复仇”行为进行类似于“阶级压迫”或“阶级斗争”的解释，就会对仇虎的复仇做完全合理的解释，甚至大加赞扬。政治的逻辑和人性的逻辑是不同的。人性的评价不仅关联复仇者自身，还要关联复仇对象。向强者复仇具有合理性，无论是个人复仇还是整体性复仇，复仇者可以不承担任何道德和心理上的负担，是义无反顾的。而且从道德人格上来说，也应该给予肯定。相反，在向弱者复仇的过程中，没有泯灭人性良知的复仇者的内心感受并不是平衡的，包含有复杂的情感。而人们对于这种复仇行为的外在评价，也同样是复杂的。单纯从政治学的角度来看，具有阶级的正义性；从人性伦理来看，则具有人性的残忍和人格的卑怯。中国人的复仇大多属于这种对于弱者的复仇。《晋书》中就记载了这类的复仇：桓温在仇人死后，杀死了仇人的正在服丧的三个儿子。向弱者复仇，表明了中国人民族性格的卑怯。

其次，从文化意义来说，仇虎的反抗在思想上也不能说是与社会根本对抗的。相反，他反抗的动力恰恰是来自传统的道德观念。而且传统的道德观念在仇虎的内心世界中的影响并不是一元的，而是多元的。正是由于这多元的观念影响，才使他和花金子成为彻底的悲剧性人物，他们的人生时刻处于一种残酷和绞杀之中。这种残酷和绞杀不仅仅来自现实的困境，更来自其内心深处。

“顺民”的传统是中国社会的生活和思想的主流。人的社会存在和自然存在一样，既要适应环境又要改造环境，而首先要适应环境。在这样一种社会存在中，人们并不一定像毛泽东所说的那样，“哪里有压迫哪里就有反抗，压迫愈深反抗愈烈”。一时的压迫可以产生叛逆，长期的压迫必然制造奴隶。奴隶包括两种：生活的奴隶和思想的奴隶。相对于前者来说，思想的奴隶才是真正的奴隶、彻底的奴隶。从行为来看，仇虎属于“暴民”的传统。也许，他不是生活的奴隶，但深层里却可能是思想的奴隶。由此才构成人物的内外双重矛盾。

仇虎和花金子的复仇，充满了原始生命力的热烈和残暴。这是对被奴役命运的挣扎和反抗。但是，在这反抗中，我们发现了统治中国农村几千年的封建宗法观念对主人公的深刻影响。仇虎的复仇是中国社会斗争中最为典型的家族复仇。家族复仇以血亲利害为尺度，有时甚至违背普通的社会伦理法则而表现出一种非人性的残忍。在仇虎充满生命强力的行为之下，潜藏着一系列封建传统法则，支配着他的实际行动，“欠债还钱，杀人偿命”的古老法则是仇虎行为的逻辑前提；他必须为父报仇，履行传统的道德义务，因为“子不报父仇，大逆不道”；他必须杀死善良无辜而无助的焦大星，因为“父债子还”是天经地义的道德逻辑；他必须谋害年幼无知的小黑子，因为复仇就要“斩草除根”。在完成复仇的计划之后，他与花金子在半夜逃入了黑森林。但是，“冤有头，债有主”，“因果报应”的传统观念，又使仇虎在内心承受着巨大的压力。他一会儿自我忏悔，认为自己不该杀死焦大星：“我们俩是一小的好朋友”；一会儿又自我安慰，“我现在杀他焦家一个算什么？杀他两个算什么？就是杀了他全家算什么？对！对！大星死了，我为什么要担戴”。自责与自解死死地缠着他，最后终于使他在精神上彻底崩溃。

由此可见，仇虎的激烈的复仇行动最后成为封建传统思想的外化，生命的意义因此而明显淡化。所以说，仇虎反抗得愈激烈、愈彻底，说明受传统观念束缚得愈深重，从而表现为一种文化的悲剧。这是中国传统的道义法则。据孙光宪《北梦琐言》中记载，唐宣宗时，某人不为父报仇，有状和解，宣宗竟然下令将此人处死。恩怨相报成为中国传统社会中官方和民间共有的一种普遍价值观念。

相对于仇虎来说，花金子更接近人的特别是女性的普遍常性。她是无助的，自己是一根藤，注定要缠绕到某一棵树上。她既是男人的一个情感对象，又是男人的一种复仇工具。仇虎与她已经不仅仅是一种个人化的情感关系，而是包含有恶意的社会关系，仇虎与花金子公开在焦家同居、在焦母面前亲热，以此来戏弄、侮辱仇家[①]。花金子面对仇虎的复仇，实质上也是面对自己与两个男人之间关系的选择。她与仇虎的关系主要是情感上的，而与焦大星的关系主要是道义上的。出于情感的关系，她与仇虎一起出逃；出于道义的关系，她反对仇虎杀死软弱善良的焦大星。最后，两个男人她一个也没有得到，一个人走向那没有明确目的的人生之路。

从作品的内在意蕴来看，作者审视的目光从《雷雨》的家庭批判、《日出》的社会批判更进一步深入到思想批判，即对被压迫者自身所受封建思想腐蚀的批判。作者的思考开始从各种外在悲剧冲突而深入到人与自身的内在悲剧冲突，显示了作者对中国社会与历史认识的深入，而不是一般人所认为的那样是一种退步。因为我们不能用一种政治的方法来分析和评价复杂的文化现象和人性本身。

作者意在探求人性深处的灵魂，适应这种精神悲剧的需要，作者吸收了西方剧作家奥尼尔表现主义的艺术手法：注重对人的主观世界的探索，将人的内在灵魂和潜意识外部化、戏剧化。奥尼尔于1936年获得了诺贝尔文学奖，中国文学界因此而掀起了一场不大不小的“奥尼尔热”。奥尼尔的剧作被称为“灵魂的戏剧”，这一戏剧风格深深地影响了当时的一些作家。奥尼尔获奖的第二年，曹禺发表了《原野》。很明显，《原野》受到奥尼尔的剧作《琼斯王》的影响。所以他往往运用象征的方式来表达这种深处的灵魂战栗，人的幻觉和潜意识也成为表现人物性格的内容之一。

《原野》中仇虎与花金子在黑森林中的状态与《琼斯王》中黑人首领琼斯皇为了逃避土人的追杀，而在黑森林中精神崩溃一样，都属于人类本性中所共有的普遍弱点。曹禺常常用自然景物、环境气氛和生活细节来表现人的精神世界的复杂变化。保留了奥尼尔剧作的象征性特征，但同时又减少了其剧作的神秘感。

《原野》的第三幕按照生活的逻辑和思想的逻辑，叙述仇虎的人生经历和内心状态的变化过程。大幕拉开，仇虎在幕后惊呼：“灯！红灯！”从一开始，就给人一种恐惧、神秘之感，对人物复杂、错乱的精神世界的表述提供了一个现场背景。对于主人公特别是仇虎来说，红灯是一种神秘、恐怖力量的象征。它既代表着现实世界的危险（侦缉队的追捕），又

① 指焦家。——编者注

代表着观念世界的威胁(因果轮回的报应)。一切景物和气氛都是以主人公的恐惧心理来设计的。

仇虎无论是从身份上还是思想上来说,都是一个中国传统的农民,是一个行为上的"暴民"与思想上的"顺民"的组合。复仇的行为本身虽然也包含有两种传统,但是从行为过程和思想状态的具体阶段说来,"暴民"的传统支配着仇虎的前期行为,使他决然复仇;"顺民"的传统则支配着仇虎的后期思想,使他自责、恐惧。

在"顺民"的传统中,仇虎的恐惧和自责除了一般人性的愧疚和自责之外,更多的是来自传统的"惧复仇"心理,著名学者王立把这称之为"惧复仇之心理恐慌症"。他认为:"惧复仇心理恐慌症就如同隐藏在古人内心深处的一种流行病,一般人带有此种病原,并不轻易发病,而一旦主体真的做了亏心事或犯下命案,等到身心处于一种非正常状态时,这种潜伏已久的恐慌症就会骤然表露出来,迅速加重病痛导致其死亡,或促使其精神崩溃吐出真言。"(王立:《中国古代复仇文学主题》,东北师范大学出版社 1998 年 11 月版)从表现形式来看,惧复仇是对神灵世界法则的恐惧,而从根本上来看,实质上是对传统道德法则的恐惧。

红灯是焦母为小黑子招魂时打的灯笼,它已经不再是一种简单的照明工具,而是一种具有明确含义的意象,象征着神秘的恐怖力。在黑黑的森林里,恍惚闪烁的红灯,焦母阴森绝望的颤音,伴随着远处隐隐传来的僧人为小黑子超度灵魂的沉沉庙鼓,这一切都构成了仇虎存在的环境。而且应该看到,这已经不是一个具体的环境,而是一个意义的世界:威胁与恐怖。于是,仇虎和花金子在黑森林中左突右冲,但是最后发现仍然在原地打转,一直没有找到出路。也许,曹禺不是一个思想家和哲学家,不是在做形而上的思索,但是作为接受者来说,又完全可以做这样一种理解:人生的存在就是这样一种困境。如果在这一意义上去理解曹禺和奥尼尔的戏剧的精神联系的话,可能更为准确。

"火车"和"镣铐"是剧中一再出现的两个象征性的意象,作者用这两个意象表示人的生存境遇与人的追求之间的矛盾。那列在"林外迅速地奔驰,一直通向天边的火车",是"遭受迫害最深的人"心中对远方那"黄金铺地的地方"的热烈向往;而那沉重的镣铐则象征着永远难以挣脱的被奴役的现实命运。其实,这是一种普遍的人生悲剧,"火车"与"镣铐"这两种意象实质上具有双重的象征意义。除了人与环境的矛盾之外,同时还表现了人自身精神世界的双重状态;向善的努力与作恶的惯性之间的冲突。人在对理想和自由生活追求时,总是被一种无形的力量束缚着,于是,这种追求与束缚在个人内心形成了一种残酷的冲突,绞杀着人的灵魂。

曹禺的《原野》与其前后的剧作一样,都属于彻底的悲剧。这些剧作与中国传统戏剧不同,作者没有为剧中人物设计一个光明的未来,作品没有一个大团圆的结局。仇虎和花金子向往"黄金铺地的地方",但是最终仇虎没能与飞驰的火车一起奔向那里,而是死在没有出路的黑森林中。中国传统戏剧的大团圆结局是一种审美价值观。但在本质上更是中国人一种善恶相报的道德观。曹禺在戏剧创作中打破了这种思想和艺术的循环,从根本上为中国戏剧增加了现代性的素质。

中国现代文学不是一种时间性的概念，而是一种意义性的概念。现代化是一种意义，现代化的核心是人的现代化，人的现代化的根本是思想观念的现代化。所以说，包括曹禺的剧作在内，其创作主旨都属于一种思想启蒙。曹禺通过《原野》展示了自己的思考：仇虎是没有出路的，因为传统的中国也是没有出路的。

曹禺的剧作代表着中国话剧艺术的最高成就，标志着现代戏剧的成熟。由于有曹禺在，才使中国的戏剧舞台变得丰富，变得诱人。

原载《戏剧文学》2000 年第 4 期，第 64—68 页

文化与心理:《原野》的潜在世界

——兼谈曹禺前期创作的整体语境

李　扬

近年来的曹禺研究得到了长足的发展,研究者就曹禺剧作的诗化现实主义特质、原始崇拜以及曹禺与基督教、与西方文学的关系诸问题进行了多侧面、多角度的研讨,这使曹禺研究达到了一个全新的境界。然而,曹禺的文化观及其与之相对应的价值观却没有引起研究者足够的重视。① 如果我们对曹禺的前期创作作一整体考察的话,就会发现对文化传统的反思构成了曹禺前期剧作的主调,无论是在《雷雨》《日出》《北京人》中,还是在神秘莫测的《原野》中,甚至可以说,对中国文化传统的反思与批判构成了曹禺前期创作的整体语境。

对文化传统及其影响下的生活方式的反思是曹禺创作的起点。作为在五四思潮影响下成长起来的作家,曹禺从步入文坛的那一天起,就凭着自己的生活观察对传统文化发出了不满的呼喊。我们知道,在《〈日出〉跋》中作者对中国人的生存方式提出过振聋发聩的呐喊:"读了几年书,在人与人之间我又捱过了几年,实在,我也应该学些忍耐与夫长者们所标榜的中庸之道了。但奇怪,我更执拗地恨恶起来,我总是悻悻地念着我这样情意殷殷,妇人般地爱恋着热望着人们,而所得的是无尽的残酷的失望,一件一件不公平的血腥的事实,利刃似地刺了我的心,逼成我按捺不下的愤怒。……但我更恨人群中一些冥顽不灵的自命为'人'的这一类动物。他们偏若充耳无闻,不肯听旷野里那伟大的凄厉的唤声。他们闭着眼,情愿做地穴里的鼹鼠,避开阳光,鸵鸟似地把头插在愚蠢里。"②在这段文字里,传达出了作家对中国传统生活方式的不满,同时透露出作家自己的心性与这一生活方式的格格不入。其实,这一思路并不是此时才有,它可以追溯到曹禺的中学时代。曹禺在早期杂文中就已对传统的思想观念展开了清理和批判,应和着五四时代的"打倒孔家店"的思潮。作家在《偶像孔子》中撕破了偶像的假象:

"真实的彻底的宏伟的无宗教气味的性格和行为是断然地不可膜拜。谁何伟人,若完全为俗众的偶像,则彼之所以为伟者的真迹,将逐为是种妥协的莫名其妙的'绝对信仰'中的腐气所掩埋,而偶像势力的积微下,常产生一种积极相反

① 邹红的《家的梦魇》是分析曹禺剧作与文化传统较为深入的一篇,参见《文学评论》1991年第3期;此前尚有陈平原的《论曹禺戏剧人物的民族性格》涉及这一问题(《中国现代文学研究丛刊》,1983年第1期),但对曹禺的文化观还少有专文谈及。

② 曹禺:《〈日出〉跋》,《曹禺文集》,第一卷,中国戏剧出版社,1988年12月版,第449—450页。

的潜势力;待时机一至,便爆发成为火山的裂罅,经历万千年的偶像,立刻陷堕其中,焚成灰烬。"①

不仅如此,作家还结合自己的个人生存体验反思着中国人的生活方式,在作家眼里,这是一种行尸走肉般的浑浑噩噩的生活,进而对这一生活方式发出了愤怒的呐喊:"倘若你是人,你须知睡在床上不仅是由三角形鼻子呼出酣声便了事。……倘使你是个人哪,你应知'睡眠'还不是一个单简的动作,不只钻进臭黑污油的棉被,裹着一块肉体就了事!……倘若你还是个人,你当明晓'吃饭'、'穿衣'不只是上孔装进白米,下孔爬出黄蛇尽矣,不只是一束白棉滚成败絮罢矣!"②与此相对应,真正的人的生活方式则应是这样的:

"倘若你的心仍未成槁灰,你应知人的生活非为'衣、食、住'更非如一般希有的'白痴'朝朝阴谋,挑拨,成群结党地满足少数人的欲壑,以至破坏了真的'有'。你将知'衣食住'是供你实现真'生'之肥料。人的生活不是猜忌,冷嘲,谋算所成,乃为光明的同情与正严的真理之调协。"③

在作家眼里,"思"是人的生活的第一要义,传统生活中的那种重物质享受、轻生命质量的生存状态则是一种"非人"的生活,对这种过于贪图物质享受、远离生命本质的生活方式,作家发出了"中国人,我为汝羞,我真不佩服你"的呼喊。但作家并没有止于暴露和抨击,而是更进一步地开出了疗救的药方:祭出生命的旗帜,以对抗这个媚俗的世界:

"假若生命力犹存在躯壳里,动脉还不止地跳跃着的时候,种种社会的漏洞我们将不平平庸庸地让它过去。我们将避去凝固和停滞,放弃妥协和降伏,且在疲弊困惫中要为社会夺得自由和解放吧。怀着这样同一的思路:先觉的改造者委身于社会的战场,断然地与俗众积极地挑战;文学的天才绚烂地造出他们的武具,以诗,剧,说部向一切因袭的心营攻击。他们组成突进不止的冲突与反抗,形成日后一切的辉煌。"④

在上述几段引文中,曹禺区分了两种生存状态:一种是"生命力犹存在躯壳里"的"心仍未成槁灰"的"真'生'";另一种则是"只是上孔装进白米,下孔爬出黄蛇尽矣"的具有"因袭的心营"的"俗众"。同时作家自己也选择了第一种人生方式,并且将文艺当作一种与社会对抗的武器,以此改造旧有的文化传统,创造新的未来;这构成了曹禺人生哲学的内在逻辑。我们关心的问题是,这一逻辑是如何在其作品中展现出来的?当我们沿着这一线索追问的时候,就会发现曹禺的前期创作几乎都贯彻着这一思路。作者最早的小说《今宵酒醒何处》是曹禺在这方面的第一次尝试,当懦弱的男主人公夏震面对封建势力借酒浇愁的时候,是女主人公梅璇开辟了一个新的天地,凭着她的机敏与传统势力作着斗争,最后与男主人公在旅途上会合,成为曹禺作品中第一个洋溢着生命激情的女性形象。当作家

① 曹禺:《偶像孔子(闲说)》,见崔国良编《曹禺早期改译剧本及创作》,辽宁大学出版社,1993年10月版,152页。

② 小石:《"中国人,你听着!"》,《曹禺早期改译剧本及创作》,115页。

③ 小石:《"中国人,你听着!"》,《曹禺早期改译剧本及创作》,116页。

④ 万家宝:《杂感》,见《曹禺早期改译剧本及创作》,147—148页。

步入戏剧世界的时候，对文化传统的关注和反思，特别是对传统影响下的人的生存方式的反思成为他创作中的首要关注对象：在《雷雨》中，作者为我们塑造了一个最具“雷雨”性格的蘩漪，以冲决周公馆的沉闷氛围；《日出》中的充满野性的夯工们昭示着人类未来属于这更富生命力量的一群；而《北京人》则是通过袁任敢的话和“北京人”的行为力量表示着对人类祖先敢爱敢恨的生活的钦羡……[①]这些都是以一种富有生命力的生活方式冲决传统文化藩篱的一种暗示。实际上，《原野》一剧表现的依然是文化反思和生命激情，只不过这一主题在以往的研究中被有意无意地忽略了。

《原野》在曹禺的前期作品中是命运最不济的一部作品：首先是它生不逢时，在它发表的那一刻恰逢抗日战争爆发，全民都投入到民族救亡运动中去了，根本无暇顾及这部与国家命运无关的探索性作品，不但评论廖廖，而且仅有的评论也是否定大于肯定[②]；新中国成立以后，现实主义文学传统已居于绝对的主导地位，这部借鉴西方现代主义戏剧的作品又难以适应新时代的审美要求，故而长期受到冷遇，作家几次出版选集均未将此剧编入集中；新时期以来，随着文学观念的解放，这部戏剧才真正受到了研究者的重视。但围绕《原野》的争论一直未能止歇：有人认为仇虎是“一个农民草莽英雄的典型形象”[③]；也有人认为其是一个“具有与作品中的焦阎王相同的阶级属性的人物”[④]，在阐释《原野》的主题时有人注重它所表现的阶级反抗主题；有人则批评它远离现实：“把那样现实的问题，农民复仇的故事，写得那么玄秘，那么抽象，那么鬼气森森，那么远离现实，那么缺乏人间味”[⑤]，剧作“极力渲染原始的恐怖和阴森的气氛，以致远离现实，简直不象是人世间的故事”[⑥]……这些观点各异的研究结论构成了一个真正的众声喧哗的世界。

产生这种歧见的原因是多方面的。除了作品本身的复杂因素之外，作家本人对创作意图的阐释的变迁在很大程度上影响着研究者观点。曹禺在不同场合对《原野》的解释不尽相同，有着多种版本：“‘五四’运动和新的思潮还没有开始，共产党还未建立。……农民处在一种万分黑暗、痛苦，想反抗、但又找不到出路的状况。”[⑦]“《原野》不算成功，原想写农民，写恶霸欺负人。”[⑧]“《原野》不是一部以复仇为主题的作品，它是要表现受尽封建压迫的农民的一生和逐渐觉醒。”[⑨]1983 年，作家在写给蒋牧丛的信中则又另有一说：“《原野》是讲人与人的极爱和极恨的感情，它是抒发一个青年作者情感的一首诗。它没有那么多的

① 董炳月的《原始崇拜与曹禺的戏剧创作》已对这一问题作了较为深入的探讨，参见《文学评论》，1993 年第 2 期。

② 杨晦在其《曹禺论》中称这部作品为“曹禺最失败的一部作品。”《青年文艺》，新一卷第四期。

③ 胡叔和：《也论〈原野〉》，《艺谭》，1984 年第 4 期。

④ 吴建华：《〈原野〉中的仇虎并非农民形象》，《湖南师院学报》，1983 年第 4 期。后来董炳月在《论〈原野〉的精神内涵》(《中国现代文学研究丛刊》1990 年 4 期)中进一步深化了这一观点。

⑤ 吴建华：《〈原野〉中的仇虎并非农民形象》，《湖南师院学报》，1983 年第 4 期。

⑥ 丁易：《中国现代文学史略》。

⑦ 张葆莘：《曹禺同志谈剧作》，《文艺报》，1957 年第 2 期。

⑧ 赵浩生：《曹禺从〈雷雨〉谈到〈王昭君〉》，(香港)《七十年代》，1979 年第 2 期。

⑨ 曹禺：《我的生活和创作道路》，《戏剧论丛》，1981 年第 2 期。

政治思想，尽管我写时是有许多历史事实与今人一些经历、见闻作根据才写的。不要用今日的许多尺度来限制这个戏。它受不了，它要闷死的。”[①]实际上，作家的这种多元混合的解释已经将作家自己的创作意图消解了。这使习惯于从作家创作意图出发的研究者面临选择困境，情况往往是：研究者采信哪一种解释，直接决定着对作品中的主题和人物类型的理解。

既然如此，我们不妨换一种思路看问题。按照现代西方文论对文学作品的理解，作品一旦产生，就成为一种有生命的东西，有着自己的运行轨迹，作者再也难以操纵作品的命运，读者完全可以置作家的创作意图于不顾，静下心来潜心解读文本本身蕴藏的思想内涵。董炳月对《原野》的研究是这方面的一个范例，他抛开曹禺对作品的解释，通过细读文本，轻而易举地解决了仇虎的身份问题，指出仇焦两家的冲突“不是地主恶霸对农民的压迫，而是兄弟、朋友间的争夺与残杀。……在焦、仇两家的冲突中，阶级成份已经没有意义。把《原野》中的仇虎作为一个人、一个复仇者来理解更符合作品的实际。”[②]

但我们不同意董炳月先生将这一剧作的基本冲突定性为善—恶冲突，我们更看重剧作的文化—心理内涵。《原野》一剧凸现在读者面前的是文化对人的制约以及人对自由幸福生活的追求，这是作品中两个颇为引人注目的主题。在作品中作家着力描摹的不是人物的阶级属性和时代特征，而是人物所处的浓郁的中国文化传统氛围：焦母为小黑子招魂的仪式以及她的咒人巫术（小木人，木人的肚子上贴着素黄纸的咒文，写有金子的生辰八字，心口有朱红的鬼符，上面已扎进七口钢针）等等都在渲染着中国文化特有的氛围。在伦理关系上强调孝道，花金子这样讥讽大星：“焦大星多孝顺哪！你看，出了门那个舍不得妈丢不下妈的样子，告诉妈，吃这个，穿那个，说完了说，嘱咐，又嘱咐，就象你一出门，虎来了要把她叼去一样。哼，你为什么不倒活几年长小了，长成（两手一比）这么点，到你妈怀里吃咂儿去呢！”[③]“焦大星真是个孝子，妈妈长，妈妈短，跟妈带这个，跟妈带那个；我跟你到县里请一个孝子牌坊，好不好？”在家庭关系上强调表面上的“和睦”，但在背地里却相互猜忌，就连常五也说“你们焦家人都有点猜不透，外面看着挺好，里面都不知玩的什么把戏”。这一切构成了中国人日常生活的典型样态。

在剧作中，作家所关注的还不仅仅是文化传统本身，而是这一传统对活生生的人的生命力的影响，这是曹禺前期创作一直热心探讨的问题。如在《雷雨》中作家这样分析周萍：“他的气味不是你所想的那样纯朴可喜，他是经过了雕琢的，虽然性格上那些粗涩的滓渣经过了教育的提炼，成为精细而优美的了；但是一种可以炼钢熔铁，火炽的，不成形的原始人生活中所有的那种‘蛮力’，也就因为郁闷，长久离开了空气的原因，成为怀疑的，怯弱

① 转引自田本相先生的《曹禺传》，北京十月文艺出版社，1998年版，第464页。

② 董炳月：《论〈原野〉的精神内涵》，《中国现代文学研究丛刊》，1990年第4期。

③ 曹禺：《原野》，《曹禺文集》第一卷，中国戏剧出版社，1988年版，第491页。本文所引曹禺剧作均据中国戏剧出版社《曹禺文集》本，以下不另作注。

的，莫名其妙的了。”而《北京人》中在写到曾文清时也这样讲：“‘这是一个生命的空壳’，虽然他很温文有礼的，时而神采焕发，清奇飘逸。这是一个士大夫家庭的子弟，染受了过度的腐烂的北平士大夫文化的结果。他一半成了精神上的瘫痪。”显而易见，曹禺将这两个人物生命力的丧失归因于士大夫文化教育的结果，实际上他总是将自己笔下人物的精神变迁归因于文化传统的熏陶，像周朴园、曾霆等人物均可作此解，而焦大星依然是这种教化的同一版本。作为封建家庭成长起来的焦大星，他承受着母亲要求的一切，成为一个遵从孝道、唯唯诺诺的毫无生命激情的人。正是这种教导磨平了焦大星的个性，甚至当别人占有了自己的妻子时，他也不能强悍的反击，而只能软弱地哀求：

“金子，我跪着来求你。金子，你长得这么好，你的心里总该也不能坏，你不能一点心都没有。你看，（跪下，沉痛地）我这么大的人在你面前跪下，你再想想，你刚才做了什么事，你做了妇道万不应该做的事。可是，金子，我是前生欠了你的债，我今生来还，我还是求你，求你千万不要走。你做的，我都忘了，虎子对不起我，我也忘掉，我给他钱，让他走。现在就看你，就看你！”

“那么，只要你在这儿，我可以叫他来，我情愿，我不在家的时候，你……你……可以跟他（说不下去）”

“为……为着你，我……情愿！”

在这种失却了人的尊严的生活中，无怪乎金子会说“在焦家，我是死了的”。因为她一直生活在与自己的生活理想格格不入的世界里，与此相对应的是，让金子感到“一辈子只有跟着你（指仇虎——引者）才真像活了十天”。从这里，我们可以看出作者自己的生活信念。在作家眼里，是传统的教养压抑了焦大星的生命激情，使他举步维艰，但焦大星的软弱无能并不是一种与生俱来的生命本能，因为焦大星也曾有过一次激情的爆发：“你看看我是谁”“阎王的儿子”“我要把那个人找出来”“我要（倏地取出尖刀，低沉地）杀了他”，这些话语淋漓尽致地倾泻着焦大星内心深处积蕴着的生命激情，只是这激情在长期的生活压抑中被遮蔽了。富有深味的是，焦大星这唯一一次生命深处的蛮性遗留的呈现，是在他醉酒的状态下作出的，此时此刻，社会化的超我在焦大星的头脑中已烟消云散，自我失却了控制本我的力量，于是，人的生命本能赤裸裸地展现在我们面前。这从另一侧面证明了传统文化对人的生命力量的扼杀。

曹禺在剧作中着力强调着人在生活中面临的困境和矛盾。文化与个人的冲突使人不断产生心理上的躁动与倾斜，表现出忧郁、恐惧、苦闷等矛盾心理症候，使人处于极为痛苦的二难境地：受传统文化根深蒂固影响的人永远逃脱不了旧文化遗留给他的阴影，但在个体方面又永远不能拒绝新的生活理想的诱惑，于是人只好在生活的夹缝中痛苦地呻吟。这是我们在周朴园、周萍（《雷雨》）、曾文清、曾霆（《北京人》）、高觉新（《家》）等人身上一再看到过的，而《原野》一剧中的焦大星和仇虎也生活在这样的境遇中。

为了显现人物生活的这种二难处境，作者让花金子给焦大星出了一道经典的难题：

花金子:要是我掉在河里——

焦大星:嗯。

花金子:你妈也掉在河里——

焦大星:(渐明白)哦。

花金子:你在河边上,你先救哪一个?

焦大星:(窘迫)我——我先救哪一个?

花金子:(眼直盯着他)嗯,你先救哪一个,是你妈,还是我?

焦大星:我……我——(抬头望望她)……

花金子:(激怒地)你当然是救你妈,不救我。

焦大星:(老实地)不是不救你,不过妈是个——

花金子:(想不到)瞎子,对不对?

焦大星:(乞怜地望着她)嗯。瞎了眼自然先得救。

这一情境不仅仅是原型意义上的婆媳之争,实际上,它更是一种象征符码,其中凝聚了中国传统文化的某些要义,昭示着孝道在中国传统伦理原则中的核心地位。焦大星的痛苦在于:一方面在文化上讲他必须先救母亲,另一方面按照个人感情他确实爱金子。他的最终选择正是在文化律令支持下的选择,而不是出自个人的意愿,这一细节也为仇虎的复仇逻辑作了渲染和铺垫。在以往的研究中,我们往往关注仇虎身上的野性力量和复仇意志,实际上,仇虎的复仇也并不是个人意愿的结果,而是执行文化律令的结果。

如果我们从文化—心理角度来理解仇虎,那么他是一个农民、地主,还是一个草莽英雄都不是最重要的,重要的是仇虎这个生活在儒教背景下的人。仇虎的全部矛盾复杂性不是他的阶级身份,而在于他身上展开的文化指令和个人良心的激烈冲突。仇虎承负着文化赋予他的使命:他的父亲和妹妹被焦阎王害死了,按照传统的“父仇子报”的原则,他要替父报仇;但命运和他开了一个玩笑:仇人死了,他将无可杀戮;文化的指令是递进的,既然仇人死了就要杀仇人的儿子,即“父债子还”,而焦阎王的儿子又是那么善良、懦弱,“连蚂蚁也不敢踩死”,而且还是仇虎儿时的好友。这使仇虎处于替父复仇和人的善良意志、朋友情谊的争执中,无论复仇还是不复仇,他都要受到谴责。由于文化律令,仇虎怕担当不孝的罪名,他终于在仇恨中杀死了善良的大星,并让仇家[①]绝嗣。但复仇后,良心的谴责又在他的意识中占了主导地位,在这种文化指令与个人意志的矛盾纠缠中,仇虎终于陷入了迷狂状态。因而与其说《原野》一剧是阶级对抗,倒不如说是仇虎自身两种意识的自我对抗。实际上,仇虎的命运在复仇之前已经注定了:不杀大星对不起自己的父亲、妹妹,杀了大星却又对不起自己的良心和朋友,但他遵从文化指令的复仇并没有给仇虎带来快感,而是使他陷入了不可解脱的自我谴责。处于森林中的仇虎失去了分清幻境与真实、过

① 指焦家。——编者注

去与现在的力量，他最终迷失在林中小路这一意象消解了他压抑本我屈从文化指令的所有努力。

这样，当我们搁置仇虎的身份问题的时候，剧作向我们展开了一个新的天地，过去争议不休的复仇、阶级斗争问题被文化的批判与反思所代替，一个历史时代的文本滑向具有共时性的文化反思文本。在这一阅读情境下，读者再度发现了《原野》故事与自我相关，这使《原野》获得了现代的意义，正像唐弢先生所说的："这个剧本里有'戏'，群众看起来过瘾，这个剧本里有生活，顾盼左右，仿佛就在身边，让人看起来恐惧和欢喜。"①

像在《雷雨》《日出》《北京人》中一样，作家同样在《原野》中给出了人应该有的理想的生命方式，这就是在仇虎和花金子身上蕴藏的野性和原始力量，意图凭借他们身上的生命意志打开一条缺口，达到作者心目中的生命理想的极地。与焦大星的唯唯诺诺式的生活相对应的是花金子的生活理念，如果说"他者"的看法是焦大星生活中抹不掉的阴魂的话，花金子所强调的则是"自我"观点。作者曾经这样描写林中送别的场景：

> 焦花氏：（忽然孩子似的语调）大星，你疼我不疼我？（随着坐在大星的膝上，紧紧抱着他的颈脖，脸贴脸，偎过来，擦过去）大星，你疼我不疼我？你爱我不爱？
>
> 焦大星：你别……你别这样，有……有人看见。（四面望）
>
> 焦花氏：我不怕。我跟我老头子要怎么着就怎么着。谁敢拦我？大星，我俊不俊？我美不美？

从这里我们可以看出，在花金子的词语表里，没有所谓传统观念和他人的视点，在她身上蕴积着的是旺盛的生命力量和自我意识：

> "你妈说的，句句对，没冤枉我，我是偷了人，我进了你们家的门，我就没想好好过，你爸爸把我押来做儿媳妇，你妈从我一进门就恨上我，骂我，羞我，糟蹋我，没有把我当做人看。我告诉你，大星，你是个没有用的好人。可是，为着你这个妈，我死也不跟这样的好人过，我是偷了人，你待我再好，早晚我也要跟你散。我跟你讲吧，我不喜欢你，你是个'窝囊废'，'受气包'，你是叫你妈妈哄，你还不配要金子这样的媳妇。"

这段话可以看作是花金子的自我宣言。在这段痛快淋漓的话语中，表现出了一种有异于传统的价值观念：这是一种不苟且不逃避的生活态度，显现了金子身上昂扬向上的主体意志和个性精神。她已认定，焦大星"是他妈的孝顺儿子，不是我的爷儿们。"至此，花金子形象与作者其他作品中的富有个性的女性形象一起构成了一组完整的形象系列。

焦大星在生命价值观念上和花金子的南辕北辙注定了他们最终要分道扬镳。真正和金子的生命节律一起跳动的是仇虎，因而，花金子和仇虎走到一起就显得顺理成章了，也唯有如此，花金子才能真正按照自己的生命方式生活。在作者的心目中，仇虎虽然外表丑

① 唐弢：《〈原野〉重演》，《大公报》，1947年8月29日。

陋，但却是一个蕴藏了强悍的生命力量的“真人”，因而，他是“美的”，“值得人的高贵的同情的”。虽然花金子和仇虎的行为（恰如《雷雨》中的周萍和蘩漪）在传统的道学家看来是一种忤逆行为，但作家一直拒绝对他们作道德批判，因为他们都属于肯定生命的类型，而这正是作家所珍视的一种生命类型。这种生命类型与沉郁的蕴藏着生命野力的大地融为一体，构成了《原野》中富有诗意的象征结构。

我们对曹禺剧作的理解方式只不过是《原野》可能的释义方式中的一种，而绝不是一种释义的终结。正像巴赫金所说的那样：“对话的上下文没有止境。它们伸展到最远的过去和最遥远的未来。甚至在最深远的过去所出现的意义，也永远无法一次性地最终把握到，因为在未来的对话中，它们将不断更新。在当前的对话中，有大量意义被遗忘了。但是，在未来某一时刻，对话又获得了新生命时，这些意义将被回忆起来。因为没有绝对的死物：每一种意义终有一天会节日般地归来。”[①]我们期盼着这一天的到来。

原载《文艺理论研究》2001 年第 3 期，第 82—88 页

① 巴赫金：《关于人文科学的方法论》，转引自《米哈伊尔·巴赫金》，语冰译，中国人民大学出版社，2000 年版，第 445 页。同时参见《巴赫金全集》译文，第 4 卷，河北教育出版社，1998 年 6 月版，第 391—392 页。

《原野》中的浪漫主义和自然主义

——《原野》新释

陆　炜

摘　要:《原野》被认作现实主义的或“现实主义融合表现主义”的剧作,是该剧研究讲不透的原因。《原野》中有着浓重的浪漫主义和自然主义因素,是一部兼有四种创作方法因素的浪漫主义剧作。《原野》是曹禺剧作中艺术探索最放手大胆,关于人类思想的表露最清晰直接的作品。

关键词:浪漫主义;自然主义;原野;真人

曹禺的名剧《原野》有再探讨的必要。因为这部艺术因素复杂、气氛神秘的剧作虽然先遭否定,后获肯定,经过了长期的讨论,却仍掩映在一层迷雾里。注意到其中的浪漫主义和自然主义成分,给该剧以新的读解,便是本文的意图。

一

掩映着《原野》的迷雾是什么?这是我们首先想弄清的。

《原野》写于是1936年,发表于1937年,由序幕和一、二、三幕构成。剧本写了一个复仇的故事。青年农民仇虎从狱中逃出回到家乡,要向害了他一家的地主焦阎王复仇,但焦却已死了(序幕)。仇虎遂先和焦的儿媳妇花金子偷情(第一幕),继而依照父债子还的观念,杀死焦的儿子焦大星(第二幕)。但大星却是个善良懦弱的人,仇虎因而产生心理谴责,在逃跑穿过黑林子时出现幻觉而迷路,终未逃脱追捕而自杀(第三幕)。全剧气氛神秘、诡异而恐怖。仇虎是一个充满原始气息的原野人。第三幕模仿了奥尼尔《琼斯皇》的表现主义手法。

《原野》的面貌与《雷雨》《日出》明显不同,评论的臧否也不同。从1937年起,评论就指出仇虎只是“原始的力”的代表和复仇观念的象征,把农民复仇写得那样神秘,因而《原野》是失败之作。这种否定的观点延续到解放后的一些文学史中。其实,这观点延续到1981年:田本相先生于这一年发表了《〈原野〉论》,把该剧定为“前进中的曲折”,还是认其为失败之作。但是,《原野》的魅力是不容置疑的。尽管1936年上演、1947年上演都因时代气氛极不相宜而未获成功,到了艺术气氛宽松、审美视野开阔的80年代初,《原野》在银幕、舞台上复活了,甚至形成了小小的“《原野》热”。正是这种成功改变了评论的意见,《原野》从此被说成成功之作了。然而,1982年以来肯定和赞誉的评论却是不透彻的,让人感到《原野》成功在哪里总是说不清楚。这是因为对《原野》这样一部不那么合乎现实主义标准的剧作来说，过去用现实主义指出其不足是十分顺畅的，而今天还是用现实主义来肯定它，就必然别扭了。

这种局面，在田本相先生那里表现得很明显。他1981年的《〈原野〉论》可算得用现实主义分析该作的最扎实、细致的文章，不仅是分析问题，而且透析问题发生的原因。该文指出，《原野》的戏剧冲突和人物性格都缺乏现实基础而显得是人工编织的。“情节和细节有许多不合理的地方。仇虎从狱中逃出还戴着脚镣，他从火车上怎么能跳下来。他回来找焦阎王复仇，但焦阎王却偏偏死了。他本来可报复到焦氏身上，却又让他去杀无辜的大星。杀大星又不忍动手，杀了之后又让他陷入心理恐怖产生幻觉”，“人物性格都带有怪异的色彩。如写焦氏……状其猜疑类乎妖邪，写其歹毒形同蛇蝎，刻划敏感又近似神秘。仇虎的性格也是变态的，作家写他凶狠狡恶和嫉恨的性格，都出自一种纷乱的复仇心理，着意突现他失去农民本真的怪异色彩。金子的泼野也时有不合常情的表现，她的心理也是变态的”，而这种变态不像《雷雨》中蘩漪的变态那样可以得到现实的解释。① 这样的冲突和人物，自然使《原野》显得神秘，更不用说还有神秘的氛围了。怎样解释《原野》的神秘呢？田先生指出：“曹禺在《原野》中面临的是一个尖锐的社会矛盾……但是，好像作家啃不动这个题材，他不明确这个社会矛盾的全部性质，也不明确矛盾发展的趋势和前景……”②总之，是缺乏农村生活，缺乏对所提课题的阶级的、社会的理解，使作品“陷入神秘的五里雾中”③。田本相先生对《原野》的评价后来转为肯定。他在1993年出版的《曹禺评传》里论道：“过去把《原野》说成是一部失败的作品，这评价是不够恰当的”，“《原野》确实笼罩着浓重的神秘色彩，但它却是现实的”，“《原野》既是现实的，也是哲学的”，“在性格的塑造上，显示着作者的高超的雕塑力”。④ 由于这都是正面、直接论断，没有把过去否定的理由拿出来分析其为何“不恰当”，我们自然要问观点是怎样转过来的。田先生回答了这个问题，他指出：过去的评论“以通常的现实主义来衡量表现主义的艺术成分，在衡量的尺度上就用错了。那么也就不可能深入研究作者以现实主义融合表现主义的东西所带来的得失”⑤。这就是说，观点转变是因为采用了“现实主义融合表现主义”的新标准。

然而这个解释是十分牵强的。首先，从全剧来看，众所周知，《原野》中的表现主义只是第三幕中对仇虎幻觉的描写，所谓“以通常的现实主义来衡量表现主义的艺术成分”的情况，只涉及第三幕。而田先生原来否定《原野》的主要理由是“非现实的性格与冲突”，这个看法并不是依据第三幕才得出的，恰恰是主要来自对前两幕的分析。这样，评价的观点应该转不过来。其次，单从第三幕来看，对该幕的评价并不影响对《原野》全剧的评价，因为过去说《原野》失败的评论对第三幕并没有完全否定，更没有以第三幕为据来否定全剧。即便今天我们特别赞赏第三幕中的表现主义，这对全剧的总体评价的提升也没有多大作

① 田本相.曹禺剧作论[M].北京：中国戏剧出版社，1981.
② 田本相.曹禺剧作论[M].北京：中国戏剧出版社，1981.
③ 田本相.曹禺剧作论[M].北京：中国戏剧出版社，1981.
④ 田本相.曹禺评传[M].重庆：重庆出版社，1993.
⑤ 田本相.曹禺评传[M].重庆：重庆出版社，1993.

用，因为这一幕运用表现主义的成就和意义是有限的。对此，朱栋霖的分析非常客观。他指出，“曹禺的成功之处在于通过针线绵密的穿插，层层渲染铺垫，来描写幻觉产生的过程。这方面，《原野》远胜过奥尼尔写在三张稿纸上的《琼斯王》”，但“奥尼尔描写琼斯在森林中东奔西逃，展开他过去生活的幻觉意象，是为了象征他逃脱现在意识的‘自我’而逐步寻找、显露他的个人无意识、集体无意识……《原野》既然没有《琼斯王》精神分析的象征意义，就没有必要让仇虎像琼斯一样一景接一景地在森林中到处奔逃，同时又造成第三幕前四景的结构雷同。……而第三幕直接出现在舞台上的他过去生活的幻像内容，观众早已从前二幕中熟知”。① 实际上，第三幕不仅是写逃跑、幻觉，它对于全剧还另有其独特的作用（这一点后文会谈到），单就用表现主义手法写奔逃，一景一景地展现过去来说，反是累赘的。总之，今天明确地肯定《原野》中的表现主义，并不足以推翻过去否定《原野》的种种理由，并不具有以此而能肯定《原野》的全局意义。说到底，“现实主义融合表现主义”的标准，还是现实主义为主，在为辅的表现主义上评价再高，仍不能从根本上解决问题。

其实，田本相先生应该是洞悉这一切的，所以他在肯定之后，又笔锋一转写道：“如果，我们对历史上那些否定《原野》的评价意见，作更为冷静的分析，也会发现其中有着合理的因素。”②这显然是保留的态度。这是理论严谨性的表现——既然评价标准主要的还是现实主义，过去的否定意见的种种理由就还是不能推倒、抹杀。

但这样一来，迷惑就不可避免了：如果过去的否定意见是合理的，今天怎能说《原野》是成功之作？如果说《原野》不是成功之作，怎样解释它征服了观众？《原野》的成就和魅力到底怎样解说呢？其实，迷惑完全是由坚持《原野》基本的是个现实主义作品造成的。要扫除迷雾，应当回到作品的实际。于是，我们注意到《原野》中的浪漫主义和自然主义成分。

二

《原野》中存在着浓重的浪漫主义和自然主义因素。

这里的浪漫主义，指西方戏剧史上的浪漫主义戏剧，其代表是莎士比亚和雨果。浪漫主义戏剧自由奔放、绚烂多彩，语言也富有诗意。乍看起来，《原野》一、二、三幕时间在一天之内，一、二幕地点都在焦家堂屋，努力遵循近代剧复活了的古典“三一律”，语言也是写实的，看来应属近代写实剧而非浪漫主义戏剧。但《原野》中明显的有一些特征是近代写实剧不可能有的，这就是神秘的氛围、奇异的光怪陆离的人物配置。这是浪漫主义戏剧的特征。

《原野》的神秘气氛极其浓重，笼罩全剧。每幕开头都对此用成页的文字极力描写渲染。序幕是原野，秋天，傍晚，大地沉郁，莽莽苍苍，“在天上，怪相的黑云密匝匝遮满了天，化成各色狰狞可怖的形状，层层低压着地面。远处天际外逐渐裂成一张血湖似的破口，张

① 朱栋霖.论曹禺的戏剧创作[M].北京：人民文学出版社，1986.

② 田本相.曹禺评传[M].重庆：重庆出版社，1993.

着嘴，泼出幽暗的赭红，像噩梦……”[①]第一幕第二幕均在焦阎王家堂屋，阴森可怖，在具体描绘之后，作者写道，“在这里，恐惧是一条不显形的花蛇，沿着幻想的边缘，蠕进人的血管，僵凝了里面的流质”。第三幕是黑林子，“森林是神秘的”，“树丛中隐匿着乌黑的池沼”，水光“怪异如夜半一个惨白女人的脸色”，到处是白蒿、土堆、白骨，“无数矮而胖的灌树似乎在草里伺藏着，像多少无头的战鬼，风来时，滚来滚去，如一堆一堆黑团团的肉球”。《原野》气氛神秘、诡异的程度，叫人透不过气来，显然是刻意追求的。

神秘的气氛是浪漫主义戏剧中常见的，但在其他类型的戏剧中也能见到。我们是否能确定《原野》之神秘属于浪漫主义戏剧特征呢？可以，因为各类戏剧中的神秘是不相同的。西方中世纪的宗教剧，尤其是神秘剧也神秘，但那是事件、人物本身就神秘，不像浪漫主义戏剧写真实感人的人的活动，只是环境、气氛神秘。现代主义、后现代主义的一些戏剧作品中也出现环境、气氛的神秘感，如斯特林堡的《闯入者》《群盲》，但这种神秘所表现的是人与环境的割裂，由于人找不到世界的意义也找不到自己在其中的位置而产生神秘、恐怖之感。而浪漫主义神秘却表现着人与世界的相通。浪漫主义是以泛神论为基础的，因此客观世界满含着人的意味，人的原始本能、人的命运、与人命运相连的精灵神怪皆潜伏在冥冥之中。《原野》的神秘正是如此。序幕之神秘来自于“大地是沉郁的，生命藏在里面”，秋日的天地间隐伏着粗野的复仇的力，预示着残酷而莫测的斗争。第二、三幕焦家的神秘是来自于环境中满含死去的焦阎王之残暴和活着的焦母之阴毒的力量。第三幕之黑林子更是人化的，曹禺写作为原野人的仇虎到了这里就不显其丑，反因与环境的协调而见其美，同时，黑林子又是一个仇虎所相信的神灵鬼魅出没的幽冥世界。因此，《原野》的神秘气氛是浪漫主义的。

至于人物，其怪异是一眼可见的。仇虎的形象是这样描写的：“这是一种奇异的感觉，人会惊怪造物者怎么会想出这样一个丑陋的人形：头发像乱麻，硕大无比的怪脸，眉毛垂下来，眼烧着仇恨的火。右腿打成瘸跛，背凸起来仿佛藏着一个小包袱。”这是按照极丑去想象出来的人物外形，令人想起雨果笔下的卡西莫多。这是一头怪狮。花金子的形象被用“泼野”“妖冶”“魅惑和强悍”“艳丽”“风流”等字眼来描写，简直是野性十足的山猫。

其他的人物有焦阎王之妻焦母，是个毒如蛇蝎的瞎子；给焦家放羊的白傻子，是个癫子或白痴；焦阎王之子、花金子的丈夫焦大星，相貌体格正常，却是个心理上未成人的窝囊废；村里的破落地主常五，是个贪杯、饶舌的老糊涂虫。《原野》的人物配置就是由怪狮一样的仇虎、山猫似的花金子以及瞎子、白痴、窝囊废和糊涂虫构成的。在《原野》之前，曹禺写了《雷雨》《日出》，创造了周朴园、蘩漪、鲁妈、周萍、四凤和陈白露、潘月亭、李石清、顾八奶奶、胡四、翠喜等众多现实主义人物形象，其手法、功力令人信服。将《原野》的人物与之相比，可以清晰地看到人物塑造的另一路数：这不是因对农村生活不够熟悉而在现实性上不足，而毫无疑问的是在追求另一种美学倾向，即奇特怪异的浪漫倾向。突出人物的某一种特征并尽力强化，是自古以来中外戏剧皆有的现象，而在浪漫主义戏剧中更发展为美

① 本文中对曹禺剧本的引用不一一加注，皆据《曹禺全集》，花山文艺出版社，1996版。

丑、善恶及各种色彩人物的鲜明对比，这一特色在莎士比亚戏剧中十分显明，到了雨果，更把滑稽丑怪引入戏剧、小说，造成夸张、奇异、光怪陆离的效果。《原野》的人物设置，所取的正是雨果的路子。在神秘、恐怖的环境、气氛中安放奇特怪异的人物，使《原野》具有鲜明而强烈的浪漫主义气息，这种气息在序幕中就扑面而来。

《原野》中的自然主义表现在哪里呢？表现在剧中情节的展开方式和描写方式上。自然主义和现实主义都以真实反映生活为宗旨，都使用写实的手法，因此常常不易区分。但二者的实质区别是明显的。自然主义是以实证主义哲学为基础的。实证主义认为能实证的东西才是真理，分析、把握现象背后的因果规律不属于实证知识的范围。于是自然主义之反映生活停留在现象层面上。其具体表现，一是用生理学、心理学、病理学、遗传学去解释社会事件，因为这些东西有实证性；一是表现手法上对社会事件像观察标本一样作精细、真切的描绘而不探究其社会本质。《原野》正表现出这样的倾向。

《原野》怎样展开冲突，组织情节呢？该剧写的事件是复仇。从剧中我们知道仇虎要向焦阎王报的仇是：父亲被活埋；妹妹被卖入妓院，后自尽；田地被霸占；房子被烧；仇虎自己被诬为土匪下狱八年，腿被打瘸。怀着如此多的深仇大恨的仇虎来到焦家，情节怎样展开呢？在《雷雨》中，我们已看到曹禺掌握回溯式结构技巧，利用不断披露往事来推动现在的动作的手腕，在《日出》中，我们更领略了曹禺深刻揭示各种人物间复杂的经济、社会关系的能力。我们可以设想，仇虎来到焦家，会有往事的层层披露来造成戏剧动作，仇虎会与过去造成这些罪恶的种种社会力量冲突、纠葛起来。然而这一切在剧中都不存在。这些仇恨的事实，全剧中叙述了四遍：序幕中仇虎独白说一遍；第一幕常五对花金子说一遍；第二幕焦母劝仇虎宽恕过去提一遍；第三幕以幻觉形式直观地再现一遍。令人吃惊的是，这四遍是简单的重复，只是重复这些事实，没有向揭露这一切具体是怎样发生的、为什么发生的方面前进一步！作者故意让焦母心知肚明不须说什么，让焦大星傻乎乎地不知道仇虎来干什么，让花金子只讲情爱却一句也不问仇虎报仇的缘由，让仇虎不向焦家任何人发出任何质问，一句“给干妈请安来了”，“报恩来了”就说明了来意，杜绝了一切关于为什么、怎么样的追问。从这种处理我们只能得出这样的结论：仇虎那么多仇，只是作者写来说明的确是深仇大恨，作者根本无意对这些事怎样发生，为什么发生，反映了什么阶级、社会关系作探究。那么作者怎样展开冲突，组织情节呢？他构造了焦母、大星、金子和仇虎、金子、大星两组三角关系来形成纠葛，展开第一幕捉奸，第二幕杀人的情节。

前一组三角关系是婆媳相互仇恨、争夺一个男人。花金子一出场就逼丈夫说“淹死我妈！”焦母一开口就是“好看的媳妇败了家，娶个美人丢了妈”，采用针扎小木人的魇胜法要害死金子。这么你死我活，只是因为大星心理上长不大，既百般爱妻子却又恋母。于是这组矛盾实是以弗洛伊德性心理学为基础构筑的。这组矛盾的激化是在第一幕中：瞎子焦母捉奸，已从金子的香气、戴花等发现蛛丝马迹，又冲进左屋接触到了仇虎（仇虎将她推倒逃去），就是无法叫金子承认，遂找回儿子逼他拷问媳妇，大星本已相信有偷情事了，金子却一下翻出小木人，让大星觉得如此狠毒的母亲是什么都能编的。这组矛盾把第一幕的戏撑了起来。

第二组三角关系是两个男人和一个女人之间的：原本一心争夺大星的金子爱上了仇虎；仇虎要杀大星，金子反对，后来又转为赞同，成了仇虎的同谋。对此的描写，没有一句提到金子、仇虎有过什么恋情，没有一句写金子对仇虎的同情、怜悯，更排除了金子对做大星媳妇有抵触心理。那么这一切是怎样发生的呢？第一幕前部有一段仇虎、金子用打骂来示爱的泼野描写颇引人注目，这种怪异奇特的表现是因为一方面仇虎如“外国鸡”一样丑得离谱，偷情中还包含强烈的向焦家报复的动机，但他却在十天中给了金子肉体的满足，以至金子“才知道我是活着”。这揭示出金子爱仇虎是性的力量。在第二幕中，我们看到金子为何对杀大星由反对转而赞同，那是因为在仇虎告诉大星自己就是偷情的“那个人”后，大星不敢与他动手，也不敢杀了金子，反求金子不要走，说今后可以容忍她与仇虎来往，由此而生的嫌恶感使金子抛开不杀无辜的道德感，宁愿仇虎杀了这个“窝囊废”。显然，这里支配的力量还是性。对这一组三角关系的冲突描写是第二幕的重头戏。这样，《原野》完全依赖以性心理构成的两组三角纠葛来展开复仇情节，从而走在以心理学解释社会关系的自然主义道路上。

《原野》在情节的具体描写方式上也是自然主义的。就是说，具体描写表现出这样的倾向：不欲揭示事物社会本质，兴趣全在于像观察标本一样精细、真切地单纯描绘事件的过程。以第二幕为例，这种倾向可以看得十分清楚。因为这一幕是写杀人。如何写杀人，中外戏剧从来都贯彻淡化的原则。莎翁《麦克白》中杀邓肯这一关键情节，其处理只是麦克白下场，复上，对麦克白夫人说：“事情我已经办了。你没听见一点声音吗？”[①]即便是西方所谓“塞内加式”的悲剧，当场表现杀人，也只杀了完事，并不细细描绘和渲染。但《原野》却用整整一幕写杀人，写得仔细、写得真切、写得气氛浓烈。第二幕开幕是晚上九点，焦家堂屋里黑影憧憧，焦母的孙子小黑子不停地发出惊恐的哭声，大星说孩子睡相“好像死了一样”，焦母念着“猛虎进门，家有凶神”，仇虎却在左屋里惨厉地唱道：“初一十五庙门开，牛头马面两边排，殿前的判官呀掌着生死的簿，青脸的小鬼哟，手拿拘魂的牌。”所以一开幕就是杀人的架势、杀场的空气了。接下来是焦母与仇虎谈话，想打消他杀人的念头，却摸得仇虎“手心发烫”，那一大段二人言辞、心理短兵相接的戏，焦母“发凉”的手始终握着仇虎发烫的手。弄清了仇虎非杀人不可，焦母又找金子说话。接下来的是大星拿刀回来，要找“奸夫”拼命。再下来是仇虎与大星喝酒，透出自己是“那个人”，诱大星与他动手。但大星不敢，疯狂地要杀金子，却又颓然放下了刀。大星酒醉进屋睡去，作者却把里屋声音传出来：“[里面的声音：(幽然长叹)好黑！好黑！(恐怖地呻吟)好黑的世界！]”这时仇虎持刀入内，“[里面突然听见一个人窒息地喘气，继而闷塞地跌在地上。]”接着仇虎蹒跚上场，“睁着大眼，人似中了魔”，“手里匕首涂满污血”。仇虎正与金子说刚才杀人的情景，却见瞎眼的焦母手拿沉重的铁杖，一脸凶恶和疯狂，口念着“打死不偿命”，进了仇虎住的里屋，“[蓦地听见里面铁杖闷塞而沉重地捣在床上，仿佛有一个小动物轻嚎了一下，便没了声音。]”原来是打死了放在里屋炕上的小黑子。作者的舞台指示写道：“这时的气氛恐

① 梁实秋译本.莎士比亚全集[Z].呼和浩特：内蒙古文化出版社，1995.

怖到了极点。”这正是自然主义描写所达到的效果。像《原野》这样以一整幕写杀人，在中外戏剧史上是不多见的。

由以上分析，我们可以解释为什么人们从来感到《原野》没有真实地展开现实的阶级、社会矛盾，却又感到它充满戏剧魅力。这是因为《原野》的魅力，即它强悍的力量、奇异的人物、紧张激烈的冲突、神秘而恐怖的气氛所形成的震慑人心的力量，主要来自其浪漫主义和自然主义因素。

三

《原野》中的现实主义和表现主义是从来被确认的，现在又加上浪漫主义和自然主义，该剧就有四种成分了。那么这是一部怎样的剧作呢？笔者认为，浪漫主义成分是主导性的，《原野》可以说是一部艺术因素特别复杂的浪漫主义剧作。

《原野》不是现实主义剧作。说到底，该剧中的现实主义成分只是两点：1.农民复仇的事在现实中是有的；2.应用了现实主义戏剧的外部形式和语言（其实写实性也非现实主义戏剧所独有）。除了这两点，其他都和现实主义沾不上。《原野》的各主要方面，如气氛的神秘，人物的怪异，复仇的冲突不向揭示阶级、社会方面发展却大写基于性心理的冲突，以及情节细节的诸多不合情理之处，如果要把此剧当作提出一个阶级斗争问题的社会剧来看都是奇怪而无法解释的。《原野》也不是表现主义剧作，而只是运用了表现主义手法，用此手法以及该手法表现的幻觉在全剧中都是局部的。《原野》也不是自然主义剧作。尽管这种成分和倾向很重，但性关系的描写和细致、真切地描绘事件的过程都不是全剧的目标。一部自然主义剧作需要以真实反映某个社会事件或某种社会现象为目标，而《原野》的目标是在神秘的氛围里写仇虎那样奇异的人物从事复仇的行动，这种目标不是自然主义的。

《原野》是浪漫主义的。之所以这样说，不仅因为以此可以解释该剧中原来使我们疑惑的种种现象，更不仅是凭着本文前面找出了气氛神秘、人物配置怪异两个特征，主要是因为《原野》的内核、灵魂是浪漫主义的。这就是过去在运用现实主义标准评论该剧时每一个评论家都看到和指出了的东西：《原野》欲表现原始的力。

这就是《原野》的主旨。在曹禺的现实主义创作中，冒出一部表现原始的力的作品，是否奇怪呢？不奇怪，因为这是曹禺一贯的追求。

曹禺自述“写《雷雨》是一种迫切的情感的需要”。这是一种“郁热”，郁热虽是由现实社会的压抑造成的，郁热本身却不是清醒的社会反抗意识，而是非理性的原始的生命力的爆发。所以，曹禺写这郁热是人们“更归回原始的野蛮的路，流着血，不是恨便是爱，不是爱便是恨；一切都走向极端，要如电如雷轰轰地烧一场”。剧名“雷雨”便是对这种原始的力的爆发的象征。剧中的蘩漪，作者称她“是一个最‘雷雨’的性格”①，把她描写为“有更原

① 曹禺.《雷雨》序[A].曹禺全集：第1卷[Z].石家庄：花山文艺出版社，1996.

始的一点野性”[1]。《雷雨》很明显是崇尚原始的力的。在《日出》中，曹禺以幕后歌唱的打夯的小工们代表希望。评论多指出对工人的表现太弱了，太抽象了，在作者所写的文明社会中也不占什么位置，与作者认为“太阳是属于他们的”这样的意图不相称。其实在曹禺眼里，小工的地位是极高的。第四幕方达生提议陈白露结婚透露了这一信息。方要陈“嫁一个真正的男人，他一定很结实，很傻气，整天地苦干，像这两天那些打夯的人一样”。陈白露听得让她“嫁给打夯的小工”不由大吃一惊。但按曹禺的意思，小工们并不是作为社会中卑贱的一部分而存在的，而是作为与该整个儿诅咒的文明社会相对立的原始、有力、快活的人而存在的，他们拥有太阳，代表希望。在《日出》中，他们被称作“真正的男人”，而在《原野》第三幕，曹禺用了“真人”这个字眼。陈白露如果嫁人，当然该嫁这种人。到了日后创作的《北京人》中，曹禺更用北京猿人来映衬出文明社会的人的“渺小而萎缩”，来表达他的人的理想：

> 这是人类的祖先，这也是人类的希望。那时候的人要爱就爱，要恨就恨，要哭就哭，要喊就喊，不怕死，也不怕生，他们整年尽着自己的性情，自由地活着。

从曹禺这种一贯追求来看，他写出一部以讴歌原始的力为主旨的作品正是合乎逻辑的。如果说在写了《雷雨》《日出》后曹禺总是“纳闷”，何以“每次写戏总把主要的人物漏掉”，在《雷雨》里，“那叫做‘雷雨’的好汉没有出场”，在《日出》中，代表日出的人物又藏在了幕后[2]的话，那么《原野》正是要消除这个遗憾，在这里，“主要的人物”出场了，这就是原始的力充盈而洋溢的仇虎和花金子。《雷雨》和《日出》都是现实主义戏剧，作者展现给我们文明的社会和现实的人物，作为曹禺理想的原始的人是没有现实社会的位置的，所以只能藏在幕后，只能“真人”不露相。而《原野》营造了一个浪漫的氛围，“真人”便可以露相了。可以这样说，《原野》之写复仇，并不是要提出和探讨阶级斗争问题，而是需要一场复仇的斗争来写出敢恨的人物，《原野》之写农村，也不是把反映现实的领域从城市扩大到了农村，而是需要农村的原野来作“真人”活动的舞台。

《原野》表现原始的力，首先是通过主人公。仇虎与花金子的性格不是现实生活造就的，而是按照理想塑造的，他们是“原野人”“真人”。在序幕和第一、二幕中，他们是处在人类社会里，因而言行都有些怪异，到了第三幕黑林子里，作者才让他们显得和谐自然。

《原野》表现原始的力还通过次要人物和全剧情节。《原野》写复仇事件，主人公杀人后出现幻觉，这显然受到莎剧《哈姆莱特》和《麦克白》的影响，但曹禺将这些情节按塑造“真人”的意图重新构思了。田本相指出，《原野》的人物和冲突都是人为编织的，这完全正确。但既然是浪漫主义戏剧，就可以接受而不必在现实性上多所追究了。报仇的目标焦阎王为什么偏偏死了？因为他不死就不可能去杀焦大星。焦母为什么性格歹毒，而且是个瞎子？因为复仇斗争需要一个恶而有力的对立面，让焦母眼瞎，才便于写第一幕捉奸的

① 曹禺.雷雨(第一幕)[Z].曹禺全集:第1卷[Z].石家庄:花山文艺出版社,1996.
② 曹禺.《日出》跋[A].曹禺全集:第1卷[Z].石家庄:花山文艺出版社,1996.

戏，瞎眼也可为歹毒提供生理依据。焦大星为什么那么清白无辜？因为只有杀这样的人才可能事后发疯。大星为什么是窝囊废？因为这样才有金子的不满足，才映衬出仇虎、金子生命力的强劲。总之，一切都是为了写出两个敢爱敢恨的"真人"而安排的。甚至两性关系描写放入该剧的合理性也在这里，尽管在剧中这个成分的分量似乎过大了。这样，第一幕可以理解为表现"真人"的敢爱，从结构上也形成复仇的渐进部分，第二幕则表现了"真人"的敢恨。

第三幕的作用是特别值得探讨的。它虽是写复仇杀人后的逃跑，但作者花大力气写仇虎的幻觉，人物描写深了一层，决不能只看作结局部分。不少评论认为这一幕是揭示封建迷信思想对农民的毒害，认为这正是《原野》深刻之处，也是全剧的用意所在。但这种解释是不能令人信服的。如果这是全剧用意所在，情节上就应该像《麦克白》那样，早早把无辜者杀了，用以下的全剧大部分篇幅写主人公的心理折磨，而不应到最后才接触这个问题。如果说第三幕的用意是写封建迷信思想的毒害，那就应该写仇虎、金子对复仇陷入怀疑、后悔、迷惘。但这一幕中仇虎和金子只是一景一景地奔逃，同时不断重复这样的信念："我现在杀他焦家一个算什么？杀他两个算什么？就杀了他全家算什么？""打到阎罗宝殿，我也得跟焦家一门大小算明白！"显然，仇虎对复仇行动如此严酷的正义性并不怀疑。这一幕中，仇虎掉进了"心狱"，这个心狱的出现，那些幻觉的发生，的确是因他有着封建迷信观念，又有善良的本性才造成的。但从他至死不悔看，作者在这一幕中所写的并不是封建迷信的毒害，而是对这种毒害的斗争，是"真人"的挣扎和坚持。《原野》第三幕像《琼斯皇》一样写主人公在黑林子里迷路，但实质是不同的。琼斯不是"真人"，而恰恰是失去"真人"本性的人，是在文明社会中学得一身狡诈，去欺骗和统治别人的人，他的迷路，是一个现实人的精神逐渐崩溃，回归原初无意识的过程。这样，迷路过程就成了精神分析，成了对文明社会怎样毒害人的揭露。而仇虎、花金子却是"真人"，他们的迷路过程是挣扎着坚持本性的过程，在这一过程中，他们的美好心灵充分展示出来。曹禺在第三幕开始时是这样描写仇虎、金子的出场的：

> ……时而，恐怖抓牢他的心灵，他忽而也如他的祖先——那原始的猿人，对着夜半的森野震战着……在黑的原野里，我们寻不出他一丝的"丑"，反之逐渐发现他是美的，值得人的高贵的同情的。他代表一种重重压迫的真人，在林中重演他所遭受的不公。在序幕中那种狡恶、机诈的性质逐渐消失，正如花氏在这半夜的磨折里由对仇虎肉体的爱恋而升华为灵性的。

这已经把第三幕的意味说明了。幻觉的出现固然披露出仇虎有封建迷信思想，但幻觉在该剧中的意义其实是表现文明社会的观念对仇虎的压迫。作者有意在这一幕中让"真人"回到原野环境，脱去身处现实社会时的狡恶、机诈，让他纯朴的心灵面对自然的神秘、社会的追捕和观念中的幽冥世界，在这全方位的压迫中坚持自己的本性，展现其灵魂，从而完成了对"真人"的塑造。田本相说《原野》"也是哲学的"，大约就表现在这里。

《原野》是一部成功之作，这已由其魅力足以征服观众所证明。首先，它的主题是积极的、有价值的。其次，但却是具有主要意义的是，这是一部具有大师气魄的艺术探索之作。这种探索，并不是以现实主义为主而又部分地融合表现主义手法，而是富于灵性地将多种艺术因素糅合起来，将一个哲理性的主题写成一部浪漫剧作，又以自然主义手法使之具有真切撼人的力量，更尝试以表现主义手法将该剧推到一个浪漫主义、自然主义无法达到的深度。这样大胆而复杂的探索，有许多实践上的得失问题和理论上具有启示性的问题值得探讨。但这需要另外的文章来分析、阐述了。

原载《首都师范大学学报》(社会科学版)，2004 年第 2 期

从演出史看《原野》的接受

光明明

摘　要:《原野》自诞生以来,屡次被搬上舞台与银幕。回顾其60多年来的演出史,可以发现它形成了两种基本的接受模式。接受者或从其社会意义来接受并评判它,或将其作为带有强烈表现色彩的剧来接受与评判。其中,前一种接受模式在《原野》60多年的接受史中一直占据着主流的地位。

关键词:原野;演出;接受

《原野》自1937年4月连载于《文丛》杂志起,便受到许多评论者的非议,甚至被断言为"曹禺最失败的一部作品"①。但就是这样一部"失败"的剧作,60多年来却长演不衰,显现出非凡的艺术魅力。作为一部话剧,《原野》的接受史无疑要以演出史为主。对其接受的一般过程我们可以作如下的描述:演出者在舞台上对于剧本的诠释,一方面受制于时代的专门的或业余的评论者的接受状况,并体现着这种状况;另一方面,又有着作为一个普通的接受个体对于剧本的再创造。他们的表演直接传达给观众,从而激发起观众对于剧本的接受。在这评论者、演出者(包含导演等)、观众(广义上也包含评论者)所组成的接受之链中,演出者处于一种节点的地位。因而,从剧本演出历史去考察其接受史,应是最为有效的可行的办法。因此,本文将结合评论者以及观众对于剧本(或演出)的反应,对《原野》演出史(包括改编)进行梳理,期于能勾勒出其60多年来接受的客观面貌来。

一、建国前的演出与改编

1937年8月7—14日,《原野》由上海业余实验剧团在卡尔登大戏院进行首次公演。导演兼舞台监督应云卫,主要演员有赵曙、魏鹤龄、舒绣文、英茵等。关于这次演出的具体情况,极少有文字的记录。几天后,淞沪抗战爆发,演出被迫停止,未能在当时的文艺界引起太大的反响。

解放前另外一次较为重要的演出是1939年8月14—24日昆明国防剧社在新滇剧院的公演,导演正是曹禺本人,舞台设计闻一多、雷杰元,主要演员有凤子、汪雨等。这次排演中,曹禺将导演的重心放在"如何把人物的复杂心态表演出来,着眼于人物内心世界的刻画",尤其要求以"细腻而真实的表演"揭示有着复杂内心矛盾的仇虎的"深层意识"。闻

① 杨晦.曹禺论[A].王兴平,刘思久,陆文璧.曹禺研究专集(上)[C]福州:海峡文艺出版社,1985.

一多在舞台的布景设计上，采取“虚实结合”，“并运用了某些抽象的画法，在灯光下形成焦点透视，把大森林的阴森而恐怖的神秘气氛表现出来”，以便能更好地表现“人物的潜意识”，这曾使曹禺“赞赏不已”。1983年5月，曹禺在给蒋牧丛的信中曾谈到了《原野》：“《原野》是讲人与人的极爱和极恨的感情，它是抒发一个青年作者情感的一首诗”，对于演出的意见则是：“美工是否那样写实（整个剧不要太写实）？可否‘虚’一点？留给人想象。”①从这点来看，这次演出或许正是曹禺在舞台上真正还原《原野》“非写实”、抒发自己内心的“诗”的一次努力。这次演出获得了成功。观众冒雨前来观看，场场满座。

除此之外，中国旅行剧团、国防艺术社、戏剧工作社等大大小小十几家剧团或剧社等演出过《原野》，1941年还曾被易名为《森林恩仇记》由上海中国联合影业公司搬上银幕。

《原野》发表、演出后，评论很少，而且大都持批判态度。其中较有分量的一篇是南卓发表的。该文批评作品的现实性不够，并且对外国剧本模仿得太多，使一些细节脱离了中国特定现实的逻辑，这些缺点导致了思想上的“不太清晰”，既有“虚无主义的倾向”，又有“集团的意识”，“似乎又是象征命运束缚着人”②。40年代两篇重要的曹禺论——吕荧的《曹禺的道路》、杨晦的《曹禺论》也论及了《原野》。前者认为《原野》的主题在于“人与命运的抗争”，它“仍然没有脱离观念的思维的领域”，“是一个纯观念的剧”，相对而言，他对《北京人》的评价较高，因为这个戏“是作者向现实踏入较深的一步”③。而杨晦的文章则几乎是以题材是否反映社会的迫切问题来判定作品意义的，他批评曹禺的前三部剧作里“闻不到一点战争的血腥，看不到一点国家民族的危机，以及整个民族的耻辱”，相反却肯定了反映抗战现实的《蜕变》④。不难看出，上述评论者强调的是作品对于现实的意义。从这种先在的视野出发，他们认定《原野》是一部失败的作品。

《原野》当然也不乏赞赏者。郁达夫在观看了排演之后，指出《原野》是一部“带有象征意义的问题剧”，它“明确地提出一个问题，指示我们一条道路”，认为这样“才有深刻的印象，使永铭在读者和观众的心头”，“其价值自然远在《雷雨》《日出》的两剧之上”⑤。尽管郁达夫高度评价了《原野》，但仍然是将其作为“问题剧”来接受的，他与上述批评者的意见似乎是南辕北辙，出发点却是一样的。

尽管在评论界得不到太多的赏识，但这部剧却受到了观众的喜爱，唐弢说：“几年以来，大江南北，多少剧团演过《原野》，多少人读过《原野》……正因为《原野》是百看不厌的剧本”，但在谈到这部剧作受人喜爱的原因时又说：“这个剧本里有‘戏’，群众看起来过瘾，这个剧本里有生活，顾盼左右，仿佛就在身边，让人看起来恐惧和欢喜。”⑥这段话向我们透露了普通的观众对于《原野》的接受角度。在中国古典戏曲的熏陶中成长的观众在观赏话

① 田本相.曹禺传[M].北京：北京十月文艺出版社，1988.
② 南卓.评曹禺的《原野》[J].文艺阵地，1938，1(5)：143-145.
③ 杨晦.曹禺论[A].王兴平，刘思久，陆文璧.曹禺研究专集（上）[C].福州：海峡文艺出版社，1985.
④ 杨晦.曹禺论[A].王兴平，刘思久，陆文璧.曹禺研究专集（上）[C].福州：海峡文艺出版社，1985.
⑤ 田本相，胡叔和.曹禺研究资料（上下）[C].北京：中国戏剧出版社，1991.
⑥ 田本相，胡叔和.曹禺研究资料（上下）[C].北京：中国戏剧出版社，1991.

剧这种舶来品时，恐怕首先关注的还是“戏”，是戏剧的“本事”，是里面能让人觉得“过瘾”的情节、鲜明的人物以及尖锐的矛盾冲突。至于作者试图要在剧中表现的“诗”“情感”则被摒弃到了接受之外。

当然，因为时代的关系，它又不可能仅作为娱乐被接受，评论界与演出者们对剧作的接受也必然渗透进来。1948年清华剧艺社演出《原野》就是一个明显的例子。他们改动了原剧本，“强调仇虎、金子和焦家的阶级对立，借以加强社会意义，反映出学生们的革命情绪和激进思想”①。而一位佚名观众在看了演出之后，认为“它可以催促那些甘愿在敌人铁蹄下苟且偷生，以致屈膝投降的人反省自新”②。《原野》中所要试图表现的“诗”被接受为一个“农民对于土豪地主复仇”③的故事或一种民族的反抗精神。至于充满恐惧、神秘但或许又最能体现作者本意的第三幕中的二、三、四场景在演出时被删掉的也居多④。这与《雷雨》诞生后被作为一个社会问题剧而被删掉序幕和尾声正有着惊人的一致。

对建国前《原野》的接受状况作一下总览，可以看出，尽管评论者在对剧作精神内涵上的认识上有不少精彩的见解，但他们还是更多地纠缠于从社会学意义出发对《原野》作价值评判，而较少作剧作本体的研究。而在舞台上，则大多突出剧作的社会意义，突出对于时代的效用，淡化了剧作的表现色彩。这些因素直接导致了作为“诗”的《原野》被观众作社会学意义上的误读。

二、建国后的演出及改编

建国后到“文革”前，批评家们对《原野》所作的否定评判，使这部剧作几乎被人遗忘，不仅三十多年未能再版，演出也仅有一次(1957年北京实验话剧团)。到了80年代，这种情况得到了改变。1981年《原野》被改编成电影，由凌子改编并执导，杨在葆、刘晓庆分别饰演仇虎、花金子。在电影中，金子被处理成了主角，“突出了她炽热的追求个性解放以及对幸福生活的向往”⑤。导演曾撰文谈到了自己对《原野》的认识：“它反映了中国封建社会里渴望新生与自由的人们不甘于被环境所吞噬，因而奋起抗争的经历，尽管精神上蒙有封建迷信的灰尘，又找不到真正的出路，但他们至死都不曾向封建势力屈服。”⑥它能给人以这样的启示：“要反抗封建的旧社会，要像仇虎那样不妥协的拿起枪！”⑦。钱理群曾这样评价该片的执导思想：“电影《原野》的编导仍然从社会学的角度去阐释《原野》的主题，她强调的是《原野》争取个性解放的人道主义的反封建精神。”⑧这种分析是很中肯的。导演的

① 葛一虹.中国话剧通史[M].北京：文化艺术出版社，1990.
② 潘克明.曹禺研究五十年[M].天津：天津教育出版社，1987.
③ 杨晦.曹禺论[A].王兴平，刘思久，陆文璧.曹禺研究专集(上)[C].福州：海峡文艺出版社，1985.
④ 杨晦.曹禺论[A].王兴平，刘思久，陆文璧.曹禺研究专集(上)[C].福州：海峡文艺出版社，1985.
⑤ 曹明.风风雨雨话《原野》——纪念曹禺九十诞辰[J].文教资料，2000，(5)：147.
⑥ 凌子.反封建的长诗[J].萌芽增刊，1982，(2).
⑦ 凌子.《原野》随想[J].文汇，1982，(7)：84.
⑧ 钱理群.大小舞台之间——曹禺戏剧新论[M].杭州：浙江文艺出版社，1994.

处理与观众的回应也是一致的，有人观后如是评价电影："它真实地再现了旧中国封建势力对穷苦农民的残酷迫害，揭示了农民群众与地主阶级之间不可调和的尖锐对立。"①

1983 年 6 月 1 日起，四川人民艺术剧院演出《原野》。导演彭光华，主要演员有翁显樵、晓欣、程敏天等。曹禺在获悉四川人民艺术剧院将要排演《原野》时，终于打破了《原野》发表以来对这部剧作的沉默，谈到了创作《原野》的初衷："《原野》是讲人与人的极爱和极恨的感情，它是抒发一个青年作者情感的一首诗（当时我才 26 岁，十分幼稚！）。它没有那样多的政治思想，尽管我写时是有许多历史事实与今人一些经历、见闻作根据才写的。不要用今日的许多尺度来限制这个戏。它受不了，它要闷死的。"②在这封信中，曹禺对以反封建（或阶级复仇）主题去诠释剧本并以此为依据对剧作进行价值判断的做法含蓄地表示了抗议，从《雷雨》到《原野》，他一再申明自己写的是"诗"。然而，作者本人的辩白还并不能立即转变人们习惯性的看法，这个过程需要时间。

1984 年 3 月 15 日，中国青年艺术剧院演出《原野》。导演张奇虹，主要演员有杜振清、宋洁、殷新等。演出对原剧本作了删改，将原来的三幕五场改为两幕，增加了序幕和尾声。最大的改动是将焦母误杀小黑子改为误杀大星，据导演的说法，这样改"为的是不致仇虎杀害焦大星，让他赢得观众的更多同情"③。另外，还将仇虎的自杀改为他杀，把原本第三幕中的"阴告"提到序幕。这样删改据说得到了曹禺的首肯④。张奇虹强调自己的改动是遵循了现实的逻辑与人物性格的逻辑，关于仇虎的改动是"想剔除长期以来笼罩在仇虎身上'情杀'之嫌的云翳"，因为仇虎的"自杀"不符合人物本身的性格，"违背了社会发展的规律和马克思主义的阶级斗争观点"。而对于"阴告"处理的根据，"是原剧本所提示的仇虎下狱八年后越狱返乡这一特定的规定情境。在这种异常复杂又极端强烈的复仇心理的驱使下，仇虎脑海中闪现出上述幻觉，是符合人物的思维逻辑和心理状态的"⑤。

依据导演的解释并结合演出的实际来看，青艺的《原野》演出无疑是以现实主义的创作原则为主导思想的。剧本的改编使原本中模糊的背景一一实化了。其后果是直接突出了其时代性，并以此为根据，对不符合当时现实逻辑的人物行为进行了调整，而剧本的反封建反压迫的时代主题也在这次改动中被突出。原剧中"固有的神秘和浪漫色彩"也被削弱了，整个剧作写实化了。从总体上说，这次演出还没有脱离建国前对于《原野》的普遍认识。

同年，辽宁人民艺术剧院、太原市话剧团、中央戏剧学院也曾先后演出过《原野》，但囿于时代整体接受状况的限制，这几次演出并没有能突破青艺版所达到的水平。此外，在 20 世纪 80 年代，《原野》还分别由上海长宁沪剧团和中国歌剧舞剧院改编成沪剧和歌剧上演。

---

① 于昕.叛逆者的歌——评电影剧本《原野》[J].中外电影丛刊，1983，(1)：184.

② 田本相.曹禺传[M].北京：北京十月文艺出版社，1988.

③ 胡承伟.走过了半个世纪的《原野》——访赴港前夕的导演张奇虹[N].深圳特区报，1986-2-1(1).

④ 陈珏.访曹禺[N].文汇报，1984-3-15(4).

⑤ 张奇虹.时间与时间的审视——写在《原野》演出两周年[J].戏剧报，1986，(8)：41.

在这一时期，评论界开始对《原野》进行重新认识。开风气之先的是华忱之。他肯定了这个戏“是一部具有深厚思想内容的反映农村现实的悲剧”，“在艺术处理上，也有不少新颖独特的创造”[1]。此后，学术界发表了一系列探讨《原野》的论文。如田本相《〈原野〉论》、胡润森《〈原野〉简论》、唐弢《我爱〈原野〉》、潘克明《〈原野〉和表现主义》、朱栋霖《论〈原野〉》，等等。这些文章主要是从社会学的角度出发肯定了《原野》对农民在封建豪绅地主统治下悲惨命运的表现——这与演出的情况是基本一致的。另外，有些学者还对剧作中的“非现实性”进行了肯定，认为《原野》是现实主义与表现主义的结合，剧中的表现主义因素是“以不同方式，沿不同途径通向了《原野》的主题，深化了它的表现内容，增强了它谴责现实的力量”[2]。这种重新认识的倾向在 90 年代得到了进一步的展开。

到 90 年代，评论界对《原野》的看法进一步多元化，也进一步深化，对其思想内涵、艺术得失都不再局限于以往的社会学乃至阶级论阐释。如田本相认为《原野》是探索着“人的灵魂的秘密”，是“诗与现实的融合”[3]；孙庆升认为仇虎的内心矛盾“可以概括为人性与野性的冲突”，“曹禺通过仇虎的复仇悲剧，升华为人类命运的思考”[4]；邹红则认为“仇虎身上体现了作家对原始生命力、对生命本能的疑惑，体现了作家对道德原则的肯定”[5]，等等。曹禺曾说《原野》是抒发自己情感的“一首诗”，它“写的是人情，是人与人之间的关系，爱和仇非常强烈”[6]。这种自况正在逐渐为人所理解。

多元的视角带来了在舞台上对以往阐释与演出模式的突破，这尤其体现在 90 年代后的几次演出中。1990 年，曹禺的故乡——湖北潜江市荆州花鼓戏剧团将其改编为花鼓戏《原野情仇》演出，编剧胡应明，导演丁素华、余笑予，主要演员胡新中、李春华等。这次演出有了一些探索与突破。编剧与导演曾说这次演出是“依托于原著中那种悲天悯人的情怀，来观照人类自身的困境与命运，来展现人物灵魂深处的自我挣扎和情感矛盾”[7]，并有意“淡化社会性冲突”，“着重在人性，人格的真、善、美上张扬”[8]。这与 80 年代初的几次演出主旨已经有了较大的变化。此外，在 1990 年、1997 年，《原野》还分别被甘肃京剧团和重庆市川剧院改编为京剧《原野》和川剧《金子》演出。

从 20 世纪 30 年代到同世纪末，话剧舞台上的《原野》逐渐形成了一套比较固定的写实

---

① 华忱之.论曹禺解放前的创作道路[A].田本相，胡叔和.曹禺研究资料(上)[C].北京：中国戏剧出版社，1991.

② 田本相，胡叔和.曹禺研究资料(上下)[C].北京：中国戏剧出版社，1991.

③ 田本相.曹禺的现实主义戏剧艺术及其地位和影响[A].田本相，刘家鸣.中外学者论曹禺[C].天津：南开大学出版社，1992.

④ 田本相.曹禺的现实主义戏剧艺术及其地位和影响[A].田本相，刘家鸣.中外学者论曹禺[C].天津：南开大学出版社，1992.

⑤ 田本相.曹禺的现实主义戏剧艺术及其地位和影响[A].田本相，刘家鸣.中外学者论曹禺[C].天津：南开大学出版社，1992.

⑥ 高瑜.沉睡中的唤醒——曹禺谈《原野》[J].北京艺术，1982，(8)：2.

⑦ 胡应明.解读·摄神·重构——浅谈荆州花鼓戏《原野情仇》的改编[J].中国戏剧，1997，(4)：54.

⑧ 丁素华.名著与花鼓戏——《原野情仇》导演构思[J].中国戏剧，1997，(11)：29.

主义演出模式。它以苏俄斯坦尼斯拉夫斯基演剧体系为蓝本。将《原野》首次搬上舞台的上海实验剧团的前身“上海业余剧人协会”就曾将它“定为剧团的艺术方向”①。这种演剧体系在艺术本体论上坚持“通过艺术的真实，表现生活本质及其发展方向的真实”②。在表演上则强调对角色的“性格的体验”，“不必处处拘泥于角色性格上的逻辑”，但“一举一动莫不与那逻辑相暗合”③。这种演剧体系的出现有着现实主义文艺思想背景，适应于写实的社会剧的演出，但用它来表现曹禺的几部难以以“写实剧”来标签的剧作时就发生了重大的偏差。正如钱理群所指出的那样，这种演剧体系“限制了曹禺戏剧生命的多元化的呈现与发展”，曹禺剧作中，“得到较为完美的舞台体现的，仅是现实主义，写实性(部分写意)，舞台幻觉……这一方面，而曹禺戏剧中的表现主义，写意性与舞台假定性……这些方面却没有得到应有的体现”④。多少年来导演们一直是这样去处理《原野》的，努力使剧中的情境与人物符合当时的现实。青艺版将第三幕的阴告提前以减轻剧作的神秘色彩与表现因素便是一个很明显的例子。《原野》的接受被规定在“现实主义的艺术”的范围之内。

对这一接受模式进行大胆突破的是2000年北京人民艺术剧院演出的《原野》。导演李六乙，舞美设计罗江涛，灯光设计张秋春，主要演员有胡军、夏力新、杨青等。这是一次颇具实验色彩的演出。引人注目的是舞美设计与人物动作完全颠覆了以往的演出，显出强烈的荒诞色彩：黑色的草长满舞台，白色的鸽子自由地走动；一侧墙壁上悬挂着八九台彩电，反复播放1981年电影《原野》和美国影片《阿甘正传》的片段；大星、仇虎、常五、傻子从舞台中央的马桶里捞出几听可乐，围坐成一圈，说起了与剧情无关的话……一切都背离了观众对《原野》的预想。根据导演李六乙的解释，他在《原野》中找到了“几种人特别本质的存在状态”，如“人的尴尬、困境，物质对人的占有等”⑤。因此他“特意加强了对人永远也走不出一种怪圈、人永远也逃脱不掉社会的压力、命运压力这种轮回的表现”⑥。而舞台上的各种现代工业品的介入，是试图“表现后工业时代物质生活的混乱与占有”，隐喻现代人生活的虚幻⑦。

这次先锋的演出招致了更大的争议。普通的观众直呼看不懂，评论界也较多批评。田本相认为它不仅解构了原作中沉郁的、阴森的“原野”景象与耐人寻味的戏剧故事，而且也背离了原剧人性历经磨难终于恢复本真的主题。⑧ 孙洁认为对《原野》的解构是“专制的行径”，“对作者权利的压制达到了极致”，成了一次“与作者无关的‘语言游戏’”，“败坏了观、演双方的精神契约，从而构成了‘剧场欺诈’”。可以看出，批评者不满之处在于导演对

① 郑君里.角色的诞生[M].北京：中国电影出版社，1981.

② 焦菊隐.向斯坦尼斯拉夫斯基学习[A].焦菊隐.焦菊隐文集(第三卷)[C].北京：文化艺术出版社，1988.

③ 郑君里.角色的诞生[M].北京：中国电影出版社，1981.

④ 钱理群.大小舞台之间——曹禺戏剧新论[M].杭州：浙江文艺出版社，1994.

⑤ 桂杰，李六乙：他们都没读懂曹禺[N].中国青年报，2000-8-30(12).

⑥ 田本相.也谈新版《原野》和《日出》[J].中国戏剧，2000，(11)：14.

⑦ 卢燕.我的柔情你也许不懂——李六乙拆解《原野》[N].北京青年报，2000-9-20(20).

⑧ 田本相.也谈新版《原野》和《日出》[J].中国戏剧，2000，(11)：14.

原作结构、情境的任意肢解，以致出现对原作精神内涵的背离。

众声哗然中也有零星的赞赏与宽容。童道明认为新版《原野》虽然解构了《原野》的剧本，但没有阉割原剧的精神，因为导演还是要表现曹禺在剧中试图表现的内涵，即“人在追求自由的过程中遭遇的苦难与困惑”，并呼吁尊重年轻人的对剧本的全新诠释[①]。日本濑户宏副教授认为就舞台气氛来说演出与原作基本一致，在主题上，认为“现代人看不见障碍，但走不到目的地，一直在迷茫状态中生存，和仇虎他们一样。这也许就是《原野》的现代性”，从这个意义上讲，“李六乙导演的《原野》还是能向观众传达曹禺《原野》的基本内容和精神的”[②]。

实验演出的是非姑且不去评说，单就这次演出来说，它是对以往演出模式一次富有意义的突破。以往常常以社会学的观点甚至阶级论去解释作品，舞台设计和人物表现上力求真实，力求反映“时代的本质”，这曾引起了曹禺的不满，抱怨排演不应该如此写实；新版的《原野》是以“非写实”的面目出现的，舞台设计抽象大胆，并摒弃了先前被突出了的戏剧故事，将重心转向人物的心理真实，这种“真实”是否更贴近了曹禺的本意，我们不得而知，但既然面对曹禺戏剧中的“表现主义”方面没有得到应有体现的批评，如此尝试一下又何妨呢？

在以上对《原野》演出史的回顾中，其基本的接受模式事实上已经呈现。一种模式突出了《原野》的现实意义。在表现形式上则力求遵循原作，强调对角色的体验，真实再现人物的性格，并重视情节上的扣人心弦，以适应于普通观众的欣赏习惯与审美水平。它是以青艺的演出为代表。另一种则将《原野》理解为带有表现色彩的剧作，演出不注重外在的真实，主题理解上超越了剧本当时的时代性更具形而上色彩，并注重个人的创造，拆解戏剧的故事性，强调将自己对生活的感受传达给观众，对观众有着更高的要求。它以人艺的演出为代表。就接受历史、影响来说，前者无疑在《原野》60 多年的接受史中占据了主导型的地位。《原野》的这种接受状况从某种程度上来说，正折射出了中国半个多世纪以来的社会思想变迁的面貌。

原载《沈阳师范大学学报》(社会科学版)，2004 年第 3 期

① 童道明.他们有他们的视野——看《原野》《日出》[J].中国戏剧，2000，(11)：13.

② 濑户宏.试谈实验戏剧《原野》[J].中国戏剧，2001，(1)：17-18.

《琼斯皇》与《原野》中的表现主义

卫　岭

摘　要：奥尼尔的《琼斯皇》和曹禺的《原野》具有明显的表现主义特征：注重表现和挖掘人物内心的真实，深刻揭示人生意义；通过表现主观感受和激情，剖析人的心理过程；采用象征、夸张等表现手法，揭示人的灵魂。《琼斯皇》和《原野》两剧是表现主义的积极实践。

关键词：表现主义；奥尼尔；曹禺

表现主义是20世纪初产生于德国，而后蔓延到欧美各国的一个具有广泛影响的现代主义文学流派。表现主义文学具有鲜明的特点，主要通过表现主观感受和激情来揭示人的灵魂；在创作上不满足于对客观事物的描写，要求表现事物的内在实质；其作品中的人物，常常以扭曲变形的形式出现，直接显示赤裸裸的本质。作为表现主义戏剧代表的奥尼尔，其作品《琼斯皇》，在开拓戏剧艺术的表现领域及手段上，作出了可贵的探索。而曹禺的《原野》则成为中国表现主义戏剧的典范。奥尼尔和曹禺的这两部剧作具有明显的表现主义特征：注重表现和挖掘人物内心的真实，深刻揭示人生意义；通过表现主观感受和激情，剖析人的心理过程；采用象征、夸张等表现手法，揭示人的灵魂。

一、人类悲剧根源的执着探索

表现主义作家深受康德哲学、柏格森直觉主义和弗洛伊德精神分析学的影响，强调描写人的主观世界、直觉和潜意识，用特殊手法来反映现实世界。在创作上要求突破对人的言行的描写而表现其"深藏在内部的灵魂"，也要求丢弃人的个性而表现其原始性的"永恒的品质"；直接表现人物的心灵体现，展现内在的生命冲动。表现主义的特点，在奥尼尔的《琼斯皇》和曹禺的《原野》中得到了充分的体现。

奥尼尔是一位善于开拓人类心灵的杰出戏剧家。他能够透过生活本身的悲剧性，给人生赋予一种崇高的悲剧精神；他把戏剧作为体现生命的真谛和阐释人生的场所，并赋予崇高的意义。为此，他从各种不同的视角，对人生、对生命的真谛进行了多层次的、孜孜不倦的探索。《琼斯皇》就是围绕着"寻找自我"的主题而献给观众的现代悲剧。该剧生动地展现了在现代文明社会中孤独的、失去精神归属的人们痛苦而扭曲的心灵。该剧的主题，就是表现"人与自己斗"，和他的归属斗。奥尼尔刻画的暴君琼斯，就是一个与自己命运斗争的人物。他祖居非洲，在美国社会受尽欺凌，同时也学得白人的狡诈与残忍，从一个杀人逃犯变成一个主宰世界的皇帝。但是，终于有一天，当地黑人起来造反了。琼斯在逃跑的黑丛林里迷了路，最后被土著黑人杀死。奥尼尔在剧中大量采用具有表现主义意味的手法，着力表现了一个利用迷信和愚弄的暴君被识破，继而走向灭亡的整个精神崩溃过程。在这里，奥尼尔着眼的是人自身内在的矛盾性，一种源于现实而又超越现实的人类本性的世界，深刻揭示了真正的悲剧意义之所在，写出了一部探索表现人的心灵体验和精神世界的表现派的名剧。

与奥尼尔一样，曹禺也把人类悲剧的根源理解为非理性的、不可知的生命欲望所导致的人性变异，悲剧的现实因素最终服从于剧作家对人的本质的理解。在《原野》中，通过揭示仇虎复仇过程中的潜意识演变过程，深刻地揭示出复杂的人性。

首先，曹禺通过描写仇虎在复仇之前所经历的精神折磨，以及复仇之后灵魂的痛苦，反映出一种强大的统治精神——伦理道德观念、封建迷信观念对人性的摧残，深刻揭示了仇虎心灵痛苦的悲剧性和真实性。仇虎的强烈仇恨，无疑有着他的现实的根由。他的父亲被焦阎王活埋了，土地被霸占了，心爱的人被夺走了，妹妹被拐进妓院。仇虎的这些深仇大恨，使他的灵魂受到极大的压抑。仇虎要杀焦阎王，但他死了，所谓"父债子还"，就要杀焦大星。可是他和焦大星是儿时的好友，下不了手，矛盾极了。杀了大星之后，精神恍惚了，阴曹地府也仿佛出现在眼前，那个阎王还是焦阎王。而原先已挣脱的铁镣，结尾处又出现在他的脚下。他心酸地说："我的老朋友又来了"，"这次他要我陪它一辈子了"。象征着仇虎虽已挣脱身上的铁镣，却未能挣脱精神上的桎梏。曹禺深刻地写出仇虎那种既强烈又原始的复仇观念，从仇虎的内心冲突、激化、演变中，反映出千百年来封建文化是怎样沉积在一个农民身上。仇虎的那种农民的狭隘意识，又是怎样在啃噬着他的灵魂。

其次，仇虎的强烈仇恨所扭曲的灵魂，在外部表现上也有充分的体现。头发像乱麻，硕大无比的怪脸，眉毛垂下来。右腿打成瘸跛，背凸起仿佛藏着一个小包袱。筋肉暴突，腿是两根铁柱，眼里闪出凶狠、狡恶、讥诈与嫉恨，是个刚从地狱里逃出来的人。这雕像似的刻画，给人很深的印象。仇虎奇异的性格，奇异的肖像，是他强烈的仇恨和扭曲的灵魂的外化，透视出环境的折磨和压迫，把人变成了"鬼"。

最后，曹禺为配合这些人物的潜意识演变过程，所设计的活动环境、舞台气氛也是奇异而诡谲的，恐怖而神秘。暮秋的原野，黑云密匝匝遮满了天空，低沉沉压着大地。狰狞的云，泛着幽暗的赭红色。大星的家焦阎王半身像显露着杀气，连供奉的神像也是黑脸，弥漫着狰狞恐怖的气氛。而最后一幕，黑林子里，黑幽幽潜伏着原始的残酷和神秘。"森林里到处蹲伏着恐惧，无数的矮而胖的灌树似乎在草里潜藏着，像多少无头的饿鬼，风来时，滚来滚去，如一堆一堆黑团团的肉球……"奇异的人物就在这奇异的环境里活动着。实际上，这是对当时社会情境的深刻揭示，充分表现出当时"原野"的残酷和恐怖。

从比较的角度来分析，《琼斯皇》和《原野》这两部作品具有相近或相似的深层含义，即对于人的生存的哲学意义的共同理解；通过戏剧对人生意义的共同的深刻揭示。这也说明了优秀作家对人类命运的共同担忧，说明人类面对世界的共同境遇，说明曹禺与奥尼尔在对人类生存的理解方向存在着共同的基础，以及由此而来的相近的悲剧审美观念。或许，这正是曹禺欣赏并学习奥尼尔剧作技巧的深层原因。正像奥尼尔一样，曹禺剧作的情节推动，似乎依靠的是对人性的超验认识，即潜意识层面非理性的冲动，像仇虎，虽非悲剧制造者，却是悲剧推动者，整个剧情其实是依靠这样的人物来完成的。曹禺渴望从人性的高度，判断“人”的本性。也正因此，曹禺更强调的，不是现实基础，而是人类本能与人性的残缺。

但两人又有不同之处。如果说《琼斯皇》是以其悲怆揭示人生的真谛的话，曹禺在《原野》中还表现着一种美好的“希望”。这种“希望”颇值得深思回味：仇虎要金子跟他走，要去那个“金子铺的地，房子都会飞”的地方。曹禺还通过铁轨、火车及汽笛声等，来表现一种“希望”。这也是《原野》与《琼斯皇》对人生的未来所表现的不同之处。曹禺更倾心于写他眼里所看到的中国的现实和人生。他能从一个特定的视角，来揭示农民的沉重的精神负担，深刻显现出农民从反抗到觉醒的曲折和复杂的心灵历程。正如曹禺所说，《原野》是“代表坦白、善良、真理而向黑暗、不公、罪恶来痛击的”；是讲人与人的极爱与极恨的感情，它是抒发一个青年作者情感的一首诗，“只要你在我的身旁，那原野也是天堂”。

二、复杂心理的深刻剖析

表现主义文学不注重客观具体的描绘而强调表现主观感受，主要通过剖析角色的心理过程，揭示人的心灵，表现事物的内在实质。奥尼尔和曹禺在这两部剧中，深入挖掘人物内心的真实，深刻剖析剧中人物的各种心理活动过程。

恐惧心理的剖析。在《琼斯皇》中，奥尼尔以心理时空为主线，以联想、回忆、幻觉等心理历程，展现出琼斯的求生欲与纠缠他的神秘力量即死亡厄运的冲突，他在悲怆而恐惧的旋涡里上下沉浮，直至被淹没。奥尼尔以丰富多彩的表现主义艺术手段，逼真而生动地再现了琼斯一生的心酸与痛苦，以及他祖先的悲惨命运。奥尼尔刻画的暴君琼斯是个不同寻常的人物。奸诈的琼斯的确聪慧过人，他早给自己找好了退路，在森林里设立了路标，藏匿了水和食品，他自信他能够逃脱追捕。然而，他在黑暗中迷了路，方向的迷失使他乱了方寸，这是他始料不及的。加上那由远而近、由弱渐强的追捕他的黑人鼓声，彻底迷乱了他的心智，挫败了他的意志。他无法控制不断涌上来的恐惧心理与绝望情绪，他甚至相信起积淀在他潜意识里的巫术，不由自主地加入到非洲黑人集体念咒、舞蹈的仪式中去。奥尼尔仿佛神秘地潜入到这个逃亡者的心路历程之中，用表现主义手法，淋漓尽致地表现出琼斯自我瓦解、分裂、崩溃的整个过程。

由于恐惧和虚幻，琼斯个人的往事和他那个种族的集体意识不断地涌现在琼斯的面前，疯狂地纠缠着他，困扰着他，既使他狂乱，又使他像被施了催眠术似地处在昏睡状态。奥尼尔运用有形的视觉形象来外化琼斯的精神世界，逐步表现出琼斯自我分裂的全过程。

当琼斯在黑漆漆的树林里怎么也找不到他埋藏的罐头食品时，他一下子慌了神，感到那些树枝都是一只只无形的手像小怪物直向他逼去；琼斯由于恐惧而产生种种幻觉，往昔的罪孽一幕幕再现在眼前。通过奥尼尔呈现给观众的哑剧，我们了解到琼斯过去有过两条命案，随后，我们还看到琼斯幻觉中的黑奴拍卖场、波涛汹涌中的贩奴船、非洲大陆上念

咒的老巫师、祭祀仪式和可怕的鳄鱼神。

在曹禺的《原野》中，也有多处仇虎恐惧心理的描写。如在第三幕，仇虎和焦花氏逃跑来到黑树林中，发疯了的焦母在白傻子的带领下，“声音嘶哑，震颤着一种失望的鬼音”哭喊着从仇虎身边走过时，仇虎十分恐惧地喊道：“啊，这简直到了地狱？”这时候，“惊惧、悔恨与原始的恐惧交替袭击他的心，在这一瞬间几乎使他整个变了性格，幻觉更敏锐起来，他仿佛成了一个石人，呆立在那里”。

这种微妙的内心活动的外化，成为观众看得见、摸得着的具象化情节，从而使这两部戏具有一种震撼人心的力量，令人难以忘怀。

扭曲心理的描写。例如金子，她在焦家受尽焦母的压迫，恨透了焦老婆子，便想用自己的魅力征服大星，让大星背叛他妈。她不断地诱惑大星、逼大星，非要他“说淹死她！淹死我妈”就是一种极为扭曲的心理表现。金子和仇虎是昔日恋人。当她重遇仇虎时，有一种十分复杂的心理——一种既爱又恨的扭曲心理。剧中金子和仇虎的关系是奇异的，强烈的爱伴着强烈的恨。试看以下对白：

花金子：立了秋快一个月了，快滚！滚到你那拜把子兄弟找窝去吧，省得冬天来了冻死你这强盗。

仇　虎：找窝？这儿就是我的窝（盯住花氏）。你在哪儿，哪儿就是我的窝。

花金子：（低声地）我要走了呢？

仇　虎：（扔下帽子）跟着你走！

花金子：（狠狠地）死了呢？

仇　虎：（抓着花氏的手）陪着你死！

…………

仇　虎：（反而更紧了些，咬着牙，一字一字地）我就这样抓紧了你，你一辈子也跑不了。你魂在哪儿，我也跟你哪儿。

在这里，连爱的表现方式都是奇异的。等到仇虎松开手，问金子：“你现在疼我不疼我？"金子一边咬住嘴唇，点点头说：“疼”，一面突然狠狠打了仇虎一记耳光。这是富有诱惑力的。金子逼仇虎捡花的一场戏，更显她的泼野，就是常五来打门，也非要他捡不可。当仇虎说“我要不起你”时，她那强烈的爱，就火一样燃烧起来。她一边捶击着仇虎的胸膛，一边骂着：“你不要我？可你为什么不要我？你这丑八怪，活妖精，一条腿，短命的猴崽子，骂不死的强盗。野地里找不出第二个 Shun 鸟，外国鸡……”每一句狠狠的骂，都表现了她那强烈的泼野的爱。当敲门十分紧迫的时候，她还逼仇虎将掉在地上的头花捡起来。这是在一种爱的扭曲的变态心理支配下，演出的一场令人奇异而目眩的戏，牢牢抓住了观众的心灵。

再如大星，当大星得知他的老婆焦花氏与仇虎“好”了十天后就离不开仇虎，想跟仇虎走时，对金子竭力挽留，最后居然说出：“那么，只要你在这儿，我可以叫他来，我情愿，我不在家时，你……你……可以跟他——（说不下去）”为了保住自己名义上的老婆，竟然允许她和别人私通。大星这种无奈的扭曲心理可见一斑。

在上述人物中，如果大星对焦花氏扭曲的爱是出于无奈，而焦花氏对仇虎的扭曲的爱则有几分野性的呼唤，渴望走出黑暗的树林，走到“金子铺满地的地方”，去实现她美好的希望。

疯狂心理的描写。《原野》中，曹禺运用了一些手法揭示角色的疯狂心理。例如仇虎凝视阎王照片时，阴沉沉地从牙缝里挤出来的仇恨的申诉，就是疯狂心理活动的一种表现。为复仇，他杀了大星，他知道焦母会来杀他，于是就将她的孙子放在自己曾睡过的被窝里。瞎子焦母不知有变，用自己的铁杖将她自己的孙子狠狠地打死在床上。此处仇虎借焦母之手杀死小黑子完全是一种疯狂复仇心理的大暴露。

这种通过人物的心理描写，来展示人物的心灵冲突和人物命运的写法，的确是别开生面的。曹禺把人物的心灵、情绪都戏剧化了，从而写出现代人的复杂而深刻的精神矛盾，写出人的内心世界的隐秘。

《琼斯皇》中也有扭曲心理和疯狂心理的描写，限于篇幅，本文不再一一比较。

三、灵活多变的表现手法

表现主义戏剧不追求外观的逼真，而只追求本质的真实，通常运用外化的手法，将人的灵魂和潜意识活动，展现给观众。在表现主义作品中，错觉、梦境、幻觉甚至鬼魂、地狱的意象经常出现。这种手法，虽然看上去虚假，但往往能够解释事物的真相，直达本质，直指人心。正如表现派剧作家托勒认为，表现派戏剧特点是“剥掉人的外衣，以便看到他们深藏内部的灵魂”①。在《琼斯皇》和《原野》中，我们看到琼斯和仇虎的衣衫在逃奔黑树林的过程中一一撕破、脱落，意味着他们潜意识活动以及赤裸裸的灵魂越来越清楚地展现在观众面前。

在表现灵魂外化时，曹禺和奥尼尔的手法具有最根本的三个相似之处，即幻觉、鼓声和以放枪收尾。曹禺承认是不自觉地在剧作中运用了奥尼尔的手法。他在《原野·附记》中说：“写第三幕比较麻烦，其中有两个手法，一个是鼓声，一个是有两景用放枪收尾。我采取了奥尼尔在《琼斯皇》所用的，原来我不觉得，写完了，读两遍，我忽然发现无意中受了他的影响。这两个手法确实是奥尼尔的。”②

虽然曹禺与奥尼尔运用幻觉、鼓声等表现主义手法来外化人物的灵魂，但在这些技巧的运用上仍然同中有异。

第一，幻觉的运用。在奥尼尔的剧作《琼斯皇》中，没有出现任何幻觉、幻想之类的字眼，但其语言的表述或动作的说明，使读者或观众一目了然。“小而无形的恐惧们‘从树林的深处爬了出来’”，“以各种弯曲的样子向琼斯面前扑来”。此处抽象的恐惧化为具体的东西，实则幻想也。其次，幻觉中的人物，如第四场中的犯人们“像机器的运动——刻板、迟缓、机械”，第五场中，南方种植园主们的动作“生硬、刻板、虚幻，像傀儡的动作一样”。

① 外国戏剧名篇选读[M].北京：作家出版社，1986.

② 曹禺.原野[M].北京：人民文学出版社，1994.

由于是幻觉中的人物，因此，他们僵硬、缺乏生气。另外，奥尼尔利用树两边的合拢或高墙两边的合拢表示幻觉的消失。

曹禺幻觉的表达方式与奥尼尔的不同。首先，在幻觉出现处用文字具体说明。“使他的幻觉突然异乎常态地活动起来”，“几乎使他整个变了性格，幻觉更敏锐起来”，金子“明白他又生了幻相”。其次，曹禺“为着表明这是仇虎的幻想，利用了第二个人，焦花氏在他的身旁。”难怪她老是说：“虎子，你——你别这样。”“你看见了什么？”“虎子，你这是闹些什么哟？”除此之外，曹禺还运用大星梦呓的重复，仇虎不自觉地重复大星梦呓中的话，表明他虽杀了大星，但悔恨、恐惧时刻缠绕着他，好似大星时刻跟着他。

虽然曹禺与奥尼尔的幻觉都是一种心灵外化，以表现他们潜意识活动及复杂的隐蔽心理，但幻觉的意义功能实为不同。琼斯的幻觉是他出逃至被杀期间的心灵骚动，一个个幻觉镜头提示了琼斯过去的罪恶历史，以及由此产生的罪恶意识，也是他发现自我、探索民族意识根基的心灵旅程。《原野》中，仇虎的幻觉表面看来也是为了表现他杀人之后的矛盾心理，其实，则从深层次上深刻挖掘了仇虎复仇的现实根由。他虽杀了大星，但他的灵魂一直在自我追问，自我折磨，不断出现的幻相说明他曾受的所有冤屈、苦难，两代人的血海深仇。然而，仇虎的幻觉过于直露，“清晰如事件再现”，“过实如向当事人当场搬演”。如“阴审”一节，曹禺呈现这些幻觉之目的是以“阴间告状”的形式揭露人世间不公，然而其意图过于明显。而且这一幻觉系列有一个明晰的推理结构，不大符合人类下意识活动间断性和模糊性的特点。①

第二，在运用鼓声“由外向内”表现灵魂外化方面也有差异。《琼斯皇》中的鼓声有强烈的节奏感，开始时如人的脉搏，微弱、低沉、颤抖，而后逐渐加快，第三场结束时已更响更快。当鳄鱼躯体出现时，“咚咚鼓点疯狂猛敲”，而当树林里传来枪响，琼斯被击毙时，鼓声顿然停止。鼓声是土著黑人力量及追捕的象征。强、弱、缓、急、远、近，纷乱和有节奏地不断变化，直向琼斯逼近。“鼓声带着胜利在望的节奏”，“变得激烈、欢跃”，“使天空回荡着有节奏的隆隆声”。预示冲突一方的力量必将获胜，琼斯逃脱不了灭亡的下场。

《原野》中的鼓声却只是多重奏中的主旋律，或是声觉形象之一。它是单调的、微弱的，远不如《琼斯皇》中那样强而有力，那样有序而富于变化。它是庙里作法的鼓声，和焦母不断缠绕林中的叫魂声夹杂在一起，阴森恐怖，令人毛骨悚然。与此同时，曹禺还在剧中运用民间小调的不断重复，来烘托、渲染这种气氛。“初一、十五庙门开，牛头马面哪两边排……阎王老爷哟当中坐，一阵阴风吹了个女鬼来。”在第二幕给焦母带来极大恐惧和凶兆的“那两句”，现在成了仇虎的“拘魂牌”和“催命鼓”，一起形成一种恐怖的无形力量，把仇虎步步逼向死亡。在此，“民间小调以一种富于感召力的方式被用来合成戏剧动作和戏剧主题”。“虽然被融入戏剧动作之中，但又存在于别一种感情层面上。”曹禺在借鉴西方技巧的同时，结合了中国民间艺术，成功地进行中西融合和再创造，使其剧作更具有表现力，更为丰富多彩。

① 王晓华.压抑与憧憬——曹禺戏剧的深层结构[M].北京：中国社会科学出版社，2000.

第三，除幻觉鼓声之外，独白和语言的运用也不尽相同。奥尼尔在《琼斯皇》一剧中，有意识地淡化外部动作，成功地突出了独白的处理和运用。除第一、第八场外，这部剧作的主体是以琼斯的独白和幻相构成，使得剧作在表现手法上形成了特有的形式。剧中独白的使用，作为人物行动的组成部分，整个地负载着情节的发展、人物内心视象的外化、幻相场面的组接等多重作用。

曹禺则把心理刻画和外部动作结合起来。由表及里地刻画人物的内心世界。如写抓金子的手、金子要仇虎捡花等。

在《原野》中，曹禺运用了对话来揭示人物心理。如仇虎和焦母的对话将焦阎王的罪恶一一揭露出来，仇虎和金子的对话深刻体现了仇虎杀大星的矛盾心理，为后来的幻相重生作了铺垫。大星和金子的对话则表现了大星的软弱、无奈甚至窝囊。另外，《原野》中的语言极具攻击性，并且常运用有力的重复。无论是仇虎强硬、酣畅淋漓的语言，金子任性、泼野、媚惑的语言，还是焦母凶狠、毒辣、句句像针刺似的语言，都是以重复的形式出现，简洁却具有鲜明的个性特征。

奥尼尔的《琼斯皇》基本上是单人剧，没有复杂的情节，语言简洁，剧情发展脉络清晰。而《原野》非纯粹的表现主义，场景复杂，语言描述细致，渲染原野之神秘。

在《原野》中，除运用以上手法外，焦阎王照片的处理显示出曹禺表现主义的大手笔。焦阎王虽是个不出场的人物，却产生一种无处不在的无形力量。仇虎惧怕时，阎王的眼珠动起来“他——他活了，活了”；大星怯懦时，“墙上的爸爸都在笑话我”，表现出类似于活人又超越于活人的力量。

四、结语

《原野》与《琼斯皇》两剧表现主义的积极实践，在中外戏剧史上具有举足轻重的地位。尤其是奥尼尔的《琼斯皇》对后来的超现实主义戏剧有很大的影响，特别是它的非理性化倾向，被超现实主义戏剧发挥到了极点。但“若以表现主义标准来论《原野》，我们不难从以上例子看出，此剧比《琼斯皇》更能活用舞台技巧，想象力更丰富，也因此更能动人心弦”[①]。表现主义戏剧尽管于 20 世纪 20 年代以后日渐衰落，但它对人的灵魂的深入开掘，以及为表现人的灵魂而运用的各种主观表现方式，都为当代戏剧家所参考，推动了当代超现实主义戏剧的发展。

原载《苏州大学学报》(哲学社会科学版)2005 年第 3 期

① 刘明厚.简论奥尼尔表现主义戏剧[J].外国文学评论，1997(3).

文明的批判

——从戏剧意象论曹禺《原野》的主题

张清祥

摘　要:《原野》是曹禺的第三个戏剧生命,深受西方表现主义文艺思潮和美国杰出戏剧家奥尼尔戏剧的影响,戏剧中意象纷呈、隐意深奥。“森林”“老屋”和“金子铺的地方”是《原野》意象群中的主要意象,在意象构架的象征世界里隐寓着曹禺对原始文明、封建文明和资本文明的批判。

关键词:森林;老屋;金子铺的地方;文明批判

曹禺的《原野》是继《雷雨》《日出》之后的第三个戏剧生命,受西方表现主义思潮和美国杰出戏剧家奥尼尔戏剧的影响极大,戏剧中意象繁复奇异、隐意复杂深奥。本文选择“森林”“老屋”和“金子铺的地方”三个意象进行分析,以揭示《原野》对文明批判的深刻主题。

一

森林是《原野》的主要意象之一,主要出现在“序幕”和第三幕。对森林意象的解读,是理解《原野》的关键和难点。序幕中,森林第一次出现便展示了它的原始魅力和神秘的力量。[①]“森林”不仅是戏剧的背景,人的活动环境,它本身即是一个独立的生命存在——“原始的蛮性世界”。其实,对“原始蛮性世界”的惊奇与憧憬,始终是抓牢曹禺“心灵的魔”,也是他呈现独特艺术生命和宣泄个体生命的突破口。曹禺在《雷雨》的序中曾说:“《雷雨》对我是个诱惑。与《雷雨》俱来的情绪蕴成我对宇宙间许多神秘的事物一种不可言喻的憧憬,《雷雨》可以说是我的‘蛮性的遗留’,我如原始的祖先对那些不可理解的现象睁大了惊奇的眼。”[②]在《日出》中“一个大生命浩浩荡荡地向前推,向前进,洋洋溢溢充塞了宇宙”[③]。然而无论是《雷雨》的周公馆,还是《日出》的大旅馆,天地都狭小,容不下那宇宙的大生命。于是戏剧家寻觅更加阔大、自由的空间——森林,使原始蛮性的强大生命力做天马行空般自由驰骋,也使他充满激情和欲望的原始生命力得以倾泻。这既是艺术的寻找,更是生命的寻找。

---

① 曹禺.原野[M].北京:文化生活出版社,1937.

② 王兴平.曹禺研究专集:上册[M].福州:海峡文艺出版社,1985.

③ 王兴平.曹禺研究专集:上册[M].福州:海峡文艺出版社,1985.

埃利希·诺伊曼曾指出:“植物象征系统核心是树。作为结果实的生命之树,它是女性的……树的女性性质表现在树冠和树干能够赋予生命,就像在阿多尼斯和许多其他的神祇的情形中那样。但,树也是大地的阴茎,在这种从大地伸出的男性本原里,生育性比蕴藏性和容纳性更重要。”①在这里,森林被拟人化,有着某种象征意味,自然力中蕴含着关于人命运的神秘暗示:被压抑的生命,永远不能满足的欲求,对于远方永远也达不到的自由天地的渴望。曹禺的森林意象也就是在这个意义上激活了森林原型,直到第三幕森林意象再次出现,森林的这种象征揭示得更加明白完整。

第三幕,戏剧真正进入高潮时,森林呈现出本来面目②。森林里虽然“盘踞着生命的恐怖,原始人想象的荒唐”,但也正是原始的自然生命的魅力所在:正是神秘、恐怖的“原野”中的“森林”世界,才能容纳以至创造充满活力的真正的生命,这是生命的“强者”的世界。这里森林象征着人类的童年时代。对“初民”来说,“森林”虽然布满了黑暗和恐惧,但却是他们理想的家园。森林为他们遮风挡雨、供给食物,是他们生命的栖息之地。在黑暗和恐惧里,他们的生命锤炼得异常强大,燃烧着勃勃的生命之火;他们的心灵熏染得纯洁光亮,心灵之神在黑森林里自由放飞。荣格认为:“创作过程,在我们所能追踪的范围内,就在于从无意识中激活原型意象,并对它加工造型精心制作,使之成为一种完整的作品。通过这种造型,艺术家把他翻译成我们今天的语言,并因而使我们有可能找到一条道路以返回生命的最深的源泉。”③实际上,森林原型早已积淀在各民族的集体无意识深层,在艺术创作的激活下,森林原型反复呈现和移形置换成世界文学的主要母题之一。对“大旷野森林精神”的呼唤也正是中国现代文学的内在追求,森林意象可以说是中国现代文学的一个基本意象。

文学中对原始意象的反复,其目的在于“不停地致力于陶冶时代的灵魂,凭借魔力召唤出这个时代最缺乏的形式。艺术家得不到满足的渴望,一直追溯到无意识的原始意象,这些原始意象很好地补偿了我们今天的片面和匮乏。艺术家捕捉到这一意象,他在从无意识深处提取它的同时,使它与我们意识中的种种价值发生联系”④。在人类文明的进程中,“人由于物化而贬值的现象,已经渗透到他那个时代的各个时期,渗透到人的思维的基础之中”⑤。“森林”逐渐消失,个体生命变得异常萎缩和衰落,伴随着人类躯体原始生命力的衰败,人的精神也被逐渐异化,心灵之神的翅膀在文明的异化中显得异常沉重,无力在文明进程中自由放飞。曹禺在《原野》森林意象所隐喻的生命强者的世界里,充分表现了生命之力与宇宙之力,由此与人类深层心理积淀进行对话,从而发出人类的共同心声:恢复人类的本真生命形态,重建人类失落的精神家园。

① 埃利希·诺伊曼.大母神——原型分析[M].上海:东方出版社,1998:48.
② 曹禺.原野[M].北京:文化生活出版社,1937.
③ 程金城.原型批评与重释[M].上海:东方出版社,1998:292.
④ 程金城.原型批评与重释[M].上海:东方出版社,1998:292.
⑤ 巴赫金.陀思妥耶夫斯基诗学问题[M].北京:三联书店,1988:102.

二

“老屋”是《原野》的主要意象之一，对“老屋”意象的解读同解读森林一样，有利于理解《原野》深刻的主旨。“老屋”意象主要在《原野》的第一幕和第二幕，具有一种文化符号的隐喻象征：“老屋”式封建文明。

在第一幕里，幕启后，在“惨黄”的阳光里，在“莽莽苍苍”“密云低压”“黑森森”“灰沉沉”“阳光隐匿”“浓雾漫漫”的原野上，“老屋”孤立地呈现于我们面前。在这里，“老屋”式封建文明是情爱的牢笼、自由的羁绊的象征。几千年来，由封建宗法制度和伦理道德所构筑的无形枷锁禁锢着“老中国女儿”的精神和灵魂，尤其是被“神权”“族权”“政权”和“夫权”绳索勒紧的“老中国女儿”们，在女人原罪意识的恐惧中自戕和害人。焦氏显然是“老中国女儿”的一个典型。几十年来，在“老屋”的重压和阴影里，她失去了青春、爱情和自由，唯一的财产便是一座破败的老屋和萎缩、羸弱的后代，但她始终没有觉醒，情愿困守老屋而不能甚至不愿逃出，在铁拐的扶持下固执、坚韧地苦守着这个风雨缥缈、摇摇欲坠的老屋，偏执于“种族繁衍、家庭强盛”的残缺迷梦，企求自身衰落生命的延续。“因为通过生殖，凡人的生命才能绵延不朽。”“可朽者尽量设法追求不朽。怎样才能达到不朽呢？那就凭生殖，继续不断地以后一代接替前一代，以新的接替旧的。”[①]也正是在这一点上，焦氏行将没落的生命也迸出些火花。

但是，这种无意识的深层企盼在“老屋”的重压下很难激活，即使偶尔激活，也是以移形置换的变态呈现出来。焦氏对大星的母爱就是这种变态的表象。在她变态异化的母爱温棚内，焦大星这棵未经风雨的弱草异常的萎缩、羸弱，始终未能成长为支撑“老屋”的栋梁。焦氏没有(不可能也不愿意)把种族的衰败归罪于自己，而是泄愤于狐狸精式的媳妇花金子。她诅咒、责骂、仇恨花金子，甚至想让她死。她在同花金子争夺(甚至独占)焦大星的对抗中，常因疑心儿子偏心媳妇而轻视、痛骂和仇恨大星。然而，无论是焦氏无意识深层生命延续的本能，还是这种本能移形置换后扭曲的母爱，一切都是那样的短暂和脆弱。当大星毙命于仇虎刀下，孙子黑子惨死在自己铁拐之下时，焦氏的一切都彻底轰毁，在终于出逃“老屋”时成为一个完全的虚无，一躯生命的空壳在漆黑的夜里抱着小黑子的尸体游荡在死寂的原野上，终究没有找到自己的精神家园。

如果说焦氏生命的变态和异化是由于“老中国女儿”因“老屋”的重压，那么，作为“后一辈中国女儿”代表的花金子的命运会怎么样呢？从个体生命而言，花金子虽然不同于焦氏，她是一个鲜活的生命，体内蓄满着无穷的原始本能和无尽的燃烧欲望。然而，花金子的命运却同焦氏一样，被残酷的困守在黑暗破败的“老屋”里，青春、爱情和生命在毫无意义的仇恨中虚掷浪费。如果说焦氏困守“老屋”而不愿逃出，是因为“老屋”的重压和无意识延续生命本能的欲望。那么，花金子为什么同样没有冲出而困守“老屋”？在“老屋”里，花金子比焦氏更虚无，她没有母爱、没有爱情、没有儿子，甚至没有热烈的性爱！对满蓄着生命欲求的花金子来说，“欲求的主体就好比是躺在伊克希翁的风火轮上，好比永远是妲

① 柏拉图对话集[M].北京：人民文学出版社，1963：265-270.

娜伊德的穿底桶在汲水，好比是水源齐户永远也喝不到一滴的坦达努斯”①。况且花金子根本不愿支撑这座“老屋”，不需生命的延续。所以，花金子出逃“老屋”、奔向原野的欲望应该比焦氏强烈，事实也正是如此。然而，花金子终究没能逃离“老屋”，原因在于花金子企图借“老屋”的重压抑制自己体内原始本能冲动，填平自己无望的欲望之海，因为苍茫的原野更能燃烧起她体内无法释放的原始欲火。因此，花金子固守老屋与焦氏相比，更显得残忍和悲凉。

但是，花金子燃烧的欲望在“老屋”重压下不但没有熄灭，却以种种变态的形式释放出来。她仇恨焦氏，甚至希望她死。她与焦氏争夺大星，企图独占；同时又对“窝囊废”“没有一点本事”的不能保护和满足自己的丈夫表现出极度的鄙视和仇恨。花金子的原始冲动的欲望在与仇虎疯狂的性爱中得到欢快的宣泄。这一对蓄满着生命强力和燃烧着炽热情欲的精灵，在旷野相遇的时刻便点燃了欲望之火。在老屋里，这对被情欲燃烧得近乎疯狂的男女如仇敌般互相折磨着，在对方“筋肉痉挛的抽动”中享受爱的快感，在相互拥抱的那一刻消散在情欲的瀑布中，“回到情欲之海，被海浪那无垠的温柔的运动摇晃着，他们在那里重得动物的天真”②。燃烧着生命的欲望之火虽然对“老屋”是一次猛烈的冲击，但终究不能将它烧毁，她们仍困守在“老屋”里。

第二幕，“老屋”在我们面前呈现的是又一幅景象③。在这里，“老屋”是生命的坟墓，心灵的炼狱。“老屋”不仅是焦氏和花金子的牢笼和羁绊，同时也是焦大星的。在父辈强悍生命力无形的威压下，焦大星在潜意识里对父亲产生极度的恐惧。生命在恐惧里变得异常萎缩和衰落，甚至逐渐“女性化”。虽然焦氏视焦大星是“不中用的东西”，花金子把他当作“窝囊废”“没有一点本事”的笨蛋，但她们却紧紧抓牢焦大星，在相互仇恨和争斗中以求自救。然而，逐渐“女性化”的焦大星却无力担当此任，在她们失望的轻视里而成为仇恨的焦点。在两个“大母神”的仇恨和争斗中，焦大星一颗善良的心被残酷地折磨着，孤独痛苦的灵魂没有一处安放之地。当他知道花金子和仇虎的私情后，虽然有所反抗但却显得苍白无力。萎缩的生命甚至使他失去了做人的尊严，他甚至对金子说：“只要你在这儿，我可以叫他来，我情愿，我不在家的时候，你……你……可以跟他——(说不下去)。”作为弱者的焦大星，即使生活在屈辱里也不愿逃离“老屋”，“老屋”对人的异化令人发指！当他深信花金子要彻底抛弃他冲出“老屋”时，焦大星的一线希望也彻底轰塌。因此，当仇虎的尖刀刺入他心脏的时候，他没有丝毫的痛苦和恐惧，在酒醉迷狂的状态里坦然死去。如果说焦大星之死使人感到无限悲哀，那么小黑子的惨死更让人觉得残忍。一个没有母爱、不晓世事的柔弱生命在残酷的复仇中无辜丧生，而且是死在极力保护他的亲人拐杖之下，更显得异常的残忍而使人生怜悯之心。正如车尔尼雪夫斯基所说：“悲剧是人的苦难或死亡，这苦难或死亡即使显不出任何无限强大与不可战胜的力量，也已经完全足够使我们充满恐

① 叔本华.作为意志和表象的世界[M].上海：商务印书馆，1982：273-274.

② 奥克塔维奥·帕斯.双重火焰[M].上海：东方出版社，1998：16.

③ 曹禺.原野[M].北京：文化生活出版社，1937.

惧与同情。无论人的苦难和死亡的原因是偶然或必然，苦难和死亡反正是可怕的。”①

在“老屋”里，焦大星的生命像风一样消失了，受尽煎熬的心灵随着生命的消散终于冲出“老屋”放飞于苍茫的原野之上。相反，仇虎、花金子和焦氏的心灵却始终困守“老屋”中，承受着心狱的折磨。仇虎带着强烈的复仇决心从“金子铺的地方”回到“老屋”，焦阎王的死使他曾一度迷失复仇的方向，“父债子还”的“老屋”范式使他把复仇的对象指向焦大星。但焦大星不但懦弱，而且是他从小的好兄弟，更重要的是焦大星并没有作恶。如果说焦大星因无意间夺走曾经属于他的花金子，他与花金子的偷情是对大星的复仇尚有些合理性，那么要杀死焦大星、要他的命，仇虎却感到内心不安和恐惧。但他又忘不了两代人的血海深仇，仇虎始终处于“杀还是不杀”的痛苦和挣扎中。不仅如此，小黑子的惨死更使他感到恐惧和罪恶。因此，在出逃途中，枪声、鼓声、红灯笼、焦氏凄厉的喊叫始终如魔影一样纠缠着他，虽然逃入林中，他“显得异常调和”，但终究不能摆脱心灵的炼狱，使他在“自己的家园里”也感到极大的恐惧，灵魂受到严厉的审判。而当他掷掉镣铐、仆地而死，心灵才从心狱中彻底解放，他也才完全回归到自己的精神家园。同样，花金子和焦氏在“老屋”里，也经历着心狱的痛苦折磨。

三

“金子铺的地方”也是《原野》中的主要意象之一。“金子铺的地方”究竟象征什么？评论界一般认为是象征一种理想(境界)。这种喻义解码虽有一定的道理，但毕竟缺乏具体的分析。因此，如果要进一步追问“金子铺的地方”究竟象征一种什么样的境界，我们必须回到《原野》的文本中去做还原式的解读。

“金子铺的地方”在文本中不同的幕次和人物中反复出现。在序幕中，当仇虎和花金子在原野铁道旁相遇时，花金子问仇虎：“你从哪里来？”“你带我到哪儿？”仇虎说：“远，远，老远的地方。”“嗯，坐火车还得七天七夜。那金子铺的地方，房子都会飞，张口就有人往嘴里送饭，睁眼坐着路会往后飞，那地方天天过年，吃好的，穿好的，喝好的。”在这里，“金子铺的地方”是一种虚幻的景象，一种理想的境界。

在第一幕中，“金子铺的地方”又呈现在我们面前②。在这里，“金子铺的地方”是仇虎为了骗花金子编出来的。那么在花金子的心目中，“金子铺的地方”的确是虚幻的世界、理想的天地。如果说这是在“老屋”的重压、婆婆的仇恨、丈夫无能的困境里，花金子对“老屋”文明世界里非人生活方式的一种隐性叛逃和反抗，是对理想生活的一种虚幻的向往与追求，那么，花金子虚幻的理想到底又是什么呢？仇虎和花金子下面的对话也许能启发我们的思考。这段对话是花金子和仇虎对童年生活的回忆：美丽的田野景色、纯洁的少男俊女、童贞的童年恋情、温暖的家庭亲情、牧歌式的田园生活、自由的精神状态。这仿佛使我们透过历史的迷雾，隐隐约约看到人类的童年时代，感到人类童年时代原始本真的生存状态和自由自在的精神状态。值此，我们似乎感受到：“金子铺的地方”是一种精神自由的状态。

---

① 车尔尼雪夫斯基.生活与美学[M].周扬译.北京：人民文学出版社，1957：23.

② 曹禺.原野[M].北京：文化生活出版社，1937.第187页.

第二幕里，“金子铺的地方”又出现了。在这座破败的“老屋”里，仇虎和花金子处在“杀——不杀”焦大星的极度痛苦和恐惧中，“金子铺的地方”却“燃着了”生活的“真希望”，而且“心已经被火车载走，她的眼望着前面”。花金子希望尽快冲出“老屋”的羁绊，挣脱心灵的炼狱，达到心中理想的天地。

第三幕中，“金子铺的地方”既是仇虎在极度恐惧中的幻象，又是他“在森林中重演他所遭受的不公”。幻象中“金子铺的地方”往往被论者忽视，而这又是理解“金子铺的地方”的紧要处。“金子铺的地方”已不是花金子心目中企盼的理想的境界。在仇虎心目中，它同“老屋”一样充满着恶魔的世界：到处是剥削、压迫和掠夺，到处是欺诈、陷阱和罪恶，到处是生命的戕害和自由的牢狱。“金子铺的地方”不仅使人生命毁灭，而且使人精神异化。当仇虎第一次出现在原野上时，他明显地沾染上“金子”异化的印痕：狡恶、欺诈、凶狠和野蛮。但“金子铺的地方”的底下并不是一潭死水，而是流动着炽热的熔岩，这熔岩终将突破坚硬的地壳，将“黄金铺的地方”毁掉。那埋藏在淘金者身上仇恨的怒火就是那地下的炽热熔岩。仇虎正是在这熔岩的煅烧下，燃起了强烈的复仇之火，向“老屋”复仇。在仇虎的意识里，“金子铺的地方”既是实指淘金的地方，更隐含着强烈反叛和抗争的精神内涵。因此，仇虎对花金子说：“他们都是我的好弟兄，干哪行的都有，告诉他们我仇虎不孱头，告诉他们我仇虎走到头，没有说过一句求人可怜的话。告诉他们现在仇虎不相信天，不相信地，就相信弟兄们要一块跟他们拼，准能活，一个人拼就会死。叫他们别怕势力，别怕难，告诉他们我们现在要拼，得出去，有一天我们的子孙会起来的。”①这正是反叛和抗争的宣言，也正是这一点上，仇虎对花金子说：“现在那黄金铺成的地方只有你一个配去。”花金子那强悍的生命力、冲决一切的反抗精神和对理想精神境界的无限神往，的确证明她是一个反叛抗争的精灵，就像一只燃烧的火把去到“金子铺成的地方”燃起熊熊烈火。

值此，“金子铺的地方”的意象象征已经明了：在花金子那里，它是一种精神自由的理想境界；在仇虎那里，它是一种淘金地方的实指，又是一种反叛抗争的精神；在曹禺的《原野》里，它是一种“金子”式文明的象征。“金子”的文明相对于“老屋”文明而言，是一种理想的图式。但它在文明的进程中，使人的精神更加异化，更加远离人类精神自由的状态。在这里，曹禺对“金子”文明进行了深刻的剖析和无情的批判。

森林——老屋——金子铺的地方。人类童年——“老屋”文明——“金子”文明。《原野》里两条乌黑闪亮的铁轨的意象，仿佛无形的时间隧道，连续着人类文明的进程。现代文明的机车隆隆碾过苍茫的原野驶向天边时，人类精神自由的状态也被无情地遗忘在“森林”里，而被“老屋”和“金子”异化为不自由的状态。人类能回归自由的精神家园吗？何时能回？这正是曹禺深刻的思索！

原载《河海大学学报》(哲学社会科学版)2006年第4期，第67—70页

① 曹禺.原野[M].北京：文化生活出版社，1937.

话剧《原野》改编的三阶段及折射出的问题

胡非玄

摘　要：曹禺话剧问世后比较重要的改编有十余次，有必要对《原野》的改编问题进行探讨，以求达到对《原野》研究之补充。《原野》的改编经历了三个阶段：社会学改编阶段，再创造改编阶段，重现原著改编阶段。而这三个阶段都存在着一个共同的现象：重视《原野》之“戏”，而忽略《原野》之第三幕。这个现象可能佐证了长期以来关于《原野》第三幕的批评，即第三幕同前两幕的“人物性格”“情节类型”和“整体风格”不甚和谐。

关键词：曹禺；《原野》；剧本；改编

曹禺的话剧《原野》自 1937 年问世后，引起了评论家的极大关注，对其评论也是褒贬不一。对《原野》的关注和评论，大多从三个方面展开：一是通过研究曹禺来研究《原野》；二是通过与奥尼尔和表现主义之关系来进行横向的比较研究，从而来认识和评价《原野》；三是从《原野》文本本身出发来研究之。当然，上面三者又可以相互交叉，以提高评价的说服力。纵而观之，从 1937 到今天的 70 余年间，《原野》的改编次数还是比较多的，但从改编之角度来研究《原野》，或对《原野》的改编历史、特点、趋势进行研究的文字，则少之又少。因此，有必要对《原野》的改编这个问题进行探讨，以求达到对《原野》研究之补充。

狭义之改编，主要指从一种文艺样式到另外一种文艺样式，常指从文学作品改成电影与电视；而广义之改编即包括上面的情况，也包括同种文艺样式间发生的较大的变更或删削。具体到《原野》之改编范围，我们取广义的改编：一是《原野》从话剧改编成其他文艺样式，比如电影、花鼓戏、川剧等；还有就是，尽管文艺样式没有变动，仍然是话剧，但对《原野》进行较大幅度的变更或删削。

总的来看，比较重要的对《原野》的改编有十余次，可分为三个阶段，那么每个阶段的改编同原著比较起来，在主题、人物形象、情节方面有哪些变化呢？通过这三个阶段的改编我们能发现《原野》创作上的什么问题呢？

一、《原野》改编的三个阶段

1937 年 8 月 7 日至 14 日，《原野》由上海业余实验剧团在卡尔登大戏院进行首次公演。因为几天后淞沪抗日战争爆发，演出被迫停止，未能在当时的文艺界引起太大的反响。但在接下来的 70 多年间，《原野》重新被发现，并被多次改编。

1.在有色眼镜下:《原野》"社会学改编"阶段

《原野》改编的第一个阶段:可以视为"社会学改编"阶段,从1941年《原野》被改编为影片《森林恩仇记》开始到1984年3月15日被改编话剧《原野》为止。具体的改编情况如下:

1941年,《原野》被上海中国联合影业公司改编为影片《森林恩仇记》。这次改编更符合商业演出吸引观众的需要:强调影片的曲折情节;而在主题、人物形象、情节方面变化不大。

1948年清华剧艺社演出《原野》,剧本发生了较大变动,剧本"强调仇虎、金子和焦家的对立,借以加强社会意义,反映出学生们的革命情绪和激进思想"①。《原野》中所要试图表现的"诗"被转化为一个"农民对于土豪地主复仇"②。剧中最能体现曹禺本意的第三幕中的二、三、四场景被删掉最多。之所以会发生这些变化,很明显的原因在于,借原著中的"仇虎向地主复仇的故事"来反映出学生们的革命情绪和激进思想。

建国后到"文革"前,特殊文艺环境下的批评家们,对《原野》多作否定批判,尤其原著中第三幕中农民仇虎复仇合理性的质疑,以及浓重的神秘色彩等,批判更甚,使这部剧作几乎被人遗忘,不仅30多年未能再版,演出也仅仅有一次:1957年北京实验话剧团演出。而《原野》之改编则少之又少。

1981年《原野》被改编成电影,由凌子改编并执导。影片中,原来的次要人物金子被处理成了主角,影片"突出了她炽热的追求个性解放以及对幸福生活的向往"③。影片的主题也因此发生了变化:它反映了中国封建社会里渴望新生与自由的人们不甘于被环境所吞噬,因而奋起抗争的经历,尽管精神上蒙有封建迷信的灰尘,又找不到真正的出路,但他们至死都不曾向封建势力屈服。这样的主题希望能给人以这样的启示:"要反抗封建的旧社会,要像仇虎那样不妥协的拿起枪。"④如何认识这次改编呢?钱理群曾这样评价该片的执导思想:"电影《原野》的编导仍然从社会学的角度去阐释《原野》的主题,她强调的是《原野》争取个性解放的人道主义的反封建精神。"⑤这次改编在对原著的人物形象、主题进行变更,突出"争取个性解放的人道主义"之意,应该是一个很重要的指向,这也同20世纪80年代初期,文艺界、学术界始终关注的热点人性、人道主义和异化问题,以及关于"人道主义"的大论争,是相互呼应的。

1984年3月15日,中国青年艺术剧院演出《原野》。导演为张奇虹,剧本经过了删改:原来的三幕五场改为两幕,增加了序幕和尾声;最大的改动是将焦母杀小黑子改为误杀大星,据导演的说法,这样改"为的是不致仇虎杀害焦大星,让他赢得观众更多同情"⑥。另

① 葛一虹.中国话剧通史[M].北京:文化艺术出版社,1990:277.

② 杨晦.曹禺论[M]//王兴平,刘思久,陆文璧.曹禺研究专集:上.福州:海峡文艺出版社,1985.

③ 曹明.风风雨雨话《原野》——纪念曹禺九十诞辰[J].文教资料,2000(5):147.

④ 凌子.《原野》随想[J].文汇,1982(7):84.

⑤ 钱理群.大小舞台之间——曹禺戏剧新论[M].杭州:浙江文艺出版社,1994.

⑥ 胡承伟.走过了半个世纪的《原野》——访赴港前夕的导演张奇虹[N].深圳特区报,1986-02-01(1).

外，还将仇虎自杀改为他杀，据说是得到了曹禺首肯。[①] 张奇虹认为，自己的改动是遵循了现实的逻辑与人物性格的逻辑，关于仇虎的改动是“想剔除长期以来笼罩在仇虎身上‘情杀’之嫌的云翳”，因为仇虎的“自杀”不符合人物本身的性格，“违背了社会发展的规律和马克思主义的阶级斗争观点”[②]。这次改编发生的原因，无疑是以现实主义的创作原则为主导，甚至是为了符合错误的政治路线——以阶级斗争为纲。1984 年已经离“文革”很多年了，反思“文革”已经成为主流思潮，而这种情况下张奇虹仍然强调改编的动机是原著“违背了社会发展的规律和马克思主义的阶级斗争观点”，令人十分费解，这次改编可以说是彻头彻尾的失败。

总之，这个阶段《原野》的改编，主要是在现实主义原则指导下进行的，改编或者是为了政治斗争的需要，或者是为了人道主义、个性解放表达之需要。在这个阶段，改编时最受重视的是“激烈的情节”“鲜明的人物形象”“尖锐的戏剧冲突”和“现实主义的主题”等等。所以，唐弢说：“几年以来，大江南北，多少剧团演过《原野》……正因为《原野》是百看不厌的剧本……这个剧本里有‘戏’，群众看起来过瘾，这个剧本里有生活，顾盼左右，仿佛就在身边，让你看起来恐惧和欢喜。”[③]

2.它山之石、可以攻玉：《原野》“再创造改编”阶段

《原野》改编的第二个阶段：可以视为“再创造改编”阶段，从 1987 年 9 月歌剧《原野》到 2000 年人艺版《原野》为止。具体的改编情况如下：1987 年 9 月，中国歌剧院演出了由曹禺的女儿万方根据话剧《原野》改编的歌剧《原野》。这次改编在人物形象上和主题上没有太多变化，基本同原著相同，改动最大的是为了适应歌剧自身的特点，强化了“唱”，以此来抒发情感。这样也将原著中“诗”和“情感”的特点表现得比较充分。这次改编基本符合曹禺创作的一个意图，1983 年 6 月 1 日曹禺谈到了创作《原野》的初衷：“《原野》是讲人与人的极爱和极恨的感情，它是抒发一个青年作者情感的一首诗。”[④]万方的这次改编跳出了社会学的窠臼。

1990 年，曹禺的故乡——湖北潜江市花鼓戏剧团，将《原野》改编为花鼓戏《原野情仇》，编剧胡应明。《原野情仇》无论是情节、主题都发生了不小变化：首先，改编后的戏对原著进行了化繁就简与化简就繁的处理，将原著中复杂的情节与对话加以简化，使得演出本更加精练，另外，将原著中处于幕后的个别情节突出出来，强化戏剧冲突，比如设计了“深夜约会”和“焦仇决斗”等情节；其次，改编后的戏主题也有了转移，通过仇虎复仇，表达了“冤仇深处是大悲”的旨意，否定了复仇的合理性，而力图“依托于原著中那种悲天悯人的情怀，来观照人类自身的困境与命运，来展现人物灵魂深处的自我挣扎和情感矛盾”[⑤]。也进而“淡化社会性冲突……着重在人性，人格的真、善、美上张扬”[⑥]。值得注意的是：这

① 陈钰.访曹禺[N].文汇报，1984-03-15(14).
② 张奇虹.时间与时间的审视——写在《原野》演出两周年[J].戏剧报，1986(8)：41.
③ 田本相，胡叔和.曹禺研究资料[M].北京：中国戏剧出版社，1991：894.
④ 田本相.曹禺传[M].北京：十月文艺出版社，1988：464.
⑤ 胡应明.解读·摄神·重构——浅谈荆州花鼓戏《原野情仇》的改编[J].中国戏剧，1997(4)：54.
⑥ 丁素华.名著与花鼓戏——《原野情仇》导演构思[J].中国戏剧，1997(11)：29.

次改编将原著中第三幕二、三、四场景进行了大幅压缩，用一个唱段来表现仇虎内心的愧疚、斗争、幻觉。

1997年，《原野》被改编为川剧《金子》。编剧隆学义在构思川剧剧本时，选择了原著中的次要人物金子作为主要人物，而把原著中的主要人物仇虎摆在了次要的位置；以金子的命运历程和情感旋涡的冲击，以此削弱复仇的主线。在情节中，强化了金子对仇虎复仇的“劝导”“调解”“阻拦”“催促”“劝阻”“恳求”“怒打”“谴责”等一系列的积极行动，也强化了金子在全剧中的中心地位和作为。在改编中，还将原著第三幕的五个场景合并成一场戏，即删去了仇虎复仇后心理变态与精神失常所产生的“幻觉”“梦呓”“自戕”“驱鬼”等情节，削弱了原剧的许多内蕴和表现主义色彩。通过这样的变动，既把人们的同情与关爱引向受封建伦理、道德压迫最深重的妇女身上，又发掘出原著已经蕴涵的不以复仇方式去寻找农民的活路，进而揭示出“觉醒的历程”。艺术指导郦子柏认为，这次改编是根据曹禺的意思进行的：“八十年代初的一个夏天，我去北戴河度假，适逢曹禺先生也住同一招待所，我曾趁机请教过他关于创作《原野》的立意和主旨，他说‘复仇不是我所要表达的主题’；并明确表达说：‘我当时所以要写这个戏，是想通过仇虎与焦阎王两家不解的冤仇，说出在封建恶霸地主压迫下，农民苦难的一生和渐渐觉醒的历程。’”①

2000年夏天，广州粤剧二团演出了改编自《原野》的粤剧《野金菊》，剧本刊于2001年第2期的《南国红豆》。该剧的改编很有特色：首先，该剧将金子作为主要人物，并改名为“金菊”，剧本突出塑造了一个像“野金菊”一样的野性、风情万种、敢爱敢恨但又不乏善良、同情心的复杂的女性形象；而原著中主要人物仇虎成为次要人物，他的复仇也成为表现金菊性格和主题的陪衬。通过这些变化，剧作表达了受压抑的女性对爱情的渴望与追求的疯狂，歌颂了金菊和仇虎之间的爱情。剧作同大多数改编一样，将原著第三幕中仇虎的内心碰撞、斗争、煎熬都抹掉了，因此原著中关于复仇合理性的质疑，关于仇虎内心的冲突都没有了，表现主义色彩一扫而空。同时，改编的《野金菊》相当具有岭南地域文化色彩，剧中的傻二被塑造成一个“丑角”，而起到调笑和滑稽的效果。②

2000年，北京人艺剧院演出了改编的《原野》。这次改编，在舞美设计与人物动作完全颠覆了以往的演出，显示出强烈的荒诞色彩：黑色的草长满舞台，白色鸽子自由地走动；一侧墙壁上悬挂着八九台彩电，反复播放1981年电影《原野》和美国影片《阿甘正传》的片段；大星、仇虎、常五、傻子从舞台中央的马桶里捞出几听可乐，围坐成一圈，说起了与剧情无关的话……导演李六乙认为，改编“特意加强了对人永远也走不出一种怪圈、人永远也逃脱不掉社会的压力、命运压力这种轮回的表现。”③而舞台上的各种现代工业品的加入，是试图“表现后工业时代物质生活的混乱与占有”，隐喻现代人生活的虚幻。这次改编是对长期以来逐渐形成的一套比较固定的写实主义模式、斯坦尼斯拉夫斯基演剧的颠覆，因为斯坦尼这种演剧模式“限制了曹禺戏剧生命的多元化的呈现与发展……曹禺戏剧中的

① 郦子柏.从话剧《原野》到川剧《金子》——在排演中的探求与创新[J].戏曲艺术，2002(2)：36.

② 陈自强.野金菊[J].南国红豆，2001(2).

③ 廖奔.名著的阐释话语及其自由度——在人艺《日出》《原野》座谈会上的发言[J].戏剧文学，2000(12).

表现主义、写意性与舞台假定性……这些方面却没有得到应有的体现。”但也引起了较大的争议，田本相和孙洁等人对此大加讨伐。[①] 而廖奔则持辩证的看法，在肯定的同时，也批评改编之不足。[②]

总之，这个阶段《原野》的改编，摆脱了“现实主义原则”的束缚，很好地将原著“诗”“情感”的特性凸显出来，尤其是歌剧《原野》。当然，《原野》能被成功地改编成以抒情表意为追求的地方戏曲，本身就说明了对原著中“诗”“情感”的体会与把握。当然，在这一阶段，也透漏了一个信息，或者说一个趋势：改编正在走向“借他人之酒杯，浇自己之块垒”。可以看到，无论是花鼓戏《原野情仇》、川剧《金子》，还是粤剧《野金菊》，它们或者在主要人物，或者在表现的主题等方面都发生了偏移，它们都在用自己的“戏”来表达它们所理解的《原野》。正是在这种趋势下，再加上解构主义思潮的冲击，产生了《原野》改编中最独特的篇章——2000 年人艺版的话剧《原野》。人艺版《原野》不但是对“现实主义原则”指导下改编规则的突破，更是对“现实主义演剧”方法的突破，它标志了《原野》“借他人之酒杯，浇自己之块垒”改编方式达到了顶峰。

3.返璞归真的努力：《原野》“重现原著改编”阶段

《原野》改编的第三个阶段：从 2006 年 3 月上演的津版话剧《原野》到今天。2006 年 3 月，由天津人艺剧院改编的话剧《原野》上演，北京著名话剧导演王延松执导。王延松认为，这次改编对原作只删改不篡改，不加一个字，将八万八千字的原作，删成一部三万二千字的演出本。在津版的改编中，自然透露着导演用心良苦的工夫，但在王导精心的选择中，更有着他对剧作的独到的读解，即从人性的角度切入，并以此来理解人物，探索主题，把握其艺术特征。可以说，这次改编是删削而不注重改动，目的就是为了再现原著的面貌，也可以说是对刚刚过去的解构主义思潮的反拨吧！但是，令人怀疑的是：八万八千字的原著被删削到三万二千字，在超过一半的删削中，原著风貌真的能被保留下来吗？田本相认为：“津版的删改是成功的，虽然删去了多半的篇幅，现在演出只要两个小时二十分钟，但是，却保留了精华，保留了诱人的故事，精彩的场面，精彩的对话。”[③]田先生所认为的“保留了诱人的故事，精彩的场面，精彩的对话”难道就是成功的改编吗？值得怀疑！

这个阶段，知名的改编不多，而且改编又回到了一个很质朴的起点，即努力追求重现经典，这是对当前“重读原典”潮流的一种回应，也是对话剧《原野》改编的一种新的追求。

二、从《原野》的改编再论该剧第三幕

曹禺在给蒋牧丛的信中曾经说：“此剧（指《原野》）需排得流畅、紧凑，怎样删改都行……此剧太长，最好能在三个小时或两个小时半演出。”[④]大家可能只注意到了曹禺先生

① 参见：田本相.也谈新版《原野》和《日出》[J].中国戏剧，2000，(11)；孙洁.解构主义的遮羞布——议实验戏剧《原野》[J].中国戏剧，2000，(11).

② 廖奔.名著的阐释话语及其自由度——在人艺《日出》《原野》座谈会上的发言[J].戏剧文学，2000(12).

③ 田本相.津版《原野的价值和意义》[J].中国戏剧，2006(5)：18.

④ 田本相.津版《原野的价值和意义》[J].中国戏剧，2006(5)：18.

的意见:可以改,此剧长这两点,而没有注意到后来者在哪些地方去改动。当我们梳理和分析了《原野》改编历程后再回首看,就会发现一个特殊的现象。可以看到70余年来《原野》改编的一个基本现象:无论是改编的哪个阶段,除了不追求情节的2000年人艺版《原野》外,其他的改编本都无一例外的重视原著中的“戏”,而有意或无意地忽略了表现主义色彩浓厚的第三幕中的第二、三、四场。如果说,在第一阶段改编时,由于现实主义原则的框框局限了改编者的话,那么地方戏——花鼓戏《原野情仇》、川剧《金子》和粤剧《野金菊》以及津版话剧《原野》也都重复了同样的现象。这种现象出现的原因之一可能是,改编者“借他人之酒杯,浇自己之块垒”的目的使然,这个解释可以顺当而轻松地解释上面的现象。但有一个问题:被许多评论者津津乐道的第三幕的二、三、四场,为什么70余年来没有被当作“酒杯”来浇灌一下改编者的“块垒”呢?这一关于仇虎内心冲突、幻觉、幻象、梦呓的大段文字,可是被20世纪80年代的评论者以及为《原野》中“表现主义”鼓掌叫好者所看好的一部分啊!难道改编者都未能注意到这一部分的精彩与重要?这种现象出现的原因之二可能是,改编时为了大众化与通俗化的需要,尤其是被改编为地方戏,这个理由也有很大道理,但仍然有一个问题:为什么2006年津版《原野》也“保留了诱人的故事,精彩的场面,精彩的对话”而将心理刻画最繁密的第三幕中的内容的大加删削呢?

带着这两个重要疑问,我们有必要重新再考虑一下评论者对《原野》中这一部分的认识。为了剔除1985年以前社会学视角的局限,我们只简单梳理和分析1985年以后对于《原野》第三幕的大致评价。[①] 评价分为针锋相对的赞扬和批评两种。赞扬主要集中于三点:一是仇虎形象有深度,原因在于第三幕对仇虎内心世界的展示;二是借鉴了奥尼尔《琼斯王》的表现主义戏剧手法,来深刻地刻画人物心理和性格;三是通过第三幕仇虎心理的矛盾、分裂和梦呓,作者否定了复仇而表现了更深刻的旨意。批评则主要集中三点:一是仇虎的性格在第一、二和第三幕相互冲突,性格塑造不成功;二是情节在第三幕转变过于僵硬;三是第一、二幕和第三幕的创作手法相互冲突。这两种评论分歧很大,但焦点均集中于第三幕;并且,在1985年后的评论中,对第三幕的肯定和赞扬成为主流,明显盖过了批评的声音,批评几乎成为无人理睬的“呐喊”。但令人奇怪的是,评论者所津津乐道的第三幕在改编和演出的实践中为何消失了呢?理论评论与改编实践又为何相差甚远呢?

通过在改编史中产生的疑问,以及赞扬的评论与改编的实践之间的矛盾,启示我们有必要重新看待《原野》第三幕,重新考虑批评者的声音。依笔者看来,《原野》第三幕第二、三、四场存在一定问题:一是,第三幕中仇虎性格同前两幕差别太大,性格发展的转变不是渐变,而是一种骤变甚或裂变,这不符合性格塑造的基本规律,以至于“这个中国农民的形象充满了欧化意识,是采用西方复仇主义者形象嫁接到中国封建农民形象上的‘怪胎’……仇虎杀人后的巨大内疚使人感到有点费解”[②]。二是,第一幕和第二幕的情节是极

① 之所以以1985年为界限,主要是1985年前后,中国文学艺术界、思想界和学术界积极引进西方现代和后现代思想,纯粹从“社会学”角度创作和评价的现象得到了扭转。

② 黄欣.《原野》争议三题[J].阅读与写作,1994(2):28-29.

具中国通俗色彩的情节类型——杀父之仇、夺妻之恨、三角恋情[1]，同第三幕的大雅情节很不匹配，所以有人评论说："第一、二幕是写实主义，第三幕是象征主义……这两种完全不相同的艺术手法被同时机械使用时，便不能不出现相互排斥。"[2]三是，第三幕的大幅描写，使得《原野》前后风格很不相称，"事实上，将潜意识戏剧化的表现主义技巧，破坏了《原野》思想、人物和艺术的整体性，造成观众理解的歧义。作品所产生的令人震惊的戏剧效果，给观众的感受是更大的迷惘"[3]。我们认为不是不可以借鉴表现主义创作方法，关键是从整体上看，前后风格变化过大。

至此，我们是不是也会在心中有这样一个疑问：70 余年来《原野》改编，重视原著中的"戏"，而有意或无意地忽略了表现主义色彩浓厚的第三幕中的第二、三、四场，原因是不是有可能在于这一部分存在着"不适合舞台表演"的问题呢？也就是说，《原野》前半部分曲折的情节、人物形象同后半部分的表现主义描写造成了在"人物性格""情节类型"和"整体风格"不能和谐共存呢？正因为如此，才导致改编时无法对后半部分描写恰当处理，而选择放弃呢？

当然，不能因此就简单地认为《原野》这一部分不好，但通过对于《原野》改编的梳理、分析与推断，我们至少应该在心中对这个问题打上一个大大的问号。

原载《江汉大学学报》(人文科学版)2009 年 8 月第 28 卷第 4 期

① 说明：通俗是说这种情节在中国传统戏曲和通俗小说中不胜枚举；另外，这里的"三角恋情"不含贬义。

② 苏关鑫，郑纳新.超越的艰难——对《原野》失误的文本审视[J].广西师范大学学报(哲学社会科学版)，1993(2)：69.

③ 李树凯.曹禺与斯格里勃和奥尼尔——再论《原野》是一部佳构剧[J].甘肃社会科学，1995(4)：78，79.

血仇困境中的人性与阶级救赎

——以话剧《原野》为中心

方维保

摘　要:曹禺的剧作《原野》展现了一幅宗法制社会的图景——家族的复仇和恋爱悲剧。但是,宗法制复仇文本既然处于"五四"新文化运动之后的现代语境中,就不可能不受到现代文明之光的聚焦和透视。《原野》就表现了传统宗法制文明与现代人道主义文明交融时期的乡土中国的复仇行为与复仇者的人性困境。而仇虎的复仇绝境,为革命现实主义的阶级救赎提供了契机。

关键词:《原野》;血仇;人性;阶级;救赎

在中国宗法制的传统文化语境中,文学叙事大多与宗法伦理相关涉。若考察这样的宗法制民间叙事就会发现,最盛行的故事主要有两种:

一是复仇故事。复仇,在广泛的意义上,它的起因可能是多方面的。但是在一个宗法制的文化语境中,最大的仇往往都是关涉血缘家族的。恩格斯在《家庭、私有制和国家的起源》中指出:"同氏族人必须相互援助、保护,特别是在受到外族人伤害时,要帮助复仇。个人依靠氏族来保护自己的安全,而且也能做到这一点,凡伤害个人的,便是伤害了整个氏族。因而,从氏族的血族关系中便产生了那为易洛魁人所绝对承认的血族复仇义务。"① 为亲情复仇是氏族成员必备的素质,但它同时又以权力的形式表现出来,经过氏族成员的确认,复仇遂成为社会共同遵守的准则。《礼记·曲礼上》更是作出了明确的规定:"父之仇,弗与共戴天;兄弟之仇,不反兵;交游之仇,不同国。"

这种复仇意识自然也成为文学的叙事话语。在经典性的《史记》《三国演义》《忠义水浒传》以及唐宋时期的一些传奇和话本中,充斥着这样的农业意识形态文明。宗法制的社会中,以血缘为亲疏的标准,宗族竞争是社会发展的重要动力。吴王夫差、越王勾践、伍子胥为父复仇的故事在正规的史料典籍和潜隐的民间口碑中广为流传,并受到推崇。汉末魏、蜀、吴三国的争斗,实质上是血缘的竞争,刘备的伐魏、讨吴都具有血缘复仇的性质。罗贯中的"扬刘抑曹"也是这样的血缘意识的反映。这种血缘复仇的观念沉淀在民间,成为民族的集体无意识。虽至现代社会,在新文化运动中受到理论上的扫荡,但因中国乡土社会的与世隔绝状态的保护,使之并没有在历史的演进中被打破,被销蚀,所以它得以被

① 马克思,恩格斯.马克思恩格斯选集:第4卷[M].北京:人民出版社,1972:83.

很好地保存了下来(况且民族的某种集体无意识也不是一次两次社会运动就能够清除的);并且时常在文学的叙事文本的构成中充当缺席的在场者,影响它的表达。

二是爱情故事。爱情从其起因来说,所涉及的方面也是很多的:有纯粹的情感的因素;有身体的吸引;还有就是通过爱情之后的性而获得子嗣。但在田园宗族观念的思维视阈中,男女情爱的最终结果是子嗣的诞生,这直接关涉宗族血缘的衍衍不绝。爱情的浪漫传奇虽然对于血缘宗族具有超越的性质,但在宗法制意识形态的视野中,它仍只是宗族生殖的前奏。

在家族血缘的有限的视域之下,爱情故事和复仇故事都只不过是宗法制语境中的血缘意识的不同表述形式而已。在文学叙事上,假如说复仇表达了阳刚之美的话,那么爱情则恰恰表达了它的另一面,即阴柔之美。而刚柔相济才是民间话语所推崇的上等文本。

中国现代文学虽然以"反传统"为己任,但嫁接于传统文化之上的新文学仍不能不受到它的影响,使传统的宗法制文化得以各种方式呈现在文学话语中。现代文学中以宗法制文化事件作为题材的作品为数众多,但大多为启蒙主题。而曹禺的剧作《原野》却与上有所不同。它所展现的是一个宗法制的语境——宗法制的家族复仇和宗法制复仇——中的人性悲剧。它糅合了传统文学叙述的爱情与复仇故事,但它所着眼的又并不是"五四"意义上的启蒙,而是在复仇故事中展现了人性困境及其自我救赎的想象。

话剧《原野》中,仇家与焦家在故事的原初阶段虽然分属贫富悬殊的两个阶级,但却是友好的乡邻。这两家的仇恨起源于焦阎王反目为仇杀害了仇虎的父亲,卖了仇虎的妹妹,囚禁仇虎于死牢,并迫使他的未婚妻花金子成为了自己的儿媳妇。这是一个典型的"杀父之仇,夺妻之恨"的家族血仇起源模式。在宗法制社会中,血缘往往是一种至上的理念,它以线性衍传,这根线的任何一环缺失,都可能造成血脉的中断;而且对于血脉的流传来说,父亲是血脉的源头,"杀父"即意味着对现存家族成员的否定;而且父权制之下的父亲,更是整个家族的符号,他的被杀所昭示的意义是关于整个家族的从尊严到本体的彻底的毁灭。而妻子虽然只是家族的财产的一部分,但妻子在家族衍传中同样具有重要的地位,有时甚至比男性家族成员更重要,因为她是家族得以后续的载体,一旦妻子被"夺"就意味着家族的"绝后",而且当妻子被夺以后,家族的血脉就可能被混乱,血缘的纯洁性就受到了玷污。因此,"杀父之仇,夺妻之恨"成为乡土中国的"不共戴天之仇"。有仇恨就有"昭雪",对中国农民来说,复仇是家族恢复的必经之路,只有通过复仇,家族的尊严才能显现,当然也是作为家族"孑遗"的君子的必备品德,所谓"有仇不报非君子"。在中国文化中,无论是吴王夫差,还是越王勾践之所以受到后世的传诵,一个重要的原因就是他们的复仇品格。即使受辱家族的其他成员暂时无法复仇,也会"君子报仇十年不晚",所以即使仇虎在监狱中被关押了许多年还是逃了出来进行复仇,而且这样的迫害还磨砺了他的复仇意志,把他变成了坚定不移的冷血的复仇之虎。

家族血缘复仇有着一套完整的游戏规则,对于被复仇者来说,是"人不死债不烂",只要仇恨的制造者活着他就一直是复仇的对象;假如他死了,则"父债子还",也就是说由他的儿子或者孙子来承担罪责，代替其父辈或祖父辈成为复仇对象。而对于复仇者来说则是“父仇子报”，父辈留下的仇恨由儿子辈或孙子辈来完成。只要仇恨得不到报复，那么家族就自始至终得记着它，以至成为一种家族记忆。在《原野》中，仇虎虽九死一生，但复仇的信念却自始至终没有泯灭。他从监狱里逃了出来，最大目标就是复仇。在文本语境中，仇虎一开始就被塑造为一个“仇恨之虎”——一个家族道义和复仇勇士的化身。同时，在复仇中还讲究“对等原则”，所谓“以血还血，以牙还牙”。因为仇恨起源于杀父和夺妻，所以所谓“对等”当然也就没有更多的其他内容了。于是按照这样的原则，仇虎便先“睡”了这时已然成为焦家儿媳妇的花金子，报了“夺妻之恨”。在仇虎进入花金子的卧房之际，他对着焦阎王的画像咬牙切齿地说：“老鬼，我一进你焦家的门，就叫你儿媳妇在你这老脸上打了一巴掌。”仇虎利用了花金子热烈的情欲和对自己的爱恋而实现了复仇的计划。仇虎和花金子本是一对恋人，他们之间的性爱本是常理之事，也是爱情的自然表现。但在家族仇杀的背景之下，却成了另外一场夺妻行动，成了毫无爱情可言的强暴行为。家族仇杀将爱情的重逢变成了一场顺手牵羊的阴谋和大规模屠杀的悲剧前奏。在报了“夺妻之恨”之后，当然更重要的戏就要开场了。仇虎接着在焦大星醉酒之后，毫不犹豫地“杀死”了这个童年时代的伙伴。而对焦大星来说，被虎子哥杀死，是他意料之中的事情，他似乎为了还债而献出了自己的生命。然而，残忍的宗族复仇并没有到此结束，仇虎借助于瞎子焦氏之手，让焦家不但“断子”而且“绝孙”，无辜的小黑子死于非命。还有那个瞎眼的老婆子焦氏，因其年老当然是不值得“夺”的，但仇虎明白，在断子绝孙之后，她将生不如死。这又是更深一层的刻毒。在完成了这一切之后，仇虎也就昭雪了家族的“父仇”。仇虎少年时的玩伴焦大星和他的儿子小黑子在作品给定的语境中都是无辜的受害者，然而依照家族复仇的“父债子还”的游戏规则，他们又都是合情合理的复仇对象。即使复仇者仇虎对杀害他们心有不忍，但作为家族英雄，他又不能不执行血缘宗族的律法。因此，在这个意义上，与家族血脉相联系的复仇行为具有神性。

上述的宗法制复仇故事在中国传统文学中是高度的重复，而且往往被处理为一种狂欢性叙事。在诸如《隋唐演义》《三侠五义》等作品中都有着充分的展现，而《水浒传》则最为突出。当黑旋风李逵在江州城等地挥舞板斧狂乱屠杀的时候，人性是处于睡眠状态的，或者说被仇恨所宰制而缺席的。《原野》中仇虎的杀戮与李逵有着某种程度的相似性。既然复仇在伦理上是合法的，那么，通向血腥的大门就已经打开了。更让人惊心动魄的是，如同一头饥渴的狼嗅到了血的气味一样，复仇和杀戮具有极大的诱惑性。曹禺通过一种压抑性叙事，使这样的诱惑不断地膨胀，并化为一种可以毁灭一切的“恶”，并由这种“恶”推动着，一步一步地杀人，一步一步宣泄，也一步一步体味着这复仇杀戮所带来的“幸福”和“快意”。感受复仇快意的还包括观众，观众对复仇者有着杀戮的期待。戏剧呼唤着观众内心的关涉暴力的集体无意识。当仇虎以复仇者的形象出场后，他不但自己下了“一项决心，一项判断”，同时也下了“一项允诺”，对自己的家族也对面前的观众。

但是，《原野》的文本毕竟产生于“五四”新文化运动之后的现代语境中，现代文明之光

就不可能不对它形成聚焦和透视。在新文化土壤中成长起来的作家曹禺面对这样的传统题材也不可能如施耐庵那样去进行狂欢化处理，现代文明在他的书写中起作用几乎是可以推测的必然。

在广泛的意义上，现代文化以人本主义为基本的指归，即周作人所说的"人间本位主义"。新文化先驱们对传统的家族和家族制度进行了极其全面而深刻的批判。作为家族和家族制度衍生物的家族仇杀自然也在批判之列。还有作为新文化重要组成部分的基督教文明，也对无情的杀戮行为持否定的态度。基督教的博爱和对生命的珍视将传统意义上家族复仇的法理基础给摧毁了。而在文学艺术领域，则表现在家族英雄在现代文学启蒙话语中复仇的"绝对"的伦理合法地位丧失了，变换了背景的英雄，其英雄性在人性道德之下必然要接受新的拷问。

要说明这一点，必须先讨论我们在阅读或观看话剧《原野》时的感受。那就是，当我们在穿越《原野》的本文之时，会强烈地感受到仇虎的"残忍"和焦大星父子的"无辜"。无论是"残忍"还是"无辜"都是观众出于理性的对于剧中主人公仇虎行为的否定，并且这种理性的否定促使观众在情感上将同情由最初的仇虎转移到焦大星一家人身上。而我们之所以有这样的感受，从根底上说则是因为现代化的人道的精神和非家族观念的作用。新文化运动中出现了具有鲜明西方色彩的人性和人道主义思想。这种思想认同人的存在的权力，大力倡导人性和人权，张扬悲悯和同情，尊重生命权力；对于一切暴虐思想和行为进行激烈的谴责。新文化也同时对于家族和家族制度进行了激烈的否定，而且对于几乎一切基于家族利益的准则也都给予了批判，认为家族压抑和扭曲了人性，妨害了人性的自由和发展。而复仇，尤其是基于家族利益的复仇在近现代文化语境中成为人道主义所激烈攻击的对象，因为非理性的复仇和杀戮不但戕害着生命，而且家族利益至上的原则也使复仇者被非人化。

人性和人道主义的思想意识在上世纪 30 年代已经成为一种社会的公共意识，影响着知识分子阶层，也影响着他们对于仍然处于宗法制之中的中国乡土社会的价值评判。正是这样的人道主义语境使"父仇子报"和"父债子还"的血缘游戏规则的合法性被否定，使宗法正义的大厦发生了倾斜，使复仇的正当性失却了支撑的理论和伦理的根基。本来复仇行为是与仇恨相关的，但是它逐渐衍变为一种复仇程序。复仇者在这个程序中丧失了主体的能动性，复仇也只是一种形式，它远离了仇恨的内核。最后，复仇者即使想从这个程序中脱身而出，也往往力不从心。在一种现代理性之下，当焦阎王死后，仇虎的复仇注定是要落空了。因为，焦家的其他家庭成员——大星和小黑子，甚至包括花金子——都与仇恨无关，因此，他们都已经不是合法的复仇对象了，也就不应当因之而承受责罚。对于他们的任何责罚和行使复仇都变成了非正义的了，也理所当然成为反人道的行为。

这种文化语境的影响使读者/观众在阅读和观赏《原野》的时候，自然感受了大星和黑子的无辜；当然并非仅仅只有读者有这样的思想意识，作者曹禺也有，他还把它投注到了主人公仇虎的身上。作者不但设置了仇虎与花金子之间的恋爱故事，以此来减弱仇虎对花金子的“睡”的野蛮性，而且在展露仇虎的性格中“蛮性遗留”①的同时，并没有忘记在其性格中注入“现代情绪”。因此，在剧中我们看到，“复仇之虎”仇虎在对待焦家一家人时，本应是一“睡”或一“杀”了之，但他却没有，而是一直如莎士比亚笔下的哈姆莱特一样犹豫不决。但与哈姆莱特不同，哈姆莱特是为成功与失败与否而犹豫，而仇虎却是在复仇与放弃之间而徘徊，复仇的直接对象的消失，使复仇行为显然失措。当然他最终还是在强烈的复仇欲望的驱使下施行了仇杀行动，但他又为此而强烈自谴、自弃。可以设想，假如说仇虎的性格中没有现代人道精神的因子的话，他此时就会沉迷于复仇成功的极致的血腥的快乐之中，如许多中世纪的复仇者一样把复仇作为唯一的目标指向。但恰恰相反，人性成为他的复仇行动的最大障碍，而复仇行为又反过来考验着他的人性。

仇虎式的犹豫是值得探究的。他的人性在实施仇杀瞬间冲破牢笼而闪现出温暖的光亮，理性由此觉醒：意识到自身行为的罪，并在意识中产生了对于这种罪的冲动的阻止的欲望。两种意识发生冲突，主体处于矛盾的举棋不定之中，这带来了行动的无法确定。而仇虎最终还是杀死了大星和小黑子，在短暂的时间内，他的意识中阻止的力量战败了。这使得这一力量不得不在杀人行为付诸实施后寻求补救，寻求自我的救赎。这就是仇虎的进入黑林子。

仇虎的复仇的成功，本来是其性格中人性力量的失败，但文学的吊诡在于，失败却反成就了失败者。本来，人性的力量是被动的，只是充当着仇虎复仇行动的最大阻碍者的角色，而现在却反客为主，反过来考验着他的人性，使其身上的人性力量大放光彩，并以追诉者的身份呈现着惊人的力量。他的身上的现代人道精神，使他的复仇行动陷入非法的困境，也使他在复仇成功之后陷入了深重的罪孽感的包围之中。

恐怖达到了极点，“那是一种因为难以名状的、未加思量的、未经证实的境遇与情绪所引发的恐怖”②。因为对大星和小黑子复仇，他放逐了兄弟情谊；因为对花金子复仇，他放逐了爱情；因为认识到自我复仇的非正义性，他放逐了自我。这个成功的复仇者现在只能孤独地面对自己，面对一系列排山倒海的仇恨，他只有一个方法，那就是逃避，找一个能躲藏的地方。于是，仇虎最后逃入那个迷茫的“黑林子”，并希望通过这座林子，到达一个铺满黄金的“黄金世界”——天国。

但是，到达黄金世界的前提是自我必须先洗脱罪责。而黑林子并不是忏悔的理想场所，在这座“黑林子”里，他遭受到了更多的缠绕，他的发自良知的冤狱和自谴的纠缠。

仇虎身上的现代人道精神，使他的复仇行动陷入非法的困境，也使他在复仇成功之后陷入了深重的罪孽感的包围之中。而他最后逃入的那个迷茫的“黑林子”，正是他良心的冤狱和自谴的象征。在西方文化中，“森林”象征着世界的罪恶，而“狼”象征着人性中的贪

① 曹禺.雷雨·序[M]//曹禺文集：第1卷.北京：中国戏剧出版社，1988.

② President Franklin D. Roosevelt's First Inaugural Address，1933. Halford Ryan. The Inaugural Addresses of Twentieth-Century American Presidents. Westport，CT：Praeger Publishers. 1993：93.

梦。黑林子这个具有西方文化特征的象征中，仇虎的罪觉醒了。他迷失于森林之中，意味着他的复仇是“没有出路的”。红灯是焦母为小黑子招魂时打的灯笼，它已经不再是一种简单的照明工具，而是一种具有明确含义的意象，象征着神秘的恐怖力量。在黑黑的森林里，恍惚闪烁的红灯，焦母阴森绝望的颤音，伴随着远处隐隐传来的僧人为小黑子超度灵魂的沉沉庙鼓，这一切都构成了仇虎存在的环境。而且应该看到，这已经不是一个具体的环境，而是一个意义的世界：威胁与恐怖。于是，仇虎和花金子在黑森林中左突右冲，但是最后发现仍然在原地打转，一直没有找到出路。也许，曹禺不是一个思想家和哲学家，不是在做形而上式思索；但是作为接受者来说，又完全可以做这样一种理解：人生的存在就是这样一种困境。如果在这一意义上去理解曹禺和奥尼尔的戏剧的精神联系的话，可能更为准确。承受地狱般的烈火的焚烧和良知的煎熬。在这黑林子里，他不但意识到了他的复仇的绝路，而且意识到了作为肉身自我的极顶的困境和绝望。

“火车”和“镣铐”是剧中一再出现的两个象征性的意象，“作者用这两个意象表示人的生存境遇与人的追求之间的矛盾”①。曹禺前期剧作不仅是对旧的文化制度的批判，它更为夺目之处是对人类命运的关怀，对人类意识深处的关注。在他笔下，宇宙像一张大网，人在其中挣扎，永远处在压抑与抗争之中，有无可消除的无望和恐惧，人类的软弱性制造着他们永恒的悲剧人生，“他们怎样盲目地争执着，泥鳅似地在情感的火炕里打着昏迷的滚，用尽心力来拯救自己，而不知千万仞的深渊在眼前张着巨大的口。他们正如一匹跌在沼泽里的羸马，愈挣扎，愈深沉地陷落在死亡的泥沼里”②。

仇虎实现了家族利益的最大化，可以成为一个成功的家族复仇者，一个真正意义上的家族英雄，但他却没有获得成功者的自豪感和血腥的荣誉。

在此，一束基于人道主义的理性精神照彻整个本文，并成为立法者和评判者。尽管仇虎的处境以及这种处境迫使他所爆发出的聪明才智可以为他的仇杀百般狡辩，开脱罪责，但理性所立之道德律保持着自身的终审权。

戏剧是具有仪式性质的，《原野》当然也可以看作是一场现代人性结构嬗变的仪式。它的符号学的意义在于，昭示了复仇观念的现代境遇，昭示了传统宗法制文明与现代人道主义文明交融时期的乡土中国的复仇行为与复仇者的人性困境。

但在中国现代文学的复仇叙事中，仇虎的困境或者说人性道德的律令并不总是有效的。在《原野》中其实自始至终还存在着为复仇者寻找“出路”的线索。这条线索的存在极其吊诡，它既是表现了复仇者的困境，也试图为复仇者寻找一个当下的出路。当阶级斗争理论盛行之际，仇虎就被阐释为一个阶级复仇者，左翼批评家为仇虎的复仇行为找到了极好的辩护理由。人性视域中的不合法被转化为一种阶级准则下的合法。这种转化当然不是简单的回复，而是在批判了家族之后，尽管这样的批判更多地带有置换的意味，但至少

① 张福贵.展示灵魂深处的冲突：生命的悲剧与文化的悲剧[J].戏剧文学，2000(4).

② 曹禺.雷雨·序[M]//曹禺文集：第1卷.北京：中国戏剧出版社，1988.

在名义上发生了变化。虽然复仇依然是达到对仇恨对象的肉体消灭，但革命/阶级理论已经预设了这样的复仇的道义的正义性。1940年代后的革命文学中，诸如李季的民歌体长篇叙事诗《王贵与李香香》和梁斌长篇小说《红旗谱》不但把农民式复仇作为近代中国农民革命的原初动力，而且在阶级斗争的意义上为他们的复仇找到了"出路"，使他们逃出了人性与人道主义的自我谴责。但是，红色文学虽然倡导对于敌对阶级的复仇，但也并不允许无限制的仇杀。在赵树理的小说《李家庄的变迁》中，恶霸地主李如珍罪大恶极，农民对他进行了触目惊心的血腥的杀戮。于是，出现了中共党的干部站出来对这样的行为进行制止的场面。尽管这样的制止已经无济于事。这同样说明，现代性之光对具有宗法制特点的红色文学也存在着照耀。

原载《淮北煤炭师范学院学报》(哲学社会科学版)2010年第3期

何处“放虎”，哪里“归山”？

——社会演进中的《原野》呈像变迁

吴　戈

摘　要：回顾《原野》的舞台文本，可以大致类分：在不同时代要求与社会认知条件下，仇虎在不同解读中呈现出至少三种舞台形象：一只“复仇夺命虎”；一只“爱情桃花虎”；一只“自我毁灭的亡命虎”。“三只虎”的形象雕琢与彩绘工程的完成，历经了七十多年的历史。其间的过程，看得到时代变迁，感受得到社会心理，辨别得出文化风云。

关键词：曹禺；《原野》；呈像；变迁；仇虎；形象

早在1937年，当《原野》在广州出版的《文丛》上分期连载完毕，就有剧团找到曹禺，想要获得首演的先机。面对剧团的排演要求，曹禺说：“排演《雷雨》会成功，排演《日出》会轰动，排演《原野》会失败。”他的主要担心在于：他所创造的每个戏剧人物都十分用力，心理的复杂和戏份的沉重，会十分挑剔演员的表演能力。另外的担心是，“灯火、布景、场面难于处理，没有什么好的办法”①。但让曹禺始料不及的是，他所担心的这两个因素，在后来的演出史当中其实并非导致《原野》排演困难的因素。《原野》演出的命途多舛，并不在于演员的表演能力和舞台造型的表现技术这两个艺术问题上，而是所谓“阶级性”与“典型性”问题。

一、生不逢时的“早产儿”：一部争议多、魅力大的剧作

《原野》大约要算是曹禺剧作当中争议最多、魅力最大的一部了。

南卓在《评曹禺的〈原野〉》一文中写道：“作者有一个一贯的优点，就是技巧的卓越。”②“因为作者太爱好技巧了，使得他的作品太像一篇戏剧。”③“模仿外来作品太多，外来成分占了上风，影响到思想表现的不一致……作者自己的思想似乎也还不大固定……作者好像是相信命运，又好像是喜欢一种氛围。”④

杨晦的批评最严厉，认为“《原野》是曹禺最失败的一部作品”⑤。

郁达夫在1939年秋天看了武汉合唱团演出的《原野》之后，热情备至地赞扬说：“明确

---

① 田本相.曹禺传[M].北京：北京十月文艺出版社，1988.

② 南卓.评曹禺的《原野》[A].田本相、胡叔和编.曹禺研究资料(下).北京：中国戏剧出版社，1991.

③ 南卓.评曹禺的《原野》[A].田本相、胡叔和编.曹禺研究资料(下).北京：中国戏剧出版社，1991.

④ 南卓.评曹禺的《原野》[A].田本相、胡叔和编.曹禺研究资料(下).北京：中国戏剧出版社，1991.

⑤ 杨晦.曹禺论[J].青年文艺，1(4)，1944.

地提出一个问题，指示我们一条道路，一定要有这样的剧本，才有深刻的印象，使永铭在读者和观众的心头。照此说法来看，则《原野》就有它特有的价值了，其价值自然远在《雷雨》《日出》之上。”①

1939年7月到9月间，曹禺来到抗战期间的坚固后方与文化重镇昆明，亲自执导《原野》，闻一多任舞台美术设计，由云南国防剧团演出②。《原野》与《黑字二十八》交替演出，十分轰动，朱自清的评价是“确是昆明的一件大事，怕也是中国话剧界一件大事罢”③；余冠英的评价为“《雷雨》最是雅俗共赏的戏，《日出》稍不同，惟《原野》最为不俗”④。

唐弢1947年评价说：“《原野》是百看不厌的剧本……《原野》里有汲取不尽的材料。这个剧本里有‘戏’，群众看起来过瘾；这个剧本里有生活，顾盼左右，仿佛就在身边，让人看起来恐惧和欢喜。”⑤唐弢懂戏，由衷地慨叹说：“几年来，大江南北，多少剧团演过《原野》，多少人读过《原野》。”⑥

这些评价如此地两极化！泾渭分明、水火不容的断言评语，令人不由得不深思，这样的分别是如何产生的。

我个人认为，南卓、杨晦在文学艺术界的影响力和权威性，其实远远不如郁达夫、朱自清、闻一多、余冠英、唐弢。但是，《原野》演出的多舛命运说明，文学艺术的权威评价实际上没有对《原野》的命运产生多大影响。决定性的影响来自文艺批评之外的阶级斗争需要与社会革命主张——当时，甚至一些文艺批评本身就是反映现实要求的宣传批评。在近现代中国社会历史中，这种影响，对文学艺术作品才是实际上最具决定性的权威影响。毋庸讳言，剧本发表或演出后的争论，尤其是负面意见，影响到了《原野》后来的演出。

1949年后，《原野》演出很少。据记载，一直到1957年5月，《原野》才在北京戏剧舞台上露面，由北京实验话剧团演出。一个问世后曾经热演，让观众觉得“戏味足”“过瘾”的剧目，在整整30年的时间里，几乎处于尘封状态，这是有原因的。在近现代中国，文化艺术的“革命”，就是强调文化艺术为“启蒙与救亡”的实际功利目的、为社会进步、为自立于世界民族之林的民族国家服务，“文学革命”要革除的是文学艺术的“无利害性”或者说单纯的“审美性”。没有利害性的文艺作品，被认为是吟风弄月、不知亡国之恨的商女所为，为进步的仁人志士所不齿，为救亡启蒙的时代主潮所不取。

《原野》产生的时代，中华民族亡国灭种的危机进一步加深，帝国主义从瓜分中国进一步转向企图灭亡、入主中国。《原野》专注于一个发生于蛮荒乡野的离奇复仇故事，这就让作品显得不合时宜。应该说，《原野》与中国近现代反帝国主义、反封建主义、反官僚资本主义的“启蒙与救亡”的时代主潮是游离的，与抗日战争的突出现实要求是不对接的。中

① 郁达夫.《原野》的演出[A].田本相、胡叔和编.曹禺研究资料(下).北京：中国戏剧出版社，1991.

② 吴戈.云南现代话剧运动史论稿[M].北京：中国文联出版社，2001.

③ 佩弦.《原野》与《黑字二十八》的演出[J].今日评论，2(12)，1939.

④ 冠英.谈《原野》[J].今日评论，2(12)，1939.

⑤ 唐弢.《原野》重演[A].田本相、胡叔和编.曹禺研究资料(下).北京：中国戏剧出版社，1991.

⑥ 唐弢.《原野》重演[A].田本相、胡叔和编.曹禺研究资料(下).北京：中国戏剧出版社，1991.

国新民主主义革命的成功决定于中国共产党领导工农群众开展的土地革命的成功。而以乡村复仇故事为剧情的《原野》，恰好契合发动被压迫、被剥夺的农民奋起反抗和斗争的时代背景。在这样的“社会意识形态语境”里，剧作的结局却是复仇者——农民反抗代表——失败，尤其表现出“阶级仇恨的血海深仇”与“阶级斗争反抗的不彻底”的深刻矛盾，这就让《原野》的“语义”浮现出了“不合时宜”的尴尬。当时的阶级斗争要求与意识形态主张是：复仇反抗的农民不应该失败，即使失败，也应该有合乎情理的悲剧因素，最好是战斗到最后一滴血的牺牲，而不是自杀。

在这样的认识环境与话语语境中，把对戏剧性的追求和对人性的探索放在创作首位的《原野》，就成了一个生不逢时的“早产儿”。

由此我们可以理解，20 世纪 60 年代，国家领导人对曹禺戏剧的价值判断几乎可以说是给这个戏“定了性”：“问题在于作品站得住站不住。曹禺同志的三部曲，表现了那个时候的生活侧面，表现了作家当时的思想。两部都站得住，但《原野》就比较差”①。

正是由于这些对《原野》思想内容的负面批评和具有意识形态色彩的定性评价，我们很难找到记录《原野》演出情况的文献。纯粹审美的舞台追求在后来的实用主义与宣传至上的环境条件下萎顿了，消隐了。

二、“复仇夺命虎”：“压迫与反抗”的阶级彩绘

《原野》在演出史上所碰到的一切问题，实际上与曹禺创作的立足点“不合时宜”有关。曹禺的创作，既没有承接社会阶级斗争的任务，也没有表现民族矛盾背景下的现实情感，而是在一个几乎与世隔绝的蛮荒环境中分析、表现在社会重压下的“人性可能”，这种“可能”在一个复仇者的行为及其后果中显现。

但是，艺术作品很难孤立于社会思潮和现实要求之外。评论者与排演者常会不由分说地按照个人想法去处理作品。在可查考的记载中，人们对《原野》所作的最早的一次舞台诠释，其立足点就不在于人物心灵、性格构成与意志较量，更不在于社会责任与人类天良的自我纠结，而在于阶级斗争。

这真是应验了那样的话：剧作家死在导演身上。

20 世纪 40 年代，新四军的文工团、延安的文艺团体、中南剧宣队在武汉、长沙、衡阳一带至少有三种版本的《原野》演出。为了配合土地革命、土地改革的形势任务，演出强调地主与农民之间的“阶级斗争”②。迎合现实的需要很容易地就成为人们研读和排演《原野》时的思维定势与舞台基调。《原野》恰好描写了一个边远乡村的“复仇事件”，排演成为一个农民反抗地主恶霸残酷压迫的剧目，应该并不困难。

应该承认，仇虎的确容易被解释和塑造成为一个反抗者和复仇者。他被地主恶霸兼军阀的焦阎王害得家破人亡，下狱苦熬了 8 年，残损了躯体，与焦阎王有如山血债，似海深

---

① 梁秉堃.在曹禺身边[M].北京：中国戏剧出版社，1999.

② 曹树钧.曹禺剧作演出史[M].北京：中国戏剧出版社，2006.

仇，不共戴天的对立。深重的压迫，灼热的仇恨，对立与冲突显然无法调和。顺着这样的思路，排演一个“阶级压迫与反抗斗争”的“农民复仇悲剧”顺理成章。只是，原来的剧本当中，有些环节处理起来不能“丝丝入扣”，似乎显得不像曹禺其他杰作中的情节交待与人物刻画那样“细针密线”。

原因在于，“阶级斗争”的处理，似乎并不是曹禺剧作的旨归。

据说，有阶级队伍清理癖好的敏锐分析者指出：仇虎是否农民，很值得怀疑。因为焦、仇两家原来关系密切，似乎不是地主恶霸与佃农草民之间的关系。否则，仇虎与焦大星如何可能成为“好兄弟”，焦氏如何可能成为仇虎的“干妈”？地主阶级与佃户农民阶级之间是压迫与被压迫、剥削与被剥削的关系，不可能结成这样的亲密关系，只会有刀俎鱼肉、你死我活的关系。

另外，还有一些看惯了贾府上的焦大不会谈情说爱、只会动粗口骂大街的人说：“《原野》人物性格怪异、不真实，不像农民说话做事。”这些批评者认为：“农民是木讷的，但作者却让他们表白那么多；村妇通常是害羞的，花金子却那样火辣风骚，野性十足；中国人不善表达言谈，但是《原野》人物对话却太流利，台词也太抑扬顿挫。”①凡此等等，如是云云。所有批评的指向，就是曹禺的《原野》人物不真实，没有写出农民的典型形象。而分析过后得出的结论是：曹禺没有农村生活，写不了农民典型形象及其生活。

这里，批评者对《原野》提出的是两个问题：一是仇虎是不是农民家庭出身？如果不是，“阶级斗争”就不是剧作表现的核心；二是《原野》人物的“乡村性”是否典型的问题。

关于第一个问题，那种分析追问颇有道理。但问题在于，曹禺创作《原野》的时候，本来就不是明确地要去表现地主阶级与农民阶级斗争。他是想在复仇故事当中表现人性的复杂及其对人们生命活动的支配。

关于第二个问题，那是没有从艺术创作的特性出发去思考而产生的疑问。作家、艺术家根据间接生活经验和听来的故事，对自己理解的人生社会进行书写，早已经是一种文艺创作的常识。要求写土匪的一定有过土匪生活，写妓女的必须有过卖身经验，不是很可笑吗？对于作家、艺术家生活经验的积累，间接经验与直接经验同样重要，同样能够成为创作材料或激发创作灵感。曹禺的《原野》，正是在间接经验激发下的创作成果，当然也有过一些乡村观察，这在田本相先生的《曹禺传》《曹禺评传》②当中都充分揭示过了，不必多言。至于农民或乡下人形象该是什么样子，我倒觉得必须辨析一下。在一个阶级里的人，有千差万别的人生，有各式各样的命运，绝不是一个阶级一个典型，否则文学艺术的丰富性就被“阶级样品”的概念性给挤压掉了。“农民的典型形象是什么呢？鲁迅笔下的阿Q？祥林嫂？闰土？茅盾笔下的老通宝？多多？还是叶紫笔下的云普叔？立秋？或是赵树理笔下的李有才？柳青笔下的梁三老汉？都是。栩栩如生，神态各异，一个阶级，一个民族，一

① 南卓.评曹禺的《原野》[A].田本相、胡叔和编.曹禺研究资料(下).北京：中国戏剧出版社，1991.

② 田本相、刘一军著：《曹禺评传》，重庆：重庆出版社，1993年.

种人，其典型决不止一个。”①不能认为乡下人就只是木讷、简单、沉默寡言，其实，能说会道、足智多谋、万种风情、咬钉嚼铁的乡下人多的是，城里人的偏见将乡下人定位为任人宰割、任人驱遣、麻木僵化，实在是天大的误解。曹禺剧作中的人物形象塑造之所以成功，就在于他不从阶级代表或观念符号出发，而是从活生生的“这一个”人物出发。

但问题在于，从现实斗争与意识形态需要出发，我们的舞台，一段时间内并不需要“这一个”的活生生，而是需要阶级斗争的典型代表，需要某种意识形态要求的舞台符号。所以，讨论“艺术典型”成了一种奢望，满足现实需求才是第一要素，社会斗争需求与时代情绪需要的是“阶级典型”。

因此，排演《原野》时，加强阶级压迫与斗争反抗的尖锐性就成为演出表现的重心，把焦阎王的恶行与焦老太婆的劣迹合起来，与黑暗旧中国社会连成一体，为仇虎的反抗失败，走不出“黑森林”找到合理的原因，就成为排演者的主要任务：把《原野》合乎情理地解释成为一部“农民复仇反抗的悲剧”。就是说，需要下力气、想办法将仇虎塑造成一只“复仇夺命虎”，加强压迫欺凌的残酷性，突出复仇反抗的激烈性，渲染斗争失败的悲剧性，就成为“夺命虎”的命运环境。

但是，时代变迁，往往出人预料。如果说，阶级斗争为纲的时代，毫无疑问地要求仇虎的形象，往“刚”“硬”里塑造；那么，在解除斗争“绷得太紧的弦”的社会心理与时代情绪下，就出现了对仇虎的“柔化”处理。

三、“爱情桃花虎”：“渴望温情”的时代风情

由话剧《原野》改编的同名电影故事片（凌子导演，南海影业公司）曾风靡一时，其对“火辣爱情”的注目远远胜过了原来的“阶级斗争表现”。影片于 1979 年拍摄完毕，在投入紧张的后期制作之时，却遭到了禁映。民间悄悄流传着许多关于影片的说法，但目标指向都有一种显然的期待。这种蓄足了劲的期待，一直延续到 1988 年影片公映。影片公映后，一路喝彩，获得当年的百花奖的最佳故事片奖，饰演花金子的演员刘晓庆也获得当年的最佳女主角奖。

无独有偶，由《原野》改编的川剧《金子》（重庆川剧院演出，胡明克导演，隆学义改编，陈安业作曲，沈铁梅、赵勇等主演）也大受欢迎。演员获得梅花奖，靠的就是火辣的爱情，缠绵的表达，野性的倔强，让川剧的辣妹子形象魅力大增。该剧自 1997 年首演以来，已在国内外演出五六百场，囊括了几乎所有国家级文艺大奖，并入选首届“国家舞台艺术精品工程”、文化部首届“优秀保留剧目”。

原来在传统话剧演出当中，作为戏剧冲突的主要方面的仇虎，在电影和川剧中的作用减弱了。在原剧作当中处于配角地位的花金子，变成最耀眼的人物。仇虎的“最高任务”由原来的“复仇反抗”变成“夺回爱情”，“反抗复仇”变成“夺回爱情”的事件背景，爱情是核心。本来，仇虎回乡报仇，为“情”也为“仇”，原来的作品中，“复仇”是最高任务；现在的电

① 吴戈.论《原野》的人物性格及其关系构成[J].云南师范大学学报，1987(1).

影和川剧，“情”与“仇”之间，“情”更重要也更突出。至少，主创在刻画两个人物时的着力轻重不同，在客观上给观众造成了这样的印象。

川剧《金子》的剧情介绍如下：民国初年，焦阎王谋财害命，虎子蒙冤囚牢，与恋人金子别离。金子被迫嫁给了焦阎王的儿子焦大星，饱受焦母折磨。十年后，虎子越狱，回乡复仇，不料焦阎王已死，金子虎子重逢，恋情死灰复燃，虎子、大星这对儿时的朋友反目成仇，情仇碰撞，爱恨煎熬，金子卷入爱恨情仇的漩涡中，金子百般劝阻虎子，虎子一意孤行，终究杀死无辜的焦大星。逃亡途中，虎子自杀而亡，金子怀着希望孤身走向茫茫天涯。

前文说过，《原野》在很长一段时间里被打入冷宫，原因就在于其剧情中所蕴含的悲剧因素在“阶级斗争”的语境中完全是不可理喻的。“文化大革命”结束后，社会进入了“新时期”，《原野》获得重演机会，既是“重放的鲜花”，算是开禁；也是探索，探索如何重新评价一部被不公平地搁置了很久的剧作。当时，“重评”与“重写”，几乎构成了新时期文艺思潮的一个十分重要的方面。用政治术语来说，就是所谓“拨乱反正”。

所以，应和着这样的思潮，过去被否定的越多、越彻底的作家和作品，在新时期就越容易重新走入人们的视野。沈从文、周作人、林语堂、张爱玲、胡适……从 20 世纪 70 年代末到 21 世纪最初 10 年，一个个被冷落已久的作家和他们的作品就在这样的背景下获得了被重新估价的历史机遇。

曹禺的《原野》也不例外。进入新时期，它的排演格外密集。除了话剧“《原野》热”之外，还有歌剧、舞剧、川剧、京剧、花鼓戏等多个剧种的排演。

但是，如何排演，其实还是一个颇费思量的问题。女导演凌子改编《原野》为电影，投资 23 万元，请了两位当红明星——杨在葆和刘晓庆分别饰演男女主人公，原来想赶着上映并参加国际电影节。谁料想，这部影片被禁映将近 8 年。关于该片被封杀的原因传言甚多，什么“色情戏”“破鞋戏”“床上戏”之类的传言充斥坊间。但直到 8 年后，它被解禁上映前，也找不出一个较为官方的说法。莫名其妙地被禁止上演，又莫名其妙地获准公映，实在是令人费解。多年过后，我们重新回顾这段历史就会发现，拍摄电影的人和禁止电影放映的人，关注的问题是一样的，只是看法不同而已。意味深长的是，影片中仇虎与花金子在焦家幽会的一段戏，为了表演激情，大家对“尺度”问题讨论了许久：刘晓庆扮演的花金子衣襟上的扣子解开几个？争执了很久之后，最后决定还是只解开一个。但是问题不在扣子本身，问题的关键是：这个“扣子”正是我们理解当时人们解读《原野》的“扣子”。

“扣子”是解开还是扣紧的问题，实际上说明无论赞成还是反对这部影片上映的双方，注意的焦点实际上都已经不再是“农民反抗悲剧”“阶级斗争”，而转移到了“男女之情”上，争论的只是收放的“尺度问题”。

这种转移，似乎是历史性的。“阶级斗争，一抓就灵”的时代刚刚过去，人情、人性的需要似乎已经开始悄悄萌动。回顾那个时候港台歌曲开始通过民间管道在青年当中流行，邓丽君甜甜的笑容、软软的歌声，让习惯了“阶级斗争”氛围的父亲母亲十分焦虑，他们心焦于孩子们对“黄色歌曲”的趋之若鹜，怕孩子们不可救药、不听劝诫地“在变坏”。实际上，大家没有觉察到，这是一个“软性时代”的到来。长期宣扬反人性论、反调和论，结果使人性荒漠化。于是，青春而甜美的邓丽君一出现，就掳掠了年轻人的心。

于是，《原野》释放出的信息，更多是刻骨铭心的爱情——歌哭爱恨，生死情仇，能量都向爱情聚集。人们需要爱情的滋润，渴望温情的慰藉，这是“文革”后的“温情饥渴症”的产物。在观众心理需求与电影改编者创作意图的相互作用下，仇虎从“夺命虎”变成“桃花虎”，实在是时代使然。这是“软性文化”的产物。实际上，在白傻子眼睛里，有两只老虎，一只当然是仇虎，另一只是焦大妈警告他“女人是老虎”的新媳妇花金子。但是，一只是“桃花虎”，另一只是“胭脂虎”，而且身陷爱情。

在“百废待举，百业待兴”的新时期，“爱情”成为一个闯禁区的题材，一个拨乱反正的大胆探索。“爱情《原野》”，历史性地成为令人瞩目的文化事件。

但是，这样演法，就把《原野》演“浅”了。演来演去，倒像是“一对鸳鸯同命鸟，两只蝴蝶可怜虫”一类的悲情戏。

四、“自我毁灭的亡命虎”：社会与人的角逐

仇恨与冲突，承载的不一定是“阶级斗争”。

这就要求研究者和排演者清晰思考并明确回答：剧作在表现“公仇”还是刻画“私斗”？复仇结果是戏剧冲突与动作矛盾的最终解决或者只是展示人物性格的背景？

如果是表现“公仇”，那么，延续“阶级典型”思考向度下的仇虎形象塑造就成为关键。如果不是“公仇”，那会是什么？

应该说，中国青年艺术剧院 1991 年上演《原野》，是表现“农民复仇反抗悲剧”的一次完美诠释。复仇故事中，复仇与反复仇，是一对尖锐冲突的矛盾。作为剧情的中心事件，一切线索也的确围绕“复仇与反复仇”这一矛盾核心来展开和推进。对于仇虎的悲剧，演出呈现的内容是：阶级压迫恶果与精神奴役创伤对反抗农民的双重摧残。阶级压迫，让仇虎家破人亡，下狱 8 年，残损了腿，失掉了心爱的姑娘，收获了现实悲剧；精神创伤，鬼神意识既是统治阶级意识，也是被统治阶级意识，这既可以让仇虎用来煎逼对手，如他唱的鬼气森然的小调；又可以让仇虎在天理良心、鬼神意识的作用下动摇了自己复仇的决心，走向自我迷失，最终毁灭。这双重压迫，体现在仇虎的生命活动过程中就是：过去承受巨大冤仇的显然痛苦和现在开展复仇行动的隐然障碍。冤仇痛苦成为仇虎复仇的内驱力，但是，又老又瞎的焦老太婆、孱弱窝囊的焦大星和尚在襁褓的小黑子都构不成与仇虎旗鼓相当的对抗力量。这个时候，天理良心就成为仇虎完成家族复仇使命，也是自己作为一个血性男儿“有仇必报”行动的巨大障碍。他最终找到借口下手时，完成了复仇使命，也就到达了命运终点。

值得关注的是，对具有象征意义的“黑森林”形象的表现和解释，直接表达了主创者对剧作主题意蕴的理解。“黑森林”作为舞台的主体形象，是一株遮天蔽日、枝丫张扬、巨型网络般的大树。它既是一株充满了威压感的狰狞大树，又是鬼气森然的黑森林的形象代表。开幕时人在它的边缘，闭幕时人在其中。这个形象象征着焦阎王及其所代表的鱼肉百姓的恶势力。在其中，一切伤天害理的恶行通行无阻，一切纯善驯良的德性受尽欺凌。

《原野》第三幕的五个景，将仇虎一家所受的欺凌和世间的是非颠倒做了一种回溯式的表现。一方面，是对焦、仇两家冤仇“前缘”的一种交待，是一种戏剧叙事策略；另一方面，也是在说明仇虎除了肉体被摧残和家庭被拆散之外，精神上也受到了奴役和创伤。他相信神鬼，相信阴曹地府，相信善恶果报，因此，他挣扎在复仇使命与向无辜者复仇的尖锐矛盾当中。他用焦阎王的种种恶行来说服和鼓励自己采取行动，企图让自己心安理得地面对焦大星、小黑子的死，但是，他无法抹掉自己向无辜者复仇的罪恶感，相信自己也要遭到报应，他必须毁灭，这是复仇的代价。

他最终没有走出“黑森林”，是因为一个复仇者必然走不出黑暗社会的罗网与精神奴役创伤的双重压迫。这就较之一般的“旧社会黑暗力量太强大，因而走不出‘黑森林’”之类的解读要准确和深刻得多。

同时，这种“复仇夺命虎”的形象定位与创造性发展，较之把更多精力放在对“桃花虎”与“胭脂虎”进行描摹渲染上的诠释方法，要深刻厚实得多。

王延松为天津人民艺术剧院排演的《原野》，显然瞩目于“人性”焦点。他成功地解决了“阶级斗争典型”的“夺命虎”的情节勉强、性格不周圆问题，也深刻地超越了“爱情桃花虎、胭脂虎”的浅化困境。他试图在一个半开化的特殊情境中，一种民俗文化传统力量的惯性下，一个杀人复仇的故事里探讨人性的可能。

戏剧的规定情境是：两家人由“乡村世交”变成“旷野世仇”，仇虎复仇缺对象，斗争无对手，只能做困兽之斗。在“有仇必报”的蛮勇惯性与“父债子还”的民间习俗支使下，仇虎当然要履行他作为社会人的职责。但作为社会人的道德，自然人的情感构成的人性颠覆了他的内心平衡，他是自己垮掉的。之所以会垮掉，不是因为“黑暗势力强大”，而是因为他无法走出自己的心狱。王延松对当代戏剧舞台曹禺经典排演的贡献在于：他的新阐释、新叙述、新形式既重视于原著，又强化、提升原著。就《原野》而言，王延松将原著里那些最核心、最撞击人心的能量挖掘并且释放出来了。他敏锐地捕捉到了在最激烈地拒绝人性的环境中与最不可能让人性容身的时间里所闪现的人性光辉。较之原来或“偏颇”或“表面”的剧本阐释，王延松读解到的思想深度和人性高度，几乎可以说是全新的。

导演王延松格外认同批评家童道明的一段批评文字：“王延松的《原野》给予我的惊喜恰恰是，当仇虎‘英雄气短’的时候，正是他的人性绰厉发扬的高潮，从而成了真正值得我们‘高贵的同情’的悲剧人物，从而也把曹禺的人道主义以及《原野》推向了莎士比亚式悲剧的高度。”①

苦大仇深的受侮辱与受损害者仇虎满怀强烈的复仇愿望回到家乡，面对物是人非，背负的复仇使命立刻变得十分尴尬。焦氏可恨，焦大星可怜，小黑子无辜，完成使命举手之劳。但是，就像哈姆雷特的“延宕”成为一个研究命题一样，仇虎的“延宕”也该成为命题，并与他最后的“垮掉”联系紧密。对仇虎“垮掉”原因的解释，成了重排《原野》的关键。仇虎精神崩溃，几近错乱，最后自杀。从前排演的《原野》，在仇虎自杀的问题上，总是解释得

① 童道明.王延松执导的《原野》竟是这样的好[N].新京报，2006-4-20.

似是而非，原因皆在于对“自杀”原因的理解十分暧昧。25 年前，我对此的解释是，“物质残酷盘剥”与“精神奴役创伤”的双重压迫令仇虎奋起反抗又精神崩溃、人格分裂，因而走向毁灭。他最后是被从内部毁掉的。① 仇虎之死依然是被压迫农民的悲剧，仇虎还是像闰土、祥林嫂、老通宝一类的农民。

但必须承认，这种解释也还是牵强。因为，它只是在阶级斗争、阶级分析的框架里“说圆了”仇虎的自杀行为显现出来的悲剧性。如果仇虎不信神鬼，不讲天良，杀人不眨眼，真是一个粗砺的农民，他的下场就只能是被追捕而死，或是走向“山野江湖”。前者，从前的排演实践过了；后者，似乎会引出别的问题：会不会有人为焦大星、小黑子鸣冤叫屈？因为他们确乎不应该遭受那样的不幸。

用心体察曹禺在作品当中设置的规定情境，实际上是一个心灵自省的“局”。仇虎，铆足了劲儿逃出大狱回乡报仇，却一头撞进了这个令他欲罢不能的“局”里。不这样，不足以体现悲剧的震撼力量和净化功能。曹禺这部作品达到了至高的悲剧美学境界，王延松颖悟到了这一点，于从前的排演难题当中看出了奥妙，在曹禺的人物安排、情节布局中找到了轨迹。于是，他紧紧扣住“人性”做文章，让观众成为“迷局”当中的剧中人喜怒哀乐、左冲右突的观察者，清醒地看到人性在“恶”中的闪光与苏醒。王延松感到：“《原野》中的人一出现就够‘恶’的，以至令人不安到最后。且看人性恶的种子是怎样被埋下的，又是怎样生长并且不可遏制的。”“恶”就“恶”在所有人都纠结在一个复仇故事中，动作与反动作都在两家血海深仇的交接点上。解读这个复仇故事，王延松说：“我和剧中的人一样纠缠在‘仇恨’之中。令我震惊的不是仇恨本身，而是仇恨的不可避免。”②不该承受复仇的，承受了；不忍下手行动的，行动了。问题就在对这“不该”与“不忍”的考量及其不同后果的选择。

2006 年 3 月 22 日在北京人民艺术剧院小剧场看完王延松版的《原野》，我为剧组主持了现场研讨会。当时王延松的一句话给我留下深刻印象：“将 8 万多字的剧本文学原著改为现在 3 万多字的演出本，我只删改，不篡改，曹禺原著的语言足够用。”话里透着自信，甚至骄傲。我理解，那是一种宣言——导演艺术家尊重剧作家的宣言，也是具有足够的文学能力与剧作家对接的自信。但过后一想，王延松在文学本上虽然不添不加，在演出文本上却做了重要的添加！

陶俑，《安魂曲》及其演奏者，是曹禺的原作里所没有的。在这些“添加”里，王延松的“自信与骄傲”经得起挑剔吗？

王延松解读的《原野》，是悲悯人类社会当中相互倾轧的野蛮与牙眼相还的残酷的“无法避免”。仇虎与焦大星的生命，就延续在这种无法避免的社会习俗与生命线索上，他们无法选择，也无力逃逸，这是社会生活为个体生命注定的“命运”。曹禺从初登剧坛，就执

---

① 王延松.戏剧解读与心灵图像[M].上海：上海人民出版社，2010.

② 王延松在 2006 年 3 月 22 日北京人民艺术剧院小剧场演出后现场研讨会上的发言。后来，在他发表的“导演手记”里，也有类似的表述。

意表现“命运”，只不过他的“命运”更具有社会性、现实性，远不是“神示”“预言”一类的东西可以比拟的。《雷雨》中“最残酷的爱”与“最不忍的恨”，《日出》中“损不足以奉有余”的“人之道”，《原野》“仇恨的与生俱来和无法避免”，这些，都是“命运”在阶级社会里边的显现！在这样的命运当中被毁掉的人，被毁掉的生命和美丽，才是最具有现实性的悲剧！

更重要、更深刻的问题是，曹禺不但表现了，而且想要质疑这种“命运”。这时，王延松与他站到了一起。

用悲悯的情怀来审视这种命运时，王延松找到了两种东西来表征其立场和态度：《安魂曲》如泣如诉，将被命运“铸成”的人物“浸泡”在悲悯音乐流淌的河流里；黄土烧结的陶俑，是被捏成和铸定的形象，与人类生而无法避免的悲剧命运感相互印证，是人在社会生活当中的别无选择、无助无奈处境的最贴切比喻。“捏成”“铸定”就是命运，这是陶俑表现性的意义功能，对揭示《原野》人物的悲剧性十分重要。

这种悲剧性不在于复仇，也不在于仇恨的不可避免，而在于人物在这种“不可避免”当中的觉醒与觉悟。在原野中的仇虎，完成家庭复仇使命之后，他走向哪里？在悲剧性的杀戮结局面前，他受到震撼。他的自杀，用自我毁灭的方式宣告了人性的复苏，从复仇的“天经地义”中疑惑、惶恐甚至自责，就从社会习俗、野蛮惯性下挣脱出来，让观众体会到一个在原野里倔强生长的粗陋生命中那天良与善良的存留，多么感人至深与促人思考！

王延松版的《原野》借一个复仇故事的背景，表现的是爱恨情仇角逐当中的人类善良。它微弱却给人希望，这是仇虎形象的悲剧意义。善良的天性，自省的人格，可以把一只被仇恨灼烧得疯狂暴跳的虎，变成一个因悔恨交加而变得孱弱无力的人。复仇中的人性阻碍与完成复仇使命后的自我追悔，熬尽生命后颓然倒下，完成了仇虎的生命奋斗与命运轨迹，他是走不出自己的“心狱”而困死的。

王延松撬动了《原野》演出的形象基点：从反抗复仇的“阶级斗争图景”、时代风情的“野性爱情”变为复仇事件中“社会与人的角逐”。相应地，仇虎的形象，也就有了这样的变化历史：复仇夺命虎，爱情桃花虎，自我毁灭的亡命虎。

原载《戏剧》2011 年第 2 期

用色彩解读原野

（日）井上和子

曹禺的代表作《原野》里有好多意象的象征，一般认为解读这部作品的关键是在分析其意象的内在含义。其实，我认为这部戏的色彩区别也对作品带来关键性的作用。众所周知，作者对人物的性格和感情写得特别细腻，与此同时，他对服装、布景等的颜色也非常讲究，我觉得这是其他作家没有的，是他的独特风格。那么，曹禺用色彩要表现什么呢？我试探着用色彩解读这部戏，从黑色、红色、白色探讨一下色彩对作品带来的内在含义。

一、黑色

《原野》有令人窒息的压抑感，充满着沉闷的气氛。那么，这些气氛到底从哪里来的呢？我觉得与黑色有很大原因。曹禺用黑色来刻画绝望的处境。

首先，我们看一下“原野”的布景。曹禺在作品里用了许多意象，其中意象最多的就是“原野”的布景，那些意象使用了好多黑字或与黑色有关的词汇。具体如下：

序幕：黑黑的两条（铁轨）、（列车的）黑烟、（电线杆的）黑线、黑云；第一幕：黑森森的（草原）、乌鸦、昏黑的原野；第三幕第一景：森林黑幽幽、阴暗、乌黑的池沼、黑暗、黑影、森林野草的黑影、在黑的原野里、黑脑袋、黑圆圆的肉球、黑烘烘；第二景：黑黝黝的丛林、漆黑的天空、天上黑云连绵不断、如乌黑的山峦、黑郁郁的树林、黑林子、昏黑黑、黑暗里、黑云、黑斗篷；第三景：黑林子、暗黑的林丛、乌云；第四景：在黑林子里、黑压压的林丛、黑洞似的树林、黑云、黑漆漆、黑暗、黑地方；第五景：乌云、墨海、乌黑铁道、黑天。

剧中的布景还有老屋子。那么，屋子里有什么黑色的表现呢？第一幕：左门旁立一张黑香案以及乌黑的香炉、黑脸的菩萨、暗黑的土墙；第二幕：黑影、黑暗、黑脸、一阵黑一阵亮、黑暗的角落，屋里更暗了、惨惨的黑光。

由此可见，这部戏的布景不管室内还是室外，都有很多黑色的描写，并且黑色的意象大概是令人不愉快的情景。因此，这部戏整体来看，可以说黑色是最基本的颜色，并且给读者带来沉闷的感觉。

其次，我关注了一下天色的变化。随着故事的进展，天色渐渐地黑下去。我觉得这暗示着仇虎的复仇。《原野》的第一句就是“秋天的傍晚”，我们从这句话能够想象昏黄的天空。然后，仇虎出来时，白傻子说：“天快黑了！我看不大清你的镯子。”①这时还没有发生

① 《原野　北京人》第13页，人民文学出版社2010年版。

什么，但已经产生了某种不妙的预感。然后，在焦母和金子的对话当中，焦母向金子问：“天黑了没有？”[①]金子回答：“快黑了。”[②]她们的台词也暗示了以后会发生不愉快的事。然后，天色和大地都渐渐黑下去，红云变成黑云[③]，大地更黑了[④]，终于金子跟仇虎见面，仇虎决定和金子在一起时，天大黑了[⑤]。除了序幕以外，在第一幕、第二幕也有同样的再现。随着故事接近高潮，黑色越来越浓。然后，故事到了高潮时，就是仇虎杀大星的时候，黑色的表现也到了高潮：“好黑。”比如，仇虎杀大星之前说“好黑”[⑥]，大星被杀之前梦话说“好黑！好黑！好黑的世界！”[⑦]曹禺故意增加黑色的表现，突出了绝望的效果。

仇虎终于报仇成功了，但他并没有成就感，又开始进入另一个“好黑”的世界。仇虎在第三幕第一景进入黑森林的时候说：“这林子好黑！”[⑧]这句台词不仅表示天色，也表示心理状态。仇虎进了黑森林恢复了人的心[⑨]，但却发现了自己做了非常严重的事，他心里在恨与良心之间混乱。他迷了路，出不了“黑”森林了，我认为这也表现了仇虎的混乱的心情。混乱引起了精神的崩溃，最后绝望了。如上所述，第三幕有很多黑色的表现。仇虎感到绝望，看什么都是黑色的。因此，黑色表现了人物的心理状态。

除了布景以外，主要人物的形容也用了好多黑色。比如，仇虎在序幕里刚上台的时候，他的样子是满沾污泥的黑腿、黑眉、失望的黑脸、围着黑皮带。[⑩] 在第一幕他改了打扮，但还是穿黑色的（穿黑缎袍）[⑪]。在第二幕，他杀大星时，他的外表是“上身没有衣服，胸前黑茸茸的，筋肉紧张地暴出来”[⑫]。在第三幕，他的衣服背面有个裂口，露出黑色的肌肉[⑬]。这样，仇虎穿的也是黑色，身体也是黑色的。仇虎感到绝望，选择死，因此，可以说色彩自身体现了绝望。

以上所述，之所以这部戏从头到尾充满着沉闷的气氛，是因为在不同方面都着意使用了黑色。黑色表现绝望，用黑色描写的都是感到绝望的人。其代表是仇虎。他本身有黑色，他的周围也有黑色，而且他带着黑色的感情到焦家，越接近焦家，绝望也越深。而第三幕黑色用得最多，因为第三幕是仇虎苦恼最深的地方。曹禺用黑色的布景加强了主人公

① 《原野　北京人》第 25 页，人民文学出版社 2010 年版。

② 《原野　北京人》第 25 页，人民文学出版社 2010 年版。

③ 《原野　北京人》第 27 页，人民文学出版社 2010 年版。

④ 《原野　北京人》第 27 页，人民文学出版社 2010 年版。

⑤ 《原野　北京人》第 30 页，人民文学出版社 2010 年版。

⑥ 《原野　北京人》第 125 页，人民文学出版社 2010 年版。

⑦ 《原野　北京人》第 127 页，人民文学出版社 2010 年版。

⑧ 《原野　北京人》第 141 页，人民文学出版社 2010 年版。

⑨ 曹禺描写：“在黑的原野里，我们寻不出他一丝的‘丑’，反之，逐渐发现他是美的，值得人的高贵的同情的。他代表一种被重重压迫的真人，在林中重演他所遭受的不公。在序幕中那种极狡恶、机诈的性质逐渐消失。”

⑩ 《原野　北京人》第 6—7 页，人民文学出版社 2010 年版。

⑪ 《原野　北京人》第 34 页，人民文学出版社 2010 年版。

⑫ 《原野　北京人》第 125 页，人民文学出版社 2010 年版。

⑬ 《原野　北京人》第 136 页，人民文学出版社 2010 年版。

苦恼的效果[①]，绝望到了顶峰时，黑色表现就更为浓重。

二、红色

如果说《原野》的基本颜色是黑色，其次就是红色。剧中红色用得最多的是金子。她穿着红色衣服。其实，金子也带有黑色的，但是曹禺换幕时，每次仔细地描写她穿什么样的衣服时，尤其强调了红色，我看对其他人没有这么强调过。在序幕她穿着大红的裤袄[②]，在第一幕她穿一件红绸袄，发髻扎着红丝线[③]，在第二幕她穿一身血红色的紧身[④]，在第三幕她血红色的衣褂紧贴在身上[⑤]。由此，我们就发现，在序幕和第一幕只写"红"，但是在第二幕和第三幕里能看到"血红"的词汇。这个差异意味着什么？剧中有许多红色的词汇，这些词汇主要表现血与火，比如，红红的灯火、红光、红灯笼、流血、血管、鲜血等。血和火是为了维持生命不可缺少的东西，我从这里感觉到她的生命力。"血红"也一样，表现生命力。因为，金子在第二幕以后对生命的执着越来越强。在第三幕第二景，金子拼命地逃跑，她的头发散乱地披下来，满身汗，衣服紧贴前后，几处撕成破口，但是她的眼里还有希望。她还没放弃想要活下去的愿望。我认为黑色里的红色表现了绝望里的生命力，就是说红色寓意着活下去的哪怕一丝丝的希望。

我们还要注意一下第一幕的捡花的场景。关于这个场景，唐弢说："描写骄傲的女人的胜利"[⑥]，伊甸说："疯狂的爱"[⑦]。但我有一些不同的看法。这个场景是金子重新复苏的重要地方。金子在焦家的生活太痛苦了。她说："在焦家，我是死了的。"[⑧]但是她接受了红花就高兴地说："现在我才知道我是活着。"[⑨]这意味着她刚刚知道活着的喜悦。曹禺在第三幕的解说里谈到："焦花氏在这半夜的磨折里由对仇虎肉体的爱恋而升华为灵性的。"[⑩]这意味着，长期以来金子在焦家没有产生一点喜悦。有一天，她和仇虎再次见面感受了肉体的喜悦，然后变成了灵性的喜悦。我觉得捡花是感受灵性喜悦的开端，因此仇虎捡的红花具有深刻的意义。

那么，曹禺用红花要表现什么呢？我认为，第一：花表现仇虎的爱情。他是为了金子走十五里地找来的；第二：它象征着金子，它的颜色是"红色"，红色也是金子的颜色，而且金子的姓也是"花"。就是说，红花表现仇虎的爱情，又象征着金子本身[⑪]，有双重意思。仇

① 在其他的作品当中，也能看到同样表现。对绝望的人曹禺用黑色刻画。
② 《原野 北京人》第 16 页，人民文学出版社 2010 年版。
③ 《原野 北京人》第 33 页，人民文学出版社 2010 年版。
④ 《原野 北京人》第 125 页，人民文学出版社 2010 年版。
⑤ 《原野 北京人》第 135 页，人民文学出版社 2010 年版。
⑥ 唐弢：《我爱〈原野〉》，《文艺报》1983 年第 1 期。
⑦ 伊甸：《人与人的极爱和极恨——评曹禺的〈原野〉》，《名作欣赏》2007 年第 6 期。
⑧ 《原野 北京人》第 120 页，人民文学出版社 2010 年版。
⑨ 《原野 北京人》第 38 页，人民文学出版社 2010 年版。
⑩ 《原野 北京人》第 137 页，人民文学出版社 2010 年版。
⑪ 后来，焦母把红花狠狠地踹了又踹。这个场景表示金子的处境，就是金子被践踏过着痛苦的生活。

虎出场后一直对金子表达爱情，但是金子的表态很傲慢。仇虎给金子送红花时，金子并不接受，于是虎把红花扔在金子面前要走了。金子突然很焦急，因为落地的又是爱情又是金子。在她心里突然产生被仇虎放弃的危机感。焦急的金子拼命地挣扎，终于让仇虎捡了红花①。通过这个过程，金子确认了仇虎对自己的爱情是真的。对金子来说，接受红花就是接受仇虎爱情，然后她的生命力就复苏了。

金子得到了红花(就是爱情)就变了，没有了以前的傲慢的态度。她说得很有道理，她竭尽全力地要活，而且尊重生命。实际上她为了让大星先动手让仇虎故意激怒大星。陈舒劼指出，花金子的“弑夫”也超越了道德的限度②。但是本来她不同意仇虎杀大星，她要保护无辜的生命，于是反复告诉仇虎，阎王后代没有责任、大星是个好人等，她全心全力地劝说仇虎打消那个念头。她说：“为什么我们必得杀了人，犯了罪，才得到了呢？③”她为了活下去帮仇虎杀大星的忙。所以她故意激怒大星的时候(向大星坦白了对仇虎的感情时)，曹禺故意用“横心”④的词汇表达了金子的心理，就是说金子不是积极要杀大星。另外，在黑林子里仇虎神情混乱时，她便鼓励他，并对他说：“虎子，我们不该死的，不该死的。”⑤“我跟你一同到那黄金子铺的地方。”⑥从这句话看得出她一定坚持活下去的决心。金子表达生命的尊严最明显的台词是“一个人活着就是一次”⑦。我认为金子的心情都凝聚在这一句话里，并且感受到作者的灵魂的叫喊。

这样如此，我认为红色表现了生命之灯，就是生命力。

三、白色

接下来，我们看一下白色。白色在第三幕里用得较多，第一景的布景有好多白色的意象。⑧ 比如，夜半一个惨白的女人的脸、小圆场生满半人高的白蒿、昔日磨场主人的白骨、密匝匝的白杨、发亮的白皮、白衣的幽灵等。从中国人的传统观念来看，白色是不吉利的，这些表现也令人感觉到死的影子。这部戏的基本颜色是黑色，那么第三幕添加了白色，营造了黑白世界。模模糊糊的白色漂浮在漆黑色里造成了阴森森的气氛。

那么，象征白色的人物是谁呢？表现什么？在这部戏当中，白色并不是显眼的颜色，没有黑色和红色那么突出，带着死的影子悄然地存在着。从此，我就想到了仇虎的妹妹。她是个身体瘦小，穿着一身月白纺绸衣衫的姑娘。由于她父亲上了焦阎王的当，她被卖到

① 我认为，这场景表现金子的别扭的爱情测验。她故意让仇虎做他不愿意做的事，要是他听自己的话，她承认他对自己的爱情是真的。在序幕，金子对大星做测验，要让他说“淹死我妈”，但是焦母过来就失败了。金子是孤独的人，她渴望真正的爱情。

② 陈舒劼：《复仇的背面——〈原野〉的症候式分析》，《戏剧文学》2007 年第 6 期。

③ 《原野　北京人》第 104 页，人民文学出版社 2010 年版。

④ 《原野　北京人》第 116、121 页，人民文学出版社 2010 年版。

⑤ 《原野　北京人》第 151 页，人民文学出版社 2010 年版。

⑥ 《原野　北京人》第 151 页，人民文学出版社 2010 年版。

⑦ 《原野　北京人》第 120 页，人民文学出版社 2010 年版。

⑧ 《原野　北京人》第 134—135 页，人民文学出版社 2010 年版。

了妓院，最后屈死了。而且在仇虎的幻觉里，她死了以后，由于阎罗的宣判下了地狱，连灵魂的拯救都没有。是在剧本里她在仇虎的幻觉里出现而已，一句话的台词也没有。因此，她的为人不清楚。然而，我们从作品里能想象出她具有洁白的心灵，过得很平稳的生活。她是个无辜的人，没有什么错误，而且从来没有什么绝望，踏踏实实地活过来的。但是命运太残酷了，意外的不幸降临到她的头上。我认为，这就是代表白色的人①。

另外，白傻子也不能忽视。他的名字有“白”字，我觉得这也一定有含意。那么，有什么意义呢？白傻子是一个白痴，他的言行没有什么计算和企图。因此，可以说他是个很纯真的人。钱理群很注重他的存在。② 他说因为白傻子是白痴，所以具有生命的自由，可以说是“真人”的形象。剧中，白傻子没死。但是他妈妈已经死了。③ 因此，他也具有死的影子。

结语

曹禺在《原野》中描写了各种各样的人物，也描写了各种各样的悲哀。其中，黑色代表绝望。用黑色表现的人都具有内在的绝望，他们要么跟着绝望活下去，要么死。白色代表纯真，用白色表现的人本来没有绝望，是很普通的人，但是由于外在原因被迫致死。身上有红色的人是不管遇到什么困难还要继续活下去的人，但是那个生命好像风中之烛。

曹禺用色彩的区别充分表现了各色各样的悲哀。

原载《戏剧文学》2011 年第 4 期

① 《雷雨》里的四凤也是纯真的人，过得很认真，没有什么过分的欲望，只希望能和她爱的人在一起。但是这个小小的希望没能实现，最后还是死了。她也穿白色的衣服。

② 钱理群：《大小舞台之间——曹禺戏剧新论》，北京大学出版社 2007 年版，第 94 页。

③ 曹禺对母亲的死非常敏感。因为他生母生了曹禺三天后死了。这件事给他的创作带来了很大的影响。邹红：《作家·导演·评论》，文化艺术出版社 2008 年版，第 21—22 页。

“使命”为幌子,“自欺”为动力的谋杀者

——再读经典剧作《原野》谈仇虎的人物形象

王　甦

曹禺先生在《原野》附记的最末写了一句话,他说,“……如果这幼稚的剧本能荣幸地为一些演出的朋友们喜欢,想把它搬上舞台,我很希望能多加考虑,无妨再三斟酌这剧本本身所有的舞台上的‘失败性’,而后再决定演出与否,这样便可免去演后的懊悔和痛苦。”曹禺先生擅长用谦辞来暗示自己剧本的“难度”,恰恰是作者自谦的这舞台上的“失败性”才值得深思和研究,才是曹禺剧作最有特色的地方。我想,这“失败性”其中就包括了引起广泛质疑的第三幕与前两幕风格不统一的问题,认为前两幕是现实主义的,第三幕却似乎是表现主义的风格。如果这不是解读者们一厢情愿的误读,那么我们就得分析出这三幕戏内在的统一性。首先从人物设置上看,《原野》中没有在其他剧中常见的“受过教育”的,经过“文明”精细雕琢过的“精致”的人,他们都是凭着内心里最原始的生命激情,爱的,恨的,傻的,真实又直接,情感的交锋没有那么多迂回婉转,直白而热烈。但是,我们不能把“真实”武断地归到“现实主义”的营垒,曹禺先生从情境的构织、场面的选择及台词的风格,都没有本着现实主义的路子,反而有一种隐含的表现性意味在情节的发展中静静流淌,这是一种非常高明的创作方法。甚至包括人物外貌上的特点,也都给人一种扑面而来的“符号感”:仇虎的丑陋和强壮,金子的漂亮和娇媚,焦母的阴狠与敏锐,大星的痴情与软弱,傻子出现在剧里,本身就是一个带有表现性的符号。

本剧的主要事件是仇虎越狱来到焦家找焦阎王复仇,但是焦阎王已经死了。同时,焦家也是构成花金子生活的“笼”,与陈白露相同的是,花金子心里也有一个自由的梦,那个梦不在这里,所以,她笃定了心,“死也不在这儿待下去了”,她要跟着仇虎“吐兔图吐,吐兔图吐,坐着火车,一直开出去,开,开,开到天边外”,去追寻那个“黄金子铺地的地方”。那是一个什么样的地方呢?花金子心里一直珍藏着一幅她和仇虎小时候的画面:那时候,仇虎的爸爸还活着,仇虎天天跟着爸爸在田里看地放牛。梳着油亮亮两个小辫的金子就在家里的小窗户下面纺着线等着他,一边纺线一边唱着歌,大麦绿油油,红高粱漫过山头了,我从窗口还望不见你,我的心更愁了……那是一个人们可以自由去爱的地方,一个有生命力的爱的伊甸园。与陈白露不同的是,陈白露早看明白了生活的本质,有日出的地方就不会有自由,花金子却没有见过原野之外的大千世界,因此她在那个梦的指引下执拗地追寻。然而,领着金子去追梦的仇虎又是什么样的人呢?请注意,尽管金子心里早有模模糊糊的向往,但是把这样一个“自由之梦”描述出来的却是仇虎,他说,那是一个老远的地方,

"坐火车还得七天七夜。那边金子铺的地，房子都会飞，张口就有人往嘴里送饭，睁眼坐着，路会往后飞，那地方天天过年，吃好的，穿好的，喝好的"。诚然，仇虎说这段话的情境是，他躲在铁路道基背后听到了金子在焦家过得不如意的日子，他深知金子心里的所思所欲，为了让金子带他到焦家去，他用甜言蜜语诱惑她，用这样一个老远老远的好地方吸引她，用黄灿灿镶宝石的金子安抚她，但是，我们是不是可以这样认为：仇虎的心里也跟金子一样，装着这样一个美好的，在他看来却永远无法到达的"幻想之地"。如果是这样的话，仇虎就成了中国版的"哈姆雷特"。哈姆雷特在父亲的鬼魂出现之后，笔记本上只剩了"复仇"二字，他一再寻找理由，延宕复仇是源于他与克劳迪斯的关系。尽管克劳迪斯是凶手，但他当上国王，欲望全部实现之后，就像亲生的父亲一样对待哈姆雷特。仇虎被"干爹"焦阎王害得家破人亡之后，又遭了八年的牢狱之灾，这八年地狱般的苦难凝聚起仇虎心里冲天的仇恨，他不但笔记本上只剩了"复仇"二字，他剩下的人生简直就是为了复仇而活着的。他自己化身为焦家的"阎王"，定要拘了"干爹"的命去。但是，序幕里，他从白傻子嘴里得知焦阎王已经死了，仇虎先是"惊愕地说不出话来"，随后阴郁地感叹"阎王也有一天进了棺材了"，继而失望地觉得自己是"白来了"，最后愤怒地责怪阎王"他怎么会没有等我回来才死！"。复仇的对象消失了，但积聚起复仇行动的仇恨并没有消解。不杀人就对不起父亲和妹妹九泉之下含冤的魂魄，这是流淌在他身体里的血液赋予他的使命，跟赵氏孤儿的大报仇是一样的性质，尽管屠岸贾那个干爹给了他十六年的养育之恩，大仇依然不能不报。在中国的伦理观念里，在家族的血泪面前，个人是不存在的，个人的情感也必须弃之一边，否则便连个人也不算了，人的成立与否，基点不在于他的情感本质，而在道德和道义的担当。曹禺先生天才般地让仇虎这样一个有着"人"的概念和思索的人，在情感和道德的泥潭里挣扎抉择。如果说哈姆雷特是寻找理由不复仇，那么仇虎就是为复仇寻找理由。在惊愕、感叹、失望、愤怒之后，仇虎举着拳头告诉自己此仇必报的理由："……可我怎么能叫你死，叫你这么自在地死了。我告诉你，阎王，我回来了，我又回来了，阎王！杀了我们，你们就得偿命；伤了我们，我们一定还手。挖了我的眼睛，我也挖你的。你打瘸了我的腿，害苦了我们这一大堆人，你想，你在这儿挖个洞偷偷死了，哼，你想我们会让你在棺材里安得了身！哦，阎王，你想得太便宜了！"这段话用我们熟悉的一句话来概括就是仇虎要"以牙还牙，以眼还眼"，仇就该这么报！因此就有了上面我们分析的那个场面，仇虎诱惑着金子让她带自己到焦家去。

但是一个重大的变化产生了，第一幕开场是十天之后的一个傍晚。十天的时间把仇虎改变了，不但改了打扮，人似乎也变得多愁善感起来。大幕拉开之后，金子和仇虎出场之前，两个人在幕后有一段戏，当时的环境是"远处有急促的车笛声，仿佛有一列车隐隐驶过，风在吹，乌鸦在天空成群地呼唤，屋里没有一个人"。仇虎在右屋用粗哑的嗓音低低唱着，中间还夹杂着粗野低沉的笑声："正月里探妹正月正，我与那小妹妹去逛花灯。花灯是假的哟，妹子，我试试你的心哪，咦哈呀呼嘿！"曹禺先生在《原野》的环境上用了特别的笔力，这是我们解读剧本时不能忽略的重要因素。仇虎一手提着旧绒帽，一手拈着一朵红花走出来。金子则全身洋溢着爱的满足之后的魅惑和动人。"天黑得真早啊！"这是已经跟金子厮磨了一天的仇虎的第一句上场台词。仇虎的这句台词跟麦克白打了胜仗，到达人生的顶峰之后的第一句出场台词有异曲同工之妙："我从来没有见过这样阴郁而又光明的日子。"在这样的情境里，我们可以从这句台词里领会出两个意思，表层意思是跟金子在一起的美好的时间总是这么短，深层意思是那个万劫不复的永恒之夜就要来临。这也就是"急促的车笛声"和着仇虎粗哑的爱情小调所传达出的光明又阴郁的感觉。爱情已在心里疯狂滋长，但仇必须得报！因此，在和金子的这个场面里，仇虎外部行动的表现是"苦痛"，他"盯住"她，"狠狠地"抓着她，让她痛，咬着牙，一字一字地告诉她："我就这么抓紧了你，你一辈子也跑不了。你魂在哪儿，我也跟你哪儿。"这是一个男人对一个女人最热烈的爱的表示啊！金子呢，她懂仇虎对自己的爱恋，她从来没有在一个人的情感世界里如此清晰地看见自己，获得那么实在的存在感，因此她在仇虎面前放肆地彰显自己，"蛮横地"逼迫仇虎把花从地上捡起来，给她戴在头上！然而，当焦花氏从容淡定，自信满满地下场去给常五开门，场上只有仇虎一人的时候，他却凝视着正中右窗上焦阎王的半身像说了这么一番话："哼，你看，你看我做什么？仇虎够交情，说回来，准回来，没有忘记你待我一件一件的好处，十年哪！……（指像）你别斜着眼看我，我仇虎对得起你，老鬼，我一进你焦家的门，就叫你儿媳妇在你这老脸上打了一巴掌，哼，阎王，你还觍着脸，好意思对我笑？（狠毒地）你瞧着吧，这是头一下！……现在我先到你儿媳妇屋里当皇上去了。嗯！"在这个场面里，仇虎从他的主观视角看到的是焦阎王在斜着眼看着他笑。为什么是笑？金子明明是他爱到骨子里，要一辈子跟着的，家一样的女人，一转脸怎么就成了"打了公公脸的不忠的焦家儿媳妇"？金子在仇虎看到焦阎王像的一刹那，瞬间从一个自己深爱的"纯粹的独立的女人"的个体，变成了贴着标签的"焦家的儿媳妇"，他把自己前面的行动否定了！到底是什么在"作祟"，让仇虎在这两个场面里，有这样迥然不同的表现？这是个很有意味的场面组合，使仇虎内心的深层动机呼之欲出。这就是一个"中国复仇者"的典型形象啊，复仇要光明正大地来，他爱上了金子，却对金子焦家儿媳妇的伦理事实心存顾虑，所以即使在仇人的相片面前，他内心的不自信和对自我的审判会让他看到焦阎王脸上对他耻笑的表情。他得为自己寻找一个掩饰这种不自信和耻辱感的理由：报仇，金子只是他报仇的工具，因此就有了"叫你儿媳妇在你这老脸上打了一巴掌"的说辞，他得把这一点跟焦阎王的照片"说明白"了，最后还要强调一下："这是头一下！……现在我先到你儿媳妇屋里当皇上去了。"

接下来一个场面，常五跟金子透露了焦母在背后对她偷偷地窥探，并且焦母已经知道仇虎回来了，常五酒足之后兴高采烈地走出去。这时候天下起雾来。重要的是下一个场面，仇虎躲在金子屋里听见了全部对话，如果说前一个场面里，仇虎还对自己的"偷偷摸摸"心怀羞耻，现在，既然焦母已经知道了，他心里倒更笃定了，那就明枪暗箭地斗个你死我活吧！但死并不是金子想要的结果，她要跟仇虎一块去那个"黄金子铺地"的地方，然而蓦然间一抬头，竟看见阎王活了！他看着她笑，叫她。这是全剧中金子唯一一次产生幻觉，她恐惧地叫起来，完全没有了前面的大胆和机智，此刻她的心理内容跟前场仇虎的心理内容是一样的，内心那根无形的伦理准绳让她对自己的情感进行审判。但是，全剧中这种来自伦理道德的自我审判，不管是仇虎还是金子，只有这一次。很快，花金子就坚定了信心，她要离开这儿，去那个“只有金子和仇虎配去的地方”。前面已经分析过，金子的那个“自由的国度”是跟爱情有关的，她想到达的目的地是虚幻的，远在天边，但又那么清晰，清晰地可以让她跟定仇虎，勇敢地向前走，不回头。

仇虎的个性和内心世界就要复杂得多，父亲和妹妹惨死的仇恨像压在心头的一座大山，他要用最狠毒的报复才能移开这座山。对比一下麦克白，麦克白杀邓肯和班柯，他直面的是自己的野心和欲望，以及自己的命运，他完全清楚自己是为着什么，在走一条什么样的路，会有什么样可能的结局。杀邓肯时，在清醒的状态下出现在他眼前的那把滴血的刀，就是他的恐惧的外化，杀班柯之后，班柯鬼魂出现，让他理智的防线几乎崩溃，他再次到荒原上找到女巫去求证自己的命运，得到的答复是，自己是不可战胜的，于是他握着手中的剑勇敢地淌进了那条血河，去迎接命运的挑战，最终像个英雄似的死去了。康德说，自欺是人性中最本质的恶，这意味着一切恶皆由此来。仇虎面对的不是自己，只是复仇的使命，为了复仇而去杀一个与自己没有任何矛盾的人，他就得寻找一个借口。他寻找到的理由是，让大星知道自己就是那个睡了金子的野男人，激起大星的血性，让他先动手杀自己，自己再去杀他。这是多么可笑的自欺！为了对大星下得去手，他甚至从爱情的嫉妒中寻找力量，痛苦的嫉恨让他把金子对大星的不忍理解成“你原来为着他，你才待我这样。现在你的真心才——才露出来”。这个内心脆弱淳善却佯装坚强凶狠的人，就连直接告诉焦大星自己就是金子“野男人”的勇气都没有，他长篇累牍，啰哩啰唆地给大星讲了个“故事”。但是仇虎没想到，焦大星最大的痛苦不是来自朋友的背叛，而是金子的一句横了心的回答：“我喜欢他，我就喜欢他这一个！”从自己至爱的女人口里听到这句话，焦大星痛不欲生，让花金子直接把刀给仇虎，让他杀了自己，因为这句话“比用刀刺了我还厉害”。仇虎“不由得”喊了声“大星！”他的计划不但落空了，还在自己的心上插上了一把愧疚的刀。最后，金子提供给这个可怜的凶手一个不值一提的杀人借口：大星伙同他们报告了侦缉队，并说死也不放过他们。仇虎抓住了这个动手的时机：“那么时候到了。”他让焦花氏把小黑子抱进自己睡觉的左屋，然后，幻象出现了。仇虎看到的，是自己父亲的鬼魂。为什么是父亲？他从现实中没有找到理由，于是就从自己的血海深仇和无法撼动的复仇使命中寻找力量，第一个出现的自然是父亲。父亲“指点”着自己找到焦花氏怀里的匕首。

可怜的谋杀者杀了人之后“由右屋蹒跚走入，睁着大眼，人似中了魔”。他举起一双颤抖的血手，悔恨地说道：“我杀过人，多少人我杀过，可是这一双手，头一次是这么发抖。”接着由心腔内发出一声叹息：“活着不算什么，死才是真的。”更可怕的是，这位多愁善感的谋杀者竟在杀人的最后一刻读懂了被害者心中的痛楚和委屈：“我刚才抓着他，他忽然地醒了，眼睛那么望着我。他不是怕，他喝醉了，可是他看我，仿佛有一肚子的话，直着眼瞪着我，我知道他心里有委屈，说不出的委屈。”他就在这样的心境中举起了凶器，狠狠刺下去！被谋杀的到底是谁?！他把滴着血的匕首扔在地上，生的和死的就这么活生生地摆在眼前，这就是人啊！“人原来就是这么一个不值钱的东西，一把土，一块肉，一堆烂血。早晚是这么一下子，就没有了，没有了。”这个时候，仇虎知道自己彻底完了，他给自己寻找的所有的理由只是帮助他走到熟睡的焦大星身边，举起匕首刺下去，并没有赋予他承担杀人后果的力量，此刻，“父债子偿”这种冠冕堂皇的理由早在仇虎的意识里消失得无影无踪，眼前只有这幅血腥的杀人场面和大星痛苦的呓语，杀人之后的悔恨和恐惧让他找不到一点活着的感觉，死反而是更真实的存在。在爱恨情仇中挣扎苦痛的人啊，原来就是这么一把土，一块肉，一堆烂血，一个不值钱的不堪一击的东西啊！复仇的坚强意志在仇虎发出这样的感叹的时候，已经彻底崩塌了！所以，金子让他赶紧把手洗洗时，他的回答是“不用洗，这上面的血洗也洗不干净的”。他知道原来的那个仇虎已经是“死掉”的了，这个活着的自己即使活着，也是一个永远找不到活着的感觉的行尸走肉了！

“大丈夫”仇虎自始至终都在为自己的行动寻找外在的理由，总想着为无理可讲的残酷的“人间规则”找个“说理的地方”，他上天入地却唯独没有睁开眼睛看一看自己。这个过程暴露的，除了仇虎的人性和血性，还有他的软弱和奴性，这就是中国复仇者的典型形象，视界中没有自己，不面对自己。不把世界与自己建立联系，事情是永远也不会有结果的。除了宇宙的冷酷和残忍，恐怕这是仇虎复仇失败的更深层的原因。

原载《人文天下》2016 年第 2 期

“父权制”游魂下的《原野》

王 琦

《原野》是曹禺创作的第三部剧作。由于《雷雨》与《日出》自刊行以来引起的广泛关注及演出效果的巨大成功，使得广大评论者及读者、观众对《原野》抱持了极大期待。然而，《原野》的面世却遭到了“冷遇”：这一方面是由于“抗战”的影响；另一方面则在于，评论界认为其在内容上脱离了革命时代的应有之义，在艺术手法上偏离了现实主义的文学传统，因而作品的缺陷明显。直到20世纪40年代前后，伴随着“曹禺热”兴起及一系列曹禺戏剧的排演，《原野》的文本价值才稍稍彰显。80年代电影《原野》的改编成功，才使其再次进入评论视野：此时，除少数论者以“阶级论”的尺度丈量《原野》外，大多数论者以人本主义思潮及“人的解放”来“解冻”《原野》。90年代以来，随着各种西方批评方法的引入、人文学科的不断交融，学界对于《原野》的审视角度也更加多元，从中挖掘出基督教影响、童年心理创伤及原始崇拜等内容。但总体而言，关于《原野》的研究大多集中在“复仇”主题的揭示与影响上，而对其“家庭伦理结构”的分析则有所欠缺，尤其是“复仇”主题与“家庭伦理结构”在叙事功能上的关联没有被充分挖掘。事实上，“复仇”与“家庭伦理结构”是互成因果、交织助推的：一方面，“复仇”的逻辑和行为既对“家庭伦理结构”造成了冲击，又客观上影响了它的重建；另一方面，“家庭伦理结构”为“复仇”逻辑提供了运行场域，为“复仇”行为构造了强大背景——二者共同构成了《原野》情节主线的推进。本文拟以“复仇”逻辑和“家庭伦理结构”相互纠缠的关系为主线，从故事情节设置的本身出发，重新爬梳这个故事的发生机制及内在支撑。

一、阎王之死：父与子垂直结构的“坍塌”

《原野》表面上讲述了一个“复仇”的故事，以“仇虎”为外来因素撕开了一个父权制气息浓厚的家庭的内里：老一代的父系大家长（即复仇对象）焦阎王的去世，使得焦母与儿媳花金子的争斗得以显现，软弱的焦大星在父亲去世之后受制于强势的母亲与彪悍的妻子。此时，仇虎的出现使得“家庭秩序失衡”的矛盾被覆盖在“外来复仇”的旗帜之下：由于复仇对象焦阎王的缺席，仇虎不仅以“父债子偿”的逻辑杀掉了焦大星，并拐走花金子，得以完满地完成了复仇；焦大星及小黑子的死亡引发了焦母对仇虎的极大仇恨，于是展开了对仇虎的新一轮“复仇”，并最终取得“复仇”胜利——仇虎难逃道义上的追问，与花金子的逃亡之路在自我谴责与社会愤懑中夭折，最后自灭而亡。这一“复仇”与“对复仇的复仇”的情节设置，使得《原野》的结局呈现出一派“恨的图景”：茫茫原野上只剩下瞎了眼的焦母凄厉的叫声与花金子爱而不得的凄楚。曹禺曾说“《原野》是讲人与人的极爱与极恨的感情”[①]，但事实上，文本中表现了多层次、多面向且有叙事功能的“恨”，而对“爱”的表达上则相对薄弱，使其更多地指涉到了情欲与占有欲上。从而，被压抑的“爱”受到“父权制权力”的裹挟，以“恨的逻辑”运行，使得人物整体上呈现出一种爱而不得的“爱无力”状态。因此，在某种意义上说，这是一部“极恨”的作品——只有在“爱无力”的情况下，《原野》里的冲突才能够成立。

在文本中，仇虎似乎是两辈人“恨”的化身与发声者，但向前追溯，“恨的起点”却在于焦阎王。由此反观文本，故事的起点，根本就不在文本所呈现出来的“仇虎归来”，而在于其隐藏的“前文”——“阎王之死”。“阎王之死”在文本中占据着极为重要的地位，它是文本所有基本情节得以展开的前提，然而却是借一个傻子的口漫不经心地向观众言明：“（恍然）哦，你说阎王啊，焦阎王啊。（不在意地）阎王早进……进了棺材了。”[②]作者显然是基于艺术的考量如此处理了这个情节，但如此轻描淡写地略过这个重要事件使得读者常常忽视故事冲突及情节推进的原动力。文本中展现了“阎王之死”后的场景，然而阎王在世时又是怎样的一种家庭伦理结构和社会环境呢？

在第一幕家庭环境介绍中，阎王的“形象”第一次出现：“正中右窗上悬一帧巨阔、油渍的焦阎王半身像，穿着连长的武装，浓眉，凶恶的眼，鹰钩鼻，整齐的髭须，仿佛和善地微笑着，而满脸杀气。”[③]已去世的焦阎王的肖像巨大且显眼，昭示着他生前身后在家庭里不容置疑的权威地位；半身戎装像暗示了他不单单是个有产者，且还在地方上拥有某种军权及统治权；佛口蛇心、笑里藏刀的面容似乎为之后别人口中他的种种“劣迹”做了对照与注脚。在这张肖像照里，展露无遗的是焦阎王所代表的父权制家长权威的形象；且在他的肉体消亡以后，其所代表的父权制的余绪与阴影还如同幽灵般继续盘旋在家庭内外。

在《原野》中，“黑”成为一个标志性的基调反复出现，多作为背景用来映衬、描绘两个意象，即“焦阎王”与“原野”。如在描写焦阎王肖像周围环境时，出现的“黑烟”“黑香案”“乌黑的香炉”“黑脸的菩萨”“暗黑的墙上”等，组成了一系列“黑色布景”，映衬在焦阎王周围，成为其性格外化的环境描写；在第三幕描写原野时，出现的“黑幽幽的森林”“乌黑的池沼”“黑团团的肉球”“林中黑影”“更深邃的黑暗”等黑色意象，直观地将原野的神秘、恐怖、黑暗的氛围铺陈开来，使人们感受到“原野”似乎具备了某种威慑与裁夺的权力。如果说，作者毫不避讳地大范围地描绘“黑色意象”的笔触不足以证明“焦阎王”与“原野”在总体气质特征上的相似性，那么此外一个意味深长的“注脚”是焦阎王的孙子就叫“小黑子”！正是如此，“黑—焦阎王—原野”就构成了一组同构的、彼此关联的核心意象。这使得焦阎王的肉体消亡以后，“原野”成为其灵魂意志的附着物，是另一种意义上的“焦阎王”。因此，

① 曹禺1983年5月11日致蒋牧丛书，转引自田本相《曹禺传》，北京十月文艺出版社，1988年，第464页。

② 曹禺：《原野》，人民文学出版社，1994年，第11页。

③ 曹禺：《原野》，人民文学出版社，1994年，第30页。

表面上，焦阎王似是一个“缺席者”，却以“隐身”的形式将“恨”的基因、“恨”的余绪完整地贯彻了下来。

焦阎王是所有“恨之因”，亦掌握着稳定与压制其他成员的权威。在家庭伦理中，他是父权制家庭结构中高高在上的大家长，主宰了家庭秩序的运行与变动，绝不容许其他家庭成员的反驳。这体现在：他在家中作威作福，把不受焦母喜爱的花金子强行押至家中做大星的续弦，这就为他死后的家庭矛盾埋下了伏笔——但在他还活着的时候，他能够使得金子与焦母相互隐忍，亦使得焦大星一直生活在他的羽翼之下；在社会生活中，他的身上还遗留着以武力获取生活资料的原始父权制生活痕迹，为霸占仇家田产而串通土匪将仇荣置于死地，将仇姑娘卖至青楼致其死亡，这就为仇虎复仇埋下了伏笔——但在他还活着的时候，他将仇虎牢牢掌控在自己手中，不仅诬陷他是土匪而下狱，并且生生打断他一条腿，让他永远在监狱做苦力。然而，“阎王之死”就如同打开了“潘多拉的盒子”：它不仅造成了父权制生活秩序的失衡、父与子之间“上行下效”的垂直结构的坍塌，还引发了父权制权力“人格化”的消亡——其开始作为一种弥散性的状态，散入到家庭结构中的其他人身上，连同其他人的本身特质继续推进着父权制“权力”的运行。因此，父权制的家庭伦理结构是造就“复仇”行为的原动力。

由于父亲的“缺席”，“复仇”行为作用的客体便投射到了家庭的子辈。在“父债子偿”的逻辑中，探寻其中的“父子关系”是相当耐人寻味的：焦大星作为焦阎王血缘上的儿子，其孱弱善良与焦阎王的阴鸷狠毒形成了极大反差；而仇虎身高体健、刚勇顽强，不顾年少友谊而杀害朋友报仇，在行事作风上却似乎像是焦阎王的儿子，可谓焦阎王精神上的“儿子”——这颇像一个饶有意味的像喻：在父权制家庭结构中，“父子关系”一方面体现在父亲在血缘上的绝对主导性，儿子只能对父亲唯命是从；但另一方面，“子”对“父”的不满也在酝酿积累，逐渐形成“弑父”情结。一边是血亲，一边是仇恨，这成为了“父子关系”的两个面向。但无论是顺从的儿子，抑或叛逆的儿子，他们都无法摆脱父权制的桎梏与阴影：血缘上的儿子焦大星无力反抗父权制，成为焦阎王“父债子偿”的替罪羊，不仅备尝焦父种下的家庭内部矛盾的苦果，并且替父偿命、身死强人之手，帮焦父消解了家庭外部矛盾；“精神上”的儿子仇虎起身反抗父权制，意欲“弑父”却未果，而形式上的“弑父”却成为其道义上自我谴责的根源，最终在黑林子重重幻影的包围中难以逃逸、自戕而终——“黑林子”（“原野”）即是焦阎王幽灵的显影，父亲最终用自己的方式制裁了叛逆的儿子。由此，温顺的儿子与叛逆的儿子在不知不觉间都成为了父权制的臣服者与牺牲者。故而，焦阎王死后，父权制在表面上虽形成了“坍塌”的局面，但子辈们却用自己的行为在客观上重构和巩固了父权制的运行法则——“复仇”行为本身被内化到家庭内部，并重新构造了家庭伦理结构。

二、婆媳之争：女性异化图景的平行显影

“阎王之死”使得相对平衡的家庭结构被打破，受压于父系权威下的女性开始走向前台，且她们继续践行着“恨的逻辑”——婆媳关系之间的尖锐矛盾显现。“家庭伦理结构”

的变动只使得父系权威暂时缺席，但其基础根深蒂固，以“影响”的方式继续统摄着家庭秩序，并酝酿着一轮又一轮的“复仇”行为。

女性在天性上并未流淌着“好斗”的血液，但是由父权社会结构而出的这种婆媳关系为什么让两个女性之间的争斗如此极端？从“血缘”的角度重新分析《原野》中的人物关系或许能打开另一面视野。在父系氏族社会中，私有财产的出现使得生殖与血缘的重要性凸显。而血缘的远近，则导致了亲疏之别。在以血缘为中心建立关系的父系社会中，无血缘关系的女性之间关系的建立必须以男人为中介。花金子与焦母本身并无血缘之亲，但她们被强行组织进以焦大星为中介的家庭关系里。两个人对焦大星明明都有“爱”，但是一经“焦大星”这个中介的转换，“爱”马上变成了“恨”，爱得愈多，引发的恨便愈强烈。在“恨的逻辑”的驱使下，焦大星成为了母亲和妻子眼中被争夺的物品，而两方在争夺焦大星的过程中自身也开始被“异化”。

焦母与花金子的形象“异化”不仅在于二人无力在父权制的“血缘论”上建构一个强有力的关系，而且在于，她们还被另一重隐秘的矛盾所困扰——“生殖”。焦母家长权威的取得在于生养了焦大星，并还在继续养育焦大星与前妻的独生儿子，为焦家延续了香火。多年媳妇儿熬成婆，在焦阎王去世后她掌握了实际的家庭主导权。花金子作为焦大星的填房妻子，进门时间尚早，未为焦大星产下一男半女，并被焦母认为妖媚惑夫；而花金子也深知子嗣对自身的重要性，焦母的一句“他不是你的儿子”[①]便将其与整个家庭对立起来，她也一度想生下自己的孩子，不管是在戏谑地说出“为什么我进门不就添个孩子呢”[②]来揶揄大星与母亲的亲昵关系，还是在和仇虎交合之后真心诚意地想要一个儿子——需要注意的是，花金子的这两次关于“生育”的表述，其话语语境与背后属性迥然不同，而这也恰恰是花金子与焦母形象差异的最重要的节点。“进门添孩子”其实暗指焦母的生育行为，是社会属性下的传统生殖，即在父权制的基础下女性延续父系纯正血统的生育，这既关联着私有产权的家族继承，也关联着女性在家庭中的生存地位；“与仇虎生孩子”则更多指涉了生物学意义上的自然属性的生殖，是女性荷尔蒙的自然释放，从而瓜熟蒂落地拥有“爱的结晶”。造成花金子与焦母形象极端不同的正是这两种不同属性的“生育形式”：焦母的生育是父权制统治下的“社会属性”生殖，而花金子预想达到的生育则是想突破父权制的限制，实现“自然属性”的生育。然而，在父权制社会中，根本不会给予女性纯粹自然属性上的生殖，因而花金子试图以“自然属性”来扭转“社会属性”的生育动机最终会遭遇失败。因此，在不同属性的“生育”动机之下，焦母的“母性”被无限放大，异化为父权制的工具；与此同时，花金子的“妻性”被无限放大，为寻求个人幸福而异化为情欲的工具，泯灭了基本的人伦责任。在父权制压制下的“生殖”，“母性”与“妻性”呈现了分裂状态，无法在女性一身共存。焦母自身的“妻性”似乎成为了不可考的“前文”。在现行的时间线索中，通过生殖行为的完成，其“妻性”被悄然置换为了冠冕堂皇的“母性”，以此保障了自身存在的合法

① 曹禺：《原野》，人民文学出版社，1994年，第51页。

② 曹禺：《原野》，人民文学出版社，1994年，第15页。

性。花金子的社会意义上的生育权在文本中的剥夺，促成了其女性荷尔蒙通过情欲的方式得到原始释放——无法合理转换的“母性”便在“妻性”的天平端口上倾斜了下去。这场“婆媳之争”背后隐藏的是“血缘”“生殖”造就的“妻性”与“母性”各执一端的争斗。因此，“血缘”与“生殖”便成为婆媳二人斗争的焦点。

文本中显现出来的“血缘”与“生殖”的成果便是焦大星与小黑子。小黑子尚在襁褓，因此焦大星便成为了二人攻击的直接对象。焦母宛如一个“女版”阎王，是焦阎王的死魂灵的寄生者之一，第一次出场时“她还穿着丈夫的孝”①，且以“死尸”来指代焦母在文本中比比皆是。焦母对于“野地里生，野地里长”的金子甚至连多责骂一句都嫌污了自己的嘴，但其将这种怒火转移到儿子焦大星身上：“你是一辈子没见过女人是什么样怎么！你为什么不叫你媳妇把你当元宵吞到肚里呢？我活这么大年纪，我就没见过你这样的男人，你还配那死去的爸爸养活的？”②——焦母成功地把私人空间中男欢女爱的亲密感置换为公共空间里男女之防的羞耻感，把大星由一个有妻有子的成年人再次复归为一个孩子的身份。此外，焦母千方百计挑唆大星与金子之间的关系，甚至以一个“父权家长”形象占据道德制高点，告诫大星“别听女人的话”，这里的“女人”在焦母眼中虽显然就指作为大星妻子的金子，而不是性别意义上的女人；但亦可说焦母“雌雄同体”式的训导根本就是要把“母性”升华到超越其他任何一种女性特性上来。焦母通过对母性的无限放大而将大星在家庭中做了唯一的定位：大星不是丈夫，不是父亲，而只能是儿子，一个“细草般经不起风霜”的儿子。在这个层面上看，她表面上颇似一个母系氏族的家长形象，内核里却是地道的“父权思想”。儿媳花金子也不甘示弱，以“性魅力”作为武器，争夺父权制家庭的话语权，同时把对于焦母的隐忍也全部变相“回报”到焦大星身上：一方面，她在焦大星面前任性撒泼，责怪大星无力在焦母面前维护她：“哼，你为什么不倒活几年长小了，长成（两手一比）这么点，到你妈怀里吃喳儿去呢！”③——在她心里，大星不是她的丈夫，只是焦母的儿子；另一方面，她将对大星的失望与焦母的怨恨，转化为对仇虎的情欲，这是对焦大星的致命一击——将他的“丈夫”属性剥夺殆尽。同时，她与仇虎之间不为世俗所容的爱却无法获得由“生育”带来的肯定与“加冕”。“说不定的，也许有。（忽然更迫切地）哦，金子，我信一定会有的”④——仇虎将最后的农民式的英雄主义情结竟寄托在一个莫须有的下一代身上，金子也曾把逃出去过美丽生活的向往附丽在一个可能会有的孩子身上——但恰恰如此，无限放大的妻性所导致的结果是：无法坐实是否会有这样一个孩子，甚至可以说，即便是有，这个孩子的生活也未必是光明的——在父权制下，任何想扭转生育的“社会属性”的努力终会失败，“妻性”与“母性”正是这样通过“生殖—血缘”这条曾联系紧密的轴线而渐行渐远，分道扬镳。

追根溯源，导致焦母与花金子这两位女性的差异并引发其争斗的两个因素——“血

① 曹禺：《原野》，人民文学出版社，1994年，第20页。
② 曹禺：《原野》，人民文学出版社，1994年，第21页。
③ 曹禺：《原野》，人民文学出版社，1994年，第15页。
④ 曹禺：《原野》，人民文学出版社，1994年，第177页。

缘”与“生殖”是相互缠绕、共同发生作用的。在以血缘为中心的父权制社会中，随着男性地位的不断提高，母亲的生殖力在观念上被削弱，父亲成为孩子最重要的血亲。这在著名的希腊故事《奥瑞斯忒亚》中可见一斑：奥瑞斯忒斯杀了母亲，最后成功脱罪的辩词为其并非母亲所生，而是由父亲的精子孕育而成①——母亲成为孕育胚胎的工具，失去了神圣的生殖主导地位，成为一个功能性的存在。在残酷的“唯血统论”的父权制社会中，“生殖”似乎成为女性在父权机制下唯一的价值指向被放大，但实则不然，女性的生殖功能由于单一化后反而被削弱，“不成功便成仁”的生殖功能成为女性唯一的救命稻草，放在她们面前的路只有两条：要么成为一个合格的生殖机器，为家族延续后代，获得话语权，如焦母；要么抛开家庭伦理职责，追求自身的平等与幸福，如花金子，但这条路因有悖于主流舆论而被剥夺生殖权——“血缘—生殖”不仅不是扭结母性与妻性的链条，反而成为将两者差异化的标杆，妻性与母性在这条被削弱的生殖轴上的螺旋关系逐渐松弛。故而，在《原野》文本中，焦母与花金子的形象之所以会呈现异化、撕咬的态势，是“父权制—血缘—生殖—母性与妻性”这条一连串的线索相互交织缠绕的结果；而这一系列的婆媳争斗本身则是父权制以“恨的逻辑”运行的一个环节，是父权制为基础的家庭制度的调整阶段。

三、母子失和：“无父”机制下父子垂直结构的重塑

在《原野》中，“母亲”自然是焦老太婆，但“儿子”的形象却不单单是“焦大星”一个，而是包括“焦大星—仇虎—白傻子”组成的“儿子”群像。综观这一广义层面上的“母子序列”，会发现其与“父子关系”“婆媳关系”类似：在父权制“恨的逻辑”的影响下，儿子们与母亲的关系也处在失序、不和谐的状态之中。极端异化的“母性”“妻性”影响了子一代的“母子关系”的建构，子一代在重重矛盾的挣扎之下以自我“牺牲”重构和强化了父权制的垂直家庭结构。因此，从“母子关系”这一角度来探讨被异化了的儿子形象，对揭开“父权制家庭结构重塑”的神秘面纱具有重要意义。

在父权色彩浓厚的文本中，女性常常屈从于丈夫，以夫为纲，被塑造为低等、奴化的形象，养育出孱弱、唯命是从的子女。在“父亲”的权威消解后，在懦弱子女的观照下，压抑半生的母亲往往摇身一变，成为替代父亲的“类父”权威，继续掌控着子女的生活，如《孔雀东南飞》《金锁记》《寒夜》等。总之，无论是母亲的“类父”权威，还是真正的父系权威，“父权制”都是笼罩在父系社会上方的难以驱散的幽灵。在《原野》中，焦母便在焦阎王去世后，成为了“父权制”的代言人，对“儿子们”构成了直接的压抑与束缚。由此，母子之间的龃龉表现在两个方面：一方面，对于有血缘之亲的儿子而言，欲挣脱母亲的牢笼而不得；另一方面，对于无血缘关系的儿子们，母亲试图借助“父权制”话语系统对其进行约束也无法实现。

焦母的“敢怒不敢言”在焦阎王去世之后，发展为对儿子的全力控制，儿子焦大星在婆媳日益增大的矛盾间难以自处。于焦大星而言，仇虎的出现只是其悲惨结局的导火索，而

① 参见[美]理安-艾斯勒：《圣杯与剑》，程志民译，社会科学文献出版社，2009年，第99—106页。

其真正的危机则源于其与母亲之间不平等、不和谐的依附关系，从而导致其无力经营一种平等、正常、健康的夫妻关系。如在序幕中，焦母对大星的说话语气是“狠恶地”“急躁地”“厉声”以及一连串的“滚滚滚”，而大星见了母亲宛如老鼠见了猫，呈现出一系列“惶惑”“惶恐”“怯惧”的反应。母亲的权威不仅未能激发出其男子气概，反而增添了他忍耐温吞的阴性气质。如在花金子的叙说中，“你看，出了门那个舍不得妈丢不下妈的样子，告诉妈，吃这个，穿那个，说完了说，嘱咐，又嘱咐……”“妈妈长，妈妈短，给妈带这个，给妈带那个”①。焦大星仿佛不是一个儿子，而是一个女儿，又或是一个未长大的孩子，对母亲充满了情感依赖。他不仅在男人面前是“经不起风霜的细草”，在强势的母亲与妻子之间也同样无法安身立命。在得知金子出轨后，他含泪、静默，又“忽然扔下鞭子，扑在母亲足下恸哭起来”②——他将夫妻关系瞬间切换为母子关系：在男女两性相处受挫后，本能地向母亲求取庇护。其后，为挽留去意已决的金子，他痛哭、下跪，甚至默许其与仇虎偷情，这已不是一位丈夫的正常表现，而体现出一个弱势男性对强势女性的非理性、非常态的依赖。由此可见，“母子关系”的不正常建构直接影响了儿子形象的异化及其以后不健康的“夫妻关系”。“母亲权威”成为焦大星的精神枷锁，使得他的反抗都会受到阻挠，如焦母刻意不让他知道与金子偷情的是仇虎，并偷偷与仇虎、金子谈话，软硬兼施逼迫他们离开，但正是这些成为了焦大星被杀害的“前奏”。

仇家与焦家曾拜了干亲，仇虎认焦老太婆为“干妈”，故这对仇敌竟是名义上的“母子”。在文本中，这种名义上的“母子关系”反映出子女试图反抗父系权威并建立自身话语权的一种向度。无疑，曾经的“母子关系”已成为“前文”点缀，而在现时发展着的时间序列里，仇虎与焦老太婆之间呈现出来的是剑拔弩张、一触即发的紧张态势。

在两人未正面冲突前，仇虎就说：“哼，我跟瞎婆子是一尺的蝎子碰上十寸的蜈蚣，今天我们谁也不含糊谁，我得先告诉她，我仇虎就在这儿。”③这句话一方面暗示了仇虎与焦老太婆之间仇人见面分外眼红的局面及交锋之后必定两败俱伤的结局，另一方面也体现出儿子对于母亲权威的反抗与消解。焦母与仇虎无血缘关系，因此在他面前没有天然的威慑力，只得通过召唤“父权制幽灵”，把仇虎重新纳入以父辈为权威的体系中：“（沉静地）虎子，（指身旁一条凳）你坐下，咱们娘儿俩谈谈。”④然而，强势“母亲”装模作样的所谓“交心”也无非是重新搬出“父亲”的狐假虎威：

> 焦母　（放下手）我还瞅见你爹的魂就在你身边。
>
> 仇虎　哦，我爹的魂？（嘲弄地）那一定是阎王爷今天放了他的假，他对着他亲家干妈直乐。（“发笑”的意思）
>
> 焦母　不，不。他满脸的眼泪。我看见他（立起）在你身边，（指着）就在这儿，对着你跪着，叩头，叩头，叩头。干什么？他求你保下你们仇家后

---

① 曹禺：《原野》，人民文学出版社，1994年，第15页。
② 曹禺：《原野》，人民文学出版社，1994年，第75页。
③ 曹禺：《原野》，人民文学出版社，1994年，第50页。
④ 曹禺：《原野》，人民文学出版社，1994年，第90页。

代根，千万不要任性发昏，害人害了自己。可是你不听！[①]

然而，儿子一下就识破了这个名义上的“干妈”搬出父亲的伎俩，明白其只是为了维护自身权威，为接下来自己冠冕堂皇、义正词严的“训导”做铺垫。于是他正话反说，消解了“父系权威”的重要性：“（怨恨逼出来的嘲讽）哼，那老头死得可俭省，活埋了，省了一副棺材。”[②]这使母亲权威也再次建构失败。在这场“逆子”与“毒母”的对决中，失和的“母子关系”成为“复仇”行为的直接导火索。焦母从一开始的“捉奸”，到之后的威胁、驱逐，再到后来的“杀虎”行动，对仇虎表现出了极大的恶意；仇虎也有仇必报，最后才加速了杀害焦大星事件的发生，也间接导致了焦母误杀小黑子。

“白傻子——小名狗蛋，在原野里牧羊的白痴。”[③]“白傻子”这一形象似乎寄寓了作者独特的用意，其在文本中反复出现，且经常与焦老太婆同时出现，是焦老太婆的另一双“眼睛”，客观上补足了“儿子被儿媳所迷”的焦老太婆膝下空缺的尴尬。而焦老太婆血缘上的儿子焦大星，也经常被剧中人物称为“傻子”“傻好人”“窝囊废”“受气包”——这体现出对焦大星不合常理地不谙人情世故的无奈与愤慨，使他成为与“白傻子”一致的具有对照意义上的“缺陷式”人物。白傻子年约二十岁，是焦大星与仇虎的同龄人，四处给人做活维持生计，经常帮焦大妈做些零散的碎活。白傻子与焦母之间同样没有血缘关系，焦母采用“又狠又毒”的行为方式在他面前建立了权威，使得白傻子对其非常惧怕；然而白傻子由于智商上的缺陷，无法完全领会焦母的意图，也在客观上一定程度消解了焦母的权威。焦母时而对白傻子厉声责骂，时而又对其表现出少见的温情：“（酸辛地）傻子，别娶好看的媳妇。‘好看的媳妇败了家，娶了个美人丢了妈’”[④]，“（看看白傻子，叹一口长气）嗯，孩子们长大了，都这样，心就变了”[⑤]。在焦母此刻的心中，是把“白傻子”等同于“焦大星”的子辈，对子辈们“娶了媳妇忘了妈”寒心不已。白傻子对焦母也有一种非常规的依赖，虽一直受焦母呵斥，但在焦母身边不离不弃；其与焦母在黑林子内走散，醒后第一件事就是去找焦大妈：“（惊惧地）哦，坏了！（提着灯笼向东跑）焦大妈，狗蛋在这儿！”[⑥]“狗蛋”是白傻子生母生前叫他的名字，这表现了白傻子对于焦母权威的某种服从与认可。这种“强权式”的“母子关系”使得唯命是从、丝毫不敢抗拒的白傻子成为焦母身边一个不可或缺的功能性人物。由于焦母失明，很多导致文本冲突的事件是由白傻子眼见得证（见证“捉奸”家丑）或相助达成（护随焦母黑林子追凶），从而推动了焦母的下一步行动；而另一方面，白傻子的智商缺陷及过分惊惧，在不知情的情况下又泄露了焦母的“复仇计划”，使得仇虎与金子有所防范，并推动了他们的“复仇行动”。因此，正是这种溢出文本常规意义之外的“母子关系”，促使文本里两方面“复仇力量”的集聚与爆发。

① 曹禺：《原野》，人民文学出版社，1994年，第91页。
② 曹禺：《原野》，人民文学出版社，1994年，第94页。
③ 曹禺：《原野》，人民文学出版社，1994年，第1页。
④ 曹禺：《原野》，人民文学出版社，1994年，第60页。
⑤ 曹禺：《原野》，人民文学出版社，1994年，第60页。
⑥ 曹禺：《原野》，人民文学出版社，1994年，第171页。

通过对“儿子群像”的梳理及他们各自的“母子关系”的论述，可看出子辈的形象在家庭伦理结构中一直处于被动的地位，是因动而动的被牵引项，若在家庭中论资排辈，他们则处于家庭的底层，即如图所示：

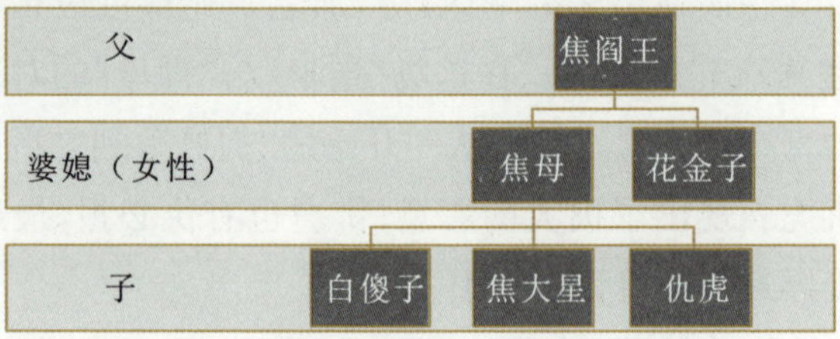

子辈们在重重“恨的逻辑”的挤压下，承受了“家庭伦理结构”与“复仇”行为的双重影响后果：焦大星一方面受着母亲与妻子的双向挤压，并最终遭到了妻子的背叛，另一方面自身替父还债，身死强人之手；仇虎一方面在原父权（家仇）的操控下行凶杀人，身负道义谴责，另一方面携情人远走，却被瞎老婆子逼得走投无路而自戕；而唯独幸存下来的白傻子也将在父权制社会中继续受人欺凌——“儿子群像”的坍塌既宣告了“弑父”企图的败北，又宣告了女性意欲干涉“父权制”努力的失败，更宣告了父权制作为独一无二的权威与阴影，永远获胜在这广袤的原野之上——一个家庭的爱恨情仇以“父权制的重塑”落下了沉重的帷幕。

结语

在《原野》的文本中，男性子辈蜗居于垂直“父权制”社会的底层，受到层层束缚与挤压，并最终以自我牺牲巩固了父权制的统治。在父权制的垂直结构中，人与人之间缺乏平行、平等的关系，取而代之的是垂直、等级的关系。文本最后呈现出的这种垂直关系发生在父权制“坍塌”（父死）的情况下，“母亲的爱”成为“爱之名义”下的负累，从而对男性生存产生了压迫。这种现象在现代文学中表现得非常普遍，如前文提到的《寒夜》《金锁记》等。这可与女性主义者宣称的“五四”以来只有女性子辈受到父权制社会的压迫的说法构成某种对话，从而在更广泛的层面来探讨“父权制”在社会及宗法家庭中的对子辈形象的禁锢与压抑。

原载《现代中国文化与文学》辑刊，2017 年 3 月

从“非理性”戏剧叙事到民族新旧嬗变

——《原野》的意义和裂隙

王雪芹

摘　要:《原野》是曹禺所有创作中非常特别的一部代表作,无论是在题材形式、公演历史还是当代改编上都显示出其丰富性,其历史意义值得再读。研究者常常忽视曹禺在“非理性”表达上的戏剧叙事策略,实际上,《原野》通过“非理性”叙事凸显出民族历史嬗变的必然和艰难。同时,这一主题意义重大,仍然造成《原野》在戏剧绝对形式上的裂隙,这一裂隙是《原野》第三幕成为上演难点的根本原因所在。

关键词:《原野》;非理性;戏剧叙事;新旧嬗变

《原野》是曹禺所有创作中最特别的一部,也是历史上争议最多、命运最曲折的一部,还是当代剧场进行曹禺经典重排与改编最丰富的一部。这部作品的历史意义值得再读,它常被解读为反压迫的复仇行动或者底层受难者对自由本性的追寻,却鲜少有人深究曹禺对“非理性”的关注和表达,即一种无从解释的生存状态或不可表达的生命冲动。探究“非理性”的戏剧叙事可以提供新的视角,显示出《原野》的历史意义,它表明新旧过渡时期民族历史嬗变的复杂面貌,同时主题的意义是如此重要,仍然使《原野》产生了戏剧绝对形式上的裂隙,造成了其公演史上的第三幕难题。不过尽管如此,《原野》的历史意义足以决定中国戏剧现代文体的成熟。

早在《雷雨》中,“非理性”的戏剧叙事就已经凸显,周府几代人之间的隐秘事件推动情节发展,其内囿的面目呈现出个体命运悲剧①,但《雷雨》并没有解决隐秘的巧合所带来的时空负荷。到了《原野》中,曹禺试图回到戏剧本体层面修正这一问题,他弱化《雷雨》的自然主义色彩,重新创造了《雷雨》序幕、尾声未能凸显的重要价值,把那种无限远透视视角的虚构手法从只是《雷雨》意义写实的附丽中解缚。可以说,“非理性”戏剧叙事的意义在《雷雨》中的终点正是《原野》的起点。

《原野》直接表现了一个模糊、非常规的时空世界,一个并不能在现实中完全按图索骥的奇异“原野”,处处显示着“非理性”怪诞奇异的氛围。除场景环境描写上的奇巧诡谲之外,出场的各种形象均打破了事物的常规和习惯,具有矛盾分明的、非现实的个性。例如瞎了眼却总是看得比明眼人还要清楚的焦母;白傻子和常五,一个是傻瓜一个是丑角,看

① 参看笔者拙作:《内囿的隐秘:〈雷雨〉的戏剧表达策略兼及序幕尾声问题》,载《文化艺术研究》,2013 年第 4 期。

似是无用之人却经常在不经意、无所谓中“道出”实情；仇虎长得极为奇异，作者直言他“不像人”，但其性格却不容半点虚假，比常人更坦荡更真实；焦大星体格魁梧，有着亮晶晶的眼睛和善良的心地，却在骨子里忧郁稚弱，是个无力自主的“傻孩子”；还有那魅惑强悍的花金子，“野地里生，野地里长，将来也许野地里死”[1]，是个敢做敢当但又“热情中藏着一双冷眼”[2]的奇女子。

无解的“非理性”造成无处不在的命运感，曹禺或不动声色地假以双关、暗示、象征等手法，或直接借人物之口把它明示出来。从序幕的细节看，仇虎虽然逃出来的目的是为复仇，但一逃出来就来到了焦家附近并不是预先计划好的。剧本表明，仇虎对眼前这个牧羊的傻子竟然就是“傻蛋”感到异常意外，这不符合有备而来的复仇者心理，同时当他听到焦阎王已死的消息时，这样说：“你藏在这个地方，成年地想法害我们，等到我来了，你伸伸脖子死了，你会死了！”[3]“藏”字表明仇虎从一开始并不知道逃出“地狱”所到的“原野”就是焦家，似乎是有冥冥天意使仇虎刚获得自由就又立刻陷入命运的控制。剧本又着力表现金子对大星顺从焦母的讽刺，但大星并不生气，只担心这话给母亲听到，金子愈加厌恶：“哼，你怕麻烦！我不怕！说话不小心，这还是好的，有一天，我还要做给她瞅瞅。”[4]这里说者无心但命运有意，预示下文金子与仇虎之间的爱欲关系。同时，剧中的小黑子是一个始终在场却不说话的预言者，他是“非理性”的表征，是命运的预言者，第一幕中常五一看见小黑子就说他“真像他死了的妈，怪可怜相的”[5]。第二幕伊始，小黑子一直哭个不停，大星也表现出异常烦躁：“今天这孩子是怎么回事，简直像是哭我的丧！”[6]一向冷静的焦母也觉得小黑子今天怪，大星则说：“孩子仿佛看见了什么东西似的，那么死命的干嚎。”[7]很快，焦母变得紧张诡异，翻来覆去地念叨“猛虎临门，家有凶神”。这一切都在昭示最后的命运——小黑子、大星、焦母以及仇虎的死亡，当仇虎不愿接受焦母的谈判条件，要留下来杀死大星的时候，金子却对此隐约感到担忧：

仇：（预言地）事情是要出的。

花：我知道。可是……也……许，也许要应在我们身上。……[8]

作者借金子之口再一次表明，已被命运预言的人在劫难逃，而预言者自己也深陷旋涡，因此在第三幕结尾，剧本安排了那条最初捆缚仇虎的铁链又回到了他的身边。

值得注意的是，虽然“非理性”营造了不可知的神秘氛围和命运感，但《原野》并未忽视戏剧本体上的原生绝对性，“非理性”通过“拟对话”来极力保持戏剧对话的外在形式。众

① 曹禺.原野[M].上海：文化生活出版社，1937.
② 佩弦.《原野》与《黑字二十八》的演出[J].今日评论，1939(12).
③ 曹禺.原野[M].上海：文化生活出版社，1937.
④ 曹禺.原野[M].上海：文化生活出版社，1937.
⑤ 曹禺.原野[M].上海：文化生活出版社，1937.
⑥ 曹禺.原野[M].上海：文化生活出版社，1937.
⑦ 曹禺.原野[M].上海：文化生活出版社，1937.
⑧ 曹禺.原野[M].上海：文化生活出版社，1937.

所周知，戏剧具有原生的绝对性，彼得·斯丛迪指出，戏剧的绝对形式是人际关系、当下和事件，人际关系是戏剧的立足点，而人际世界的语言媒介是对白，并且“一段戏剧对白如果是‘客观’的，就必须停留在戏剧的绝对形式给它规定的界限之内，不逾越这一界限：既不指向经验，也不指向经验中的作者”①。《原野》中有大量的“独白”，例如第一幕仇虎对焦阎王像的那段“独白”，焦母对着有着金子模样小木人的“独白”，和第三幕中仇虎面对各种幻象的“独白”，但不同于自言自语、在一个人（作者）视野下的传统独白。它们都是在面对不说话的人形以“对话”的外在形式阐述出来的，幻象虽然是虚假的，却都被曹禺赋予可见的物质外形，这也是为何曹禺反反复复地在舞台说明中强调：人形必须能为观众所见。这些“独白”或可称其为“拟对话”，“拟对话”是曹禺用舞台方式表现人内心意识并实现其客体性所做的尝试。第三幕四个场景里变化的人形幻象实际上代表了“他人”眼中所看到的仇虎及其复仇，他们都来自过去，并不断对仇虎加以“质疑”“追问”或“否定”，这就把仇虎的内在自我意识客体化了，而仇虎的独白则可看作他对这些不同声音的回应、辩论或反驳，因此这使得仇虎的内心活动呈现“复调”状态，也就是说，仇虎的幻觉并不是一个绝对封闭的心灵呈现，也不是作者思想的傀儡，而是主客一体的结果。

不过无论如何，“拟对话”的内容本身是对过去的体验，过去并不是戏剧的目的，它所产生的“内在的人”仍须回到戏剧人际关系的当下来。很明显，曹禺也注意到这个关键问题。例如在仇虎对焦阎王像的独白上，曹禺以常五的到来迅速打断了这段独白；焦母诅咒金子的小木人在第一幕尾又再次出现，它使金子和焦母之间的矛盾暂时掩盖了她与仇虎偷情的真相，也间接促使仇虎主动讲出实情，从而对大星痛下杀手。第三幕，曹禺在酣畅淋漓地表现角色内心意识的同时，也不忘利用一旁金子的发问、破庙的磬声和远处的枪声使仇虎由幻觉过渡到当下。仇虎因与幻象交流失败而对着焦阎王、狱卒和阎罗小鬼不断放枪，这一正义的反击无疑是虚假的，但实际上又是现实的，因为放枪行为使他暴露了黑林子中的位置，反倒促成侦缉队的追捕。这个矛盾场景意味深远，它表明抗命和宿命原来是不分彼此的，可以说，“原野”就是“非理性”的主体寓言，当“非理性”的人在为自我开脱时，就已经把自己推入孤独的真空，成为“我思”的个人，以为能解开命运的枷锁，却丝毫不能改变人就在命运之中的“原野”式的整体生存状态。

除“拟对话”外，曹禺还偏离了常见的情节和对白模式，利用角色独有的人际关系障碍来给“非理性”的表达创造合理性。例如焦母的“瞎眼”，第一幕里常五告诉金子焦母已知仇虎回来，大星也将回，于是仇虎决定留下，金子急切地劝阻他，这时焦母刚好进家门，似乎感到有“别人”在：

焦母：（忽然）站着！（仇虎又愣在那里）谁？

花：谁？（不安地笑着）还不是我！（忽然做出抱着孩子的样子，一面走，一面唱着催眠歌）嗯……嗯……嗯！听……听话呀，嗯……嗯……嗯！（恳求地望着仇虎，仇虎又想走近焦氏）小宝贝要听话呀，（一面又望焦

① 彼得·斯丛迪.现代戏剧理论（1880—1950）[M].王建，译.北京：北京大学出版社，2006.

氏)听话睡觉啊,嗯……嗯……嗯!(望仇虎)听话的宝贝有人疼啊,嗯……嗯……嗯!(回头看仇虎慢慢迈入右门,紧张的脸显出一丝微笑,对着仇虎的背影)好孩子真听话呀,嗯……嗯……嗯……①

显然,金子假装在焦母面前哄孩子睡觉,实际上是"告诉"仇虎躲进内屋去,由于焦母没有眼睛无法看见的事实,金子的"表演"虽表面上类似于独白,但实际上却实现了她与仇虎的对话。另外,在第二幕仇虎和大星的把酒叙旧中,由于大星一直被隐瞒真相,同时他在本性上也是丝毫没有心机的"傻孩子",因此当仇虎给大星讲"一对好朋友"的故事时,叙事的非对话性不断地被大星自身真正的"无知"打破,同时也给了仇虎叙述其真实内心的可能。

此外,《原野》还创造了新的"非理性"戏剧叙事方式,曹禺尝试把民间文学和传统戏曲特有的"叙事"形式与戏剧真正"打成一片"。曹禺曾在《原野》写作过程的一次访谈中指出,由于目前白话语言的不成熟,造成中国现代戏剧一味模仿西方戏剧形式,既不利于戏剧通俗化,也不具有"现代中国的真纯成分",他强调自己的主张:"就如我个人,便是主张把白话诗和戏打成一片的一个……"②对此,研究者们已多次提到的《原野》对民间文化如民歌、方言、说书艺术的运用,如美国学者杰西卡·梅格妮的评论《〈原野〉中的民间小调》③,南卓认为《原野》"借用了《八大锤》中的《断臂说书》"④。朱光潜提到金子具有方言特色的快拍子语言"是舞台语言节奏的试验"⑤。还有学者认识到《原野》对中国戏曲的借用,如唐弢指出金子要仇虎拾花那段戏似乎来源于《拾玉镯》,晏学指出仇虎身着"黑衣红里"和金子一身大红衣都是对戏曲写意的借鉴等等。不过,如果不从"把白话诗和戏打成一片"来看待这些现象的话,是无从理解《原野》的创造性的。

"白傻子"是把"白话诗和戏打成一片"的重要尝试。他的出场总是伴随着他对某些事和人的模仿,单独看是一段类似丑角的"独角戏"表演,但由于白傻子自身有目共睹的缺陷,这种"独角戏"既没有影响人际关系的戏剧原则,相反还和戏剧主题内在联系,起到了类似戏曲中"楔子"的作用,更和中国话本小说、章回小说的"入话"极其相似。序幕中他一出场就"表演"了一段模仿火车行进的动作,非常细致生动,就连仇虎几次打断白傻子都未能影响这段表演。从整部剧看,火车在《原野》中被多次提起,并且它是通往"黄金子铺的地方"。火车是现代文明的象征物,寄寓着人类主体自由的理想,白傻子的表演就是为了强调火车——现代文明在个体生存的中心地位,这就可以解释仇虎、金子为什么并不像传统的农民形象,而恰恰是具有现代思想的崭新人物;此外,在第一幕的结尾,白傻子表演了"号声""军鼓",这与第二幕即将开始的复仇行动呼应;第二幕结尾,白傻子又模仿仇虎唱起"初一十五庙门开,牛头马面两面排",这预示的是第三幕仇虎的"自我审判"。很显然,

① 曹禺.原野[M].上海:文化生活出版社,1937.
② 萨宴.戏剧家曹禺访问记[J].读书青年,1937,2(11).
③ 原文载于《中外学者论曹禺》,田本相、刘家鸣主编,南开大学出版社 1992 年版。
④ 南卓.评曹禺的《原野》[J].文艺阵地,1938,1(5).
⑤ 佩弦.《原野》与《黑字二十八》的演出[J].今日评论,1939(12).

白傻子这一形象的表达既采用了中国传统小说、戏曲的典型叙事形态，但又因为“傻”的角色现实并没有破坏戏剧原则，白傻子形象和戏剧主题、戏剧情节紧密联系，既是剧中人也是合法的、具有全知视角的“非理性”表达者，在白傻子这里，《原野》把现实主义和表现主义合理地结合起来。

进一步说，《原野》中“非理性”所体现的命运意识不是西方形而上学命运观的移植，它并非抽象不可理解，而是要折射中国“现实”的历史，凸显民族现代化历史进程中新旧更迭的复杂面目，这是《原野》的根本主题。实际上当仇虎从一开始得知焦阎王已死的时候，从理性角度说，复仇就无须进行了，但无论是焦母有意要“放”他和金子走，还是金子多次委婉地劝阻，仇虎仍坚持要杀大星（也包括小黑子）①。

花：（委婉地）不过大星是个好人。

仇：（点头）是的，他连一个蚂蚁都不肯踩，可——（内心争战着。）可是，哼！他是阎王的儿子！

花：（再婉转些）大，大星待你不错，你在外边，他总是跟我提你。虎子，他是你从小的好朋友，虎子！

仇：（点头）是，他从前看我像他亲哥哥。（咬住嘴唇，突然迸出。）可是现在，哼，他是阎王的儿子。

花：（耐不下）不，仇虎！不成，你不能这样对大星，他待我也不错。

仇：（贸然）那我更要宰他！因为他——（低沉，苦痛地）他是阎王的儿子。②

三次反复重复“他是阎王的儿子”，可见，仇虎坚持的是“父债子还”，即中国传统文化土壤中根深蒂固的家族观念，显示的是宗法制社会形态加诸个人的血统身份，这一点对于从乡土原野中成长起来的仇虎来说，父仇就是血债，是天命，唯有复仇才能恢复肉身之根本。值得注意的是，《原野》既没有复制也没有简单否定这一身份，而是以此为起点去开掘传统家族观念中被抽离的人性体验。一方面，曹禺仍然赋予仇虎的家族复仇更多的合理性，比如反复强调仇父、仇妹被害时的惨烈，或者描写复仇阻力焦母的阴鸷和狠毒，情理纠葛和现实险恶缠杂于一身共同推动复仇，显示出仇虎渴求正义和无惧邪恶的勇气；但另一方面，曹禺把握了这一事实，即无法摆脱的血缘和肉体之重也扭曲了仇虎。序幕中仇虎的出场是令人“惊怪”的，“眼里闪出凶狠，狡恶，机诈与嫉恨”③，他已然被仇恨燃烧得变了形，第二幕仇虎和焦母之间有段刀光剑影的对白：

焦氏：虎子！（又拿起仇虎的手，警告地）你看，你的手发烫，你现在心里中了

① 《原野》在《文丛》初次连载发表时曹禺并没有安排仇虎杀死大星，而只是用药安眠大星，而在同年8月文化出版社初版本的《原野》中曹禺对此做了截然相反的修改，这或许是曹禺在一次访谈中自评《原野》“不会好”的原因之一，实际上在写作过程中，曹禺已经意识到《原野》第二幕的问题，因此他才会在发表《原野》第三幕时的附记中自信地说“好在还有时间修改”。由此可断定，第三幕应该是理解《原野》主题的重要部分。

② 曹禺.原野[M].上海：文化生活出版社，1937.

③ 曹禺.原野[M].上海：文化生活出版社，1937.

邪，你的血热。干儿，我看你得小心。

仇：（蓦地立起）干妈，您的手可发凉。（狞笑）我怕不是我血热，是您血冷，我看您也得小心。①

焦母深知仇虎的来意，她表面上劝说仇虎放过大星，实际上是要在试探中占取主动，但仇虎只是虚与委蛇，因为复仇心意已决，双方势均力敌，胶着相持，但背后早已暗潮翻涌，面对面的不动声色和背靠背的生死较量交流在同一时刻，仇虎显示出和焦母不相上下的无情，因此焦母"夸赞"仇虎"你现在学得真不错"。焦母看得深刻，仇虎的确在复仇之路上"中了邪"，他不惜刺激大星主动出手来逼自己杀人，甚至欲借焦母之手杀死小黑子，刻骨的仇恨使仇虎像脱缰的野马不能自已。很难在仇虎的复仇行动中划出对与错的界限，"仇"的扭曲和"虎"的正义是正反同体的。曹禺借金子之口说："为什么我们必得杀了人，犯了罪，才到得了呢？"②象征自由的"黄金子铺的地方"并不容易到达，正由于此，仇虎在复仇之后的第三幕中，会陷入生命拷问的幻觉争斗，曹禺不惜用一整幕的笔墨来描写这种争斗，表达人要主宰自己命运的两难，仇虎面对焦母、大星和小黑子幻象为自己申辩的过程被表现成狂言乱语，狂言乱语是悔恨无助与坚定意志之间的不分彼此，这就是说，在仇虎身上，肯定复仇与否定复仇浑然一体，仇虎是既"虎"也"仇"，既丑也美的人。"原野"也正是这样一个正反两面的命运世界，它既能显示人挣扎反抗的力量，又同时让人不自觉地深陷其中。

仇虎正表征了现代中国新旧嬗变时期两难的个体悲剧，他在走出黑林子后的清醒自戕可看作这两难个体对自我的审判，通过死亡否定复仇的绝对意义，其复仇行动固然肯定了父与子的生命更替体系，但同时也造成小黑子与大星（也包括焦母）之间生命更替的断裂，仇虎的自杀是必然的，曹禺之所以会在第三幕称仇虎是"高贵"的原因就在于此。仇虎的自杀也多少暗喻民族集体记忆中的男性原罪，因为自杀的那一刻，从焦母所沉池塘中被白傻子挖出的脚镣又回到仇虎身边，焦母是意外沉水而死的，"沉水"是原始神话里男权社会地祇女神的共同命运，湘妃、宓妃、精卫、帝女桑都是如此，显示出男权社会中女性的卑微和不幸。③ 脚链在这里象征男权社会扼杀女性但又加诸男性的枷锁，男性是家族生命和荣誉的维系者，也是被家族制规训的阉人，因而仇虎的复仇显示出天命的宗法社会体系之重，透露出民族新旧嬗变的困境。同时，仇虎的自杀也意味着，命运对人虽然在生命意识上具有终极意义，但死亡可以颠覆这一法则，死亡更是一种新生，只有死亡才"走出"了"原野"，走出复仇正义的自我异化——仇虎的自杀使金子得以逃脱，金子是带着腹中的孩子逃离"原野"的，这里死亡与新生毫无间隙地联系在一起，这或许是曹禺所理解的民族历史

① 曹禺.原野[M].上海：文化生活出版社，1937.

② 曹禺.原野[M].上海：文化生活出版社，1937.

③ 焦母作为一个女性家长，也是一个矛盾体，她在剧中表现为一个能够通晓外在世界的失明者，可以看作中国传统文化的最高智慧——儒道经义的双重隐喻，因为在这种体系中，个人既认为对天地万物无所不知，又自盲于自身不会主动追问，因此焦母的失明不是西方古典戏剧意义上的失明（如俄狄浦斯、李尔王式的失明），而是显示了中西民族哲学的根本区别。

更迭对于个体生存的意义。

不过仇虎自杀的意义如此重大，甚至反过来制约了“非理性”的戏剧表达，压倒了戏剧绝对形式，仍然造成主题叙事和戏剧原则之间对抗的裂隙。例如第二幕中仇虎杀死大星，杀人是在幕后，而金子在外（舞台上）等待：

花氏在外候着，憎怖地谛听里面的声音。悄然。

外面远有野犬狂嚎，如一群饿狼。花氏不安地向外望。里面突然听见有一个人窒息地喘气，继而，闷塞地跌在地上。

花：天！[①]

这里戏剧时间是静止的，金子在舞台上实际上处于戏剧性时空之外，或者说故事时间短暂地替换了戏剧时间，这个看似明显的“错误”似乎不应发生在曹禺笔下，但接下来杀了大星的仇虎对金子的回答为此提供了理解支点，这是一段对大星临死前细节的叙事，是通过仇虎直接叙述出来的，但这与其说是对话体的叙述，不如说是自白体的独白：

仇：（恐惧地）我刚才抓着他，他猛地醒了，眼睛那么望着我。他不是怕，他喝醉了。可是他看我，仿佛有一肚子的话，直着眼瞪着我。（慢慢点着头，同情地）我知道他心里有委屈，说不出的委屈。（突然用力）我举起攮子，他才明白他就有这么一会工夫，他忽然怕极了，看了我一眼。（低声，慢慢）可是他喉咙里面笑了，笑得那么怪，他指指心，对我点一点——（忽然横了心，厉声）我就这么一下子！哼，（声忽然几乎听不见）他连哼都没有哼，闭上眼了。[②]

这段独白是仇虎对金子的答非所问，同样，故事性时间再次替换了戏剧性时间，独白表明，大星最后的死是他的自愿，一个懦弱的“窝囊废”在死亡之际表现出无所谓的从容乃至自由的喜悦，对于不堪背负爱情、友情和母爱之重的大星来说，这是他面对生活本身悲剧所做的唯一一次选择，而对于一直追求公正真理的仇虎来说，他复仇的意义却被这生活无意义的真实给瓦解了，因此仇虎紧接着对金子说：“活着不算什么，死才是真的”，“人原来就是这么一个不值钱的东西，一把土，一块肉，一堆烂血”。这意味着，“真人”或许是根本不存在的。这一段独白是《原野》主题最重要的注脚，也是第三幕仇虎幻觉争斗的转折点和仇虎必然死亡的预言，凸显新旧过渡时期的必然和艰难，人想要摆脱历史命运追求“真我”，却只能在死亡时才真正实现其主体性，这种自我真实的颠倒或许是民族现代化进程中最大的“非理性”。正因为意义如此重大，曹禺才会不惜偏离戏剧的绝对形式把它表达出来。

上述裂隙实际上在《原野》第三幕中更为集中，尽管如前文所述曹禺做了一些有意识的努力，但如果从他虚构幻觉情境时的笔力来看，第三幕整体上仍不失为一首“叙事诗”，“在形式上放弃对话必然导向叙事艺术”[③]。这一裂隙使《原野》第三幕若完全以自然主义、

① 曹禺.原野[M].上海：文化生活出版社，1937.

② 曹禺.原野[M].上海：文化生活出版社，1937.

③ 彼得·斯丛迪.现代戏剧理论（1880—1950）[M].王建，译.北京：北京大学出版社，2006.

写实主义方法来演出是容易“没有戏”而失败的，因为不仅导致换景不及时、节奏拖沓，和前两幕风格相左①，而且还会将《原野》中的复仇因素主题化，偏离其对生活本身悖论的思考维度。在《原野》公演史上，第三幕也一直是争议的焦点和上演的难点，原因就在于没能突破幻觉写实的立场。在这个立场上，如果不删改第三幕，那么在换景速度上就对舞台物质条件要求很高，济南新民话剧团公演后就有人评论说：“看到这次的真铁轨上台，不由得使人联想到七月七日天河配的真牛上台……连观众都会觉的换幕的麻烦。”②同时，过于贴近和复制原作反而不真实，在 1941 年陈绵导演“北京剧社”演出《原野》后，观者写道：“我身旁的几个观众，便说他们看不懂，‘怎么旧戏的龙套也跑出来了呢？’‘这是真阎王爷么’……”③实际上，在写实主义演出中，当仇虎和幻象大段对话时，一旁的金子很容易寂寞冷场，对演员表演的角色体验有更高要求，这些在彼时彼地的演剧条件下都很难实现。

造成上述现象的原因，一方面是特定的历史视野左右了《原野》的阐释。1937 年 8 月在上海卡尔登大戏院业余实验剧团首演《原野》时，就被视作“社会悲剧”和“民族复仇”的呐喊④，新中国成立前的数次公演也多以仇虎的复仇暗喻民族危机的焦虑。⑤ 另一方面，从舞台艺术角度说，如果以复仇的古典主题来表现《原野》，就可“合理”删掉第三幕看似多余的场景并在幻觉写实的范畴来表现它。朱自清曾建议说：“我们即使不能说第三幕的头三场都是多余，但至少可以说是太多了一些。”1984 年中国青年艺术剧院演出的《原野》就做了如此改动，同时把第三幕“阴告”一场放到序幕中来⑥，这种偏差反映的是中国现代舞台史现实主义的中心化及其僵化的弊端，也是一直以来过分倚重舞台布景等物质形式并割裂它与戏剧关系的必然。正由于此，曹禺才在《原野》附记中提醒当时的导演没有把握就不要轻易排这出戏，并在 1939 年亲自导演《原野》时，要求时任舞台设计的闻一多对第

---

① 朱自清曾在 1939 年观看昆明《原野》公演之后这样写道：“观众对于第三幕的意见最多，在我自己，看到第二幕开幕时，觉得已经移入戏的氛围里，好像不在戏园子里似的。这种移情作用很有味。但是第三幕开幕以后，我却觉得渐渐失去了那氛围，又回到戏园子的池座来。”见佩弦《〈原野〉与〈黑字二十八〉的演出》，《今日评论》，1939 年第 2 卷第 12 期。余冠英也在《谈〈原野〉》一文中提到第三幕的幻象“一一在观众眼前显现，也不是好办法，这个演出，此等处效果颇不佳。”见冠英《谈〈原野〉》，《今日评论》，1939 年 2 卷第 13 期。朱自清和余冠英的观剧体验表明幻觉主义的演出方法对《原野》来说是有问题的。

② 天芜.《原野》的公演与《日出》[J].大风(济南)，1942(11).

③ 吴楼.看罢《原野》以后[J].国民杂志，1941，1(10).

④ 这一点可以从《申报》刊登的《原野》公演广告得以证实，1937 年 8 月 7 日首次上演时广告是标以“有极度刺激性的社会悲剧”“刻画原始爱与恨的交流”的文字描述，8 月 10 日则又增添了新的内容，如“有仇不报枉为人”“血账，从个人的到国家的都应当彻底清算！ 自由，从个人的到民族的都是由拼死争来！”和“悲壮热烈象征时事社会大悲剧！”等文字，8 月 13 日更直接称其为“趋向时势，救亡名剧”。参见《申报》本埠增刊 1937 年 8 月 7 日、8 月 10 日、8 月 13 日版。

⑤ 《原野》1939 年昆明公演源于闻一多的提议，他出于民族抗战的诉求邀请曹禺来昆明导演《原野》，在 1941 年北平剧社的公演中，导演在铁轨旁放置了一个“九一八”字样的石碑，1948 年清华剧艺社排演时删改了第三幕恐怖场景，将仇虎的复仇与阶级矛盾的斗争结合起来。

⑥ 中国青年剧院的这次公演是《原野》新中国成立后首次公演，导演张奇虹利用大量的间幕来转换场景，这表明只有舞台布景设备进步才能实现转换速度。反过来说，即使将《原野》的主题定位为“复仇”，在二十世纪三四十年代用幻觉写实的方法演出《原野》，希望实现像《雷雨》《日出》一样的成功也是不现实的。

三幕“神怪的部分”“保留些”，做到“适可而止”。[①] 直到2006年，天津人民艺术剧院重排《原野》，导演王延松没有遵循现实主义的传统方法而是另觅诗意的舞台语言，这次演出得到了曹禺研究专家田本相的认可，认为“基本上实现了曹禺先生的要求”[②]。

相比较《日出》，有论者认为《原野》更接近《雷雨》。的确，《原野》和《雷雨》都是关于命运的诗，但不同的是，《雷雨》在内容和形式上“太像戏”，反降低了其诗性的深度，易被视为一部社会伦理悲剧。《原野》则寄寓了作者新的思考，透过“非理性”戏剧叙事强调民族现代化与传统积淀的复杂关系，尤其是新旧更替中个体真实的悖论。或许正是这一思考，使仍处于历史嬗变中的《原野》的价值在长期艺术接受过程中显得面目模糊，而其形式裂隙所造成的演出难题更应看作一种尝试。不同于《雷雨》，《原野》希望规避现实主义僵化的危险，探索现实主义与表现主义彼此契合的边界，实际上《原野》也为此创造了符合民族个性的“非理性”戏剧叙事，这正是曹禺在《原野》附记中要撇清它不同于《琼斯皇》的原因所在。

原载《文化艺术研究》2017年9月第10卷第3期

① 朱自清.介绍清华剧艺社演出的《原野》[G]//朱乔森，编.朱自清全集第11卷·书信补遗编.南京：江苏教育出版社，1997.

② 田本相.津版《原野》的价值和意义[J].中国戏剧，2006(5).

后记

三年前，刚开始进行《〈原野〉研究资料》的汇编工作时，颇有些掉以轻心，以为不过是将材料收集起来，选择文本，然后转化成文字，再编辑校对，流程相对简单。但等到本书终于定稿的时候，自己的看法已完全不同。

首先是材料收集。这方面的难度就超出了预期。为了尽可能成为真正的“长编”，丛书编委会组建了一个团队，专门负责收集新中国成立以前的材料，有专人远赴全国各大图书馆。这一卷的相关原始资料大多由他们团队提供。湖北大学2016级中国现当代文学硕士刘娟同学等人为此付出了巨大努力，使得我们可以坐享其成，在此首先表示感谢！

其次是资料筛选。这项工作也不是自己想象的那样简单。作为曹禺重要的代表作之一，《原野》在中国现代戏剧史上有着重要地位。作者高度重视此剧，在不同时期不断修改打磨，众多研究者也对其表现出浓烈的兴趣。其间虽然由于种种原因，有关《原野》的研究曾经一度中断，不像《雷雨》《日出》等剧那样保持了演出与研究的持续性，但又在不同时期掀起热潮。纵观《原野》的研究史，学界对《原野》的评价一直有着鲜明的褒贬立场与明显的时代差异，这种评价的转变正折射出社会思潮和意识形态演变的轨迹。如何通过资料汇编让读者不仅能够全面深入地理解《原野》，而且能够从中透视出时代发展演变的脉络，对于编者的学术眼光与历史视野是一种考验。

至于文字录入，虽然本身并不复杂，但本书选文较多，还是需要大量时间与精力的投入。由衷感谢湖北大学2018级文艺学博士王雪等同学利用课余时间完成此项工作。

在编校方面，自己倒从来没有低估其难度。此前与不少编辑打过交道，对编辑的洞察力颇为佩服。本书的责任编辑商厚荣在编辑加工过程中发现并处理了不少问题。感谢编辑的付出！

另一位编者张义明，在本书编辑出版过程中出现了身份转换，由湖北大学文艺学硕士研究生变成了福建师范大学文艺学博士研究生，但他在整个过程中一以贯之地认真负责，充分发挥了各方面的才干，动用了各方面的资源，实际承担并完成了大部分技术性工作，为保障和提升本书的质量作出了重要贡献。

最后，需要特别说明的是，本书作为湖北大学中国语言文学学科建设的重要成果，其编选和出版得到了湖北大学“中国文化传承与发展”省级优势特色学科群和湖北大学“中国语言文学与哲学文化”省级一流学科建设项目的大力支持，我们谨在此致以诚挚的谢意。

事非经过不知难，从事本书的汇编工作对于编者各方面的能力是一次考验，也是一次重要的锻炼与提升。由于编者各方面的局限，本书肯定还存在各种不足，希望读者批评指正，不吝赐教。

黄晓华

2020 年 6 月